DUNKELPFUHL
UNKENGRUND
RENFORST
FUSEL
HEIDE
USSE
MÖLME
HAUS DER
WEISEN WEIBER
WELSFLUSS
LOHWALD

FJB

John Henry Eagle

Der Eiserne König

Ein Abenteuer

FJB

MIX
Papier aus verantwortungsvollen Quellen
FSC® C083411

Erschienen bei FJB, einem Unternehmen
der S. Fischer Verlag GmbH, Frankfurt am Main

Satz: Druckerei C. H. Beck, Nördlingen
Druck und Bindung: CPI – Clausen & Bosse, Leck
Printed in Germany
ISBN 978-3-8414-2117-3

Wenn sich der Mond am Tag der Ruhelosen Seelen rundet, wird der Eiserne König von den Toten auferstehen. Dann wird die Säule unserer Welt zu Staub zerfallen, und alles, was grünt, wird verdorren, und alles, was aufrecht geht, wird sich beugen, und der Eiserne König wird für immer über Pinafor herrschen. Und nur derjenige wird ihn überwinden, welcher die Kraft achtet, die allem Lebendigen innewohnt; und nur derjenige wird ihn niederringen, welcher um die Macht der fünf Finger weiß.
So steht es geschrieben, und so wird es sein.
(Aus dem ›Kryptonomicon‹)

Teil 1

Das Mädchen mit den grünen Augen

1. Das grüne Feuer

Im Morgengrauen kreiste ein Bussard über Flutwidde, dem fruchtbarsten Landstrich Pinafors. Tief unten schlängelte sich die Usse durch Getreidefelder. Dörfer lagen zwischen sanften Hügeln, und auf den Weiden graste Vieh. Nach einer Weile erspähte der Bussard seine Beute: eine Maus, die auf einem Feldweg an einer Kornähre knabberte. Der Greifvogel zog die Kreise enger.

Die Maus, die den Bussard gerade noch rechtzeitig bemerkte, floh zum Auwald am Ufer der Usse. Sie lief in ihrer Angst tief hinein, huschte durch das Unterholz und hüpfte über Wurzeln, bis sie eine Lichtung erreichte. Dort hielt sie an, weil ein neuer Feind vor ihr auftauchte: Menschen. Sie ließ ihren Blick über die bis an die Zähne bewaffneten Männer gleiten und begann, am ganzen Körper zu zittern, denn der Mensch war das schlimmste Raubtier. Sie duckte sich in das Gras, aber es war zu spät – einer der Männer, ein abseits stehender junger Bursche, reckte den Kopf nach ihr.

Beim Anblick der Maus, die vor ihm auf der Erde kauerte, musste Hans lächeln. Als er klein gewesen war, hatte sein Vater von ihm verlangt, die Mäuse im Haus zu erschlagen, aber das hatte er nie über das Herz gebracht. Als er den Kopf zurücklegte, um die frische Morgenluft einzuatmen, sah er einen Bussard, der über der Lichtung kreiste. Dann schaute er wieder zu Grimm, der einige Worte an seine Männer richtete. Hans erinnerte sich noch gut an den Tag, als Grimm ihn am Wegrand aufgelesen hatte – damals war er ein Waisenkind gewesen, das bettelnd durch Pinafor gezogen war. Grimm hatte ihn in seine Räuberbande aufgenommen. Anfangs war er Laufbursche und Mädchen für alles gewesen, hatte aber schon bald an Raub und anderen Schandtaten teilgehabt. Er tat nicht alles frohen Herzens, aber die Bande ersetzte ihm die Familie und bot ihm Schutz und Halt. Beute gab es reichlich, denn seit dem Frühjahr schienen die Leute Goldesel im Stall zu haben. Sie ließen die Arbeit liegen und lebten in Saus und Braus. Bauern bestellten die Felder nicht, Schmieden blieben kalt, Werkstätten geschlossen, und auf dem Heerweg war kein Händler mehr unterwegs. Woher das Gold stammte, wusste niemand, aber Pinafor ersoff geradezu darin, und wer genug Mumm in den Knochen hatte, nahm sich, was er wollte.

»Jetzt sind die Dörfer im Süden der Usse fällig«, verkündete Grimm. »Sobald wir genug geraubt haben, ziehen wir uns in den Greting zurück. Dort wird geteilt.«

»Im Greting liegt der Eiserne König begraben«, murmelte ein Räuber.

»Die Hölle sei seiner Seele gnädig«, flüsterte ein anderer.

»Habt ihr wirklich Angst vor dem Eisernen König?«, fragte Grimm spöttisch. »Er ist seit zwei Jahrhunderten tot. Wir sollten seine Grabkammer plündern – sie birgt sicher viele Schätze.« Er lachte.

Die abergläubischen Räuber starrten ihn an. Ja, der Eiserne König war tot, seine Schreckensherrschaft lange her, aber er spukte durch Sagen und Legenden und wurde immer noch gefürchtet. Manche hielten ihn für unsterblich und raunten, dass er von den Toten auferstehen werde, um sich Pinafor ein zweites Mal zu unterwerfen.

Hans war auch beunruhigt, denn er hatte gehört, dass im Greting, dem Sandsteingebirge im Nordwesten Pinafors, Ungeheuer hausten. Er betrachtete Grimm, der grinsend vor ihnen stand, die

Daumen hinter den breiten Gürtel gehakt, an dem sieben Messer, ein Schwert und eine Streitaxt hingen. Grimm sorgte gut für seine Männer, vorausgesetzt, sie waren gehorsam, aber er konnte auch jähzornig und brutal sein, und seine Rachsucht war berüchtigt. Hans hatte miterlebt, wie er Menschen gequält und getötet hatte, ohne mit der Wimper zu zucken, und er empfand eine Mischung aus Bewunderung und Angst für seinen Anführer.

»Ihr tut, was ich sage«, knurrte Grimm. »Oder muss ich euch erst die Hammelbeine langziehen?« Er hob das Schwert und brüllte: »Weiber und Gold! Das Glück sei uns hold!«

Die Männer erwiderten seinen Ruf. Während sie packten, drehte sich Hans zur Maus um, die ihn immer noch anstarrte.

Er konnte nicht ahnen, dass das hellsichtige Tier gerade eine Vision hatte: Es sah Hans bei strömendem Regen gegen Grimm kämpfen; es sah, wie er gemartert wurde; wie er kreuz und quer durch Pinafor ritt; wie er sich auf einem Schlachtfeld auf den Angriff schwer gepanzerter Ungeheuer vorbereitete; wie er … Da brachen die Räuber auf, und die Vision der Maus verblasste. Sie sah Hans benommen nach. Den Bussard hatte sie ganz vergessen.

Einen Atemzug später fiel er wie ein Stein vom Himmel und schlug die Maus. Sie hatte keine Chance.

Die Räuber hatten den Waldrand fast erreicht, als Hans einen Schemen zwischen den Bäumen bemerkte. »Da ist jemand!«, rief er.

»Sicher ein Reh«, sagte Grimm, ohne anzuhalten.

»Auf zwei Beinen?«, fragte Hans.

Grimm drehte sich um. »Wie man hört, werden Grünschnäbel und Gören gelegentlich in Rehe verwandelt«, schnauzte er. »Also pass auf.«

Die anderen Räuber folgten ihm lachend ins Freie. Vor ihnen

dehnten sich die Getreidefelder Flutwiddes. Sie nahmen den Weg, auf dem die Maus an der Ähre geknabbert hatte.

Nach einer halben Meile sah Hans die Gestalt ein zweites Mal – sie huschte ganz in der Nähe in ein Gehölz, das mitten in einem Feld auf einem Hügel stand.

»Da ist sie wieder«, sagte er und zeigte auf die Bäume.

Grimm glotzte ihn an. »Wenn du dich irrst, schlage ich dich windelweich«, knurrte er. »Los, seht nach.« Er winkte zwei Männern, die mit blankem Schwert durch das Getreide zum Gehölz schlichen.

»Vielleicht ein Späher der Gografen«, meinte ein Räuber.

»Du weißt doch, dass die Feste der Gografen seit dem letzten Vollmond bis zu den Zinnen von Dornen umrankt ist«, sagte ein anderer. »Und dass alle, die sich darin aufhalten, wie Tote schlafen.«

»Das muss ein Zauber sein.«

»Natürlich. Aber wessen Zauber?«

»Egal«, erwiderte ein älterer Räuber. »Für uns sind es goldene Zeiten, denn nicht einmal die Gografen kommen uns in die Quere.«

Da ertönte ein Ruf: »Wir haben sie!«

Die Räuber eilten zum Gehölz. Sie staunten nicht schlecht, als sie sahen, dass es sich um ein Mädchen handelte.

»Ja, wen haben wir denn da?«, fragte Grimm. »Willst du uns als Waschweib oder Köchin dienen, Kleine?«

Die Männer kicherten. Nur Hans schwieg, denn das Mädchen war noch jünger als er. Ihr Haar war honigfarben, ihre Augen waren frühlingsgrün, und sie hatte viele Sommersprossen. Da er wusste, dass seine Kumpane nicht lange fackelten, trat er nervös von einem Fuß auf den anderen.

»So, wie sie aussieht, kann sie bestimmt nicht kochen«, sagte einer.

»Und auch nicht waschen«, sagte ein zweiter.

»Vielleicht hat sie ja andere Begabungen«, rief ein dritter.

Grimm griff in die Ledertasche, die am Gürtel des Mädchens hing. »Strickzeug«, sagte er spöttisch. »Wollhemden.«

Die Räuber lachten wieder. »Sie kann also stricken«, rief ein vierter. »Gut so, denn der Winter ist nur noch einen Herbst entfernt.«

»Wie heißt du, Kleine?«, fragte Grimm.

Das Mädchen schwieg.

»Nenn uns deinen Namen«, wiederholte Grimm, dessen Blut leicht in Wallung geriet.

Das Mädchen sah die Räuber der Reihe nach an und ließ den Blick aus ihren grünen Augen dann auf Hans verweilen. Sie schien zu glauben, dass Welt und Menschen gut waren und dass man ihr nichts tun würde. Ein Irrtum, wie Hans wusste.

Da landeten zwei Vögel auf ihren Schultern, ein Sperling auf der rechten, ein Zeisig auf der linken.

»Lasst sie laufen«, bat Hans.

»Ich will wissen, wie sie heißt!«, brüllte Grimm. »Ich will wissen, was sie hier zu suchen hat, wer ihre verfluchte Mutter ist und warum ihr räudiger Vater ihr nie das Fell gegerbt hat. Denn genau das werde ich tun, wenn sie nicht gleich den Mund aufmacht.«

Das Pappellaub raschelte im Wind. Es schien eine Warnung zu flüstern.

Das Mädchen schwieg immer noch.

»Wie du willst, Kleine«, zischte Grimm.

Zwei Männer banden das Mädchen an eine Pappel und rissen ihr das Kleid vom Rücken.

»Klopft sie weich«, befahl Grimm. »Urs?«

Urs, ein gehorsamer Hüne, zog die Peitsche aus dem Gürtel.

Da rief ein Räuber: »Was ist das?« Er zeigte auf den Rücken des Mädchens, der von den Schultern bis zu den Hüften mit einem rätselhaft verschlungenen Muster bedeckt war.

»Sieht aus wie eine Landkarte«, sagte ein zweiter Räuber.

»Oder wie ein Plan zu einem verborgenen Hort«, flüsterte ein dritter.

»Ein Schatzplan auf lebendiger Haut!«, keuchte ein vierter.

»Ein Schatzplan?«, höhnte Grimm. »Du kannst ihr später gern die Haut abziehen und damit auf die Suche gehen, aber erst bekommt sie Hiebe.«

Hans entfernte sich. Er wollte nicht dabei sein, wenn man das Mädchen schlug. Sie erinnerte ihn an seine Schwester Grete, die er seit vielen Jahren nicht mehr gesehen hatte; er wusste nicht einmal, ob sie noch lebte. Ihre Kindheit war hart und entbehrungsreich gewesen, und ihre bettelarmen Eltern hatten mehrmals versucht, sie im Wald auszusetzen. Beim dritten Mal war es ihnen geglückt, und Hans und seine Schwester waren in die Fänge einer Hexe im Lohwald geraten, der sie nur knapp entronnen waren. Er verdrängte die Erinnerung und sah sich nach seinen Kameraden um. Urs führte ein paar Kunststücke mit der Peitsche vor; er war nicht klug, aber er konnte ein Ahornblatt, das jemand mit vier Fingern hielt, mit einem Hieb halbieren. Nach einer Weile befahl ihm Grimm, er solle dem Mädchen, das weiterhin keinen Ton von sich gab und ihn zur Weißglut brachte, endlich einheizen.

Hans wurde bewusst, dass ringsum Stille eingekehrt war: Die Vögel waren verstummt; der Wind war abgeflaut; das Laub raschelte nicht mehr. Und als er sich noch einmal umdrehte, geschah es: Kurz bevor Urs zuschlug, blitzte ein grelles Licht auf, und grasgrüne Flammen überrollten die Räuber. Stämme, Äste und Blätter der Pappeln brannten lichterloh. Getreide und Gras brannten. Die Erde brannte. Hans wurde von einem glühend heißen Luftstoß umgerissen. Er sah, dass Grimm wie eine lebende Fackel aus dem Gehölz torkelte. Glut und Asche wirbelten. Schreie gellten. Brennende Männer schlugen mit den Armen wie flügellahme Hühner, bis ihnen Rauch und Hitze die Sinne raubten. Sie wankten und stürzten, blieben qualmend liegen, regten sich nicht mehr.

Hans wurde schwarz vor Augen. Er fiel in eine Ohnmacht, die dem Tod näher war als dem Schlaf.

Als er die Augen öffnete, tanzte ein Mückenschwarm über ihm. Er holte rüttelnd Luft. Die Luft stank nach verbranntem Holz und Fleisch. Seine Haare waren versengt, Mantel und Hose, Wams und Stiefel von Brandlöchern übersät. Er stieß sein Schwert in die Erde, zog sich daran hoch – und erschrak, denn ihm bot sich ein Bild der Verwüstung: Die Wiese war von Asche bedeckt, Pappeln schwelten, Flammen züngelten auf schwarzen Leichen.

Hans' Erinnerung kehrte schlagartig zurück.

Das Mädchen …

Seine Kameraden waren bis auf den letzten Mann in ihrem Feuer verbrannt.

Er stolperte über die Wiese. Der Anblick seiner toten Freunde trieb ihm Tränen in die Augen. Das Mädchen schien sich in Luft aufgelöst zu haben, denn er fand keine Überreste. Nur die Stricke ringelten sich wie Schlangen vor der verkohlten Pappel. War sie eine Hexe? Verbrannte jeder Mann, der ihr Böses wollte? Lebte er noch, weil er ihr nichts getan hatte, nicht einmal in Gedanken, und sich vor der Auspeitschung gedrückt hatte? Er musste an ihre grünen Augen denken – das Feuer hatte die gleiche Farbe gehabt. Er unterdrückte ein Schluchzen und sah sich um: Er war allein.

Allein mit dem Tod, allein mit der Verwüstung. Nicht einmal die Sonne bot Trost oder Hoffnung.

Da entdeckte er in der Asche Fußspuren, die zum Auwald führten. Einer seiner Kameraden schien entronnen zu sein. Nach einem letzten Blick auf die toten Räuber, die wie eine Familie für ihn gewesen waren, gab er sich einen Ruck und folgte den Spuren. Sie endeten am Ufer der Usse. Hans legte die Hände um den Mund und rief, aber niemand antwortete. Schließlich sah er einen Leichnam, der sich flussabwärts in den Zweigen einer Trauerweide verfangen hatte. Er rannte hin und stellte fest, dass es Grimm war; er hatte sich wohl in die Usse gestürzt, um die Flammen zu löschen, und war vor Entkräftung ertrunken. Also waren doch alle tot …

Hans stand unter Schock. Er folgte dem Flussufer, stolperte über Wurzeln, torkelte durch Schilf. Kurz vor der Furt brach er zusammen. Er meinte, am anderen Ufer drei Gestalten zu sehen, einen Greis, eine Frau und einen Wicht, aber bevor er rufen oder winken konnte, wurde er bewusstlos.

Als Hans erwachte, lag er unter einem Bärenfell auf einem Strohlager. Er wischte Schweiß von seiner Stirn und sah sich verwirrt um. Der Raum war klein und niedrig. Kräuter hingen unter der Balkendecke, und Tierschädel zierten die Wände. Vor dem Kaminfeuer, über dem ein Topf brodelte, saß eine alte Frau. Ihr Kleid war schwarz und oft geflickt, und als sie sich zu ihm umwandte, meinte Hans, rotglühende Augen in ihrem runzeligen, von einer Haube umschlossenen Gesicht zu sehen.

Hans erstarrte, und in seinem Kopf pochte nur ein Gedanke: *Weg hier!* Er riss das Bärenfell ab, kam auf die Beine, die wie Strohhalme unter ihm einknickten, und taumelte aus der Tür ins Freie. Im

Schein des Vollmonds sah er, dass die Kate von Holundern umgeben war. Sein Blick zuckte über Hausdach und Außenwände – weder Lebkuchen noch Zuckerwerk, sondern Holz und Ried. Trotzdem loderte Panik in ihm wie das grüne Feuer, in dem seine Kameraden verbrannt waren, und vor seinem inneren Auge blitzten Bilder auf: Der tiefe Wald; die Käfigstreu; die Gitterstäbe; die Hexe, die Gebratenes und Gesottenes durch die Klappe schob; seine abgestumpfte Schwester, die Holz und Wasser in die Hütte schleppte; der Hühnerknochen, dünn und fein, den er der Hexe hinhielt.

Der Wind kühlte seine heiße Stirn, aber die Angst verflog nicht. Als er sich nach der Alten umdrehte, saß diese noch am Kamin. Sie winkte ihm mit einem krummen Finger.

»Komm rein, Junge«, sagte sie. »Ich habe dich sieben Tage gepflegt. Willst du an Fieber sterben?« Sie nahm einen Stock, dessen Griff die Form eines Schlangenkopfes hatte, und stand auf. »Iss etwas Suppe. Das wird dir guttun.«

Hans rang seine Angst nieder. »Gepflegt?«, murmelte er. »Sieben Tage?«

Die Alte nahm einen Holzlöffel und schöpfte Suppe in eine Schale, die sie neben das Strohlager stellte. »Warum willst du weglaufen?«, fragte sie. »Befürchtest du, zu verbrennen? Wie deine Spießgesellen?«

»Woher weißt du das?«, fragte Hans und wankte zu seinem Lager. Das Stroh raschelte, als er sich darauf niederließ.

»Ich habe Kräuter gesucht, aber gefunden habe ich Leichen. Du lagst wie tot bei der Furt, mein Junge. Dort habe ich dich aufgesammelt.« Sie stopfte eine Pfeife. »Ich bin die Muhme. Die Hüterin des Holunderhains.«

Hans griff nach der Schale. »Ich habe Angst vor Enge, denn als

Kind hat mich im Lohwald eine Hexe eingesperrt, um mich zu mästen und später zu fressen«, erzählte er und sah sich furchtsam in der kleinen Kate um. »Meine Schwester hat mich gerettet.«

»In Flutwidde gibt es keine Hexen«, erwiderte die Muhme.

»Als Räuber war ich immer im Freien. Das hat mir gefallen – keine Wände, keine Türen, keine Riegel.« Er aß einen Löffel Suppe. »Hmm … Hühnerbrühe«, sagte er mit vollem Mund.

Die Muhme füllte ein Glas mit einer klaren Flüssigkeit. »Bist du damals nicht zu deinen Eltern zurückgekehrt?«, fragte sie.

»Sie hatten uns im Wald ausgesetzt«, antwortete Hans sowohl zornig als auch bedrückt. »Ich hasse sie. Inzwischen sind sie tot, und ich weiß nicht, was aus ihr geworden ist.«

»Aus der Hexe?«

»Nein, aus meiner Schwester. Die Hexe ist verbrannt.«

Die Muhme nahm die Pfeife aus dem Mund und spuckte in die Glut. »Auch verbrannt?«, fragte sie. Dann gab sie ihm das Glas. »Holunderschnaps. Damit wirst du hundert Jahre alt.« Sie zwinkerte ihm zu.

Hans trank den Schnaps, aß die Hühnerbrühe, deckte sich mit dem Fell zu und schlief wieder ein.

Am nächsten Morgen ging es ihm besser. Er hatte von dem Mädchen mit den grünen Augen und dem rätselhaften Muster auf dem Rücken geträumt. Da er nicht verstand, was passiert war, beschloss er, der Muhme alles zu berichten.

Die Muhme saß draußen auf einer Bank in der Sonne, rauchte eine Pfeife und betrachtete die Holunderbüsche. Im Gras des Hains tanzten Blätterschatten und Sonnenflecke. Als Hans neben ihr Platz nahm, erklärte sie: »Der Holunder ist heilig. Er darf weder gefällt noch verfeuert werden. Ich bin seine Hüterin, ein Amt, das in unserer Familie seit Generationen von einer Frau zu anderen weitergegeben wurde. Leider bin ich die Letzte, denn ich habe keine Nachkommen.«

»Mein Vater hielt Holunder für Unkraut«, sagte Hans, der in seinen Schoß starrte.

Die Muhme wandte ihm das von der Haube umschlossene Gesicht zu und fragte: »Hast du etwas auf dem Herzen?«

Hans gab sich einen Ruck und berichtete von dem Mädchen. Bei der Erwähnung des Musters auf dem Rücken horchte die Muhme auf. »Und das arme Ding hat nichts gesagt?«, fragte sie.

»Kein Wort. Sie hat nicht einmal geschrien.«

»Keine Anzeichen von Angst?«

Hans überlegte. »Sie war die Ruhe selbst«, sagte er dann.

Die Muhme nahm ihren Stock und ging in die Kate.

Hans folgte ihr. Er sah, wie sie ein Buch aus dem Regal zog und auf ein Stehpult wuchtete. Sie blätterte in den ledrigen Seiten. Dann sagte sie: »Ein Schafhirte, der mit seiner Herde vorbeizog, hat mir kürzlich von diesem Mädchen erzählt. Sie hat einem Krüppel das fehlende Bein herbeigezaubert, einer Magd, die den Stallknecht heiraten wollte, einen Liebestrank gebraut und ein Geschwisterpaar gerettet, das von Irrlichtern auf den Unkengrund gelockt worden war. Sie vollbringt viele gute Taten.«

»Meine Kameraden sind in ihrem Feuer verbrannt«, sagte Hans mit einem Kloß im Hals.

Die Muhme nickte. »Ja. Aber sie wollten ihr Gewalt antun.«

Das Sonnenlicht fiel durch staubige Fenster in die Kate und ließ die Spinnweben in den Ecken glitzern. Hans begann zu weinen, denn er musste an den ertrunkenen Grimm denken, und er vermisste seine Freunde.

»Tränen heilen die Seele«, murmelte die Muhme. Sie stopfte ihre Pfeife und entzündete sie mit einem Kienspan. »Dies ist das

Kryptonomicon«, sagte sie und tippte auf das Buch. »Es enthält Prophezeiungen, Zauber und Bannsprüche und erzählt von der Zeit vor der Zeit und der Welt unter der Welt. Hier …« – sagte sie und blätterte weiter – »… ist ein Bild der Esche, die unsere Welt trägt und von den drei blinden Feen gehegt wird. Und hier …« – sie blätterte weiter – »… siehst du die Karontiden, Ungeheuer der Unterwelt, die nur Böses im Sinn haben.« Sie biss grimmig auf den Pfeifenstiel.

Hans wischte die Tränen weg und betrachtete das Bild. Die Karontiden waren größer als ein Bär; ihr Schädel war kahl, die Augen waren gelb; ihrem Steiß entsprang ein Schwanz; Brüste und Schritt liefen in spitzen, aufwärts geschwungenen Dornen aus. Sie sahen aus, als könnten sie einen Mann mit ihren Pranken zerreißen. »Gibt es sie wirklich?«, fragte er.

»Natürlich«, fauchte die Muhme. »Das Kryptonomicon lügt nie.«

»Wo soll diese Esche denn stehen? Ich bin viel in Pinafor herumgekommen, aber ich habe sie nie gesehen.«

Die Muhme starrte ihn aus Pupillen an, groß wie die einer Katze bei Nacht. »In Pinafor stimmt etwas nicht, mein Junge. Die Menschen ertrinken in Gold von dunkler Herkunft. Männer arbeiten nicht mehr, Mütter lassen ihre Kinder verkommen. Ein Dornenhag umschließt die Feste der Gografen, und alle darin liegen in tiefem Schlaf. Niemand sorgt mehr für Recht und Ordnung, von Anstand ganz zu schweigen.«

»Ich weiß«, sagte Hans betreten. »Wir haben noch nie so viel erbeutet wie in diesem Sommer. Und keiner hat uns verfolgt – weder Büttel noch Ritter.« Er musste lachen. »Es war ein Kinderspiel. Die Landmänner waren meist betrunken. Wir haben sie ausgeplündert und ihnen zum Abschied den roten Hahn auf das Dach gesetzt.«

Die Muhme sah ihn strafend an. »Irgendjemand will Pinafor schaden«, murmelte sie. »Irgendjemand greift die Wurzeln der Welt an – und die der Esche. Wenn ich nur wüsste, wer dahintersteckt. *Was* dahintersteckt.« Sie schwieg lange. Dann schrak sie aus ihren Gedanken auf und flüsterte so leise, dass Hans sie kaum verstehen konnte: »Der König …«

»Wo steht diese Esche?«, fragte er noch einmal.

»Das weiß niemand, mein Junge. Im Kryptonomicon findet sich kein Hinweis darauf. Aber …« – sie hob den Zeigefinger – »… es gibt einen Hinweis auf das Mädchen.« Die Muhme blätterte die dicken Seiten um. Sie murmelte vor sich hin und spuckte aus dem Mundwinkel auf den Lehmboden. Dann las sie vor: »›Eine Jungfer mit mondhellem Antlitz und Augen, grün wie Frühlingsgras. Eine Jungfer, wie der Nachthimmel mit Sternen gesprenkelt. Eine Jungfer, deren Rücken …« – sie sah Hans an – »… den Weg zur Esche weist, die unsere Welt trägt. In der Stunde der Not wird sie erscheinen. Sie ist schön wie eine Blume und stumm wie ein Fisch. Der Weise findet sie an den Ufern der Nacht. Er bringt sie zum Sprechen mit dem strahlendsten Stern.‹«

»Ja«, sagte Hans verblüfft. »Das ist sie.«

»Du musst sie finden«, sagte die Muhme.

Hans wich bis zur Wand zurück, an der ein Wisentschädel hing. »*Ich*?«, stieß er hervor. »Warum ausgerechnet ich? Sie hat meine Freunde getötet.«

»Pah«, erwiderte die Muhme. »Räuber und Mörder. Das sind mir schöne Freunde. Begreifst du nicht, was auf dem Spiel steht? Du könntest helfen – ja, du könntest Buße für dein Räuberleben tun, indem du dich in den Dienst einer guten und gerechten Sache stellst.«

»Ich würde das Mädchen nur suchen, um den Tod meiner Freunde zu rächen«, erwiderte Hans trotzig. »Außerdem bin ich der Sohn eines Holzhackers und seiner hartherzigen Frau. Ich habe nicht das Zeug zu großen Taten.«

»Wer weiß? Du warst ein Räuber mit einem pechschwarzen Herzen, aber vielleicht ist es bald weiß wie Mehl. Weise ist, wer sich hinterfragt. Dumm – und manchmal auch böse – sind jene, die im Spiegel immer nur das sehen, was sie sehen wollen.« Die Muhme klappte das Buch zu. »Wir besuchen die dreizehn weisen Weiber«, sagte sie entschieden. »Sie beraten die Gografen. Sie werden uns helfen.« Sie schnürte ihr Bündel, nahm ihren Stock und trat aus der Tür in den hellen Tag.

Hans sah einen Wisentschädel an, der seinen Blick aus leeren Augenhöhlen erwiderte. Ihm schwirrte der Kopf – was sollte er tun? Schließlich schnallte er das Schwert um, nahm den Mantel und folgte der Muhme. Er hatte in seinem Leben wenig Zuneigung und noch weniger Liebe erfahren, und nach dem Verschwinden seiner Schwester und dem Tod Grimms und seiner Kameraden war die Muhme der einzige Mensch, den er noch hatte; sie hatte ihn gepflegt, und sie schien Anteil an seinem Schicksal zu nehmen. Als er sich draußen noch einmal umdrehte, sah er unzählige Katzen, die vor der Kate saßen und zum Abschied maunzten.

»Das sind meine treuen Wächter«, rief die Muhme, die den Holunderhain schon hinter sich gelassen hatte.

Hans beeilte sich, sie einzuholen.

2. Die dreizehn weisen Weiber

Sie wanderten nach Süden, in das Herz von Flutwidde. Der Sommer neigte sich dem Ende zu, aber das Getreide war nicht geernet worden. Auf Gehöften brüllten Kühe, denen die Euter platzten. Pflaumen verfaulten, wo sie hinfielen. Schafe und Ziegen fraßen Blumen in den Gärten, Esel und Schweine taten sich an Äpfeln gütlich. Kein Mensch war bei der Arbeit. Manchmal begegneten sie verwahrlosten Kindern, die ihnen eine lange Nase zeigten, und einmal trabte ein abgemagerter Ackergaul vorbei, der sich verirrt zu haben schien. Am verstörendsten war, dass Laub, ja sogar Gras vor der Zeit grau wurden – und Grau war nicht einmal die Farbe des Herbstes.

»Das hier war die Kornkammer Pinafors«, sagte die Muhme. »Sieh dir an, was daraus geworden ist, seit es Gold wie Heu gibt. Das Einzige, was noch in Betrieb ist, sind die Destillen, die Kartoffelschnaps brennen.«

Hans merkte zum ersten Mal, wie schlecht es um Pinafor stand. Als Räuber hatte ihn all das nicht interessiert. Die Kinder erschreckten ihn; wenn sie Grimassen schnitten oder fluchten, zuckte er zurück.

Am Morgen des zweiten Tages kam ein Hügel in Sicht, der wie vom Himmel gefallen auf dem Flachland aufragte. »Das ist der Wolkenberg. Dort sind die dreizehn weisen Weiber zu Hause«, sagte die Muhme. »Am Nachmittag sind wir da.«

Gegen Mittag war auf dem Hügel ein Haus zu erkennen.

»Das Haus wirkt winzig«, sagte Hans. »Wie können dreizehn Frauen samt Gesinde darin wohnen?«

Die Muhme grinste ihn an, die Pfeife fest zwischen die Zähne geklemmt.

Am Nachmittag folgten sie einem gewundenen Pfad auf den Hügel. Hier wuchsen nur Ginster, Farn und Moos. Manchmal stießen sie auf Stelen, die mit verschlungenen Mustern und Bildern von Wesen verziert waren, in denen sich Mensch und Tier mischten.

»Manche sagen, dass alle Lebewesen so aussahen, bevor sich der Mensch über die Tiere erhob und schied, was ursprünglich eins gewesen war.« Die Muhme zeigte auf ein Geschöpf, das einer menschlichen Kröte glich. »Andere meinen, dass diese Bilder die Wesen der Wilden Jagd zeigen – Ungeheuer, die von der Esche gebannt werden –, die bösen Geschwister der Ragnarökk.«

»Ja, ich weiß«, sagte Hans und lachte. »Grimm hat am Feuer solche Geschichten erzählt, um Neulingen Angst einzujagen. Alles Legenden. Und das unsichtbare Volk der Ragnarökk ist auch nur ein Ammenmärchen.«

Die Muhme zog eine Augenbraue hoch.

Auf der Hügelkuppe kam Hans aus dem Staunen nicht mehr heraus: Ringsumher erstreckten sich Felder, Rauch flatterte aus Schornsteinen, Wolkenschatten glitten über das Land, Vögel zogen am Himmel dahin. »Wie herrlich«, flüsterte er.

»Oh, gewiss«, sagte die Muhme spitz. »Aus der Ferne wirkt jeder Apfel rund und schön, auch wenn er einen faulen Kern hat.«

Das Haus der dreizehn weisen Weiber, ein Fachwerkbau mit weiß getünchten Fächern und Schieferdach, war fensterlos und kleiner als die Kate der Muhme, und die Eichentür hatte weder Knauf noch Klinke. Als die Muhme mit ihrem Stock dagegen klopfte, ertönte kein Laut; es war, als wäre die Tür aus Watte. Hans, der das unheimlich fand, griff nach seinem Schwert.

Während sie warteten, dass jemand öffnete, aß die Muhme einen Kanten Brot und trank von ihrem Schnaps. Hans sah sie fragend an, aber sie zuckte nur mit den Schultern. Am späteren Nachmittag wurde endlich geöffnet. Hans, der sich gegen die Tür gelehnt hatte, wäre fast ins Haus gefallen, aber die Muhme hielt ihn fest. Im nächsten Moment reckte ihm ein Diener ein Schwert entgegen, dessen Klinge der Schulter zu entspringen schien.

»Seid ... gegrüßt«, japste Hans.

Als der Diener die Muhme erkannte, bat er die Ankömmlinge herein und verriegelte hinter ihnen die Tür. Sie standen in einer von Kerzen erhellten Halle, die an sich schon größer war als die Hütte von außen. Bestickte Teppiche hingen an den Wänden, der Fußboden war mit einem Mosaik verziert. Bis auf das Knistern der Kerzendochte war es totenstill. Der Diener stand mit starrer Miene und an die Seite geklapptem Schwertarm vor der Tür.

»Wer ist das?«, flüsterte Hans und zeigte mit dem Daumen auf den Mann.

»Ein Kultknecht«, antwortete die Muhme. »Eine Art Diener. Und jetzt sei still.«

Da erschienen die dreizehn weisen Weiber auf der Freitreppe am anderen Ende der Halle. Sie trugen weiße Gewänder und spitzenbesetzte Hauben. Die Muhme verneigte sich. Hans tat es ihr gleich.

Das älteste weise Weib winkte ihnen. Die Muhme erklomm die Stufen. Hans drehte sich auf halber Treppe noch einmal um. Zu seiner Verblüffung zeigte das Mosaik auf dem Fußboden der Halle ein Muster, das ihn an den Rücken des Mädchens erinnerte.

»Wllkommen, ehrwürdige Muhme«, sagte die Älteste, die im Gegensatz zu den anderen Weibern keine golddurchwirkten Schuhe, sondern Filzpantoffeln trug. »Welche Freude, Euch wiederzusehen.«

Sie folgten dem hinkenden, auf einen Knotenstock gestützten Weib durch einen langen, verwinkelten Flur und betraten ein Gemach, dessen Dielen goldgelb glänzten. Hohe Fenster boten Blicke auf die Fluren Flutwiddes. Vor dem Kamin, in dem ein Feuer brannte, standen dreizehn Lehnstühle in einem Halbkreis. Die weisen Weiber ließen sich darauf nieder. Ein anderer Kultknecht, der wie ein Geist aus den Schatten trat, holte zwei zusätzliche Stühle. Dann bat das älteste Weib ihre Gäste mit einem Wink, Platz zu nehmen, und fragte: »Was verschafft uns die Ehre Eures Besuches?« Sie mahlte beim Sprechen mit dem Kiefer, die auf dem Knotenstock liegende Hand zitterte. Die übrigen weisen Weiber waren ähnlich alt, aber ganz links saß eine, die viel jünger wirkte. Dunkle Haare quollen unter ihrer Haube hervor, ihre Lippen waren rot und voll. Hans starrte sie an. Als sie seinen Blick bemerkte, sah er zu Boden.

»Ich bin gekommen«, begann die Muhme, »weil ich glaube, dass Pinafor in Gefahr ist. Ja, ich befürchte sogar, dass man den Eisernen König zum Leben erwecken will.«

Schweigen trat ein. Mehrere Weiber räusperten sich.

»Zum Leben erwecken?«, fragte Hans entsetzt. Er kannte die Sagen von der Schreckensherrschaft des Eisernen Königs: Er ließ seine Feinde in den Kerkern der Grenzfeste Rottland zu Tode foltern; den Zehnten trieb er selbst ein, begleitet von einer blutrünstigen Leibgarde; wenn ein Landmann nicht zahlen konnte, wurde er gepfählt; säumige Handwerker und Kaufleute wurden gerädert, Frauen und Töchter verschleppt. Nach Jahrzehnten des Grauens wurde der Eiserne König von der beherzten Amme vergiftet, die seine Bastarde stillte. Seine untereinander zerstrittenen Söhne wurden hier, am Wolkenberg, von Hilmar von der Usse besiegt, der danach die Dynastie der Gografen begründete – kein bedeutender Titel, aber nachdem der Eiserne König Pinafor so lange geknechtet und ausgeplündert hatte, wollte der erste Gograf ein Zeichen der Bescheidenheit setzen. So jedenfalls ging die Legende.

Die weisen Weiber sahen die Muhme an.

»Viele haben ihn vergessen«, fuhr die Muhme fort. »Aber wir …« – sie zeigte auf die Weiber und sich selbst – »… wissen sehr wohl, dass er in voller Rüstung und mit dem Schwert auf der Brust in seiner Grabkammer im Königskessel liegt und der Wiedererweckung harrt.«

»Glaubt Ihr ernsthaft, dass jemand so verblendet sein könnte, den Eisernen König von den Toten zurückzuholen?«, fragte das älteste weise Weib und wischte sich Speichel vom Kinn.

Die Muhme stieß den Stock auf den Boden. »Die grüne Kraft, von der alles Leben abhängt, wird schwächer«, erklärte sie. »Wenn ihr euch draußen umseht, werdet ihr merken, dass Gras und Laub ergrauen. Dazu das viele Gold, das Pinafor überschwemmt; der Schlafbann, mit dem man die Gografen belegt hat; der Hag, der ihre Feste umgibt. Weckt das nicht auch euren Argwohn?«

»Oh, ja«, erwiderte ein anderes Weib. »Wir sind sehr besorgt. Denn das Nachlassen der grünen Kraft könnte bedeuten, dass die Esche Schaden genommen hat.«

»Der Tod der Esche wäre das Ende der Welt …«, hauchte ein drittes Weib.

»Vielleicht hat jemand ein Komplott ausgeheckt«, sagte das jüngste weise Weib. »Vielleicht gibt es einen Zusammenhang zwischen Gold, Schlafbann und Schwund der grünen Kraft.«

»Barbera!«, zischten mehrere Weiber erbost. »Du sollst …«

Die Älteste winkte ab. »Sie ist zwar die Jüngste, aber lasst sie nur reden.«

»Sie könnte Recht haben«, meinte die Muhme.

»Unsinn«, rief ein älteres Weib. »Barbera fabuliert. Ich sehe da keinen Zusammenhang. Das sind Hirngespinste!«

Das jüngste weise Weib lächelte spöttisch.

»Falls der Esche wirklich Gefahr droht, und sei es, weil man die Welt ins Wanken bringen will, um dem Eisernen König den Weg zu bahnen, müssen wir ihr beistehen«, verkündete das älteste weise Weib.

»Gewiss«, ergänzte ein anderes Weib. »Aber niemand weiß, wo die Esche wurzelt. Nicht einmal wir wissen das.«

Die Muhme nickte. Dann sagte sie: »Das ist Hans, Sohn eines Holzhackers und bis vor kurzem ein Räuber. Seine Kumpane sind tot. Ich habe ihn gefunden und gesund gepflegt. Er hat euch etwas zu berichten.« Sie stupste Hans mit dem Stock an, und er erzählte stockend von dem Mädchen mit den grünen Augen und dem verschlungenen Muster auf dem Rücken. Dabei hielt er den Blick gesenkt. Die alten Weiber jagten ihm Angst ein, denn sie erinnerten ihn an die Hexe im Lohwald. Seine Augenlider zuckten, und beim Reden trat ihm Schweiß auf die Stirn.

Nachdem er geendet hatte, erhob sich Gemurmel unter den Weibern. Vor dem Fenster glitten watteweiße Wolken vorbei, als würden sie hoch am Himmel in einem Luftschloss sitzen.

Schließlich ergriff die Älteste das Wort: »Falls es sich um das Mädchen handelt, von dem im Kryptonomicon die Rede ist, und falls die Zügellosigkeit der Menschen wirklich damit zu tun hat, dass die Esche leidet …« – sie leckte über ihre Lippen – » … müssen wir das Mädchen rasch finden, denn es könnte den Weg zur Esche weisen und uns helfen, Unheil abzuwenden.«

Die anderen Weiber tauschten Blicke. Ihre Mienen waren so starr, dass Hans nicht erraten konnte, was in ihnen vorging. Als er aus einem Fenster sah, erblickte er einen Falken, der von sieben Raben verfolgt wurde. In den Tiefen des Hauses ertönte ein leises Stöhnen oder Dröhnen. Die Älteste ließ den Knotenstock auf den Boden knallen, und der Kultknecht verließ das Gemach.

Das jüngste Weib schob eine Haarsträhne unter ihre Haube. »Hans weiß, wie das Mädchen aussieht«, sagte sie. »Er sollte sie suchen. Als ehemaliger Räuber scheut er sicher keine Gefahr. Ihr könnt hier übernachten. Morgen bricht er dann auf.«

Hans zog den von Brandlöchern bedeckten Mantel vor der Brust zusammen, als wollte er sich schützen.

Die Muhme sah ihn prüfend von der Seite an. »Das habe ich ihm auch schon vorgeschlagen«, sagte sie.

»Wärst du dazu bereit?«, fragte das älteste weise Weib.

»Ich …« Hans räusperte sich. »Ich … weiß nicht recht. Ich brauche Bedenkzeit. Denn das Mädchen … nun, ja – sie hat immerhin meine Freunde verbrannt, und …«

»Dir winkt reicher Lohn«, unterbrach ihn Barbera und machte ihm schöne Augen. »Wir würden dir auch drei kampferprobte Gefährten zur Seite stellen. Du wärst also nicht allein.«

Der verwirrte Hans starrte das jüngste weise Weib an wie ein Kaninchen die Schlange. »Gut. Ich …«, stotterte er. »Warum nicht? Das Mädchen kann nicht schwer zu finden sein. Und wer … sind meine Gefährten?«

»Das wirst du morgen früh erfahren«, antwortete Barbera.

Die Älteste erhob sich so langsam von ihrem Lehnstuhl, als würde sie eine Zentnerlast auf den Schultern tragen. »Gut. Die Sache ist beschlossen«, sagte sie. »Der Diener zeigt euch die Zimmer. Ehrwürdige Muhme …« – sie nickte grüßend – »… tapferer

Hans.« Sie hinkte aus dem Gemach. Die zwölf anderen Weiber folgten ihr. Barbera, die den Schluss bildete, drehte sich noch einmal nach Hans um. Dann fiel die Tür ins Schloss.

Hans stand verwirrt da. In seinem Kopf pochte das Blut.

»Brav«, sagte die Muhme und klopfte ihm auf die Schulter. »So gefällst du mir besser. Ich wusste von Anfang an, dass du ein reines Herz und Mumm in den Knochen hast!«

Hans schwieg überrumpelt. *Er*, ein Grünschnabel, sollte das Mädchen suchen, das seine Kameraden auf dem Gewissen hatte? Warum nicht ein erfahrener Recke? Er sah sich ratlos im Gemach um – die blitzblanken Dielen, die im Sonnenlicht glitzernden Kerzenständer, die Lehnstühle. Sein Blick blieb an der Tür hängen, durch die Barbera verschwunden war, und er seufzte.

Der zurückgekehrte Kultknecht führte die Gäste durch lange Flure und über viele Stiegen zu einem Zimmer. Dort sagte er zu Hans: »Eine meiner Herrinnen will mit dir reden, bevor du zu Bett gehst.«

Hans sah zur Muhme. Sie nickte ihm aufmunternd zu, bevor sie im Zimmer verschwand.

Wieder wurde Hans durch viele Flure und über zahllose Stiegen geführt. Er sah im Vorbeigehen eine Rüstung; die Gravur auf dem Helm kam ihm bekannt vor, aber er hatte keine Zeit für einen genaueren Blick. Schließlich hielt der Diener vor einer Tür. Er klopfte mit dem Säbelarm dagegen. Drinnen rief jemand: »Herein.« Der Diener öffnete die Tür und bat Hans mit einer Geste, einzutreten.

Das Zimmer war mit weißem Samt ausgeschlagen. Zierliche Möbel standen an den Wänden. Hans war im ersten Moment wie geblendet. Nachdem er sein Staunen verdaut hatte, sah er Barbera, das jüngste weise Weib, die in einem Erker auf einer Bank saß, umspielt vom Schein der Abendsonne.

»Danke, dass du gekommen bist, tapferer Hans«, sagte sie. »Tritt näher.«

Hans, der sich zwischen all dem reinen Weiß seiner Lumpen schämte, stand wie erstarrt da. Barbera kam auf ihn zu, nahm ihn bei der Hand und zog ihn zum Erker.

»Sieh nur«, sagte sie. »Unser Pinafor. Ist es nicht herrlich?«

»Oh, ja«, murmelte Hans, dessen Hand in ihrem Griff feucht wurde. Um zu verbergen, dass er errötete, sah er aus dem Fenster: Die goldenen Getreidefelder Flutwiddes erstreckten sich bis in die Ferne – ein prächtiger Anblick, bei dem ihm das Herz aufging.

»All das ist bedroht«, sagte Barbera. »Lohnt es sich nicht, dafür zu kämpfen?« Sie nahm seine Hand und streichelte sie mit dem Daumen.

»Doch … ja«, krächzte Hans. Barbera duftete nach Flieder, und er rang um Atem.

»Wenn du das Mädchen findest, erfahren wir vielleicht, wo die Esche wurzelt und welche Gefahr Pinafor droht«, flüsterte sie und strich über sein blondes Haar.

Hans bekam eine Gänsehaut. Ihm schwirrte der Kopf. »Ja, ich verstehe«, stieß er hervor. »Ich werde das Mädchen suchen … und finden … und …«

Barbera legte ihm die Hände auf die Schultern. »Du bist mutig und gut, Hans«, sagte sie. »Ich bin stolz auf dich. *Wir* sind stolz auf dich.«

»Danke … danke«, stotterte Hans. Er hatte noch nie so viel Zuneigung und Anerkennung erfahren und wusste nicht, wie er damit umgehen sollte. Außerdem verdrehte ihm die Nähe der Frau den Kopf. Er hatte weiche Knie und hätte sich am liebsten gesetzt, aber sie schmiegte sich an ihn und legte ihren Kopf gegen seine

Brust. Hans erstarrte. Sein Herz trommelte wie Pferdehufe beim Galopp.

»Nun musst du gehen«, murmelte sie.

»Natürlich«, sagte Hans. »Ich muss … gehen. Ja, ich gehe! Wo … ist die Tür?« Er sah sich suchend im Zimmer um.

Barbera griff nach einer Klingel. Auf den hellen Klang hin öffnete der Kultknecht die Tür.

»Schlaf gut«, flüsterte das jüngste weise Weib. »Träume von unserem schönen Pinafor.«

Hans schwankte mit butterweichen Beinen zur Tür. Auf der Schwelle drehte er sich noch einmal um.

»Finde das Mädchen«, rief sie. »Rette Pinafor!«

Er nickte stumm. Der Diener schloss die Tür hinter ihm, und sie traten den Rückweg an. Hans ging wie auf Wolken.

Die Muhme schnarchte, aber nicht das hielt ihn wach. Er hatte oft Angst vor dem Einschlafen, weil ihn Albträume von der Gefangenschaft bei der Hexe im Lohwald plagten. Er sah zum Baldachin des Bettes auf, der mit dem Bild einer Nixe geschmückt war. Ihre Haare waren so dunkel wie die des jüngsten weisen Weibes, und die Silberfäden, mit denen Fischschwanz und Körper gestickt worden waren, glitzerten im Zwielicht. Sie breitete die Arme aus, als wollte sie ihn an ihren Busen drücken.

Er wälzte sich im Bett hin und her. Manchmal meinte er, in den Tiefen des Hauses ein Stöhnen oder Dröhnen zu hören, wie es während des Gesprächs mit den weisen Weibern ertönt war. Später glaubte er, ein Sirren zu vernehmen. Als ihn der Schlaf doch noch übermannte, hatte er einen Traum, in dem erst Barbera und dann das Mädchen auftauchte. Er versank in ihren Körpern. Im Halbschlaf träumte er von dem grasgrünen Feuer, in dem seine Kameraden verbrannt waren. Schließlich erwachte er. Draußen graute der Morgen, und ein fahles Licht fiel durch das Ostfenster. Er rieb seine Augen.

Die Muhme stand angekleidet vor der Waschkommode und legte das Handtuch neben die Schüssel. »Guten Morgen«, sagte sie. »Mach dich frisch.«

Während Hans sich wusch, saß die Muhme am Fenster. Über ihrem Kopf kräuselte sich der Pfeifenrauch; im Schein der aufgehenden Sonne nahm er geisterhafte Gestalten an. Hans hatte sich gerade angezogen, als ein Kultknecht klopfte, um sie in einen Saal zu führen. Im Kamin, dessen Umfassung mit Reliefs der Mischwesen aus Mensch und Tier verziert war, knisterte ein Feuer. Hans und die Muhme setzten sich an den gedeckten Tisch, aßen Weizengrütze und tranken Tee. Der Kultknecht wachte währenddessen drinnen vor der Tür.

Schließlich trat eines der weisen Weiber ein.

»Alles ist bereit«, sagte das Weib mit einer Verbeugung. »Ihr könnt aufbrechen.«

Die Muhme tupfte ihre Lippen mit einem Leinentuch ab. Sie nickte Hans zu und erhob sich. Der Diener führte die drei zur Eingangstür. Draußen vor dem Haus, das wieder wundersam klein wirkte, warteten die übrigen zwölf weisen Weiber. Vier gesattelte Pferde standen da, Kaltblüter mit zottigen Hufen, und im Gras saßen drei Personen, zwei Frauen und ein Mann. Beim Anblick von Hans kamen sie auf die Beine. Das älteste weise Weib humpelte zu ihnen, um sie vorzustellen.

»Deine Gefährten«, sagte sie. »Bessere findest du nicht.«

Hans sah die Muhme an. Sie hob die Augenbrauen.

»Das hier ist Sanne«, fuhr die Älteste fort und zeigte mit zitternder Hand auf eine zarte Frau. »Eine Fee hat sie reich beschenkt:

Fällt ihr ein Haar aus, so ist es aus Gold; weint sie Tränen, so werden sie zu Perlen; und ihr Speichel verwandelt sich in Silber.«

Sanne versuchte zu lächeln, wobei sie den Mund fest zukniff. Ihre Augen waren kugelrund, ihre brünetten Haare straff nach hinten gebunden. Sie wirkte schüchtern, aber in ihrem Gürtel kreuzten sich die halbmondförmigen Klingen zweier Sicheln.

»Und dies«, sprach die Älteste und zeigte auf den Mann, »ist …«

Der Mann, kräftig, braungelockt und mit einem Zweihänder auf dem Rücken, der fast so lang war wie er selbst, drohte ihr stumm mit der Faust.

»Nun …«, fuhr die Älteste fort, »dies ist … der, dessen Name nicht genannt werden darf. Er ist bärenstark und bereit, mit euch durch dick und dünn zu gehen.«

»Und warum«, wollte die Muhme wissen, »darf sein Name nicht genannt werden?«

Der Mann warf ihr einen zornigen Blick zu.

»Wir nennen ihn Kunz«, erwiderte die zweite Frau. Ihr Haar war feuerrot, ihre Haut milchweiß, und ihre Augen waren pechschwarz. »So heißt er nicht wirklich. Aber wenn man seinen wahren Namen nennt, packt ihn eine Wut, wie man sie selten erlebt. Und das wollen wir gern vermeiden.« Sie war noch schöner als das jüngste weise Weib, aber ihr Blick war kühl. Sie lächelte nicht mit den Augen, sondern nur mit dem Mund.

»Sie heißt Sneewitt«, sagte das älteste weise Weib. »Sie ist eine meisterhafte Bogenschützin. Ihre Skrupel hat sie hinter den sieben Bergen verloren.«

»Pah!«, zischte Sneewitt, legte einen Pfeil auf und schoss dem Kultknecht die Kappe vom Kopf. Der Pfeil blieb zitternd in der Haustür stecken.

»Immerhin *ein* Lichtblick«, murmelte die Muhme.

Der Diener riss den Pfeil aus den Bohlen und starrte seine durchlöcherte Kappe an.

»Famoser Schuss.« Kunz klatschte Beifall. »Sie schießt dem Teufel aus einer Meile Entfernung einen Mittelscheitel in die nicht vorhandene Frisur«, sagte er hinter vorgehaltener Hand zu Hans.

Sneewitt, die seine Worte gehört hatte, spuckte aus.

»Der Teufel?«, fragte Hans verständnislos. »Wer ist das?«

Sanne sah ihn mit großen Augen an und sagte: »Ein Unhold mit rostbraunem Zottelfell, der in den Eichenwäldern des Gretings sein Unwesen treibt.«

»Das ist der Eisenhans«, bemerkte Sneewitt verächtlich. »Und er macht höchstens Kindern Angst.«

»Deine große Klappe möchte ich haben«, brummte Kunz.

Sanne lächelte Hans entschuldigend an.

Die Älteste humpelte an ihren Platz im Spalier der weisen Weiber. Sie hob die rechte Hand und sprach: »Möget ihr nie vom rechten Weg abkommen. Findet das Mädchen, das den Weg zur Esche weist, und bringt es wohlbehalten hierher.« Sie setzte zu einer Segensgeste an, aber ihre Hand zitterte zu sehr. Der Kultknecht öffnete die Tür, und die dreizehn weisen Weiber verschwanden nacheinander im Haus. Barbera drehte sich noch einmal um und warf Hans einen sehnsuchtsvollen Blick zu. Dann wurde die Tür zugeknallt. Riegel rasteten ein, ein Schlüssel knirschte im Schloss. Niemand konnte mehr ahnen, was das fensterlose, einsam auf dem Wolkenberg stehende Häuschen in seinem Inneren barg.

Hans betrachtete Gefährten und Pferde. Er hatte das Gefühl, zu träumen. Alles, auch sein Auftrag und das Mädchen mit den grünen Augen, kam ihm unwirklich vor.

»Holunder und Katzen erwarten mich«, sagte die Muhme zu

Hans. »Viel Glück, mein Junge. Wir sehen uns.« Sie kniff ihn zärtlich in die Wange. Damit ging sie den Hügel hinunter.

Hans sah ihr nach. Ohne die Muhme fühlte er sich plötzlich allein. Dann fielen ihm seine Gefährten ein, und er drehte sich um. Sie sahen ihn erwartungsvoll an. »Tja,« stotterte er. »Wir suchen ein … sommersprossiges Mädchen mit grünen Augen und einem rätselhaften, verschlungenen Bild auf dem Rücken, das viele gute Taten vollbringt. Die Sache ist sehr …« – er räusperte sich – »… wichtig. Versteht ihr?«

Sanne nickte. Kunz murmelte: »Sommersprossen? Aha«, und rückte den Zweihänder zurecht. Sneewitt spottete: »Du siehst aus, als wolltest du gleich in Tränen ausbrechen, *mein Junge*. Möchtest du dich nicht lieber an die Rockschöße der Muhme klammern? Oder der Schürze von Barbera nachjagen? Willst du wirklich mit uns losziehen?«

»Lass ihn«, sagte Sanne. »Wahrscheinlich hat man ihn genau wie uns zu dieser Suche verdonnert.«

»Verdonnert?«, fragte Hans.

»Petze!«, zischte Kunz mit Blick auf Sanne. Dann sagte er zu Hans: »Um ehrlich zu sein, sind wir … gewissermaßen auf Bewährung, weil wir einer hochschwangeren Bäuerin den Melkschemel unter dem Hintern weggetreten haben.«

Sneewitt lachte laut auf. »Sehr schön formuliert«, erwiderte sie. »Aber war sie wirklich hochschwanger?«

Hans starrte seine Gefährten an. Dann saß er wortlos auf, und sie ritten los. Sie wurden von drei Wesen beäugt, einer Frau, einem Greis und einem Wicht, die sich an einem Bachufer im Schilf verbargen. Niemand nahm sie wahr.

3. Der Mann, der zwei Tode starb

Ein Mann schwamm kopfüber in der Usse. Die Strömung zog ihn mit. Messer glitten aus seinem Gürtel und sanken auf den Grund, wo sie im Sand zwischen den Algen lagen und von Fischen beäugt wurden. Sogar die Hechte mieden ihn. Die Flusskrebse zogen sich bei seinem Anblick in ihre Panzer zurück, und die Wasserschneider schlugen einen Bogen.

Er trieb drei Tage im Fluss. Einmal verhakte sich einer seiner Stiefel im Uferschilf, und er blieb eine halbe Nacht hängen. Seine Arme schaukelten, als wollten sie nach etwas greifen. Frühmorgens löste er sich aus dem Schilf.

Am Abend des dritten Tages trieb er an den Weidenbäumen vorbei, die die letzte Flussschleife vor der Mündung der Usse in den Welsfluss säumten, nicht weit vom Werder, auf dem die Feste der Gografen stand. Die Sonne sank, und Krähen versammelten sich auf den Bäumen. Sie flogen aus allen Richtungen herbei und ließen sich lärmend auf den Ästen nieder.

Doch als der Mann an den Bäumen vorbeitrieb, verstummten die Krähen. Ihre Köpfe ruckten herum, sie richteten die Schnäbel auf den nebelverhangenen Fluss. Die Nacht brach herein. Der Mann verharrte mitten in der Strömung. Er begann, sich zu drehen, erst träge, dann schneller. Arme und Beine bogen sich im Sog des Strudels. Die Krähen sahen zu. Der Wind frischte auf und zerzauste ihr Gefieder.

Der Mann wurde langsam vom Strudel in die Tiefe gezogen. Eine

Hand ragte in die Luft, dann wurde auch sie von den Fluten verschluckt.

Die Krähen blieben stumm, hüpften aber unruhig von einem Bein auf das andere. Der Wind wurde stärker. Äste bebten, Stämme knarrten. Eine Windhose raste aus der Ferne auf die Usse zu. Einige Krähen strichen ab. Dann mehr. Warnendes Krächzen erfüllte die Luft. Die Fische tauchten auf den tiefen Grund. Die Krähen wirbelten durcheinander, dann ergriffen sie die Flucht.

Im nächsten Moment schossen sieben Raben über die Usse. Die Windhose brach durch die Weiden. Sie fegte den Nebel weg und hielt über dem Strudel. Von dem Luftwirbel in die Höhe gezogen, tauchte der Tote aus den Fluten auf. Sein Gesicht war verbrannt und aufgedunsen. Es war Grimm, der Räuberhauptmann, der Mann, der zwei Tode gestorben war: Einen durch Feuer, einen durch Wasser.

Die Windhose riss ihn mit und verschwand in der Richtung, aus der sie gekommen war, gefolgt von den sieben Raben.

»Rubine sind, was deine Augen waren!«, sprach jemand.

Grimm trieb aus dem Tod in den Schlaf und aus dem Schlaf in das Leben. Sein Herz begann zu schlagen, erst ruckelnd, dann regelmäßig. Er öffnete die Augen. Anfangs wurde sein Blick durch einen rötlichen Schleier getrübt. Dann schien ein Licht auf, greller als die Mittagssonne. Grannen, Staub und Spelzen flogen durch die Luft wie beim Dreschen auf einer Tenne. Alles war von Surren, Sausen und Dröhnen erfüllt, und in Abständen erklang ein Stöhnen wie aus tausend gequälten Kehlen. Grimm wollte sich aufrichten, aber man hatte ihn auf eine Holzpritsche gebunden. Er ballte die Fäuste und riss vergeblich an den Lederriemen. Mit den Rubinen, die seine toten Augen ersetzten, sah er eine Gestalt. Sie verschwamm im gleißenden Licht. Sie legte ihm eine Hand auf die Stirn. Sie fragte: »Erinnerst du dich an das Mädchen mit den grünen Augen?«

Grimms Blick wurde von Zorn und Hass getrübt, die in ihm aufstiegen wie schwarzer Rauch. Er nickte. Seine Zunge war bleischwer.

»Deine Kameraden sind in ihrem Feuer verbrannt«, sprach die Stimme. Eine Hand strich über seinen kahlen Kopf. »Wir haben dich wieder zum Leben erweckt, damit du sie rächst. Finde das Mädchen. Töte sie. Aber töte sie langsam. Sie soll leiden, bis sie ihr Schweigen bricht und ihre Schreie zum Himmel gellen. Und merke dir: Ab jetzt bist du ein Krieger des Eisernen Königs!«

Grimm knirschte mit den Zähnen. Seine Unterlippe bebte. »Ja«, stieß er hervor. »Ich räche meine Kameraden. Ich werde das Mädchen so langsam töten, bis sie ihr Schweigen bricht und ihre Schreie gen Himmel gellen.« Ihm wurde vor Hass schwarz vor Augen. Das grelle Licht erlosch. Surren, Sausen und Dröhnen verstummten. Die Gestalt verschwand. Grimm wurde wie von einem Strudel in die Ohnmacht gezogen.

Als er daraus auftauchte, lag er vor einem Weizenfeld. Kerbel und Kamille ragten neben ihm auf. Dicht vor ihm scharrte ein Rappe mit den Hufen, an dessen Sattel Schild und Schwert hingen. Grimm trug eine eisgraue Rüstung und einen Helm, der seinen Kopf ganz umschloss.

Er kam auf die Beine. »Ich lebe!«, dachte er. Dann fiel ihm das Mädchen mit den grünen Augen ein, und er begann, vor Zorn zu zittern. Als er sich wieder gefangen hatte, erblickte er sieben blondgelockte Jünglinge in goldener Rüstung. Sie warteten einen Steinwurf entfernt. Jeder hielt einen Schimmel am Zügel. Grimm schwang sich auf den Sattel des Rappen und ritt zu ihnen. Sie verneigten sich vor ihm und sagten wie aus einem Mund: »Wir sind bereit, Herr.«

Grimm schwieg. Er gürtete sich mit dem Schwert und zog es blank. Die zweischneidige Klinge blitzte im Mittagslicht. Er wusste nicht, wem er sein Leben verdankte, aber er würde seine Schuld begleichen. »Wir suchen ein Mädchen«, sagte er. »Ein Mädchen mit grünen Augen und einem verschlungenen Muster auf dem Rücken. Sie hat meine Männer getötet. Nun werden wir sie töten. So langsam, bis sie ihr Schweigen bricht und ihre Schreie gen Himmel gellen.« Er steckte das Schwert ein und ließ den Blick über die sieben Jünglinge gleiten. Sie waren schön, aber die Falten um den Mund zeugten von Grausamkeit. Sie lächelten bei seinen Worten.

»Aufsitzen!«, befahl Grimm.

Die Jünglinge sprangen mit einem Satz in den Sattel.

Dann preschten die acht Reiter los. Der Staub, den die Hufe ihrer Rösser aufwirbelten, hing noch lange in der Luft.

4. Meister Grimbart

Der Mensch hatte zwar geschieden, was früher eins gewesen war, aber mit den Tieren war nach wie vor zu rechnen. Sie spürten seit langem, dass in Pinafor etwas im Argen lag, und waren tief besorgt. Sie hatten kurz nach der Auslöschung der Räuberbande Rat gehalten und beschlossen, zu handeln. Natürlich hatte niemand selbst etwas tun wollen, weder Bär noch Hirsch oder Wolf, aber man hatte sich darauf geeinigt, einen alten Haudegen in die Schlacht zu schicken.

Man zog Strohhalme. Der Fuchs musste sich auf den Weg machen, um den Auftrag zu übermitteln. Er ärgerte sich, weil er den kürzeren gezogen hatte. Außerdem wusste er, was ihm blühte. Meister Grimbart, der von seinem Glück nichts ahnte, konnte ausgesprochen mürrisch sein. Manche Tiere, vor allem solche, die ihm den Ruhm neideten, nannten ihn sogar einen Kotzbrocken. Seine Tage als Kämpe waren lange her, aber er war den anderen Tieren als Einziger eingefallen; um seine Heldentaten rankten sich Legenden, und er genoss den Ruf, nichts und niemanden zu fürchten. Im Krieg gegen die schwarzen Wölfe hatte er angeblich sieben auf einen Streich getötet.

Der Fuchs bummelte, denn er hatte wenig Lust, und raubte ab und zu ein Huhn auf einem der Gehöfte. Die Bauern waren so mit sich selbst beschäftigt, dass sie nichts merkten. Er stahl auch eine Flasche Kartoffelschnaps, weil er wusste, dass der Dachs gern ein Schlückchen trank. Deshalb brauchte er fünf Tage bis zum Dachsbau, der sich in der Nähe der Mündung der Fusel in die Usse befand. Nördlich davon ging Flutwidde in die Hohe Heide über. Als er sich dem Bau endlich näherte, lag Hans noch bei der Muhme im Fieber, und Grimm trieb den dritten Tag im Fluss.

Meister Grimbart hatte seinen Bau in einem flachen Hügel angelegt. Der Eingang befand sich zwischen Kiefernwurzeln. Dort sonnte er seine Schwarte und döste, denn er ging nachts auf Jagd. Der Fuchs blieb in einiger Entfernung stehen und krauste die Nase – Dachse rochen nicht gerade lieblich. Aber er gab sich einen Ruck und schnürte weiter. Als er in den Bau sah, traf ihn ein Schwall Erde mitten ins Gesicht. Er sprang keckernd zurück, und im nächsten Moment kam die lange, schwarz-weiße Schnauze Meister Grimbarts zum Vorschein.

»Schau einer an – Reineke Fuchs!«, rief er. »Bleib lieber draußen, denn ich erledige gerade den Frühjahrsputz.«

»Wir haben bald Herbst«, erwiderte der Fuchs und schüttelte die Erde von seinem Balg.

»Weißt du«, sagte der Dachs und sah zum Himmel auf, »im Ruhestand verschiebt sich das. Der Frühling wird zum Herbst und der Sommer zum Winter, und dann kommt irgendwann das Große Dunkel.«

Der Fuchs sprach ungern vom Tod, und da Meister Grimbart offenbar gut gelaunt war, beschloss er, nicht viel Federlesens zu machen. »Ich komme aus dem Lohwald. Vom Rat«, sagte er.

»Ach, wirklich? Vom Rat?«, fragte der Dachs. Erst gähnte er, dann zog er die Nase hoch und rotzte in den Sand.

Der Fuchs war entsetzt über diese rüpelhaften Manieren. »Ja. Vom … Rat«, wiederholte er irritiert. »Du hast vielleicht auch gemerkt, dass in Pinafor etwas faul ist. Die Menschen leben nur noch ihre … Lüste und übelsten Seiten aus. Dann sind da diese sieben Raben, die überall in der … Luft herumflattern. Niemand kennt sie. Der Uhu meint, dass die Esche bedroht ist. Nun … kurz gesagt …«

»Kurz ist gut«, warf der Dachs ein und drehte seine Schwarte in die Spätsommersonne.

»Ja … Zusammenfassend und in allerkürzester Kürze gesagt«, stammelte der noch tiefer irritierte Fuchs, »haben wir dich dazu ausersehen, die … Welt zu retten!« Er hatte die Worte kaum ausgesprochen, da wusste er schon, dass er in ein Fettnäpfchen getreten war. Er legte demütig die Gehöre an.

Meister Grimbart wälzte sich herum und funkelte den Fuchs an. »Raben, die in der *Luft* herumflattern?«, knurrte er. »Was soll daran so seltsam sein?«

»An sich nichts«, stammelte der Fuchs. »Aber um die Kürze zu würzen … will meinen … um auf den wunden Punkt zu kommen … Sie sind Unglücksboten. Verstehst du?«

»Ich verstehe vor allem«, erwiderte der Dachs eisig, »dass ich meinen herbstlichen Frühjahrsputz unterbrechen soll, weil die beim Rat versammelten Trottel und Weicheier zu faul und zu feige sind, selbst zu handeln. Ihr wollt mich ungefragt für etwas einspannen? Vergesst es!«

Der Fuchs schluckte. »Da war dieser Feldherr«, sagte er, »der gern seinen Acker pflügte. Wenn Gefahr drohte, rief man ihn, und er ließ Pflug und Pferde stehen und eilte den Seinen zu Hilfe.«

»Was kümmern mich Uhu oder Bär?«, brummte der Dachs. »Das sind nicht die Meinen. Von diesen Menschen ganz zu schweigen.«

»Vielleicht solltest du einmal im Leben über den Tellerrand deiner kleinen Welt blicken«, sagte der Fuchs.

Meister Grimbart sah ihn an, als wollte er ihn fressen.

Der Fuchs dachte nach. Dann entschied er sich für eine neue

Taktik. »Wie wäre es mit einem Kartoffelschnaps?«, fragte er unverfänglich. »Habe ich unterwegs stiebitzt.«

»Her damit«, fauchte der Dachs. »Alles, um eure Dummheit zu vergessen!«

Der Fuchs entkorkte die Flasche.

Bei Anbruch der Dämmerung war der Dachs sternhagelvoll. Er lag vor seinem Bau, den Schnaps in der Pranke, und prahlte mit seinen Heldentaten. Der Fuchs nickte oder brummte in Abständen und tat so, als höre er zu, schlief aber halb. Er schrak erst auf, als sich der Dachs verschluckte und laut husten musste.

»Ah – bevor ich es vergesse«, sagte er, »du musst die Flasche noch quittieren.«

»Quitt … was?«, lallte Meister Grimbart. »Hast du den Stoff nicht geklaut, du Held?«

»Auch Diebe haben ihre Ehre«, erwiderte der Fuchs pikiert. »Ich führe Buch über jedes Huhn. Hier …« – er entrollte ein Pergament, tunkte eine Gänsefeder in Tinte und reichte sie dem Dachs – »… bitte unterschreib unten links.«

Meister Grimbart rülpste. »Schlauer Fuchs! Du willst die Signatur eines Helden abstauben, wie?«, fragte er. »Na, gut. Her mit dem Wisch.« Er unterzeichnete so schwungvoll, wie es sein trunkener Zustand erlaubte.

Der Fuchs wedelte mit dem Pergament. Als die Tinte trocken war, rollte er es zusammen. »Ich haue mich jetzt aufs Gehör, Kumpel«, sagte er. »Wir sehen uns morgen früh.«

»Ja, ja«, lallte der Dachs. »Schlaf nur, du Held. Feige und faul und nicht mal trinkfest …« Er ließ den Schnaps in seine Kehle gluckern. »Ich gehe nachher noch auf Jagd«, murmelte er. »Auf Jagd … nachher …«

Der Fuchs suchte sich eine lauschige Kuhle und schlief bald ein.

In der Frühe weckte ihn der Hunger, und er trabte zum Fluss. Dort riss er eine Bisamratte. Während er sie schmatzend und knurpselnd und alles in allem sehr unmanierlich verspeiste, fand ihn ein Eichelhäher, der ihm eine Botschaft des Rates zu überbringen hatte. Nachdem der Fuchs Nachricht und Ratte verdaut hatte, kehrte er zum Hügel zurück. Meister Grimbart lag wie tot in seiner Röhre und schnarchte, dass Zapfen von den Kiefern fielen. Reineke Fuchs ließ sich außer Hörweite nieder und dachte nach, während die Sonne über den Feldern aufging. Schließlich erwachte der Dachs; er stöhnte, und sein linkes Auge war blutunterlaufen – das rechte hatte er damals in der Schlacht gegen die schwarzen Wölfe verloren.

»Was für ein Teufelszeug war das, du Held?«, fragte er. »Das bläst einem ja die Lichter aus.«

»Das war der Kartoffelschnaps, mit dem sich die Menschen besaufen«, erwiderte der Fuchs. »Ruh dich noch ein bisschen aus. Dann brichst du auf.«

»Aufbrechen? Warum? Wohin?« Meister Grimbart drückte sich die Pranken gegen den Kopf. »Ich habe dir doch gesagt, dass ich mich nicht ungefragt einspannen lasse.«

»Du hast dich verpflichtet«, sagte der Fuchs förmlich. »Mit deiner Unterschrift.«

»Verpflichtet? Ach, was! Ich habe das Gesöff quittiert.«

Der Fuchs hielt ihm das Pergament vor die Schnauze. »Lies selbst«, sagte er.

Meister Grimbart las halblaut: »›Hiermit beschließt der Hohe Rat der Tiere … dass der Unterzeichnende … bindend und verpflichtend … nach bestem Wissen und Gewissen … und unter dem Einsatz aller geistigen und körperlichen Kräfte … sowie seines

Lebens … getreulich und selbstlos … versucht, Unheil von Pinafor abzuwenden … und die Welt zu retten. Unterzeichnet …‹« Er blickte entgeistert auf. »*Das* habe ich unterzeichnet?«

Der Fuchs zuckte mit den Schultern.

»Du Mistkerl!«, brüllte Meister Grimbart und richtete sich drohend auf. »Du hast mich betrogen! Zum Dienst gepresst! Warte nur, ich …« Er sackte stöhnend in sich zusammen.

»Hör zu«, sagte der Fuchs, der Mitleid hatte, »ich habe vorhin eine Botschaft des Rates erhalten. Vor kurzem sind acht Unholde aufgebrochen, um ein Mädchen mit grünen Augen zu finden und zu töten, dessen Rücken den Weg zur Esche weist. Du musst sie unbedingt aufspüren.«

Der Dachs hob den Kopf. In seinem Auge blitzte der frühere Tatendurst auf. Dann sank er wieder auf die Seite. »Ach«, murmelte er, »ich bin zu alt für solche Abenteuer. Aber wenn du mich begleiten würdest …«

»Oh, nein, oh, nein, oh, nein!«, rief der Fuchs und wedelte abwehrend mit den Pfoten. »So war das nicht gedacht.«

»Mitgehangen, mitgefangen«, knurrte der Dachs. »Außerdem hast du mir die Unterschrift abgepresst. Das musst du wiedergutmachen.«

»Kommt nicht in Frage«, zischte der Fuchs und bleckte die Fänge.

»Oh, doch!«

»Oh, nein!«

»Oh, doch!«

Die beiden stritten sich bis in den Abend. Sie fauchten und knurrten und umkreisten einander. Drohgebärden mündeten in Handgreiflichkeiten. Sie schliefen übermüdet ein. Als sie am nächsten Morgen erwachten, stritten sie weiter. Aber die Rollen hatten sich umgekehrt, denn Meister Grimbart hatte Blut geleckt.

»Wir verlieren kostbare Zeit«, sagte er.

»Ich will aber nicht!«, jaulte der Fuchs.

»Denk an den Feldherrn«, sagte der Dachs.

Schließlich gab sich der Fuchs geschlagen.

5. Hardt und Horn

Hans und seine Gefährten ahnten nicht, dass auch Grimm das Mädchen mit den grünen Augen suchte und außerdem einige Tage Vorsprung hatte, und von Dachs und Fuchs ahnten sie sowieso nichts. Sie ritten ziellos durch Flutwidde, ohne eine Spur zu finden.

»Seltsam, dass die Gänse in diesem Jahr so früh nach Süden ziehen«, sagte Kunz, als ein Schwarm über sie hinwegflog. »Aber im Gegensatz zu uns kennen sie wenigstens ihr Ziel.«

»Ja. Diese Suche geht mir allmählich auf die Nerven«, murrte Sneewitt. »Unser sogenannter Anführer hat keinen Plan. Wir sollten ihn absetzen und Hänschenklein aus ihm machen.«

»Lasst ihn in Ruhe«, sagte Sanne leise. »Ihr habt doch gehört, was er erzählt hat. Er ist eine Waise, seine Freunde sind tot, und er war kürzlich krank.«

»Na, und?«, erwiderte Sneewitt spitz. »Ich lag lange scheintot im Sarg. Dann hat mich ein Königssohn erlöst und geheiratet, der sich als der erbärmlichste Haufen Dreck entpuppt hat, den ich je unter einen Teppich gekehrt habe.«

»Was ist aus ihm geworden?«, fragte Hans, der nur die Hälfte des Gesprächs mitbekommen hatte.

»Ich habe ihn verlassen. Er ist gestorben.«

»Eines natürlichen Todes, wie ich hoffe?«, fragte Kunz mit gespieltem Argwohn.

»Selbstverfreilich«, erwiderte Sneewitt. »Er wurde von einer eifersüchtigen Geliebten erdolcht. Natürlicher geht es nicht.« Dann fragte sie Hans: »Mal ganz ehrlich – warum möchtest du das Mädchen finden? Um den Tod deiner Freunde zu rächen?«

»Nein«, sagte er. »Meine Kameraden wollten sie quälen. Sie hat sich nur gewehrt.« Er verstummte. Schließlich murmelte er: »Ich weiß schon gar nicht mehr, wie ich in diese Suche hineingeschlittert bin ...«

»Die mütterliche Muhme, die bezaubernde Barbera – alles vergessen?«, spottete Sneewitt. »Sie haben dich bezirzt und überredet. Und sie hatten leichtes Spiel mit einem so blutjungen Bürschchen.«

Hans senkte zerknirscht den Blick.

»Lass ihn endlich in Ruhe«, sagte Sanne erbost. »Wissen *wir* etwa, warum wir ihn begleiten?«

»Ta-ta!«, rief Kunz, der sich in den Steigbügeln aufrichtete und eine Hand auf sein Herz legte. »Als Buße für Rauferei, Hurerei, Sauferei und manches andere Allerlei!«

»Nicht zu vergessen das Furzen an heiligen Orten«, ergänzte Sneewitt.

»Na, und? Das war doch Pillepalle«, murrte Kunz. »Wir hatten vorher Erbsensuppe gegessen. Trotzdem haben uns die weisen Weiber zu dieser sinnlosen Suche verdonnert.«

»Seht mal«, sagte Sanne und zeigte nach oben. »Da sind diese sieben Raben. Wie oft haben wir sie schon gesehen?«

»Sehr oft. Aber was gehen sie uns an?« Sneewitt trieb ihr Pferd an. »Da ist ein Kreuzweg«, rief sie.

Sie trabten weiter. Auf den Feldern wuchs das Getreide aus, denn niemand hatte es geerntet. Vögel saßen wie alte Freunde auf den Schultern der Scheuchen und ließen sich nicht einmal von den Reitern stören.

Der Wegweiser am Kreuzweg war unleserlich. An seinem Pfahl

lehnte ein zerlumpter, stoppelbärtiger Mann, der einen Sack über der Schulter trug. »Heda, Reisende!«, rief er.

Die vier Gefährten zügelten ihre Kaltblüter.

»Schöne Tiere«, sagte der Mann bewundernd. »Wohin seid ihr unterwegs?«

»Was geht dich das an, du Strolch?«, blaffte Sneewitt. »Und glotz mich nicht so an.«

»Schöne Frauen«, sagte der Mann. Er holte einen Apfel aus der Jacke. Bevor er hineinbiss, fragte er: »Könnt ihr mich ein Stück Wegs mitnehmen?«

Beim Anblick des Apfels erstarrte Sneewitt im Sattel. »Weg damit!«, schrie sie.

Der Mann sah erstaunt zu ihr auf. »Mit dem Apfel?«, fragte er lachend. »Unsinn. Obst ist gesund.« Er wollte hineinbeißen, aber ein Pfeil fegte den Apfel von seinen Lippen. Der Mann starrte erst seine Finger und dann Sneewitt an, die den Bogen senkte.

»Famoser Schuss«, sagte Kunz. »Stellt euch vor, er hätte jetzt keine Nase mehr.«

»Ich *hasse* Äpfel«, zischte Sneewitt mit zusammengebissenen Zähnen.

Der Mann starrte sie immer noch an. Und da mit dieser Frau, die Äpfel hasste, offensichtlich nicht gut Kirschen essen war, zwirbelte er den blonden Schnurrbart und sagte: »Wohl wahr, ein famoser Schuss. Ich heiße Hardt. Sehr angenehm.«

»Du hast wenig Gepäck«, sagte Hans.

»Ich brauche nicht viel. Ich bin Drechsler und suche Arbeit. Leider faulenzen die Meister nur noch, und ich besitze keinen Goldesel.« Er betrachtete verschmitzt seinen Sack.

Hans lehnte die Unterarme auf den Sattelknauf. »Ich suche ein Mädchen«, sagte er.

»Welcher Mann tut das nicht?«, erwiderte Hardt.

»Nun … wir suchen dieses Mädchen aus einem besonderen Grund.«

»Ist sie besonders schön?«

»Sie hat grüne Augen, honigfarbenes Haar, Sommersprossen und … ein rätselhaftes Muster auf dem Rücken.«

»Auf dem Rücken?« Hardt zwinkerte Hans zu. »Du kennst sie gut, wie?«

Hans wurde rot. »Nein, ich …«, sagte er.

»Bist du ihr begegnet?«, fragte Sneewitt gereizt. »Hast du von ihr gehört?«

Hardt sprang hinter den Wegweiser. »Bitte nicht schießen!«, flehte er.

Sneewitt grinste.

»Ja«, sagte Hardt, der den Dreck unter seinen Fingernägeln in Augenschein nahm, »ich habe von ihr gehört.«

»Wo?«, fragte Hans.

»Ach …« – Hardt zuckte mit den Schultern – »… in einer der Herbergen am Heerweg, glaube ich.«

»Was hat man sich über sie erzählt?«, fragte Sanne. »Hat sie wieder gute Taten vollbracht?«

Hardt sah ihr lange in die Kulleraugen. Schließlich antwortete er: »Na, sicher. Sehr viele gute Taten. Sie hat zum Beispiel … eine kranke Kuh geheilt.«

»Das ist sie!«, rief Sanne.

Sneewitt musterte den Fremden misstrauisch.

»Wo hat man sie zuletzt gesehen?«, fragte Kunz.

»Nördlich von Flutwidde«, antwortete Hardt. »An der Fusel.«

»Die Fusel entspringt im Dunkelpfuhl«, sagte Hans. »Das ist auf der Hohen Heide. Die Gegend ist dünn besiedelt.«

»Die Hohe Heide ist ein Zufluchtsort für Räuber und anderes Gesindel«, sagte Hardt. »Das ideale Versteck.«

»Ja, ich weiß«, erwiderte Hans und rieb seinen Hals.

»Sitz auf.« Kunz klatschte auf die Kruppe seines Kaltblüters, der geduldig im Straßenstaub stand. »Wir reiten sofort los.«

»Wenn du lügst«, sagte Sneewitt, als sich Hardt auf das Pferd schwang, »steckt der nächste Pfeil in deinem Herzen!«

Hardt lachte nervös.

Die Gefährten wendeten ihre Rösser und nahmen den nach Norden führenden Weg.

»Ich traue diesem Hardt nicht«, sagte Sneewitt zu Hans, als die Gefährten nach zweieinhalbtägigem Ritt die zur Hohen Heide führende Furt erreichten. »Er ist ein Lügner.«

»Es hat uns den einzigen Hinweis gegeben«, erwiderte Hans.

»Niemand, den wir unterwegs gefragt haben, hat diesen angeblichen Hinweis bestätigt.«

»Und niemand hat ihn widerlegt.«

»Ja, weil die Leute nichts mehr hören oder sehen. Sie sind nur noch mit sich selbst beschäftigt«, sagte Sneewitt. »Das Gold hat sie verdorben.«

Hans betrachtete die Usse, deren Fluten in der Furt um Steine strudelten. »So ist das mit dem Gold«, sagte er. »Bald bricht die Nacht an. Wir rasten hier und überqueren den Fluss morgen früh.«

Die Gefährten saßen ab. Unter einer Eiche entfachten sie ein Feuer. Das Holz war feucht und qualmte stark. In Mäntel und Decken gehüllt, scharten sich die zwei Frauen und drei Männer um die Flammen, die immer wieder zu erlöschen drohten. Kunz blies in die Glut und legte Klaubholz nach. Niemand sprach. Nach einer Weile sagte Sanne: »Ich schaue nach den Enten.«

»Bring eine mit«, sagte Hardt. »Mein Magen knurrt.«

Sanne sah ihn nur stumm aus ihren Kulleraugen an und verschwand dann im Dunkel.

»Wann heult sie endlich?«, murmelte Sneewitt. »Ich hätte gern ein Perlenkollier.«

»Diese sieben Raben sind mir unheimlich«, sagte Kunz, der sich um das Feuer bemühte. »Ich habe sie während der letzten Tage mehrmals gesehen. Sie scheinen etwas zu suchen.«

Die Flammen loderten endlich auf. Hans holte ein Stück Brot aus dem Beutel. »Mag jemand auf Jagd gehen?«, fragte er.

»Geh du doch«, erwiderte Sneewitt.

»Ich bin zu müde«, sagte Hans, der hier, im Auwald, von der Erinnerung an den Tod seiner Kameraden geplagt wurde.

Kunz warf Holz ins Feuer und sah zu, wie die Funken stoben.

Da tauchte ein Mann hinter der Eiche auf. Der Feuerschein zuckte über seine Wampe. Er trug einen schäbigen Hut und einen mit Kalbfell bezogenen Ranzen. Ein Horn hing an seiner Seite, und über seinen Schultern lag ein Reh.

Hans verschluckte sich am Brot. Kunz zog den Zweihänder. Sneewitt legte in Windeseile einen Pfeil auf. Hardt griff nach seinem Sack.

Der Dicke betrachtete sie schmunzelnd. »Darf ich mich zu euch setzen?«, fragte er. »Ich kann euch als Entgelt ein Stück Reh anbieten.«

Hans hustete einen Brotkrümel aus. »Wer bist du?«, keuchte er.

»Man nennt mich Horn«, antwortete der Dicke und trat näher ans Feuer. Er ließ das Reh von seiner Schulter gleiten, zückte einen Hirschfänger und begann, es abzubalgen.

Die Gefährten tauschten Blicke. Und weil sie hungrig waren, luden sie Horn ein, sich mit ans Feuer zu setzen.

Das Reh brutzelte über den Flammen. Fett zischte, und die zurückgekehrte Sanne kaute bedächtig das Fleisch.

»Meine Eltern waren arm«, erzählte Horn zwischen zwei Bissen. »Trotzdem war ich eine Weile König. Tief im Süden. Ich hatte auch eine schöne Prinzessin zur Frau. Aber …« – er wischte sich den Mund ab – »… Schönheit ist keine Garantie für gar nichts, schreibt euch das hinter die Ohren. Also habe ich Hut, Ranzen und Horn genommen und bin abgehauen.«

Sneewitt zerbiss einen Knorpel.

Horn zeigte mit einem abgenagten Knochen auf Hans. »Was dieses Mädchen betrifft«, sagte er, »so seid ihr offenbar nicht die Einzigen, die es suchen.«

»Nicht die Einzigen?«, fragte Hans verblüfft.

»Nein.« Horn beugte sich vor und schnitt noch einen Batzen Fleisch vom Braten. »Ich bin sieben blonden Jünglingen auf Schimmeln begegnet. Ihr Anführer reitet einen Rappen. Er ist ein unheimlicher Geselle. Angeblich suchen sie das Mädchen schon seit über einer Woche. Diese Jünglinge sehen blendend aus, aber wie gesagt: Schönheit ist keine Garantie für gar nichts. Ich schätze, sie würden über Leichen gehen. Aber sie haben das Mädchen noch nicht aufgespürt.«

»Verdammt!«, zischte Kunz.

»Klingt, als wären sie arglistig«, sagte Sanne leise.

»Ja. Sie führen nichts Gutes im Schilde«, erwiderte Horn. »Ich möchte nicht in der Haut des Mädchens stecken. Aber …« – er zupfte an einem Ohr – »… der dicke Horn hat etwas läuten gehört! Ich bin einem redseligen Schäfer begegnet, der das Mädchen vor zwei Tagen auf der Hohen Heide gesehen haben will. Irgendwo an der Fusel.«

»Ach«, stieß Hardt hervor. Er wirkte verblüfft.

»Hm …«, brummte Sneewitt, die ihn betrachtete. Sie fuhr mit dem Daumen über eine Pfeilspitze.

»Du hattest recht, Drechsler!«, rief Kunz und klopfte Hardt auf die Schulter. Hardt lächelte schief, aber die Erleichterung stand ihm ins Gesicht geschrieben.

»Vielleicht hatte er einfach nur Glück«, sagte Sneewitt.

»Ich glaube, dass er ein guter Kerl ist«, erwiderte Sanne.

Hardt sah sie an. Er kam auf die Beine, senkte den Kopf und sagte laut und vernehmlich: »Ich habe gelogen. Ich habe nie von dem Mädchen gehört. Ich habe euch eine Lüge erzählt, weil ich mitgenommen werden wollte. Bitte verzeiht mir. Ich stehe euch weiter zur Seite, um es gutzumachen.« Er sah die Gefährten unsicher an.

»Sieh da«, sagte Sneewitt. »Der Mann hat Mumm.«

»Ja. Man braucht Mut, um einen Fehler zuzugeben«, fügte Kunz hinzu.

»Und Anstand«, sagte Sanne mild.

»Gut. Komm mit uns«, sagte Hans. »Da wir es nun auch mit den Jünglingen und ihrem Anführer zu tun haben, können wir Verstärkung gebrauchen.«

»Nehmt mich auch mit«, bat Horn. »Ich habe das ziellose Umherschweifen satt. Und ich ersetze im Notfall eine ganze Armee.«

»Bezieht sich das auf deine Leibesfülle?«, fragte Sneewitt.

»Ihr werdet schon sehen«, erwiderte Horn lächelnd.

Die Gefährten wickelten sich in ihre Decken. Hardt meldete sich freiwillig für die erste Wache. Eulen glitten lautlos durch die Nacht. Ihre Rufe klangen so unheimlich, dass ihm angst und bange wurde.

6. Das Gefecht im Auwald

Dämmerungsdunst hing über der Usse, die träge durch den Anwald floss. Grimm beobachtete das Lager am jenseitigen Ufer. Dort schürte eine rothaarige Frau ein Feuer.

Grimm drehte sich nach den Jünglingen um, die hinter ihm auf ihren Schimmeln saßen. Sie hatten unzählige Male ihre Rabengestalt angenommen und das ganze Land abgesucht – alles vergeblich. Die Mörderin seiner Männer war wie vom Erdboden verschluckt. Immerhin wussten sie jetzt, dass sie auf der Hut sein mussten, denn vor einigen Nächten war ihm die Dame erschienen, der er sein zweites Leben verdankte, und hatte ihn vor einem vierköpfigen, gegnerischen Trupp gewarnt, der auch auf der Suche nach dem Mädchen war. Auf dem anderen Ufer lagerten zwar fünf oder sechs Personen, aber die Beschreibung passte – die Frau mit dem feuerroten Haar und der milchweißen Haut war nicht zu verkennen. Die Dame hatte gesagt, dass er dem Eisernen König als dessen Krieger Treue schulde. Er solle nicht nur das Mädchen mit den grünen Augen, sondern alle Feinde des Königs töten, der noch in der Grabkammer schlafe, aber bald erwachen werde, um wieder die Herrschaft über Pinafor anzutreten. Grimm hatte sich verneigt und Gehorsam gelobt. Danach hatte sich die Dame in einen Nebelstreif verwandelt und war verschwunden.

»Sollen wir sie gleich angreifen?«, fragte einer der Jünglinge mit mädchenhafter Stimme.

Die Pferde schnaubten und stampften mit den Hufen.

»Nein«, sagte Grimm. »Wir müssten durch die Furt, und sie würden uns bemerken. Wir lauern ihnen tiefer im Auwald auf.« Nach einem letzten Blick auf das Lager lenkte er seinen Rappen am Zügel herum und trabte an den sieben Jünglingen vorbei zwischen die Bäume.

Sie folgten ihm.

»Selten so schlecht geschlafen ...« Kunz kratzte sich gähnend an der Brust.

»Ich finde es herrlich, draußen zu übernachten«, sagte Horn, der am Feuer stand und seine Hände rieb. »Das ist Freiheit.«

Sneewitt ordnete ihre Pfeile im Köcher. Hardt aß ein kaltes Stück Fleisch.

Hans sah zum bedeckten Himmel auf. »Nun ist der Sommer endgültig vorbei«, sagte er zu Sanne, die den Enten am Flussufer Brotkrümel zuwarf.

»Wer weiß?«, erwiderte sie.

»Warum fütterst du die Enten?«, fragte er. »Und warum sind sie so zutraulich?«

»Ich war eine Weile in eine Ente verwandelt«, antwortete Sanne. »Ich war auch mit einem Prinzen verheiratet, aber er war ein Wüstling wie der Mann von Sneewitt und wurde bei einem Streit in einer Kneipe erschlagen. Danach habe ich bei meinem Bruder gelebt, aber das wurde bald langweilig. Und nun bin ich hier.« Sie warf das letzte Stück Brot in den Fluss und drehte sich zu Hans um.

Er betrachtete die matt schimmernden Sicheln, die in ihrem Gürtel steckten. Dann rief er: »Wir brechen auf!«

Horn trat das Feuer aus. Sneewitt schwang sich in den Sattel. Hardt setzte sich hinter Kunz, und Horn wuchtete sich hinter Sanne, denn sie war die leichteste und kleinste von allen.

Die Strömung des Flusses war stark und schien den Morgennebel mitzureißen. Gischt sprühte an den Steinen, die die Furt markierten. Hans lenkte seinen Kaltblüter in die Usse. Die schweren Pferde stapften unangefochten durch die Fluten. Sie waren mitten in der Furt, als Kunz rief: »Da sind wieder diese Unglücksvögel!«

Sneewitt lachte verächtlich über seinen Aberglauben.

»Wieso lachst du?«, fragte Kunz verärgert. »Nimm lieber den Bogen und hol sie vom Himmel.«

Die Raben überflogen die Gefährten. Dann drehten sie ab und verschwanden über dem Auwald am Nordufer.

Sobald sie wieder trockenen Boden unter den Füßen hatten, drehte sich Hans im Sattel um. »Wir reiten nach Nordosten«, sagte er. »Wir werden die Fusel gegen Abend erreichen.« Er ritt in den Wald.

Der Auwald war an diesem Abschnitt der Usse sehr tief. Sie ritten in verwirrenden Schleifen hindurch, weil immer wieder von Herbststürmen gefällte Weiden und Erlen im Weg lagen. Reiherhorste saßen zwischen Astgabeln, der Boden darunter war kotbedeckt. Tote Flussarme schlängelten sich ins Nichts. In der Ferne schrie ein Käuzchen, das den Morgen mit dem Abend zu verwechseln schien. Horn, der Sanne beide Arme um die Taille gelegt hatte, als wollte er sie festhalten, brachte die Gefährten mit Anekdoten aus seinen Wanderjahren und seiner Zeit als König zum Lachen. Ein Eichhörnchen sprang auf einen Baum; ein Eichelhäher ergriff die Flucht. Sonst war alles ruhig. Sogar Kunz, der den Raben misstraute, hatte jede Vorsicht vergessen. Nur die hinter Hans reitende Sneewitt blieb wachsam.

Am Rand des Auwalds, wo Weidensträucher und Schilf gute Deckung boten, lauerten Grimm und die sieben Jünglinge den Gefährten auf.

»Wo bleiben sie?«, fragte Grimm und fuhr mit dem Daumen über die Schwertschneide.

»Sie haben die Furt durchquert«, sagte ein Jüngling. »Aber sie brauchen länger, weil die Kaltblüter nicht sehr wendig sind.«

Grimm nickte. Er war jetzt ein Krieger des sagenumwobenen, grausamen und blutrünstigen Eisernen Königs, und das gefiel ihm. Früher hatte er ziellos geraubt und gemordet; nun hatte sein Tun einen Sinn, denn er bereitete der Wiederkehr des Herrschers, der im Königskessel am Westrand des Gretings in seiner Grabkammer schlief, den Weg. Grimm drehte sich zu den Jünglingen um, die dem Kampf ruhig entgegensahen, und lachte still in sich hinein: Sie waren unbesiegbar!

»Der Auwald wird lichter«, sagte Hans. »Wir haben es bald geschafft.« Er klopfte seinem Pferd auf den Hals.

»Na, endlich«, murmelte Sneewitt.

Horn summte vor sich hin. »Stört es dich, dass ich mich an dir festhalte?«, fragte er Sanne.

»Nein«, erwiderte sie, »so bleibt mein Rücken warm.«

Sie trabten weiter.

Hinter der nächsten Biegung scheute Hans' Kaltblüter und wollte wiehernd nach rechts ausbrechen. Hans musste seine ganze Kraft aufwenden, um ihn zu zügeln. »Hooh!«, rief er. »Hooh!« Als die schweren Hufe wieder auf den Pfad sackten, sah er zwei Tiere, die vor ihm standen wie aus dem Boden gewachsen: ein Dachs und ein Fuchs. Sie sahen aus dunklen Augen zu ihm auf. Der Fuchs keckerte und der Dachs murrte warnend.

»Ja, was …!«, fluchte Sneewitt und zückte den Bogen.

Grimm horchte auf. Ganz in der Nähe erschallte ein schrilles Wiehern. Rufe ertönten. Die Jünglinge beugten sich rasch vor und griffen nach den Schnauzen der Schimmel, die zu tänzeln begannen. Der Rappe schnaubte; Grimm schlug ihn scharf auf den Hals.

»Was ist da los?«, fragte er.

»Warte.« Hans drückte den Arm hinunter, mit dem Sneewitt den Bogen gespannt hielt.

»Sie halten uns auf.«

»Das sind keine normalen Tiere«, sagte Hans.

»Sieht aus, als wollten sie uns etwas mitteilen«, sagte Sanne.

»So?«, knurrte Kunz. »Dann übersetz bitte, denn ich verstehe weder Dächsisch noch Füchsisch. Außerdem haben sie sicher die Tollwut. Ich bin dafür, dass Sneewitt sie erledigt. Es wird kälter, und ein Pelzkragen wäre nicht übel.«

Die Tiere murrten und keckerten weiter. Sie schienen die Gefährten zur Umkehr bewegen zu wollen.

»Weg da«, schrie Kunz. »Haut ab.«

Hans beugte sich zu Dachs und Fuchs hinab. »Macht bitte Platz«, sagte er. »Sonst müssen wir euch überreiten.«

Die beiden Tiere tauschten einen Blick. Dann sahen sie zu Hans auf. Der Dachs murrte betrübt und trabte ins Unterholz.

Der Fuchs zeigte den Gefährten zornig die Fänge und folgte ihm.

Hans schüttelte belustigt den Kopf und ritt weiter. Das Ende des Auwalds war in Sichtweite.

»Sie kommen«, flüsterte Grimm.

Die Jünglinge drückten die Helme auf ihre goldenen Locken, schoben einen Arm durch die Schlaufe des Schilds und zogen die Streitaxt aus einer Halterung am Sattel.

»Macht sie nieder«, befahl Grimm leise. »Verschont keinen.«

Die sieben Jünglinge lächelten.

»Dummköpfe«, japste der Fuchs, der neben Meister Grimbart durch das Unterholz rannte. »Sie reiten in ihr Verderben.«

»Wir wollten sie warnen«, erwiderte der Dachs. »Pech für sie, dass sie uns nicht verstehen.«

Sie kletterten auf eine Kopfweide und duckten sich zwischen die Ruten. Von dort hatten sie alles im Blick.

»Furchtbar«, sagte der Fuchs. »Sie sind ahnungslos.«

Am Waldrand stoben Spatzen auf.

Eine Weile herrschte Stille.

Dann brachen Grimm und die Jünglinge zehn Pferdelängen vor den Gefährten mit Gebrüll aus dem Gebüsch. Laub und Erde flogen auf, Hufe donnerten, Äxte blitzten.

Der Anblick der Reiter begeisterte den Fuchs. »Grandioses Schauspiel«, rief er. »Hurra! Attaaacke!«

Meister Grimbart sah ihn verdutzt an. Als er sich wieder dem Gefecht zuwandte, hatte er das Gefühl, als hätte sich der Lauf der Zeit verlangsamt – die Gegner schienen aufeinander zuzuschweben. Sneewitt schoss einen Pfeil ab, der in der Brust eines Schimmels einschlug. Der nächste Jüngling ritt in das stürzende Pferd und flog im hohen Bogen aus dem Sattel.

»Hoho!«, schrie der Fuchs. »Was für ein Salto!«

Der Dachs knurrte nur. Er sah, wie Horn abgeworfen wurde; wie Sanne die Sicheln zückte; wie Hardt vom Pferd glitt und in die Büsche floh; wie Kunz den Zweihänder vom Rücken riss. »Das sieht nicht gut aus …«, murmelte er.

»Ach, was«, keckerte der Fuchs. »Das sieht toll aus. Ich habe noch nie eine nervenprickelndere Vorstellung erlebt.«

Die Tiere beobachteten, wie Hans einen Schlag des Reiters in der eisgrauen Rüstung parierte.

»Der Mann in Eisgrau muss dieser Grimm sein, von dem mir der Eichelhäher berichtet hat. Wie grässlich«, wisperte der Fuchs, dem ein wohliger Schauer über den Rücken lief.

Kunz preschte von hinten herbei. Sein Hieb schlug eine Delle in Grimms Schild. Dann griff er einen der Jünglinge an, aber dieser wich aus und traf ihn mit dem Schwert an der Brust.

Der Dachs japste erschrocken.

Kunz schrie auf und krümmte sich. Im nächsten Moment warf ihn der Axthieb eines anderen Jünglings aus dem Sattel. Sein Pferd ging durch und schleifte ihn am Steigbügel mit; die Spur, die er im Auwald hinterließ, war von Blut getränkt.

»Das ist ganz großes Drama«, rief der Fuchs.

»Auf wessen Seite stehst du eigentlich, du Held?«, zischte der Dachs und richtete seinen Blick auf Sanne, die sich mit ihren Sicheln gegen zwei Jünglinge wehrte, bis sie auch aus dem Sattel gestoßen wurde. Sie sprang sofort auf und wich gegen einen Baum zurück.

»Auf der Seite guter Unterhaltung«, sagte Reineke Fuchs.

»Wenn du Gemetzel so liebst, kämpf mit«, grollte der Dachs. Dann verstummte er, weil er sah, dass ein Jüngling einen von Sneewitts Pfeilen aus seiner Stirn zog und weiterfocht, als wäre nichts gewesen. »Das sind keine Menschen«, hauchte er.

»Nein, das sind Dämonen«, keckerte der Fuchs. »Ist das nicht aufregend?«

Meister Grimbart merkte mit Entsetzen, dass Hans unter den wilden Hieben Grimms einzuknicken begann. Sneewitt war verzweifelt, weil ihre Pfeile wirkungslos blieben. Aber als sie sah, dass sich Hans kaum noch im Sattel halten konnte, legte sie auf Grimm an, der wütend aufschrie, als sich ihr Pfeil unter dem Handschuh in seinen rechten Arm bohrte. Er ließ von Hans ab und warf einen Dolch, der mit so großer Wucht in Sneewitts rechter Schulter einschlug, dass sie aus dem Sattel flog. Der Bogen entglitt ihr und segelte durch die Luft. Sie blieb reglos am Boden liegen, während das Gefecht weitertobte.

»Oh«, hechelte der Fuchs. »Mir wird auf einmal … übel. Ich weiß nicht, ob das wirklich so aufregend ist. Ich …« Er sah, wie Sanne den Axthieben mehrerer Jünglinge auswich. Diese spürten, dass sie ermattete, und fochten umso entschlossener.

Da erschien Hardt im Blickfeld des Dachses. Er schwang den Zweihänder von Kunz. »Ich helfe dir!«, schrie er, schmetterte einem Jüngling die Streitaxt aus der Hand und wehrte die Angriffe Rücken an Rücken mit Sanne ab.

Der Fuchs schwieg. Seine Begeisterung war verflogen. Er begann zu zittern, und als jemand rief: »Mein Hut! Wo ist mein Hut?«, erschrak er so sehr, dass er sich fast auf die aus dem Maul hängende Zunge gebissen hätte. Er sah nach unten. Dort kroch Horn im Laub herum und schien verzweifelt nach etwas zu suchen.

»Siehst du seinen Hut?«, fragte der Dachs.

»Wozu ein Hut?«, fragte der angstschlotternde Fuchs. »Er soll ein Schwert nehmen und kämpfen.«

»Da ist er«, sagte der Dachs und zeigte auf einen Erlenast, an dem ein abgegriffener Hut hing. »Er hat ihn beim Sturz vom Pferd verloren. Hol ihn.«

»Ich?«

»Du bist behender als ich. Hol ihn.«

»Wieso ich?«

»Du bist klüger. Hol ihn.«

»Bin ich auch schöner als du?«

»*Hol* ihn!«, fauchte der Dachs. »Der Mann ist verzweifelt. Siehst du das nicht?«

Der Fuchs fiel eher vom Baum, als dass er sprang. Er lief zur Erle, nahm den Hut ins Maul und trug ihn zu Horn. Der kam auf die Knie, griff nach der Kopfbedeckung und rief: »Danke, guter Fuchs. Du bist der Klügste! Du bist der Schönste!«

Der Fuchs saß lächelnd da und sah Horn nach, der rannte, was die dicken Beine hergaben. Im Laufen setzte er den Hut auf. Als er den Pfad erreichte, schrie er seinen Gefährten aus voller Kehle zu: »Werft euch auf den Boden!«

Hardt und Sanne sahen ihn fragend an, fochten aber weiter.

»Hinwerfen, Leute! Geht in Deckung!«, schrie Horn wieder.

Der entkräftete Hans ließ sich zu Boden sinken; ihm war alles gleich.

Grimm fuhr herum. Auf seinen Wink gingen zwei Jünglinge auf Horn los.

»Auf! Den! Boden!«, brüllte Horn so laut, dass sein Gesicht rot anlief.

Sanne und Hardt, erschöpft und mehrfach verwundet, taten es Hans gleich.

Horn schwenkte den Hut, und zum Erstaunen von Dachs und Fuchs wuchsen hundert Bogenschützen aus dem Boden. Sie spannten den Langbogen. Hundert Pfeile schnellten mit dem Sausen eines Sturms von den Sehnen. Die beiden Angreifer wurden zurückgeschleudert. Sie rollten durch den Dreck, gespickt mit Pfeilen.

Die Langbogenschützen legten wieder an. Und wieder ging ein Pfeilhagel auf die Gegner nieder. Grimm, der gerade zu einem tödlichen Streich gegen Hans ausholen wollte, wurde gegen eine Silberpappel genagelt.

Noch ein Pfeilhagel.

Und noch einer.

Die Jünglinge waren dutzendfach durchbohrt. Die schweren, sperrigen Langbogenpfeile machten sie kampfunfähig. Grimm riss sich mitsamt den Pfeilen, die in seiner Brust steckten, vom Baumstamm los und befahl seine Männer mit einem Wink zu den Pferden. Sie hievten sich auf den Sattel und ritten davon. Die Bogenschützen sandten ihnen einen letzten Gruß nach.

Sobald Grimm und die sieben Jünglinge geflohen waren, schwenkte Horn erneut den Hut, und die Langbogenschützen lösten sich in Luft auf. Der Kampflärm wich dem Stöhnen der Verwundeten, und der Fuchs verkroch sich im Unterholz, um seinen Magen zu entleeren.

7. Das Dorf an der Fusel

Das war ein kläglicher Trupp, der den Auwald verließ. Die Kaltblüter trabten frisch dahin, aber die Reiter waren stark angeschlagen.

»Wenn ich gewusst hätte, was mir blüht, hätte ich mich ganz bestimmt nicht zu dieser Suche verdonnern lassen«, stöhnte Kunz, dessen Brustwunde notdürftig verbunden war. »Nicht als Buße für Rauferei, Hurerei, Sauferei und anderes Allerlei und auch nicht aus Sorge um unser geliebtes Pinafor.«

Sneewitt starrte geradeaus. Ihre Schulter schmerzte bei jedem Huftritt.

Der Treidelpfad, auf dem sie ritten, folgte den Windungen der Fusel im Sumpfland. Neben alten Torflöchern standen Katen, in denen Kröten und Kreuzottern hausten. Ringsumher dehnten sich Schilfwälder, manchmal waren Krüppelweiden oder Moorbirken zu sehen. Wolkenfetzen zogen am Himmel dahin.

Der unverletzte Horn saß vor Sanne auf dem Pferd. Sie lehnte müde an seinem Rücken.

»Ein feiner Hut«, sagte Hardt. »Einmal wedeln, und hundert Bogenschützen erscheinen. Woher hast du das Wunderding?«

»Von einer alten Schwarzamsel«, erwiderte Horn mit breitem Lächeln.

»Von wem?«, fragte Hardt.

»Von einem Köhler im Greting. Diese Burschen hüten viele Geheimnisse.«

»Ohne dich wären wir tot«, sagte Hans über die Schulter.

Horn schmunzelte. »Ja«, sagte er. »Aber auch ohne die zwei Tiere. Der Fuchs hat meinen Hut wiedergefunden.«

»Ach, ja?« Hans blickte in die schilfige Weite. »Ob wir die beiden je wiedersehen?«

Sie begegneten weder Menschen, noch stießen sie auf Dörfer. Die sieben Raben ließen sich nicht blicken. Das Mädchen mit den grünen Augen kam den erschöpften Gefährten vor wie ein Spuk.

Am dritten Tag nach dem Gefecht ließen sie die Schilfwälder hinter sich. Der Pflanzenwuchs wurde spärlicher, der Boden sandiger. Erste Wacholder tauchten auf. Auerhähne kollerten in der Ferne. Sie befanden sich auf der Hohen Heide, die sich von der Usse bis zum Dunkelpfuhl erstreckte.

Nachmittags klarte es auf. Die Sonne durchbrach die Wolken. Eine knappe Meile westlich der Fusel lag ein Dorf auf einer flachen Erhebung.

»Endlich«, sagte Sanne. »Übernachten wir dort?«

»Nur, wenn es eine Kneipe gibt«, sagte Kunz. »Ich brauche ein Bier. Das ist die beste Medizin.«

Die Gefährten bogen vom Treidelpfad auf einen verkrauteten Weg ab. Die Kühe auf den Weiden unterhalb des Dorfes waren von Kot und Dreck verkrustet. Sie fanden kaum noch Futter und begannen zu brüllen, als sich die Reiter näherten. Drei zerlumpte Jungen rannten beim Anblick der sechs Gefährten davon.

Das Dorf bestand aus riedgedeckten Gebäuden. Da Holz auf der Hohen Heide Mangelware war, gab es kaum Fachwerk. Außer Kindern und einigen Greisen, die vor ihren Katen saßen, war kein Mensch zu sehen. Auf der Dorfstraße irrten nur Hühner und Ziegen umher. Höfe und Werkstätten standen verlassen da.

Die Gefährten saßen beim Ziehbrunnen auf dem Dorfplatz ab. Kunz stöhnte, denn er hatte überall Prellungen. »Was für ein Kaff«, sagte er.

»Auf der Hohen Heide ist der Boden für Feldfrüchte zu karg und sandig«, sagte Hans. »Wer hier lebt, muss darben.«

Sie führten ihre Kaltblüter zur Dorfschenke. Stimmen und Musik ertönten. Drinnen wölkte der Tabakqualm wie Nebel, die Luft war zum Schneiden. Tische und Theke waren dicht besetzt. Wie um Hans Lügen zu strafen, klimperte überall das Gold. Der rätselhafte Reichtum, der Pinafor überflutet hatte, war auch hier angelangt.

Beim Eintreten der Gefährten fuhren alle Köpfe herum. Eine Rotte junger Burschen mit kopfhautkurzem Haar und Ring im Ohr warf ihnen böse Blicke zu. Die Hohe Heide war so arm, dass vielen nur das Verbrechen blieb. Grimms Räuber hatten sich meist aus den jüngsten Söhnen von Moorbauern und Heidekätnern rekrutiert, die keine Zukunftsaussichten gehabt hatten.

Die Gefährten humpelten zur Theke. Der Wirt musterte sie misstrauisch. »Woher kommt ihr, Fremde?«, fragte er.

»Aus Flutwidde«, erwiderte Hans. »Wir sind im Auwald an der Usse überfallen worden. Gibt es hier eine Heilkundige?«

»Nicht mehr«, sagte der Wirt, dicker als Horn und mit langen, fettigen Haaren. »Sie hat sich mit Wacholderbeerschnaps zu Tode gesoffen.«

»Selbstgebraut!«, warf ein Bauer ein und lachte meckernd. Wie fast alle anderen Gäste war er angetrunken.

»Habt Ihr ein Bier für mich?«, fragte Kunz.

»Flüssiges Gold muss mit fester Münze bezahlt werden.« Der Wirt betrachtete ihn abschätzig.

Kunz sah Sanne an. Sie zog sich seufzend ein paar Haare aus, die sofort zu Gold wurden. Kunz zählte sie. Dann fragte er: »Reichen fünf Haare für ein Bier?«

Der Bauer machte große Augen. Der Wirt starrte erst Kunz, dann Sanne an. Er murmelte: »*Haare*?«, nahm eines und biss hinein. »Wahrhaftig«, sagte er. »Gold …« Er begann, ein Bier zu zapfen, aber sein Blick verriet, dass sein Argwohn nicht kleiner, sondern größer geworden war.

»Mein Weib hat Haare auf den Zähnen«, lallte der Bauer. »Ich wünschte, sie wären auch aus Gold!«

»Wir haben Gold genug«, sagte sein Nachbar.

»Und woher?«, fragte Sneewitt scharf. Sie sah sich in der Schenke um. In einer Ecke spielte jemand Dudelsack, der von der Hüfte aufwärts die Gestalt eines Igels hatte. Die an der Theke stehenden Dorfleute gaben keine Antwort.

»Können wir hier übernachten?«, fragte Hans den Wirt.

»Ja«, sagte der. »Im Stall. Auf Heu. Stroh gibt es nicht mehr.«

»Dann sollten die Bauern in Flutwidde endlich ihr Getreide mähen«, erwiderte Hardt.

Der Wirt brummte etwas Unverständliches. Er zapfte für alle Gefährten ein Bier. »Wohl bekomm's«, sagte er und wischte sich die Hände an der Schürze ab.

»Lass uns verschwinden«, flüsterte Sneewitt Hans zu. »Hier gefällt es mir nicht. Diese Leute sind feindselig.«

»Erst trinken wir aus«, sagte Hans.

Die Schenke war von Gerede und Gelächer erfüllt. Nachdem die sechs Gefährten ihre Humpen geleert hatten, nickten sie dem Wirt zu und wollten gehen. Aber vor der Tür stellten sich ihnen die Burschen in den Weg. Ihr Anführer, ein Bär von Mann mit Brustmuskeln, die sich unter dem Wams abzeichneten, und Oberarmen, dick wie junge Bäume, sagte: »He, Gesindel! Wir mögen hier keine Fremden.«

»Ich schätze, ihr mögt niemanden«, erwiderte Sneewitt und kräuselte die Oberlippe.

Der Bursche musterte sie mit kaltem Blick. »Ja. Und Hexen schon gar nicht«, sagte er und zeigte drohend auf Sanne.

»Immer mit der Ruhe«, sagte Hans. »Sie ist keine Hexe.«

»Wenn ihr frech werdet, haltet ihr Hochzeit mit des Seilers Tochter!«, pöbelte einer der Burschen.

Die anderen lachten.

Hans wollte es nicht auf einen Streit ankommen lassen, denn das Gefecht im Auwald steckte ihnen noch in den Knochen, und diese Grobiane waren zu zehnt. In der Schankstube, einem langen, niedrigen Raum mit rußigen Deckenbalken, trat Stille ein. Die Gäste drehten sich wieder nach ihnen um. Der Dudelsackspieler blies ein paar letzte, schiefe Töne und verstummte. Hinten im Kamin knackten die Scheite.

»Lasst uns durch«, sagte Hans und sah dem Anführer in die Schweinsäuglein. »Morgen früh verlassen wir euch.«

»Oh, das wäre aber jammerschade«, höhnte ein Bursche.

Ein anderer packte Sanne bei den Haaren und brüllte: »Los, wir scheren die Hexe kahl!«

Sanne wollte eine Sichel ziehen, war aber zu geschwächt. Sie spuckte dem nächstbesten Burschen ins Gesicht; ihr Speichel verwandelte sich im Flug in Silber und traf den Kerl genau ins Auge. Er schrie auf. Kunz wollte ihr zu Hilfe eilen, aber ein anderer Bursche schlug ihn gegen die Brust. Seine Wunde begann wieder zu bluten, und er krümmte sich stöhnend.

Die anderen Gäste sahen tatenlos zu. Einige grinsten. Der Wirt polierte ein Bierglas.

»Lasst uns durch«, wiederholte Hans.

»Das heißt ›bitte, bitte‹«, erwiderte der Anführer. Er packte Hans mit einer mächtigen Faust beim Schlafittchen. »Na? Sag schon – wie heißt das?«

Sneewitt, die ihre Waffen draußen gelassen hatte, bebte vor Zorn.

»Lass ihn los, du Dreckskerl!« Das war Hardt.

Der Anführer stieß Hans fort und wandte sich dem schmalen, zerlumpten Hardt zu. »Was willst du, Vogelscheuche? Noch ein Wort, und ich schlage dich zu Brei!«

»Hunde, die bellen, beißen nicht«, erwiderte Hardt.

Der Anführer der Burschen stapfte knurrend auf ihn zu.

Hardt zog den Sack von seiner Schulter, öffnete ihn und rief: »Knüppelsackattack!«

Im nächsten Moment sauste ein blanker Eichenknüppel aus dem Sack und schlug den wütenden Hünen gegen die Stirn. Der brach zusammen. Seinen Kumpanen entwich ein Ächzen. Sie mussten mitansehen, wie der Knüppel auf dem Rücken ihres Anführers tanzte, bis sich dieser nicht mehr regte. Dann sauste er auf sie zu und drosch sie durch, bis sie schreiend die Flucht ergriffen. Sie stürmten aus der Tür in die Dämmerung.

Hardt sah ihnen nach. Dann rief er: »Knüppel in den Sack!«, und der Eichenknüppel, der zitternd in der Luft hing, sauste wieder in den Sack. Hardt warf ihn über die Schulter. Seine Gefährten starrten ihn an. Bauern und Dorfleute zogen den Kopf ein. Der Dudelsackspieler mit dem Igelkörper sträubte die Stacheln. Der Wirt polierte wie wild das Glas.

»Gute Nacht allerseits«, rief Horn und hüpfte trotz seiner Körperfülle grazil über den bewusstlosen Hünen.

Die sechs Gefährten verließen die Schenke. Niemand wagte, sie anzusehen. Niemand außer zwei Personen. Eine saß ganz hinten neben dem Feuer unbemerkt in einem Winkel; unter der tief ins Gesicht gezogenen Kapuze funkelten die Augen. Die andere war ein Müller im mehlbestäubten Kittel. Er sah Kunz nach und kratzte sich am Kinn.

Im Stall hingen staubige Spinnweben zwischen Balken und Trägern, der Fußboden bestand aus festgestampftem Lehm. Die Gefährten führten ihre Kaltblüter in die Verschläge und versorgten sie. Dann stiegen sie auf den Heuboden, wo sie ihre Decken ausbreiteten.

»Ein Abschiedsgeschenk von meinem Meister«, antwortete Hardt auf Sannes Frage und klopfte zufrieden auf den Sack. »Zauberhandgedrechselt. Hat sich oft als nützlich erwiesen.«

Die Gefährten lachten. Sie rollten sich in ihre Decken. Hans sagte: »Endlich wieder ein Dach über dem Kopf!« Er befühlte seine verheilenden Wunden.

»Wir sind jetzt auf der Hohen Heide«, sagte Horn. »Aber wie sollen wir das Mädchen finden?«

»Wir erkundigen uns morgen«, erwiderte Hans. Er drehte sich um und schlief sofort ein. Auch Sanne, Hardt und Horn fielen in einen tiefen Schlaf. Nur Kunz und Sneewitt waren noch wach. Ein Wind kam auf und schüttelte die Bäume rings um den Stall. Eicheln prasselten auf das Rieddach. Die Balken knarrten, und in den Verschlägen schnaubten die Pferde. In einem saß rätselhafterweise ein großer Gockelhahn.

»Ich bin hellwach«, sagte Kunz. »Meine Wunde tut weh.«

»Meine auch«, flüsterte Sneewitt und rieb ihre Schulter.

»Vielleicht wäre ein Absacker hilfreich«, sagte Kunz.

Sneewitt nickte. »Gute Idee«, erwiderte sie. »Wir könnten uns auch nach dem Mädchen umhören.« Sie band ihre feuerroten Haare hinter dem Kopf zusammen, schnallte einen Dolch um und kam auf die Beine. Draußen rauschte das Laub im Wind. Die Nacht war finster. Aus den Fenstern der Schenke fiel Licht auf den Hinterhof. Die Schankstube war noch voll. Die mehr oder weniger angeheiterten Gäste sahen kurz auf, als Kunz und Sneewitt eintraten. Der Hüne hatte sich aus dem Staub gemacht.

An der Theke glotzte sie der Wirt grimmig an, aber als er Kunz' Zweihänder sah, wurde er freundlicher. »Auf meine Kosten«, sagte er und schenkte zwei Schnäpse ein. »Für die Unannehmlichkeiten.«

»Wer waren diese hirnlosen Halbtoten?«, fragte Kunz. Er leerte das Glas auf einen Zug.

»Unsere Jungmänner«, antwortete der Wirt. »Diese Burschen wissen nicht, was sich gehört. Bitte um Vergebung. Wenn ich euch irgendwie behilflich sein kann …« Er schenkte nach.

»Wir suchen ein Mädchen«, sagte Sneewitt. »Grüne Augen, Sommersprossen. Sie ist bekannt für gute Taten. Hat man sie hier gesehen?«

Der Wirt dachte nach. »Hm …«, brummte er. »Nicht, dass ich wüsste. Aber vielleicht kann unser Schweinehirte helfen.« Er winkte und rief: »He, Hans, komm mal her!«

An einem der Tische erhob sich der kleine Dudelsackspieler mit dem Kopf und dem Oberkörper eines Igels.

»Hans?«, fragte Sneewitt. »Unser Anführer heißt auch so.«

»Ein häufiger Name«, sagte der Wirt. »Oder auch nicht, denn viele Männer dieses Namens werden von Nixen betört und ertrinken in Seen.«

Der Hirte war betrunken; sein Dudelsack lag auf dem Boden. Während ihn der Wirt befragte, stierte er aus glasigen Knopfaugen ins Leere und klammerte sich mit seinen Klauen an die Theke, die er nur um Haupteslänge überragte. »Grünes Mädchen? Gute Taten?«, lallte er. »Ja, ja.«

»Was *ja*?«, ranzte ihn der Wirt an. »Hast du von ihr gehört oder nicht?«

»Nee, nee. Ich habe sie nicht gehört. Sie war stumm …« – er rülpste – »… wie ein Fisch.«

»Bist du ihr etwa begegnet?«, fragte Sneewitt.

»Ja, ja. Auf der Heide.« Der Hirte wischte sich Sabber von der Schnauze. »Sie ist … wunderschön.«

»Wo war das?«, hakte Kunz nach. »Und wann?«

»Sie hat eine kranke Sau geheilt«, lallte der Hirte. »Nur mit den Händen. Und überall … waren Vögel.«

»Wann und wo?«, fragte Sneewitt ungeduldig.

»Auf der Heide«, wiederholte der Hirte und schwenkte einen Arm. »Vor ein … paar Tagen. Sie war da … und dann war sie weg. Wie eine gute Fee.«

»Warum sucht ihr sie?«, fragte der Wirt, dessen Argwohn neu erwachte.

»Ein Auftrag«, sagte Sneewitt kurz angebunden.

»Hm …«, brummte der Wirt und schenkte noch einmal nach.

Der Hirte kehrte ihnen den Stachelrücken zu und torkelte zu seinem Platz. »Schön wie ein Lämmchen!«, rief er. »Schön wie ein Kälbchen! Schön wie ein Ferkelchen! Schön …«

»… wie ein Igelchen!«, brüllten seine Tischnachbarn und krümmten sich vor Lachen.

»Komischer Kauz«, brummte Kunz.

»Seine Mutter hat ihn verflucht«, erwiderte der Wirt. »Aber er spielt meisterhaft Dudelsack und reitet seinen Gockelhahn wie einen edlen Hengst. Er hat ein Händchen für Tiere.« Als er sah, dass die Gläser von Sneewitt und Kunz schon wieder leer waren, schenkte er zum dritten Mal nach. »Ihr könnt gern mit goldenen Haaren bezahlen«, flüsterte er und zwinkerte den zwei Gefährten zu.

Die beiden tranken schweigend, während ringsumher der Lärm der Zecher toste. Der schwarzbärtige Müller im weißen Kittel erhob sich von seinem Platz und wankte zur Theke. Sein Grinsen wurde mit jedem Schritt breiter. Er schlug Kunz so wuchtig auf die Schulter, dass dieser den Schnaps ausprustete.

Sneewitt fuhr herum. Sie griff nach ihrem Dolch.

»Alter Halunke!«, rief der Müller. »Wie lange ist es her? Bald zwanzig Jahre, oder? Darauf müssen wir anstoßen! Ich hatte so eine Ahnung, aber jetzt bin ich mir sicher. Wie schön, dich wiederzusehen, Rumpenstünz!«

Kunz erstarrte, als sein wahrer Name genannt wurde. Das Blut wich aus seinem Gesicht – und aus dem von Sneewitt. Er drehte sich langsam zum Müller um. Er rang um Fassung und nach Atem. »Das hat dir ...«, keuchte er und schluckte. »Das ... hat ... dir ...« Im nächsten Moment brach es aus ihm heraus, und er brüllte: »Das hat dir der Teufel gesagt!«

Alle drehten sich nach ihnen um. Der Müller war bestürzt. »Aber Rumpenstünz«, erwiderte er, »weißt du nicht mehr? Wir sind zusammen zur Dorfschule gegangen ...«

»Das hat dir der Teufel gesagt!«, brüllte Kunz wieder. »Aaahraaaaargh!«

»Kunz!«, rief Sneewitt und wollte ihn festhalten.

Aber Kunz war schneller. Er griff in seine braunen Locken und riss sich mit einem Ruck entzwei.

Das war kein schöner Anblick. Blut spritzte quer durch die Schankstube, Eingeweide klatschten auf den Boden, und der Darm ringelte sich wie eine Riesenschlange über die Theke. Der Wirt wich schreiend zurück; die trunkenen Gäste flohen Hals über Kopf aus der Schenke. Stühle krachten um, Gläser und Humpen gingen in Scherben. Der Kittel des Müllers war nicht mehr weiß, sondern blutrot, der Mann selbst stand kurz vor der Ohnmacht. Kunz sah aus wie ein zerhacktes Schwein; jede Körperhälfte schwankte auf einem Bein. Dann fielen die Hälften um, jede zu einer Seite, und knallten dumpf auf die Holzdielen.

Der Tumult war so groß, dass die Gefährten im Stall aus dem Schlaf fuhren. Als sie sahen, dass Sneewitt und Kunz nicht da waren, griffen sie nach den Waffen und eilten zur Schenke.

Dort lagen der entzweigerissene Kunz und der ohnmächtige Müller im Blut auf dem Boden. Sneewitt lehnte an der Theke, die Hände vor das Gesicht geschlagen. Der betrunkene Hirte versuchte, einen Trauermarsch auf dem Dudelsack zu spielen, aber die Töne stockten. Alle anderen Gäste waren weg; auch der Wirt hatte das Weite gesucht. Nur ein neugieriger, kleiner Dorfjunge lugte hinter den Gefährten in die Schenke.

Beim Anblick von Kunz brach Sanne in Tränen aus; Perlen prasselten auf die Dielen und kullerten unter die Tische. Hans und die anderen standen entsetzt da.

»Der Müller hat Kunz bei seinem wahren Namen genannt«, sagte Sneewitt. »Und dann …« Sie stolperte schluchzend zu Horn und sank in seine Arme. »Einmal hat ihn ein Schneider mit einer Wundernadel zusammengenäht. Aber nun …«

Der stockbetrunkene Hirte glitt zu Boden und schlief ein.

Da erhob sich die neben dem Kamin sitzende Person, die sich während des Tumults nicht vom Fleck gerührt hatte. Sie war zierlich und trug einen weiten, dunkelgrünen Mantel, dessen Kapuze ihr Gesicht verhüllte. Sie huschte zu Kunz, ohne dass die Gefährten, die Sneewitt trösteten, dies bemerkt hätten. Sie beugte sich über ihn, legte ihre Hände auf die Körperhälften und senkte den Kopf.

»Was machst du da?«, fragte der Dorfjunge, der sich in die Schenke gepirscht hatte und die von Sanne geweinten Perlen einsammelte.

Die Person im grünen Mantel schwieg. Zwei Vögel kamen angeflogen, ein Zeisig und ein Sperling, und ließen sich auf ihren Schultern nieder. Sobald sie zwitscherten, rutschten die Körperhälften aufeinander zu. Das Blut wurde aufgesogen, die Gedärme glitten an ihren angestammten Ort. Unter den Händen der Person fügte sich der Körper zusammen. Wenige Herzschläge später sah Kunz so frisch und lebendig aus wie eh und je. Die Person sprang auf und eilte davon, gefolgt von den zwei Vögeln.

Der Dorfjunge sah ihr nach. Dann ging er zu Sanne. »Darf ich die Murmeln behalten?«, fragte er, beide Hände voller Perlen.

Sanne sah ihn verständnislos an. Da erblickte sie Kunz. »Oh …«, flüsterte sie und griff nach Hans' Arm. »Sieh nur!«

»Die Fee ist weg«, sagte der Junge. »Darf ich die Murmeln behalten?«

»Ja, sicher«, sagte Sanne. »Natürlich.« Sie ging zu Kunz, der stöhnend, aber unversehrt neben dem Müller auf den Dielen lag.

Hardt horchte auf. »Welche Fee?«, fragte er den Dorfjungen.

»Die Fee, die den Mann gesund gemacht hat«, antwortete der. »Zwei Vögel haben ihr geholfen. Sie ist da hinaus.« Er zeigte zum Hintereingang.

Die Gefährten wirbelten herum. Neben dem Kamin, in dem die Glut schwelte, knarrte eine Tür im Wind.

8. Die weiße Schlange

»Kunz hatte eine Liebschaft mit einer Königin«, erzählte Sneewitt am nächsten Morgen, während sie ihre blutigen Kleider in einem Bottich wusch. »Sie wurde schwanger. Weil das Kind ein Bastard war, ließ sie es von einem Jäger im Wald aussetzen. Das hat er nie verwunden, denn der Königin ihr Kind war ja auch sein Kind. Um die Sache zu vergessen, hat er seinen Namen geändert. Immer, wenn er ihn hört, wird er an die Sache erinnert und spielt verrückt.« Sie sah zum schlafenden Kunz.

»Seine Brustwunde ist verheilt«, sagte Hans erstaunt.

Draußen graute der Morgen. Der Wind hatte die Wolken über Nacht vom Himmel gefegt. Unten schnaubten die Pferde in den Verschlägen.

»Da saß das Mädchen die ganze Zeit in der Schenke, und am Ende entwischt sie uns«, brummte Horn. »Unglaublich.«

»Sehr klug«, sagte Sanne. »Mitten zwischen Leuten zu sitzen ist das beste Versteck.«

Hardt spuckte in die Hände und strich sein Haar nach hinten. Er musterte sich im Taschenspiegel, pfiff anerkennend und zupfte an Schnauzer und Kinnbart.

»Du bist der Schönste im ganzen Land«, sagte Sneewitt über die Schulter. »Tolle Frisur.« Sie beugte sich über den Bottich, um ihr Kleid auszuwringen.

»Tolle Figur«, erwiderte Hardt und kniff sie in den Hintern.

Sie stieß ihm einen Ellbogen in den Bauch. Er schrie auf und schnappte nach Luft.

Kunz erwachte. Er richtete sich ruckartig auf dem Heulager auf. »Ich hatte«, keuchte er, »einen schrecklichen Traum. Ich wurde … von einem wilden Tier zerrissen.«

»So kann man es auch nennen«, murmelte Sneewitt, die ihre Schulterwunde neu verband.

»Lasst uns aufbrechen«, sagte Hans. »Das Mädchen ist sicher noch in der Nähe. Wir müssen ihre Spur finden.«

Sie rollten die Decken auf und kletterten vom Heuboden. Die Rechnung hatten sie zwar nicht beglichen, aber der hinter einem Fenstervorhang versteckte Wirt war erleichtert, als sie davonritten.

Im Dorf spielten Kinder mit den Perlen. Manchmal schaute jemand aus dem Fenster, zuckte beim Anblick der Gefährten aber zurück. Da erklang Getrappel. Als Hans sich umdrehte, sah er den Igelhirten. Er kam auf dem Gockelhahn angeritten, dicht gefolgt von einer grunzenden Schweineherde.

»Endlich mal einer, der arbeitet!«, rief Horn.

»Ich arbeite nicht«, erwiderte der Hirte und zügelte den Hahn. »Ich hüte nur Schweine und spiele Dudelsack. Aber ich kann euch den Ort zeigen, wo ich der Fee begegnet bin.«

»Nicht nötig«, sagte Hans. »Sie war gestern in der Schenke. Kannst du Fährten lesen?«

Der Hirte schüttelte den Igelkopf.

»Oje«, sagte Horn und kratzte sich am Kopf.

»Das kann ich auch nicht«, murmelte Hardt.

Die zwei Frauen schauten ratlos drein.

»Na, großartig.« Hans sah zu den dahinjagenden Wolken auf. »Kein Fährtenleser. Dann haben wir das Mädchen ja bald.« Er seufzte.

Am Dorfausgang hockten die verletzten Jungmänner unter einem Lindenbaum. Der Hüne kühlte sein Veilchen mit einer Speckschwarte. Als sich die Gefährten näherten, rief einer: »Seht mal! Da sind die Schweine!«

»Euer Glück, dass nicht klar ist, wen ihr meint«, sagte Kunz.

Reiter und Borstenvieh zogen an den Burschen vorbei, die drohend die Fäuste reckten. »Wir kriegen euch noch!«, brüllte einer. »Und dann gerben wir euch das Fell!«

Die sechs Gefährten ritten lachend weiter.

Sie hatten das Dorf bald hinter sich gelassen. Der Hirte mit der Igelgestalt verabschiedete sich und trieb die Schweine zu einem Ort, wo die seltenen Eichen wuchsen. Nun waren die Gefährten auf sich gestellt. Die sandige Einöde der Hohen Heide erstreckte sich ringsumher, so weit das Auge reichte. Der Ginster war verblüht, aber das Heidekraut leuchtete, und da und dort ragten die grünen Säulen der Wacholder auf. Die Gefährten trabten auf gut Glück nach Norden.

»Sie ist zu Fuß und hat einen halben Tag Vorsprung«, sagte Sneewitt. »Wenn sie keine Siebenmeilenstiefel hat, kann sie noch nicht weit sein.«

»Sie könnte auch die Fusel überquert haben«, warf Sanne ein. »Dann wären wir hier im Westen falsch.«

»Tja«, brummte Horn. »Was meinst du, Hardt?«

»Ich habe keine Meinung dazu«, antwortete der.

Hans ritt verdrossen voran. Die Erde war weit, der Himmel noch weiter. Wie sollten sie das Mädchen, das sich vor ihnen verbarg, je finden? Der Hinweis auf die Fusel war reines Glück gewesen. Und sie hatten großes Pech gehabt, als ihnen das Mädchen am Vorabend entwischt war. Aber wie hätten sie wissen sollen, dass sie in der Schenke war?

Die Gefährten trabten weiter. Obwohl es sinnlos war, hielten sie

Ausschau nach Spuren. Als die Abendsonne den Sand in ihr rötliches Licht tauchte, gelangten sie zu einer Senke. Die Wurzeln von Krüppelkiefern ragten aus einem der Hänge und bildeten ein bizarres Gespinst. Hans nickte. »Wir machen hier halt«, sagte er und glitt von seinem Kaltblüter.

Hardt führte die Pferde an einem Bach zur Tränke. Kunz las Holz auf und entfachte ein Feuer. Der aufgehende Mond warf die Schatten der Krüppelkiefern in die Senke. Die Gefährten hatten sich in ihre Decken gehüllt und um das Feuer geschart, dessen Flammen im Wind zuckten. Sie verzehrten die Reste ihres Proviants.

Nach langem Schweigen murmelte Horn: »Vielleicht steige ich aus. Tut mir leid. Aber diese Suche ist sinnlos.«

»Tja«, sagte Hardt und zupfte an seinem Kinnbart. »Du hast wohl recht. Ich habe im Dorf zwar gemerkt, wie verkommen die Leute inzwischen sind, aber was sollen wir dagegen tun?«

»Wir dürfen nicht aufgeben«, wandte Hans ein. »Denkt an die Gografen, die man durch einen Schlafbann ausgeschaltet hat. Pinafor droht Gefahr. Wenn wir das Mädchen finden, weist sie uns vielleicht den Weg zur Esche, und dann …«

»Dann könnten wir auch nichts tun«, unterbrach ihn Hardt.

»Gewäsch!«, zischte Sneewitt. »Ihr habt doch nur die Hosen voll.«

»Die beiden sind freiwillig dabei«, warf Kunz ein. »Lasst sie ziehen.«

»Nein«, erwiderte Sanne. »Wir brauchen jeden Mann. Denkt an den eisgrauen Reiter und seine goldenen Jünglinge.«

»Genau die geben mir zu denken«, sagte Horn.

»Hasenfuß!«, fauchte Sneewitt. »Du hast dich kurz vor dem Gefecht in die Büsche geschlagen. Ohne eure Wunderwaffen wärt ihr so hilflos wie zwei junge Welpen.«

Ein Streit entbrannte. Hitzige Worte flogen wie Funken über dem Feuer hin und her. Die Ratlosigkeit schlug in Wut um.

Wolken schoben sich vor den Mond, aber Dachs und Fuchs konnten auch im Dunkeln hervorragend sehen. Der Wind trug ihnen Wortfetzen des Streitgesprächs zu, das die Gefährten zwei oder drei Steinwürfe entfernt in der Senke führten.

»Diese Leute reißen sich gegenseitig die Köpfe ab«, sagte der Fuchs. »Willst du dich wirklich mit ihnen verbünden?«

»Wir können das Mädchen aufspüren«, erwiderte der Dachs. »Aber wir können nicht gegen diese Dämonen kämpfen.«

»Fliegen die sieben Raben wieder?«

»Bist du blind?«

»Nein«, sagte der Fuchs kleinlaut.

»Ich habe sie heute gesehen. Sie suchen die Hohe Heide ab. Uns bleibt nichts …« Er spitzte die Ohren. »Hörst du das?«

Der Fuchs hob ein Gehör. »Nein«, sagte er. »Aber ich wittere etwas – gewaltbereite Männlichkeit. Kein schöner Geruch.«

Beide Tiere weiteten die Nüstern und ließen den Blick einmal rundum schweifen.

»Da«, flüsterte der Fuchs. »Eins, zwei … hundert Burschen.«

»Hundert?«, blaffte der Dachs. »Zehn, du Held!«

»Zehn … Das ist eine eins mit drei Nullen, richtig?«

»Die Null bist du«, fauchte Meister Grimbart. »Ich dachte, ihr Füchse seid so schlau. Sei still.«

Die Burschen schlichen sich von Süden an die Senke an. Sie waren mit Knüppeln und Messern bewaffnet.

»Sie wollen unsere zukünftigen Verbündeten überfallen.«

»Ach, wirklich?«, fragte der Dachs süffisant.

»Wir sollten … wir müssten … wir könnten … wir …«

»Werden eingreifen«, vollendete der Dachs den Satz. »Los, komm mit.« Er huschte eilends in Richtung Senke, wobei er jede Deckung nutzte, ob Busch, Wacholder oder Fels.

Der Fuchs hetzte hinterher. »Was«, keuchte er, »hast du vor?«

»Diese Halunken sind dumm wie Bohnenstroh«, rief Meister Grimbart über die Schulter, »das merkt man ja schon von weitem. Wir nutzen ihren Aberglauben aus.«

Der Mond tauchte zwischen den Wolken auf. Hätte er Augen gehabt, dann hätte er sehen können, wie Dachs und Fuchs zwischen den Gefährten, die sich in der Senke stritten, und den zehn rachedurstigen Jungmännern, die sich heimlich, still und leise anschlichen, in ein Ginsterdickicht huschten.

»Glück gehabt«, flüsterte der Fuchs. »Das ist Färberginster. Der hat keine Dornen.«

Sie konnten hören, wie die Burschen tuschelten.

»Wir haben sie ruck, zuck überwältigt«, sagte einer. »Dann schneiden wir ihnen die Ohren ab, damit sie uns nie mehr vergessen.«

»Wir stecken sie nackt in ein mit Nägeln gespicktes Fass und lassen sie von zwei Schimmeln durch das Dorf ziehen«, sagte ein anderer.

Der Mond verschwand wieder hinter Wolken.

Der Fuchs zitterte. »Das sind … Unmenschen«, flüsterte er.

»Aufgepasst«, zischte der Dachs. »Auf mein Kommando.«

Er erklärte seinen Plan. Als die Burschen nur noch wenige Schritte entfernt waren, sprang der Fuchs auf Meister Grimbarts Rücken. Dann richteten sich beide Tiere mit funkelnden Augen im Dickicht auf und fauchten und knurrten, was das Zeug hielt.

»Ein Heidegeist!«, schrie einer der Burschen erschrocken.

»Er will uns unter die Erde ziehen!«, rief ein anderer.

Fuchs und Dachs wirkten im Dunkeln wie ein vieräugiges Geschöpf. Die Burschen schrien Zeter und Mordio. Einige nahmen die Beine in die Hand und rannten davon.

»Hiergeblieben!«, brüllte ihr Anführer. »Seid ihr Männer oder Mäuse?« Im nächsten Augenblick erwischte ihn eine Tatze an der Wange, und er kreischte auf wie ein Waschweib.

Im übernächsten Augenblick tauchten die Gefährten mit blankgezogenen Waffen aus der Senke auf.

»Wer da?«, brüllte Kunz und schwenkte den Zweihänder.

Die Jungmänner flohen Hals über Kopf.

»Das waren diese hirnlosen Halbtoten«, sagte Hardt.

Sneewitt ließ einen Pfeil von der Sehne schnellen. Er sauste in Richtung Mond, der hinter einer Wolke hervorlugte, senkte sich und verschwand in der Nacht.

»Wenn sie so schnell denken könnten, wie sie rennen, wären sie gleich daheim bei ihrer Stiefmutter geblieben«, brummte Horn.

»Hattest *du* eine Stiefmutter?«, fragte ihn Sanne.

Horn nickte.

»Ich auch«, sagte sie.

»Ist ja lustig«, sagte Hardt. »Ich auch.«

»Ich auch …«, murmelte Sneewitt und sah düster drein.

»Ich nicht«, sagte Hans. »Aber meine Mutter hatte das Herz einer bösen Stiefmutter.«

Sie standen da, in ungute Erinnerungen versunken.

Da rutschte der Fuchs vom Rücken des Dachses und purzelte mit einem Quäken in das Ginsterdickicht.

»Zeig dich, Bastard!«, brüllte Kunz und riss den Zweihänder hoch.

Die Gefährten warteten wachsam. Schließlich kamen Dachs und

Fuchs zum Vorschein. Sneewitt ließ den Bogen sinken. »Die schon wieder …«, sagte sie.

»Meine Freunde!«, rief Horn hocherfreut und schwenkte zum Gruß den Hut. Sofort wuchsen hundert Langbogenschützen aus dem kargen Heidesand. »Oh …«, murmelte er. »Bitte um Vergebung.« Er wedelte noch einmal mit dem Hut, und die Schützen verschwanden.

Die Tiere tauschten einen Blick. Der Dachs murrte etwas und huschte davon. Der Fuchs sah ihm nach und schnürte dann in die Senke, wo er sich neben dem Feuer niederließ und seine Pfoten ableckte. Die Gefährten setzten sich zu ihm.

»Dieser brave Fuchs hat im Auwald meinen Hut gefunden«, sagte Horn. »Er hat uns gerettet! Ist er nicht großartig?«

Der Fuchs lächelte geschmeichelt.

»Ohne die zwei hätten uns die Burschen überrumpelt«, sagte Sanne.

Der Fuchs lächelte noch geschmeichelter.

»Er scheint uns zu verstehen«, sagte Hans. »Schade, dass wir die Sprache der Tiere nicht beherrschen …«

Der Fuchs lächelte vielsagend.

»Er ist ein verlaustes Fellbündel«, sagte Sneewitt abschätzig.

Der Fuchs wirkte zugleich verblüfft und verletzt.

»Was unser Streitgespräch betrifft …«, sagte Hardt.

»Wir halten euch nicht auf«, erwiderte Hans. »Macht, was ihr wollt. Aber wir suchen weiter.«

Horn hustete. Die Sache war ihm unangenehm. »Ihr dürft uns nicht falsch verstehen …«, begann er.

»Haut doch ab!«, keifte Sneewitt. »Feiglinge brauchen wir sowieso nicht.«

»Heho!«, rief Hardt. »Nicht so beleidigend!«

Sneewitt spuckte ins Feuer. Ihr Speichel verdampfte mit dem Zischen einer Kreuzotter.

Die Gefährten schwiegen. Jeder hing seinen Gedanken nach.

Da kam der Dachs zurück. Er hatte ein Stück Rinde im Maul, auf dem eine in Häppchen zerbissene, weiße Schlange lag. Er blieb vor Hans stehen und bot sie ihm dar.

»Soll ich das etwa essen?«, fragte Hans verdutzt.

Der Dachs nickte.

»Finger weg!«, sagte Sneewitt. »Du fällst entweder sofort tot um oder wirst in eine Kröte verwandelt.«

Hans warf Kunz einen fragenden Blick zu. Der sagte: »Tja … Sieht nicht gerade appetitlich aus.«

»Wer ist hier feige?«, fragte Hardt verbittert. Er griff an Hans vorbei nach einem der Happen, schob ihn in den Mund, kaute langsam und schluckte ihn dann hinunter.

»Und? Wie mundet dir das?«, fragte der Fuchs.

»Schmeckt nussig«, antwortete Hardt. Dann stutzte er. »Bilde ich mir das nur ein«, sagte er zum Fuchs, »oder habe ich dich gerade verstanden?«

»Wer von der Weißen Schlange isst, spricht die Sprache der Tiere«, erwiderte der Fuchs.

»Ich kann ihn verstehen!«, sagte Hardt zu Horn.

Horn griff auch zu. Er kaute und schluckte hastig.

»Na?«, fragte der Fuchs. »War das so schlimm?«

»Wahrhaftig!«, rief Horn. »Ich verstehe ihn!«

Hans überwand sich und aß einen Happen. Dann Kunz, dann Sanne. Sneewitt verschränkte die Arme vor dem Busen und fauchte: »Nur über meine Leiche.« Der Feuerschein tanzte auf ihrer Schmollmiene.

»Du verstehst die Sprache der Tiere, wenn du davon isst«, drängte Horn.

»Na, und? Die Menschen reden genug. Soll ich mir jetzt auch noch das Gequassel der Tiere anhören?«

Der Dachs trabte zu ihr und bot ihr das letzte Stück an.

»Tja«, sagte Hardt spitz. »Die tapfere Sneewitt kennt keine Angst. Sie muss erst noch ausziehen, um das Fürchten zu lernen.«

Sneewitt schnappte sich den letzten Happen. Beim Kauen sah sie Hardt grollend an. »Schmeckt wie ein vergifteter Apfel«, stieß sie hervor und griff nach ihrem Hals.

Der Dachs ließ das Rindenstück fallen. »Sehr gut«, sagte er. »Dann können wir ja endlich zur Sache kommen.«

»Zur Sache?«, fragte Kunz, der Holz nachlegte.

»Ja«, erwiderte der Dachs. »Ihr sucht das Mädchen mit den grünen Augen, und wir suchen es auch. Ich schlage vor, dass wir uns verbünden. Wir können sie aufspüren ...« – er tippte sich mit einer Pfote gegen die Schnauze – »... und ihr könnt uns diese Dämonen vom Hals halten. Denn die sieben Raben fliegen wieder.«

»Durch die Luft!«, fügte der Fuchs hinzu.

Meister Grimbart warf ihm einen verärgerten Blick zu. »Was haltet ihr davon?«, fragte er.

»Ach«, murmelte Horn. »Sie fliegen wieder? Und ich dachte, die Bogenschützen hätten ...« Er schwieg eine Weile. Dann sagte er kurz entschlossen: »Wie dem auch sei – wenn uns diese Tiere begleiten, bleibe ich bei euch.«

»Ja«, sagte Hardt. »Mit ihrer Hilfe haben wir eine Chance, das Mädchen zu finden.«

»Ich bin einverstanden«, sagte Sanne.

Hans und Kunz nickten.

Sneewitt blies die Wangen auf und zuckte mit den Schultern.

»Also abgemacht«, sagte der Dachs. »Legt euch schlafen. Wir übernehmen die Wache.«

Die Gefährten rollten sich neben dem Feuer in ihre Decken.

Fuchs und Dachs lagen am Rand der Senke und ließen ihre Blicke über die dunkle Heide schweifen.

»Was meinst du?«, fragte der Fuchs. »Werden wir diesen Dämonen zuvorkommen?«

»Ich hoffe«, erwiderte Meister Grimbart. »Aber die Zeit läuft uns davon. Die Raben werden das Mädchen bald finden. Wir müssen gleich morgen früh die Spur wieder aufnehmen, die wir gestern entdeckt haben.«

In der Ferne rief eine Eule.

»Ich habe Angst«, flüsterte der Fuchs. »Können wir uns nicht einfach in die Büsche schlagen? Ich möchte mein Leben gern lebend genießen.«

»Wenn wir uns nicht sputen, verdorrt die Esche, und dann bricht das Zeitalter der Raubtiere an, die nach Blut und Gold gieren«, sagte der Dachs. »Das wäre das Ende der Welt, wie wir sie kennen. Irgendjemand wünscht sich genau das.«

9. Ein Wild und viele Jäger

Tief in der Hohen Heide erhob sich ein Grollen wie das eines aufziehenden Gewitters. Das Grollen wurde zu Donnern, das Donnern zu Hufgetrappel: Acht Reiter tauchten geisterhaft aus einer Nebelbank auf. Sie gaben ihren Rössern die Sporen und sprangen gleichzeitig über einen Bach. Als die Rösser mit dumpfer Wucht auf dem anderen Ufer auftrafen, schossen Atemwolken aus ihren Nüstern. Schweißnasse Pferdeleiber dampften, das Sattelzeug knarrte, und durch die Reiter, die sich über den Widerrist beugten, ging ein Ruck. Sobald die Rösser wieder im gestreckten Galopp dahinjagten, richteten sich die Reiter auf: Sieben Männer mit goldener Rüstung und wehendem Blondhaar, einer in Eisgrau und mit frostig glitzerndem Schwert. Sie trieben Nebel und Nacht vor sich her, der Hufschlag ihrer Rösser weckte die Sonne: Sie erhob sich im Osten und sandte fahle Strahlen über das Land. Die nach Westen preschenden Reiter, denen man das Gefecht im Auwald nicht mehr ansah, schienen ihre eigenen Schatten zu jagen.

»Wir haben sie südlich des Dunkelpfuhls entdeckt!«, rief ein Jüngling.

Grimm wendete seinen Rappen, und die acht Reiter ritten nebeneinander über die Hohe Heide nach Norden. Unter den Hufen ihrer Rösser stob Sand auf. Sie hatten ihr Wild lange vergeblich gesucht, aber jetzt war es zum Greifen nah. Und sie wussten: Wem auch immer sie dienten, er würde es ihnen vergelten.

Die sechs Gefährten waren auf Drängen von Dachs und Fuchs vor dem Morgengrauen aufgebrochen. Sie trabten auf den Kaltblütern durch die dämmerige Einödlandschaft. Die beiden Tiere flitzten vor ihnen durch das Heidekraut, die Schnauzen dicht am Boden, und suchten die Witterung des Mädchens mit den grünen Augen.

»Sie scheinen Böses zu ahnen«, sagte Sanne. »Hoffentlich finden wir das Mädchen rechtzeitig.«

»Keine Bange«, erwiderte der hinter ihr sitzende Horn. »Auf die Spürnasen unserer neuen Freunde ist Verlass. Wer weiß, wo unser Weizen noch blüht.«

Kunz gähnte. Hardt rieb sich den Schlaf aus den Augen.

»Wie geht es deiner Schulter?«, fragte Hans und drehte sich nach Sneewitt um.

»Besser«, antwortete sie.

Hans sah sich nach Dachs und Fuchs um. Sie beschnüffelten den Stamm einer ungewöhnlich dicken Kiefer, die wie eine Landmarke einsam auf einem Sandhügel stand.

»Sie war hier!«, rief der Dachs. »Sie hat in diesem hohlen Stamm geschlafen. Wir haben ihre Witterung!«

»Ihre Spur duftet nach Lilien«, sagte der Fuchs und verdrehte betört die Augen.

»Endlich.« Horn klopfte sich auf einen Oberschenkel.

»Ja«, erwiderte Meister Grimbart. »Aber ich glaube, dass ihr die Dämonen dicht auf den Fersen sind. Wir müssen uns beeilen.«

Während sich die Sonne über den Horizont schob, folgten sie der nach Osten führenden Spur, bis sie wieder auf die Fusel stießen, die hier, nicht weit von ihrer Quelle, nur noch so schmal wie ein Bach war.

»Sie schlendert herum, als würde sie Blumen pflücken«, sagte Kunz erstaunt.

Sanne nickte. »Erstaunlich, ja. Trotzdem bewegt sie sich nach Norden.«

»Sie will zum Dunkelpfuhl«, stieß Hans hervor.

»Der Dunkelpfuhl …«, murmelte Sneewitt. »Ist das nicht der See, in dem so viele Jäger verschwunden sind?«

»Der Eisenhans hat sie auf den Grund gezogen«, sagte Kunz. »Aber das ist lange her.«

»Wer ist das?«, fragte Hardt.

»Ein wilder Mann, braun wie rostiges Eisen und mit Haaren, die bis zu den Knien hängen«, antwortete Kunz.

»Abscheulich!«, murmelte Hardt.

»Aber wenigstens männlich«, frotzelte Sneewitt.

»Der Eisenhans treibt weiter sein Unwesen«, warf der Fuchs ein. »Ein Wiesel hat mir erzählt, dass er …«

Aber er wurde von Meister Grimbart unterbrochen, der wie angewurzelt stehenblieb. »Hufspuren!«, rief er.

Die Gefährten zügelten die Pferde. »Die Dämonen?«, fragte Hans.

Der Dachs beschnupperte die Abdrücke, die sich der Erde am Ufer der Fusel eingeprägt hatten. »Nein«, erwiderte er. »Es war ein Maultier. Aber …« – er wies mit der Schnauze nach Norden – »… ab hier folgt der Reiter dem Mädchen.«

Sie spornten die Kaltblüter an und ritten im leichten Galopp, so weit es das Gelände zuließ, das dem Feuchtgebiet nördlich des Auwalds zu ähneln begann: Wasserwiesen und Gehölze mit Erlen und Weiden. Im Schilfdickicht war die Spur gut zu erkennen, denn das Maultier hatte eine Schneise getrampelt.

»Wer mag das sein?«, fragte Hans.

»Noch jemand, der das Mädchen sucht«, erwiderte der Fuchs.

Ein Reiher flog mit trägen Flügelschlägen im Schilf auf, und weiter nördlich flohen Enten. Die Gefährten trabten durch ein Gehölz. Die Erlen hatten hohe Wurzelballen; Bruchweiden mit gespaltenen Stämmen und gesplitterten Ästen ragten auf. An einem entdeckte der Dachs ein Stück Stoff.

»Der Reiter des Maultiers trägt Schwarz«, sagte er. Und fügte nach kurzem Schnuppern hinzu: »Es ist eine Reiter*in*.«

»Vielleicht eines der weisen Weiber«, sagte Hans.

»Das hättest du wohl gern, wie?« Sneewitt sah ihn spöttisch an. »Barbera eilt brennend vor Sehnsucht herbei, um sich an deine Heldenbrust zu werfen. Träum weiter.« Sie lachte.

»Die weisen Weiber tragen Weiß«, setzte Kunz hinzu und wischte sich Schweiß von der Stirn. Im Laufe des Vormittags war es immer schwüler geworden.

»Jedes weiße Gewand hat dunkle Flecken, jeder schwarze Rock hat helle Kleckser«, sagte der Fuchs.

»Bist du bei einem Maler in die Lehre gegangen?«, fragte Hardt, der grinsend am Spitzbart zupfte.

»Seht!«, rief Sanne und zeigte durch eine Lücke im Laub zum Himmel.

Vor einer Wolke zogen sieben schwarze Punkte dahin.

»Die Raben …«, murmelte Horn. »Diese Jünglinge waren so mit Pfeilen gespickt, dass sie mausetoter als mausetot sein müssten.«

»Sie kreisen über dem Dunkelpfuhl!«, rief der Dachs.

Der Wind trug ihnen Gewieher zu. Die Kaltblüter schnaubten und schüttelten die lange Mähne.

»Los, weiter!«, sagte Hans. Er gab seinem Pferd einen Klaps, und es sprang über einen abgebrochenen Ast. Die restlichen Gefährten ritten hinterher.

Einerseits hatte der Dunkelpfuhl seinen Namen verdient: Das schwarze Wasser kräuselte sich im Wind; Schilf rauschte vor bewaldeten Ufern; tote Pappeln ragten zwischen Bäumen auf, deren Laub seltsam grau glänzte. Andererseits war der Name untertrieben, denn der sogenannte ›Pfuhl‹ war ein weiter See, Quelle der Fusel und Laichgrund der Lachse, die alljährlich den weiten Weg vom Meer durch Welsfluss, Usse und Fusel zurücklegten.

Mitten im See lag eine Insel. Sie war ungewöhnlich felsig und erweckte den Anschein, als wäre sie durch Zauberhand bis zur Oberfläche des Dunkelpfuhls emporgehoben worden. Auf dieser Insel stand die alte Wetterfichte, die magisch die Blitze anzog und jeden Einschlag heil überstand. Am Fuß dieser Fichte saß das Mädchen unter einem Felsvorsprung. Wie sie dorthin gelangt war, blieb ihr Geheimnis. Niemand ahnte, wo sie sich verbarg, denn die Insel war weit vom nächsten Ufer entfernt. Die sieben Raben kreisten über Schilf und Wald. Das Mädchen ließ sie nicht aus den Augen und strickte dabei an einem Wollhemd. Sperling und Zeisig saßen auf einem Ast der Wetterfichte und putzten ihr Gefieder.

Das Mädchen wusste von Hans und seinen Gefährten, denn sie hatte sie im Dorf an der Fusel gesehen und gespürt, dass sie gute Absichten hatten. Sie wusste auch, dass Grimm und die sieben Jünglinge sie töten wollten. Und sie wusste, dass es allen um die Karte auf ihrem Rücken ging – jene Karte, die man ihr in der Grenzfeste Rottland eingebrannt hatte, wo sie von Blaubart eingekerkert worden war. Sie erinnerte sich mit Grausen an jene Nacht: Das Klacken der Riegel, das sie aus dem Schlaf gerissen hatte; die Männer, die sie hastig aus dem Kerker in die Folterkammer geschafft und ihr die Karte mit glühenden Eisen auf den Rücken tätowiert hatten. Danach hatte man sie durch geheime Gänge gezerrt und durch eine Pforte aus der Grenzfeste gestoßen. ›Flieh!‹, hatte ihr einer der Männer zugerufen. Und sie hatte im Licht der Sterne gestanden, frei, aber ohne zu wissen, wie ihr geschah. Dann war sie in die Nacht getaumelt, um dem grausamen Blaubart zu entrinnen, der Frauen raubte und in seinen Kerkern quälte.

Sie wusste nicht, was die Karte auf ihrem Rücken bedeutete, die sie nur einmal als verschwommenes Spiegelbild in einem Weiher erblickt hatte.

Sie strickte weiter. Das letzte Hemd war fast fertig, es fehlten nur die Ärmel. Sie hielt es hoch – ja, es passte.

Von Norden kamen schwarze Wolken. Der Wind frischte auf, und Gischt sprühte auf dem Dunkelpfuhl, auf dessen tiefstem Grund laut der Sagen Nöck und Nixen lebten.

Die Gefährten hielten vor einem Schilfdickicht. Der Dachs huschte hinein. Als er zurückkehrte, sagte er: »Hinter dem Schilf beginnt der Pfuhl. Die Spur des Mädchens endet am Ufer.«

Hans richtete sich in den Steigbügeln auf und blickte auf das Wasser. »Da hinten liegt eine Insel. Für eine Schwimmerin ist sie aber zu weit entfernt, und das Wasser ist sicher eiskalt.«

»Vielleicht ist sie am Ufer entlanggewatet, um ihre Spur zu vertuschen«, sagte Kunz.

»Und das Maultier?«, fragte Horn, der beide Arme um Sanne geschlungen hatte.

»Hat hier gehalten«, antwortete der Dachs. »Die Reiterin ist dann nach Westen abgebogen.«

»Die Raben sind nördöstlich des Sees gelandet«, sagte Sanne. »Dort scheinen unsere Feinde zu sein.«

»Das Mädchen *muss* sich hier verbergen«, sagte Hans ratlos. »Warum zeigt sie sich nicht? Wir wollen ihr ja nichts Böses.«

»Wie kann sie das wissen?«, erwiderte Hardt. »Sie fühlt sich von allen verfolgt.«

Ein Windstoß durchfuhr die Bäume, ließ graues Laub durch die Luft segeln und flüsterte im Schilf.

»Tja«, murmelte Meister Grimbart. »Die Raben haben alles ausgespäht. Wenn die Dämonen am Nordostufer sind, haben sie dort wahrscheinlich eine Spur entdeckt.«

»Gut«, seufzte Hans, denn das Gefecht im Auwald steckte ihm noch in den Knochen. »Reiten wir also hin.«

Die Gefährten trabten los. Fuchs und Dachs eilten ihnen als Kundschafter voraus.

Grimm und die sieben Jünglinge hielten Rat. Die Pferde, die sie an Kopfweiden gebunden hatten, bissen auf den Trensen und stampften mit den Hufen.

»Wir haben rings um den See jeden Winkel abgesucht«, sagte einer der Jünglinge. »Aber diese Hexe ist wie vom Erdboden verschluckt.«

»Was ist mit der Insel?«, knurrte Grimm.

»Sie kann nicht geschwommen sein, denn das Wasser ist zu kalt, und es gibt kein Boot«, sagte ein anderer Jüngling. »Sie kann nicht auf der Insel sein.«

»Seht nach!«, befahl Grimm. »Aber schnell, denn ich denke, wir bekommen bald Gesellschaft.«

Die Jünglinge schlossen die Augen und breiteten die Arme aus. Auf ihren Gliedern sprossen Federn, die Nasen formten sich zu Schnäbeln, und dann saßen sieben Raben auf den Sätteln der Schimmel. Sie erhoben sich und flogen eilig über den Dunkelpfuhl.

Grimm ließ den Blick über die Ufer schweifen. In der Ferne sah er einen Reiter zwischen den Bäumen. »Da sind ja diese Narren«, murmelte er. »Ihr Zauberhut wird ihnen dieses Mal nicht helfen …«

Im Norden wurde der Himmel immer finsterer. Am Horizont tanzten Blitze zwischen Regenschleiern. Wolken wogten auf den Dunkelpfuhl zu. Als Donner grollte, liefen Schwäne mit dumpf knallenden Flügelschlägen über das Wasser und hoben ab. Enten flohen in das Schilf, und Gänse ergriffen trötend die Flucht.

Die Raben kehrten zurück und ließen sich auf ihren Sätteln nieder. Im nächsten Moment verzerrten sich ihre Körper; sie quollen auf, als wollten sie platzen. Die Federn verschwanden im Fleisch, die Schnäbel bildeten sich zurück, menschliche Gliedmaßen drängten in Flügel und Vogelbeine. Die Körper wuchsen und zuckten, bis sie wieder die Gestalt der blonden Jünglinge angenommen hatten.

»Und?«, fragte Grimm.

»Nichts«, antwortete ein Jüngling, den Helm unter dem Arm und eine Hand auf der Streitaxt. »Keine Menschenseele.«

»Nicht einmal eine Maus«, sagte ein anderer Jüngling.

»Nur eine Stricknadel, die unter der Wetterfichte lag«, sagte ein dritter. »Sie ist wohl bei Hochwasser angespült worden.«

Grimm horchte auf. Plötzlich hatte er das Mädchen an dem Tag vor Augen, als seine Männer in ihrem Feuer verbrannt waren, und er sah ihren Beutel vor sich – Strickzeug und Wollhemden. »Das ist sie!«, stieß er hervor und schüttelte den Kopf, um die Bilder loszuwerden.

Die sieben Jünglinge starrten ihn an.

»Ihr habt sie übersehen!«, brüllte Grimm. »Sie verbirgt sich auf der Insel!«

Erste Regentropfen klatschten durch das Laub. Der Donner grollte lauter.

»Aber wie kann sie dorthin gelangt sein?«, fragte einer der Jünglinge.

»Sie ist mit den Vögeln im Bunde«, erwiderte Grimm zornig. »Vielleicht hat sie einer hinübergetragen.«

Ein Kaltblüter wieherte in der Nähe. Die acht Männer fuhren herum. Blitze zuckten. Der Wind riss Laub von den Bäumen, wirbelte es über den aufgewühlten Dunkelpfuhl. Der Himmel wurde noch finsterer.

»Wir müssen zur Insel!« Grimm knirschte mit den Zähnen.

»Aber wie?«, fragte ein Jüngling.

»Fliegt hinüber«, befahl Grimm. »Erwürgt, erschlagt oder steinigt sie, aber bringt sie um.«

»Sollen wir sie nicht martern, bis ihre Schreie zum Himmel gellen?«, fragte ein anderer Jüngling.

»Dazu bleibt keine Zeit mehr!«, brüllte Grimm in das Heulen des Windes. »Fliegt! Ich halte diese Trottel auf.« Er zog eine Streitaxt aus dem Sattelschaft und zückte das eisig glitzernde Schwert.

Die sieben Jünglinge verwandelten sich wieder in Raben. Sie flogen los und kämpften gegen den Nordwind an, der sie vom Kurs abzudrängen drohte. Grimm sah ihnen kurz nach, dann sprang er ins Unterholz.

Eine Lawine aus Wasser brach über die Gefährten herein; der Sturm peitschte den Regen senkrecht durch die Luft, und das Wasser des Dunkelpfuhls brodelte, als würde es kochen. Die Gefährten konnten kaum eine Hand vor Augen erkennen.

»Das hat uns noch gefehlt«, stöhnte Kunz und warf sich die Decke über den Kopf.

»Aufschließen!«, brüllte Hans über die Schulter, denn das Pferd mit Sanne und Horn war zurückgefallen. »Wir müssen zusammenbleiben!«

Mehrere Donnerschläge krachten in Folge. Sie waren so laut, dass es Hans in den Ohren pfiff. Als er sich wieder umdrehte, saßen Horn und Sanne nicht mehr im Sattel. Er wischte sich das Wasser aus den Augen. »Halt!«, schrie er. »Anhalten!« Er gab Sneewitt den Zügel seines Kaltblüters und saß ab. Sanne hockte am Boden und beugte sich über Horn, der sich vor Schmerzen wand. Im Licht eines Blitzes sah Hans, dass man ihm ein Schwert durch den Oberarm in den Brustkasten gestoßen hatte. Horn blutete stark; rötlicher Schaum quoll aus seinen Mundwinkeln. Sein Hut war beim Sturz vom Pferd abgefallen und weggeweht worden.

»Die Dämonen!«, brüllte Hans und zog sein Schwert. »Sie haben Horn aus dem Hinterhalt überfallen! Sie lauern uns hier irgendwo auf! Sammelt euch um Horn und Sanne!«

Die Gefährten zogen die scheuenden Pferde durch den Sturm. Sie waren nass bis auf die Knochen und sahen sich hastig um, ohne den Feind entdecken zu können.

Da sprang Grimm, durch seine graue Rüstung im Regen fast unsichtbar, aus dem Unterholz und griff Kunz von hinten an. Der kam mit dem Schrecken davon, weil der Hieb vom Zweihänder abprallte, den er auf dem Rücken trug. Als er herumfuhr, war der Feind schon verschwunden.

»Bildet einen Kreis um die Pferde!«, schrie Hans. Sanne, die Horn notdürftig verbunden hatte, kam auf die Beine und griff nach dem Zügel ihres Kaltblüters. Sie scharten die Pferde um den Verwundeten und stellten sich im Kreis auf. Sneewitt blieb mit gespanntem Bogen im Sattel und sah sich wachsam um. Der Regensturm trübte die Sicht, der Wald bot dem Gegner Deckung, und wegen des dichten Baumbestands waren Zweikämpfe fast unmöglich.

»Verdammter Regen!«, fluchte Hardt, der Sneewitts Schwert gepackt hielt.

»Wo stecken unsere Spürnasen?«, rief Sanne.

Dachs und Fuchs waren nirgendwo zu sehen.

Da sauste eine Streitaxt durch den Sturm.

Hardt sah sie aus den Augenwinkeln. »Achtung!«, brüllte er.

Das Mädchen saß unter dem Felsvorsprung und strickte. Die Wetterfichte bog sich so knarrend im Unwetter, als wollte sie brechen. Das letzte Wollhemd war fast fertig, als die Raben in Sicht kamen, die sich durch den Sturm zur Insel kämpften. Das Mädchen hatte sich beim ersten Mal versteckt, aber jetzt blieb sie sitzen. Sie ließ eine Masche fallen und nahm sie mit zitternden Händen wieder auf. Überall tobten die Elemente; so musste es während der Entstehung der Welt gewesen sein. Das Mädchen zupfte am Wollfaden. Wenn ein Blitz zuckte, sah sie, dass die Raben nähergekommen waren. Sie holte tief Luft. Ein Ärmel wollte noch gestrickt sein.

Sneewitt schoss. Ihr Pfeil prallte mit singendem Ton gegen die Klinge der Streitaxt. Dadurch wurde der Flug der Axt abgefälscht. Sie hatte eigentlich ihr gegolten, grub sich aber in die Flanke eines Kaltblüters. Hans wich aus, als sich das Pferd wiehernd aufbäumte. Dann galoppierte es davon. Sanne und Kunz wollten nach den Zügeln ihrer Pferde greifen, aber die Tiere flohen voller Panik in den Wald.

Während Sneewitt mit ihrem Kaltblüter rang, griff Grimm wieder an. Im Durcheinander bemerkten ihn die Gefährten zu spät. Wäre Hans nicht über eine Wurzel gestolpert, dann hätte Grimms Schwert ihn durchbohrt. Als er aufspringen wollte, bemerkte er einen Maulwurf, der ängstlich zu Grimm aufsah, denn dieser holte direkt über ihnen zu einem Hieb aus, der sie beide das Leben kosten konnte. Hans wich aus und schützte den Maulwurf, indem er Grimms Schlag mit seinem Schwert ablenkte. Dann kam er auf die Beine, um sich dem Gegner von Angesicht zu Angesicht zu stellen.

Sneewitt mühte sich weiter mit ihrem Kaltblüter ab. Kunz war den Pferden hinterhergerannt. Sanne stand benommen da und sah abwechselnd zum verletzten Horn und zum zornigen Grimm.

Der stürzte sich brüllend auf Hans. Sie kreuzten Klingen. Die Wucht des Schlags erschütterte Hans bis ins Mark. Grimm holte erneut aus, hatte in seiner Raserei aber Hardt aus den Augen verloren, der hinter einer Salweide auftauchte und ihm einen Ast zwischen die Beine warf. Grimm kam ins Stolpern und torkelte auf Kunz zu, der die Suche nach den Pferden aufgegeben hatte und zu seinen Gefährten zurückkehrte.

Kunz reagierte sofort – er zog den Zweihänder und ließ ihn gegen den Kopf des Feindes knallen. Grimms Helm flog ab, prallte gegen einen Baum und rollte durch Laub und Matsch. Grimm taumelte ein paar Schritte rückwärts. Er stieß gegen eine Pappel, schüttelte den Kopf und wischte sich Blut von den Lippen. Seine Rubinaugen erfassten Kunz und Hans, die kampfbereit auf ihn zukamen.

Der Regen schien die Welt ertränken zu wollen. Hans strich sich nasse Haare aus der Stirn. Und erstarrte – denn im Licht der Blitze, die am Himmel zuckten, erkannte er Grimm. Im ersten Moment war er froh, aber beim Anblick des entstellten Gesichts und der roten Augen wurde ihm angst und bange. Er wich einen Schritt zurück.

»Grimm?«, fragte er entgeistert. »Du lebst noch?«

Nichts deutete darauf hin, dass sein ehemaliger Anführer ihn erkannte.

»Gleich ist er tot!«, brüllte Kunz und griff an.

Grimm sprang ihm geduckt entgegen und stieß ihn mit einer Schulter um. Kunz fiel in den Matsch und versuchte dabei, seinem eigenen Schwert auszuweichen.

Hans stand wie versteinert da. Er hatte Grimm tot in der Usse treiben sehen. Wie konnte es sein, dass er hier war? In dieser unheimlichen Gestalt? Und als Feind? Bilder aus seiner Zeit als Räuber traten ihm vor Augen: Die Gelage, die Beutezüge, die Kameradschaft … Hans war verwirrt. Er fragte sich kurz, wem seine Treue galt. Dann wurde ihm bewusst, dass der vor ihm stehende Mann nicht mehr Grimm, sondern ein von den Toten auferstandener Dämon war.

Hans riss sich aus der Erstarrung. Er hob das Schwert.

Aber in diesem Augenblick sprang Grimm, der einen Hieb von Hardt pariert hatte, mit einem Satz in das Unterholz.

Das Unwetter wütete weiter. Grimms umgekippt daliegender Helm füllte sich rasch mit Regenwasser.

Die sieben Raben hatten die Insel fast erreicht. Ihr Krächzen drang durch den Regensturm an die Ohren des Mädchens, das fieberhaft weiterstrickte. Der letzte Ärmel reichte eine halbe Handbreit über die Schulter. Da schlug ein Blitz mit lautem Knall in die Wetterfichte ein. Blaues Licht gleißte. Regen verdampfte zischend, Brandgeruch schwängerte die Luft. Das Strickzeug fiel hin, und das Wollknäuel kullerte zur Fichte und stand im Nu in Flammen.

Das Mädchen kauerte sich mit zusammengekniffenen Augen und den Händen auf den Ohren unter den Felsvorsprung; ihr honigfarbenes Haar war angesengt. Davon abgesehen war sie ebenso unversehrt wie die qualmende Fichte. Funken stoben, aber der sturzbachartige Regen löschte jede Glut. Als sie die Augen wieder aufschlug, sah sie, dass die Raben zur Landung ansetzten. Sie sammelte hastig die Hemden ein, kam auf die Beine und rannte los.

Die zerzausten Raben ließen sich auf einem Felsen nieder. Beim Anblick des Mädchens krächzten sie boshaft. Ihre Schnäbel schrumpften, und die aufquellenden Körper sogen die Federn ein.

Bevor sie sich zurückverwandelt hatten, stand das Mädchen mit den grünen Augen vor ihnen. Ihr Haar troff, das rote Kleid klebte an ihrem Körper. Die Gischt des aufgewühlten Dunkelpfuhls sprühte über die Felsen und hüllte Mädchen und Vögel in einen Tropfennebel, der immer wieder von Böen zerfetzt wurde.

Das Mädchen warf den Raben die Hemden über – eins, zwei, drei, vier, fünf, sechs, sieben. Die Verwandlung ging weiter, aber statt der Jünglinge mit dem goldenen Haar klammerten sich schließlich sieben bucklige Gnome mit Hasenscharte und Klumpfuß an den Felsen. Einer hatte statt eines Arms noch einen schwarz gefiederten Flügel.

»Endlich darf ich wieder sprechen!«, rief das Mädchen. »Ich habe sieben Jahre geschwiegen, um euch in das verwandeln zu können, was ihr in Wahrheit seid. Ihr wolltet schön und grausam sein, aber nun könnt ihr kein Unheil mehr anrichten, ihr Wechselbälger!«

Die Gnome glotzten sie an. Der Wind wühlte in ihren aschgrauen Haaren. Dann kreischten sie auf und sprangen in den Pfuhl. Sie wurden sofort von Finsternis und Wellen verschluckt.

Das Mädchen stand reglos da. Der Regensturm umtoste sie, aber auf ihrem Gesicht breitete sich ein Lächeln aus.

10. Rätselhafte Enthüllungen

Die Gefährten waren todmüde, taten aus Furcht vor Grimm und den Jünglingen aber kein Auge zu. Sie hatten sich um Horn geschart, den sie unter eine Trauerweide gelegt hatten, und sahen der Schlacht zu, die sich der wütende Himmel mit der langmütigen Erde lieferte. Sie klapperten mit den Zähnen, ihre Augen waren gerötet, die Waffen griffbereit. Sneewitts Kaltblüter wandte dem Unwetter die breite Kruppe zu und stand da wie ein Fels in der Brandung.

Aber weder Grimm noch die Jünglinge ließen sich blicken. Gegen Morgen flaute der Sturm ab. Letzte Böen schüttelten Laub und Tropfen von den Bäumen. Als sich die fahle Sonne zwischen den wie aus Blei gegossenen Wolken zeigte, glich das einem ersten fröhlichen Blick nach vielen Tränen. Sanne und Hardt, nass bis auf die Haut, schliefen ein, wo sie saßen. Kunz erhob sich mit knackenden Gelenken und ging in den Wald. Er kehrte nicht nur mit Feuerholz, sondern auch mit den Schimmeln der Jünglinge zurück. Sie trabten hinter ihm her und gesellten sich zum Kaltblüter, den sie leise wiehernd beschnupperten.

»Sie standen brav zwischen ein paar Kopfweiden«, berichtete Kunz, während er das Holz aufschichtete. »Grimms Rappe fehlte. Weiß der Himmel, wo diese Bastarde stecken.«

»Ich kann es immer noch nicht glauben«, sagte Hans. »Aber der Dämon, der uns gestern Nacht überfallen hat, ist Grimm, der Anführer unserer Räuberbande. Ich dachte, er wäre tot. Verbrannt oder ertrunken. Er kam mir vor wie ein Gespenst.« Er schüttelte ratlos den Kopf.

Das Holz war nass und wollte nicht brennen. Kunz pustete in die Flammen. »Ich schätze, wir sind die Kerle los«, sagte er. »Dein Grimm hat die Hose offenbar voll.«

»Das haben wir neulich schon geglaubt«, murmelte Hans.

»Hat er dich auch erkannt?«

»Ich denke nicht. Aber seine pupillenlosen, roten Augen sind so ausdruckslos wie die eines Tieres.«

Da kam Sneewitt herbei. Sie hatte vor Müdigkeit Ringe unter den Augen. »Horn fiebert«, murmelte sie.

»Hier gibt es weit und breit kein Dorf«, sagte Hans besorgt.

»Und das Mädchen?«, fragte Sneewitt.

»Ach, dieses verflixte Mädchen«, knurrte Kunz und trat vom Feuer zurück, das endlich anständig zu brennen begann. »Mir ist kalt, und ich bin hungrig. Ich habe gerade keine Lust, mir den Kopf über sie zu zerbrechen.«

Sneewitt starrte in die Flammen. »Ich gehe auf Jagd«, sagte sie mit einem Seufzer und griff nach ihrem Bogen. »Danach brauche ich Schlaf. Viel Schlaf.«

»Ich komme mit und suche die Kaltblüter«, sagte Hans. »Sie sind bestimmt noch in der Nähe.«

Kurz darauf verschwanden die beiden im Wald.

Gegen Mittag hatte sich die Bewölkung aufgelockert, aber die Sonne hatte kaum Kraft. Die Gefährten saßen am Feuer, die nassen Decken über den Schultern. Die Kaltblüter, einer von ihnen mit verwundeter Flanke, grasten gemeinsam mit den Schimmeln am Ufer des Dunkelpfuhls. Horn lag fiebernd unter der Trauerweide, und Kunz drehte den Spieß mit dem von Sneewitt erlegten Reh.

»Fabelhaft«, murrte er. »Horn ist verwundet, das Mädchen unauffindbar, und die zwei Tiere sind verschwunden.«

Niemand erwiderte etwas. Sneewitt schlief; sie hatte ihren Kopf auf Hardts Schulter gebettet. Sanne lag neben Horn in der Weide und schlief ebenfalls tief und fest.

Hans untersuchte Grimms Helm. »Stahl aus den Ländern des Westens,« sagte er und tippte auf eine Gravur. »Dieser Helm ist uralt, denn der Weg nach Westen ist seit der Herrschaft des Eisernen Königs nicht mehr beschritten worden.«

Hardt sah ihn müde an. »So?«, fragte er. »Und?«

»Solche Rüstungsteile sind Seltenheiten«, sagte Hans. »Wir haben einmal einen Händler überfallen, der Beinschienen und Brustharnisch mit sich führte. Daher kenne ich die Gravur. Und wisst ihr, wo ich sie zum zweiten Mal gesehen habe? In einem Flur des Hauses der weisen Weiber. Dort stand eine Rüstung aus diesem Stahl.«

»Weiber haben es gern gemütlich«, brummte Hardt. »Und zur Gemütlichkeit gehört Zierrat.«

»Eine Rüstung als Zierrat?«, fragte Kunz. »Wie niedlich.« Er schnitt probehalber ein Stück Fleisch ab.

Da ertönte ein Knacken im Wald. Die Gefährten erschraken. Ihre Blicke flogen herum. Sie griffen nach den Waffen.

Im nächsten Augenblick tauchte Meister Grimbart aus dem Unterholz auf. »Holla, Leute!«, rief er. »Da sind wir wieder! Und wir haben jemanden mitgebracht!«

Sneewitt schlief sofort wieder ein. Die Männer senkten die Schwerter. Sie staunten nicht schlecht, als ein Maultier erschien. Die Reiterin trug einen schwarzen Mantel und eine Haube, die ihr Gesicht verdeckte. Hans' Herz tat einen Satz, weil er Barbera erwartete. Die Frau zügelte das Maultier. Der Fuchs sprang von ihrem Schoß.

»Wo habt ihr gesteckt?«, fragte Kunz verdrossen.

»Wir dachten, ihr hättet uns im Stich gelassen«, sagte Hardt.

»Nicht doch!«, erwiderte der Fuchs. »Wir haben die Spur des Maultiers verfolgt.«

»Wir wollten sichergehen, dass uns niemand in den Rücken fällt«, fügte der Dachs hinzu.

»Ach, ja?«, knurrte Kunz. »Dann habt ihr glorreich versagt!«

Hans starrte die Reiterin an. Sie glitt vom Damensattel und griff nach einem daran befestigten Stock. Hans stutzte. Und als die Frau die Haube abnahm, erkannte er sie.

»Muhme!«, rief er enttäuscht und erfreut zugleich.

Die Muhme lächelte faltenreich. Sie holte Wasserkessel und Becher aus der Satteltasche. Sie schwieg, bis der Kessel über dem Feuer hing und ihre Pfeife gestopft war. Als sie daran zog, mischte sich Pilzgeruch in den Bratenduft. Der Himmel war bedeckt, und am Ufer des Dunkelpfuhls trieben letzte Schaumkronen.

»Im Alter hält man sich an Rituale«, sagte die Muhme. »Erst muss das Wasser im Kessel kochen, dann rauche ich eine Pfeife.« Sie hielt die Hände über das Feuer.

»Horn fiebert«, sagte Hardt. »Kannst du ihm helfen?«

»Vielleicht«, antwortete die Muhme.

»Warum bist du hier?«, fragte Hans, der nicht wusste, ob die Ankunft der Alten ein gutes oder ein schlechtes Zeichen war.

»Gemach, Gemach!«, erwiderte sie. »Zuerst Pfeife und Tee. Dann die Heilkräuter. Und dann alles andere.«

Die Gefährten aßen hungrig, während die Muhme ihren Tee trank und paffte. Schließlich humpelte sie in den Wald. Nach einer Weile kehrte sie mit Eisenkraut und Königsfarn zurück und wechselte Horns Verband.

»Schlimme Wunden«, sagte sie, als sie wieder am Feuer saß. »Aber die Kräuter werden helfen.«

»Warum bist du hier?«, fragte Hans, der seine Ungeduld nicht länger bezähmen konnte.

Die Muhme sah ihn an. Ihre Pupillen füllten die Augen fast ganz aus. Sie zog einen Lederbeutel hervor und ließ weißes Pulver in den Pfeifenkopf rieseln.

Hardt zupfte an seinem Spitzbart. »Was mag die Alte da rauchen?«, dachte er. Als er den Qualm einatmete, wurde ihm schwindelig, und er hatte plötzlich Bilder vor Augen: Sieben Raben, groß wie Greife, flogen kreischend über die Muhme, die auf dem Heimweg von den dreizehn weisen Weibern war; zwischen Holundern, deren Wurzeln von Nagetieren und Ungeziefer zerfressen waren, stand eine Kate, vor der sich Ungeheuer mit kahlem Schädel und einem dem Steiß entspringenden Schwanz zusammengerottet hatten; eine große, goldene Kröte kroch aus einem Brunnen; ihrem Maul entstieg eine dunkelhaarige, weiß gewandete Frau; sie spitzte die Lippen und stieß ein Surren wie von tausend Spinnrädern aus, in das sich das Stöhnen gequälter Seelen mischte; das Stöhnen wurde immer lauter und nahm schließlich die Gestalt eines Riesen mit wehendem Bart und Eisenrüstung an, der auf seinem Weg durch Pinafor eine Schneise der Verwüstung schlug.

Hardt rang um Atem und riss die Augen auf. Hans und Kunz saßen wie versteinert da. Die Muhme paffte. Das Fleisch über dem Feuer begann anzubrennen. Hardt schob Sneewitts Kopf von seiner Schulter und ließ sie zu Boden gleiten; sie wachte nicht auf. Dann wendete er den Braten. Im nächsten Moment fegte ein Windstoß den Pfeifenqualm weg, und Hans und Kunz schlugen die Augen auf. Sie wischten sich Speichel aus den Mundwinkeln und sahen sich so verwirrt um, als wären sie aus einem langen Traum erwacht.

Die Muhme nahm die Pfeife aus dem Mund. »Nun wisst ihr alles«, sagte sie.

»Was soll ich wissen?«, fragte Hans und rieb seine Stirn. »Ich habe nur rätselhafte Bilder gesehen.«

»Gesichte sagen die Wahrheit«, erwiderte die Muhme. »Egal, wie geheimnisvoll sie auch sein mögen.«

»Monster und Riesen?«, sagte Kunz. »Und eine Kröte, aus deren Maul eine Frau spaziert? Ganz ehrlich – ich hatte schon bessere Albträume.«

Da erwachte Sneewitt. Sie stützte sich auf einen Unterarm und murmelte: »Spinnräder, die wie ein Sturmwind sausen … Im Dorf auf der Hohen Heide gab es kein Stroh … Aber Gold gibt es in Hülle und Fülle … Was meinst du dazu, Kunz?«

»Warum fragst du *mich* das?«, gab Kunz mürrisch zurück.

Sneewitt musste niesen. »Mist. Ich habe mich erkältet.« Sie rieb ihre Nase, sah Kunz an und sagte: »Du hast früher Stroh zu Gold gesponnen.«

»Ja, denn ich habe mich gern modisch gekleidet, und mein Schneider war teuer«, fauchte Kunz. »Aber ich habe die Vergangenheit begraben. Ich habe mit Stroh und Gold nichts mehr zu schaffen. Ich besitze keine Zauberkräfte mehr.«

»Aber meinst du nicht auch …«, begann Sneewitt.

»Halt endlich die Klappe!«, brüllte er. »Habe ich die Taschen voller Gold? Nein, habe ich nicht! Was soll das Gewäsch?«

Die Muhme hatte aufmerksam gelauscht. »Ich weiß, was du meinst«, sagte sie zu Sneewitt. »Du könntest recht haben.«

Hans nickte. »Ah! Verstehe«, sagte er. »Aber selbst wenn es stimmt, wissen wir weder, *wer* Stroh zu Gold spinnt, noch *wo* das geschieht. Außerdem wäre das Rätsel damit nicht einmal zur Hälfte gelöst.«

»Die Gesichte zeigen nur, was im Argen liegt«, erwiderte die Muhme. »Sie bieten weder Lösungen noch Antworten.«

»Das lobe ich mir!«, rief der Fuchs. »Denn man sollte lieber selbst nachdenken.«

Die Muhme kraulte seinen Kopf. »Mein hübscher, kluger, vorlauter Kleiner«, flüsterte sie.

Der Fuchs erwiderte den grimmigen Blick des Dachses mit einem verzückten Grinsen.

Nach dem Essen kochte Sneewitt aus den Fleischresten eine Brühe für Horn. Hardt und Kunz bauten derweil aus Ästen, Decken und überzähligen Riemen eine Trage.

»Wie gut, dass wir die Schimmel haben«, bemerkte Hans, der ihnen bei der Arbeit zusah.

Kunz brummte nur. Er war immer noch verstimmt.

»Die Dämmerung bricht bald an«, sagte Hardt. »Wir müssen hier noch einmal übernachten.«

Hans sah auf. Schmutziggraue Wolkenfetzen zogen über den Dunkelpfuhl. Auf der Insel glänzte die Wetterfichte im Licht der Spätnachmittagssonne. Wo verbarg sich das Mädchen mit den grünen Augen?

Horn saß mit Schüttelfrost am Feuer. »Er kam von hinten und rammte mir das Schwert durch den Arm«, erzählte er, hob die Schale mit zitternder Hand und trank einen Schluck Brühe. »Und dieser Unhold war dein Anführer?«

»Ja«, antwortete Hans. »Er war grausam. Aber er hat für seine Leute gesorgt.«

»Männerbünde«, spöttelte Sneewitt. »Diese komischen Kulte von Kraft, Kameradschaft und Kartoffelschnaps. Lächerlich! Denkt nur an diese Jungmänner.«

»Ich hatte keine schöne Kindheit«, erwiderte Hans. »Sogar die Jahre mit den Räubern waren besser.«

Sneewitt starrte stumm in die Flammen.

Die Sonne verglühte am Westufer. Auf der glitzernden Bahn, die sie auf den Dunkelpfuhl warf, zogen Schwäne dahin. Die letzten Mücken des Sommers tanzten im Zwielicht, im Feuer knackte und qualmte das feuchte Holz.

»Der Rat der Tiere hat mich beauftragt«, brummte Meister Grimbart. »Ich muss das Mädchen finden. Morgen suche ich weiter.«

Die Gefährten schwiegen ratlos.

Hans blickte auf den Pfuhl und zählte die Schwäne. Es waren elf, und sie strebten zum Ufer. Er aß das letzte Stück Fleisch und warf den Knochen in die Glut; dann stutzte er, als wäre ihm verspätet etwas bewusst geworden. Er drehte sich noch einmal nach den Vögeln um, die sich um einen auffällig großen Schwan scharten, auf dessen Rücken jemand zu sitzen schien. Im Dämmerlicht war die Gestalt nicht zu erkennen. Ein Ruck durchfuhr Hans. Er sprang auf.

»Wohin willst du?«, rief Sanne, die neben dem fiebernden, schwer atmenden Horn saß.

»Ich glaube, wir bekommen Besuch!«, antwortete Hans. Er blieb am Ufer stehen. Schilf rauschte, Wasser schwappte auf Sand und Steine. Die sinkende Sonne warf die Schatten der Schwäne lang auf den Dunkelpfuhl. Hans wusste genau, wer auf dem Schwan saß, und ihn erfüllte eine tiefe Erleichterung.

Das Mädchen glitt vom Schwan. Als sie auf Hans zuwatete, musterte sie ihn wachsam. Sie hatte gewiss nicht vergessen, dass er es gewesen war, der sie damals erspäht und so für ihre Gefangennahme durch die Räuberbande gesorgt hatte. Aber sie lächelte.

Hans hielt ihr eine Hand hin.

»Danke«, sagte sie, als sie sie ergriff. »Endlich muss ich mich nicht mehr verstecken.«

Die ersten Sterne funkelten am Himmel. Dachs und Fuchs, Gefährten und Muhme starrten das zierliche Mädchen an. Sie war tatsächlich sehr sommersprossig. Sperling und Zeisig saßen auf ihren Schultern.

»Ich hatte ein Gelübde abgelegt«, erzählte sie. »Ich musste bis auf den Tag genau sieben Jahre schweigen, um meine Brüder in das zurückverwandeln zu können, was sie wirklich waren.« Sie trank vom Tee, den die Muhme gekocht hatte. »Meine Mutter wurde im Greting beim Beerenpflücken von dem greulichen Eisenhans geschändet. Neun Monate später gebar sie Siebenlinge. Sie starb im Kindbett. Die Jungen waren hässlich wie die Nacht, aber meine Stiefmutter liebte sie abgöttisch ...«

»Willkommen im Bund der Stiefmuttergeschädigten«, seufzte Sneewitt.

»Ja, mein Vater hat nach dem Tod meiner Mutter bald wieder geheiratet«, sagte das Mädchen. »Drei Jahre später starb auch er. Meine Stiefmutter, die in der Schwarzen Kunst bewandert war, hat meine Brüder in blonde Jünglinge verwandelt, denn sie sollten schön und grausam sein. Nur die Rabengestalt, die sie nach Belieben annehmen konnten, erinnerte noch an ihre frühere Hässlichkeit.«

Hans legte Holz nach. Funken stoben. »Und das grasgrüne Feuer?«, fragte er. »Deine Heilkräfte? Was ist damit?«

»Meine Stiefmutter und meine Brüder taten mir Herzeleid an, wo sie nur konnten«, erwiderte das Mädchen. »Ich wurde wie eine Hündin an die Kette gelegt, schlief in der Asche hinter dem Ofen und musste die niedersten Arbeiten verrichten. Ich habe auch die Stube meiner Stiefmutter geputzt. Dabei habe ich heimlich ihr Zauberbuch studiert. Hätte sie mich ertappt, dann hätte sie mir bei lebendigem Leib die Haut abgezogen.«

»Das war gewiss das Kryptonomicon«, warf die Muhme ein und paffte aufgeregt.

Das Mädchen starrte sie an. Dann fuhr sie fort: »Aber nun ist mein Gelübde erfüllt. Ich habe mein Schweigen gebrochen. Dadurch habe ich meine Heilkräfte verloren.«

»Wie befreiend, wenn man diesen Hokuspokus los ist!«, rief Kunz. »Ich kenne das und habe meine Gaben nie vermisst.«

»Ja«, sagte das Mädchen. »Aber ich kann noch die Kraft der Erde anzapfen – das war das grasgrüne Feuer.« Sie schwieg kurz. »Der Eisenhans hat meine Brüder gezeugt«, flüsterte sie dann, »sie waren kleinwüchsig, klumpfüßig, bucklig …«

»Igittigitt!«, knurrte der Fuchs und bleckte die Zähne.

Das Mädchen sah ihn traurig an. »Sie waren trotzdem meine Brüder«, flüsterte sie und wischte sich Tränen aus den Augen. »Nun liegen sie auf dem Grund des Dunkelpfuhls.«

Sanne weinte mitfühlend ein paar Perlen.

»Andererseits …« – das Mädchen holte Luft – »… wussten sie, was ich vorhatte, und haben mich all die Jahre verfolgt, um mich zu töten.«

»Kennst du ihren … Anführer?«, fragte Hans.

Das Mädchen schüttelte den Kopf. »Ich nehme an, sie haben sich bei ihm verdungen, denn sie wollten mich ja sowieso töten. Ich weiß nicht, welche Ziele er außerdem verfolgt hat.«

Lange sprach niemand ein Wort. Das Holz knackte im Feuer, in der Ferne rief ein Käuzchen.

Nach einer Weile räusperte sich Hardt. »Und die … Karte?«,

fragte er. »Was ist mit der Karte, die den Weg zur Esche weist?«

Das Mädchen zögerte kurz. Schließlich löste sie ihren Gürtel und zog sich das Kleid über die Schultern. Dann drehte sie den Gefährten ihren Rücken zu. Der Feuerschein tanzte über ihre nackte Haut.

»Dann ist es also wahr«, flüsterte Sanne.

Gefährten, Muhme, Fuchs und Dachs starrten den schmalen Rücken des Mädchens an, der von oben bis unten mit dem Bild eines labyrinthischen Plans bedeckt war.

11. *Die Falle im Föhrenforst*

Grimm ritt durch Nacht und Regen nach Süden. Donner grollte, Blitze rissen den Himmel auf. Der Rappe galoppierte über die Hohe Heide, seine Hufe trommelten einen rasenden Rhythmus, er sprang ohne Sporenstoß über Bäche und Baumstämme. Der Ritt war eine wilde Jagd.

Während der Morgendämmerung flaute das Unwetter ab, und Grimm zügelte sein Ross in einem Wäldchen an der Fusel. Er kochte vor Zorn: Die sieben Jünglinge waren von der Fahne gegangen; die Hexe war sicher noch am Leben; er hatte beim Kampf den Helm verloren und bot aller Welt sein entstelltes Gesicht dar. Er hatte versagt, und er fragte sich, was die Dame, die ihn wiedererweckt hatte, dazu sagen würde.

Da kam ein Wolf aus dem Gebüsch und knurrte böse. Grimm erwachte aus der Grübelei, gab dem Rappen die Sporen und zog sein eisig glitzerndes Schwert. Der Wolf hetzte los, um dem Reiter an die Gurgel zu gehen, aber Grimm erschlug ihn mitten im Sprung. »Sehe ich aus, als wollte ich meine Großmutter besuchen?«, brüllte er, stieß das blutige Schwert in die Scheide und ritt wutentbrannt weiter.

Bald darauf kam ein Dorf in Sicht, das nahe der Fusel auf einem Hügel lag. Hähne krähten, und Schornsteinrauch verlor sich im Morgengrau. Grimm beschloss zu rasten, denn nach dem Gewaltritt hatte der Rappe Schaum vor dem Maul und dampfte vor Schweiß.

Schweine suhlten sich auf dem matschigen Weg. Unter einer

Linde am Dorfeingang, von der es immer noch tropfte, saßen zehn Burschen. Sie wirkten müde, verängstigt und mürrisch, aber beim Anblick des Reiters hellten sich ihre Mienen auf, denn sie witterten eine Gelegenheit, um ihr Selbstvertrauen wiederherzustellen.

»Seht euch die Fratze an«, rief einer und zeigte auf Grimm. »Noch so ein Heidegeist!«

Gelächter erschallte. Grimm ritt ungerührt auf die Burschen zu.

»Seine Augen sind rot wie Ochsenblut«, höhnte ein anderer. »Der hat bestimmt eine Woche durchgesoffen.«

Grimm erwiderte weder etwas, noch hielt er an.

Das ermutigte die Jungmänner. Der Hüne, dessen Veilchen noch nicht verblasst war, rief: »He, du Schwuchtel! Hast du den Kopf in den Ofen gesteckt, weil dir zu kalt war?«

Die Burschen bogen sich vor Lachen. Grimm ließ sein Schwert waagerecht durch die Luft sausen. Zwei Köpfe, der des Anführers und der eines weiteren Burschen, plumpsten in den Matsch unter der Linde; die toten Augen waren aufgerissen, die Münder breit vom Lachen, das den übrigen Jungmännern im Halse steckenblieb. Sie starrten die schlaffen Körper an, aus denen Blut sprudelte, und ergriffen die Flucht.

Grimm trabte in das menschenleere Dorf. »Grünschnäbel«, murmelte er. »Das wird sie lehren, mich zu verspotten. Kopf in den Ofen gesteckt … Hah!« Vor der Schmiede stieg er ab. Er trat ein und wischte die Schwertklinge mit einem Lappen ab. Die Esse war kalt; hier hatte schon lange niemand mehr gearbeitet, und ein Helm war nirgendwo zu sehen.

»Bauern«, zischte Grimm, als er den Rappen am Zügel zur Schenke führte. Er war immer noch wütend, knirschte mit den Zähnen und ballte die Faust.

Dem Wirt, der ihn kommen sah, schwante Böses. Erst dieser

Kerl, der sich selbst entzweigerissen und dadurch die Gäste verprellt hatte, und nun dieser Recke mit einem Gesicht, das aussah, als wäre er sternhagelvoll in einen Kamin gestolpert. Aber er hütete seine Zunge. Er begrüßte seinen Gast mit ausgesuchter Höflichkeit und raspelte soviel Süßholz, dass es für die längste aller Sauregurkenzeiten gereicht hätte. Grimm warf ihm den Zügel zu, forderte barsch Wasser und Hafer für den Rappen und ein Mahl für sich selbst. Der Wirt beteuerte, er werde für alles Sorge tragen, und führte das Pferd in den Stall.

Sporengeklirr hallte durch die Schankstube, als Grimm zum Kamin ging. Er hängte den nassen Mantel zum Trocknen auf, setzte sich dicht vor das Feuer und ließ die Stiefelhacken im nervösen Rhythmus auf die Dielen klacken.

Endlich brachte der Wirt ein Tablett mit dampfendem Essen. Als er Grimm die Teller hinstellte, sagte er: »Wie ich gerade höre, hat jemand den Sohn unseres Schmieds und den Neffen unseres Dorfältesten …« – er räusperte sich einen Frosch aus dem Hals – »… einen Kopf kürzer gemacht. Sie wissen nicht zufällig, wer das getan haben könnte?«

»Oh, doch. Ganz zufällig«, erwiderte Grimm. »Mein Schwert war der Täter.« Er zog mit sirrendem Geräusch blank.

Der Wirt starrte die Klinge an. »Aha«, stammelte er. »Das … erklärt … alles. Danke. Wünsche guten Appetit.« Er wich mit vielen Bücklingen rückwärts durch die Schankstube zurück.

Bevor er zur Tür hinaus war, brüllte Grimm: »Ist das hier die Hüfte des Müllersohns?« Er zeigte auf den Fleischbatzen, der zwischen Stampfkartoffeln und Kraut auf seinem Teller lag.

Die Tür zur Küche knallte zu.

Grimm aß und trank nach Herzenslust. Schließlich rülpste er, stöhnte zufrieden und schüttelte die Stiefel von den Füßen. Das

Mahl hatte ihn müde gemacht, und seine Wut hatte sich gelegt. »Mein Helm«, murmelte er. »Wo ist mein Helm?« Er sah sich in der Schankstube um, aber der Raum war dunkel und leer, die Stühle standen umgedreht auf den Tischen. In den Bierdunst mischte sich ein Hauch von Menschenblut. Grimm, der nicht ahnen konnte, dass es das Blut von Kunz war, war verblüfft: Was verbarg sich hinter der biederen Fassade des Wirts? Aber nun ja – der Mensch konnte nicht immer anständig sein. Manchmal gingen die Triebe durch wie ein von einer Bremse gestochenes Pferd, das sonst brav gehorchte. Er selbst hatte sich nie gezügelt und sich trotzdem an seine Leitlinien gehalten. Zucht und Lust waren vereinbar, nur dass dabei ab und zu Köpfe rollten.

Er dämmerte gerade ein, als im Kamin ein Sausen erklang. Das Feuer flackerte, Glut und Asche wirbelten in die Schankstube. Grimm schrak auf. Ein Nebelschweif glitt durch den Rauchabzug in die Schenke, hing in der Luft und verwandelte sich dann in die Dame in Weiß. Grimm rutschte unruhig auf dem Stuhl hin und her – er hatte versagt und fürchtete ihre Strafe, schämte sich aber zugleich für seine Furcht, denn es war unwürdig, vor einem Weib zu zittern.

Doch die Dame schalt nicht mit ihm. Sie legte eine Hand auf den Knauf des Schwertes, das zwischen seinen Beinen stand, und sprach: »Sei unbesorgt. Du hast nicht den Krieg, sondern nur eine Schlacht verloren. Du wirst neue Männer bekommen und der Sache des Eisernen Königs weiter treu dienen.« Sie betrachtete ihn und fügte dann hinzu: »Du hast trotz allem eine Belohnung verdient, mein Galan. Komm zu mir.«

Der Wirt rannte kopflos durch die Küche. »Dieser Mann ist ein Mörder!«, schrie er.

Die alte Magd, die den Fußboden schrubbte, sah zu ihm auf und erwiderte: »Dann muss er eingesperrt werden.«

»Ja«, rief der Wirt und zerwühlte sein fettiges Haar. »Aber wie? Sein Blut ist so kalt, wie sein Schwert eisig glänzt. Er hat zwei Burschen, die in der Blüte ihrer Jugend standen, mit einem Hieb enthauptet. Der Mann hat Nerven aus Stahl.« Er blieb wie angewurzelt stehen: In der Schankstube gellten Schreie; jemand stöhnte wie ein waidwundes Raubtier. »Der Unhold zerstückelt eine Frau«, hauchte er totenbleich. »Und das mit Vergnügen!«

»Ist es die schöne Müllerstochter?«, fragte die Magd, die den Lappen über dem Wischeimer auswrang.

Der Wirt glotzte sie entsetzt an. »Hör doch«, sagte er. »Sie schreit vor Qualen. Er wollte die Hüfte ihres Bruders essen, gesotten und gebraten. Ich rufe alle zusammen. Wir werden den Mann von Ackergäulen vierteilen lassen.« Er griff nach seiner Mütze und eilte mit wehender Schürze und wabbelnder Wampe aus dem Haus.

Die alte Magd hielt beim Auswringen inne und lauschte. »Da wird niemand zerstückelt«, dachte sie. »Oh, nein – da sprengt jemand die Haartruhe …« Und sie schrubbte seufzend weiter, in Erinnerungen an ihre Jugend versunken.

Die Dame in Weiß war wieder als Nebelstreif durch den Rauchabzug verschwunden. Grimm lag schnaufend auf den speckigen Dielen. Er rappelte sich auf. Als er die Rüstung anlegen wollte, sah er einen nagelneuen Helm, der neben seinem Schwert auf dem Stuhl lag. Er knirschte beglückt mit den Zähnen, setzte den Helm auf und schritt mit klirrenden Sporen zur Tür. Bevor er die Schenke verließ, roch er noch einmal. »Seltsam, dieser Blutgeruch«, murmelte er. Dann trat er ins Freie.

Draußen war es herrlich frisch. Zwischen grauen Wolken zeigte sich die Mittagssonne. Grimm atmete tief durch, reckte und streckte sich. »Was für ein Weib!«, rief er zwei Tauben zu, die auf einem Dachfirst gurrten.

Aber als er den Blick senkte, stutzte er. Auf der Dorfstraße vor ihm standen drei Dutzend Männer und Burschen. Sensen, Sicheln, Hacken, Äxte, Spaten und Knüppel ragten auf, und zwischen den Stielen lugten ängstliche Augenpaare hervor.

»Das ist der Halunke!«, kreischte der mit einem Hackebeil fuchtelnde Wirt. »Er hat die Müllerstochter zerstückelt und dann gut durchgebraten verspeist!«

Ein Jungmann, der in die schöne Müllerstocher verliebt war, stöhnte verzweifelt auf.

Der ganz hinten stehende Müller schwenkte einen Arm und rief: »Aber meine Tochter ist …«

»Er hat ihren Bruder und den Neffen unseres Dorfältesten mit einem Streich enthauptet!«, übertönte ihn der Wirt. »Dafür soll er büßen!« Er tat einen Schritt auf Grimm zu.

Der zog gemächlich sein Schwert, stützte sich mit einer Hand auf die Parierstange und deutete mit dem Daumen über die Schulter. »Ein paar Reste sind noch übrig«, sagte er. »Bedient euch. So zartes Fleisch esst ihr sicher selten.«

»Er hat gestanden!«, schrie der Wirt. »Auf ihn mit Gebrüll!« Er stürmte los, berauscht von seiner Rolle als Anführer und in riskanter Selbstüberschätzung, aber sein Angriff wurde jäh gebremst. Er ächzte, taumelte und senkte den Blick auf seine Wampe, in der Grimms Schwert steckte.

»Upps«, sagte Grimm. »Wie konnte das passieren? Ich bin untröstlich.« Er drehte die Waffe in der Wunde um. Der Wirt schrie gellend auf. Grimm zog die Klinge heraus, wischte sie an der

Schürze des Mannes ab und gab ihm einen Tritt. Der Wirt fiel leblos hin, sein Blut floss in den Staub.

»Noch jemand, der aus Versehen in mein Schwert rennen möchte?«, rief er den anderen Dorfleuten zu.

Männer und Burschen wichen zurück. Dann stoben sie in alle Richtungen davon. Im Dorf wurden Fensterläden zugeknallt und Türen verrammelt. Vor Grimm stand nur noch ein Hahn, der den Kopf reckte und lautstark krähte.

»Schon gut«, sagte Grimm. »Ich verschwinde.« Er sattelte den Rappen im Stall und saß auf. Die Dame in Weiß hatte ihm einen neuen Auftag erteilt. Sein Ziel war der Greting. Dort würden wahre Kämpfer zu ihm stoßen, keine Feiglinge, die in Rabengestalt flohen, weil sie Angst vor dem Tod hatten. Um den gegnerischen Suchtrupp wollte sich die Dame selbst kümmern, und wenn sie hasste, wie sie liebte, würden die Gebeine seiner Feinde bald auf der Hohen Heide bleichen.

Als er aus dem Dorf preschte, sahen ihm die unter der Linde liegenden Köpfe aus trüben Augen nach.

Am zweiten Morgen nach dem Unwetter, Grimm ritt längst über die Hohe Heide nach Westen, saßen die Gefährten an ihrem Feuer am Dunkelpfuhl und brüteten über der Karte auf dem Rücken des Mädchens.

Das Mädchen, sie hieß Maleen, erzählte von ihrer Kerkerhaft in der Grenzfeste Rottland.

»Blaubart, der berüchtigte Frauenhasser, hatte mich entführt«, erzählte sie. »In der Feste gab es viele andere Gefangene. Ich habe ihre Schreie gehört. Schreckliche Schreie. Eines Nachts brachte man mich in die Folterkammer, brannte mir die Karte auf den Rücken und ließ mich frei. Die Männer, die das getan haben, waren sicher heimliche Feinde Blaubarts. Sie haben sich wie Verschwörer verhalten.«

»Seltsam«, brummte der fiebernde Horn, der gut zugedeckt an einem Sattel lehnte. »Ist Blaubart mit unseren Feinden im Bunde? Und warum haben diese Verschwörer ausgerechnet dich ausgewählt?«

»Wenn ich das wüsste«, murmelte Maleen. »Ich hatte wohl einfach Glück im Unglück.«

»Wusstest du, was auf deinem Rücken war?«, fragte Hans.

»Nein«, erwiderte sie. »Anfangs nicht.«

»Du hast viel gelitten«, sagte Sneewitt.

»Meine Vögel haben mich getröstet.« Maleen streichelte den Zeisig, der auf ihrer Schulter saß.

Der Fuchs schluchzte ergriffen.

»Schön und gut«, knurrte Meister Grimbart. »Aber wie sollen wir diese Karte deuten? Angeblich weist sie uns den Weg zur Esche, aber ich steige nicht durch.«

Die Gefährten starrten wieder Maleens Rücken an. Die in die Haut gebrannten Linien verwoben sich zu einem Muster, das wie ein Ornament wirkte. Ein System war nicht erkennbar.

»Eine Karte sieht anders aus«, sagte Kunz frustriert.

»Ja«, fügte Hardt hinzu. »Hier sieht man weder Flüsse noch Berge oder Ortschaften. Nur wirre Linien.«

»Aber es *muss* einen Schlüssel geben«, beharrte Hans.

Die Muhme blies einen Rauchring aus: »Im Kryptonomicon heißt es: ›Der Weise findet sie an den Ufern der Nacht. Er bringt sie zum Sprechen mit dem strahlendsten Stern‹.«

»Sehr blumig«, sagte Sneewitt schnippisch.

»›Ufer der Nacht‹«, murmelte Hans. »Ob das der Dunkelpfuhl ist?«

»Der strahlendste Stern ist jedenfalls die Venus«, sagte Hardt.

»Alles Unfug!«, fluchte Kunz. »Solche Prophezeiungen sind wie Pfeile, die irgendein Wichtigtuer ins Dunkel der Zukunft abschießt. Wenn sie etwas treffen, ist das reines Glück!«

»Stimmt«, sagte Horn. »Wenn diese Marterspuren tatsächlich den Weg zur Esche weisen, müssen wir uns auf den Verstand verlassen.«

»Mir ist kalt«, flüsterte Maleen und zog die Schultern hoch.

»Armes Ding«, sagte der Fuchs.

»Überleg lieber, anstatt sie zu bedauern«, erwiderte der Dachs verärgert. »Was siehst du in diesem Wirrwarr?«

»Ich bin weitsichtig«, sagte der Fuchs entschuldigend.

»Das ist doch eine faule Ausrede.«

»Nein, nein«, beeilte sich der Fuchs zu erwidern. »Auf diese Entfernung sehe ich die Karte nur verschwommen.« Er starrte den Rücken des Mädchens aus zusammengekniffenen Augen an.

»Sicher! Und wenn sie hundert Ellen weit weg ist, siehst du gar nichts mehr, du Held«, höhnte der Dachs.

Der Fuchs schwieg. Er blinzelte, reckte den Hals und neigte den Kopf zur Seite, ohne den Blick von Maleens Rücken zu lösen.

»Darf ich mich wieder anziehen?«, fragte sie.

»Warte«, murmelte der Fuchs. »Einen Moment noch … Ich sehe da etwas …«

»Pah«, brummte der Dachs.

»Die Punkte!«, rief der Fuchs.

»Welche Punkte?«, fragte Hans.

»Na, die Punkte. Die Tupfen. Die …« Der Fuchs verhaspelte sich in seiner Aufregung. »Ihr seht nur die Linien, aber man muss sie mit diesen … Flecken in Verbindung setzen.«

»Meinst du die Sommersprossen?«, fragte Sanne.

»Ja, ja, ja!«, keckerte der Fuchs.

Hans verengte die Augen und konzentrierte sich auf die Punkte. Reineke Fuchs hatte recht: Die Linien waren auf die Sommersprossen hin geordnet. Auf dem linken Schulterblatt befand sich zudem ein großes Muttermal; dort kreuzten sich die meisten Bänder. Und sie verschlangen sich zu einer Form, die, wenn man die Augen zusammenkniff, an einen Baum erinnerte. »Links oben«, murmelte er. »Nordwesten. Wenn dies die Karte von Pinafor ist, muss das der Greting sein.«

»Die Esche steht im Greting?«, fragte Hardt verblüfft.

»Dort ruht der Eiserne König«, sagte Horn.

»Der Greting hat viele Geheimnisse«, sagte die Muhme. »Es ist ein zerklüftetes, höhlenreiches Sandsteingebirge, das fast ganz von Isarnho bedeckt ist, dem uralten Eichenwald.«

»Ich sehe noch mehr«, sagte Sneewitt. »Diese Bänder und Punkte ...« – sie zeigte auf die rechte Schulter – »... stellen Fusel und Dunkelpfuhl dar.«

»Und da, über der rechten Pobacke«, fügte Kunz hinzu, »das ist der Lohwald.«

Maleen wurde kalt. Sie zog ihr Kleid wortlos über und hüllte sich in eine Decke.

»Also im Greting«, knurrte der Dachs. »Aber wo genau?«

»Das finden wir heraus«, erwiderte Hans. »Vielleicht gibt uns die Karte auf dem Rücken noch mehr Hinweise. Wir brechen gleich auf. Packt alles ein und sattelt die Pferde.«

Am Nachmittag ritten die auf acht angewachsenen Gefährten auf die Sonne zu, die über der kargen Landschaft unterging. Dachs und Fuchs waren als Späher vorausgeeilt. Die Pferde trabten munter dahin, und ein Schimmel zog die Trage mit dem fiebernden Horn.

»Mein Hut«, flüsterte er. »Der Sturm hat mir meinen Hut gestohlen. Habt ihr Ranzen und Horn?«

»Ja«, beruhigte ihn die neben ihm reitende Sanne und klopfte auf ihre Satteltasche. »Keine Sorge.«

Manchmal liefen ihnen Heidschnucken über den Weg, die ihre Herde verloren hatten. Beim Anblick der Reiter ergriffen sie blökend die Flucht.

»Die Biester müssten geschoren werden«, sagte Hardt.

»Das kümmert die Leute nicht«, erwiderte Sneewitt. »Denk an die Dorfschenke: Solange sie das geheimnisvolle Gold in der Tasche haben, saufen sie sich lieber die Hucke voll.«

Sie lagerten über Nacht zwischen Wacholdern, die im Dunkel wie mahnende Finger aufragten. Die Muhme verband Horn mit frischen Heilkräutern. »Er hat keinen Wundbrand«, sagte sie. »Aber er wird noch eine Weile fiebern.«

Am frühen Nachmittag des zweiten Tages kehrten Dachs und Fuchs mit der Neuigkeit zurück, dass in der Ferne ein großer Wald zu sehen sei.

»Das ist der Föhrenforst«, sagte Sneewitt.

»Ein verrufener Ort«, murmelte Kunz. »Man hört häufig von Männern, die dort spurlos verschwinden, ob auf der Jagd oder beim Pilzesammeln. Angeblich hausen dort Hexen.«

»Altweibergewäsch«, brummte der Dachs. »Hexen gibt es nur im Lohwald.«

Bei der Erwähnung der Hexen zuckte Hans zusammen. »Gut möglich«, sagte er. »Aber nicht einmal Räuber trauen sich in den Föhrenforst.«

»Wir könnten ihn umgehen«, meinte die Muhme. »Das würde aber viel Zeit kosten, und wir wissen nicht, was unsere Feinde im Schilde führen.«

»Die Rinde der Föhren ist rötlich vom Blut der Gehenkten, Gemarterten und Gemeuchelten!«, munkelte Kunz.

Meister Grimbart verdrehte die Augen.

»Nach allem, was ich erlitten habe, fürchte ich nichts mehr«, sagte Maleen. »Wenn der Weg durch den Forst kürzer ist, bin ich dafür, ihn zu nehmen. Ich habe meine Halbbrüder erlöst, und ich will gern helfen, die Gefahr von Pinafor abzuwenden. Wir müssen die Esche so rasch wie möglich finden.«

Alle Männer drehten sich zu ihr um. Hardt zupfte an seinem Kinnbart. »Tja«, murmelte er. »Wenn sogar die Frauen dafür sind ...«

»Was soll das heißen: *Sogar* die Frauen?«, zischte Sneewitt.

»Frauen sind die klügeren Menschen«, erklärte der Fuchs.

»Hör auf zu schleimen, du Held«, knurrte Meister Grimbart.

Hans rang mit sich, denn seine alte Angst war erwacht. Er dachte an die Hexe, die ihn damals hatte fressen wollen. Aber er überwand sich und sagte: »Also gut. Wir reiten durch den Forst.«

Hardt nickte. »Föhrenwälder sind licht. Dort kann man uns nicht so leicht in einen Hinterhalt locken.«

Die Truppe trabte weiter über die Hohe Heide. Wie Meister Grimbart besorgt zur Kenntnis nahm, begann auch das Birkenlaub, sich grau zu verfärben.

Der nächste Tag war wärmer. Insekten waren unterwegs, und eine Mücke landete auf Hans' Arm. »Eine Blutspende, bitte«, surrte sie. Dann stach sie zu und saugte genussvoll.

»Klatsch das Biest ab«, sagte Kunz.

»Wie oft wird sinnlos Blut vergossen?«, fragte Hans. »Das hier ist wenigstens sinnvoll.« Er sah der Mücke zu, die sich sattsaugte und dann zu ihm aufsah.

»Dein Blut schmeckt gesund«, surrte sie. »Besten Dank.« Sie rülpste leise, dann flog sie davon.

Am Nachmittag erreichten sie den Föhrenforst. Nachdem sie hineingeritten waren, verstummten die Gespräche. Hardt strich immer wieder nervös über sein Haar.

»Brauchst du Kamm und Gänseschmalz zum Glätten deiner Frisur?«, spottete Sneewitt, die ihren Bogen bereithielt.

Die Muhme, die hinter Maleen ritt, fragte: »Wo sind Sperling und Zeisig, Mädchen?«

»Dieser Forst ist das Revier der Eulen«, antwortete Maleen. »Meine Vögel fürchten sich vor ihnen.«

»Sie spricht mit ihren Vögeln, ohne von der weißen Schlange gegessen zu haben«, raunte Reineke Fuchs.

»Wenn sie die grüne Kraft anzapfen kann«, sagte der Dachs, »kann sie auch die Tiere verstehen. Ist doch klar.«

»Oh, ja. Klar wie Kloßbrühe«, erwiderte der Fuchs. »Sie, der die Erde Kraft verlieh, ist zugleich ein Sprachgenie.«

»Ich kann gar nicht sagen, wie froh ich bin, dass an dir ein Dichter verlorengegangen ist«, knurrte Meister Grimbart.

Die Dämmerung kroch durch den Forst. »Überall Farnkraut«, sagte Hans. »Bei uns hieß es ›Hüter der Schatten‹.«

»Ja«, fügte Kunz hinzu. »Und Hexenpilze, Nebelkappen und Drudenbeutel sprießen hier auch. Ein Bissen, und man stirbt eines jämmerlichen Todes.«

Der Föhrenforst war licht, aber bedrückend still. Eine panisch surrende Fliege hing im Netz einer Kreuzspinne und wurde langsam eingesponnen. Es duftete nach Harz, und Moos und Nadeln dämpften die Huftritte. Die Gefährten tränkten ihre Pferde in einer Senke, in der sich Regenwasser gesammelt hatte, schlugen ihr Lager auf und entfachten ein Feuer. Hans, der die erste Wache übernommen hatte, starrte in das Dunkel zwischen den Stämmen. Die Pferde schnaubten unruhig. Tief in der Nacht riefen Eulen.

Hans erschrak jedes Mal, wenn eine lautlos über das Lager segelte. Nach der Ablösung durch Kunz fiel er in einen traumlosen Schlaf.

Frühmorgens ritten die Gefährten weiter. Sie orientierten sich an der Sonne, die sich hin und wieder zwischen den Wipfeln zeigte, aber gegen Mittag kam Nebel auf, und sie konnten kaum noch sehen, wohin die Pferde traten.

»Seltsam.« Kunz, der den Zweihänder gezückt hatte, sah sich beunruhigt um. »Woher kommt der Nebel? So feucht ist es doch gar nicht.«

»Gibt es hier einen Fluss?«, fragte Sanne. Auch ihr Blick flog besorgt hin und her. Mit einer Hand hielt sie den Zügel, die andere lag auf den Sicheln.

»Nein, hier gibt es keinen Fluss«, sagte Hans.

Nach einer Weile war der Nebel so dicht, dass die Gefährten nur noch Schemen waren.

»Aufschließen!«, rief Hans. »Wir dürfen uns nicht aus den Augen verlieren.«

Sneewitt ritt ganz hinten. Vor ihr trabte der Schimmel mit der Trage, die über Wurzeln holperte, aber Horn erwachte nicht.

Die Muhme starrte stumm geradeaus, die Pfeife zwischen den Zähnen.

Da kehrten Dachs und Fuchs zurück.

»Eine Hecke versperrt uns den Weg!«, rief Meister Grimbart. »Sie scheint einen Kreis zu bilden.«

»Dann weichen wir eben aus«, sagte Hans.

»Das ist nicht nur Gestrüpp«, erwiderte der Fuchs. »Der Kreis muss riesengroß sein.«

Hans drehte sich fragend zu Hardt um, der mit den Schultern zuckte. »Na, dann«, sagte er und schnalzte mit der Zunge. Sein Kaltblüter trabte gleichmütig weiter.

Bald darauf standen sie vor der Hecke. Sie war dornig und dicht und übermannshoch und verlor sich auf beiden Seiten im Nebel. Der Hag, der die Feste der Gografen umgab, sah sicher ähnlich aus. Die Gefährten waren ratlos.

»Wir haben zwei Möglichkeiten«, sagte Kunz. »Entweder wir umreiten die Hecke oder wir hacken uns durch.« Er ließ den Daumen über die Schneide des Zweihänders gleiten.

»Wie sollen wir die Hecke umreiten, wenn uns der Nebel jede Orientierung raubt?«, fragte Hans. »Woher sollen wir wissen, wo die gegenüberliegende Seite ist?«

»Stimmt. Vielleicht haben wir uns längst verirrt«, fügte Hardt hinzu.

»Dann sollten wir besser warten, bis sich der Nebel lichtet«, sagte Sanne.

»Und wann lichtet er sich?«, murrte der Dachs.

»Ich glaube nicht, dass wir weit vom Weg abgekommen sind«, sagte der Fuchs. »Wir sollten uns durchhacken. Das wäre das Einfachste.«

Kunz sah ihm tief in die Augen. »Ach, meinst du?«, fragte er und hielt ihm den Zweihänder hin. »Dann leg los, Reineke.«

»Der Fuchs hat recht!«, rief Sneewitt. »Durchhacken, sage ich. Außerdem würde ich gern wissen, was sich hinter dieser Hecke verbirgt.«

Die Muhme, die Mühe hatte, ihre Pfeife in der feuchten Luft zu entfachen, sagte aus einem Mundwinkel: »Ich auch. Aber ich muss gestehen, dass mir nicht wohl bei der Sache ist.«

Hans betrachtete die taubedeckten Spinnennetze, die auf der Hecke glitzerten. Er haderte mit sich, aber nach einem Blick auf seine Gefährten sagte er schließlich: »Na, gut. Wir hacken uns durch.«

Blätter und Zweige flogen durch die Luft, als Hans und Kunz die Ranken mit dem Schwert kappten. Hinter ihnen schnitten Hardt und Sanne die Strünke dicht über dem Boden ab. Die Muhme und Maleen folgten mit den Pferden, Sneewitt bildete die Nachhut. Als sie sich umdrehte, sah sie, dass Eulen in den Föhren vor der Hecke saßen. Käuze, Schleiereulen, Uhus und Waldohreulen schauten ihnen durch den Nebelschleier aus gelben Augen nach.

Da erwachte Horn aus einem Fiebertraum und schrie: »Nein, ich will nicht! Ich will nicht!« Sein Schimmel erschrak, und Maleen griff nach dem Zügel. »Nein! Nein! Ich will nicht!«, schrie er wieder und wand sich auf der Trage.

Die Muhme bückte sich und drückte ihm die Lippen auf die Stirn. »Das Fieber ist gesunken«, sagte sie. »Er versucht, den Albdruck abzuschütteln.«

»Der unsichtbare Ring!«, schrie Horn mit weit aufgerissenen Augen. Speichel troff aus seinen Mundwinkeln und rann über das stoppelbärtige Kinn. »Der Stein! Die …« Er hustete. Sein Kopf fiel zurück, und er dämmerte wieder ein.

Hans wischte sich Schweiß von der Stirn und betrachtete die Schneise. Aus den Schnittstellen der Ranken quoll ein sämig duftender, dunkelgrüner Saft, der im Boden versickerte.

»Wann sind wir endlich durch?«, fragte Kunz zornig. Er biss die Zähne zusammen und führte einen mächtigen Hieb mit dem Zweihänder. »Ja-haaa!«, brüllte er und holte noch einmal aus. Hans wich vorsichtshalber zurück. Mit einem dritten Streich schlug Kunz die Gefährten unverhofft ins Freie.

»Wir sind durch!«, rief Sanne.

»Diese Hecke ist fast fünfzehn Ellen tief«, sagte Hardt. »Und das haben wir auf der anderen Seite noch einmal vor uns.«

Die Gefährten traten auf eine Lichtung. Gelbes Gras wellte im

Wind wie das Wasser eines Sees. Mitten auf dem weiten, von der Hecke umschlossenen Rund bildeten dreizehn Föhren einen Kreis, in dessen Mitte ein Menhir aufragte. Im Westen war die tiefstehende Sonne zu sehen.

Die Gefährten sahen sich staunend um.

»Kein Nebel«, murmelte Sanne.

»Diese Lichtung ist nicht natürlich«, flüsterte Hans.

»Ja«, sagte die Muhme. »Und ich spüre Kräfte, von denen ich nicht weiß, ob sie gut oder böse sind.«

»Der Menhir hat eine Runeninschrift«, sagte der weitsichtige Fuchs.

»So?«, brummte der Dachs. »Und was besagt sie? ›Herzlich willkommen‹ oder ›Verpisst euch, Fremde‹?«

»Weiß nicht. Der Menhir ist drei Steinwürfe und den Sprung eines brunftigen Hirsches entfernt«, erwiderte der Fuchs.

»Ach, ja? Und wie weit springt ein brunftiger Hirsch?«, fragte Meister Grimbart.

»Ein brunftiger Hirsch springt weiter als ein Moorfrosch zur Laichzeit«, antwortete der Fuchs.

»Ich springe dir gleich an die Kehle, du Held«, fauchte der Dachs.

Da schrie Sneewitt auf und zeigte auf die Schneise – die gekappten Ranken wuchsen nach, verwoben sich miteinander und bildeten rasch wieder eine dichte Hecke.

»Das ist doch …«, stieß Hardt hervor.

»Ich habe kein gutes Gefühl«, murmelte die Muhme. »Hier ist etwas faul.«

Die Gefährten sahen sich hektisch um. Dann griffen sie nach ihren Waffen.

»Ja, ich spüre Unheil«, sagte Maleen, die sich ins Gras setzte und die Hände im Schoß faltete. Sie senkte den Kopf auf die Brust und begann, sich in sich selbst zu versenken.

»He!«, rief Kunz. »Was tust du da? Wir müssen …«

»Lasst sie«, sagte die Muhme. »Sie beschreitet die Wege des Inneren.« Sie ließ sich gegenüber von Maleen nieder und tat es ihr gleich.

»Na, großartig«, murrte Hardt. »Die Damen beschützen sich selbst. Und wer beschützt uns?«

Insekten surrten. Sonst war alles still. Der im Föhrenkreis stehende Menhir erglühte im Licht der Abendsonne.

»Zecke und Zicke!«, zischte der Dachs. »Verflucht, verflixt, verdammt. Wir sitzen in der Falle.«

»Ach, was«, erwiderte der Fuchs, der eine Pfote ableckte. »Ist doch ganz hübsch hier. Ruhig, still und friedlich.«

Sneewitt hob den Bogen und ließ ihren Blick über den Pfeil hinweg einmal rundum schweifen. Neben ihr stöhnte Horn im Fieberschlaf.

»Kommt. Wir erkunden Föhrenkreis und Menhir«, sagte Hans und zog sein Pferd am Zügel mit. Hardt, Kunz und Sneewitt folgten ihm.

»Ich bleibe hier«, sagte Sanne ängstlich.

»Ich auch«, sagte der Fuchs. »Findest du nicht auch, dass sie wunderschön ist?« Er sah bewundernd zur tief versunkenen Maleen auf.

»Zu viele Sommersprossen und zu wenig Fell für meinen Geschmack«, brummte der Dachs.

Die vier Gefährten gingen langsam über die Lichtung. Sie hatten die Föhren fast erreicht, als sich in der Dornenhecke ringsumher zwölf Öffnungen auftaten. Aus jeder trat ein Hutzelweib, in Lumpen gehüllt und mit einem langen Stab in der Hand. Auf jedem

Stab ließ sich eine Nebelkrähe nieder. Eine flog zum Menhir, hinter dem ein weiteres Hutzelweib hervorkam. Sie hatte Talismane in ihre langen, grauen Haare geflochten. In einer Hand hielt sie den Stab, in der anderen eine Schnur mit toten Kröten und Salamandern. Sie blieb vor dem Menhir stehen, und nachdem die Nebelkrähe auf ihrem Stab gelandet war, öffnete sie den zahnlosen Mund.

Hans blieb wie erstarrt stehen. Kalte Angst durchfuhr ihn. Er sah zu Sneewitt, die das Hutzelweib aus weit aufgerissenen Augen anstarrte. Kunz ließ den Zweihänder verblüfft ins Gras sinken, Hardt keuchte auf.

Der Fuchs betrachtete die dreizehn Hutzelweiber aus dem sicheren Schoß der Muhme. »Das *sind* Hexen!«, flüsterte er furchtsam.

»Hexen gibt es nur im Lohwald«, bekräftigte der Dachs, aber er klang irritiert und duckte sich in Maleens Schoß.

»Wenn diese Vogelscheuchen keine Hexen sind«, wandte der Fuchs ein, »*was* sind dann Hexen?«

Der Dachs duckte sich noch tiefer, weil die Frauen plötzlich einen kehligen, immer lauter werdenden Gesang anstimmten. »Ruhig, still und friedlich, wie?«, knurrte er und drückte sich die Pfoten auf die Gehöre.

Der Fuchs starrte mit hängender Zunge ins Leere.

Hans stand da wie angewurzelt und starrte das Hutzelweib an. Der Menhir glühte rot in der Abendsonne, die Föhren sahen aus wie mit Blut getüncht. Der ringsumher ertönende Kehlkopfgesang drang ungefiltert in sein Gehirn. Er rang um Atem. Die Welt rotierte rasend schnell, vor seinen Augen leuchtete das ganze Spektrum des Regenbogens auf – und dann war er plötzlich wieder bei der Hexe im Lohwald. Die Angst loderte wie ein Feuer in ihm. *Es geschieht,*

geschieht euch kein Leid, kein Leid. Der kleine Stall mit der Gittertür. *Das wird ein guter, ein guter, guter Bissen*. Das beste Essen, gesotten und gebraten, er verschlang alles und erbrach sich dann. *Hänsel, Hänsel, streck deine Finger, Finger heraus, damit ich fühle, fühle, ob du bald fett bist, fett bist*. Das Knöchlein, ja, das Knöchlein. Er war wieder ein kleiner Junge, allein mit der Schwester im tiefen Wald, er heulte und schrie, schlug um sich, rüttelte an der Gittertür, starb vor Angst tausend Tode.

Der Kehlkopfgesang der Hexen erscholl weiter, aber er hörte ihn nicht mehr.

Sneewitt erging es nicht besser. Sie glitt durch einen Spiegel, der ihre strahlend schöne Stiefmutter zeigte, in das Häuschen hinter den sieben Bergen. *Lunge und Leber, in Salz gekocht, Leber und Lunge, gekocht*. Die Krämerfrau klopfte. *Kind, wie du aussiehst, aussiehst, Kind!* Ein Riemen, der die Brust so fest zuschnürte, dass Sneewitt der Atem verging, sie fiel hin wie tot. *Gute Ware, Ware feil, du Ausbund, Ausbund von Schönheit, Schönheit!* Gift drang in sie ein, ihr Herz stockte, sie fiel hin wie tot. *Fürchtest du, fürchtest du dich vor Gift, vor Gift?* Roter Backen, weißer Backen, die Versuchung war zu groß, sie fiel tot hin. *Nicht in die schwarze, die schwarze Erde, die Erde.* Sie lag im Sarg, sie war nicht tot. Wut und tiefe Verzweiflung erfüllten sie; dann kam ihr liederlicher Prinz, und sie spie den Apfelgrütz aus und mit ihm alle Eingeweide, sie drohte, im eigenen Blut zu ertrinken, sie schrie und schrie, als wollte sie den Glassarg durch ihre Stimme zerspringen lassen.

Hardt lag auf den Knien, hielt sich beide Ohren zu und brüllte gegen den Gesang an. Kunz heulte und tobte, er trommelte mit den Fäusten auf die Erde und riss Gras aus. Er lag wieder in den Armen der Königin, die er so geliebt hatte, er schlief mit ihr im Mondschein neben dem Weiher im Park. Dann lag sie bleich im Wochenbett, sie hatte ihm eine Tochter geboren. Sie übergab seine Tochter einem Jäger, der sie tief im Wald aussetzte, wo sie von den wilden Tieren zerrissen wurde, und Kunz sah all die anderen Prinzessinnen und Königinnen vor sich, deren Kinder er in seiner Not hatte haben wollen, die Spinnräder surrten, sie sponnen seine Seele zu einem langen, goldenen Faden, der sich um ihn wand, ihn einschnürte, ihm so tief in die Haut schnitt, bis Blut spritzte, aber seine Tochter war für immer verloren, war von der Königin mit dem kalten Herzen ausgesetzt worden, und Kunz weinte bitterlich um sein einziges Kind.

Reineke und Meister Grimbart mussten mitansehen, wie sich die Gefährten heulend auf der Erde wälzten. Sanne war nach den ersten Tönen des Gesangs ohnmächtig geworden.

»Wie können wir diesem Albtraum ein Ende bereiten?«, rief der Fuchs in den Lärm. »Sie sterben ja bald vor Verzweiflung und Raserei.«

»Woher soll ich das wissen?«, rief der Dachs zurück.

»*Du* bist doch der Kämpe und Kriegsheld«, schrie der Fuchs. »Gewieft und mit allen Wassern gewaschen.«

»*Du* hast mich zwangsverpflichtet, um die Welt zu retten! *Ich* hätte lieber meinen herbstlichen Frühjahrsputz fortgesetzt!«

»Ich habe im Auftrag aller Tiere gehandelt.«

»Ach, ja? Na, und? Ist mir piepschnurzegal. Eine Idee habe ich trotzdem nicht.«

»Du Superheld«, schrie der Fuchs.

»Ich poliere dir gleich die Schnauze«, schrie der Dachs.

»Dann komm doch her.«

»Oh, ich komme. Ich komme!«

Aber beide rührten sich nicht vom Fleck.

Derweil tobten Hans, Sneewitt und Kunz weiter. Hard hatte sich zusammengekauert und brüllte. Die Pferde preschten mit Schaum vor dem Maul kreuz und quer über die Lichtung; Horn lag unter der umgestürzten Trage im Gras. Die Hexen sangen ohne Unterlass. Die Sonne versank im Westen hinter den Wipfeln und warf die Schatten der zwölf Föhren weit über die Lichtung.

Meister Grimbart sah zu Maleen auf. Sein Blick glitt über den sommersprossigen Hals bis zum Huckel des Kinns, und von dort über die geschürzten, leicht geöffneten Lippen zur Nase. Vor ihren Augen ringelten sich Haarsträhnen, aber der Dachs konnte das Grün der Iris sehen. Und während die Gefährten jaulten und heulten, tobten und schrien, sich im Gras wälzten und die Haare ausrissen, hob Maleen langsam die Arme und legte die Handflächen über dem Kopf aneinander.

Die panischen Pferde blieben stehen und stellten die Ohren auf.

»Greif endlich in deine Trickkiste!«, schrie der Fuchs.

Aber Meister Grimbart schwieg. Seine Schwarte sträubte sich. Er spürte, wie eine knisternde Kraft aus dem Sand der Hohen Heide aufstieg und sich unter Maleen sammelte. Seine Nase kribbelte, und dann strömte die Kraft in das Mädchen, als wäre eine Schleuse geöffnet worden.

Der im Schoß der Muhme kauernde Fuchs sah erstaunt, wie ein Strahl aus Maleens Fingerspitzen in den Abendhimmel schoss. »Da! Guck mal … da«, stammelte er. »Das grasgrüne Feuer. Der Strahl hat die Farbe ihrer Augen.«

Meister Grimbart schloss geblendet die Augen.

Der Kehlkopfgesang der Hexen kam kurz ins Wanken, aber sie fingen sich wieder. Die auf den Stäben hockenden Krähen plusterten ihr Gefieder auf und krächzten heiser.

Da tauchten ringsumher Vögel auf. Sie flogen über den Föhrenforst zur Lichtung, wo sie den Gesang der Hexen mit ihrem Gezwitscher übertönten. Dadurch schwächte sich die Wirkung ab. Die Gefährten beruhigten sich ein wenig. Hardt kam zuerst zur Besinnung. Er schaute sich ungläubig um, dann torkelte er zu Maleen und der Muhme. Dann erwachte Sneewitt aus der Raserei der Verzweiflung. Sie griff nach ihrem Bogen, verschränkte die Arme über dem Kopf, als wolle sie sich vor den Vögeln schützen, die dicht an dicht über der Lichtung wogten, und folgte Hardt. Kunz kam als Nächster zu sich, und endlich schüttelte auch Hans den Bann des Gesangs ab. Er wollte rennen, stolperte aber und schleppte sich auf allen vieren zu seinen Gefährten.

Die zwölf Hexen sangen vergeblich gegen das Gezwitscher an. Die Krähen duckten sich furchtsam unter ihre Flügel. Der Gesang der Hexen kam ins Stocken. Die ersten verstummten und versuchten, sich mit Bannsprüchen oder Beschwörungen zu helfen, aber sie zeigten keinerlei Wirkung. Die vor dem Menhir stehende Hexe schlug wütend nach den überall schwirrenden Vögeln.

Hans, Hardt, Kunz und Sneewitt scharten sich um Maleen, aus deren Händen der Strahl in die Höhe schoss; er war die Achse, um die die Vögel wogten. Obwohl die vier zu Tode erschöpft waren, zogen sie ihre Waffen. Sneewitt schoss auf die Herrin der Hexen, aber der Pfeil verfehlte sein Ziel. Als das Hutzelweib merkte, dass sie nicht gegen die Singvögel ankam, hob sie ihren Stab. Die Krähen strichen ab. Die übrigen Hexen wichen zur Dornenhecke zurück und flohen durch die sich auftuenden Öffnungen.

Als alle Hexen verschwunden waren, stellten die Vögel ihr Gezwitscher ein und sammelten sich auf den Föhren. Dort saßen sie so dicht gedrängt, dass die Nadelbäume aussahen, als hätten sie lebendiges Laub.

Der Strahl sackte ab, flammte über Maleens Händen noch einmal auf und erlosch. Als die Kraft durch das Mädchen in den Sandboden zurückströmte, kribbelte Meister Grimbarts Schnauze wie verrückt, und er musste laut niesen.

Das riss die Muhme aus ihrer Trance. Sie schlug die Augen auf und sah sich um. Die Sonne versank wie eine glühende Kohle hinter dem Forst; im Westen war die Lichtung eine Wand aus schwarzen Schatten, das Gras schimmerte rötlich. Dann sah die Muhme die Vögel auf den Föhren. Sie rieb ihre Augen, um ihre Benommenheit abzuschütteln. Sie erblickte Maleen, die tief versunken dasaß, und gleich darauf die mehr tot als lebendig im Gras liegenden Gefährten. Sie erschrak und ließ ihren Blick über die Lichtung zucken.

»Die Hexen sind weg«, sagte der Fuchs. »Maleen hat sie mit der grünen Kraft der Erde und mit dem Gezwitscher ihrer Vögel verjagt.«

Die Muhme kraulte seinen Kopf. Dann schob sie ihn von ihrem Schoß, erhob sich und humpelte zu den Gefährten.

Hans sah erschöpft zu ihr auf. »Das war grauenhaft«, flüsterte er. »Der Gesang hat meine schlimmsten Ängste geweckt. Ich habe den Tod herbeigesehnt, um endlich Frieden zu finden.«

»Ja«, erwiderte die Muhme. »Ihr solltet vor Angst tausend Tode und schließlich den einen und endgültigen sterben.«

Die Pferde hatten sich beruhigt und grasten auf der Lichtung. Ein Kaltblüter rieb seine juckende Kruppe am Menhir. Die Hexen waren wie vom Erdboden verschluckt.

»Du musst ruhen«, sagte die Muhme zu Hans und stopfte ihre Pfeife. »Schlaf dich aus.«

Hans schloss die Augen. Das Letzte, was er sah, war Maleen, die eine Decke über ihm ausbreitete.

»Ich habe noch nie von Hexen im Föhrenforst gehört«, sagte die

Muhme und blies Rauch aus einem Mundwinkel. »Wer hat uns diese Falle gestellt?«

Maleen schüttelte sich die Haare aus dem Gesicht und sah die Muhme ratlos an.

Die drei Frauen hatten die zu Tode erschöpften Gefährten auf Horns Trage in den Föhrenkreis geschafft. Dort schliefen sie neben einem kleinen Feuer. Horn selbst war wach; das Fieber war gesunken, und er hatte mit Staunen vernommen, was sich zugetragen hatte.

»War das nur ein Spuk?«, fragte Sanne.

»Ich weiß nicht«, antwortete die Muhme, die getrocknete und zerstoßene Pilze in den Pfeifenkopf rieseln ließ. Die Pferde schnaubten zwischen den Föhren, auf denen noch die Vögel wachten. »Du besitzt große Kräfte«, sagte die Muhme.

»Einige habe ich verloren«, erwiderte Maleen. »Zum Beispiel die Heilkraft. Aber ich war schon immer eine Freundin der Erde und der Tiere.«

»Du kannst die grüne Kraft nutzen.«

Maleen, die nachdenklich in das Feuer starrte, zuckte nur mit den Schultern.

»Dreizehn …«, brummte die Muhme. »Die Zahl gibt mir zu denken.«

»Der Menhir ist mit Hexenrunen beschriftet«, sagte Sanne, die sich am Feuer niederließ. »Dreizehn Zeilen zu je dreizehn Zeichen.«

»Bestimmt ein Spruch, den man in jeder Richtung lesen kann. Aber nur Eingeweihte kennen die Hexenrunen.« Die Muhme paffte einen Rauchring. »Dreizehn Hexen, dreizehn Krähen, dreizehn Föhren, dreizehn Runen, dreizehn Zeilen …«

»Sie lieben die Unglückszahl«, sagte Sanne lachend.

Maleen sah weiter in die Flammen. »Es juckt unter meinem linken Schulterblatt«, sagte sie. »Der Greting ruft.«

»Morgen brechen wir auf«, brummte der Dachs, der neben Maleen am Feuer lag. »Wir wissen nicht, was dieser Grimm treibt, und wir müssen die Esche finden.«

»Eile mit Weile«, schnurrte der Fuchs, der sich im Schoß der Muhme zusammengerollt hatte.

»Auf eines kann man sich bei dir verlassen«, knurrte Meister Grimbart, »wenn du die Schnauze aufmachst, kommt immer ein Gemeinplatz heraus.«

»Ah!«, rief der Fuchs. »Da tönt der Kriegsheld, der nichts zur Rettung unserer Freunde beitragen konnte.«

»Das sagt mir Reineke Fuchs, der in Märchen und Fabeln als die Listigkeit in Person gefeiert wird?«

»Das fragt mich Meister Grimbart, der in keiner Legende und Fabel einer Erwähnung für wert befunden wird?«

Der Dachs schnaubte erbost.

Der Fuchs lächelte selbstgefällig.

Sie stritten weiter, bis der Mond aufging.

12. Eisenhans und die Jungfer

Unter den Hufen flog letzter Sand auf, dann ritt Grimm über grasige Hügel. Die Hohe Heide lag hinter ihm. Im Westen, jenseits des Welsflusses, ragten die dicht bewaldeten und zerklüfteten Gebirgszüge des Gretings auf. Während Hans und die Gefährten auf der Lichtung im Föhrenforst lagerten, preschte der Rappe mit trommelnden Hufen durch die Nacht und erreichte vor dem Morgengrauen den Heerweg.

Der Verkehr war in diesen goldsatten Zeiten zum Erliegen gekommen. Disteln, Wegerich und Kamille wucherten in den Karrenspuren. Ein Übeltäter, den man an einer Ulme gehängt hatte, schwankte im Wind hin und her.

»Na, Gevatter?«, fragte Grimm und zügelte sein Ross. »Wer erweckt *dich* zum Leben?« Er lachte schallend.

Der Tote drehte den Kopf in der Schlinge und sah Grimm aus toten Augen an. »Du wirst … erwartet«, krächzte er und zeigte mit verwesender Hand zum Welsfluss, der eine halbe Meile vom Heerweg entfernt im Mondschein glitzerte.

Grimm stutzte, denn der Tote hatte mit der Stimme einer Frau gesprochen. »Besten Dank, Gevatter«, sagte er dann, gab dem Rappen die Sporen und ritt durch den lichten Auwald zu den Sandbänken, die das Ufer des Welsflusses säumten. Dort lag ein Fährkahn im Morgennebel.

Zwei Kultknechte öffneten eine Klappe, über die Grimm seinen Rappen an Bord führte. Dann griffen sie nach den Rudern und stießen den Kahn vom Ufer ab. Das Wasser klatschte dumpf gegen die Planken, als sie auf den Welsfluss hinausfuhren.

Grimm stand neben dem Rappen und sah durch den Nebel zum anderen Ufer: Hinter schroffen Felsen begann der Wald, für den der Greting berüchtigt war – ein Eichenwald mit dem uralten Namen Isarnho.

Die Dame in Weiß erwartete ihn auf einer Klippe. Sein Herz schlug schneller. Nachdem der Kahn angelegt hatte, führte er sein Pferd auf die Felsen. Oben angekommen, verneigte er sich schweigend.

»Sei gegrüßt, Krieger des Eisernen Königs«, sagte die Dame. Sie schritt über den Felsen auf ihn zu, ergriff seine Hand und sagte: »Unsere Gegner sind aufgehalten worden. Sie werden den Greting frühestens übermorgen erreichen. Du wirst neue Männer und einen neuen Auftrag bekommen. Aber …« – sie strich über Grimms Harnisch – »… das hat noch Zeit. Komm mit.«

Die Dame in Weiß führte Grimm in den Wald. Zwischen den Eichen, deren Laub sich rostrot zu verfärben begann, wuchs von Farn durchsetztes Unterholz. Schließlich erreichten sie eine mit Holzschindeln gedeckte Hütte, die vor einer steilen Felswand stand.

»Passt gut auf«, befahl die Dame den Kultknechten. Dann winkte sie Grimm hinein.

»Und die Esche?«, fragte Grimm, als sie die Hütte betraten.

»Eisenhans, der früher im Dunkelpfuhl gehaust hat, weiß als Einziger in ganz Pinafor, wo sie wurzelt. Er bewachte sie zusammen mit der Jungfer. Niemand kommt an den beiden vorbei«, erwiderte sie.

Holzkohlebecken wärmten die mit weißem Samt drapierte Hütte. Wein und Essen standen auf einem Tisch. Ein Lager aus Laub und Moos und vielen Fellen lud zum Verweilen ein.

»Diese Hütte war einst das Versteck eines blutschänderischen Geschwisterpaares. Das Mädchen wurde zur Strafe in ein Reh verwandelt, der Knabe wurde der Jungfer übergeben – eben jener, die die Esche bewacht.« Die Dame lächelte unter ihrem Schleier und flüsterte: »Man nennt sie auch ›Blutsäuferin‹.« Sie schlüpfte unter die Felle. »Komm zu mir, mein Galan«, befahl sie.

Grimm zögerte kurz, dann gehorchte er.

Die Kultknechte hielten vor der Tür Wache. Tautropfen perlten von ihren Pelzkappen, im Unterholz dampfte der morgendliche Dunst.

»Sind wir Hunde, dass wir draußen warten müssen?«, klagte einer.

»Unsere Herrin will ungestört bleiben«, erwiderte der andere.

Der erste Kultknecht spuckte aus und knurrte: »Sie hat einmal Keuschheit gelobt.«

»Sie wird bald zur Rechten des Eisernen Königs sitzen. Dann ist ihr alles erlaubt«, sagte der zweite.

»Ja. Bald. Aber noch ist es nicht so weit.«

»Wenn du weiter so redest, lebst du nicht mehr lange.«

Die Kultknechte verstummten. Ringsumher fiel Laub von den Eichen, aber es war nicht rot, sondern aschgrau.

Die Esche, von der nach allgemeinem Glauben Wohl und Wehe der Welt abhingen, erhob sich tief im Greting in einer Grotte. Ein Dutzend Männer hätten ihren Stamm nicht mit ausgestreckten Armen umfassen können, und ihre Wurzeln verwoben sich zu einem dichten Labyrinth.

Eisenhans saß in einer Nische in der Grottenwand. Er pickte Läuse aus seinen knielangen Zottelhaaren und zerdrückte sie zwischen den Fingernägeln.

»Nummer dreiundzwanzig«, murmelte er und schnippte eine Laus auf den Boden. »Nummer …« – es knackte abscheulich – »… vierundzwanzig. Nummer … Nummer …« Er musterte die Nummer fünfundzwanzig. »Du bist gut genährt«, sagte er, »also wirst du mich nähren.« Er steckte sich die Laus in den Mund; beim Kauen flüsterte er: »Blut zu Wut, Wut zu Glut, Glut zu Blut.«

»Man spricht nicht mit vollem Mund!«, keifte die Jungfer, die gerade die Grotte betrat. Sie war groß und hager, schorfrote Haare standen wirr von ihrem Kopf ab, und auf ihrer Brust lag eine Kette aus menschlichen Fingerknochen. Sie schleifte einen bewusstlosen Mann hinter sich her.

»Noch ein Köhler?«, fragte Eisenhans. »Das wird langsam langweilig.«

»Ein schöner Prinz wäre mir lieber«, erwiderte die Jungfer. »Aber im Greting gibt es nur gemeines Volk.«

»Wie ich höre, bekommen wir bald Besuch«, sagte Eisenhans. »Vier kräftige Kerle für dich, drei schöne Weiber für mich, und eine alte Muhme als Fraß für die Karontiden.«

»Ich kann es kaum erwarten«, murmelte die Jungfer, der das Wasser im Mund zusammenlief.

Während Eisenhans weiter Läuse fing, zerrte die Jungfer den Köhler zum Labyrinth der Eschenwurzeln. Eisenhans zählte immer lauter, um ihr gieriges Geschnaufe zu übertönen: »Dreißig! Einunddreißig!! Zweiunddreißig!!! Drei …«

»Uuuh-haach!«, kreischte die Jungfer.

Eisenhans hob den Kopf. »Musst du die armen Kerle immer kaltmachen?«, fragte er.

»Nimm dich in acht«, erwiderte die Jungfer. »Angeblich bist du ein verwunschener König. Das wäre eine Abwechslung auf meinem Speiseplan.«

»Irrtum«, sagte Eisenhans und klopfte sein Zottelfell ab. »Ich habe damals einen Landstreicher mit Gold und Geschmeide bestochen, damit er an meiner Stelle den König spielte. Danach hat er in Saus und Braus gelebt, und ich hatte meine Ruhe. Die Menschen glauben jedes Märchen, Hauptsache, es ist traurig, rührend oder skandalös. Du ahnst nicht, wie dumm sie sind.«

Die Jungfer knurrte. Sie legte die Fußknöchel des Köhlers in Ketten und zog ihn an einer Wurzel hoch, die sich im Bogen über den Boden erhob. Eisenhans schauderte, denn er wusste, was nun folgte. Obwohl ihm jedes Mal übel wurde, konnte er den Blick nicht abwenden. Die Jungfer biss dem Mann die Kehle durch, trank einen Teil seines Blutes und ließ den Rest über ihre Haare sprudeln. Den Spitznamen ›Blutsäuferin‹ hatte sie redlich verdient.

»Kannst du deine Haare nicht wie jede brave Frau mit Henna färben?«, fragte Eisenhans, der ein Würgen unterdrückte.

»Haah-haaach!«, stöhnte die Jungfer und bleckte die Zähne. Dann rubbelte sie ihre Haare, bis diese strubbelig nach allen Seiten abstanden. »Mit Blut hält sich meine Frisur besser«, sagte sie. Sie löste die Kette und ließ den Leichnam auf die Felsen fallen. Gemeinsam mit Eisenhans schleppte sie ihn durch das Zwielicht des Wurzellabyrinths. Ab und zu fielen Blätter, denn die Esche zeigte erste Anzeichen des Verdorrens.

Im Kerker der Karontiden erschallte Gebrüll; Fäuste bollerten gegen die Eichenbohlen der Tür.

»Ah-haach, meine Süßen!«, rief die Jungfer. »Lecker Essen!« Sie öffnete eine Klappe und warf einen Blick in den Kerker. Die Karontiden waren Zwitter. Brustwarzen und Gemächte liefen in aufwärts geschwungenen Dornen aus, ihrem Steiß entsprang ein langer Schwanz, ihr Körper war unbehaart und schlangenschuppig.

»Sind sie nicht allerliebst?«, hauchte die Jungfer. »Sieh nur ihre Wespentaille. Die mächtige Brust. Die langen Arme und Beine. Muskeln, wohin man sieht. Ja-ha-ha-ha! Die Diät, die ich ihnen verschrieben habe, bekommt ihnen gut.«

»Diät?«, fragte Eisenhans. »Meinst du diese verwarzten, mit Kartoffelschnaps vollgesogenen Köhler?« Er entriegelte die Tür. Dann wuchteten sie den Leichnam in den Kerker, und die Jungfer sah entzückt zu, wie die Karontiden über ihn herfielen.

»Sie gehorchen mir auf das Wort«, flüsterte sie. »Ist das nicht herrlich? So hübsche Haustiere hatte ich noch nie.«

»Du hast deine Hunde ja auch immer aufgefressen«, brummte Eisenhans, der zum nächsten Kerker trottete. Dort öffnete er die Klappe und sah hinein.

»Diese Köter waren sabbernde, haarige, kläffende, stinkende Monster«, knurrte die Jungfer.

Im zweiten Kerker befanden sich die Hüterinnen der Esche, die drei blinden Feen, deren Geflüster jede Nacht im Wind zu hören gewesen war. Ihre Hände waren über dem Kopf an die Wand gekettet, die Lippen zugenäht. Als sie Eisenhans und die Jungfer hörten, drehten sie den Kopf zur Tür, als könnten ihre blinden Augen das Holz durchdringen.

»Zähe Weiber«, sagte Eisenhans.

»Sind sie immer noch nicht tot?«, fragte die Jungfer.

»Die Dame in Weiß hat uns verboten, sie zu töten.«

Die Jungfer spuckte aus. »›Dame in Weiß‹. Pah! Ich würde diese verräterische Schlampe am liebsten von meinen kleinen Lieblingen zerfleischen lassen.«

»Hör auf, sie zu beleidigen«, mahnte Eisenhans.

»Du kannst mir nichts befehlen«, fauchte die Jungfer und verriegelte die Tür zum Kerker der Karontiden. Dann stieß sie Eisenhans weg und schrie die Feen an: »Ihr werdet verrecken! Die Karontiden werden sich an euren Kadavern mästen! Eure Esche wird verdorren! Und der Eiserne König wird wieder über Pinafor herrschen!«

Die drei Feen blickten aus blinden Augen unverwandt zur Tür. Sie schienen zu lächeln.

Die Jungfer knallte die Klappe zu und stapfte zornig davon.

»Wieso muss ich mich ausgerechnet mit diesem tollwütigen, Weib abplagen?«, dachte Eisenhans und fing zum Trost eine Assel. Er liebte das Kribbeln der Gliederfüßerbeine, das er vor dem Zubeißen auf der Zunge spürte, denn es erinnerte ihn an die Krebse, die er einst im Dunkelpfuhl gegessen hatte. Er leckte sich die Lippen und kehrte durch die Grotte zurück.

Die drei blinden Feen hatten die durch das Wurzellabyrinth führenden Wege erst preisgegeben, nachdem Eisenhans ihnen mit einer Zange die Fingernägel ausgerissen hatte. Dann hatte er die Nägel in das Blut eines von der Jungfer hingemetzelten Jägers getaucht und als Wegmarken im Moos auf der Rinde der Wurzeln befestigt. So fand er sich zurecht und erreichte schließlich den jenseitigen Rand des Labyrinths.

Der Heilige Weiher, mit dessen Wasser die Feen die Wurzeln benetzt hatten, schimmerte im Zwielicht. Eisenhans legte sich auf sein Lager aus Tannenreisern und schloss die Augen. Die Gegner waren nicht mehr fern, aber die »kleinen Lieblinge« der Jungfer würden spielend mit ihnen fertig werden. Dann dachte er an die Dame in Weiß, die ihn und diese irrsinnige, blutsaufende Jungfer mit der Bewachung von Esche und Feen betraut hatte. Er war es gewesen, *er* allein, der die Esche nach langer Suche entdeckt hatte, und nach der Wiedererweckung des Eisernen Königs würde die Dame ihn fürstlich entlohnen müssen. Ja! Dann wäre er reich.

Dann würde er leben wie die Made im Speck. Dann würde es nicht mehr nur Läuse und Asseln, sondern auch Leckereien wie Molche, Regenwürmer, Kröten und Flusskrebse geben! Er leckte seine Lippen und schlummerte zufrieden ein.

Die Esche ächzte wie ein nach Wasser lechzendes Tier.

13. *Zur munteren Matrone*

Die Hohe Heide lag hinter ihnen, und die Grenzfeste Rottland ragte in der Ferne auf. Maleen wandte den Blick mit Grausen ab, denn dort war sie in einem Turm eingekerkert gewesen, dort hatte man ihr mit glühenden Eisen die Karte auf den Rücken gebrannt. Den anderen Gefährten saß der Schock noch in den Knochen, den sie im Föhrenforst erlitten hatten. Sneewitt biss an den Fingernägeln. Hans war bleich und hatte Ringe unter den Augen.

»Ich halte so einiges aus«, sagte Kunz, »aber ein Angriff auf die Seele ist brutaler als jede Schlacht.« Er versuchte, einen nervösen Husten zu unterdrücken. »Bevor wir im Greting die Esche suchen, möchte ich ein Bier trinken und in einem richtigen Bett schlafen.«

»Aber nicht allein«, setzte Hardt hinzu und zwirbelte seinen blonden Schnurrbart.

»Sicher nicht«, sagte der genesene Horn. »Denn du wirst dein Bett mit Wanzen und Kakerlaken teilen.«

»Da schlafe ich lieber im Freien«, murmelte Sneewitt.

»Nein«, widersprach Hans. »Wir sind den Hexen mit knapper Not entkommen und mussten uns ein zweites Mal durch die Dornenhecke hacken. Wir kehren ein.«

»Ich kenne eine Herberge am Heerweg«, sagte die Muhme, deren Maultier brav neben den Pferden hertrabte. »Nicht weit vom Himmelstor und kurz vor der Wendung des Welsflusses nach Süden. Sie heißt ›Zur munteren Matrone‹.«

»Ein molliges Mädchen wäre mir lieber«, erwiderte Hardt.

»Ich kenne die Herberge«, sagte Hans, der müde den Kopf hängen ließ. »Mollige Mädchen gibt es dort auch.«

Sneewitt, die an einem Daumennagel biss, hob eine Braue und warf Hardt einen spöttischen Blick zu: »Sieh mal an. Die Herren stehen auf kleine Dickmadames. Dann habe ich ja nichts zu befürchten.«

»Frauen, die mir Äpfel aus der Hand schießen – und mögen sie noch so bezaubernd sein –, ziehe ich als Partnerin nicht in Betracht«, erwiderte Hardt.

»Ach?«, fragte Sneewitt verächtlich. »Bildest du dir etwa ein, dass ich *dich* als Partner in Betracht ziehen würde, du eitler Gockel?«

»Glaubt ja nicht, dass ich mir für euer Vergnügen Haare ausreiße oder Perlen weine«, sagte Sanne zu den Männern. »Das unterstütze ich nicht.«

»Bitte, bitte, bitte«, flötete Hardt. »Wenigstens ein bisschen Silber.«

Horn lachte glucksend.

»Ihr seid wirklich widerwärtig«, fauchte Sneewitt.

»Wir sind müde und gereizt«, sagte die Muhme. »Ich halte es für eine gute Idee, in einem weichen Bett zu übernachten und richtig auszuschlafen, bevor wir uns in den Greting wagen.«

»Meine Rede«, brummte Kunz.

Während die restlichen Gefährten schweigend weiterritten, galoppierte Hans auf einen Hügel. Oben angekommen, ließ er den Blick über die grasige Landschaft gleiten, die sich nach Westen zum Greting schwang. Zerklüftete Gipfel ragten am Horizont auf, und zwischen zwei Hügelrücken zeigte sich das spiegelblanke Band des Welsflusses. Im Norden fielen graue Regenschleier auf die Erde. Säulen aus Sonnenlicht stießen durch die Wolken.

Da erschien der Fuchs im Grasland. »Der Heerweg ist nahe!«, rief er.

Hans überhörte ihn. »Was tue ich hier?«, fragte er, plötzlich von Zweifeln gepackt. »Warum riskiere ich mein Leben, um die Esche zu finden? Ich könnte eine Familie gründen, ein Haus bauen, einen Baum pflanzen und bis an das Ende meiner Tage glücklich und zufrieden leben.« Er erinnerte sich an den Abend, als ihn Barbera zu sich gebeten hatte. Er erinnerte sich an ihren Duft, ihre schlanken Finger, ihre Augen, und er seufzte.

»Ja, ja, ja«, erwiderte der Fuchs. »Da kam eine Maus, und das Märchen war aus. Nein, nein, nein – du bleibst hübsch hier und hilfst uns, die Welt zu retten.«

»Du Held!«, rief der Dachs, der ebenfalls angetrabt kam. »Ich musste dich damals zu deinem Glück zwingen.«

Hans blickte ins Leere und dachte an Barbera. »Vielleicht tue ich all das nur«, ging es ihm durch den Kopf, »weil ich mich ihr beweisen will …«

Gegen Abend erreichten sie den Heerweg und folgten ihm nach Norden, bis die Herberge ›Zur munteren Matrone‹ in Sicht kam. Aus den Schornsteinen quoll Rauch, die Fenster waren erhellt. Die Herberge schien ebenso voll zu sein wie die Schenke im Dorf an der Fusel.

»Wer kehrt hier noch ein?«, fragte Horn, als sie die Pferde in den Stall führten. »Händler und Kaufleute jedenfalls nicht.«

»Schafbauern, Hirten, Flößer, Fischer, Treidler«, sagte Kunz. »Einheimische, die Gold scheißen und sich einen faulen Lenz machen.«

Sanne sah ihn aus ihren Kulleraugen vorwurfsvoll an.

Die Schankstube war dicht besetzt und stank nach Bier, Schnaps,

Schweiß und süßem Parfüm. Auf der Treppe, die zu den Gästezimmern führte, saßen dralle Dirnen. Andere Mädchen schmiegten sich an die Zecher und verführten sie zum Trunk. Die Wirtin, eine gealterte Version der munteren Matrone, die das Herbergsschild schmückte, schenkte hinter der Theke aus.

Hardt sah sich beglückt um. »Das ist das Paradies«, flüsterte er und kniff im Vorbeigehen einer Dirne in den Hintern. Sie kreischte auf und warf ihm eine Kusshand zu.

»Wo hat die Wirtin diese Bräute aufgetrieben?«, fragte Horn und rieb sich die Augen.

»Sie ist bestimmt eine Zauberin«, zischte Sneewitt, »die ein Dutzend Säue in Mädchen verwandelt hat.«

Hardt setzte sein charmantestes Lächeln auf: »Nur ein paar Tränen«, flehte er Sanne an.

Sie schüttelte den Kopf. Dann zupfte sie einige Haare aus und reichte sie der Muhme, damit diese die Wirtin für die Nacht bezahlen konnte.

Als sie mit Waffen und Gepäck die Treppe zu den Zimmern hinaufstiegen, zwinkerten die auf der Treppe hockenden Mädchen den Männern zu. Hans stutzte beim Anblick einer der Frauen – sie kam ihm bekannt vor, aber er konnte sie nicht einordnen. War er ihr auf einem Raubzug seiner Räuberbande begegnet?

Im Flur mit den Gästezimmern sagte Sanne: »Ich bleibe hier oben, damit ihr nicht auf dumme Gedanken kommt.« Sie knallte die Tür hinter sich zu.

Maleen und die Muhme, die sich von einer Magd Essen auf ihr Zimmer bringen lassen wollten, taten es ihr gleich. Aber Sneewitt sagte: »Wie langweilig. Ich begleite euch.« Sie band das feuerrote Haar hinter dem Kopf zusammen, sah die vier Männer aus ihren pechschwarzen Augen an und fügte hinzu: »Außerdem brauche ich einen Schnaps, um diese Hexen zu vergessen. Aber …« – sie hob einen Zeigefinger – »… lasst die Finger von den Mädchen.«

»Meinetwegen«, sagte Hardt auf dem Weg nach unten. »Ohne Gold geht sowieso nichts.«

»Ich könnte Sanne ein rührseliges Märchen erzählen«, schlug Horn vor. »Dann weint sie vor dem Einschlafen vielleicht ein paar Perlen.«

»Ja, tu das«, sagte Kunz. »Schimpf auf unsere Verdorbenheit und stell dich als Tugendbold dar. Wir lassen anschreiben, bis du zurückkommst.«

Sie fanden einen freien Tisch und bestellten Bier, Schnaps und etwas zu essen. Kurz bevor das Essen kam, drängelte sich Horn durch das Gewimmel der Gäste zu ihnen durch. Er zwängte seine Wampe schnaufend hinter die Tischkante.

»Und?«, fragte Kunz erwartungsvoll.

Horn legte sein zum Bündel geschnürtes Schnupftuch auf den Tisch; es war voller Perlen.

»Welches Märchen hast du ihr erzählt?«, fragte Sneewitt.

»‹Die goldene Ente‹«, antwortete Horn. »Sie hat vor Rührung Ströme von Perlen vergossen. Nach dem glücklichen Ende ist sie sofort eingeschlafen.«

»Der Abend ist gerettet!«, rief Hardt und stieß mit Hans an.

Sie aßen, bis sie zu platzen drohten, und sprachen auch Bier und Schnaps gehörig zu. Am Nachbartisch prahlte ein Fischer mit dem Fang eines riesigen Welses.

»Seine Barteln waren lang wie Blindschleichen«, behauptete er zur Erheiterung seiner Zechkumpane.

»Im Welsfluss gibt es keine Welse«, erwiderte einer, der eine lange Meerschaumpfeife paffte. »Sie waren schon für unsere Urgroßväter eine Legende.«

»Vielleicht kehren sie ja zurück«, rief der Fischer erbost.

»Eher heiße ich Hickelte Hunkepuus«, lispelte ein Hagerling und entblößte beim Lachen schwarze Zahnstümpfe.

»Eher erwacht der Eiserne König in seinem Grab«, sagte ein wohlhabend wirkender Biedermann, der ein Seidenwams mit Goldknöpfen trug.

Die fünf Gefährten tauschten Blicke.

»Und ich sage euch: Die Welse kehren zurück!« Der Fischer ließ eine Faust auf den Tisch sausen.

»Tja«, bemerkte ein vierter, in das Purpur der Quacksalber und Wahrsager gehüllter Zecher. »Die Rückkehr der Welse wäre ein Omen.«

»Ein Omen?«, fragte der Biedermann. »Wofür?«

»Die Welse sind heilig, denn sie waren immer mit den guten Mächten im Bunde«, sagte der Quacksalber. »Ihre Rückkehr könnte bedeuten, dass Gefahr droht.«

»Gefahr?«, erwiderte der Biedermann und strich mit feisten Fingern über sein Wams. »Unsinn! Wir leben in Saus und Braus und können alles tun, wonach uns der Sinn steht. In Pinafor herrschen goldene Zeiten, und so wird es bis in alle Ewigkeit bleiben.«

»Nichts bleibt so, wie es ist«, murmelte der Fischer und leerte seinen Schnaps. »Das ist das Einzige, worauf man sich in diesem irdischen Jammertal verlassen kann. Glaubt mir: Die Welse kehren zurück.«

»Dann zeig uns dein Wundertier«, forderte ihn der Mann mit der Meerschaumpfeife auf.

Der Fischer sah ihn aus geröteten Augen an. »Ich habe ihn wieder in den Fluss gesetzt«, sagte er.

»Hah!«, rief der Biedermann triumphierend. »Das nenne ich Aufschneiderei.«

Sneewitt hatte aufmerksam gelauscht. Nun flüsterte sie Hans ins Ohr: »Schade, dass Reineke Fuchs und Meister Grimbart nicht hier sind. Sie könnten uns sicher etwas über die Welse erzählen.«

Horn fing den Blick der Wirtin auf und reckte zum Zeichen für Schnapsnachschub fünf Finger.

Am anderen Nachbartisch saßen mehrere schwarzbärtige, vierschrötige Köhler aus dem Greting, die in der Herberge Proviant kaufen wollten.

»Utz ist weg«, murmelte einer. »Sein Meiler qualmte, als ich kam, aber er war wie vom Erdboden verschluckt.«

»Genau wie Bodo, Wulf und Golo«, sagte ein anderer. »Alle spurlos verschwunden.«

»Irgendein Ungeheuer treibt im Greting sein Unwesen«, sagte ein dritter.

»Das muss der Teufel sein.«

»Der Teufel ist niemand anderer als der Eisenhans.«

»Der Eisenhans war ein verwunschener König. Wenn er nicht gestorben ist, lebt er noch heute glücklich und zufrieden auf seiner Burg im Nordland.«

»Dann sind es die Karontiden.«

»Schwachkopf! Diese Biester sind nur Albtraumausgeburten von Hasenfüßen.«

»Niemand weiß«, erwiderte der erste Köhler, »welche Wesen in den Schlünden und Abgründen des Gretings hausen.« Als er merkte, dass Kunz zuhörte, zog er ein grimmiges Gesicht und verstummte.

Kunz drehte sich wieder zu seinen Gefährten um. »Das sind ja schöne Aussichten«, murmelte er. »Karontiden, Teufel und verschleppte Köhler.«

»Nicht zu vergessen der Eisenhans«, sagte Sneewitt spöttisch. »Aber ein gut gezielter Pfeil fällt jedes Ungeheuer.«

»Ich beneide dich um deine Zuversicht«, brummte Horn mit besorgter Miene.

Die Wirtin stellte fünf Schnäpse auf den Tisch und sammelte die Teller ein. Als sich die Gefährten zuprosten wollten, trat eine der Dirnen hinter Hans und legte ihm eine Hand auf die Schulter. »Na, ihr Zuckerschnuten?«, fragte sie kokett. »Kann ich euch verwöhnen?« Sie ging zu Hardt weiter und drückte ihren Busen gegen seinen Hinterkopf.

»Oh, oh! Vorsicht«, sagte Sneewitt. »Du bringst seine Frisur durcheinander.«

Hardt räusperte sich verlegen und lief rot an.

Hans stutzte wieder; es war das Mädchen, das auf der Treppe gesessen hatte und ihm seltsam vertraut vorgekommen war. »Ich …«, begann er.

Die Dirne grinste ihn an. »Kostet nur ein Goldstück«, sagte sie.

»Wir bezahlen mit Perlen«, warf Kunz ein.

»So?«, fragte sie. »Dann kostet es nur zwei Perlen.«

»Ich … kenne dich … von irgendwoher«, stotterte Hans.

Die Dirne stülpte die Unterlippe vor. »Das höre ich nicht zum ersten Mal, Süßer«, sagte sie verdrossen und sah sich in der lauten, verqualmten Schankstube um. Als ihr ein Köhler an die Taille fasste, schlug sie seine Hand weg. »Wasch dich erst, du Schwarzdrossel«, fuhr sie ihn an. Dann sagte sie zu Hans: »Na? Zwei Perlen, und ich erfülle dir jeden Wunsch. Oder ist diese mürrische Person dein Weib?« Sie zeigte auf Sneewitt.

»Oh, oh! Vorsicht«, sagte Hardt. »Du bringst ihre Gemütsruhe durcheinander.«

»Verkauf deine Kleinode an einen Köhler«, zischte Sneewitt, deren pechschwarze Augen gefährlich glitzerten.

»Immerhin verschenke ich mich nicht«, schnippte die Dirne.

Hans rätselte weiter, woher er sie kannte. Sie hatte graublaue Augen, ihre blonden Haare waren zu Zöpfen geflochten. Sein Blick fiel auf ein Muttermal an ihrem Hals; es hatte die Form einer Bohne. Da durchzuckte es ihn wie ein Blitz. Er wurde blass und klammerte sich an die Tischkante.

»Was hast du?«, fragte Sneewitt.

»Ich …«, keuchte Hans. »Du …« Er starrte die Dirne an.

»Was ist? Bin ich dir nicht gut genug?«, verlangte sie pikiert zu wissen.

»Gretel …«, flüsterte Hans. »Du bist … meine Gretel.«

Die Dirne wich entsetzt zurück. »Oh!«, stieß sie hervor. »Oh, nein! … Hänsel?« Sie starrte Hans lange an. Dann machte sie kehrt und drängelte sich durch die Gäste davon, als säße ihr ein Unhold im Nacken.

»Holla!«, schrie einer der Köhler, der sein Bier verschüttete.

»Wer ist die Frau?«, fragte Hardt, der verwirrt seine Haare glattstrich.

Hans trank hastig den Schnaps. Er war totenbleich. Nachdem er sich den Mund abgewischt hatte, antwortete er heiser: »Sie ist meine Schwester … Sie ist meine Gretel, die mich damals, als wir noch Kinder waren, im Lohwald vor der Hexe gerettet hat. Sie war jahrelang verschollen. Und jetzt …« – er fasste sich an die Stirn – »… verdingt sie sich hier als Dirne.« Er war wie gelähmt.

Während des betretenen Schweigens, das am Tisch eintrat, schwoll der Lärm in der Schankstube zu neuer Lautstärke an. Männer grölten, Frauen lachten, irgendjemand sang eine der in

Pinafor beliebten Balladen; ein Glas zersprang, Stuhlbeine knarzten. Jeder amüsierte sich, niemand verschwendete einen Gedanken an die Gefahr, die Pinafor drohte.

Hans schlief noch schlechter als im Haus der weisen Weiber. Er träumte von seiner Gefangenschaft bei der Hexe, warf sich verschwitzt im Bett hin und her und rief den Namen seiner Schwester. Er erwachte mit heftigen Kopfschmerzen und ausgedörrtem Mund. Da sein Waschkrug leer war, ging er auf den Hinterhof und hielt seinen Kopf unter die Pumpe. Danach setzte er sich auf eine Bank vor dem Haus und sah zu, wie der Morgen graute. Während er gegen seinen Kater ankämpfte, wurde gegenüber die Tür des Schweinekobens aufgestoßen. Ein Mädchen taumelte heraus und fiel in den Matsch. Dann erschien die Wirtin und schrie: »Erst kümmerst du dich nicht um die Männer, dann verkriechst du dich bei den Säuen. Wer seine Arbeit nicht macht, hat bei mir nichts zu suchen. Lass dich hier nie mehr blicken!« Sie warf dem Mädchen ein Bündel hinterher.

Das verdreckte Mädchen kam auf die Beine. Sie bückte sich nach dem Bündel und eilte mit bloßen Füßen vom Hof. Im Tor blieb sie stehen und drehte sich noch einmal um.

Die Wirtin drohte ihr mit der Faust und brüllte: »Hau ab, du nichtsnutzige Dirne!«

Hans erkannte seine Schwester, und an ihrem Blick merkte er, dass auch sie ihn erkannte. Sie stand da und starrte ihn an. Dann rannte sie davon.

»Gretel«, flüsterte er, ohne sich rühren oder eine Hand heben zu können.

»Schlampe«, schimpfte die Wirtin. »Such dir deine Freier auf der Straße.« Sie tapste durch den Matsch. »Bitte um Nachsicht, werter Herr«, sagte sie, als sie vor Hans stand. »Aber wer faulenzt, hat nichts Besseres verdient.« Sie zupfte an ihrem Rock. »Versteckt sich im Schweinekoben! Aber da gehört sie ja auch hin.«

Hans starrte die Wirtin an. Er wollte aufstehen, aber als er zum Hoftor sah, war seine Schwester schon außer Sicht.

»Ich muss in die Küche«, sagte die Wirtin und nickte ihm zu. Als sie die Herberge durch die Hintertür betrat, roch es nach Rührei und gebratenem Speck. Hans würde übel. Er erbrach sich in den Dreck.

Die Stimmung beim Frühstück war gedrückt. Kunz, Hardt und Horn saßen mit glasigem Blick da, Hans rührte keinen Bissen an, und Sneewitt war noch blasser als sonst. Die Muhme futterte wie eine Scheunendrescherin, und Maleen versorgte Zeisig und Sperling mit Brotkrumen, nachdem sie satt war.

»Ihr seid ekelhaft«, sagte Sanne. »Ihr schickt Horn, damit er mir irgendein Märchen auftischt, und bezahlt die Zeche eures Saufgelages mit den Tränen, die ich weine.«

»Musst du unbedingt mit uns schimpfen?«, fragte Kunz, der seine Hände gegen die Schläfen drückte.

»Bitte sei still«, murmelte der ungewohnt zerzauste Hardt.

Horn brummte etwas und rührte im Muckefuck.

»Widerlinge«, sagte Sanne.

Die gesättigte Muhme zündete die erste Pfeife des Tages an. Während sie paffte, erschien die Wirtin. »Da ist jemand, der euch sprechen möchte«, sagte sie.

»Bitte nicht«, flüsterte Kunz. »Mir ist hundeelend.«

»Er soll hereinkommen«, sagte die Muhme und pustete einen Rauchring über den Tisch.

Bald darauf klirrten Sporen, und ein Mann mit weißem Umhang

und golden schimmerndem Brustharnisch betrat die Schankstube. Er hatte einen Helm unter dem linken Arm; der rechte Arm war nicht aus Fleisch und Blut, sondern bestand aus einer zweischneidigen Schwertklinge, die der Schulter zu entspringen schien.

Horn rieb sich die Augen, als hätte er eine Halluzination.

»Ein Kultknecht der dreizehn weisen Weiber«, flüsterte die Muhme Hans ins Ohr. »Was mag er wollen?«

Der Kultknecht deutete vor der Muhme eine Verbeugung an, nickte den Gefährten zu und sprach: »Möge die Sonne euren Geist erhellen. Möge der Mond euch Weisheit schenken.« Er sah sich in der schmierigen, verrauchten Schankstube um und verzog angewidert das Gesicht.

»Was quatscht der da?«, fragte Hardt leise.

Sneewitt zuckte mit den Schultern.

»Danke, danke. Besten Dank«, krächzte der verkaterte Kunz. »Mögen die … äh … Sterne mit dir sein.«

Der Kultknecht warf ihm einen irritierten Blick zu.

»Setz dich«, sagte die Muhme und wies auf einen Stuhl. »Wie geht es deinen Herrinnen?«

»Ich habe eine Botschaft für euch«, erwiderte der Kultknecht, ohne auf die Frage einzugehen oder Platz zu nehmen.

»Immer heraus damit«, murmelte Hans, der lustlos im Rührei stocherte.

»Meine Herrinnen haben das Orakel befragt. Ihr sollt eure Suche nach der Esche einstellen. Das Mädchen mit den grünen Augen …« – er musterte Maleen, die ihren Sperling fütterte – »… soll mir überstellt werden. Ich werde sie nach Flutwidde zum Haus meiner Herrinnen geleiten.«

Die Muhme war verblüfft. »Heißt das«, fragte sie, »dass unser

Auftrag erledigt ist? Aber die Esche ist weiter bedroht. Ganz Pinafor ist weiter bedroht!«

Die Gefährten, auf einmal nüchtern und hellwach, tauschten verwirrte Blicke.

»Mag sein«, erwiderte der Kultknecht steif. »Aber so lautet die Botschaft, die ich euch zu überbringen habe.« Er ließ die Klinge gegen den Harnisch klirren. »Wir brechen sofort auf«, sagte er zu Maleen. »Pack deine Sachen.« Er nickte den Gefährten zum Abschied zu und verließ die Schankstube.

Maleen sah fragend zur Muhme.

Die sagte: »Nun, gut. Reite mit ihm, Mädchen. Du hast nichts zu befürchten. Bei den weisen Weibern bist du in Sicherheit.«

Hans sah aus dem Fenster. Der Himmel hellte sich auf. Was sollte er tun? Die anderen Gefährten wirkten genauso ratlos. Maleen stand auf, um ihre Habseligkeiten zu holen.

»Warum wird auf einmal alles abgeblasen?«, fragte Sneewitt und biss an einem Fingernagel.

Die Muhme paffte dichten Rauch; die Zweifel standen ihr ins Gesicht geschrieben.

14. Das Himmelstor

Maleen verabschiedete sich von den liebgewonnenen sieben Gefährten, schwang sich auf ihren Schimmel und ritt mit dem Kultknecht auf dem Heerweg davon. Sie drehte sich mehrmals im Sattel um und winkte.

Die vor der Herberge stehenden Gefährten winkten zurück.

»Ich werde die Kleine vermissen«, murmelte Horn.

»Ja«, seufzte Hardt. »Unsere Suche war zwar nicht gefahrlos, aber ich werde mich jetzt zu Tode langweilen.«

Dachs und Fuchs, die die Nacht im Freien verbracht hatten, sahen Maleen lange nach. Schließlich sagte Meister Grimbart zu Hans: »Ihr habt euren Auftrag von diesen weisen Weibern erhalten. Wir aber nicht. Also werden wir weiter die Esche suchen. Oder?« Er drehte sich zu Reineke Fuchs um.

Der hechelte verlegen. »Tja«, sagte er. »Also … ich …«

»Ich deute das als Zustimmung«, knurrte der Dachs. »Wenn die Menschen die Hände in den Schoß legen, müssen die Tiere handeln.«

Die Muhme sank auf eine Bank, die vor der Herberge unter einer Linde stand. Sie biss nachdenklich auf die Pfeife. »Ich begreife auch nicht, warum die weisen Weiber plötzlich nicht mehr wissen wollen, welche Gefahr Pinafor droht«, sagte die Muhme. »Das ist sonderbar.«

»Nun, ja«, erwiderte der Fuchs, »diese Weiber mögen es gut meinen, aber ohne die Karte auf Maleens Rücken werden wir die Esche schwerlich finden.«

»Willst du damit andeuten, dass die weisen Weiber gegen uns intrigieren?«, fragte Hans empört. »Sie sind die guten Seelen Pinafors!«

»Er denkt sicher an seine Barbera«, flüsterte Sneewitt Hardt ins Ohr. »Sie hat ihn im Haus der weisen Weiber bezirzt.«

Die Muhme sah Hans an, der ein beleidigtes Gesicht zog. »Ja – gute Seelen«, erwiderte sie. »Aber ich muss Reineke Fuchs recht geben: Hier ist etwas faul, denn man pfeift uns zurück, ohne dass wir wirklich etwas erreicht hätten.«

»Es wäre vielleicht verfrüht, wenn jeder von uns gleich seiner Wege gehen würde«, merkte Sanne an. »Wir sollten hier noch eine Weile bleiben.«

»Aber nur, wenn du ein paar Tränen für uns weinst«, sagte Horn.

Meister Grimbart und Reineke Fuchs tauschten einen Blick.

»Ja, bleibt noch«, sagte der Dachs. »Wir folgen Maleen. Nur zur Sicherheit. Wir sind abends wieder bei euch.«

Hans sah ihn zornig an, stieß die Fäuste in die Hosentaschen und ging in die Herberge, wo die Mädchen unter Aufsicht der gestrengen Wirtin Flure fegten und Dielen schrubbten. Die übrigen Gefährten folgten ihm.

Dachs und Fuchs eilten los, um Maleen einzuholen.

Die in Gedanken versunkene Maleen merkte erst auf, als die Grenzfeste Rottland in Sicht kam. Die Türme der auf einem steilen Ausläufer des Gretings gelegenen Burg ragten finster am Horizont auf.

»Warum reiten wir nach Norden?«, fragte sie erschrocken. »Flutwidde liegt doch im Süden.«

»Ich stoße zu meinen Kameraden«, erwiderte der Kultknecht tonlos und ohne sich umzudrehen. »Wir eskortieren dich dann gemeinsam zum Haus unserer Herrinnen. Allein wäre es viel zu gefährlich.«

Maleen betrachtete seinen weißen Umhang. Sie sah erst jetzt, dass er mit Silberfäden bestickt war, die Mischwesen aus Tier und Mensch zeigten. »Warum seid ihr nicht alle zusammen zur Herberge geritten?«, wollte sie wissen. »Warum kommen uns deine Kameraden nicht entgegen?«

»Frag nicht so viel«, sagte der Kultknecht. Er drehte sich um; neben dem Nasenschutz seines Helms funkelten die Augen, als er hinzufügte: »Sei lieber froh, dass wir dich beschützen.«

Maleen schwieg dazu, aber ihre Beunruhigung wuchs. Sie flüsterte den auf ihren Schultern sitzenden Vögeln etwas zu, und sie strichen ab und flogen nach Süden, ohne dass der Kultknecht dies bemerkte.

Die Pferde trabten auf dem Heerweg dahin. In der Ferne ragten die bewaldeten Hänge und die Gipfel des Gretings auf. Maleen konnte den Blick nicht von den Wällen und Türmen Rottlands lösen: Dort hatte sie im Kerker gesessen; dort hatte man ihr die Karte auf den Rücken gebrannt; dort wollte sie nie wieder hin. Ihr Herz pochte, kalter Schweiß trat ihr auf die Stirn. »Wäre ich nur bei den anderen geblieben«, dachte sie. Aber eine Flucht wäre sinnlos gewesen.

Zeisig und Sperling flogen nach Süden. Nach zwei oder drei Meilen erspähten sie Meister Grimbart und Reineke Fuchs, die ihnen auf dem matschigen Heerweg entgegeneilten.

»Ja, ja«, knurrte der Dachs, nachdem die Vögel zwitschernd Bericht erstattet hatten, »wir wundern uns auch darüber, dass sie nach Norden reiten.«

»Die Sache stinkt oben und unten und hinten und vorn«, fügte der Fuchs hinzu. »Diese Kultknechte dienen zwar den weisen Weibern, aber was mögen sie im Schilde führen?«

Der Zeisig zilpte aufgeregt.

»Rottland?«, fragte Meister Grimbart. »Soll Maleen wieder eingekerkert werden?«

Eine Windböe fegte Regentropfen über den Weg.

»Das ist ein Komplott«, rief der Fuchs. »Man will nicht, dass wir im Greting die Esche suchen. Zwischen dem vielen Gold, der Trägheit der Menschen und diesem schrecklichen Grimm muss es einen Zusammenhang geben. Da will jemand seine Machenschaften verschleiern – finstere Machenschaften.«

»Na, na«, brummte der Dachs. »Nur nicht übertreiben.«

»Wir sind von Anfang an behindert worden.«

»Meinst du, die weisen Weiber würden ihr eigenes Anliegen hintertreiben?«, fragte der Dachs. »Das wäre widersinnig.«

»Weiß der Henker«, erwiderte der Fuchs. »Vielleicht dienten unsere Gefährten als Ablenkungsmanöver.«

Meister Grimbart schüttelte skeptisch den Kopf, wirkte aber sehr nachdenklich. »Wie dem auch sei«, sagte er schließlich. »Wir müssen Maleen weiter folgen. Ihr zwei …« – er wandte sich an die Vögel – »… fliegt ihr nach und haltet uns auf dem Laufenden.«

Sobald die Vögel fort waren, trabten Dachs und Fuchs weiter. Ihre Pfoten und Läufe waren von Matsch bedeckt, der Wind wühlte in Pelz und Schwarte. Die Spuren der beiden Pferde führten schnurstracks nach Norden.

»Und wen«, fragte Reineke Fuchs nach einer Weile, »sollen wir zu Hilfe rufen, wenn es brenzlig wird?«

»Hm«, brummte der Dachs. »Gute Frage …« Er dachte kurz nach und beschleunigte die Schritte; sein Atem wirbelte über den Rücken und zerstreute sich in der feuchten Luft. »Hör gut zu«, sagte er. »Du kehrst um und alarmierst die Gefährten. Ob Auftrag oder nicht – wenn mich mein siebter Sinn nicht trügt, schwebt das Mädchen in großer Gefahr.«

»Und du?«, japste der Fuchs. »Was, wenn Not am Mann ist, bevor Hans und die anderen eintreffen?«

»Sie sollen so rasch wie möglich nachkommen, und wenn sie ihre Gäule zuschanden reiten.«

»Ja, aber du …«

»Ich bin ein alter Kämpe und Kriegsheld«, schnaufte Meister Grimbart. »Ich komme schon zurecht. Los, ab mit dir!«

Der Fuchs musterte ihn kurz. »Na, gut«, sagte er. »Dann bis später.« Er kehrte mitten im Lauf um und flitzte zurück nach Süden.

Der Heerweg schmiegte sich an das Ufer des Welsflusses, der im weiten Bogen nach Westen strömte. Die Klippen des Himmelstors, zwischen denen sich der Fluss vor Äonen sein Bett durch den Greting gebahnt hatte, waren nicht mehr weit entfernt. Die Grenzfeste blieb im Nordosten hinter den Gebirgsausläufern zurück.

Aber Maleens Unbehagen schwand nicht, sondern wurde im Gegenteil noch größer, weil sie sich immer weiter von dem nach Flutwidde führenden Weg entfernten. Der Welsfluss strömte träge durch sein Bett; Felsbrocken ragten aus den schlammigen Fluten. Ein Fischreiher flog mit gemächlichen Flügelschlägen über die Uferwiesen. Maleens einziger Trost bestand darin, dass Zeisig und Sperling in Abständen über sie hinwegzogen. Das konnte bedeuten, dass sie Hilfe gefunden hatten. Sie mochte sich nicht nach ihnen umdrehen, weil sie befürchtete, dass ihr Begleiter Verdacht schöpfte.

Die Klippen ragten immer höher auf, das Flussbett wurde steiler, der Wald rechts des Wegs dichter. Maleen stockte das Herz, als ein zweiter Kultknecht mit wehendem Umhang zwischen den Eichen hervorpreschte und sein Pferd hinter ihr zügelte. Auch er trug einen silbernen Helm; statt des rechten Arms entsprang seiner Schulter ein Krummsäbel. Er grüßte seinen Kameraden mit gereckter Faust. Bald darauf ritt ein dritter Kultknecht aus dem Wald. Dann ein vierter, dann ein fünfter. Nach einigen Meilen war der Trupp auf fünfzehn Kultknechte angewachsen, jeder mit einer Blankwaffe anstelle des rechten Arms.

Maleen verkrampfte sich im Sattel. Diese Männer sollten sie beschützen, jagten ihr aber Angst ein. Sie ritten immer tiefer in das Halbdunkel der Schlucht. Das Brausen des Welsflusses hallte zwischen den Felswänden, die den Wald verdrängten und näher zusammenrückten.

»Wann kehren wir um?«, fragte Maleen. »Ist die Eskorte jetzt vollzählig?«

Niemand antwortete. Der Weg wand sich um einen dicht am Ufer stehenden Felsen, der an einen gewaltigen, versteinerten Wolf erinnerte. Sie hatten ihn kaum umrundet, da wieherten und scheuten die Pferde der vordersten Reiter.

Ein Rappe stand mitten auf dem Heerweg. Im Sattel saß ein Mann in eisgrauer Rüstung und mit einem Helm, der das Gesicht ganz umschloss; im Sehschlitz funkelten rote Augen. Er zog blank und reckte das Schwert.

Die Kultknechte grüßten ihn mit geballter Faust.

»Na, endlich«, sagte Grimm. »Ihr habt lange gebraucht.« Als er das Schwert in die Scheide gleiten ließ, fiel sein Blick auf die schreckensstarre Maleen. »Na, meine Kleine?«, sagte er. »Erinnerst du dich an unsere erste Begegnung? Damals hast du meine Männer getötet. Freust du dich schon darauf, dass ich dir bei lebendigem Leib die Haut abziehe? Ich freue mich *sehr* darauf.« Er gab den Kultknechten einen Wink und saß ab.

Maleen schlug und strampelte, konnte sich aber nicht aus dem Griff der Kultknechte befreien. Man riss sie vom Pferd und band sie zwischen Fluss und Felsen bäuchlings auf einen umgestürzten Baumstamm.

Grimm zerriss das Kleid auf ihrem Rücken und musterte die Karte. »Ach, wie hat man dich entstellt, du Arme«, murmelte er und fuhr mit den Fingerspitzen über ihre Haut. »Aber keine Angst. Du bist bald wieder so wunderschön wie früher. Ich muss nur noch das Messer schärfen.«

Ein Kultknecht riss Maleens Kopf an den Haaren zurück, ein anderer stopfte ihr einen Knebel in den Mund.

Hoch über dem Welsfluss stand eine weiße Gestalt auf den Felsen und beobachtete das Geschehen.

»Was?«, schnaufte der Dachs. »Grimm?« Er starrte die Vögel ungläubig an. »Die Kultknechte sind mit diesem Unhold im Bunde?«

Zeisig und Sperling zwitscherten aufgeregt.

»Zecke und Zicke!«, fauchte der Dachs. »Verflucht, verflixt, verdammt! Wo bleibt Reineke mit seiner Heldenschar?« Er sah nach Westen – der Heerweg wand sich am Fluss entlang und verschwand dann hinter einem Felsvorsprung.

Der Sperling flatterte tschilpend vor seiner schwarz-weißen Schnauze auf und ab.

»Ja. Sicher. Klar.« Meister Grimbart zog eine Schnute. »Das Messer wetzen. Die Haut abziehen. Verstehe, verstehe.« Nun war guter Rat teuer, und er zerbrach sich den Kopf über eine rasche Lösung. »Hah!«, rief er schließlich. »Ohne Wetzstein keine scharfe Klinge. Bittet die Elstern um Hilfe. Ich suche inzwischen im Wald nach Verstärkung.« Mit diesen Worten schlug er sich ins Unterholz von Isarnho.

Sperling und Zeisig flogen davon, um die Elstern zu suchen.

Grimm drückte die Messerklinge in Maleens Haut. »Merkst du das?«, fragte er freundlich. »Sehr stumpf. Aber ich werde das Messer schärfen. Keine Sorge. Ich werde es schärfen.«

Maleen spürte, wie Blut aus dem Schnitt sickerte. Sie riss an den Stricken, mit denen sie an den Stamm gefesselt war. Sie versuchte, die grüne Kraft anzuzapfen, aber die Angst trübte ihr Bewusstsein.

»Ja, was denn?«, brüllte Grimm dem Kultknecht zu, der in der Satteltasche des Rappen kramte. »Suchst du die Eier der goldenen Gans?«

»Ich finde den Wetzstein nicht«, antwortete der Mann.

»Hat auch keinen Verstand, der Idiot!«, schimpfte Grimm. Er ging zu seinem Pferd, stieß den Mann beiseite und sah selbst nach. »Wo ist das Ding?«, murmelte er.

»Ich habe hier einen Wetzstein«, rief ein anderer Kultknecht, der emsig seinen Säbelarm schärfte. »Ihr könnt ihn haben, wenn Ihr wollt, Herr.«

Grimm sah ihn finster an. Während er in der Tasche wühlte, hob er den Kopf. Oben auf den Felsen stand die Dame in Weiß, und das wiedererweckte Herz ging ihm auf: Für sie würde er einem schnaubenden Auerochsen bei lebendigem Leib die Haut abziehen. Für sie würde er zehn ausgeschüttete Säcke Hirse auflesen, ehe die Sonne hervorkam, und wenn er versagte, würde er sich willig zur Hinrichtung führen lassen. »Wo ist mein Wetzstein?«, fluchte er. Der Welsfluss brauste durch sein Bett. Auf einer Krüppeleiche, die auf halber Höhe der Klippen in einem Felsbrocken wurzelte, landeten mehrere Elstern und putzten ihr Gefieder.

Endlich fand Grimm, was er gesucht hatte. »Da!«, rief er und reckte den Wetzstein. »Seht her, ihr Halunken! Dieser Stein stammt aus den Klüften eines Vulkans im Südland. Er schärft die Klinge so gut, dass man nur gegen den Hals eines Feindes tippen muss, damit der Kopf zu Boden purzelt.« Er ließ die Messerklinge über den Stein sirren. Funken sprühten. Dann reckte er ihn noch einmal. »Na?«, rief er. »Im Vergleich dazu sind die Teile, mit denen ihr eure Schwertarmklingen schärft, nur versteinerte Hoden von Ziegenböcken.« Er lachte schrill.

Da strichen die Elstern von der Krüppeleiche ab. Sie sausten direkt auf Grimm zu und hackten im Flug mit den Schnäbeln nach ihm. Er schrie erschrocken auf. Eine Elster entriss ihm den Wetzstein und floh mit eiligen Flügelschlägen, gefolgt von ihren Artgenossen.

»Mein Stein!«, brüllte Grimm. »Mein wunderbarer Wetzstein aus einem Vulkan des Südlands!« Er starrte seine leere Hand an. »Vögel …«, zischte er. »Vögel! Vögel! Vögel!« Er drehte sich nach der gefesselten Maleen um. »Die Hexe befiehlt den Vögeln. Gerbt ihr das Fell. Klopft sie weich.« Er stapfte zu einem Kultknecht und nahm dessen Wetzstein. Während er zornig sein Messer schärfte, droschen Knechte mit Gerten auf Maleens Rücken ein. Der Knebel erstickte ihre Schreie.

Die Dame in Weiß sah von oben ungerührt zu.

Meister Grimbart schnüffelte sich durchs Unterholz. Die Zeit drängte, und er wurde unruhig. Tief im Wald fand er endlich, was er suchte – eine frisch aufgewühlte Suhle. Er nahm die Witterung auf und folgte der Spur der Rotte bis zu einem Kessel, an dessen Rand Eichen ihre Wurzeln auswarfen, als wollten sie sich aus dem Erdreich befreien. Zwei Keiler, etliche Bachen und ein gutes Dutzend angehender Schweine lagen auf dem matschigen, laubigen Boden und grunzten im Halbschlaf. Ein Keiler mit schlammverkrusteter Schwarte, wuchtigem Wurf und mit Gewaff und Gewehren, die den tapfersten Jäger das Fürchten gelehrt hätten, drehte sich zum Dachs um, der am Rand des Kessels verharrte.

»Nanu?«, fragte er schläfrig. »Meister Grimbart?«

Der Dachs trabte zu ihm. »Sei gegrüßt, Schwarzborste«, sagte er. »Immer noch der alte Vielweiberer?«

Der Keiler lachte heiser. »Man muss für Nachwuchs sorgen«, erwiderte er. »Was treibt dich hierher?«

»Um offen zu sein …« Meister Grimbart räusperte sich. »Ich brauche … Nun, ich brauche dringend Hilfe, und wir beide waren doch Kampfgefährten. Weißt du noch?«

»Oh, ja«, brummte Schwarzborste. »Die Schlacht gegen die Schwarzen Wölfe. Wenn du mir nicht den Rücken gedeckt hättest …«

»Fang ja nicht wieder damit an, Männe«, grunzte die älteste Bache.

»Ich weiß auch nicht, warum sie immer nostalgisch werden, wenn sie an diese Gemetzel denken«, sagte eine andere.

»Erzähl uns noch einmal, wie du damals den Oberrudelführer der Schwarzen Wölfe besiegt hast!«, riefen die angehenden Schweine und wackelten mit dem Purzel. »Bitte, bitte!«

Der Dachs stutzte. »*Du* willst damals den Oberrudelführer der Schwarzen Wölfe besiegt haben?«, fragte er.

Schwarzborste hüstelte und zwinkerte ihm zu. »Ja, natürlich. Du warst doch *dabei*, oder?«

»Ich … äh …« Meister Grimbart merkte, wie bewundernd die Jungschweine ihren Erzeuger anstarrten. »Ja, gewiss«, beeilte er sich zu sagen. »Euer Vater ist ein Held.«

»Na, lassen wir das«, murmelte Schwarzborste. »Du brauchst also Hilfe. In welcher Angelegenheit? Und wann?«

Der Dachs entschloss sich, mit der Tür ins Haus zu fallen. Er antwortete: »Jetzt gleich. Beim Wolfsfelsen soll ein Mädchen bei lebendigem Leib gehäutet werden.«

»Klingt unappetitlich«, erwiderte der zweite Keiler, der auf den Namen Grauklaue hörte.

»Was ist das für ein Mädchen?«, fragte Schwarzborste.

»Die Zeit drängt«, sagte der Dachs, der seine Ungeduld nicht mehr bezähmen konnte. »Ich erkläre euch alles später. Aber wir müssen sofort handeln.«

»Sofort?«, fragte Schwarzborste träge. »Tja, weißt du …«

»Da schwelgen sie immer in ihren Kriegserinnerungen«, rief die älteste Bache erzürnt, »aber wenn es zur Tat zu schreiten gilt, ziehen sie den Purzel ein, diese Speckschwarten!«

»Na, na«, brummte Schwarzborste.

»Sehr richtig«, rief eine andere. »Ob Mädchen oder Bache – wir müssen helfen, denn wir tragen alle Frischlinge aus.«

»Ja«, fügte eine dritte Bache hinzu. »Wir dulden keine Häutung. Wir möchten unsere Schwarte auch behalten.«

»Wir wollen dich kämpfen sehen, Vater!«, schrien die jungen Wildschweine.

Schwarzborste kam mürrisch auf die Beine. »Schaff dir nie eine Familie an«, flüsterte er Meister Grimbart ins Ohr. Dann sagte er laut: »Na, schön. Wo ist dieses Mädchen?«

»Mir nach!«, rief der Dachs und eilte los.

Grimm wetzte sein Messer, dass Funken stoben.

»Jetzt ist es doch sicher scharf genug«, sagte ein Kultknecht.

»Kostprobe gefällig?«, fragte Grimm und drückte ihm die Klinge gegen die Kehle.

Der Kultknecht wich zurück. »Oh, es ist … tatsächlich noch sehr stumpf«, stieß er hervor.

»Ich werde der Schlampe das Fleisch von den Knochen schälen! Ich werde das Luder auswaiden!«, brüllte Grimm, der wie besessen weiterwetzte. »Vögel! Vögel! Vögel! Diese sieben Raben waren auch Versager!«

Maleens Rücken war von blutigen Striemen bedeckt, und sie verlor allmählich das Bewusstsein. Drei Kultknechte standen mit Gerten in der Hand neben ihr und sahen in Abständen zum tobenden Grimm.

»Ich möchte nicht in ihrer Haut stecken«, sagte einer.

»Sie ist ihre Haut ja bald los«, erwiderte ein zweiter.

Ein Kultknecht hielt auf dem Wolfsfelsen Wache. Andere Knechte sicherten den Heerweg in westlicher und östlicher Richtung, wieder andere passten auf die Pferde auf. Der Rest versuchte, ein Feuer in Gang zu bringen. Die weiße Dame stand immer noch hoch über dem Welsfluss, reglos wie eine Statue, und sah in die Schlucht.

Ameisen, die ihr Nest im Baumstamm hatten, auf den Maleen gebunden war, huschten hektisch durch das Gras. Sie fühlten sich bedroht, weil viele von ihnen von den Kultknechten zertreten worden waren. Die Elstern schackerten in der Ferne, und der Fluss brauste gegen Felsen. Ein großer Fisch tauchte aus der Gischt auf und verschwand wieder.

»He!«, rief der Kultknecht, der auf dem Wolfsfelsen saß. »Ich glaube, ich habe einen Wels gesehen!«

»Bist du besoffen?«, schrie ein anderer. »Im Welsfluss gibt es keine Welse mehr. Das war bestimmt ein Hecht.«

Der letzte Satz wurde vom Brausen des Flusses verschluckt, das immer lauter zu werden schien.

Grimm war endlich zufrieden. »Mein gutes Messer«, flüsterte er. »Mein liebes Messer ... Nun wirst du durch Haut, Fleisch und Knochen schneiden wie durch Gänseschmalz ... Braves Messer ... feines Messer ... hübsches Messer.« Er betrachtete die Klinge und leckte sich mit der Zunge über die Lippen.

Mehrere Kultknechte sahen ihn verblüfft an.

»Jetzt könnt ihr lernen, wie man Weiber abbalgt, Männer!«, rief Grimm. »Man beginnt beim Hintern und zieht die Haut bis über die Schultern! Hah! Da zuckt das Fleisch, und die Adern pulsieren!« Er ging zum Baumstamm, wobei er achtlos Ameisen zertrat, riss Maleens Kopf hoch und hielt ihr das Messer vor die Nase.

Sie sah benommen zu ihm auf.

»Diese Klinge«, geiferte Grimm, »wird deine Makel tilgen. Sie wird dich erlösen. Sie ...« – er verschluckte sich am Speichel und hustete – »... wird deine Seele aus dem Kerker des Körpers befreien.« Er schüttelte Maleens Kopf an den blonden Haaren. »Hörst du?«, schrie er. »Hörst du?«

»Der Mann ist tollwütig«, flüsterte ein Kultknecht dem neben ihm stehenden Mann ins Ohr.

Grimm ließ Maleens Kopf fallen und fuhr herum. »Was hast du da gesagt, du Lump?«, brüllte er den Kultknecht an. In seiner blinden Wut merkte er nicht, dass Ameisen an seinen Stiefeln hinaufkrabbelten und nach Lücken in Kleidung und Rüstung suchten. »Sag das noch einmal!« Er trat drohend vor den Knecht, den er um zwei Köpfe überragte.

»Herr, ich ...«, erwiderte der Kultknecht eingeschüchtert, »... ich habe nichts gesagt.«

»Ich handele im Auftrag der Dame in Weiß«, fauchte Grimm.

»Ihr habt mir zu gehorchen. Sie hat mich wieder zum Leben erweckt. Sie hat mir befohlen, das Mädchen zu häuten, und genau das werde ich tun.« Er starrte den Kultknecht an. Dann schlitzte er ihm mit einer raschen Bewegung die Wange auf.

Der Kultknecht wich schreiend zurück.

»Waschweib«, sagte Grimm höhnisch. Er drehte sich um und wollte wieder zu Maleen gehen. Irgendetwas juckte ihn, und er blieb stehen, um sich zu kratzen. »Gut, gut«, murmelte er. »Schön, schön. Fein, fein.« Er nahm Maleens rotes Kleid und wischte ihr das Blut vom Rücken. Dann setzte er das Messer an. »Ja, hier«, flüsterte er. »Nein, da.« Er schob das Messer höher. Die Klinge schabte über Maleens Haut. Da zuckte er plötzlich zusammen, als hätte ihn etwas gezwickt. Er schlug mit der Faust gegen den Harnisch.

Maleen stöhnte. Sie merkte nicht mehr, was mit ihr geschah.

»Wer ist dieser Verrückte?«, fragte Schwarzborste. Die Tiere hockten am Waldrand im Gebüsch und nahmen die Lage in Augenschein.

»Er heißt Grimm«, antwortete der Dachs. »Er war Anführer einer Räuberbande. Inzwischen dient er jenen, die sich gegen Pinafor verschworen haben.«

»Ich halte ihn eher für einen Schlachter«, sagte Grauklaue.

»Warum hüpft er auf einmal herum und schlägt immer wieder gegen seine Rüstung?«, fragte die alte Bache.

»Keine Ahnung«, brummte Schwarzborste. »Sieht so aus, als würde er sich vor seinem blutigen Geschäft in einen Rausch tanzen.«

Grimm sprang weiter wie toll herum, umringt von besorgten Kultknechten.

»Wir müssen eingreifen, bevor er das Messer wieder ansetzt«, sagte der Dachs.

»Ja«, sagte die Bache. »Aber wir sind in der Unterzahl.«

»Sie erwarten uns nicht«, erwiderte Grauklaue. »Wir werden sie einfach überrennen.«

Die Wildschweine machten sich bereit. Die Bachen bleckten ihre Haken, die Keiler ihr Gewaff. Schwarzborste sagte: »Wir müssen zuerst diesen Verrückten außer Gefecht setzen. Dann ergreifen seine Schergen vielleicht die Flucht.«

Beim Anblick der Säbel und Schwerter, die den Schultern der Kultknechte entwuchsen, kamen dem Dachs Bedenken. Er zögerte, den Angriff zu befehlen.

Schwarzborste grunzte angriffslustig. Der aus seinen Nüstern schießende Atem wirbelte Laub auf.

Die anderen Wildschweine scharrten mit den Klauen.

Meister Grimbart hatte kein gutes Gefühl. Da kam der Zeisig angeflogen und zwitscherte hektisch. Die Miene des Dachses hellte sich auf. »Aha«, sagte er. »Gut.« Und dann, an seinen alten Kampfgefährten gewandt: »Die Reiterei naht. Wie in der Entscheidungsschlacht gegen die Wölfe. Weißt du noch?«

»Oh, ja!«, erwiderte Schwarzborste erinnerungsselig. Seine Augen blitzten. »Zum Angriff!«, brüllte er und brach aus dem Gebüsch.

Die Ameisen, fest entschlossen, den Tod ihrer zertrampelten Artgenossen zu rächen, zwickten und zwackten Grimm am ganzen Körper. Mehrere Kultknechte umringten ihn, waren aber außerstande, ihm zu helfen. Erstens konnten sie ihn nicht von den Insekten befreien, und zweitens fuchtelte er so wild mit dem Messer, dass sie es mit der Angst bekamen.

»Aha! Uhu! Oho!«, schrie Grimm, der sich an allen Stellen kratzte, die seine Rüstung freiließ, und mit dem Messer in der Faust unaufhörlich gegen seinen Harnisch hämmerte. »Vögel! Ameisen! Ich hasse euch, ihr vermaledeiten Viecher!«

Die Kultknechte standen hilflos da, und der Posten auf dem Wolfsfelsen sowie die Männer, die den Heerweg sicherten, waren von dem Veitstanz ihrers Anführers so gebannt, dass sie den Ansturm der Wildschweine zu spät bemerkten.

Dicht gefolgt von Meister Grimbart donnerte Schwarzborste mitten durch die Kultknechte, die sich um Grimm geschart hatten. Mehrere Männer wurden umgerissen. Grimm stürzte, das Messer flog ihm aus der Hand. Im nächsten Augenblick überrannten ihn Bachen und Jungschweine. Die restlichen Kultknechte wichen zum Wolfsfelsen zurück und gingen nach dem ersten Schock zum Nahkampf über, für den sie wegen ihrer Klingenarme am besten geeignet waren.

Schwarzborste und seine Rotte wichen den blanken Klingen aus und attackierten die Kultknechte mit viel Geschick, aber schon bald bluteten mehrere Tiere aus klaffenden Wunden. Meister Grimbart versuchte währenddessen, die bewusstlose Maleen zu befreien.

Der von den Ameisen gepiesackte und wie ein Kesselflicker fluchende Grimm sprang auf. Er sah, dass seine Männer die Wildschweine in Schach hielten; er sah, dass der Dachs das Mädchen fast befreit hatte; er sah die Dame in Weiß oben auf dem Felsen. Er wollte eingreifen, als Hans und die Gefährten angeprescht kamen. Sie überritten den Posten, der den Heerweg im Osten sicherte, bogen neben dem Wolfsfelsen auf das freie Feld zwischen Fluss und Klippen ab und fielen den Knechten in den Rücken. Sneewitt drehte sich im Sattel um und jagte dem Wächter auf dem Felsen einen Pfeil in die Schulter.

Die ermutigten Wildschweine griffen wieder an.

Grimm vergaß die Ameisen und schlug sich zu den zwischen zwei Fronten in der Falle sitzenden Kultknechten durch. Erst stieß er Grauklaue das Schwert in die Keule, dann erschlug er ein Jungschwein. Daraufhin ließen die entsetzten Bachen von ihren Gegnern ab. Grimm nutzte die Gunst des Augenblicks, um seine Männer zu sammeln. »Vorwärts!«, brüllte er, indem er sich unter einem Sichelhieb der vorbeipreschenden Sanne duckte. »Wir müssen uns die Hexe holen!«

Die von den Attacken der Reiter bedrängten Knechte bildeten einen Keil und folgten ihrem Anführer. Angesichts seiner Entschlossenheit und der wuchtigen Hiebe wichen sogar die Keiler zurück. Meister Grimbart, der immer noch an Maleens Stricken biss, sah erschrocken, wie der Pulk der Feinde auf ihn zustürmte. Er konnte schon Grimms rubinrote Augen erkennen. Seine Schwarte sträubte sich, und er fletschte die Zähne.

Da sprang Reineke Fuchs wie aus dem Nichts herbei und warf sich Grimm in den Weg. Der kam ins Stolpern und fiel der Nase lang hin. Der Fuchs rutschte weiter, überschlug sich und prallte gegen den verwundeten Grauklaue.

Die Kultknechte sammelten sich um ihren Anführer. »Schon wieder Staub geschluckt!«, schrie er. »Vermaledeite Fauna!« Er stand auf und bückte sich nach seinem Schwert. »Was steht ihr da und haltet Maulaffen feil? Los, weiter!«, herrschte er die Knechte an.

Aber die Kultknechte zögerten. »Herr«, sagte einer. »Mit den Klippen vor uns und dem Feind hinter uns haben wir einen schweren Stand. Wir sollten …«

»Schweig!«, donnerte Grimm und sah zur Dame in Weiß auf. Er durfte nicht wieder versagen – nicht vor ihren Augen.

»Aber … Herr«, stammelte ein anderer Knecht und zeigte nach hinten.

Tiere und Gefährten strebten im Halbkreis auf die Feinde zu. Die Gefährten ritten in der Mitte, die Wildschweine bildeten die Flanken. Bachen und Keiler kochten nach dem Tod des Jungschweins vor Zorn; sie grollten tief in der Kehle und hatten Schaum vor den Lefzen. Manchmal bäumte sich einer der Kaltblüter wiehernd auf.

Hans sah über die Feinde zu Maleen und erblickte den Dachs, der sich schützend vor ihr aufgebaut hatte.

Stille trat ein. Der Welsfluss brauste durch sein steiles Bett. Weiter östlich schackerten Elstern im Wald.

»Sagt bloß, ihr habt Angst?«, brüllte Grimm die Kultknechte an. »Vor Schwarzwild, Schlampen und Schlappschwänzen? Los …« Er verstummte, weil er sah, dass die Dame in Weiß auf den nächsthöheren Felsen geklettert war. Von dort blickte sie auf ihn hinab und winkte ihm, als wollte sie das Zeichen zum Rückzug geben. Grimm fuhr herum – sie waren fast eingekesselt. Er knirschte mit den Zähnen; er rang mit sich; er sah zu Maleen, die noch auf dem Baumstamm lag. »Na, gut«, flüsterte er heiser. »Ich gehorche …« Dann brüllte er: »Wir brechen aus! Zu den Pferden!« Noch bevor er ausgesprochen hatte, stürmte er los und stieß Horns Schimmel das Schwert in die Brust. Blut spritzte, als er die Klinge herausriss. Ross und Reiter gingen zu Boden. Grimm und seine Männer nutzten den Tumult, um zu ihren Pferden zu eilen.

»Dreckskerle!«, schrie Sneewitt und schoss einem fliehenden Kultknecht einen Pfeil in den Rücken.

»Hinterher!«, rief Hans.

Aber Bachen und Jungschweine, durch das sterbende Pferd in

Panik versetzt, rannten wild durcheinander und versperrten den Reitern den Weg.

Kurz darauf preschte Grimm hinter dem Wolfsfelsen hervor. Sein Rappe bäumte sich auf, als er brüllte: »Das werden mir diese Ameisen büßen! Verflucht sei das Geschmeiß!« Er sah noch einmal zu den Klippen auf, gab seinem Ross die Sporen und galoppierte auf dem Heerweg nach Osten, gefolgt von den Kultknechten.

Sie verschwanden in einer Wolke aus Staub.

»Ameisen?«, fragte die keuchende Sanne.

»Keine Ahnung, was er da redet«, erwiderte Kunz, der den Zweihänder in die Halterung auf seinem Rücken steckte.

Hans folgte Grimms Blick und sah eine weiß gekleidete Frau, die auf den Klippen nach oben stieg und hinter einer Felsnase verschwand. Figur und Gang kamen ihm bekannt vor, aber bevor ihm einfiel, wo er sie schon einmal gesehen hatte, rief Meister Grimbart: »Befreit endlich die Kleine!«

Hans saß ab, zog das Jagdmesser und ging zu Maleen, die bewusstlos und mit blutigem Rücken auf dem Baumstamm lag.

Während die Muhme Maleens Rücken mit einem Sud aus Heilkräutern behandelte, trauerten die Bachen um ihren toten Sprössling.

Schwarzborste saß mit finsterer Miene neben Reineke Fuchs und Meister Grimbart. »Wir haben euch gern geholfen«, sagte er. »Aber der Tod eines Jungschweins ist ein hoher Preis. Sobald unsere Bachen zu Ende getrauert haben, ziehen wir uns wieder in den Wald zurück.«

»Tut mir leid«, erwiderte der Dachs zerknirscht. »Ich habe euch in die Sache hineingezogen.«

»Schon gut«, grunzte Schwarzborste. »Wir spüren auch, dass sich etwas Böses zusammenbraut. Die blinden Feen flüstern nicht mehr im Wind, und im Greting treiben zwielichtige Gestalten ihr Unwesen.«

»Eisenhans und die Jungfer«, ergänzte Grauklaue. »Die alte Blutsäuferin hat es auf die Köhler abgesehen. Aber das ist sicher nicht der wahre Grund für ihre Anwesenheit.«

»Oh, nein«, sagte Schwarzborste. »Die Esche schwächelt. Wir merken es an den Bäumen, die weniger Eicheln tragen. Die Fruchtbarkeit von Erde und Pflanzen schwindet.«

Sie schwiegen bedrückt, während die Bachen einen kehligen, von Grunzlauten durchsetzten Trauergesang anstimmten. Der Fuchs sah zum Wolfsfelsen, wo die Gefährten den von einem Pfeil getroffenen Kultknecht verhörten.

Hans bemerkte den Blick von Reineke Fuchs und winkte. Dann wandte er sich wieder dem Kultknecht zu. »Was habt ihr mit Grimm zu schaffen?«, fragte er. »Warum wendet ihr euch gegen uns? Wir waren im Auftrag *eurer* Herrinnen unterwegs.«

Der gefesselte Knecht starrte zu Boden. »Wir befolgen nur Befehle«, murrte er. »Wir sind gehorsame Diener.« Er lehnte am Wolfsfelsen, hinter dem der Welsfluss durch sein enges Bett brauste.

»Das ist die Ausrede aller Mörder«, sagte Sanne.

»Ich bin kein Mörder«, murmelte der Kultknecht.

»Rede!«, schrie Kunz. »Warum hattet ihr, als Leibwächter der weisen Weiber, den Auftrag, Maleen zu verschleppen?«

Der Kultknecht schwieg.

»Verstockter Kerl!«, brüllte Kunz und schlug ihn ins Gesicht.

Hans packte seinen Arm. »Lass das«, sagte er. Er gab seinen Gefährten einen Wink, und sie folgten ihm außer Hörweite des Gefangenen. »Halten wir uns an das Offensichtliche«, begann er und ließ seinen Blick über die Klippen schweifen, auf denen die Frau verschwunden war. »Die Kultknechte der dreizehn weisen Weiber dienen Grimm. Sie wollten Maleen töten. Sie scheinen unsere Feinde zu sein.«

»Rätselhaft«, brummte Horn. »War Grimm von Anfang an im Auftrag der weisen Weiber unterwegs?«

»Gute Frage«, sagte Sanne. »Warum haben sie uns überhaupt losgeschickt, wenn es so wäre?«

»Man hält sie für die guten Seelen Pinafors. Also mussten sie den Schein wahren«, erwiderte Sneewitt. »Außen hui und innen pfui. Widerwärtige Heuchelei!«

»Das sind alles nur Mutmaßungen«, widersprach Hans.

»Du hast doch selbst vom Offensichtlichen gesprochen«, rief Hardt. »Offensichtlich ist, dass sie Maleen im Auftrag ihrer Herrinnen töten sollten. Offensichtlich ist, dass sie jetzt von Grimm geführt werden. Das lässt doch nur einen Schluss zu!«

»Ja. Aber … ich kann das nicht glauben«, flüsterte Hans und schlug die Hände vor das Gesicht.

»Du *willst* es nicht glauben«, berichtigte ihn Sneewitt, »weil du Barbera anhimmelst. Oder bist du wirklich so naiv?«

»Die weisen Weiber wachen über die Geschicke Pinafors«, sagte Hans. »Sie haben die Gografen beraten. Sie haben …«

»Sie haben die Gografen ausgeschaltet«, rief Sneewitt. »Die Feste ist von einer Dornenhecke umgeben, dichter und höher als die im Föhrenforst. Niemand gelangt hinein, niemand kommt heraus, und alle, die sich darin aufhalten, liegen in einem tiefen Schlaf.«

»Kann sein«, sagte Hardt und zupfte am Kinnbart. »Auf jeden Fall müssen wir nach dieser Sache alles in einem neuen Licht betrachten.«

»Vielleicht …«, murmelte Hans.

»Nicht vielleicht«, erwiderte Sneewitt gereizt, »sondern ganz bestimmt!«

Die anderen merkten, wie Hans mit sich haderte. Seine Miene wechselte von Enttäuschung zu Trauer. Schließlich sagte er leise: »Ja, ihr habt recht. Ich glaube ...« – er rang um Worte – »... ich habe vorhin Barbera oben auf den Klippen gesehen.« Er musste sich eingestehen, dass das jüngste weise Weib ihre Zuneigung nur geheuchelt hatte. Sie hatte ihn umgarnt und benutzt, und er verlor schon wieder jemanden, der ihm lieb und teuer gewesen war. Er keuchte mit zusammengebissenen Zähnen und ballte die Fäuste, um nicht vor Wut zu heulen.

Seine Gefährten starrten ihn an.

»Diese falsche Schlange«, zischte Sneewitt. »Sie spinnt ihre Intrigen sicher hinter dem Rücken der anderen weisen Weiber. Hätte ich sie gesehen, dann hätte ich ihr einen Pfeil zwischen die Rippen gejagt.«

»Ich verstehe dich sehr gut«, sagte Horn, der Hans einen Arm um die Schultern legte. »Schlimm, wenn Gewissheiten und Hoffnungen zerbrechen. Wir sind jetzt auf uns allein gestellt. Aber ...« – er schaute Hans an – »... wir geben nicht auf. Oder was meinst du?«

»Oh, nein«, erwiderte Hans zornig. »Und wenn alle Welt gegen uns wäre! Wir müssen erfahren, was hier gespielt wird.« Er sah über die Schulter zum Wolfsfelsen, wo Kunz den Kultknecht bewachte.

Die Muhme, die achtungsvollen Abstand zum Baumstamm hielt, wo die Ameisen ihre zertretenen Artgenossen bargen, half Maleen am Feuer in eine Sitzposition. »Sie hat ihre Haut zwar noch«, sagte sie, als sich die Gefährten zu ihnen setzten, »aber die Karte wird wegen der Hiebe noch lange unleserlich sein. Vielleicht sogar für immer.«

Maleen sah die anderen zerknirscht an. »Ich hätte bei euch

bleiben sollen«, flüsterte sie. »Aber ich habe dem Kultknecht und seinen Herrinnen vertraut.« Sie weinte bittere Tränen.

»Mit diesem Vertrauen ist es nun leider vorbei«, nuschelte die Muhme, die sich die Pfeife zwischen die Zähne klemmte.

»Ja, zu der Einsicht sind wir auch gelangt«, erwiderte Hans. »Machen wir trotzdem weiter?« Er sah seine Gefährten der Reihe nach an.

Alle nickten stumm.

»Sehr gut«, rief die Muhme. »Lasst uns Kriegsrat halten.«

Meister Grimbart, Reineke Fuchs und die Keiler lauschten weiter dem Klagegesang der Bachen.

»Versager«, zischte die Dame in Weiß und ohrfeigte Grimm, der den Helm unter dem Arm trug. »Ist das der Dank dafür, dass ich dich von den Toten erweckt habe? Ist das eines Kriegers des Eisernen Königs würdig? Du lässt dich von Wildsäuen ins Bockshorn jagen?«

Grimm starrte in die schmale Schlucht, über der bewaldete und zerklüftete Kalksteinfelsen aufragten. »Nein«, antwortete er tonlos. »Aber … Ihr habt den Rückzug befohlen.«

»Nein, *Herrin*, heißt das. Und keine Ausflüchte!«

»Ja, Herrin.«

»Knie nieder«, befahl die Dame in Weiß. Grimm gehorchte widerspruchslos. Dann sprach sie: »Der Tag der Ruhelosen Seelen ist nahe. Das ist der Tag, an dem der Eiserne König auferstehen und Pinafor wieder in Besitz nehmen wird. Bis dahin musst du alles vereiteln, was unser Vorhaben gefährden könnte. Du musst diese jämmerlichen Gefährten töten.«

Grimm schmiegte sein brandnarbiges Gesicht gegen ihren

Bauch. Er schluchzte erst, dann fragte er in einem Anflug von Trotz: »Warum habt Ihr sie ausgesandt, Herrin? Ihr habt Euch diese Suppe doch selbst eingebrockt.«

Die Dame stieß ihn fort und ohrfeigte ihn erneut; die bei den Pferden stehenden Kultknechte sahen verdutzt zu. »Hättest du das Mädchen damals, als du noch ein lumpiger Räuber warst, in Ruhe gelassen, dann hätten wir sie längst beseitigt. Sie saß ja schon in Rottland. Aber unter den dortigen Männern von Blaubart gab es heimliche Anhänger der Gografen, die ihr die Karte auf den Rücken gebrannt und ihr zur Flucht verholfen haben.« Sie sah zu den Kalksteinfelsen auf. »Oh, wie mussten sie leiden, diese Verräter. Ihr Tod war eine Lust. Ich habe sie der Jungfer übergeben und durfte ihr dann zusehen.« Sie lachte spitzbübisch, wurde aber sofort wieder ernst. »Wenn du noch einmal versagst«, drohte sie, »wirst du auch büßen. Vergiss nicht, dass du *mein* Geschöpf bist.«

»Ja, Herrin«, erwiderte Grimm und kam auf die Beine.

Sie presste die Fäuste gegen seinen Brustharnisch und küsste ihn. Dann verwandelte sie sich wieder in einen Nebelstreif und verschwand im Eichenwald.

Grimm ging zu den Kultknechten. Sie sahen sowohl verwirrt als auch eingeschüchtert zu, als er den Helm aufsetzte.

»Hört gut zu, ihr Schmeißfliegen!«, brüllte er. »Ihr Würmer, ihr säbelarmigen Maden! Ich habe eurer Herrin geschworen, nie wieder zu versagen! Ich werde diesen Schwur halten, und wenn es mich ein zweites Mal das Leben kostet!« Er schwang sich auf den Rappen. »Wir werden diese Wildsäue, Füchse, Dachse, Schmachtlappen und Weiber verfolgen, zu passender Zeit und Gelegenheit in eine Falle locken und niedermetzeln! Und zwar alle! Alle! ALLE!« Seine Stimme schnappte über, und er verstummte; nach einer

Weile fügte er flüsternd hinzu: »Und wenn ihr Vögel oder Ameisen seht – tötet sie auch … ohne Erbarmen.«

Die Kultknechte tauschten unbehagliche Blicke. Dann saßen sie auf und folgten Grimm in die Schründe und Klüfte des Gretings.

Am späten Nachmittag nahmen die Wildschweine Abschied und kehrten zu ihrem Kessel zurück; die Gefährten hatten das erschlagene Jungschwein vor den Klippen begraben. Maleen, nach Sneewitt und Horn die dritte Verwundete, setzte sich hinter Sanne auf den Kaltblüter. Hardt führte ihren Schimmel am Zügel.

»Ja, ja, wir haben verstanden«, brummte der Dachs, der noch einmal von der Muhme ermahnt worden war. »Wir spielen wieder Späher und werden jedes Tier, dem wir über den Weg laufen, nach der Esche befragen.«

»Wollt ihr diesen Kultknecht wirklich hierlassen?«, fragte der Fuchs. »Wir könnten ihn wenigstens bis zum Hals eingraben und den Ameisen überlassen.«

»Behalt deine Folterphantasien für dich, du Held«, fauchte Meister Grimbart.

»Er liegt gefesselt auf dem Wolfsfelsen«, sagte Kunz, der den Zweihänder in die Scheide auf seinem Rücken steckte. »Er wird sich über kurz oder lang selbst befreien oder von seinen Leuten entdeckt werden.«

Hans patschte seinem Kaltblüter auf den Hals. »Wir reiten jetzt zum Lager, in dem sich die Köhler zum Schutz vor der Jungfer versammelt haben«, sagte er. »Laut Grauklaue liegt es gut zehn Meilen nördlich von hier am oberen Waldrand von Isarnho. Dort übernachten wir.«

»Was für ein Tag«, seufzte Hardt, der hinter Hans hertrabte. »Morgens ein Bett in der Herberge, mittags ein wilder Ritt, nachmittags ein Gefecht gegen Männer, denen Schwerter aus der Schulter wachsen, und abends ein Lager auf Reisig und Baumrinde in einer Hütte, die zwischen stinkenden Meilern steht.«

»Ist doch herrlich!«, rief Horn. »Nach meiner Zeit als König und als Wandersmann erlebe ich endlich etwas. Und …« – er klopfte zuerst auf seinen Ranzen und zeigte dann auf Hardts Sack – »… wir sind gut gerüstet, wie?«

»Leider fehlt dein Hut, der hundert Bogenschützen aus dem Boden wachsen ließ«, sagte Sanne, hinter der die benommene Maleen saß.

»Abwarten, meine Liebe. Ich habe noch so Einiges zu bieten«, erwiderte Horn und lächelte geheimnisvoll.

Auf Höhe des Anlegers, wo Frachtkähne die Holzkohle der Köhler aufnahmen und auf dem Welsfluss zu den Eisenhütten des Lohwalds brachten, lenkten sie ihre Pferde vom Heerweg in den Wald.

Die Eichen knarrten, als wollten sie die Gefährten begrüßen.

15. Eine heiße Spur

Felsnadeln mit Namen wie »Riesendolch«, »Rote Schlange« oder »Steinerner Baum« ragten über Hans und den Gefährten auf. Der Greting war angeblich während der Zeit entstanden, als Pinafor von jenem Meer bedeckt gewesen war, aus dessen Tiefen die Reifriesen das feste Land emporgehoben hatten. Ursprung dieser Sage waren vermutlich die Muscheln, die Jäger und Köhler immer wieder fanden.

Der dichte Wald namens Isarnho bestand fast nur aus Eichen. Manchmal stießen die Gefährten auf Kahlschläge der Köhler, manchmal setzten sie über Bäche, die als Wasserfälle von Steilhängen rauschten. Nach einem anstrengenden Aufstieg erreichten sie gegen Abend das Lager der Köhler. Es befand sich auf einer von uralten Eichen umgebenen Lichtung und zählte ein gutes Dutzend Hütten, auch »Kothen« genannt, und ebenso viele Meiler, in denen das Holz tagelang schwelte, bis es zu Holzkohle wurde. Die Köhler, vierschrötig, meist bärtig und von Brandwunden entstellt, reckten den Gefährten zur Begrüßung Äxte, Saufedern und Spieße entgegen. Sie waren Einzelgänger und hatten sich nur versammelt, um sich besser vor der Jungfer schützen zu können. Aber sie verfolgten in der Waldeinsamkeit genau, was im Land vor sich ging, und hatten die Geschicke Pinafors wiederholt mitbestimmt. Als freie Männer, die jede Art von Unterdrückung und Tyrannei verabscheuten, waren sie einst auch an der Niederwerfung der Nachfolger des Eisernen Königs beteiligt gewesen.

Nachdem Hans dem Anführer der Köhler, einem baumlangen

Kerl namens Harlung, ihr Anliegen erläutert hatte, hieß man die Gefährten willkommen, lud sie ein, sich ans Feuer zu setzen, und reichte ihnen eine wässrige, mit Kaninchenfleisch versetzte Brühe. Während sie aßen, berichtete Harlung von den Vorfällen der letzten Zeit.

»Die Jungfer hat fünf Männer getötet«, sagte er. »Ich möchte nicht wissen, wie sie gestorben sind.« Er runzelte die Stirn über dem brandnarbigen Gesicht. »Wir beobachten seltsame Dinge«, fügte er hinzu. »Die drei blinden Feen flüstern nicht mehr im Wind; das Holz brennt störrisch in den Meilern, obwohl wir es immer bei abnehmendem Mond schlagen; das Eichenlaub ergraut und fällt. Das sind keine guten Omen. Manche meinen, dass die Esche kränkelt.«

»Du vergisst, dass die Welse zurückkehren«, warf ein anderer Köhler ein. »Das ist ein gutes Zeichen.«

»Hm«, brummte Harlung skeptisch.

»Ja, die Esche scheint tatsächlich zu leiden«, sagte Hans und senkte den Löffel in die Suppe. »Wir müssen sie finden und jene entlarven, die Pinafor schaden wollen.«

Mehrere Köhler lachten.

»Oh, natürlich!«, sagte Harlung. »Wir wissen auch, dass die Esche leidet. Die grüne Kraft stockt. Neulich …« – er zeigte auf mehrere verkohlte Eichen – »… ist zum ersten Mal seit langem ein Meiler durchgegangen. Alles stand in Flammen.«

»Aber niemand weiß, wo die Esche wurzelt. Auch wir nicht«, fügte ein Köhler mit dunklem, struppigem Schopf hinzu.

Die Gefährten schwiegen entmutigt, während das Dunkel aus den Schluchten des Gretings kroch. Am Feuer herrschte reges Kommen und Gehen, denn die Windzüge der Meiler mussten immer wieder überprüft werden, damit die Temperatur gleich blieb.

»Ihr kennt den Greting wie eure Westentasche und wisst nicht, wo die Esche wurzelt?«, fragte Kunz schließlich. »Das ist kaum zu glauben.«

»Aber wahr«, erwiderte Harlung.

»Wir haben sie immer wieder gesucht«, sagte der Köhler mit den struppigen Haaren. »Aber es ist, als wäre sie durch einen Zauber geschützt.«

»Gut möglich«, bemerkte die Muhme, die lieber eine Pfeife rauchte als die dünne Suppe zu löffeln. »Im Kryptonomicon heißt es: ›Die heilige Esche aber findet nur der Sehende, der sich seiner Sicht begibt.‹«

»Das Kryptonomicon scheint nur aus krausem Geschwurbel zu bestehen«, murrte Sneewitt. »Haben seine Verfasser bei der Niederschrift auch diese Pilze geraucht?« Sie zeigte auf die Pfeife.

Die Muhme sah sie grimmig an.

»Wie dem auch sei«, sagte Harlung. »Wir teilen eure Sorge. Die Gografen haben niemanden geknechtet oder ausgebeutet. Sie sind gute Herrscher. Wir alle …« – er schwenkte einen Arm über die anderen Köhler – »… befürchten, dass ein Umsturz droht. Manche munkeln, dass der Eiserne König am Tag der Ruhelosen Seelen erwachen wird. Und mit ihm die Wilde Jagd.« Er senkte seine Stimme zu einem Flüstern: »Er wird Pinafor wieder in Blut ertränken …«

»Abergläubischer Unsinn«, sagte Kunz.

»Ach?«, brummte Horn. »Der Eiserne König … Sein Grab befindet sich ganz in der Nähe, nicht wahr?«

»Im Königskessel am Westrand des Gretings«, murmelte der Köhler mit den struppigen Haaren. »Aber das ist Unland. Wir haben es immer gemieden.«

Sneewitt sah Sanne an und hob eine Augenbraue. Dann sagte sie spöttisch: »Ihr glaubt nicht, wie froh ich bin, endlich unter so klugen und mutigen Männern zu sein.«

»Dein Weib hat ein loses Mundwerk«, sagte Harlung zu Hans, ohne Sneewitt aus den Augen zu lassen.

»Ich bin nicht sein Weib«, erwiderte sie.

»Seines?«, fragte Harlung und zeigte auf Hardt.

Der zupfte peinlich berührt am Kinnbart.

»Niemandes«, fauchte Sneewitt.

»Du könntest mein Weib werden«, sagte Harlung.

Die spitzzüngige Sneewitt war verblüfft. Sie sah von einem Gefährten zum anderen; Horn meinte, Rührung in ihrem Blick zu erkennen. Dann sagte sie: »Sehr freundlich … aber ich …«

»Ah!«, rief Harlung und schwenkte einen Zeigefinger. »Ich weiß schon: Dein Herz ist vergeben, nur weißt du noch nicht, an wen.«

Sneewitt wurde so rot wie ein reifer Apfel. Sie starrte in ihren Schoß. »Unsinn«, murmelte sie. »Blödsinn.«

Die Muhme kicherte leise.

Harlung ließ Kartoffelschnaps holen, und während sie Krug um Krug leerten, erörterten sie hitzig, aber ergebnislos, wer hinter all dem Unheil steckte und wie ihm zu begegnen sei. Maleen schlief derweil in einer Kothe, die ein Köhler für sie geräumt hatte.

Als Hans sich hingelegt hatte und zum Himmel aufsah, schienen die Sterne einen Tanz aufzuführen; sie ordneten sich zu immer neuen Mustern, die ihn an die Karte auf Maleens Rücken erinnerten. »Wo ist … die Esche?«, lallte er. »Wo ist … sie?« Das Letzte, was er vor dem Einschlafen wahrnahm, war der Dachs, der ihn mit der Schnauze bestupste.

»He, Anführer«, raunzte Meister Grimbart. »Wir sind einem Eichhörnchen begegnet, das angeblich weiß, wo die Esche zu finden ist.«

»Wenn du mich fragst, ist das nur dummes Geschwätz«, sagte Reineke Fuchs.

»Oh …«, stöhnte Hans. »Ich bin blau … Mir ist schlecht …«

»Noch so ein Held!«, grollte der Dachs. »Wir arbeiten, und er besäuft sich. Das hat man gern.«

Trunkenheit und Müdigkeit stießen Hans kopfüber in den Schlaf.

»Wir hätten ihm erzählen sollen, dass Kultknechte den Wald nach uns durchkämmen«, sagte der Fuchs. »Vielleicht haben sie dieses Lager schon entdeckt.«

»Zu spät«, erwiderte der Dachs. »Aber die Muhme ist noch wach. Gehen wir zu ihr. Ich will auch einen heben.«

Der Fuchs seufzte genervt. Aber er folgte dem Dachs zum Feuer.

»Möge die Sonne deinen Geist erhellen!«, brüllte Grimm und reckte eine Faust. »Möge der Mond dir Weisheit schenken!«

Die hinter ihm in Reih und Glied stehenden Kultknechte reckten ebenfalls grüßend die Faust und knallten die Hacken zusammen, dass es in der Höhle hallte. Die Pferde scheuten wiehernd zurück.

»Oh«, erwiderte Eisenhans. »Das ist zuviel der Güte. Aber deine Männer sind gut gedrillt, wirklich – beeindruckend gut. Können sie mit ihren Schwertarmen auch Kartoffeln sägen und Holz schälen und kleinschnippeln?«

Grimm war verwirrt. »Kartoffeln …?«, fragte er.

Eisenhans patschte ihm mit einer behaarten Hand auf die Schulter. »War nur ein Scherz«, sagte er. »Verstehst du? Ein Scherz.« Er lachte so schallend, dass die Pferde noch einmal scheuten.

Sie standen in einer der Höhlen des Gretings. Im Schein der Fackeln, die die Kultknechte hielten, waren die von der Decke hängenden Fledermäuse zu erkennen. Hinten lagen Tierknochen; offenbar war die Höhle früher der Unterschlupf eines Bären gewesen.

Grimms Rubinaugen funkelten im Sehschlitz des Helms. »Schluss mit dem Gewäsch«, sagte er. »Ich habe der Dame in Weiß geschworen, nicht noch einmal zu versagen. Ich bin gekommen, um gemeinsam mit dir einen Hinterhalt für diese Schlappschwänze, Weibsbilder und … und …« – er wurde heiser vor Wut – »… dieses *Geschmeiß* auszuhecken!«

»Geschmeiß?« Eisenhans kratzte seine zottige Brust. »Dame in Weiß? Ah – du meinst wohl Barbera.«

»Barbera?«, fragte Grimm.

»Ja, so heißt die Kleine. Sie trägt gern Weiß. Jungfräuliches Weiß. Unschuldiges Weiß«, erwiderte Eisenhans. »Auch so ein Scherz.«

Grimm packte ihn bei der Halsbehaarung. »Wenn du meine Herrin noch ein Mal beleidigst …«, fauchte er.

Eisenhans entwand sich. »Wenn du mich noch ein einziges Mal angrabscht …«, entgegnete er.

»Meister«, rief ein Kultknecht. »Wir sind Verbündete. Wir sind alle Krieger des Eisernen Königs. Und wir brauchen die Hilfe von Eisenhans und der Jungfer.«

»Pah«, schnarrte Grimm und wischte seine Hand angeekelt am Bein ab.

»Ich glaube, *du* brauchst etwas mehr Sonne und Mond«, zischte Eisenhans.

Nach dieser Aufwallung ließen sich die beiden im Schein der Fackeln auf dem Boden nieder. Feuchtigkeit tropfte von der Decke. Die reglos in Reih und Glied stehenden Kultknechte begannen zu frösteln. In der Höhle hallte jedes Wort.

»Barbera hat mir alles berichtet«, begann Eisenhans. »Bisher hast du dich ja nicht gerade mit Ruhm bekleckert.«

Grimm brauste wieder auf. »Immerhin haben wir das Lager der Köhler entdeckt!«, rief er.

»Aber ich habe einen Plan«, ergänzte Eisenhans rasch. »Diese Narren suchen die Esche. Also führen wir sie zur Grotte. Und dann …« Er klatschte in die Hände. Der Hall flog in der Höhle umher wie ein in der Falle sitzender Vogel. Im Eingang drohten die Pferde durchzugehen. Die Knechte rannten los, um sie zu bändigen.

»Schwachkopf«, grollte Grimm.

Eisenhans zerdrückte gleichmütig eine Laus. Sobald sich die Pferde beruhigt hatten, erläuterte er seinen Plan.

Draußen war es dunkel, als Maleen erwachte. Da sie früh zu Bett gegangen war und wegen ihres Rückens nur auf dem Bauch oder auf der Seite hatte schlafen können, erhob sie sich vom Reisiglager und verließ die Kothe, in der auch die Muhme nächtigte.

Das Feuer brannte noch. Köhler huschten auf dem Weg zu ihren Meilern hin und her. Rings um die Lichtung saßen Wächter auf den Eichen. Wegen der Meiler herrschte eine gewisse Wärme im Lager, die Luft war rauchgeschwängert. Maleen reckte sich und drückte den wunden Rücken durch. Sie suchte den Himmel nach dem ersten Dämmerungsschein ab, als der Fuchs herbeikam. Er hatte etwas gefressen und leckte noch seine Lefzen.

»Alle sternhagelvoll«, sagte er. »Diese Köhler löffeln nur eine dünne Brühe, saufen aber hochprozentigen Schnaps.«

»Sie führen ein einsames Leben«, erwiderte Maleen.

Ein Köhler legte Holz nach. Im aufflackernden Feuer war der Dachs zu sehen, der schnorchelnd seinen Rausch ausschlief.

Der Fuchs begann, sich zu putzen. »Oh, sie sind der Ehe nicht abgeneigt, wie ich höre«, sagte er und fügte hinzu: »Sie haben die Wächter verstärkt. Grimm sucht uns bestimmt.«

Maleen kämpfte gegen einen Angstschauder an und ließ sich neben ihm nieder.

»Fürchtest du dich?«, fragte Reineke Fuchs.

Maleen nickte.

»Ich auch. Erst habe ich ihn …« – er nickte zum Dachs – »… im Auftrag des Rates zwangsrekrutiert, und dann hat er mich genötigt, ihn zu begleiten.« Er seufzte. »Ich wäre viel lieber zu Hause.«

»Ich habe kein Zuhause«, sagte Maleen leise und rieb ihre Schultern, als wäre ihr trotz des Feuers kalt.

»Nicht einmal einen Bau?«

Sie schüttelte den Kopf.

»Nicht einmal ein Mauseloch?«

»Nein. Nicht einmal ein Holzwurmloch.« Sie musste lachen.

»Heirate einen Köhler«, riet ihr der Fuchs, »dann hast du wenigstens eine Kothe.«

»Männer mit Bart mag ich nicht.«

»Dann füll ihn mit Schnaps ab und rasier ihn im Schlaf.«

Maleen kicherte. »Gute Idee. Und ich stricke ihm aus seinen Haaren einen Schal.«

»Irgendwann wirst du ein Zuhause haben«, sagte der Fuchs.

»Vielleicht«, flüsterte Maleen. »Aber ich ahne, dass noch eine Bestimmung auf mich wartet.«

»Oh, ja: Viele Junge zu werfen.«

Sie sah erst aus, als wollte sie lachen, dann wurde sie ernst. »Nein«, sagte sie, »es wird etwas Einsames sein.«

Im Osten schälten sich die Gipfel des Gretings aus dem Morgengrauen. Die Köhler kümmerten sich um die Meiler. Erste Vögel begannen zu singen, und dann landeten Zeisig und Sperling auf Maleens Schultern und zwitscherten ihr etwas in die Ohren.

Sie sah den Fuchs erschrocken an. »Meine Vögel sagen, dass Gefahr droht«, hauchte sie.

Der Fuchs hörte schlagartig auf, sich zu putzen. »Und alle sind blau«, rief er aus. »Das ist ja großartig!« Er ließ Maleen am Feuer sitzen und eilte von einem Gefährten zum anderen. Doch ob Hans, Hardt, Kunz oder Sneewitt – sie schliefen wie Steine und dunsteten Kartoffelschnaps aus. Er weckte Horn, der ächzend auf die Beine kam; er riss Sanne aus dem Schlaf, die benommen nörgelte, weil sie gerade den schönsten Traum ihres Lebens gehabt haben wollte; und er informierte die Muhme, die ihn aus klitzekleinen Augen ansah und sagte, er solle die Köhler warnen.

»Unmöglich«, keckerte der Fuchs. »Sie haben nicht von der Weißen Schlange gegessen. Sie verstehen mich nicht.«

Die Muhme stemmte sich auf dem Reisiglager hoch und warf die Felldecke ab. Graue Haare hingen vor ihrem Gesicht, das noch runzeliger als sonst war. Sie tastete stöhnend nach Haube und Schuhen. »Was tue ich hier?«, murrte sie. »Ich könnte jetzt in meiner Kate sitzen, umringt von schnurrenden Kätzchen, ein Pfeifchen rauchen, ein Holunderschnäpschen trinken …«

»So früh am Morgen?«, fragte der Fuchs. »Komm lieber aus deinem Bettchen und sag den Köhlerchen Bescheid.«

Sie schwenkte einen Arm, als wollte sie Reineke aus ihrem Blickfeld wischen.

Da schlüpfte Maleen zur niedrigen Tür herein. »Horn hat die Köhler alarmiert«, sagte sie. »Ich habe Angst.«

»Dann bleib bei mir«, erwiderte die Muhme und nahm sie in den Arm.

Der Fuchs lief ins Freie. Die Männer hatten zu den Waffen gegriffen. Im Osten hellte sich der Himmel so widerstrebend auf, als wollte er nicht von der Nacht lassen. Oberhalb des Lagers dampfte Nebel aus Gebirgsklüften. Der Dachs, von der Aufregung geweckt, wankte in Schlangenlinien über die Lichtung.

»Die Warnung eines Zeisigs?«, hörte der Fuchs einen Köhler brummeln. »Lächerlich. Ich muss mich um meinen Meiler kümmern.«

Die Wächter spähten in die Dämmerung. Rings um die Lichtung standen mit Beil, Axt oder Speer bewehrte Männer hinter den Eichen. Sanne hatte ihre Sicheln gezückt.

Die Zeit verging. Ein Rehrudel huschte durch den Wald. Das Klopfen eines Spechts erklang. Sonst tat sich nichts, und schließlich rief Harlung, der sich auf eine Doppelaxt stützte: »Falscher Alarm!«

Die Köhler kehrten schimpfend zu ihren Meilern zurück.

Die Gefährten, nun alle wach, saßen verkatert am Feuer. Der Dachs drohte, wieder einzudämmern.

»Wir hätten ausschlafen können«, klagte Kunz. »Aber nein: Da gibt es wegen des Gezwitschers zweier Vögel Rabatz …« Er starrte trübäugig in die Flammen.

Da gellte ein Schrei auf der Lichtung.

Köpfe fuhren herum.

Auf einem Meiler am Südrand der Lichtung stand eine dürre, zerlumpte Gestalt, deren Haare wirr vom Kopf abstanden. Es war die Jungfer. Sie hielt in jeder Hand einen bärtigen Kopf; Blut tropfte aus den Halsstümpfen. »Ha-aaaach!«, kreischte sie, schleuderte die Köpfe über die Kothen in Richtung Feuer, sprang vom Meiler und tauchte im Wald unter, gefolgt von mehreren Männern mit wehenden Umhängen.

Sofort war das ganze Lager in Aufruhr.

»Das sind zwei Wachtposten«, rief Harlung, der entsetzt von den

Köpfen zurückwich. »Harras und Stüwe ... Der Meiler gehört Lombert.« Er sah sich um. »Wo ist Lombert?«, brüllte er.

Mehrere Köhler rannten zu dem Meiler, auf dem die Jungfer gestanden hatte; dahinter fanden sie drei enthauptete Leichen, doch ein Kopf fehlte. Ein Köhler untersuchte den Meiler. Plötzlich schrie er: »Die Bastarde haben den Windzug mit Lomberts Kopf verstopft!«

Im nächsten Augenblick ertönte ein dumpfer Knall. Flammen brachen durch die luftdichte Decke aus Moos, Gras und Erde, die den Meiler bedeckte, verbranntes Eichenlaub wirbelte durch die Luft. Ein Köhler wurde von den Beinen gerissen, andere flohen mit über dem Kopf verschränkten Armen.

»Der Meiler geht durch!«

Die Männer griffen nach Eimern und eilten zum nahen Bach.

Während sie das Feuer zu löschen versuchten, betrachtete der Fuchs die abgeschlagenen Köpfe, denen man einen belaubten Zweig zwischen die Zähne geklemmt hatte – ein makaberer Scherz. Dann kniff er wegen seiner Weitsichtigkeit die Seher zusammen und fragte: »Sind das Eschenzweige oder sind das keine Eschenzweige?«

»Das sind Eschenzweige«, brummte der verkaterte Dachs.

»Im Greting gibt es aber keine Eschen«, keckerte der Fuchs. »Nur Eichen. Und Buchen. Und manchmal eine Ulme.«

»Na, und?«

»Begreifst du nicht? Wenn es im Greting keine Eschen gibt und wenn das hier Eschenzweige sind, dann müssen sie von *der* Esche stammen!« Der Fuchs starrte Meister Grimbart aus weit aufgerissenen Sehern an.

»Von welcher Esche?«, grunzte der Dachs.

»Von eben jener, welche wir suchen, du schnapsbenebeltes

Spatzenhirn«, fauchte der Fuchs. »Hast du deinen Verstand denn ganz versoffen?

Kunz, der die letzten Worte mitgehört hatte, untersuchte die Zweige. Dann sprang er auf und rief: »Wir müssen die Jungfer verfolgen. Sie weiß, wo die Esche wurzelt. Sie wird uns hinführen.«

»Damit wir auch mit abschlagenem Kopf und einem Zweig zwischen den Zähnen enden?«, murrte der Dachs. »Das riecht nicht nur nach einer Falle, sondern stinkt förmlich danach.«

»Es ist unsere einzige Chance«, entgegnete Kunz.

Ein Eichenast stürzte auf den Meiler, und ein Funkenregen ging auf das Lager nieder. Die Flammen schlugen knatternd bis zu den Baumwipfeln empor.

»Helft uns!«, brüllte Harlung zu ihnen herüber.

»Gleich!«, schrie Kunz, der seine Gefährten zu sich winkte.

»Ja. Das sind Eschenzweige«, sagte Sanne ehrfürchtig. »Und die Köhler sind von Kultknechten geköpft worden.«

»Grimm hat uns entdeckt«, sagte Hans. »Er verfolgt offenbar eine Nadelstichtaktik.«

Der Fuchs ließ die Zunge hängen. »Nadelstich?«, hechelte er. »Taktik?«

»Meister Grimbart hat recht«, sagte die Muhme. »Es könnte eine Falle sein.«

»Unsinn«, erwiderte Hardt, der seinen Schnurrbart zwirbelte. »Grimm ist mit Eisenhans und der Jungfer verbündet. Er fühlt sich unbesiegbar.«

»Hm …«, brummte die Muhme zweifelnd.

»Gut«, sagte Hans. »Holt Waffen und Proviant. Wir brechen sofort auf.«

Die Köhler hatten eine Eimerkette gebildet. Sie bekamen den

Brand allmählich in den Griff. Harlung wischte sich Schweiß von der Stirn und ging zu den Gefährten. »Was habt ihr vor?«, fragte er.

»Wir verfolgen die Jungfer«, antwortete Hardt. »Vielleicht führt sie uns zur Esche.«

»Wir werden eure Toten rächen!«, rief Kunz.

Harlung nickte. »Ich würde euch begleiten«, sagte er. »Aber wir brauchen hier jetzt jeden Mann.«

»Natürlich.« Hans rückte Tasche und aufgerollte Decke auf dem Rücken zurecht und zog prüfend sein Schwert. »Wir schaffen das auch allein.« Er hatte selten einen so großen Tatendrang verspürt.

Die Muhme legte ihm eine Hand auf den Arm. »Ich bleibe mit Maleen hier«, sagte sie. »Sei vorsichtig, mein Junge. Du weißt, dass wir ganz auf uns allein gestellt sind. Wir können von niemandem Hilfe erwarten. Auch nicht von den weisen Weibern.«

»Ich pfeife auf die Weiber«, sagte Kunz. »Vermutlich haben sie uns von Anfang an hinter das Licht geführt. Denkt an die dreizehn Hexen im Föhrenforst.«

»Hüte deine Zunge«, ermahnte ihn die Muhme. »Die Weiber sind keine Hexen.«

»Ich traue ihnen *alles* zu«, sagte Kunz.

»Misstrauen kann in Wahn umschlagen«, erwiderte Maleen. »Du musst einen klaren Blick behalten.«

Kunz starrte sie an. »Ihr seid naiv«, sagte er. »So naiv.« Er griff nach seinem Bündel und stapfte in den Wald.

Fuchs und Dachs, die Schnauzen dicht am Boden, folgten den Fährten der Jungfer und der Kultknechte.

»Was für ein Job«, schimpfte Reineke Fuchs. »Diese Jungfer

stinkt nach Brutalität, Blut und Tod. Wenn ich da an Maleens Duft denke …«

Die Spur führte zunächst in südwestlicher Richtung bergab. Da man hier viele Bäume zur Verkohlung gefällt hatte, war es recht hell. Aber je tiefer die Gefährten vordrangen, desto finsterer wurde der Wald. Eichen mit ausladenden Wurzeln und Ästen standen so dicht beieinander, wie es ihr Wachstum erlaubte; sogar ein Ritter, hoch zu Ross und in strahlender Rüstung, wäre zwischen ihnen zu einem Schemen verblasst. Dazwischen rangen kleinere Bäume und Büsche um Licht und Nahrung, und überall ragten hohe Felsen auf. Das Farnkraut gedieh üppig, begann sich aber schon herbstlich zu verfärben. Die Fährten verliefen anfangs neben einem Bach, dann bogen sie unvermittelt nach Nordwesten ab. Vor einem Felsen hatten sich Jungfer und Knechte nach Nordosten gewandt, nur um wenige hundert Schritte weiter nach Westen abzudrehen. Es ging auf Mittag, und Horn und Sanne zeigten Anzeichen von Erschöpfung.

»Weiter!«, rief Meister Grimbart. »Die Fährten sind frisch.«

»Sie schlagen Haken wie die Hasen«, sagte Hardt. »Ob wir das Lager der Köhler je wiederfinden?«

Der Dachs drehte sich nach ihm um und tippte mit einer Pfote gegen seine schwarz-weiße Schnauze.

Die Spuren führten wieder bergauf. Nach einer Weile kam eine mit Holzschindeln gedeckte Hütte in Sicht, die sich an eine steile Felswand schmiegte. Die Gefährten gingen hinter Bäumen in Deckung, und Reineke Fuchs wurde losgeschickt, um die Lage zu erkunden.

»Immer diese Himmelfahrtskommandos«, murrte er, während er sich anpirschte. Aber er witterte niemanden und keckerte eine Entwarnung. Die sechs Gefährten und Meister Grimbart eilten zu ihm. Kunz trat die Tür auf, sprang mit gezücktem Zweihänder in die Hütte und wirbelte einmal blitzschnell um die eigene Achse. »Keine Menschenseele«, rief er.

Sanne steckte den Kopf zur Tür hinein und betrachtete die Holzkohlebecken, das Bett und den weißen Samt, mit dem die Wände bespannt waren. »Lauschig«, murmelte sie. »Sieht aus wie ein Liebesnest.«

»Grimm war hier«, sagte der Dachs, der die Schnauze reckte. »Und eine Frau. Sie riecht …« – er schnüffelte – »… finster und feurig.«

»Oho«, sagte Hardt. »Brisante Mischung. Klingt fast nach unserer guten Sneewitt.«

Sneewitt, gerade damit beschäftigt, ihren Bogen zu spannen, bekam diese Worte zum Glück nicht mit.

»Angeblich gab es ein Geschwisterpaar«, erzählte Horn, »das hier im Greting in wilder Ehe gelebt hat. Die beiden hatten sogar Kinder miteinander – debile, schielende Bälger mit zwei Köpfen und drei Beinen, die in der Wiege am eigenen Sabber erstickt sind.«

»Teuflisch …«, murmelte Hardt.

»Pah«, sagte Sneewitt. »Das ist kein Einzelfall. Ich kenne zig Geschichten über heimliche Geschwisterliebe. Alle haben in irgendeinem Wald in irgendeiner Hütte gehaust.« Sie zupfte an der Sehne, um zu hören, ob sie straff genug war. »Alle wurden irgendwann in irgendetwas verwandelt und dann von irgendeinem Prinzen abgeschleppt.«

»Wie schrecklich«, wisperte Sanne und weinte eine Perle.

»Wir müssen weiter«, drängte der Dachs.

Kunz verließ die Hütte und schloss die Tür. »Was hat dieser Grimm in einem Liebesnest getrieben?«, fragte er.

»Na, was wohl?«, spöttelte Sneewitt.

»Ho, ho!«, lachte Horn.

Die Fährten führten längs der Felswand bergauf. Schließlich bogen sie nach links ab. Hans blieb stehen und lugte um die Ecke in eine Schlucht, hoch und steil und so schmal, dass sie nur einem zwei Ellen breiten Bach Platz bot, der am Eingang gluckernd über Felsen floss; in seinem Wasser wölkte noch der aufgewühlte Schlamm des Grundes.

»Sie sind durch diesen Bach in die Schlucht gewatet«, sagte Hans.

Kunz huschte geduckt an ihm vorbei, drückte sich auf der anderen Seite des Schluchteingangs gegen die Felswand und spähte auch um die Ecke. »Heikle Sache«, flüsterte er. »Wir müssten im Gänsemarsch durch. Deckung gibt es nicht.«

»Haben wir eine Wahl?«, fragte Hardt.

»Leider nicht«, murmelte Sanne.

Der Dachs tapste in den Bach. Zwei Steinwürfe weiter wand sich die Schlucht nach rechts. Krüppelbäume wurzelten in den Wänden, und Eichenäste ragten oben über den Rand. »Ich habe das Gefühl«, sagte er, »dass wir bald am Ziel sind.« Er sah den Fuchs an, der die Augen verdrehte, weil er wusste, was kam. »Reineke und ich gehen voran. Wir können neben dem Bach laufen. Ihr müsst waten. Sneewitt bildet die Nachhut – sie deckt uns mit ihrem Bogen.«

Hans zog sein Schwert, nahm allen Mut zusammen und trat in den Bach. Das Wasser reichte ihm fast bis zur Wade. »So ein Mist«, fluchte er. Die Gefährten folgten ihm, aber er verspürte schon nach wenigen Schritten eine Beklemmung: Die Steilwände, der von Eichenästen verdeckte Rand der Schlucht – all das löste das Gefühl einer ausweglosen Enge in ihm aus, ein Gefühl, das er nur allzu gut kannte. Er dachte an den Käfig der Hexe im Lohwald, aber er verdrängte seine Angst. In der Schlucht war es still; er hörte nur seinen Atem und das Wasser, das bei jedem Schritt rauschte und in seine Stiefel schwappte. Ab und zu trudelte ein welkes Blatt in den Bach und trieb in Richtung Wald an ihm vorbei. Meister Grimbart, der die Biegung erreicht hatte, sicherte kurz und winkte die Gefährten weiter. Danach wurde es noch düsterer und enger, und Hans kämpfte gegen die aufkeimende Panik an. Seine Kehle war wie zugeschnürt. Er schluckte. Die Hand am Schwertgriff wurde feucht. Sein Blick zuckte über die Steilhänge mit den fast waagerecht aus dem Fels wachsenden Bäumen.

Die übrigen Gefährten sahen sich sowohl wachsam als auch furchtsam um. Hardt tastete mit einer Hand nach dem Sack, die andere ballte er um das Schwert. Sneewitt hatte einen Pfeil aufgelegt und ließ ständig den Blick kreisen. Knapp dreißig Schritte vor ihnen liefen Dachs und Fuchs auf je einer Seite des Baches.

Da ertönte ein Krachen. Die Gefährten zuckten zusammen. Kurz darauf wirbelte Staub durch die Schlucht und legte sich als schmutziger Schleier auf das Wasser.

»Das war hinter uns …«, hauchte Sneewitt.

Der Dachs machte kehrt und lief an den Gefährten vorbei zur Biegung. »Bleibt, wo ihr seid!«, rief er im Vorbeirennen. Bei seiner Rückkehr blähte er nachdenklich die Nüstern auf. »Vor dem Eingang ist ein Baum aus der Wand gebrochen und mit mehreren Felsbrocken in den Bach gestürzt«, brummte er. »Ein Hindernis. Aber kein unüberwindbares.«

»Wollte uns jemand den Rückweg versperren?«, fragte Sanne mit weit aufgerissenen Kulleraugen.

»Vielleicht«, antwortete der Dachs. »Vielleicht auch nicht.«

Hans, der im Bach hockte und mit seiner Angst vor der Enge

rang, erhob sich und sagte mit zusammengebissenen Zähnen: »Lasst uns weitergehen.«

Die Schlucht, die zusehends tiefer und dunkler wurde, wand sich nach links. Der Bach wurde flacher, sein Bett steiniger und tiefer. Das Wasser reichte Hans bis zu den Knien. Laub fiel auf die Gefährten; oben schien ein Windstoß durch die Eichen gegangen zu sein.

»Zicke und Zecke«, murmelte der Dachs. »Diese Schlucht nimmt kein Ende.«

»Tja«, erwiderte der Fuchs nicht ohne Häme, »Lustwandeln ist etwas anderes.«

Die Gefährten wateten stumm weiter. Horn wurde kalt. Seine Nase kribbelte, und er drückte sie gerade noch rechtzeitig in die Armbeuge. Das dumpfe »Rummptsch!«, mit dem sie sich entlud, sprang von einer Steilwand zur anderen.

Sneewitt kicherte.

»Ruuu-huuump!«, hallte es durch die Schlucht. »Ruuu-huuu-huuump!«

»Sehr ausdauernd, dieses Echo«, bemerkte Kunz amüsiert.

»So laut habe ich gar nicht geniest«, brummelte Horn.

Hans blieb stehen. Das Echo verstärkte das Gefühl der Enge, das ihm die Brust zuschnürte. »Das ist etwas anderes«, sagte er, einer plötzlichen Eingebung folgend. »Das ist nicht Horns Niesen.«

»Ruuu-huhuhu!«, erschallte es. »Ruuu-huhu-humpen …«

Ein Ruck ging durch Kunz.

Sneewitt, die dies bemerkte, flüsterte: »Oh, oh.« Sie watete mit langen Schritten durch den kniehohen Bach. »Los, hilf mir«, befahl sie Hardt. »Wir müssen Kunz festhalten.«

»Ruuu-huhu-humpen-stü-hühü-hünz!«, ertönte es.

Kunz wurde kreidebleich. Er schrie: »Das hat dir der Teufel

gesagt! Der Teufel gesagt!« Während das Echo seines Schreis gegen den unseligen Ruf anhallte, warf er den Zweihänder weg und griff in seine braunen Locken. In diesem Moment sprang ihn Sneewitt von hinten an und riss ihn in den Bach; die beiden tauchten mit lautem Platschen unter. Hardt und Horn eilten ihr zu Hilfe. Sie packten Kunz und hielten ihm den Mund zu. Er wehrte sich wie rasend, trat um sich und biss nach ihren Händen.

»Ruuu-huhu-humpen-stü-hünz!«, erschallte es noch einmal.

»Das hat«, brüllte Kunz, der kurz den Mund freibekam, »das hat dir der … der *Teufel* gesagt! Raaah-aaargh!«

Hans stand stocksteif da; die Angst vor der Enge hatte ihn fest im Griff.

»Ja, sind die denn alle verrückt geworden?«, fragte der Fuchs.

In diesem Augenblick erstarrte auch der Dachs, denn hinter ihnen tauchte ein Dutzend Kultknechte auf. Sie liefen trotz des tiefen Wassers behende durch den Bach und stimmten ein lautes Gebrüll an. Im Dämmerlicht, das in der Schlucht herrschte, blitzten ihre Blankwaffenarme.

»Alarm!«, kreischte der Fuchs.

Sneewitt zog einen Pfeil aus dem Köcher und jagte ihn den Angreifern entgegen. Der Knecht, auf den sie gezielt hatte, wehrte das Geschoss mit einer blitzschnellen Bewegung des Klingenarms ab.

Horn handelte kurz entschlossen – er zog dem immer noch tobenden Kunz den Schwertknauf über den Schädel, warf sich den Bewusstlosen über die Schulter und stapfte durch den Bach zu Dachs und Fuchs. Hardt nahm den Zweihänder und folgte ihm. Sanne und Sneewitt stießen den stocksteifen Hans vor sich her. »Los, los! Beweg deinen Hintern!«, schrie Sneewitt. »Oder willst du ohne Kopf enden?«

»Das hat Barbera ausgeheckt!«, rief Sanne. »Niemand außer den weisen Weibern kennt unsere Schwächen.«

Die Gefährten rannten weiter. Horn schnaufte unter Kunz' Gewicht; Sanne trieb den wie gelähmt wirkenden Hans vor sich her; Sneewitt schoss auf die Verfolger, die die Pfeile mit beängstigender Geistesgegenwart abwehrten. Die Schlucht wand sich in immer rascher aufeinanderfolgenden Biegungen durch die Felsen, und die Ränder wurden so steil, dass Dachs und Fuchs kaum noch Halt fanden. Der einzige Vorteil war, dass auch die Kultknechte nur im Gänsemarsch vorankamen. Ihr unablässig durch die Schlucht hallendes Gebrüll zermürbte die Gefährten.

»Hoah-hoah!«, schmetterten sie. »Wir kriegen euch, ja! Wir schneiden euch auf! Wir waiden euch aus! Wir kriegen euch, ja! Hoah-hoah!«

Nach einer weiteren Biegung hielt Horn an. »Ein gewichtiger Mann, unser Kunz«, ächzte er und rückte den Bewusstlosen auf seinen Schultern zurecht.

»Hoah-hoah!«, dröhnte es. »Wir kriegen euch, ja!«

Sneewitt ließ einen Pfeil um die Ecke sausen.

»Wieso singen sie nicht eine hübsche Liebesballade?«, fragte der entnervte Hardt.

Die klitschnasse Sanne sah auf zum Rand der Schlucht, der sich oben als heller Streifen im Halbdunkel abzeichnete. Manchmal regnete Laub auf die Gefährten herab, als wäre es windig oder als würde ihnen jemand mit Sprüngen von Baum zu Baum folgen.

Das Gebrüll der Kultknechte kam näher.

Sie wollten weiterwaten, als der voranlaufende Dachs rief: »Noch ein kleines Stück, dann endet die Schlucht!«

»Hurra!«, schrie Reineke Fuchs, verlor im Überschwang den Halt und fiel in den Bach. Hardt zog ihn am Schwanz heraus.

Auf den letzten Metern wand sich die Schlucht im Zickzack durch das Gestein, um schließlich in einem runden Felskamin zu enden, vor dessen Rückwand der Bach als Wasserfall aus hundert Fuß Höhe auf blankgewaschene Felsen rauschte.

»Na, wunderbar«, brummte Horn und sah sich um. »Ein paar Steine von oben, und wir sind platt wie Blattgold.« Er watete zu einem Felsvorsprung und ließ Kunz von seinen Schultern gleiten.

»Hoah-hoah!«, schallte es aus der Schlucht wie aus einem Trichter. Das ohrenbetäubend laute Echo sprang im Kamin in die Höhe. Sneewitt und Hardt machten sich bereit, die Feinde abzuwehren.

»Wir sind ihnen wie Fliegen auf den Leim gegangen«, murrte Meister Grimbart.

»Ach und Weh! Oje, oje!«, jammerte der Fuchs und schüttelte seinen nassen Balg aus.

Metall kreischte, als Hardt die Klinge mit dem Säbelarm des vordersten Kultknechts kreuzte. Sneewitt ließ einen Pfeil von der Sehne schnellen. Dieses Mal verfehlte sie ihr Ziel nicht, denn der Abstand zum Gegner war kurz. Der in die Schulter getroffene Knecht schrie auf, wankte zurück und wurde von seinen Kameraden nach hinten durchgehievt. Ein anderer ging zum Angriff über.

»Sie kommen hier nicht ohne weiteres herein«, rief Meister Grimbart. »Der Eingang ist leicht zu verteidigen.«

»Ja«, erwiderte Horn. »Aber ohne weiteres kommen wir hier auch nicht hinaus.«

»Sie wussten bestimmt von Anfang an, dass sie uns in diesem Felskamin wenig anhaben können«, sagte Sanne. »Wenn sie uns trotzdem hineingejagt haben, gehört es zu ihrem Plan.«

»Wie gemein«, zischte der Fuchs.

Hardt und Sneewitt wehrten einen Gegner nach dem anderen

ab. Schließlich wichen die Kultknechte zurück, grölten aber drohend weiter: »Hoah-hoah!«

Hans krümmte sich. »Ich ertrage es nicht mehr«, flüsterte er. »Diese Enge … Gleich kommt die Hexe … Sie wird mich fressen …«

»Damals hat dich deine Schwester gerettet, richtig?«, fragte Sanne, die ihm eine Hand auf die Schulter legte.

Er nickte gequält und rang um Atem.

»Dann sieh mich … Nein, halt! Sieh *uns* …« – sie zeigte auf Sneewitt – »… als deine Schwestern an.«

Hans sah zu ihr auf. Er beruhigte sich ein wenig. »Ihr wollt meine Schwestern sein?«, fragte er.

»Ja, wir wollen deine Schwestern sein«, erwiderte Sanne, die ihm fest in die Augen sah. »Wir retten dich.«

»Gut … gut …« Hans holte tief Luft. Die Eisenbänder, die sein Herz zusammenzuschnüren schienen, lockerten sich. Er umschlang Sanne mit beiden Armen wie ein Kind die Mutter und begann zu schluchzen.

Sanne streichelte seinen Kopf und blickte zu Sneewitt, die verdutzt eine Augenbraue hob.

Da kam Kunz zu Bewusstsein. Er richtete sich stöhnend auf. »Das …«, stieß er hervor. »Das hat dir … der Teufel … gesagt …« Er sah sich benommen um. »Wo sind wir?«, fragte er.

»Am Ende unserer Weisheit«, antwortete Horn.

Ein Kultknecht nutzte diesen Moment für einen Angriff. Er überrumpelte Sneewitt, die rückwärts ins Wasser stürzte, und attackierte Hardt. Die Gefährten schrien durcheinander, aber in Kunz glomm ein Rest der Raserei auf, die ihn erfüllt hatte. Er sprang in den Teich, den der Bach durch den Wasserfall an dieser Stelle bildete, entriss Hardt den Zweihänder und ging auf den Kultknecht los. Der wehrte sich nach Kräften, aber Kunz' Klinge war länger. Als Sneewitt prustend auf die Beine kam, trennte Kunz dem Knecht mit einem wuchtigen Hieb den Säbelarm vom Leib. Ein zweiter Streich, und der Kopf klatschte ins Wasser. Der Kultknecht stand schwankend da, dann kippte er um. Kunz brüllte wie ein Tier und holte ein drittes Mal mit dem Zweihänder aus.

»Lass ab!«, rief Hans, der sich von Sanne löste.

Kunz glotzte ihn an. Die Raserei in seinen Augen erlosch, und er ließ das blutige Schwert sinken.

»Na, haben wir uns berappelt?«, fragte der Dachs. »Ich will hier weg.«

»Ich auch«, murmelte Sanne, die den im Weiher dümpelnden Leichnam betrachtete. »Ich habe schon reichlich Wasser im Schuh. Blut will ich nicht auch noch darin haben.«

Nach kurzem Schweigen stimmten die Kultknechte wieder ihren grölenden Gesang an. Aber sie griffen nicht mehr an.

Während Kunz und Sneewitt am Eingang wachten, nahmen die übrigen Gefährten den Felskamin in Augenschein.

»Sinnlos, sinnlos, sinnlos«, brummte Horn. »Zu steil. Und ich käme sowieso nicht hoch. Seht mich an!« Er klopfte auf seine Wampe.

»Am Ende der Weisheit, wie?«, rief Kunz herüber.

Hans nickte. Seine Panik war in Bedrückung umgeschlagen, denn sie waren in einem natürlichen Kerker gefangen, dessen Wärter gleich draußen vor der Tür lauerten. Er ließ den Blick von einem Gefährten zum anderen wandern; alle sahen ihn ratlos an.

Da regnete es wieder Eichenlaub. Der Dachs witterte. »Da kommt jemand«, sagte er. »Und ich kenne den Geruch.«

»Ich auch«, erwiderte der Fuchs und spitzte die Ohren.

Wenig später kletterte ein Eichhörnchen so elegant an der Felswand zu den Gefährten herab, als wollte es sich über ihre Verzweiflung lustig machen. Es hüpfte auf den Vorsprung, auf dem Kunz gelegen hatte, und sah Meister Grimbart und Reineke Fuchs aus schwarzen Knopfaugen an.

»Sieh an. Das kleine Großmaul«, rief der Fuchs. »Weißt du immer noch, wo die Esche wurzelt?«

Das Eichhörnchen sicherte mit ruckartigen Bewegungen und erwiderte dann: »Ganz in der Nähe. Und ich weiß auch, wie ihr hier herauskommt.«

»Aha«, brummte der Dachs. »Dann geh doch bitte schon mal vor und mach die Kultknechte einen Kopf kürzer.«

Das Eichhörnchen schüttelte den Kopf. »Der Ausweg liegt in der entgegengesetzten Richtung«, sagte es und rieb seine Pfötchen.

Die Gefährten drehten sich zum Wasserfall um, dessen Rauschen vom Grölen der Kultknechte übertönt wurde.

»Dort?«, fragte Hans zweifelnd.

Das Eichhörnchen nickte. »Ich habe gesehen, wie Menschen hindurchgegangen sind«, sagte es. »Und nicht nur Menschen, sondern auch seltsame Gestalten. Unheimliche Wesen. Sogar ...« – es zögerte und sah sich hektisch um – »... *Karontiden.*«

»So, so«, erwiderte Horn. »Karontiden. Na, die verspeise ich jeden Morgen zum Frühstück.«

»Früh ... stück?«, stammelte das entsetzte Eichhörnchen.

Hardt warf einen Stein durch den Wasserfall. Er prallte nicht gegen eine Wand, sondern rollte polternd weiter.

»Eine Höhle oder ein Gang«, sagte Sanne.

»Das ist unsere einzige Chance!«, rief Sneewitt und biss am Daumennagel. »Auch wenn unsere Feinde uns genau dort hineinlocken wollen – wir müssen es versuchen.«

»Kommst du mit?«, fragte der Fuchs das Eichhörnchen.

»Oh, nein. Ich muss Nüsse für den Winter sammeln«, piepste es und flitzte wieder an der Felswand hinauf.

Der Dachs sah ihm nach. »Gesunder Instinkt«, brummte er beklommen. »Ich hätte jetzt gern drei Wünsche frei …«

16. In den Grotten des Gretings

Kunz sprang als Letzter durch den Wasserfall. In der Höhle dahinter wölkte Sprühregen. Der Boden war glitschig, das Licht trübe.

Reineke Fuchs schüttelte zum wiederholten Mal seinen Balg aus. »Ob man das Eichhörnchen bestochen hat, damit es uns hier hineinlockt?«, fragte er.

»Bestochen? Womit denn? Mit goldenen Nüssen?«, erwiderte Sneewitt.

Hans sah sich in der Höhle um und parierte einen Anflug von Panik, indem er sich zu Sanne umwandte, die ihn beruhigend anlächelte.

»Sieht aus, als wären wir aus dem Regen in die Traufe gekommen«, sagte Hardt und zupfte am nassen Schnurrbart.

»Wir haben weder Fackeln noch Proviant«, klagte Horn. »Wir werden uns verirren, verrückt werden und verhungern.«

»Ihr Hasenfüße«, höhnte Sneewitt.

»Streitet euch nicht«, sagte Sanne. »Die Kultknechte sind uns bald wieder auf den Fersen – wir müssen weiter.«

Hans riss sich zusammen: »Reineke Fuchs und Meister Grimbart gehen voran, denn sie können auch im Dunkeln sehen«, befahl er.

»Ja, ja, immer auf die Kleinen«, klagte der Fuchs.

»Halt die Klappe und komm, du Held«, knurrte der Dachs.

Am Ende der Höhle begann ein geröllbedeckter Gang. Die Gefährten tasteten sich voran, eine Hand an der Waffe, die andere an der Wand.

»Ich wittere die Jungfer«, rief der Dachs. »Und viele andere Fährten. Vielleicht hatte das Eichhörnchen recht.«

»Mit den Karontiden?«, fragte Kunz. »Altweibergewäsch. Das sind Fabelwesen.«

»Gib mir deine Hand, Sanne«, flüsterte Hans. »Sonst drehe ich hier durch.«

Der Gang wand sich wie als Verlängerung der Schlucht durch die Felsmassen des Gretings. Finsternis und Enge verwirrten die Gefährten, aber Tastsinn und Gehör schärften sich. Die Felswand war einmal glatt, dann rau oder von Flechten bedeckt. Sneewitt, die das Schlusslicht der Truppe bildete, horchte auf Schritte und Stimmen der Verfolger, aber es blieb lange ruhig.

Schließlich rief Meister Grimbart: »Der Gang scheint in eine Höhle zu münden. Wartet kurz.«

Die Gefährten blieben im Dunkeln stehen. Irgendwo tropfte es von der Decke; in der tiefen Stille klang das Aufklatschen des Wassers wie Donnerhall.

»Ein Königreich für ein Licht …«, flüsterte Horn.

»Pssst!«, zischte Sanne.

Sie warteten darauf, dass die Tiere die Erkundung beendeten. Als der Fuchs endlich zu ihnen zurückkehrte, war Hans, der sich immer noch an Sannes Hand klammerte, so erleichtert, dass er stöhnte.

»Die Luft ist rein«, sagte Reineke Fuchs. »Aber wir haben einen Toten entdeckt.«

»Einen Toten?«, fragte Hardt. »Welcher Art?«

Die Gefährten wollten rasch weitergehen, als Sneewitt sagte: »Halt! Seid still!«

Der Hall ferner Stimmen und Schritte drang an ihre Ohren; die Kultknechte waren ihnen durch den Wasserfall gefolgt.

In den Tiefen des Gretings, dort, wo die Esche in der Grotte so hoch aufragte, dass man ihren Wipfel nicht einmal mehr erahnen konnte, hielt Barbera mit ihren Verbündeten Rat.

»Sie kommen«, sagte die Jungfer. »Die Kultknechte treiben sie durch die Gänge vor sich her. Hah-haaach! Wenn ich an das Frischfleisch denke …«

»Die Weiber sind für mich«, warf Eisenhans ein.

»Mich interessieren nur die Männer«, erwiderte die Jungfer. »Ich hoffe, sie haben schöne Hälse. Diese bärtigen, narbigen, stinkenden Köhler widern mich an.«

»Teilt sie auf, wie ihr wollt«, sagte Barbera. »Hauptsache, ihr tötet sie.«

»Oh, gewiss«, versicherte die Jungfer. »Die Reste werde ich an meine kleinen Lieblinge verfüttern.«

Grimm stand da und musterte den struppigen Eisenhans und die zerlumpte Jungfer. In seinen Augen glomm Ekel auf.

»Wir werden uns mit ihnen vergnügen und sie danach töten«, sagte Eisenhans. »Wir sind gründlich – im Gegensatz zu deinem untoten Liebhaber, mein Schatz.«

Grimm packte das Schwert. »Zottelhaariger Trottel«, fauchte er. »Hüte deine Zunge, sonst bist du der Erste, der sein Leben lässt.«

Barbera hielt ihn zurück. Dann schmiegte sie sich an ihn und sagte: »Du hattest bisher wenig Erfolg, das ist wahr.«

»Ja-haach«, höhnte die Jungfer. »Dieser Untote eignet sich nicht einmal für einen Biss in die Kehle.«

»Und Läuse hat er auch nicht«, fügte Eisenhans hinzu.

»Hu-ha-haha!«, lachte die Jungfer. »Woran sollten sie sich mästen? Er ist so blutleer wie ein ausgelutscher Kadaver.« Sie grinste. »Ich werde die Karontiden jetzt auf den Kampf einstimmen«, verkündete sie und ging ins Wurzellabyrinth.

Grimm sah ihr wütend nach.

»Nachdem unser Werk getan ist, wird sie sterben – durch deine Hand«, flüsterte Barbera und äugte zu Eisenhans, der Läuse knackte; er schien nichts gehört zu haben.

In einem Winkel standen Kultknechte, die ihre Klingen an einem Schleifstein wetzten. Mitten in der Grotte erhob sich der Stamm der Esche aus dem knorrigen und knotigen Wurzelgewirr, und immer wieder segelten verdorrte Zweige und Blätter zu Boden. Der Baum ächzte, als würde er nach Wasser lechzen – dem Wasser des heiligen Weihers, der ganz in der Nähe im Zwielicht schimmerte.

»Die Esche leidet«, sagte Barbera, »genau wie die Feen. Alle meinen, mit ihrem Tod würde die Welt untergehen, aber in Wahrheit beginnt die zweite Herrschaft des Eisernen Königs. Und er wird uns reich belohnen.«

Grimm lächelte. Er gehorchte ihr bedingungslos und ohne zu ahnen, dass sie ihn mit ihren Reizen umgarnt und an sich gebunden hatte. Sie lachte leise und streichelte seine Wange. »Komm«, wisperte sie. »Wir statten den Feen einen Besuch ab.«

Er folgte ihr wie ein am Nasenring geführter Bär.

Niemand bemerkte das Eichhörnchen, das in der Esche saß und alles mitangesehen hatte.

»Ein Toter? Hm …«, sagte Horn. »Ich halte das eher für ein Skelett.«

»Ist ein Skelett etwa nicht tot?«, fragte der Fuchs.

Kunz betastete das Gerippe. »Lumpen«, rief er und riss sie ab. Im Anschluss brach er einen Oberschenkel aus der Hüfte.

»Heho! Das ist Leichenfledderei und Störung der Totenruhe«, sagte Hardt.

»Pah«, murmelte Kunz, der die Lumpen um den Knochen wickelte.

»Vielleicht ein Einsiedler«, sagte Hans. »Es gab einmal eine Sekte, deren Anhänger in der Abgeschiedenheit des Gretings meditierten. Die meisten sind verhungert.«

»Oder von Bären gerissen worden«, ergänzte der Dachs.

»Dieser hier nicht«, sagte Reineke Fuchs. »Er ist zwar etwas mager, aber noch sehr gut beieinander.«

Sneewitt stand vorne im Gang und horchte auf die Geräusche der Kultknechte. »Wir müssen weiter«, zischte sie.

»Ja, gleich«, erwiderte Kunz, der zwei Steine gegeneinanderschlug; das Klacken hallte in der Höhle. Funken flogen, und schließlich brannten die Lumpen. Kunz hob den Knochen. Im Flackerlicht erblickten sie das Gerippe, das eine Brosche in der rechten Hand hielt. Hans entwand sie den knöchernen Fingern und betrachtete sie.

»Sie zeigt das Symbol des Eisernen Königs«, sagte er nach einer Weile. »Ein vierzackiger Stern in einem Quadrat, das von einem Kreis umschlossen wird.« Er legte die Brosche wieder in die Knochenhand des Toten.

»Woher weißt du das?«, fragte Sanne.

»Oh, als Räuber hatte ich so einiges in der Hand.«

»Es ist auch das Symbol ewiger Harmonie«, murmelte Horn.

»Oder ewiger Knechtschaft«, fügte Hardt hinzu. »Denn ewige Harmonie bedeutet auch ewigen Stillstand.«

»Seht mal! Die Wand«, rief Kunz. »Sie ist mit den gleichen Mischwesen aus Mensch und Tier bemalt worden, mit denen die Menhire auf dem Weg zu den weisen Weibern verziert sind. Wesen aus der Zeit, als der Mensch noch nicht getrennt hatte, was zusammengehörte.«

»Unsinn«, brummte der Dachs. »Mensch und Tier waren nie eins. Das sind die Wesen der Wilden Jagd.«

Die Gefährten tauschten besorgte Blicke.

»Reißt euch von dem Klappergestell los«, rief Sneewitt. »Die Kultknechte kommen näher.«

Kunz schwenkte die Fackel. Im zuckenden Schein sahen sie weiter hinten eine Öffnung im Gestein. Der Gang führte nach wenigen Schritten unvermittelt steil bergab. Kunz stürzte; die Fackel flog ihm aus der Hand und kullerte gegen einen Stein, vor dem sie qualmend weiterbrannte.

»Alles in Ordnung?«, fragte Hans.

»Nichts ist in Ordnung«, fluchte Kunz, der sich aufrappelte und nach der Fackel griff. »Gar nichts! Jeder Schritt, den wir tun, führt uns tiefer in den Schlamassel.«

»Weiter! Weiter!«, rief Sneewitt von hinten.

»Ist doch alles sinnlos«, bellte Kunz zurück. »Entweder wir stellen uns hier den Kultknechten, oder sie scheuchen uns in einen Hinterhalt.«

»Wir müssen trotzdem versuchen, die Esche zu finden«, sagte Hans und gab Kunz einen Schubs.

»Fass mich nicht an!«, schrie er. »Ich gehe ja schon.«

Der Gang führte sie immer tiefer. Einmal war er niedrig und schmal, dann wieder hoch und so breit, dass sie zu zweit nebeneinander gehen konnten, und schließlich erreichten sie eine Gabelung. Sie standen im letzten Lichtschein der Fackel da und überlegten, ob sie sich nach rechts oder links wenden sollten.

»Ich kann Wasser wittern«, sagte der Dachs. »Der linke Gang führt dorthin.«

»Also links«, sagte Sneewitt. »Ich habe viel Staub geschluckt und brauche etwas zu trinken.«

In diesem Augenblick erlosch die Knochenfackel. Finsternis hüllte die Gefährten ein.

»Na, großartig …«, seufzte Hardt.

In der Ferne ertönten ein Scheppern, dann ein Klirren. Allem Anschein nach war auch einer der Kultknechte gestürzt.

Sie wandten sich eilig nach links. Der Boden des Gangs, der schnurstracks geradeaus führte und dann in rechten Winkeln abwechselnd zur einen und anderen Seite abbog, war so eben, als hätte man ihn gepflastert. Die Gefährten liefen im Trab; Horn schnaufte, hielt aber mit. Nach einer Weile hellte sich die Finsternis auf – im Zwielicht, das von oben durch Spalten fiel, sahen die Gefährten, dass der Gang nicht gepflastert, sondern wie glattgewaschen war. Nach zahlreichen weiteren Biegungen führte eine treppenartige Felsformation in die Tiefe. Unten angekommen, standen die Gefährten vor einem kreisrunden Teich, der ebenso schwarz war wie die Augen Sneewitts.

Sie fiel auf die Knie und schöpfte Wasser mit hohlen Händen. Auch Dachs und Fuchs tranken durstig.

»Ob die Kultknechte uns in den linken Gang gefolgt sind?«, flüsterte Sanne.

Hans spitzte die Ohren. »Ich höre nichts«, sagte er. »Aber wir müssen weiter auf der Hut sein.«

Meister Grimbart hob die Schnauze aus dem Teich; Wasser tropfte von seinen Lefzen. »Wir sind nicht allein«, murmelte er. »Ich spüre ein Lebewesen …«

Kunz zog den Zweihänder leise aus der auf seinem Rücken befestigten Halterung.

»Du hast recht«, sagte Reineke Fuchs. »Aber … es ist kein Säugetier.«

»Vielleicht ein Ungeheuer aus den Schlünden des Gretings?«, fragte Hardt. »Verflucht!« Er griff nach seinem Dolch.

»Nein«, erwiderte der Dachs. »Es ist friedfertig.«

»Und es lebt in diesem Teich«, fügte der Fuchs hinzu.

Ein Platschen ertönte. Die Gefährten fuhren herum.

Barbera trat vor die drei Feen, die mit zugenähten Mündern und an die Wand geketteten Händen auf dem Boden saßen. »Da ihr so einsam seid, dachte ich, dass ihr euch über Besuch freut«, sagte sie.

Die halb verhungerten Feen zuckten mit keiner Wimper. Ihre blinden Augen starrten ins Leere.

Barbera gab einer Fee eine schallende Ohrfeige. »Ich würde euch sofort töten«, sagte sie. »Aber das ist Sache des Eisernen Königs. Sobald er erwacht ist, wird er sich euer annehmen.«

Die Feen regten sich immer noch nicht.

Da trat die Jungfer ein. Ihr Blick zuckte zwischen Grimm und Barbera hin und her. »Uch-chah«, flüsterte sie verächtlich.

Barbera drehte sich zu ihr um. »Was ist?«, fragte sie herrisch. »Willst du wieder meckern?«

Die Jungfer knirschte mit den Zähnen. Dann verkündete sie: »Die Karontiden sind bereit.«

»Gut. Und wo steckt die Heldenschar?«

Die Miene der Jungfer hellte sich auf. »Ha-haaach! Ein Bote der Kultknechte hat gemeldet, dass sie sich der Höhle der Hallenden Tropfen nähern.«

Barbera schlang sich einen Überwurf aus weißem Hermelin um die Schultern. »Dann sitzen sie bald in der Falle«, sagte sie zu Grimm.

»Ja-ha-haach!«, stöhnte die Jungfer und bleckte ihre spitzen Zähne. »Frisches Blut!«

»O nein«, erwiderte Barbera. »Ihr bekommt die Gefangenen, nachdem wir mit ihnen fertig sind – falls danach noch etwas von ihnen übrig ist.«

Die Jungfer fauchte so wütend, dass Grimm das Schwert zog. Die beiden maßen einander mit Blicken. Schließlich lachte die Jungfer meckernd. »Schon recht. Huh-hah! Schon recht«, sagte sie. »Ein bisschen Marter schadet nicht. Das fördert die Durchblutung, und das Fleisch ist hinterher auch zarter.«

Grimm stieß das Schwert wieder in die Scheide. Nachdem sie den Kerker verlassen und die Tür verriegelt hatten, hoben die drei blinden Feen den Kopf. Ihren Kehlen entrang sich ein hohler, verzweifelter Laut des Leidens.

Die Gefährten starrten auf das schwarze Wasser, aus dem ein schmales, bleiches Geschöpf mit rötlichen Kiemenbüscheln auftauchte. Es hatte keine Augen, wandte den Gefährten aber den Kopf zu.

»Das ist ein Grottenolm«, flüsterte Horn.

»Ich bin der Olm des heiligen Weihers der Esche«, sprach das Geschöpf mit tonloser Stimme. »Oder besser: Des entweihten Weihers. Und der geschändeten Esche. Ich habe den blinden Feen gedient.«

»Ist es noch weit bis zur Esche?«, fragte der Fuchs.

»Ich kenne nur den Weg durch die unterirdischen Gewässer«, antwortete der Olm. »Und dafür brauche ich ziemlich genau siebenhundertfünfundachtzig Schwanzflossenschläge.«

»Wie viel ist das in den Sprüngen eines brunftigen Hirsches?«, fragte der Fuchs.

»Sei still«, knurrte Meister Grimbart. »Wir können weder so

lange schwimmen noch tauchen. Wir müssen zu Fuß und Pfote weiter, du Held.«

»Was ist mit den Feen geschehen?«, mischte sich Hans ein.

»Sie haben sie in Ketten gelegt und ihre Münder zugenäht«, klagte der Olm. »Sie siechen dahin. Wie die Esche.«

»Wer sind ›sie‹?«, fragte Sneewitt.

»Eisenhans und die blutsaufende Jungfer. Und diese … « Der Olm tauchte kurz unter. Als er den Kopf wieder aus dem Wasser hob, hauchte er: »Diese … grauenhaften Karontiden.«

»Hm«, brummte Kunz skeptisch.

»Worauf haben wir uns da eingelassen?«, murmelte Hardt.

»Ich für meinen Teil wurde zwangsrekrutiert, um die Welt zu retten«, erwiderte der Dachs.

»Oha«, erwiderte Sneewitt und hob eine Augenbraue. »Ich denke, wir müssen zunächst unsere eigene Haut retten.«

»Die Welse kehren zurück«, sagte der Olm. Er sprach immer schneller. »Sie spüren, dass die Esche leidet. Sie haben den weiten Weg von der Hohen See bis Pinafor zurückgelegt, weil sie nicht tatenlos zusehen wollen, wie der Eiserne König erwacht und alles Böse in den Geschöpfen weckt. Ihr müsst mit ihnen sprechen. Sie besitzen große Kräfte.«

»Der Eiserne König ist tot«, sagte Kunz. »Er tut keiner Fliege mehr etwas zuleide.«

»Er wird wiederkehren!«, rief der Grottenolm. »Ihr müsst die Gografen zu Hilfe holen.«

»Die Esche retten, mit Welsen reden, die Gografen zu Hilfe holen«, murrte Horn. »Sonst noch was?«

Der Olm wedelte wild mit den Kiemenbüscheln. »Fast alle anderen Menschen sind trunken vom Gold. Das ist schon der Einfluss des Eisernen Königs. Wisst ihr denn nicht, zu was er imstande ist?«

»Tja, weißt du …«, antwortete Reineke Fuchs. »Ich bin ihm noch nie persönlich begegnet.«

»Ihr werdet sie an ihren Barteln erkennen«, sprach der Olm.

»Wen?«, fragte Horn irritiert.

»Die Welse, du Narr!«, rief der Diener der blinden Feen, der mit seiner Geduld am Ende war. »Lebt wohl.« Er tauchte im Teich unter.

Die Gefährten standen betreten da. Schließlich fragte Hans die zwei Tiere: »Könnt ihr die Kultknechte hören?«

Reineke Fuchs drehte die Ohren hin und her. »Nein«, sagte er nach einer Weile.

»Wir haben sie abgehängt«, stieß Sanne erleichtert hervor.

»Wohl kaum«, erwiderte Hardt. »Sie lauern uns sicher auf.«

Hardt hatte recht, denn die Kultknechte, die zur Höhle der Hallenden Tropfen vorausgeeilt waren, waren bestens über die Bewegungen der Gefährten im Bilde. Der Oberknecht, dessen rechter Schulter ein Krummsäbel mit gezackter Klinge entspross, wies seinen Männern Stellungen zu. Sobald alle postiert waren, warteten sie schweigend.

Die Kultknechte waren den dreizehn weisen Weibern treu ergeben. Sie halfen bei allen Ritualen, kümmerten sich um das Haus und setzten Leib und Leben für ihre Herrinnen ein. Alle waren von den Weibern großgezogen worden. Mit zwölf Jahren mussten sie ein grausames Ritual über sich ergehen lassen: Man flocht ihnen Lederriemen durch die Brust und hängte sie an Gestellen auf; während einige Weiber Beschwörungen sangen und Kräuter verbrannten, deren Rauch eine berauschende Wirkung hatte, geißelten andere die Jungen mit Ruten. Dies geschah im Freien bei klirrender Kälte. Nach der Geißelung ließ man die Jungen einen Tag draußen. Sobald sie, meist halb erfroren, abgehängt worden waren, trennte man ihnen den rechten Arm ab und ersetzte diesen durch eine Klinge. Die Klinge erhielt einen Namen, der auch der neue Name des jeweiligen Jungen war. So verschmolzen Klinge, Körper und Seele miteinander. Es folgte eine dreijährige Unterweisung in den Kampfkünsten. Mit fünfzehn schworen die jungen Knechte den dreizehn weisen Weibern ewige Treue. Sie fürchteten ihre Herrinnen, aber da sie auch Mütter in ihnen sahen, empfanden sie eine Art Liebe und gehorchten blind. Nun warteten sie geduldig. Sie hatten im Himmelstor die Flucht ergreifen müssen, aber nun würden sie die Gefährten auftragsgemäß überwältigen.

Der Oberknecht schloss die Augen und horchte. Nach einer Weile erklangen Stimmen am anderen Ende der weiten Höhle der Hallenden Tropfen. Er schnalzte leise mit der Zunge, und seine Männer nahmen Kampfhaltung an. Der Tanz stand kurz bevor.

Der hinter dem Teich beginnende Gang hatte die Gefährten noch tiefer in die Grotten des Gretings geführt, und er war so finster gewesen, dass die zwei Tiere auf Witterung und Gehör angewiesen gewesen waren. Hans, der sich an Sannes Hand klammerte, verdrängte den Gedanken an die Gesteinsmassen, die über ihm aufragten. Endlich mündete der Gang in eine dämmerige Tropfsteinhöhle.

Die Gefährten blieben stehen und bestaunten die Stalagmiten und Stalagtiten. Das Echo fallender Tropfen, ein stetes »Di-dipp-dipp-diddib-dib-dib-dipp«, hallte dumpf zwischen den Felswänden.

»Müssen wir hindurch?«, fragte Sanne. »Diese Höhle ist wie geschaffen für einen Hinterhalt. Ich kann nicht einmal einen Weg erkennen.«

»Es gibt keinen Weg, außer man geht ihn«, erwiderte Reineke Fuchs. »Das ist ein altes Sprichwort der Füchse.«

»Das ist ein altes Sprichwort der *Dachse*!«, brummte Meister Grimbart.

»Nein, der *Füchse*.«

»Oh, nein, nein, nein! Der *Dachse*!«

»Der Fuchs gilt als das klügste Tier. Darum sagt man ja auch ›ausgefuchst‹.«

»Er mag als solches *gelten*. Aber der Dachs *ist* es.«

Reineke Fuchs fauchte zornig.

Meister Grimbart knurrte wütend.

»Ruhe«, befahl Hans. »Ihr geht ein paar Schritte voraus.« Er zog sein Schwert. »Los!«, rief er leise.

Sie schlängelten sich durch ein Gewirr von Stalagmiten, die im Dämmerlicht feucht glänzten. Die Stalagtiten hingen wie Damoklesschwerter über ihnen, die Tropfen fielen stetig wie bei Nieselregen. Schon bald klebte den Tieren Balg und Schwarte am Körper, und Schultern und Haare der Gefährten waren klitschnass. Obwohl das Echo der Tropfen nicht sehr laut war, übertönte es alle anderen Geräusche.

»Ob diese Höhle einen Namen hat?«, flüsterte Horn.

»Keine Ahnung«, wisperte Hardt. »Aber ich würde sie ›Höhle der Hallenden Tropfen‹ nennen.« Er wrang erst die linke und dann die rechte Schnurrbartspitze aus.

Die Gefährten setzten behutsam einen Fuß vor den anderen, denn der Boden war glitschig. Ihre Blicke zuckten über die Kerzenstalagmiten, zwischen denen immer wieder massige, kegelförmige Tropfsteine aufragten, manche davon mit dem Durchmesser eines Eichenstamms. Sannes Hände hingen vor den Sichelgriffen, Sneewitt hatte einen Pfeil aufgelegt, und Kunz schwenkte den

Zweihänder, als wollte er Angreifer auf Distanz halten. Alle froren, und Hans schluckte seine Angst hinunter. Zwielicht, Hall und Stalagmitengewirr trübten die Sinne; fast wären sie in einen See gelaufen, der einen Gutteil der linken Höhlenhälfte einnahm.

»Dieses Getropfe macht mich verrückt«, zischte Sneewitt.

Schließlich erreichten sie die Mitte der Höhle. Hier waren Stalagtiten und Stalagmiten zu Säulen zusammengewachsen, die sich im Dunkel unter der Decke verloren. Die Gefährten blieben zitternd und keuchend stehen.

»Meine Hände sind so klamm, dass ich das Schwert kaum noch führen kann«, klagte Kunz.

Der Dachs reckte die Schnauze und schnüffelte. »Ich wittere frische Luft«, verkündete er. »Irgendwo dort drüben muss der Ausgang sein.«

»Vielleicht führt er zu dem Ort, an dem die Esche aus den Tiefen des Gretings aufragt«, sagte Hans.

»Nichts wie hin!«, rief Sneewitt.

»Leise«, zischte Horn.

Die Gefährten setzten sich wieder in Bewegung, geführt von Dachs und Fuchs.

Der Oberknecht sah Schemen, die wieder zwischen den Stalagmiten verschwanden. Er gab seinem Nebenmann ein Zeichen, das die Runde durch den ganzen Trupp machte. Der letzte, dicht vor dem Ausgang postierte Kultknecht, der den weisen Weibern aufgrund seiner Jugend mit einer an Selbstaufgabe grenzenden Inbrunst diente, spannte alle Muskeln an und verlagerte sein Gewicht von einem Fuß auf den anderen. Dabei streifte er den Stalagmiten, hinter dem er sich verbarg, mit dem Säbelarm.

»Dzzziiinnng!«

Der Dachs erstarrte und stellte die Ohren auf. »Da war ein Geräusch«, flüsterte er. »Wie Metall auf Gestein. Wenn diese Tropfen nicht so hallen würden …«

»Das sind bestimmt die Kultknechte«, murmelte Hardt. »Ich wusste, dass sie uns irgendwo auflauern.«

Hans überlegte kurz. »Wenn sie im Hinterhalt liegen«, sagte er schließlich, »dann dicht vor dem Ausgang. Am besten, wir teilen uns auf und bewegen uns in einer Zangenbewegung auf sie zu. Vielleicht können wir sie umgehen. Und wenn nicht, greifen wir sie von zwei Seiten an.«

»Zangenbewegung …«, wisperte der Fuchs. »Das klingt gut!«

»Ich schleiche mich mit Horn, Sanne und Meister Grimbart von links an«, erläuterte Hans seinen Plan. »Hardt, Sneewitt, Kunz und Reineke Fuchs kommen von rechts. Und dann …«

»Dann nehmen wir diese einarmigen Banditen in die Zange«, vollendete der Fuchs den Satz. »Ein Geniestreich. Hah! Der Sieg ist unser.«

»Nur nicht übermütig werden«, grunzte der Dachs.

Die Gefährten teilten sich wie besprochen auf. Sie pirschten stumm durch das Stalagmitengewirr. Nach einer Weile sahen sie das dunkle Halbrund des Ausgangs. Aber die Kultknechte blieben verborgen.

In der Grotte der Heiligen Esche setzte die Jungfer ihre zwei Dutzend Karontiden in Marsch.

»Möge die Sonne euren Geist erhellen! Möge der Mond euch Weisheit schenken!«, rief Barbera und raffte den Hermelin vor ihrer Brust. »Dass ihr mir ja diese Heldenschar besiegt.«

Die Jungfer warf ihr über die Schulter einen so bösen Blick zu, als würde sie die Worte als Beleidigung auffassen.

»Die Biester sind intelligenzresistent«, sagte Grimm und stülpte sich den Helm über.

»Mag sein«, erwiderte Barbera. »Aber im Kampf kann ihnen niemand widerstehen.«

Die Karontiden trotteten schwerfällig hinter der Jungfer her. Bei jedem Schritt peitschten ihre Schwänze den Boden. Nach kurzer Zeit waren sie im Dunkel der Grotte verschwunden.

»Nun müssen wir nur warten«, sagte Eisenhans. »Ah, wie ich mich auf die Frauen freue!« Er schob sich eine Assel in den Mund.

Barbera zog die Mundwinkel nach unten. »Ihn wirst du auch töten, sobald der Eiserne König wieder auf dem Thron sitzt«, flüsterte sie Grimm zu. Sie sah sich nach Eisenhans um, aber er schien wieder nichts gehört zu haben, denn er zerkaute genussvoll den Gliederfüßer. »Andererseits freue ich mich auch auf diese Trottel«, fügte sie hinzu. »Was werden sie leiden!« Sie lachte schrill auf.

Grimm versuchte, in ihr Lachen einzustimmen, brachte aber nur ein hohles »Ho, ho, ho!« zustande. »Ich hätte die Jungfer begleiten sollen«, sagte er.

»Oh, nein, du bleibst hier, mein Galan«, widersprach Barbera. »Du wirst erst von meiner Seite weichen, wenn du dich dem Kampf des Eisernen Königs um die Herrschaft über Pinafor anschließt.«

»Wie Ihr wollt, Herrin«, erwiderte Grimm.

In der Ferne verhallten die Tritte der Karontiden.

»Achtung!«, hauchte Meister Grimbart. »Ich wittere einen Kultknecht.«

Die drei Gefährten hockten sich hin.

»Wo?«, fragte Hans fast unhörbar.

»Direkt vor uns. Er versteckt sich hinter den Stalagmiten. Und …« – er witterte wieder – »… er ist nicht allein.«

»Können wir sie umgehen?«, flüsterte Horn.

Der Dachs sah sich um. »Wir müssten ein Stück zurück und dann in einem großen Bogen zum Ausgang«, sagte er.

»Wir versuchen es«, wisperte Sanne. »Los, kommt.«

Sie kehrten um und bogen unter Führung Meister Grimbarts nach rechts ab. Da sie hinter jedem Stalagmiten einen Feind vermuteten, waren sie nervös und angespannt. Sie hielten den Atem an und bewegten sich im Schneckentempo, um ja kein Geräusch zu verursachen. Als sie die rückwärtige Wand der Tropfsteinhöhle erreichten, schien eine Ewigkeit vergangen zu sein. Sie pirschten nach rechts in Richtung Ausgang, der als pechschwarzes Loch in der Höhlenwand gähnte. Hans sah Kultknechte, die ihnen hinter Stalagmiten auflauerten, aber sie huschten unbemerkt hinter ihnen vorbei. Der Dachs bog zuerst in den Ausgang ein; Hans, Sanne und Horn folgten eilends. Nach wenigen Schritten gingen alle vier hinter einem Felsvorsprung in Deckung.

»Wo sind die anderen?«, flüsterte Sanne.

»Ich hoffe, sie haben genauso viel Glück wie wir«, erwiderte Meister Grimbart.

Hans drehte sich um: Der Ausgang war ein finsterer Tunnel, aber er meinte, kleine Lichter in der Ferne zu erkennen. War es ein Durchbruch? Wuchs Gebüsch vor dem Schlupfloch ins Freie? Führte der Weg zur Esche? Auf jeden Fall waren sie den Kultknechten so gut wie entwischt. Nun fehlten nur noch Kunz, Sneewitt, Hardt und Reineke Fuchs. »Kannst du etwas hören?«, fragte er den Dachs.

Der schüttelte den Kopf. »Sie bewegen sich leiser, als die Eule fliegt«, flüsterte er.

Die Gefährten warteten ungeduldig. Als sich Hans nach den Lichtpunkten umdrehte, bewegten sich diese. Offenbar war es tatsächlich ein Busch, der vor dem Ausgang ins Freie wuchs und dessen im Wind wehendes Laub die Sonne unregelmäßig durchließ.

Horn ballte die Fäuste. »Wo bleiben sie nur?«, fragte er.

Da schrie jemand: »Alarm!«, unmittelbar gefolgt von einem metallischen Kreischen – es wurde gekämpft.

»Zicke und Zecke!«, rief der Dachs erschrocken. »Verflucht, verflixt, verdammt! Man hat sie entdeckt!«

In den Tropfenhall mischte sich hastiges Fußgetrappel, als die Kultknechte aus der Deckung kamen. Rufe erschallten. Ein Pfeil sauste aus der dämmerigen Höhle und prallte neben dem Versteck der Gefährten gegen die Felswand.

Hans stieß den Atem zwischen zusammengebissenen Zähnen aus. »Wir müssen eingreifen«, sagte er. »Los – wir fallen den Knechten in den Rücken!« Er sprang auf.

»Ist das die Zangenbewegung?«, fragte Meister Grimbart.

Sanne zog im Laufen die Sicheln, Horn zückte sein kurzes, zweischneidiges Schwert. Der Dachs blieb zögernd stehen; er wandte sich nach den kleinen Lichtern um und witterte.

Kunz wehrte einen Hieb ab und brüllte: »Du bist der größte Schwachkopf von ganz Pinafor! Wieso pisst du einen Knecht an? Ist das hier dein Revier?« Er führte einen Streich, dem sein Gegner mit einem Rückwärtssalto auswich.

»Ich habe ihn nicht bemerkt«, winselte Reineke Fuchs. Dann ergriff er mit langen Sätzen die Flucht.

»Sie sind weit in der Überzahl!«, rief Sneewitt.

»Mistkerle«, zischte Hardt und kämmte sein blondes Haar mit den Fingern der freien Hand.

»Ich hoffe, du stirbst mit perfekter Frisur«, rief ihm Sneewitt zu.

Sie jagte einen Pfeil ins Halbdunkel, aber der Kultknecht, auf den sie gezielt hatte, schmetterte das Geschoss mit einer blitzschnellen Bewegung des Säbelarms ab.

Kunz täuschte einen Hieb vor, riss den Zweihänder dann zur anderen Seite und schlug die Klinge auf Höhe des Herzens waagerecht in den Harnisch des Kultknechts. »Wo bleibt Hans?«, schrie er, hebelte das Schwert aus dem wankenden Gegner und ging auf den nächsten los.

Da ertönte wütendes Gebrüll – Hans, Horn und Sanne griffen die Kultknechte von hinten an.

Reineke Fuchs eilte mit eingekniffener Lunte und angelegten Ohren zum Dachs. »Es tut mir ja so leid«, japste er, »aber ich war vor Angst inkontinent …«

»Du Held«, zischte Meister Grimbart. »Du Superheld! Jetzt sitzen sie in der Falle, und wir können ihnen nicht helfen. Wir müssen zur Muhme und zu den Köhlern. Komm!« Er flitzte in die Tropfsteinhöhle.

»Oje, oje«, greinte der Fuchs. »Ach und Weh! Hätte ich nur nicht soviel Teichwasser geschlabbert.« Er hetzte hinter dem Dachs her. Als er ihn einholte, rief er: »Warum nehmen wir diesen Weg? Hinten im Tunnel scheint die Sonne durch einen Busch, der vor dem Ausgang wächst.«

»Das ist nicht das Licht am Ende des Tunnels«, erwiderte der Dachs, ohne anzuhalten.

»Was ist es dann?«, hechelte der Fuchs.

Meister Grimbart rannte wortlos weiter.

Hans, Sanne und Horn trieben die überrumpelten Kultknechte mit wilden Hieben auseinander.

»Hierher!«, schrie Hans. »Wir haben einen Durchschlupf ins Freie entdeckt!«

»Hah!«, rief Kunz, der frischen Mut schöpfte, und fegte einen Knecht mit einem Schlag aus dem Weg. Dann rannte er los, dicht gefolgt von Hardt und Sneewitt, die in rascher Folge Pfeile nach beiden Seiten schoss. Wenige Atemzüge später erreichten sie den Ausgang der Tropfsteinhöhle und liefen durch den finsteren Tunnel auf die Lichter zu.

»Dort hinten«, keuchte Horn. »Das ist Sonnenlicht. Wir sind gleich draußen.«

Hinter ihnen hatten sich die Kultknechte gesammelt und die Verfolgung aufgenommen. »Hoah-hoah!«, brüllten sie. »Wir kriegen euch, ja! Wir schneiden euch auf! Wir waiden euch aus! Wir kriegen euch, ja! Hoah-hoah!«

»Von wegen!«, schrie Kunz über die Schulter. »Wir werden vor euren Schafsnasen entwischen!« Er überholte Hans und spurtete auf die Lichtflecken zu. Kurz bevor er sie erreichte, bremste er so abrupt, dass er ins Stolpern kam. Er reckte den Zweihänder und rief: »Leute! Das ist nicht die Sonne! Das sind ... Das sind ...«

Die übrigen Gefährten verlangsamten ihren Lauf und blieben verwirrt stehen. Sneewitt sah sich nach den näherkommenden Knechten um. Dann flammten links und rechts Fackeln auf, deren Schein Geschöpfe aus dem Dunkel schälte, wie die Gefährten sie noch nie erblickt hatten: Gelbe Augen loderten; Fangzähne blitzten, Krallen wurden ausgefahren.

»Karontiden ...«, hauchte Sanne schreckensbleich. »Es gibt sie wirklich.«

Die massigen Geschöpfe, die ihnen in einer Dreierreihe den Weg versperrten, rissen den Schädel hoch und röhrten so laut, dass die hornigen Brustfortsätze und Gemächte bebten.

»Das war kein Sonnenlicht«, flüsterte Horn. »Das waren die Augen dieser Ungeheuer.«

Hardt machte in seiner Panik auf dem Hacken kehrt, um in die Höhle der Hallenden Tropfen zu fliehen, sah sich aber einem Dutzend Kultknechte gegenüber, die ihre Klingen auf ihn richteten.

Dann trat die Jungfer aus den Schatten und stellte sich vor die Karontiden. Sie grinste so breit, dass all ihre spitzen Zähne zu sehen waren, breitete die Arme aus und rief: »Haah-haach! Willkommen! Wir haben euch schon erwartet!«

Hans ließ den Blick über seine fünf Gefährten gleiten. »Tja, Freunde«, sagte er tonlos. »Das war es dann wohl mit der Rettung der Esche.« Er ließ das Schwert fallen.

Das Klirren, mit dem es auf den Felsboden fiel, hallte lange im Tunnel nach.

17. Im Kerker

Maleen betastete ihren Rücken, den die Muhme mit Heilsalbe eingerieben hatte. »Da hat man mir die Karte eingebrannt«, seufzte sie, »und nun hilft sie uns nicht, die Esche zu finden.«

»Hans und die Gefährten schaffen es auch so«, sagte die Muhme und drehte den Spieß, an dem ein Hirsch über dem Feuer briet. »Wer weiß? Vielleicht sind sie schon am Ziel.«

»Ja … vielleicht«, murmelte Maleen. Sie steckte einen Finger in die Schale mit Salz und leckte ihn ab. Dann versank sie in tiefem Nachdenken.

Der Bratenduft machte allen den Mund wässerig. Bei Anbruch der Dunkelheit war das Fleisch fertig. Die Köhler schnitten dicke Batzen heraus, die sie mit den Fingern aßen. Die Muhme teilte ein Stück mit Maleen, die kaum etwas anrührte.

»Du isst wie ein Spatz«, sagte sie. »Was hast du? Tut dein Rücken weh?«

Maleen, die zwischen schmatzenden Männern saß, schüttelte den Kopf. »Nein«, antwortete sie. »Ich mache mir Sorgen um unsere Gefährten. Und ich muss immer wieder an die Esche denken.«

Die Köhler ließen Kartoffelschnaps kreisen; auch die Muhme trank einen Schluck.

»Endlich keine Kohlsuppe mehr!«, rief ein Mann. »Danke für den Hirsch, Harlung.«

Harlung nickte mit vollem Mund.

»Köstlich«, murmelte die Muhme und leckte ihre faltigen Lippen. Dann sagte sie zu Maleen: »Nur keine Sorge. Hans, Kunz, Sanne und Sneewitt sind gewitzt und außerdem gute Kämpfer, und der Dachs ist ein ausgebuffter Haudegen.«

»Und was ist mit dem Fuchs, Hardt und Horn?«

»Ach, die sind auch nicht aus Zucker«, sagte die Muhme und trank noch einen Schluck. »Warte ab – sie kehren spätestens übermorgen zurück. Dann ist die Welt wieder in Ordnung.«

Da ständig Köhler hinzukamen, die an ihren Meilern zu tun gehabt hatten, zog sich das Essen in die Länge. Maleen stellte den Teller nach vier oder fünf Bissen weg.

»Ich fühle mich immer so allein«, sagte sie. »Aber vielleicht ist das meine Bestimmung.«

»Was?«, fragte die Muhme.

»Allein zu sein.«

»Unsinn. Du findest deinen Prinzen schon noch«, sagte die Muhme.

»Du redest wie Reineke Fuchs«, erwiderte Maleen. »Aber so wird es nie sein. Irgendeine Aufgabe wartet auf mich.«

»Na, Fräulein? Auch ein Schlückchen?«, fragte der neben ihr sitzende Köhler.

Maleen schüttelte den Kopf und reichte die Flasche an die Muhme weiter, die einen dritten Schluck trank und sich den Mund mit dem Handrücken abwischte.

»Du wirst deinen Prinzen noch finden«, wiederholte sie, nun schon beschwipst. »Ganz bestimmt. Aber er muss gut gebaut sein. Er muss ein strahlendes Lächeln haben. Er muss höflich und zuvorkommend sein. Und …«

»Ist es falsch, allein zu bleiben?«, fragte Maleen. »Muss man denn seinen Prinzen finden?«

»Hm«, brummte die Muhme. »Ich meine ›Prinz‹ natürlich im übertragenen Sinn. Aber du könntest Kinder bekommen.«

»Du klingst schon wieder wie der Fuchs«, erwiderte Maleen. »Aber warum reden alle von Kindern? Hast *du* Kinder?«

Die Muhme starrte Maleen lange an. Dann wandte sie sich ab und rief: »Harlung? Gib mir mal die Flasche.«

»Du bist auch allein«, sagte Maleen. »Warum redest du dann so? Vielleicht will ich ja gar keine Kinder.«

Inzwischen hüllte die Dunkelheit das Lager ein. Ein Köhler, der das Gespräch überhört hatte, mischte sich ein: »Eine Frau schenkt einem Mann Kinder. Das ist ihre Bestimmung.«

»Puha! Was für ein Unsinn«, lallte die Muhme mit schwerer Zunge und stellte die Schnapsflasche ab. »Als ob wir nur auf der Welt wären, um euch Kinder zu *schenken*. Sollen wir sie vielleicht auch noch hübsch verpacken? Mit Schleifchen und Seidenpapier?«

Der Köhler sah sie erbost an.

Maleen lächelte in sich hinein.

»Im Grunde hast du recht«, sagte die Muhme zu ihr. »Zum Teufel mit diesen Prinzen. Sie bringen meist Unglück. Wenn du allein bleiben willst, dann bleibst du eben allein. Basta!«

»Das ist gegen die Gesetze der Natur«, polterte der Köhler. »Außerdem ist die Kleine zu niedlich, um zur alten Jungfer zu verkommen.«

Die Muhme lief rot an. »Zur alten Jungfer verkommen? Was soll das heißen?«, grollte sie. »Noch ein Wort, und ich ziehe dir die Schnapsflasche über den Hohlkopf!«

»Es gibt nur ein Naturgesetz: Innerhalb gewisser Grenzen ist jedes Geschöpf frei«, sagte Maleen leise.

»Richtig«, erwiderte die Muhme. »Innerhalb der Grenzen des

Anstands. Und nicht …« – sie sah den Köhler finster an – »… innerhalb der Grenzen dummer Konventionen.«

Der Mann wollte gerade aufbrausen, als im Lager Unruhe aufkam. Im nächsten Moment trabten Meister Grimbart und Reineke Fuchs ans Feuer. Die Muhme wollte aufstehen, fiel aber sofort wieder auf ihr Hinterteil. Die Tiere setzten sich und hechelten erschöpft.

Maleen, die Böses ahnte, fragte: »Was ist passiert?«

Der Dachs sah betrübt zu ihr auf. »Die Gefährten sind in die Fänge von Kultknechten und Karontiden geraten«, sagte er.

»Sie sind Opfer einer Zangenbewegung geworden«, ergänzte der Fuchs.

»Ka … Karontiden?«, stieß ein Köhler hervor.

»Und was geschieht jetzt mit ihnen?«, fragte die Muhme.

»Tja«, antwortete der Dachs. »Wenn ich das nur wüsste …«

Die Gefährten wurden von ihren Häschern durch gewundene Tunnel geführt. Die Jungfer verschlang die vier Männer mit Blicken und redete unablässig auf sie ein.

»Hu-hah-haaaaach!«, kreischte sie, wobei ihr Sabber aus den Mundwinkeln lief. »So frisch und knackig! So blutvoll und unverbraucht! Das wird eine Lust! Haah-huuh!«

Nach einer Weile gelangten sie in eine Grotte – und hielten den Atem an, denn im Zwielicht war die Esche zu erkennen, der heilige Baum Pinafors. Ihre dicht belaubten Äste ragten weit in die Grotte, und sie warf ihre Wurzeln wie Fangarme aus. Die Gefährten hatten sie endlich entdeckt, nur leider auf andere Art als erhofft. Und sie wurden schon erwartet, dieses Mal von Barbera, Grimm, Eisenhans und einer Eskorte aus Kultknechten.

»Da ist ja die Verräterin«, sagte Kunz.

Eine Karontide schlug ihn nieder, riss ihn dann wieder hoch, als wollte sie ihn auf ihre hornigen Brustfortsätze spießen, und knurrte wütend.

»Er gehört mir!«, kreischte die Jungfer. »Lass ihn los!«

Die Karontide ließ Kunz zu Boden plumpsen.

Die Jungfer half ihm auf. »Nur nicht frech werden, Süßer«, murmelte sie und strich mit rissigen Fingernägeln über seine Kehle. »Oh-ah«, stöhnte sie. »So weiche Haut ...«

Kunz wischte sich ihren Sabber aus dem Gesicht. »Fass mich nicht an, du Bohnenstange«, fauchte er.

»Hooooh-haah!«, keifte sie. »Wie hast du mich genannt?« Sie schloss die Finger um seinen Hals. »Möchtest du, dass ich dir die Kehle gleich durchbeiße?« Sie sah über die Schulter zur ungeduldig wartenden Barbera. »Du hast Glück«, zischte sie. »Denn die Schlampe will euch lebend.«

»Sicher nur vorerst, hm?«, fragte Kunz.

»Ja-huh-haach! Vor-hoor-erst«, kicherte die Jungfer, die sich fast am eigenen Speichel verschluckte.

Man trieb die Gefährten weiter.

»Hübsches Empfangskomitee«, sagte Horn.

»Wer ist der Typ mit Ganzkörperfrisur?«, fragte Hardt.

»Sicher Eisenhans«, antwortete Sanne.

»Ruhe!«, brüllte der Oberknecht. Er fiel vor Barbera auf ein Knie und verkündete: »Auftrag ausgeführt, Herrin.«

»Der hat bestimmt schon Hornhaut auf den Knien«, wisperte Kunz.

Eine Karontide schlug ihn gegen den Hinterkopf.

Barbera ließ ihren Blick über die Gefährten gleiten. »So sieht man sich wieder«, sagte sie lächelnd.

»Leider«, erwiderte Sneewitt, die kerzengerade dastand und dem weisen Weib direkt in die Augen sah.

»Ihr werdet noch Demut lernen«, sagte Barbera. »Vor eurem Tod.«

»Ich fürchte den Tod nicht«, sagte Sneewitt.

»Nein?«, fragte Barbera. »Und was ist mit dem Sterben?«

Sannes Augen wurden noch kugelrunder, und ihre Unterlippe zitterte.

Grimms Blick ruhte auf Hans. »Ich kenne dich«, murmelte er. »Wer bist du?«

Hans schwieg mit gesenktem Kopf.

»Lass das«, geiferte die Jungfer. »Er ist mein.«

Grimm sah sie abfällig an und sagte: »Gieriges, blutsaufendes Luder.«

»Hört auf, euch zu streiten«, befahl Barbera.

»Und die zwei Täubchen sind mein«, seufzte Eisenhans. Er musterte Sneewitt und Sanne von Kopf bis Fuß. »Oh, wie ich euch beglücken werde …«

»Du zeugst doch nur Wechselbälger«, spottete Sneewitt.

Wieder schlug eine Karontide zu.

»Genug!«, schrie Barbera, die mit ihrer Geduld am Ende war. »Werft sie in den Kerker neben den Feen.«

»Ooh-hoooch«, jaulte die Jungfer enttäuscht.

»Lasst mir wenigstens die Brünette da«, bettelte Eisenhans und zeigte auf Sanne.

Barbera fuhr zu ihm herum. »Du kannst beide haben. Aber erst, wenn *wir* mit ihnen fertig sind«, sagte sie und gab den Kultknechten einen Wink.

Die Gefährten wurden durch das Wurzellabyrinth zur anderen Seite der Grotte geführt und vor dem Kerker noch einmal nach Waffen durchsucht.

»Was ist das?«, fragte ein Kultknecht und zeigte auf Horns Ranzen.

»Das ist ein leerer Ranzen«, antwortete Horn. »Darf ich ihn als Kopfkissen behalten?«

»Solange du deinen Kopf noch hast«, erwiderte der Knecht und lachte.

»Und das?«, fragte ein anderer Kultknecht, der den Knüppel aus Hardts Sack holte.

»Das ist mein Stock«, antwortete Hardt. »Ich habe mir beim Kampf den Fuß verrenkt.« Er hinkte drei Schritte. »Darf ich ihn als Gehhilfe behalten?«

»Diesen Zahnstocher?«, knurrte der Knecht. »Meinetwegen. Solange du noch gehen kannst ...« Er steckte den Knüppel in den Sack und warf ihn Hardt vor die Füße.

Man stieß die Gefährten in einen hohen, fast runden Kerker und schlug die Tür zu. Mehrere Riegel rasteten klackend ein.

Sneewitt ließ ihren Blick über die Felswände und das faulige Stroh gleiten; auf einmal wirkte sie mutlos. »Wir sitzen ganz schön in der Patsche, oder?«, fragte sie.

»Ja«, sagte Hans und sank vor eine Wand. »Ich fürchte, das ist unser Ende.«

Sie hörten, wie Karontiden mit schweren Schritten vor der Kerkertür Aufstellung nahmen.

»Unmöglich«, brummte Harlung. »Wir müssen uns um unsere Meiler kümmern. Außerdem haben schon zu viele Brüder den Tod gefunden.«

Die Muhme starrte in das Feuer, die Hände auf den Schläfen; sie versuchte, einen klaren Kopf zu bekommen.

»Unsere Brüder haben einst im Heer der Freien gegen die Nachfolger des Eisernen Königs gekämpft«, sagte einer der Köhler. »Wir sind keine Feiglinge. Aber wir sind zu wenige, um etwas gegen die Karontiden ausrichten zu können.«

»Gut gesprochen!«, riefen die Köhler.

»Damit ist die Sache entschieden«, sagte Harlung. Er kam auf die Beine, nickte der Muhme zu und ging zu seinem Meiler.

Die Köhler zerstreuten sich.

Der Fuchs betrachtete den Hirsch, der noch etwas Fleisch auf den Knochen hatte. »Schneidest du mir ein Stück ab?«, bat er Maleen.

Sie kam seiner Bitte nach. Während er fraß, fragte der Dachs, der die Sterne betrachtete: »Und was nun?«

Die Muhme rieb ihre Schläfen. »Sehen wir den Tatsachen ins Gesicht«, sagte sie. »Wir können Hans und den anderen nicht helfen.«

»Aber das bedeutet ihren Tod«, rief Maleen.

»Ich weiß …«, murmelte die Muhme. Ein Windstoß ließ die Flammen flackern; Funken stoben auf. Die Köhler liefen im Lager hin und her, rußbedeckt und stumm.

»Der Grottenolm hat uns gedrängt, mit den Welsen Kontakt aufzunehmen«, sagte der Dachs, der weiter zu den Sternen aufsah.

»Wir sollen die Gografen befreien«, rief der Fuchs zwischen zwei Bissen. »Ein guter Witz, wie?«

Die Muhme griff nach dem Schnaps, aber Maleen kam ihr zuvor und goss die Flasche aus. Als sie die letzten Tropfen ins Gras schüttelte, sagte die Muhme: »Das Komplott richtet sich gegen die Wurzeln unseres Daseins. Wenn der König erwacht, bricht eine Zeit an, die alle Werte auf den Kopf stellt – was gut ist, gilt als böse, und was böse ist, gilt als gut.«

»Die Menschen sind schwach«, klagte Meister Grimbart.

»Nein«, sagte Maleen, »aber verführbar und denkfaul.«

»Wenn das nicht schwach ist, was ist es dann?«, erwiderte der Dachs.

Sie drückte den wunden Rücken durch und blitzte die Muhme aus grünen Augen an. »Wenn wir unseren Gefährten nicht helfen können, sollten wir wenigstens auf den Rat des Olms hören«, schlug sie vor. »Er war immerhin der Diener der drei blinden Feen.«

»Ja, angeblich«, sagte der Fuchs. »Aber vielleicht ist er auch nur eine Weißwurst mit Kiemen.«

»Wenn wir an der einen Front nichts tun können, müssen wir uns der anderen zuwenden«, rief Maleen aufgewühlt. »Wollt ihr wirklich tatenlos dasitzen, während unsere Freunde von Karontiden abgeschlachtet werden?«

»Das Mädchen hat Mumm«, murmelte der Dachs.

»Oh, ja, natürlich«, sagte Reineke Fuchs. »Ein Backfisch, ein bejahrter Dachs, ein Hutzelweib und ein … äh … mutiger, aber besonnener Fuchs kämpfen gegen den Rest der Welt. Großartiger Plan.«

»Darf ich erfahren, wer das Hutzelweib sein soll?«, fragte die Muhme mit drohendem Unterton.

»Oh«, hüstelte der Fuchs. »Das ist mir so herausgerutscht.«

»Na, schön«, sagte die Muhme verärgert. »Bei Anbruch der Dämmerung werden ein Backfisch, ein bejahrter Dachs, ein Hutzelweib und ein … äh … feiger Fuchs aufbrechen, um mit den Welsen zu reden.«

Maleen klatschte erfreut in die Hände.

»Einverstanden«, grunzte Meister Grimbart.

Reineke Fuchs fraß finster weiter.

Der Kultknecht trat von Sneewitt zurück, schlug die Hacken zusammen, reckte eine Faust und rief: »Fertig, Meister!«

»Ausgezeichnet«, erwiderte Grimm. Er ließ seinen Blick über die Gefährten gleiten, deren Hände über dem Kopf an die Wand gekettet waren. Drei Karontiden wachten draußen vor der Tür; hinter ihnen standen Eisenhans und die Jungfer und lugten in den dunklen Kerker.

»Ihr seid mir zwei Mal entwischt«, sagte Grimm. »Nun seid ihr fällig. Ein Jammer, dass die Hexe mit den grünen Augen nicht dabei ist, denn sie hätte eine Sonderbehandlung von mir bekommen.«

Die Gefährten starrten schweigend zu Boden.

»Haa-haaach!«, kreischte die Jungfer und versuchte, sich an den Karontiden vorbeizudrängeln. »Lass mich rein, du Ratte! Ich will die Kehlen der süßen Kerle streicheln!«

»Die Karontiden unterstehen jetzt mir«, sagte Grimm, ohne sich umzudrehen. »Bleib, wo du bist, alte Vogelscheuche.«

Die Jungfer raufte ihren blutverkrusteten Haarschopf. »Huh-huuuuh!«, heulte sie. »Du … du bist sooooo gemein!«

»Ja, lass uns rein!«, brüllte Eisenhans. »Ich will die Weiber wenigstens einmal aus der Nähe betrachten.«

Grimm schnippte mit den Fingern. Sofort eilten Kultknechte herbei und zerrten Eisenhans und die Jungfer von der Tür weg.

»Verkommene Subjekte«, murmelte Grimm. »Mit so etwas ist man nun verbündet …«

»Gleich und Gleich gesellt sich gern«, sagte Sneewitt.

Grimm schlug ihr mit dem Panzerhandschuh ins Gesicht. Ihr Kopf knallte gegen die Wand, Blut quoll aus geplatzten Lippen. »Dein Mundwerk ist viel zu lose«, zischte er. »Wir werden dir die Zunge herausreißen.« Dann drehte er sich zu Hans um. »Du …«, grollte er. »Ich kenne dich, aber mein Gedächtnis versagt mir den Dienst. Wer bist du?«

Hans war wie betäubt. Eigentlich hätte er panisch werden müssen, aber seine Angst vor der Enge schien verflogen zu sein. Er lächelte befreit.

»Hast du Bohnen in den Ohren?«, brüllte Grimm und riss seinen Kopf bei den Haaren hoch. »Ich will wissen, wer du bist!«

Hans sah nur selig zu ihm auf.

»Vielleicht steht er unter Schock, Meister«, sagte der Knecht, der die Gefährten angekettet hatte.

Grimm stieß Hans' Kopf weg. »Na, er ist ohnehin so gut wie tot«, grollte er. »Wo ist der Schlüssel für die Schellen?«

»Hier, Meister«, antwortete der Kultknecht und präsentierte einen rostigen Bartschlüssel.

»Ich gehe zu meiner Herrin«, sagte Grimm. »Lass die Klappe der Tür offen, damit du die Gefangenen im Auge behalten kannst. Und sorg dafür, dass ihnen die beiden Spukgestalten nicht zu nahe kommen.« Die Karontiden wichen ihm aus, als er den Kerker verließ. Kurz vor dem Wurzellabyrinth drehte er sich noch einmal um, betrachtete Wachen und verriegelte Tür und rief: »Morgen drehen wir die Waschlappen durch die Mangel!«

Der Kultknecht reckte stumm die Faust und ließ sich vor dem Kerker nieder.

Darin herrschte Stille. Sneewitt stöhnte hin und wieder; dann schüttelte sie den schmerzenden Kopf und sagte: »Verglichen mit diesem Loch war die Herberge ›Zur munteren Matrone‹ das Paradies.«

»Wohl wahr«, ergänzte Hardt. »Sehr ungesunde Haltung.« Er hievte sich in eine bessere Sitzposition.

»Dieses Miststück von Barbera«, fluchte Kunz.

»Ich hoffe, die Tiere holen Hilfe«, sagte Horn.

»Gegen die Karontiden und Kultknechte kommen die Köhler allein nicht an«, erwiderte Hans. »Wir sind verloren.«

Sanne schluchzte auf.

Sie hingen düsteren Gedanken nach. Schließlich nickte Horn ein. Auch Sannes Kopf sank auf die Brust. Kunz brabbelte irgendetwas vor sich hin, Sneewitt saß mit starrer Miene da, und Hans hob den Kopf und sah sich im Kerker um.

»Das erinnert mich an den Felskamin«, flüsterte er.

»Ich kann nicht schlafen«, sagte Hardt. »Ich habe Angst. Und Hunger und Durst. Was würde ich dafür geben, noch einmal vom Tischchen-deck-dich meines Bruders zu kosten …«

Sie verstummten wieder. Draußen fauchten die Karontiden, der Kultknecht lachte auf, Münzen klimperten. Ihre Wärter schienen zu würfeln.

Hans fiel in einen traumlosen Schlaf. Als er nach einer Weile daraus aufschreckte, überwältigte ihn der Kerkermief, und er musste würgen und schlucken und versuchte vergeblich, die ertaubenden Arme auszuschütteln. Als er den Blick wieder senkte, nahm er aus den Augenwinkeln eine Bewegung vor der Türklappe wahr. Erst glaubte er, es wäre der Kultknecht, aber draußen war es so still, als würden ihre Wärter in einem genauso tiefen Schlummer liegen wie die Gografen in ihrer Feste. Dann schlüpfte ein kleines Tier durch die Gitterstäbe der Klappe, sprang in den Kerker und hüpfte auf Hans zu.

»Du?«, fragte er erstaunt. »Wolltest du nicht Nüsse für den Winter sammeln?«

Das Eichhörnchen sicherte. Dann sagte es: »Ja, aber was hier geschieht, ist zu schrecklich. Ich mochte euch nicht im Stich lassen.« Es sah Hans aus dunklen Knopfaugen an. »Wie kann ich euch nur helfen?«

Hans war gerührt. Und als das Eichhörnchen seinen Schwanz mit elegantem Schwung um die Hinterbeine schlang, musste er trotz der ausweglosen Situation lachen. »Bleib einfach bei uns«, sagte er. »Wer weiß, wozu du nütze bist.«

Das Eichhörnchen kroch hinter seinen Rücken.

Der Himmel war bedeckt. Ein Wind ließ den aus Tälern und Wäldern aufsteigenden Nebel wie ein Heer von Geistern über dem Greting tanzen.

Die Muhme und Maleen ritten bergab, begleitet von Meister Grimbart und Reineke Fuchs, der immer noch schmollte und seine Gefährten insgeheim zum Teufel oder, besser gesagt, zum Eisenhans wünschte. Zwischen den Eichen roch es frisch und feucht; ein Hauch von Herbst lag in der Luft, und da und dort wuchsen erste Pilze. Gegen Mittag kam das im Schatten liegende, nebelige Himmelstor in Sicht. Die vier Gefährten stiegen zum Welsfluss hinab und begaben sich zum Anleger der Kähne, die die Holzkohle zu den Erzhütten im Lohwald transportierten. Der Fluss schäumte gegen die Ufer, als hätte irgendetwas seinen Zorn erregt, und die Sonne verbarg sich hinter grauen Wolken.

Maleen band ihren Schimmel an einen Pfosten und betrat den Anleger, der weit in den Fluss ragte und wegen des Steilufers auf einer hohen Balkenkonstruktion ruhte. Links und rechts führten Holztreppen zu einem zweiten Steg hinunter, der zum Beladen der Kähne diente. Dort war ein Ruderboot vertäut; sonst war alles verwaist.

Maleen blieb vorne auf dem Anleger stehen und starrte die gegenüberliegenden Klippen an. »Ob unsere Gefährten schon tot sind?«, fragte sie den Fuchs, der ihr gefolgt war.

»Keine Ahnung«, erwiderte er gereizt. »Und? Was ist nun mit dem Schwätzchen mit den Welsen?«

»Nur Geduld«, sagte die zu ihnen tretende Muhme. »Die Welse sind heilige Tiere. Sie werden kommen, sobald sie uns spüren.«

»*Heilige* Tiere?«, brummte der Fuchs. »Dass ich nicht lache.«

Die Muhme stieg auf einer der Treppen zum unteren Steg des Anlegers hinab, ließ sich auf den Rand nieder und stopfte ihre Pfeife. Maleen und Meister Grimbart setzten sich zu ihr, aber der Fuchs rief: »Ich gehe auf die Pirsch. Meinetwegen könnt ihr auf diese Bartelträger warten, bis ihr schwarz werdet.«

Einen Klafter unter den Füßen der beiden Frauen schäumte der Welsfluss. Die Fluten brachen sich an den Felsen, Gischt sprühte, ein Brausen erfüllte die Luft. Nebelschwaden flogen dahin wie von der Strömung mitgerissen.

»Kalt hier«, murmelte Maleen und legte sich eine Decke auf den wunden Rücken. »Ich muss immerfort an Hans und die anderen denken …«

»Ich auch«, brummte der Dachs und starrte auf den tobenden, brüllenden Fluss.

18. Marter

Die Tür wurde aufgerissen und sofort nach dem Eintreten des Kultknechts von Karontiden versperrt. Fackelschein flackerte auf den Kerkerwänden. Der Wärter öffnete die Handschellen und zog Sanne, Hans und Sneewitt an den Ketten ins Freie. Dort wartete ein Trupp von Kultknechten, der die drei Gefährten durch das Wurzellabyrinth zur Marterhöhle trieb, einer tiefen Ausbuchtung am jenseitigen Rand der Grotte. Fackelrauch hing in der Luft. Kultknechte und Karontiden standen in Reih und Glied hinter Barbera und Grimm, die den Gefährten erwartungsvoll entgegensahen.

»Huh-ha-ha-haaach!«, geiferte die abseitsstehende Jungfer beim Anblick von Hans.

Eisenhans schnippte Sanne eine zerknackte Laus gegen die Brust, als sie an ihm vorbeistolperte.

»Halt!«, rief der Truppführer kurz vor der Marterhöhle. Er reckte eine Faust und rief: »Die Gefangenen, Herrin.«

»Danke, danke«, sagte Eisenhans grinsend. »Ihr könnt jetzt austreten.«

»Hi-hi-hi«, kicherte die Jungfer.

Grimm sandte ihnen einen finsteren Blick. »Soll ich die zwei Idioten nicht lieber gleich kaltmachen?«, flüsterte er Barbera ins Ohr.

»Später, mein Galan«, erwiderte sie. Dann wandte sie sich den Gefährten zu und sagte lächelnd: »Wie schön, dass ihr meiner Einladung gefolgt seid. Ich hoffe, wir werden ein paar nette Stunden miteinander verbringen.«

»Erstick doch an deiner Schminke«, fauchte Sneewitt, deren Gesicht durch Grimms Schlag grün und blau angelaufen war.

Barberas Lächeln gefror. Sie schnippte mit den Fingern. Kultknechte und Karontiden traten beiseite und enthüllten die Rückseite der Höhle. Dort standen drei Holzgestelle, in deren Rahmen Stricke und Ketten hingen. Marterwerkzeuge ragten aus Becken mit glühender Kohle, und auf einem Tisch lag ein ansehnliches Arsenal weiterer Gerätschaften bereit.

Sanne wankte. »Oh, nein«, flüsterte sie. »Bitte nicht … Bitte nicht …«

Barbera musterte sie eisig. Dann gab sie ihren Kultknechten einen Wink. Man band die Gefährten in die Holzgestelle und zog die Stricke an, bis Arme und Beine straff gespreizt waren. Danach traten die Kultknechte an den Rand der Höhle zurück. Die Karontiden starrten die Gefangenen aus glitzernd gelben Augen an; ihre Schädel glänzten, und sie hechelten erregt.

Hans machte sich auf das Schlimmste gefasst. Sanne, die ihr Schluchzen zu unterdrücken versuchte, zitterte so heftig, dass das Gestell vibrierte.

Barbera ging an den beiden vorbei und blieb vor Sneewitt stehen. »Du bist frech und vorlaut«, sagte sie. »Aber sieh mal, was ich hier habe.« Sie nahm etwas vom Tisch. »Einen roten, knackigen Apfel. Damit stopfe ich dir das Maul.« Sie winkte einer Karontide, die Sneewitts Mund aufhebelte, den Apfel hineinschob und mit einem Lederriemen festband.

Sneewitt bäumte sich auf und riss an den Stricken. Kalter Schweiß trat auf ihre Stirn.

»Du kannst gern hineinbeißen«, sagte Barbera. »Vielleicht ist er ja nicht vergiftet.« Sie lachte laut auf. Dann streichelte sie den Arm der Karontide und flüsterte: »Triezt sie ein bisschen. Sie sollen nicht umsonst gekommen sein.«

Zwei weitere Karontiden kamen angetrottet. Sie griffen im Vorbeigehen nach neunschwänzigen Katzen. Als sie vor den Gefährten standen, röhrten sie so laut, dass es in der ganzen Grotte hallte.

Die Esche erbebte und ließ weitere Blätter zu Boden fallen.

Ein kalter Wind blies der Muhme um die Ohren. Zeisig und Sperling saßen auf Maleens Schultern und duckten sich unter die Kapuze. Die Sonne war nicht zu sehen, der Nebel über dem Fluss wurde dichter und verhüllte den Blick auf die Steilhänge des Gretings.

»Vielleicht warten wir wirklich, bis wir schwarz werden«, sagte Meister Grimbart und gähnte. »Ich bin müde. Tagsüber schlafen Dachse eigentlich.« Er rollte sich zusammen.

Maleen hatte sich hinter die Muhme gekauert, die mit düster umwölkter Stirn ihre Pfeife paffte und den Blick über den schäumenden Welsfluss gleiten ließ. Sie konnte hören, wie Reineke Fuchs auf dem Anleger schmatzend und knurpsend seine Beute fraß; Blut tropfte durch Ritzen auf den unteren Steg. Die Muhme vermisste Kate und Katzen. Sie sehnte sich nach den Hollerbüschen und wünschte sich, bei einem Glas Holunderschnaps im friedlichen Flutwidde zu sitzen; sie malte sich aus, wie die Sonne eines Spätsommerabends durch das Holunderlaub fiel und Lichtflecken über das Gras tanzen ließ. Sie klopfte die Pfeife seufzend an einem Balken aus. Wo blieben die Welse? Waren sie wirklich wieder da?

»Ich friere so«, sagte die hinter ihr hockende Maleen. »Immer noch nichts?«

»Nein. Immer noch nichts«, brummte die Muhme. Der Fuchs

hatte seine Mahlzeit offenbar beendet, denn sie hörte, wie er oben lautstark rülpste. Dann konzentrierte sie sich wieder auf den Fluss. Eine entwurzelte Birke trieb auf den Anleger zu, knallte gegen einen Balken, schnellte zurück und wurde von der Strömung weitergerissen. Meister Grimbart schlief, und Maleen zitterte vor Kälte.

»Na, ihr da unten?«, rief Reineke Fuchs. »Habt ihr schon ein paar Hallelujas mit den heiligen Fischen gewechselt? Oder war der Olm doch nur ein Wichtigtuer?« Er lachte keckernd und fügte hinzu: »Ich suche mir jetzt ein lauschiges Plätzchen für den Verdauungsschlaf. Ruft mich, falls ihr irgendwelche Bartelträger sichtet.«

Die Muhme brummte mürrisch. Ihre Augen wurden müde, und nach einiger Zeit nahm sie den Fluss so verwischt wahr, als wäre er ein Traumbild in der anbrechenden Dämmerung. Treibholz schoss am Anleger vorbei, nasse, glänzende Äste und Stämme. »Sinnlos«, murmelte die Muhme. »Das ist doch sinnlos. Wir sollten alles abblasen und den Eisernen König einen guten Mann sein lassen.«

»Nein«, widersprach Maleen mit klappernden Zähnen. »Wir müssen weitermachen.«

»Ach, Mädchen«, seufzte die Muhme. »Manchmal will ich einfach nur nach Hause.«

In Nebel und Dämmerung war kaum noch etwas zu erkennen. Der Fluss schien umso lauter zu brausen, je dunkler es wurde. Die Muhme schloss die Augen; die Müdigkeit schwächte ihre Kraft zur Verdrängung, und sie wurde vom Gedanken an das Schicksal von Hans und den anderen geplagt, was das Warten noch quälender werden ließ. »Unsinn, Unsinn«, murmelte sie. »Sinnlos, sinnlos.« Sie verstummte, und ihr Kopf sank auf die Brust. Der Schlaf wollte sie überwältigen.

»Sinnloser Unsinn ist sinnvoller Sinn«, blubberte jemand mit breitem, verwaschenem Akzent.

»Lass das Geschwätz, Reineke Fuchs«, murmelte sie. »Oh, ich bin ja so müde …«

»Dann musst du auf den Grund tauchen und dich ausruhen«, sagte eine zweite Stimme.

»Über dir braust Gevatter Fluss«, sagte eine dritte Stimme, »aber unten ist es ruhig und still.«

Die Muhme zwang sich, die Lider zu öffnen, und sah auf den Fluss. Sie konnte nichts erkennen. »Ach …«, seufzte sie und senkte betrübt den Kopf. Da erblickte sie dicht vor dem Steg drei riesige Fische; sie hatten vier Barteln am Unterkiefer und je eine zwischen Maul und Auge.

»Du hast uns gesucht, alte Frau«, sagte der größte und älteste Wels. »Da sind wir.«

Das Eichhörnchen, das den drei Gefährten gefolgt war, sah entsetzt, wie diese auf Befehl Barberas von Karontiden gemartert wurden. Hans und Sanne hingen blutüberströmt in den Stricken, und Sneewitt, deren Gesicht blau angelaufen war, würgte am Apfel; sie riss trotz ihrer Schmerzen an den Fesseln, versuchte zu strampeln, und stieß fast tierische Laute aus. Die Kultknechte sahen grinsend zu. Eisenhans und die Jungfer, die etwas weiter weg standen, blickten besorgt drein, weil sie befürchteten, dass man die Gefangenen zu sehr malträtierte.

»Sie bringen sie um«, hörte das Eichhörnchen Eisenhans sagen. »So war das nicht abgemacht.«

»Uh-huuh«, stöhnte die Jungfer. »Die Schlampe geht zu weit. Ich werde den Jungen erst aufpäppeln müssen, bevor ich ihm die Kehle durchbeißen kann.«

Als eine Karontide nach den glühenden Eisen griff, ertrug das Eichhörnchen den Anblick nicht mehr und huschte durch das Wurzellabyrinth zurück zum Kerker, in dem Kunz, Hardt und Horn saßen. Die Wärter waren aufgestanden und spitzten die Ohren.

»Warum dürfen wir nicht dabei sein?«, fragte der Kultknecht.

Eine Karontide wies grunzend auf die Kerkertür.

»Die Tür hat sieben Schlösser«, erwiderte der Knecht. »Die Gefangenen liegen in Ketten, und wer sollte sie befreien? Ich will die Marter sehen.« Nach kurzem Schweigen fügte er hinzu: »Wir können uns ja abwechseln.«

Die Karontiden tauschten Blicke; sie berieten sich in ihrer aus Grunzlauten bestehenden Sprache. Schließlich zeigte eine auf den Wärter und dann auf den Kerker und stapfte davon. Ihre Artgenossen machten Anstalten, ihr zu folgen.

»He!«, rief der Kultknecht. »Wieso ihr Dumpfbacken zuerst? Bleibt hier. Das ist ein Befehl.«

Eine Karontide fuhr herum, packte seinen Hals und knallte ihn mit dem Rücken gegen die Kerkertür.

Der Kultknecht hing zappelnd in der Luft. »Gut …«, stieß er hervor und fuchtelte mit dem Schwertarm, ohne der Hornhaut der Karontide etwas anhaben zu können. »Gut … Ihr geht zuerst … Aber … bleibt … nicht zu lange …«

Die Karontide öffnete die Klauen, und er rutschte zu Boden. Während er sich aufrappelte, verschwanden die Ungeheuer in den Tiefen des Labyrinths. Sie trotteten am Eichhörnchen vorbei, das sich zwischen die Wurzeln duckte. Als es wieder auftauchte, stützte sich der Kultknecht mit einer Hand gegen die Felswand, rieb seine Kehle und hustete mit gesenktem Kopf.

»Biester …«, murmelte er. »Verfluchte Biester.«

Das Eichhörnchen flitzte los und sprang durch die Klappe in den Kerker.

»Sieh da«, sagte Kunz. »Unser Retter in der Not.«

»Mit Verlaub«, piepste das Eichhörnchen, »ich bin eine *Sie*.«

Horn stöhnte auf. »Ich spüre meine Arme nicht mehr«, sagte er.

»Immerhin lebst du noch«, erwiderte Hardt.

Kunz sah das Eichhörnchen lange an. Am Ende überwand er sich und fragte: »Und Hans? Sanne? Und Sneewitt?«

Die Eichhörnchendame senkte betrübt den Blick.

»Verflucht!«, brüllte Kunz und rüttelte an seiner Kette. »Wir müssen ihnen helfen.«

Der Kultknecht hämmerte gegen die Tür. »Ruhe da!«, schrie er. Er verschwand von der Klappe, doch sie konnten hören, wie er vor sich hin schimpfte.

»Die Karontiden sehen bei der Marter zu, und das ärgert ihn«, hauchte das Eichhörnchen.

»Dann ist er allein?«, fragte Hardt.

Das Eichhörnchen nickte.

Kunz wandte sich zu Hardt um. »Wir müssen es versuchen«, flüsterte er.

Hardt nickte.

»Wir haben keine Chance«, brummte Horn. »Euer Plan wird scheitern.«

Kunz überhörte ihn und forderte das Eichhörnchen mit einer Kopfbewegung auf, einen Blick in die Grotte zu werfen. Es sprang an der Tür hinauf und spähte durch die Klappe: Im Dämmerlicht erhob sich der mächtige Eschenstamm aus dem Wurzelgewirr; in der Ferne gellten Schreie; Blätter trudelten zu Boden, und ab und zu fiel ein Zweig; der Kultknecht saß am Tisch vor dem Kerker und ließ düster eine Goldmünze über seine Finger tanzen.

Das Eichhörnchen huschte an der Tür hinab. »Weit und breit niemand zu sehen«, sagte es.

Hardt zwinkerte Kunz zu. Der begann zu rufen: »He, du Sohn einer schleimigen Kröte! Kreuzung zwischen Napfschnecke und Natter! Wir spucken auf dich, du Wurm!«

Das Gesicht des Kultknechts erschien vor der Klappe. »Ich diene meiner Herrin«, schrie er. »Wenn ihr mich beleidigt, beleidigt ihr sie auch.«

»Weißt du, dass deine Herrin mit Untoten tändelt?«, höhnte Kunz

Der gereizte Kultknecht zog ein hasserfülltes Gesicht. »Hüte deine Zunge«, zischte er. »Ich könnte Lust bekommen, euch weichzuklopfen, wenn ich schon nicht bei der Marter zusehen darf.«

»Feigling«, erwiderte Kunz. »Du fühlst dich nur stark, wenn andere schwach und hilflos sind. Du wirst dein Leben lang ein Diener sein.«

Der Kultknecht platzte vor Wut. Die Gefährten hörten, wie er die Riegel öffnete. Die Tür schwang auf, und sein Schatten fiel in den Kerker. Er hielt einen Ochsenziemer in der Hand.

»Ich schlage euch grün und blau«, stieß er zornig hervor.

Das Eichhörnchen kauerte sich hinter Horns breiten Rücken.

Der Kultknecht holte aus und schlug Kunz ins Gesicht.

Der sagte: »Kraft hast du auch nicht, du Muttersöhnchen.«

»Warte nur«, fauchte der Knecht und holte erneut aus.

In diesem Augenblick schrie Hardt: »Knüppelsackattack!«

Der Knüppel sprang aus dem neben ihm liegenden Sack, und bevor sich der Wärter versah, hagelte es Hiebe. Er wich aus, duckte sich und versuchte, sich mit der Klinge zu wehren – alles vergeblich, denn der Tanz des Knüppels war ebenso wild wie unberechenbar.

»Heißa!«, rief Kunz.

Der Kultknecht wollte fliehen, aber der Knüppel hinderte ihn daran und traf ihn schließlich an der Schläfe; der Mann sank auf die Knie, dann fiel er um. Der Schlüssel für die Schellen, den er an einer Schnur um den Hals trug, glitt unter dem Harnisch hervor und klirrte auf den Boden.

Stille trat ein. In der Ferne gellten Schmerzensschreie, dann ertönte Gelächter.

»Knüppel in den Sack!«, befahl Hardt; der Knüppel gehorchte aufs Wort.

»Fräulein«, rief Kunz leise. »Jetzt sind Sie an der Reihe.«

Die Eichhörnchendame kam hinter Horns Rücken hervor. Sie zog dem Kultknecht mit geschickten Pfötchen die Kette über den Kopf. »Hui«, hauchte sie, als sie den Schlüssel hielt. »Schwerer als zehn Walnüsse.« Sie nahm die Kette ins Maul und sprang an Kunz nach oben, der ächzte, als der Schlüssel die anschwellenden Striemen auf seiner Wange streifte. Die Eichhörnchendame kletterte bis zur Schelle und versuchte, den Schlüssel in das Schloss zu stecken, was ihr nach einer Weile auch gelang. Aber sie konnte ihn nicht umdrehen.

»Verdammt«, zischte Hardt. »Die Ungeheuer sind bestimmt bald zurück.«

Die auf der Schelle sitzende Eichhörnchendame sah sich um. Ihr Blick fiel auf eine langstielige Pfeife, die aus einer Tasche des Kultknechts ragte. Sie sprang zu Boden, nahm die Pfeife ins Maul und flitzte wieder zur Schelle. Sie schob den Pfeifenstiel durch das Schlüsselende. Dann sprang sie, griff im Fallen nach dem Stiel und schwang sich mit fliegendem Schweif einmal rundherum. Ein Knirschen, und das Schloss klackte auf.

Das Eichhörnchen landete mit einem eleganten Salto.

Sobald das Gefühl in Kunz' Finger zurückgekehrt war, löste er die Schellen an den Handgelenken. Er ließ die Ketten zu Boden gleiten. Dann stand er taumelnd auf und befreite seine Gefährten. Sie knebelten den Kultknecht und fesselten ihn an Hardts Platz, der von draußen am besten einzusehen war, an die Wand.

»Die Luft ist rein«, wisperte die Eichhörnchendame.

Die Gefährten traten ins Freie und verriegelten die Kerkertür. Über ihnen wölbte sich die dämmerige Grotte. Gelächter und Schreie waren einer fast unheimlichen Stille gewichen.

Da ertönten Schritte zwischen den Wurzeln; ein Grunzen war zu hören.

»Die Karontiden«, flüsterte Horn.

Unter Führung der Eichhörnchendame huschten sie links von den Ungeheuern in das Labyrinth. Kurz darauf traten die Karontiden ins Freie. Sie blieben ein paar Schritte vor dem Kerker stehen und sahen sich nach dem Kultknecht um. Eine Karontide grunzte, trat vor die Tür und überprüfte die Riegel. Dann warf sie einen Blick durch die Klappe, wandte sich zu ihren Artgenossen um und zuckte mit den schuppigen Schultern. Die Karontiden diskutierten kurz und ließen sich schließlich vor der Felswand nieder.

»Sie glauben bestimmt, dass der Kultknecht zur Marter geeilt ist«, flüsterte Kunz.

»Aber sie werden bald Verdacht schöpfen«, erwiderte Hardt. »Und wir haben keine Waffen.«

»Dummerweise kann man den Kultknechten die Klinge nicht abnehmen«, murmelte Kunz.

Horn grinste. »Wir sind nicht schutzlos«, wisperte er. »Wartet ab!«

Seine zwei Gefährten sahen ihn fragend an.

»Hier entlang«, hauchte die Eichhörnchendame.

Hardt nahm den Sack mit dem Knüppel, und Horn schob sich den Ranzen auf den Rücken. Dann folgten sie dem Tier durch das Labyrinth der knorrigen, bemoosten Wurzeln. Nach einer Weile wurden wieder Stimmen laut, aber sie klangen weder nach Marter noch sadistischem Vergnügen.

Sie klangen nach Streit.

19. Mädchenruhe

»Oooh …«, stöhnte der Fuchs. »Wieso bin ich nicht an Land geblieben? Ich bin Nichtschwimmer. Das ist Irrsinn.«

»Wenn du dich nicht zusammenreißt«, knurrte der Dachs, der neben der schlafenden Maleen am Heck des Bootes lag, das sie am Anleger bestiegen hatten, »reiße ich dich entzwei.«

Die Muhme saß am Bug, eine Hand auf der Bordwand, in der anderen die glimmende Pfeife. Gischt sprühte ihr ins Gesicht, Nebelfetzen sausten vorbei, und der Fahrtwind zerrte an ihrer schwarzen Haube. Das von den Welsen gezogene Boot glitt flussaufwärts, eingeschlossen in das Dunkel wie ein Insekt in Bernstein.

»Ich glaube«, rief die Muhme dem Dachs zu, »wir haben das Himmelstor schon hinter uns gelassen. Wenn die Welse das Tempo durchhalten, sind wir morgen Mittag beim Werder mit der Feste der Gografen.«

»Ja?«, erwiderte der Dachs, dem insgeheim genauso übel war wie dem Fuchs. »Das wäre … wunderbar.«

»Diese Welse sind großartig!«, rief die Muhme. Der Rauch ihrer Pfeife flog über ihre Schulter davon. »Nur die Tiere sind mutig genug, um dem Unheil die Stirn zu bieten.«

»Danke, danke«, japste Meister Grimbart. »Zuviel der Ehre.«

Reineke Fuchs hängte die Schnauze über Bord und würgte.

Die mit einem Segeltuchrest zugedeckte Maleen hatte einen Traum, in dem sich das Schicksal der Gefährten mit dem Ziel ihrer Fahrt vermischte. Sie stieg auf einen Berg, der in einer Ebene aufragte. Oben stand sie vor einer Hecke, hoch wie ein Festungswall, in dessen Dornen Frauen und Männer hingen. Manche waren tot, manche atmeten schwach. Niemand konnte sich aus den Ranken befreien. »Ich rette euch!«, rief Maleen. »Du kannst uns nicht mehr retten«, sagte eine Frau mit dunklen, an Sneewitt erinnernden Augen, und senkte ihr blutüberströmtes Gesicht. »Dieses Dornengestrüpp ist so undurchdringlich und ausweglos wie die Intrigen, die gegen Pinafor gesponnen werden.« »Ja«, sagte ein Mann mit den braunen Locken von Kunz, »wir müssen alle sterben. Rette dich lieber selbst.« »Nein!«, schrie Maleen in das Stöhnen der Sterbenden. »Ich bin eine von euch, und ich helfe euch.« Da erhob sich ein eiserner Riese hinter der Hecke. Sein Bart wehte im Wind, und er sah stumm und drohend auf Maleen hinab. »Fliehe!«, riefen die Sterbenden im Chor. Der Himmel verdunkelte sich. Donner grollte. Der Riese hob sein Schwert und schwang es über dem Kopf. »Mädchen«, sagte eine andere, im Rankendickicht gefangene Frau mit dunklen Haaren und zerfetztem, weißem Gewand, »du wirst zwischen den Wurzeln der Esche hausen; du wirst bis an dein Lebensende Jungfrau sein; du wirst die Erde mit deinen Tränen netzen.« Sie lachte schrill. Der Riese ließ sein Schwert immer schneller kreisen. Wolken schlossen sich über der Hecke zusammen. Donner krachte, und rings um Maleen schlugen Blitze ein. Im bläulichen Licht erblickte sie einen blondgelockten Prinzen, aus dessen Brust ein langer Dorn ragte; er lächelte sie an. Dann schloss er die Augen und starb.

Maleen erwachte. Sie lag im schwankenden Boot. Reineke Fuchs erbrach sich hustend über die Bordwand.

»Schlaf weiter, meine Kleine«, sagte die Muhme.

Die Bewölkung hatte sich aufgelockert, und der Sichelmond goss sein fahles Licht auf den Welsfluss.

Horn wischte sich Schweiß von der Stirn. »Vermaledeites Labyrinth«, keuchte er. »Unter Wurzeln durchkriechen, über Wurzeln klettern – diese Esche saugt mehr Nahrung aus der Erde als ein ganzer Wald.«

»Tja, wenn deine Wampe nicht wäre …«, sagte Hardt.

»Still, ihr Schwätzer. Hier wimmelt es von Feinden«, zischte Kunz, der unmittelbar hinter der Eichhörnchendame auf allen vieren kroch.

Ein Modergeruch erfüllte die Luft. Die Wurzeln verwoben sich wie gewaltige, erstarrte Schlangen. Wo sie in den Boden eintraten, wuchs Moos; überall sonst war es so steinig, dass die drei Gefährten bald blutige Hände und Knie hatten. Der Streit war kurz verstummt, aber als sie sich der anderen Seite des Labyrinths näherten, entbrannte er von neuem.

Die Eichhörnchendame blieb stehen. Sie spitzte die Ohren und sicherte. Dann sprang sie zu Kunz und wisperte: »Wir sind gleich durch. Aber um nicht entdeckt zu werden, müsst ihr einige Ellen zurückbleiben.«

»Hier?«, fragte Kunz.

Das Eichhörnchen nickte.

Sie richteten sich auf. Durch zwei Wurzelbögen sahen sie die höhlenartige Ausbuchtung in der Felswand, in der ihre Gefährten gemartert wurden; diese hingen reglos in den Gestellen. Flankiert von Kultknechten, stritten sich Grimm und Barbera hitzig mit Eisenhans und der Jungfer.

»Schluss mit lustig, ihr Turteltäubchen!«, schrie die Jungfer. »Jetzt gehören sie uns. Ihr habt drei weitere Gefangene, an denen ihr euch austoben könnt.«

Grimm, die Hand am Schwertgriff, brüllte: »Du hast nichts zu befehlen, Vogelscheuche!«

Die Jungfer starrte ihn an; ihre Unterlippe bebte. Dann sah sie zu den Karontiden, die hinter den Gefangenen standen und sich das Blut mit Lumpen von Bauch und Brustfortsätzen wischten. Sie erwiderten den Blick der Jungfer aus stechend gelben Augen.

»Er hat recht«, sagte Barbera, die einen versöhnlichen Ton in ihre Stimme zu legen versuchte. »Das Kommando habe ich. Ihr bekommt die Gefangenen wie versprochen – nachdem wir mit ihnen fertig sind.«

»Dann werden sie tot sein«, protestierte Eisenhans.

»Uh-juh-juh-juh«, schluchzte die Jungfer.

»Ob tot oder lebendig«, erwiderte Grimm, »sie werden immer noch für das taugen, was ihr mit ihnen vorhabt.«

»Oh, nein!«, rief Eisenhans. Er ballte die Fäuste und bleckte die bräunlichen Zähne.

Grimm zog sein Schwert eine Handbreit aus der Scheide.

Die zwischen den Wurzeln versteckten Gefährten hörten und sahen entsetzt zu.

»Was sollen wir nur tun?«, flüsterte Hardt.

»Gar nichts«, antwortete die Eichhörnchendame. »Ihr würdet in euer Verderben rennen.«

»Wir *müssen* helfen«, zischte Kunz.

Plötzlich wandten sich alle, die in der Marterhöhle standen, zur Esche um.

Horn erschrak. »Haben sie uns gehört?«, hauchte er.

Im nächsten Moment trabte eine der Karontiden, die vor dem Kerker Wache gehalten hatten, in ihr Blickfeld. Sie blieb vor Grimm und Barbera stehen und begann, erregt zu grunzen, wobei ihr Schwanz den Boden peitschte.

»Was will das Vieh?«, fragte Grimm.

Die Jungfer grinste hämisch. »Oh, sie setzt euch nur darüber in

Kenntnis, dass die anderen Gefangenen aus dem Kerker entwischt sind«, antwortete sie.

»Entwischt?«, stieß Barbera hervor.

»Auf deine Knechte ist wirklich Verlass«, spottete Eisenhans. »Übergebt uns endlich die Gefangenen.« Er trat einen Schritt vor.

Grimm stieß ihn zurück und rieb die Hand danach angeekelt an seiner Rüstung ab.

Eisenhans fauchte. Er war so erbost, dass sich die Haare auf seinem Nacken sträubten.

Kunz, Hardt und Horn sahen von ihrem Versteck aus, wie sich Barbera den Kultknechten zuwandte. »Sucht sie!«, schrie sie mit überschnappender Stimme. »Sie fliehen sicher auf dem Weg, auf dem sie hierhergebracht worden sind. Fangt sie ein, ihr erbärmlichen Versager!«

Die Kultknechte reckten die Faust und brüllten: »Ja, Herrin!« Dann eilten sie davon. Grimm folgte der Karontide in das Wurzellabyrinth; er wollte sich offenbar selbst ein Bild von der Lage machen.

Die Eichhörnchendame gluckste vor Vergnügen. »Wir haben sie angeschmiert«, wisperte sie. »Sie glauben, ihr würdet aus der Grotte fliehen.«

»Tja«, sagte Kunz, der die Karontiden und das halbe Dutzend in der Höhle verbliebener Kultknechte betrachtete. »Aber was nützt uns das?«

Eisenhans lehnte zwei Dutzend Schritte von ihm entfernt an der Felswand; er spielte mit einer Laus und grinste Barbera an. Sie schürzte hochmütig die Unterlippe und drehte sich zu den Gefangenen um, die mit geschwollenen Gesichtern, zerfetzter Kleidung und zahllosen Striemen und Wunden in den Gestellen hingen.

Hans und Sanne regten sich nicht, aber Sneewitt hob den Kopf und sah Barbera aus funkelnden, ebenholzschwarzen Augen an.

Barbera lachte. »Na, Feinschmeckerin?«, fragte sie. »Magst du immer noch nicht zubeißen?«

Sneewitt wollte etwas sagen, hatte aber noch den Apfel im Mund. Ihr Blick trübte sich, und ihr schwanden kurz die Sinne. Als sie wieder zu sich kam und zu Barbera sah, wurde diese von der Jungfer abgelenkt, die ihre Hüften schwenkte und dabei die Zunge heraussteckte. Sneewitt hatte auf einmal die Bauersfrau vor sich, die ihr damals die rote Apfelhälfte geschenkt hatte – *Fürchtest du dich vor Gift?* Sie beschloss, zuzubeißen, denn sie war der Marter und des Lebens müde. Anfangs konnte sie kaum kauen, aber je öfter sie zubiss, desto besser ging es. Abscheu und Angst, die sie vor dem Obst empfunden hatte, ließen nach und verschwanden dann ganz. Als sie den Strunk zerbiss, wusste sie, dass der Apfel ungiftig war. Der Knebelriemen rutschte ab, und sie spuckte den Stiel aus. Trotz Müdigkeit, Erschöpfung und Schmerzen rief sie Barbera trotzig zu: »He, falsche Schlange! Ich habe den Apfel gegessen.«

»Ah«, sagte Eisenhans beglückt. »Sie lebt noch.«

Die Jungfer stellte ihren Tanz ein und starrte Sneewitt an.

Barbera fuhr herum. In ihre Augen trat eine fast wahnsinnige Wut. Sie entriss einer Karontide die neunschwänzige Katze und drosch wie wild auf Sneewitt ein. »Sei still!«, schrie sie. »Das ist ein Befehl! Ich führe hier das Kommando! Ich! Ich! Ich! Ich! Ich!«

Sneewitt ließ die Schläge stumm über sich ergehen. Sie fühlte sich ähnlich befreit wie Hans nach der Überwindung seiner Angst vor der Enge; auf ihrem geschundenen Gesicht breitete sich ein Lächeln aus.

Barbera schlug wie besessen weiter. »Ich!«, schrie sie. »Ich befehle hier! Ich!«

»Uuuuuuch«, jaulte die Jungfer. Sie sah zu Eisenhans, der ihr grimmig zunickte. Dann rannten beide los und fielen Barbera in den Arm.

»Genug!«, brüllte Eisenhans und griff nach der Peitsche.

»Ja-ha-hach!«, kreischte die Jungfer. »Es reicht!«

Die verbliebenen Kultknechte richteten ihre Klingen auf die beiden.

»Meine Süßen«, rief die Jungfer den Karontiden zu. »Meine Zuckerschnuten. Helft eurem Mütterlein. Lasst nicht zu, dass ihr dieses böse Weib etwas antut.«

»Sie gehorchen *mir*«, zischte Barbera. »*Ich* bin die Herrin. *Ich* werde neben dem Eisernen König auf dem Thron sitzen. Und ihr werdet im Staub zu meinen Füßen liegen.«

Die Karontiden standen teilnahmslos da.

»Helft eurem Mütterlein!«, kreischte die Jungfer. »Meine kleinen Schätze – helft! Uuuh-huuuuuch!«

Barbera lachte schrill. »Hackt diese Blutsäuferin in Stücke«, befahl sie den Kultknechten. »Und verfüttert sie dann an ihre *kleinen Schätze.*« Sie wollte die Peitsche an sich reißen, aber Eisenhans stieß sie weg, holte aus und schlug ihr die neun Riemen ins Gesicht. Barbera taumelte mit einem Aufschrei gegen die ohnmächtige Sanne und schlug die Hände vor das Gesicht; Blut quoll zwischen ihren Fingern hervor. »Tötet sie! Alle beide! Tötet sie!«, schrie sie mit erstickter Stimme.

Die Kultknechte gingen auf die Jungfer los, die ihren Hieben mit hurtigen Sprüngen auswich. Eisenhans warf die Peitsche weg und riss einen Schürhaken aus dem Kohlebecken, der bei jedem seiner Schläge einen rotglühenden Schweif hinter sich herzog.

Die drei entflohenen Gefährten sahen aus ihrem Versteck zu.

»Oh«, piepste die Eichhörnchendame. »Sie zerfleischen sich gegenseitig.«

»Und wir können immer noch nicht eingreifen«, sagte Hardt.

»Hätte ich nur meinen Zweihänder …«, murmelte Kunz.

»Da«, hauchte die Eichhörnchendame und zeigte zur Höhle.

Die Augen der Karontiden loderten auf. Sie reckten den Schwanz und schnüffelten, von Kampf, Blut und Geschrei aus ihrer Trägheit geweckt. Die erste setzte sich in Bewegung und fegte einen Kultknecht mit einem wuchtigen Prankenhieb gegen die Felswand.

»Ja-ha-ha-haaaaach!«, jubelte die Jungfer. »Helft eurem guten Mütterlein, meine Süßen! Helft …« Sie verstummte entsetzt, als eine zweite Karontide auf sie zustürmte, und wich mit einem Hechtsprung aus.

Eisenhans knallte dem Ungeheuer den Schürhaken gegen den Hinterkopf, aber die Karontide grunzte nur und wirbelte zu ihm herum. Er floh mit wehenden Zottelhaaren, während eine andere Karontide einen Kultknecht mit einem Schlag ihres Schwanzes zur Esche schleuderte; er krachte dicht neben den Gefährten zwischen die Wurzeln, wo er reglos liegen blieb.

»Diese Biester sind unbesiegbar«, hauchte Horn.

Barbera stand entgeistert da und wischte sich das Blut aus dem Gesicht. Dann wich sie langsam zur Esche zurück und huschte in das Wurzellabyrinth.

In der Marterhöhle ging der ungleiche Kampf weiter. Ein Kultknecht nach dem anderen fiel der Raserei der Karontiden zum Opfer. Sneewitt verlor wieder das Bewusstsein, und die drei Gefährten und die Eichhörnchendame verfolgten das Gemetzel mit wachsendem Grauen. Schließlich warfen die Ungeheuer den Schädel in den Nacken und röhrten laut. Sie wandten sich zu Hans, Sanne und Sneewitt um, die immer noch wie tot in den Gestellen hingen, aber ihre Mordlust schien gestillt zu sein. Jede packte einen Kultknecht am Bein und schleifte ihn über den Felsboden in die Grotte. Bald darauf vernahmen die verborgenen Gefährten ein Sappschen und Schmatzen, ein Knacken und Knurpseln.

Hardt, dem kalter Schweiß auf die Stirn trat, zupfte panisch am Schnurrbart. »Grauenhaft«, stieß er hervor.

»Der Weg ist frei«, flüsterte die Eichhörnchendame.

»Los«, befahl Kunz. »Wir müssen unsere Freunde befreien.«

Sie krochen die wenigen Ellen bis zum Rand des Labyrinths, sprangen über eine letzte Wurzel und hasteten, Blicke nach links und rechts werfend, zur Marterhöhle. Dort hob Kunz den erkalteten Schürhaken auf und drückte ihn Horn in die Hand. »Halt Wache«, sagte er und ging zu den gemarterten Gefährten. Er legte jedem ein Ohr auf das Herz und musterte die Wunden. »Sie leben«, erklärte er und wischte die Finger am Wams ab. »Aber sie sind böse zugerichtet.« Er senkte den Kopf; fast schien es, als müsste er die Tränen unterdrücken.

»Sie können sicher nicht laufen«, sagte Hardt. »Wie sollen wir sie von hier fortschaffen?«

Kunz zuckte mit den Schultern. Er ließ seinen Blick über die Marterwerkzeuge, die Eisenkörbe mit den glühenden Kohlen und die erschlagenen Kultknechte gleiten. »Feige«, zischte er und trat eine neunschwänzige Katze gegen die Wand. »Feige und erbärmlich.«

»Ja, das ist wahr«, murmelte Hardt. Er nahm ein Messer und kappte Sannes Fußfesseln. Gemeinsam mit Kunz löste er sie ganz aus dem Gestell und ließ sie behutsam zu Boden gleiten. Dort blieb sie auf der Seite liegen, übersät von Striemen und Wunden; aus einer Platzwunde auf der Stirn tropfte Blut.

»Alles ruhig?«, rief Kunz leise.

»Ja«, antwortete Horn, der die Grotte im Auge behielt.

Sie befreiten Sneewitt. Sie öffnete ihre pechschwarzen Augen und lächelte sie an. Dann wurde sie wieder bewusstlos.

»Wo ist das Eichhörnchen?«, fragte Hardt.

»Keine Ahnung«, erwiderte Kunz, der zu Hans ging und das Messer an einer Fußfessel ansetzte.

Da klirrte etwas zu Boden. Der Hall sprang durch die Höhle. Hardt und Kunz fuhren herum. Sie erblickten Eisenhans, der Horn einen Dolch gegen den Hals drückte. Die Jungfer, das Eichhörnchen in der Faust, stand dicht hinter ihm.

»Juuuuuh-huh-huh-huuuuuch!«, rief sie. »Glaubt ihr wirklich, dass wir euch entwischen lassen, ihr Prachtexemplare? Hi-hi-hahhaaaaach! Irrtum! Irrtum!«

Eisenhans grinste und bohrte den Dolch ein bisschen tiefer in Horns Hals.

»Wie sagt Meister Grimbart immer?«, fragte Kunz resigniert. »Zicke und Zecke. Verflucht, verflixt, verdammt.« Er ließ das Messer fallen.

»Ich sterbe …«, winselte Reineke Fuchs.

»Unsinn«, röchelte der Dachs. »Das ist nur ein … flüchtiges Übel.«

»Mir scheint, das Leben ist ein flüchtiges Übel«, stöhnte der Fuchs.

Sie glitten weiter auf dem Strom dahin, gezogen von den Welsen. Dämmerlicht verdrängte das Dunkel der Nacht. Nebel wölkte an den Ufern. Maleen schlief wieder, nachdem die Muhme ihren Rücken frisch verbunden hatte. Die Muhme selbst hatte kein Auge zugetan, war aber putzmunter und guter Dinge.

»Der Fischer in der Herberge hatte recht«, sagte sie. »Die Welse sind wieder da.« Sie zeigte auf das Heck des Bootes, in dessen Kielwasser immer wieder die mit Barteln besetzten Mäuler riesiger Fische auftauchten. »Sie sammeln sich und folgen uns zur Feste der Gografen.«

»Wie schön«, würgte der Fuchs und schob die Schnauze über die Bordwand, obwohl sein Magen längst leer war.

Auf der Höhe Flutwiddes war der Welsfluss von Auwäldern gesäumt. Zwischen Erlen und Weiden äsende Rehe wandten dem Boot den Kopf zu und ergriffen mit langen Sprüngen die Flucht. Enten schnatterten Alarm, und eine Schnepfe flatterte ins Schilf. Menschen waren nicht zu sehen, weder Fischer noch Angler.

»Habt ihr auch den Lärm der Zecher gehört, die mitten in der Nacht in den Herbergen am Heerweg gefeiert haben?«, fragte die Muhme.

»Beim bloßen Gedanken daran wird mir schlecht«, murmelte Meister Grimbart.

Der Fuchs sah die Muhme aus rotgeränderten Augen an und flehte: »Bitte, bitte erzähl nichts von Saufen oder Fressen.«

Das Boot schoss dahin. Da sie flussaufwärts fuhren, wurde es von der Strömung geschüttelt; Wasser schwappte hinein, und Gischt regnete auf die Insassen.

»Wir werden die Feste am frühen Nachmittag erreichen«, rief die Muhme, die Pfeife zwischen den Zähnen. Dann stutzte sie – hatten da drei Gestalten im Auwald am Ostufer gestanden? Sie fuhr herum, konnte im Morgennebel aber nichts mehr erkennen. Eine Sinnestäuschung, dachte sie; vielleicht war sie nicht so munter, wie sie sich fühlte. Sie wandte sich wieder den Welsen zu, deren schimmernde Rücken aus den Fluten ragten. Sie zogen das Ruderboot mit wundersamer Ausdauer. Das beruhigte die Muhme, die sich setzte und die Augen schloss. Sie schlief bald ein, eingelullt vom Brausen des Flusses. Ihr letzter Gedanke galt den gefangenen Gefährten: Wie mochte es ihnen ergehen? Lebten sie noch, oder waren sie tot?

Die Jungfer legte den Kopf schief. Sie lächelte verzückt und zeigte dabei ihre spitzen, rötlich verfärbten Reißzähne. »Aah-haaach«, flötete sie. »Ihr habt prächtige Hälse. Ich werde eure Adamsäpfel ganz langsam herausbeißen. Gaa-haanz la-hang-saaam …« Sie wischte Speichel aus ihren Mundwinkeln und hob die Eichhörnchendame hoch, in deren Knopfaugen Todesangst stand. »Keinen Mucks«, zischte sie, als Horn das Blut von seinem Hals wischen wollte. »Sonst macht es ›Knack!‹, und der Kopf eures kleinen Freundes ist ein Klumpen Matsch.«

»Freund*in*«, murmelte Kunz, der mit seinen zwei Gefährten in einer Nische der Höhle stand.

Die Jungfer sah ihn hingerissen an. »Du bist ja sooooo süß«, sabberte sie.

Eisenhans streichelte Sanne. »Was haben sie dir angetan?«, flüsterte er. »Diese Schlampe und ihr untoter Galan? Ich werde zärtlich sein, mein Zuckerpüppchen.« Er verstummte, weil eine Laus über Sannes zerfetztes Gewand hüpfte. Er fing sie ein, zerdrückte sie zwischen den Fingernägeln und schob sie in den Mund.

Während er kaute, schlug Sanne die Augen auf. Sie hustete Blut und versuchte, sich aufzurichten, sank aber sofort wieder zurück. Sie sah aus ihren Kulleraugen zu Eisenhans auf. Ihre Lippen zuckten. Sie schluchzte. Dann begann sie zu weinen. Sie weinte so unbeherrscht, dass die Perlen nur so auf den Boden regneten.

»Ruhig, mein Liebchen«, brummte Eisenhans und drückte sie gegen sein verlaustes Zottelfell. »Ganz ruhig.«

Die Jungfer warf einen irritierten Blick über die Schulter. »Ja, was ist?«, kreischte sie. »Bist du bald fertig? Wolltest du sie dir nicht vorknöpfen, während ich diese prächtigen Burschen in Schach halte? Mach schon.« Sie wandte sich wieder Hardt, Horn und Kunz zu, die mit düsterer Miene dastanden. »Jaaa-haaach«, säuselte sie. »Sobald er eure Weiber ausgeputzt hat, labe ich mich an eurem süßen Lebenssaft. Wir hängen euch kopfüber in die Gestelle, und ...« Sie stutzte, denn einige der von Sanne geweinten Perlen kullerten über den Felsboden auf sie zu und prallten gegen ihre Füße, die so hornig und dreckig waren, dass man auf den ersten Blick nicht sah, ob sie nackt oder mit Lumpen umwickelt waren. »Uuuuuuuh ...«, hauchte sie. »Oooooooh ... Das sind ja Klicker, Klucker, Bicker. Das sind ja Marmeln, Marreln, Mermeln. Haaah ...« Sie hob eine Perle vom Boden auf und betrachtete sie staunend. »Heho, du Ausbund an Hässlichkeit!«, rief sie Eisenhans zu, der immer noch die weinende Sanne im Arm hielt. »Hier gibt es Speiker, Spicker, Hüpper.« Sie leckte an der Perle. »Salzig«, flüsterte sie. »Huuuuuh ...«

Die Eichhörnchendame zappelte, weil der Griff der Jungfer plötzlich fester wurde; ihre Knopfaugen traten hervor, und sie keuchte: »Helft mir doch. Helft mir.«

Kunz sah sie hilflos an. Hardt knirschte mit den Zähnen, und Horn sah zu Eisenhans, der vor den Gestellen hockte und Sanne streichelte.

Da zog die Jungfer ruckartig die Zunge ein. Sie glotzte die Perle aus leeren Augen an; ihr Blick schien nach innen auf eine Erinnerung gerichtet zu sein. Ihr Mund fiel auf, Sabber lief über ihr Kinn, und sie begann zu hecheln. Ihr Griff wurde so fest, dass die Eichhörnchendame nach Luft schnappte.

Kunz wich einen Schritt zurück.

»Herr Vater«, winselte die Jungfer. »Uh-hooh! Herr Vater.«

»Halt den Rand«, murmelte Eisenhans, der Sannes Gesicht in sein Zottelfell drückte. »Dem Mädchen ist unwohl.«

Die Jungfer schloss die Faust so fest um die Perle, als wollte sie sie zerdrücken. Gleichzeitig lockerte sie den Griff, mit dem sie das Eichhörnchen hielt. Das Tier fiel zu Boden und floh ins Wurzellabyrinth. Die Jungfer ließ einen irren Blick über Hardt und Horn, Kunz und Eisenhans gleiten. »Uuh!«, fauchte sie heiser. »Määännherr!«

»Ja, was?«, fragte Eisenhans, der Sanne betatschte.

»Wenn ich mit meinen Marmeln, Marreln, Mermeln gespielt habe«, zischte die Jungfer und ging auf Eisenhans zu, »hat mein Herr Vater mich immer verprügelt. Er hat mich blau und blutig geschlagen. Und dann hat er …« – sie schluchzte – »… dann hat er …« Sie wand sich verzweifelt. »Pfui!«, schrie sie und schwenkte einen hageren Zeigefinger vor Eisenhans' Nase. »Pfui! Pfui! Pfui! Lass das Mädchen in Ruhe!«

»Spiel nicht die Anstandsdame, du blutsaufender Besenstiel«, entgegnete Eisenhans. »Bildest du dir etwa ein, du wärst auch nur einen Deut besser als ich?« Er ließ Sanne auf den Boden sinken, wo sie sich weinend zusammenkauerte.

Die drei Gefährten standen stocksteif da, während die Jungfer mit ihren grausamen Kindheitserinnerungen rang. Hans, der immer noch im Gestell hing, schlug stöhnend die Augen auf. Sneewitt lag bewusstlos, aber selig lächelnd da.

»Pfui-pfui-pfui«, flüsterte die Jungfer und ließ die Zunge über ihre Zähne gleiten. »Hui-hui-hui.«

Eisenhans kam auf die Beine. »Lass mich in Ruhe«, sagte er und klopfte sein Fell aus. »Ich putze die Weiber aus, und du lässt die Burschen zur Ader. So war es abgemacht.«

»Ooooh-jah!«, grollte die Jungfer. »Mein braver Herr Vater!«

»Ich bin nicht dein Herr Vater«, sagte Eisenhans gereizt. »Du scheinst mich zu verwechseln. Schlag deine Zähne lieber in eine zarte Kehle.«

Die Jungfer schrie: »Oh-jaah-haaah-haaaaach!«, und rempelte ihren verdutzten Kumpan gegen einen Eisenkorb. Der Korb krachte um, und Eisenhans stürzte auf die glühenden Kohlen. Sein Zottelfell fing sofort Feuer; ein Heer von Läusen ergriff die Flucht, und der Gestank verschmorter Haare erfüllte die Luft. Während Eisenhans panisch herumsprang und auf die Flammen einschlug, griff die Jungfer an. Sie warf ihn wieder um, und beide rangen auf dem Felsboden miteinander. Dann sprang sie rittlings auf ihn, kreischte: »Määädchen-ruuuh-huuuhe!«, und ließ ihren Kiefer mit der Wucht eines Fangeisens zuschnappen. Da Eisenhans rechtzeitig den Kopf wegzog, erwischte sie nur sein rechtes Ohr. Er entwand sich dem Schraubstock ihrer dürren Schenkel, schlug sie so brutal ins Gesicht, dass sie nach hinten stürzte, und sprang auf. Sein Zottelfell brannte nicht mehr, weil die Flammen beim Kampf erstickt worden waren, aber er war in Qualm gehüllt, und aus seinem Ohrstumpf quoll Blut.

»Du bist ja irre!«, brüllte er.

Die Jungfer spuckte sein Ohr aus. »Geiler Bock«, zischte sie und ging wieder auf ihn los.

»Sie haben uns vergessen«, flüsterte Kunz.

Aber er freute sich zu früh, denn wenige Herzschläge später bogen Karontiden um die Ecke. Beim Anblick der Keilerei blieben sie stehen. Eine wischte sich mit der Pranke die Reste des blutigen Mahls vom Maul. Dann röhrte sie und stürmte mit donnernden Tritten los, gefolgt von ihren Artgenossen.

Die drei Gefährten wichen in die Nische zurück. Sie konnten nichts tun, außer um ihr Leben bangen.

Sneewitt erwachte durch den Tumult aus ihrer Ohnmacht. Sie sah eine Karontide auf sich zustürmen und wollte aus dem Weg krabbeln, kippte wegen ihrer Schwäche aber sofort wieder um.

Als Hardt dies sah, hörte er auf, den Schnurrbart zu zwirbeln, und schrie: »Warte! Ich helfe dir!«

»Bleib hier, du Idiot!«, brüllte Horn.

Aber Hardt war schon losgerannt.

Die Karontiden hatten es nicht auf Sneewitt, sondern auf die beiden Streithähne abgesehen, die zwischen Martergestellen und Felswand miteinander rangen – Eisenhans reckte jubelnd ein Haarbüschel seiner Gegnerin, die nicht lange fackelte und einen Fleischbatzen aus seinem Oberarm fetzte. In diesem Augenblick glitt die vorderste Karontide auf den von Sanne geweinten Perlen aus. Sie fiel auf den Rücken und rutschte gegen das Gestell, in dem Hans hing – es wankte und brach dann knarrend über ihr zusammen. Ein Balkensplitter bohrte sich durch ein Auge in ihren Schädel. Sie röhrte, wälzte sich hin und her, wobei sie den auf ihrem Bauch gelandeten Hans abwarf, und erschlaffte röchelnd. Aus ihrer Augenhöhle quoll gelbes, zähflüssiges Blut.

Die nächste Karontide kam auch ins Rutschen. Sie breitete die Arme aus und versuchte, ihr Gleichgewicht zu halten, während sie auf den Perlen über den huckeligen Felsboden schlitterte. Hardt, der nur Sneewitt im Blick hatte, merkte zu spät, dass er ihren Weg kreuzte. Beim Zusammenprall stieß ihm die Karontide die hornigen Brustfortsätze in den Leib; so ineinander verkeilt, überschlugen sie sich und polterten gegen die Felswand.

Kunz schrie auf.

Eisenhans und die Jungfer kämpften weiter.

In diesem Moment traten Grimm und Barbera, deren Gesicht von Striemen entstellt war, aus dem Wurzellabyrinth. Beim Anblick des Tumults blieben sie wie angewurzelt stehen, und Grimm sah zu Kunz und Horn, die kreidebleich in der Nische standen.

Stille trat ein. Man hörte nur das Stöhnen des unter der Karontide begrabenen Hardts und das Sirren, mit dem Grimm sein Schwert zog. Sneewitt versuchte noch einmal vergeblich, sich aufzurichten.

Alle standen da und beäugten einander.

Da brandete Kampflärm auf. Ein Kultknecht hetzte aus den Tiefen der Grotte. Als er Barbera sah, bremste er ab und brüllte: »Die Köhler! Sie greifen uns mit der Unterstützung wilder Tiere an!«

Auch die übrigen, von Barbera ausgesandten Kultknechte wichen bei ihrem Rückzugsgefecht in den Bereich zwischen Wurzellabyrinth und Marterhöhle zurück. Dann erschien die rußgeschwärzte, hünenhafte Gestalt Harlungs; er schwang eine Doppelaxt. Dicht hinter ihm lief ein Braunbär, der sich brüllend auf die Hinterläufe erhob, als er die Karontiden witterte. Drei Dutzend mit Saufedern, Äxten und Schwertern bewaffnete Männer folgten Harlung dicht auf den Fersen – er hatte offenbar alle Köhler des Gretings zusammengerufen. Und nicht nur sie, denn auch die Keiler, mehrere Bären und einige Wölfe standen ihm zur Seite. Auf seinen Befehl hin schloss man die Reihen; die Köhler reckten die Waffen, die Tiere bleckten die Zähne.

In ihrer Bedrängnis fanden die Krieger des Eisernen Königs zur Einheit zurück: Karontiden, Kultknechte, Eisenhans, die Jungfer und Grimm sammelten sich. Ein durch Mark und Bein gehendes Gebrüll erschallte in der Grotte, als die Gegner aufeinander losgingen.

Die Esche bebte und ächzte und ließ einen Regen aus dürren Zweigen und Blättern auf das blutige Ringen niedergehen.

20. Der Kuss der Jungfrau

Nach einer weiten Biegung des Welsflusses kam der Werder mit der Feste der Gografen in Sicht. Drei um einen Hügel gestaffelte, mit Wehrtürmen versehene Wälle umgaben eine Burganlage mit Schloss, Bergfried und Wirtschaftsgebäuden. All das verbarg sich jetzt hinter einem hohen Hag. In der Nachmittagssonne glänzte sein Laub in einem satten Grün, das sich auffällig von den aschgrauen Uferbäumen abhob.

Die Welse, die das Boot zogen, strebten nimmermüde auf die Feste zu. Im Kielwasser folgten ihre Artgenossen. Manchmal tauchte eine Rückenflosse aus den Fluten auf, und manchmal hob einer der Fische das breite, mit Barteln versehene Maul, als wollte er nach den Insassen des Bootes schauen.

Dachs und Fuchs schliefen unter den Sitzbänken, und Maleen sah über die Schulter der Muhme zur Feste.

»Dieser Hag ist ein Ungetüm«, sagte sie und fühlte sich auf einmal schwach und mutlos. »Er wirkt unüberwindbar.«

»Wie heißt es so schön in Flutwidde?«, erwiderte die Muhme. »Abwarten und Hollerschnaps trinken.« Sie zog eine Flasche aus dem Mantel, entkorkte sie ploppend und fragte: »Auch einen Schluck, mein Kind?«

Maleen schüttelte den Kopf.

Die Muhme ließ Hollerschnaps durch ihre Kehle rinnen. »Ah …«, seufzte sie. »Das tut gut.«

Die wahre Höhe und Dichte des Dornenhags, der den Hügel mit der Feste wie eine lebendige Gefängnismauer umschloss, wurde erst beim Näherkommen deutlich. Baumstammdicke Ranken mit Dornen, lang wie Zweihänder, verflochten sich zu einem Gespinst, das bis zu den Zinnen des obersten Walls reichte. Maleen kam der Gedanke, dass dieser Hag ein bösartiges Gegenstück zur Esche bildete. Sie musste an ihre Gefährten denken; ihre Kehle war wie zugeschnürt, und sie klammerte sich an die Muhme.

Die tätschelte ihre Hand. »Keine Sorge, meine Kleine«, sagte sie.

Der Welsfluss umfing den Werder mit zwei Armen. Auf jeder Seite führte eine Brücke an Land. Je näher sie der Feste kamen, desto steiler ragte der Hag auf, dessen Schatten von der im Südwesten stehenden Sonne über den Fluss und weit auf das Ostufer geworfen wurde. Bald war nicht einmal mehr der Bergfried zu sehen. An der Spitze des Werders, dort, wo sich der Fluss gabelte, zogen die Welse das Boot geschickt in einen toten Winkel der Strömung. Der Bug knirschte auf das sandige, von Weidenbüschen gesäumte Ufer. Krähen flogen krächzend auf, schraubten sich vor dem Hag in die Höhe und verschwanden auf der anderen Seite. Maleen und die Muhme sprangen ins Wasser, schoben das Boot unter herabhängende Zweige und vertäuten es an einem Stamm.

Dann rief die Muhme: »He, ihr Schlafmützen! Aufgewacht.«

Eine Weile tat sich nichts. Dann schob der Fuchs benommen die Schnauze über die Bordwand. »Ich bin … tot«, ächzte er. »Mir ist so … übel.« Er öffnete ein Auge und ließ die Pupille kreisen. Beim Anblick des Hags riss er auch das andere Auge auf. »Oh!«, stieß er hervor und drehte sich zum Dachs um. »Sieh dir das an.«

Wieder tat sich eine Weile nichts. Schließlich erschien die schwarz-weiße Schnauze Meister Grimbarts. »Was soll ich mir ansehen?«, murmelte er. »Zicke und Zecke … Mein Kopf brummt wie nach drei Flaschen Kartoffelschnaps.« Dann sah auch er den über den Baumwipfeln aufragenden Hag. Er legte den Kopf so weit in den Nacken, dass die Schnauze senkrecht stand. »Hagel, Graupeln und Gewitter«, flüsterte er. »Was im Namen des gesunden Tierverstands ist *das*?«

»Das ist der Hag, der die Feste der Gografen umgibt«, sagte die Muhme. »Kommt her. Wir müssen uns beraten.«

Der Dachs kraxelte über Bord und patschte an Land, gefolgt von Reineke Fuchs. »Was für ein Monster«, sagte er, als er sich neben Maleen niederließ. »Welche Macht hat es wachsen lassen?«

»Sicher keine gute«, erwiderte der Fuchs, froh über den festen Boden unter seinen Pfoten.

»So ist es«, sprach eine tiefe, glibschige Stimme. »Dieser Hag verdankt sich einem bösen Zauber. Bei Neumond wurde mit dem Blut von elf Jungfrauen ein Kreis um die Feste gezogen. Bis zum Vollmond wurde der Setzling des Hags allnächtlich mit den Tränen bewässert, die man die Jungfrauen vor ihrem Tod weinen ließ. Dann begann der Zauber zu wirken. Der Hag schoss in die Höhe, und alle, die er einschloss, fielen in einen tiefen Schlaf.«

Die zwei Frauen und die zwei Tiere starrten den riesigen, im seichten Wasser liegenden Fisch an. Das war der alte Waller, das Oberhaupt der Welse. Hinter ihm hatten sich die übrigen Welse versammelt; es waren mindestens zwölf Dutzend. Der Fluss glitzerte in der Sonne, und das aschgraue Laub der Uferbäume raschelte im Wind.

»Wir sind zurückgekehrt«, fuhr der alte Waller fort, »um euch zu helfen. Wir können nicht dulden, dass sich der Eiserne König wieder erhebt.«

»Das klingt gut«, bemerkte der Fuchs. »Aber wie überwinden wir diesen unbehaglichen Hag?«

Der Waller ließ die Kiemen flattern. Er blubberte vor sich hin. Dann sprach er: »Der Zauber, der diesen Hag erschaffen hat, beruht auf dem Blut und den Tränen von elf Jungfrauen. Und nur eine Jungfrau kann ihn brechen.« Er hob das breite Maul aus dem Wasser und sah die Muhme an. »Bist du eine Jungfrau?«, fragte er.

Das runzelige Gesicht der Muhme lief tomatenrot an. Sie zog ihre Haube in die Stirn und paffte verbiestert.

Maleen war bedrückt, denn sie ahnte, dass man ihr wieder etwas abverlangen würde. Schließlich bekannte sie trotz der Erschöpfung: »*Ich* bin Jungfrau.«

Der alte Waller betrachtete sie lange. Dann sprach er: »Ich spüre, dass du Zugriff auf die grüne Kraft der Erde hast, Mädchen. Wir wollen mit vereinten Kräften versuchen, den Bann zu brechen.«

Im Westen begann die Sonne zu sinken, und der Schatten des Hags fiel immer länger und dunkler auf Fluss und Ufer.

Harlungs Axt pfiff waagerecht durch die Luft und kappte die aufwärts geschwungenen Brustfortsätze einer Karontide. Er nutzte den Schwung des Hiebes und wirbelte geduckt um die eigene Achse. Eine Pranke sauste über seinen Kopf. Im nächsten Atemzug sprang er auf und rammte dem Ungeheuer das Schwert von schräg unten in die Brust. Die Schuppenhaut platzte, als er die Klinge herausriss. Die Karontide ging zu Boden; ihre gelben Augen flammten auf, verfärbten sich zu Orangerot und erloschen.

Aber das war nur ein kleiner Sieg in einem verbissenen Gefecht. Die Köhler gerieten durch den Gegenangriff der von Grimm geführten Truppe stark unter Druck. Gebrüll hallte in der Grotte; Eschenlaub wirbelte über dem Getümmel. Kunz und Horn, die zuerst ihre Gefährten in Sicherheit gebracht hatten, knieten neben Hardt, der mit durchbohrten Lungen im Sterben lag.

Die Eichhörnchendame saß im Wurzellabyrinth und sah dem Kampf aus schreckgeweiteten Knopfaugen zu. Ihr erster Impuls bestand darin zu fliehen. Aber wie zuvor gewann ihr Wunsch zu helfen die Oberhand: Sie rang die Pfötchen und schätzte die Entfernung bis zur Marterhöhle ab – es waren ungefähr fünfzig Sprünge, die mitten durch das Gefecht führten. Die Eichhörnchendame fasste sich ein Herz, hüpfte von der Wurzel und flitzte los. Sie befand sich sofort in einer Wolke aus Staub und Dreck. Pranken, Füße und Pfoten führten einen wilden Tanz auf. Blut strömte zu Lachen zusammen. Nach wenigen Ellen kam die Eichhörnchendame Köhlern in die Quere, die sich mit Mühe der Kultknechte erwehrten. Diese sprangen durch die Luft, hieben von oben nach ihren Gegnern und wechselten blitzschnell die Position, um von einer anderen Seite anzugreifen. Die Köhler, auf die Schläge wie Blitze aus einer Gewitterwolke niedergingen, bluteten aus vielen Wunden und fochten in ihrer Not Rücken an Rücken.

Das Eichhörnchen fiepte entsetzt und schlug einen Haken, nur um nach wenigen Sprüngen unter den schuppigen Leib einer Karontide zu geraten, die einen Kampf mit einem Braunbären ausfocht. Der auf den Hinterläufen stehende Bär erwischte das Ungeheuer mit einem Tatzenhieb am Schädel, und das Eichhörnchen sprang panisch hin und her, um dem auf den Felsboden peitschenden Schwanz zu entgehen, durch den sich die Karontide wieder ins Gleichgewicht brachte. Ihr mit voller Wucht ausgeführter Gegenangriff warf den Bären um. Er überschlug sich, kam brüllend auf die Beine, wich der auf ihn zustürmenden Karontide erstaunlich behände aus und schnappte nach ihrer ungedeckten Flanke; sie röhrte, als ihre Schuppenhaut aufriss.

Die Eichhörnchendame eilte weiter, sah sich aber kurz darauf der Jungfer gegenüber, die das Tierchen mit einem verdutzten Blick streifte. Dann beugte sie sich über einen erschlagenen Köhler. »Huh-hah-huuunger!«, kreischte sie und wollte sich am Blut des Toten laben. Die Eichhörnchendame bremste ab, aber bevor sie ausweichen konnte, sprang ein Wolf mit einem gewaltigen Satz über sie hinweg. »Vaah-haat-herr!«, schrie die Jungfer, als ihr das Raubtier an die Kehle ging. Das Eichhörnchen umkurvte die strampelnde und gurgelnde Blutsäuferin und gab Fersengeld.

Beim Anblick des Wolfes, der die Jungfer zerfleischte, warf Eisenhans den Speer weg und floh zur Esche.

Die Marterhöhle war noch ein gutes Dutzend Ellen entfernt, und die Eichhörnchendame, deren Pelz von Staub und Blut verkrustet war, rannte darauf zu. Kurz vor dem Ziel geriet sie in einen Kampf, den Keiler und Wölfe gegen ein Dutzend Kultknechte führten. Das Eichhörnchen rutschte in einer Blutlache aus und schlitterte gegen einen erschlagenen Wolf; sie hüpfte über ihn hinweg und landete zwischen knurrenden und grunzenden Tieren, die den Säbelarmen auswichen und zugleich versuchten, ihre Gegner mit Hauern und Zähnen zu attackieren. Ein Keiler lag schwer verwundet da. »Lasst mich durch!«, fiepte die Eichhörnchendame, als würde jemand auf ihren Ruf hören, und schlug verzweifelt Haken, um dem Getümmel zu entgehen. Sie sauste durch eine Wolke aus Staub und Laub und kam endlich in der Höhle an, wo sie sich noch einmal umsah: Köhler und Tiere wankten unter dem Ansturm Grimms, der Karontiden und Kultknechte. Das Eichhörnchen eilte an den Gestellen vorbei zur Rückseite der Marterhöhle, wo sich Kunz und Horn dem sterbenden Hardt widmeten.

»Lasst mich«, flüsterte Hardt mit blutigem Schaum vor dem Mund. »Helft ... helft lieber den Köhlern. Nimm du meinen Knüppel, Kunz. Und sagt Sneewitt ... sagt Sneewitt ...« Die Augen fielen ihm zu. Er murmelte etwas, das im Kampflärm nicht zu verstehen war.

Kunz sah Horn an. Dann blickte er über die Schulter. »Hardt hat recht. Unsere Freunde haben einen schweren Stand.«

Horn nickte düster, blieb aber neben Hardt sitzen. Dieser lag noch unter der Karontide, die sich beim Aufprall gegen die Felswand das Genick gebrochen hatte. Das Eichhörnchen sah den tödlich verletzten Gefährten traurig an.

»Gut, bleib hier«, sagte Kunz, indem er aufstand, »und pass auf unsere Gefährten auf. Lass die Verrückte ...« – er zeigte auf Barbera, die vor den Eschenwurzeln verharrte – »... nicht an sie heran.« Er gab Horn die Eisenstange und rannte los.

Die zur Rettung der Gefährten herbeigeeilte Truppe wurde immer tiefer in die Grotte zurückgedrängt. Grimm wehrte die Schläge zweier Köhler ab und griff Harlung an, der gerade einen Kultknecht niedergestreckt hatte. Grimms Rüstung war blutbespritzt, und er bedrängte Harlung mit Hieben, die eine Eiche gefällt hätten. Harlung, eigentlich ein Hüne, wich zurück. Er konnte zwar parieren, kam aber nicht mehr zum Zug und stand bald mit dem Rücken vor der Felswand.

»Ihr«, brüllte Grimm, der Hiebe auf ihn niederprasseln ließ, »habt ... meine Herrin ... entstellt!« Er reckte abwehrbereit das Schwert und hielt inne, als würde er auf eine Erwiderung warten.

Harlung nutzte den Moment. Er stieß sich mit einem Schrei von der Wand ab und rammte Grimm die Streitaxt gegen den Harnisch. Metall schrammte kreischend über Metall; Grimm taumelte zurück. Harlung setzte mit wehendem Bart nach und holte zu einem Streich gegen den Helm seines Gegners aus – der Aufprall hallte wie ein Gongschlag. Grimms Rubinaugen flackerten, aber er fing sich gleich wieder und stieß Harlung, der sich im Vorteil wähnte, die Klinge in die Schulter.

Währenddessen schloss Horn die Augen des toten Hardt. Er wischte sich eine Träne von der Wange und drehte sich zum Kampf um: Ein Keiler, es war wohl Schwarzborste, schleppte sich verwundet in eine Ecke; ein Braunbär war über einer Karontide zusammengebrochen. Horn zählte mindestens fünf oder sechs tote Köhler. Die Jungfer lag in ihrem Blut. Wölfe und Bären wurden von den Karontiden bedrängt, und Kunz wehrte sich nach Leibeskräften gegen einen Kultknecht.

Horn stand ächzend auf. Er zog den Fellranzen, der ihm fast zur zweiten Haut geworden war, von seinem Rücken. Dann zögerte er: Er hatte diesen Ranzen vor langer, langer Zeit bei einem Köhler gegen ein Tuch eingetauscht – im Grunde ein Betrug. Nun konnte er diese Scharte auswetzen. Und als er sah, wie Harlung unter Grimms Hieben einzuknicken begann, hob er den abgewetzten Fellranzen und klopfte mit der flachen Hand darauf.

Im nächsten Moment lag er wieder auf dem Felsboden. Denn sieben Recken waren aus dem Ranzen gesprungen, der ähnliche Zauberkräfte besaß wie der verlorene Hut. Horn wuchtete sich hoch und blickte zu Barbera, die den Recken entgeistert nachsah: Sie trugen eine silberne Rüstung, auf ihren Helmen wehten schwarze Federbüsche, und ihre Schilde waren mit einem Stern geschmückt, dessen Glanz den Gegner blendete. Jeder trug drei Wurfspieße auf dem Rücken und eine Streitaxt im Gürtel, und jeder hatte ein Schwert in der Hand. »Wen gilt es zu besiegen?«, fragten sie wie aus einem Mund.

»Helft den Köhlern und den Tieren«, antwortete Horn.

Daraufhin fielen die Recken Grimms Truppe in den Rücken. Sie kämpften stumm. Horn war zwar froh, geholfen zu haben, schloss aber die Augen, um das Gemetzel nicht mitansehen zu müssen.

Deshalb bemerkte er nicht, wie die vor den Wurzeln stehende Barbera zornig die Fäuste ballte. Diese sieben wie aus dem Nichts erschienenen Recken brachten ihre Krieger in schwere Bedrängnis. Sogar die Karontiden wandten, von den Sternen auf den Schilden geblendet, die Köpfe ab und steckten einen Streich nach dem anderen ein. Barbera zog einen Dolch unter ihrem Gewand hervor. Dann eilte sie durch das Labyrinth der Eschenwurzeln zum Kerker mit den drei blinden Feen.

Während die Sonne sank, verteilten sich die Welse rings um den Werder im Fluss. Maleen ging mit der Muhme und den zwei Tieren durch das Ufergestrüpp. Je näher sie dem Hag kamen, desto höher schien er über ihnen aufzuragen. Oben kreisten Krähen, und die Ranken knackten wie von Glut durchströmt. Maleen flüsterte Zeisig und Sperling etwas zu. Die Vögel strichen von ihren Schultern ab und stiegen vor dem Hag auf. Aber sie wurden vor dem Erreichen des oberen Randes von den Krähen attackiert und kehrten aufgeregt zwitschernd zu Maleen zurück.

»Die Krähen lassen niemanden hinüber«, sagte Maleen.

»Ich mag keine schwarzen Vögel«, murrte der Dachs. »Wenn ich an diese sieben Raben denke …«

»Irgendwo muss der Mutterstamm des Hags sein«, sagte die auf ihren Stock gestützte Muhme. »Wir müssen ihn finden.«

Maleen fröstelte, als sie im Schatten des Hags über den Hang liefen und Ausschau nach dem Mutterstamm hielten. Ab und zu sah sie weiter unten im Fluss einen der Welse, die den Werder eingekreist hatten. Der Hang war steil, sein Gras so grau wie das der Uferbäume. Nicht nur, dass der Hag allen Pflanzen ringsumher die Lebenskraft raubte, nein, das Siechtum der Esche spiegelte sich auch in der darbenden Vegetation. Zu ihrem Entsetzen entdeckten die zwei Tiere und die beiden Frauen mehrere tote Helden, die beim Versuch, den Hag zu überwinden, von Dornen aufgespießt worden waren; manche reckten noch einen Arm nach dem unerreichbaren Ziel.

Nach einem langen Marsch erreichten sie das südliche Ende des Hags, das ähnlich spitz zulief wie ein Schiffsbug.

»Ist das hier der Mutterstamm?«, rief der vorausgeeilte Fuchs.

Die Muhme beeilte sich, ihn einzuholen. Sie betrachtete den turmdicken Stamm, aus dem der Hag entsprang: Von hier aus verwoben sich Hunderte von Armen zu dem Gespinst aus Ranken und Dornen, das die Feste der Gografen umschloss. »Ja, das ist er«, sagte sie und drehte sich zum Fluss um, der in der Abendsonne glitzerte. Dann fuhr sie fort: »Ich weiß nicht, was unseren Gefährten widerfahren ist. Aber ob sie noch leben oder nicht – wir setzen ihren Kampf fort. Wir überwinden den Hag. Und zwar nicht wie diese armen Kerle …« – sie zeigte auf einen Helden, der weiter oben am Stamm auf einem Dorn hing – »… indem wir klettern. Nein, wir nutzen andere Kräfte.« Sie paffte einen Rauchkringel, den der Wind sofort zerriss.

Da kam auch Maleen mit müden Schritten herbei. Sie blieb vor der Muhme stehen und fragte: »Muss ich?«

»Ja«, erwiderte die Muhme. »Du weißt doch, was wir mit den Welsen verabredet haben.« Sie biss auf den Pfeifenstiel und zog eine Grimasse, um ihre Sorge angesichts der erschöpften Maleen zu verbergen.

Diese wischte sich eine Haarsträhne aus dem Gesicht. Dann kraulte sie den Fuchs, der sich auf den Rücken rollte und genussvoll zu hecheln begann. Sperling und Zeisig tschilpten auf ihren Schultern. »Ihr wollt auch, dass ich es versuche?«, fragte sie die Vögel. Sie drückte ihren wunden Rücken durch und sah zu den Wolken auf, die so gemächlich dahinzogen, als wollten sie beobachten, was auf dem Werder vor sich ging.

»Ihr haltet Ausschau«, wies die Muhme Dachs und Fuchs an. »Man weiß nie, was kommt.«

»Was könnte denn kommen?«, japste der Fuchs.

»Ach«, sagte der Dachs, »höchstens der Weltuntergang.«

Maleen ließ sich vor dem Mutterstamm im Gras nieder. Sie legte die Hände in den Schoß, schloss ihre grünen Augen und begann, sich in sich selbst zu versenken. Die zwei Vögel auf ihren Schultern verstummten.

Die Muhme reckte den Hals – sie meinte, den alten Waller vor der Südspitze des Werders zu sehen. Dann setzte sie sich hinter Maleen und verschränkte die Hände auf dem Stock.

Die Krähen spürten die Gegenwart der Welse; sie spürten eine gegen sie gerichtete Kraft; sie ahnten, dass das Mädchen etwas vorhatte, aber sie wussten nicht, was. Sie ließen sich auf dem Rand des Hags nieder, sahen zur Feste, wo die Gografen mit ihrem Gefolge und ihren Bediensteten in tiefem Schlaf lagen, strichen ab und segelten über den Fluss. Sie kreisten über Maleen, die im Vergleich mit dem Hag winzig klein war, und ihr Krächzen klang wie höhnisches Gelächter.

Ja, sie verhöhnten Maleen, über deren Händen ein grasgrünes Licht zu flackern begann. Sie lachten, während das Licht zu einem Ball wurde. Sie spotteten, während sich der Ball in einen Strahl verwandelte. Sie verstummten, als der Strahl von unten auf sie zuschoss und immer greller und heißer wurde. Erst da wurde ihnen bewusst, dass er eine Waffe war, und sie stoben laut krächzend auseinander.

Der Strahl tauchte die Bäuche der Wolken in ein grünliches Licht. Dann brach er in sich zusammen.

Maleen spürte, dass die grüne Kraft nachgelassen hatte. Auch hier machte sich das Siechtum der Esche bemerkbar. Sie rief in Gedanken: »Helft mir!«

Die Welse erhörten ihren Ruf. Die Krähen hatten sich gerade

wieder gesammelt, als sie sahen, dass der alte Waller ein blaues Licht aus seinem Maul entließ. Im nächsten Moment leuchteten ähnliche Lichter rings um den Werder auf; die anderen Welse taten es ihrem Anführer gleich, um Maleen zu helfen. Die Krähen wogten durcheinander. Sie krächzten, als könnte dies den Lauf der Dinge ändern. Kurz darauf wurden sie von dem Lichtstrahl, der von den Händen des Mädchens ausging, erneut in alle Winde zerstreut – aber er fiel wieder in sich zusammen, und die Krähen sammelten sich wieder und kreischten noch höhnischer als zuvor.

Schweiß trat auf Maleens Stirn. Sie riss sich zusammen. Über ihren Handflächen flackerte der grünliche Schein, in den sich plötzlich ein Blau mischte – die Macht der Welse stärkte die grüne Kraft. Der Strahl wuchs so schnell in die Breite und in die Höhe, dass er Krähen aus der Flugbahn warf. Maleen erbebte am ganzen Körper; Schweiß lief über ihr Gesicht, auf dem die Haare klebten. Der Dachs meinte, das Klappern ihrer Zähne zu hören. Der blaugrüne Strahl wurde zu einer Säule. Eine Krähe, die ihr zu nahe kam, fing Feuer und fiel dem Fuchs vor die Pfoten, der angewidert auswich und Meister Grimbart zurief: »Wenn schon gebraten, dann bitte noch blutig!«

Aber der Hag sammelte seine Kräfte: Tausende im Dunkeln unter der Erde verborgene Wurzeln schlängelten sich in alle Richtungen und saugten Nährstoffe auf. Die Dornen richteten sich wie Klingen auf den Strahl, und die Poren des Stamms taten sich auf und entließen einen dunklen Dunst, der Maleen einzuhüllen begann. Die Vögel flohen von ihren Schultern, Dachs und Fuchs wichen zurück.

Die Muhme kam hustend auf die Beine und humpelte davon. Als sie sich weiter unten auf dem Hang nach Maleen umsah, war diese nicht mehr zu erkennen. Nur der blaugrüne Strahl leuchtete noch schwach im finsteren Dunst.

»Sie schafft es nicht«, klagte der Fuchs.

»Miesepeter«, brummte der Dachs.

Die Muhme zog eine besorgte Miene, denn der Fuchs hatte recht: Es war der ungleiche Kampf zwischen einer Zwergin und einem Riesen.

Maleen bestand nur noch aus straffen Sehnen und Muskeln. Sie konzentrierte sich darauf, die grüne Kraft und die Macht der Welse zu bündeln und dem Hag entgegenzuwerfen. Auf ihrem Rücken brachen die Schorfe auf. Blut sickerte durch den Verband, und Schweiß brannte in den Wunden. Leid und Anstrengung der letzten Zeit hatten Maleen ausgelaugt: Die Erschöpfung war tief, und ihre Gedanken schweiften ab. Sie dachte an das ungewisse Schicksal ihrer Gefährten. Sie dachte an ihre Kerkerhaft in der Grenzfeste Rottland. Sie dachte an die Karte, die man ihr umsonst auf den Rücken gebrannt hatte. Sie sehnte sich nach Ruhe, Frieden und Geborgenheit. Ihre Hände zitterten, als sie den Strahl gegen den Hag warf – einer der toten Helden löste sich durch die Erschütterung von einem Dorn, stürzte in die Tiefe und rollte über den Hang. Aber der Hag hielt stand, und die Krähen, die den Strahl in sicherer Entfernung umkreisten, krächzten siegesgewiss.

Maleens Konzentration ließ nach. Die Erschöpfung nahm zu, und sie begann, aus ihrer Versenkung wie aus einem tiefen See aufzutauchen. Sie hörte noch, wie die Welse riefen: »Halt durch! Wir können den Hag gemeinsam bezwingen.« Dann durchstieß sie die Oberfläche ihres Inneren, riss die Augen auf und schnappte nach Luft.

Das blaugrüne Licht erlosch. Finsternis hüllte sie ein.

Maleen schrie auf. Sie fuchtelte mit den Händen, als könnte sie den Dunst vertreiben. Sie wollte aufspringen, brach aber sofort zusammen und blieb reglos liegen.

Die Krähen kreischten triumphierend.

Als Barbera den Kerker verließ, waren sowohl ihr Gewand als auch ihr Dolch blutig. Sie sah sich wachsam um und lief wieder in das Wurzellabyrinth, wo sie dem Pfad folgte, den Eisenhans mit Fingernägeln markiert hatte. Sie hielt einen Bocksbeutel mit dem Blut der blinden Feen. Drei Schnitte, dachte sie, und die Feen hatten ihr Leben ausgehaucht. Sie hatte eigentlich die Entscheidung des Eisernen Königs abwarten wollen, aber angesichts der Wendung im Gefecht hatte sie sofort handeln müssen. Als sie sich vor einer Wurzel bückte, hatte sie das Gefühl, als würde die Erde beben – ein Zittern durchlief die Esche, ringsumher fiel Laub. Dann trat wieder Ruhe ein. Barbera eilte weiter. Als sie den Rand des Labyrinths erreichte, bebte die Erde erneut. Die Esche ächzte, als hätte sie Wehen. Barbera hielt sich an einer Wurzel fest; der Dolch, an dem noch das Blut der Feen klebte, entglitt ihrer Hand und bohrte sich in den Boden. Im nächsten Moment sah sie Grimm, der sich mit seinen Verbündeten der sieben Recken zu erwehren versuchte. Die Sterne auf den Schilden der Recken blitzten, und Barbera wandte geblendet den Blick ab. Da bebte die Erde wieder, dieses Mal länger als zuvor, aber die Kämpfenden schienen nichts zu merken. Nur Horn hob in der Marterhöhle den Kopf, weil Steine von der Decke rieselten. Als Barbera wieder etwas sehen konnte, enthauptete ein Recke gerade mit einem beidhändig geführten Schlag eine Karontide, deren Kopf im hohen Bogen über den Kampfplatz flog. Er rollte bis vor Barberas Füße, und sie wich schreiend zurück. Da bebte es zum vierten Mal. Die Wurzeln zuckten, als wollten sie sich aus der Erde reißen. Ein Regen aus Laub hüllte die Kämpfer ein, und die Esche rauschte so laut, dass sie alles übertönte. Während Barbera den Kopf der Karontide anstarrte, flaute das Beben ab, setzte sich aber gleich darauf umso stärker fort. Risse taten sich zwischen den Wurzeln auf. Keiler reckten die Schnauze und witterten; Wölfe spitzten die Ohren; ein Bär fuhr mitten im Kampf gegen eine Karontide herum.

Plötzlich trat Ruhe ein. Das über dem Schlachtfeld wirbelnde Laub fiel zu Boden. Der Staub legte sich und enthüllte die blutenden, verdreckten, verschwitzten Kämpfer beider Seiten, die ihre Waffen senkten und sich wie betäubt umsahen.

Barbera bückte sich nach ihrem Dolch.

In diesem Moment knarrten überdehnte Fasern; man hörte ein Knacken wie von berstender Rinde, und die Esche stöhnte so langanhaltend und tief, als wollte sie etwas gebären. Barbera wich erschrocken aus, weil die Risse im Boden immer breiter wurden: Erst quoll grauer Rauch heraus, dann erhob sich ein Sausen, das sich allmählich zum Brausen eines Sturmwinds steigerte, und schließlich brachen sie aus den Tiefen der Erde hervor – die Geschöpfe der Wilden Jagd, die bis jetzt unter die Wurzeln der Esche gebannt gewesen waren. Mit dem Tod der Feen war der Zauber erloschen, und die Esche gab preis, was sie so lange in Schach gehalten hatte. Ein nicht enden wollender Schwarm geflügelter, halb menschlicher und halb tierischer Geschöpfe quoll aus Erdspalten, erhob sich in die Luft und flog durch die Grotte. Auf dem Schlachtfeld warfen sich Freund und Feind zu Boden; die Wölfe kniffen winselnd die Schwänze ein.

Die Furcht der unter einem Wurzelbogen kauernden Barbera schlug in Begeisterung um: Sie hatte die Wilde Jagd befreit! Sie hatte das Gefolge des Eisernen Königs von seinem Bann erlöst! Nun stand dessen Auferstehung nichts mehr im Weg – diese giftgeifernden, angriffslustigen Geschöpfe würden sich zu seiner Gruft begeben und ihm zur Seite stehen. Während die Wilde Jagd durch die Grotte wogte, kroch sie aus dem Wurzellabyrinth und rannte zu Grimm, der verwirrt auf dem Schlachtfeld stand und die Geschöpfe, die ihn umschwirrten, aus rubinroten Augen anstarrte.

»Was ist das?«, brüllte er, als er Barbera bemerkte.

»Der Sieg ist unser!«, schrie sie. »Kommt mit.«

»Der Sieg?«, erwiderte er und wich einem Wesen der Wilden Jagd aus, auf dessen Frauenkörper ein monströser Krötenkopf saß. »Wir haben noch nicht gesiegt. Sieh dich um.«

»Gib den Befehl zum Rückzug, Dummkopf!«, schrie Barbera. »Wir *haben* gesiegt. Wir müssen fort.«

Grimm glotzte sie an.

»Du bist ein Krieger des Eisernen Königs«, zischte Barbera, deren Geduldsfaden riss. »*Gehorche*!«

Der beleidigte Grimm reckte zum Zeichen des Rückzugs das Schwert. Die Karontiden luden sich verwundete Kultknechte auf die Schultern, und dann beeilte sich die Schar, der Wilden Jagd zu folgen, die aus der Grotte in einen der Gänge strömte, als wäre dieser ein Trichter zu einer anderen Welt.

All dies ging so schnell, dass der ausgelaugte Kunz nichts davon mitbekam – als er sich umsah, waren die Feinde wie vom Erdboden verschluckt. Ringsumher lagen die Toten des Kampfes. Alles stank nach Blut. In der Marterhöhle klopfte Horn auf den Ranzen, und die sieben Recken verschwanden.

·

Mit dem Zusammenbruch der Lichtsäule verdunkelte sich der Himmel. Die bis dahin blaugrün leuchtenden Wolken trübten sich ein. Kurz darauf erlosch auch das blaue Licht der Welse. Die Sonne glühte noch einmal rot auf, dann versank sie hinter dem Horizont.

Die Muhme hustete nervös. Sie zupfte am Band ihrer Haube. Sie legte beide Hände auf den Stock und starrte zum Hag, wo Maleen vom Dunst verschluckt worden war.

»Arme Maleen«, flüsterte der Fuchs. »Sie hat keine Chance gegen den Hag. Sie ist viel zu erschöpft.«

»Wir müssen sie bergen«, sagte der Dachs. »Sonst erstickt sie in diesem finsteren Nebel.«

Die Muhme runzelte zornig die Stirn. Sie trat gegen den toten Helden, der gegen eine Salweide rollte. »Wir haben versagt«, sagte sie. »Auf ganzer Linie.«

»Tja«, erwiderte der Fuchs. »Wie konnten wir uns anmaßen, den Lauf der Geschichte ändern zu wollen? Wir haben uns zu Narren gemacht. Erst haben wir Maleen wegen einer Karte gesucht, die am Ende nutzlos war, und dann haben uns nicht einmal die Welse helfen können. Zauber und Wunder – alles nur Schall und Rauch. Letzten Endes ist man immer auf sich selbst gestellt: Ein Erdenwurm, den Launen des Schicksals ausgeliefert.«

»Schönen Dank für deine Weisheiten«, brummte der Dachs. »Aber ich handele lieber. Ich hole Maleen da raus.«

Da ging ein Rascheln durch den Hag. Die Krähen kreisten aufgeregt kreischend über dem Dunst, als würde eine neue Gefahr drohen.

Die Muhme verengte ihre Augen: Im Nordwesten war eine dunkle, auf den Werder zustrebende Wolke zu sehen. »Das ist ein riesiger Schwarm …«, murmelte sie.

»Hat Maleen die Vögel zu Hilfe gerufen?«, fragte der Dachs hoffnungsvoll.

Der Schwarm näherte sich mit hoher Geschwindigkeit. Bald konnten Dachs, Fuchs und Muhme ein Geschrei vernehmen, das eher an Raubtiere als an Vögel erinnerte.

»Nein«, sagte die Muhme tonlos. »Das sind keine Vögel. Das hier ist … es ist … es sind …«

Atemzüge später kamen die Wesen der Wilden Jagd mit knatternden Schwingen angesaust. Der Schwarm wendete im weiten Bogen über dem Welsfluss, dessen Wasser sprühte und schäumte, und flog auf den Hag zu. Wellen klatschten gegen das Südufer; die Welse tauchten ab. Der den Poren des Mutterstamms entströmende Dunst breitete sich aus, bis er auf beiden Seiten des Werders über den Flussarmen wogte. Beim Näherkommen der Wilden Jagd stieg er zum Himmel auf und wurde von den geflügelten Geschöpfen mitgerissen.

Die Krähen krächzten verwirrt. Dann sammelten sie sich über dem Mutterstamm und flogen hinterher.

»Wir müssen zu Maleen!«, rief Meister Grimbart und rannte los.

Nach einigen Ellen blieb er wie angewurzelt stehen – der Hag wankte wie von Riesen geschüttelt und sank dann knirschend und knackend und ganz langsam in sich zusammen. Aus seinem unteren Rand, auf dem das ganze Gewicht lastete, stäubte es wie aus einem Mahlwerk: Blätter wirbelten über den Werder; Holzstücke sausten wie Geschosse durch die Luft; Dornen stürzten mitsamt den aufgespießten Helden in die Tiefe; und schließlich zeichnete sich die Feste mit Wällen und Wehrtürmen, Bergfried und Schloss in einer Wolke aus Blättern und Spänen vor dem Abendhimmel ab.

Der Dachs sah ungläubig zu.

»Hurra!«, jubelte der Fuchs. »Maleen und die Welse haben doch noch gesiegt!«

Die auf ihren Stock gestützte Muhme sah der Wilden Jagd nach, die den finsteren Dunst wie einen Trauerflor hinter sich herzog. »Sie fliegen zum Greting«, murmelte sie. »Oh, nein, wir haben nicht gesiegt. Unsere Feinde haben die Macht des Mutterstamms abgezogen, weil sie noch gebraucht wird ... Es ist noch lange nicht vorbei.«

»Wie meinen?«, hechelte der Fuchs.

Die Muhme starrte ihn an, dann humpelte sie zur Feste. Nach einer Weile rafften sich Meister Grimbart und Reineke Fuchs auf und folgten ihr.

Kunz trottete über das Schlachtfeld. Er musste immer wieder über erschlagene Kultknechte und Karontiden steigen oder in ihrem Blut liegenden Tieren und Köhlern ausweichen. Beide Seiten hatten schwere Verluste erlitten. Doch wie es schien, hatten die Köhler mit Unterstützung der sieben Recken, die Horn aus seinem Ranzen gezaubert hatte, am Ende gesiegt. Harlung war trotz seiner Verwundung aufgebrochen, um die drei blinden Feen zu befreien.

Hatten sie gesiegt?, fragte sich Kunz auf dem Weg durch die Marterhöhle. Köhler untersuchten ihre Wunden. Keiler und Wölfe leckten Schnitte und Stiche, blutverkrustete Bären hockten hechelnd auf dem Boden. Dies war die Stille nach einer Schlacht – erfüllt vom Leid mehr oder weniger schwer verletzter Kämpfer, die stöhnten und klagten oder vor sich hindämmerten.

»Die Blutsäuferin ist tot!«, rief ein Köhler, der sich den Arm verbinden ließ.

Kunz nickte nur, schlug einen Bogen um die Karontide, die unter dem Martergestell lag, und ging zu Horn, der Hans mit einem Tuch das Blut vom Gesicht tupfte. Sneewitt und Sanne lagen mit geschlossenen Augen da.

Kunz und Horn tauschten einen Blick.

»Sie werden es überstehen«, sagte Horn, der seinen Ranzen wieder auf dem Rücken trug. »Aber es wird lange dauern, bis sie sich erholt haben.«

Kunz murmelte etwas Unverständliches und musterte die auf dem Felsboden verstreuten Marterwerkzeuge. Dann fragte er: »Ist das ein Sieg oder eine Niederlage?«

»Tja«, antwortete Horn. »Ich weiß nur, dass unsere Feinde geflohen sind, und …«

»Sind sie geflohen«, warf Kunz ein, »oder wollten sie ihre Kräfte für etwas anderes aufsparen?«

Horn zuckte mit den Schultern.

»Und diese geflügelten, wie aus dem Nichts erschienenen Geschöpfe?«, fuhr Kunz fort. »Sie scheinen mit Barbera und Grimm im Bunde zu sein.«

Sneewitt murmelte: »Das waren … die Wesen der Wilden Jagd … des Eisernen Königs.« Sie schloss wieder die Augen.

»Die Wilde Jagd?«, stieß Horn erschrocken hervor.

Kunz runzelte die Stirn. Da erschallten Stimmen, und er fuhr herum. Harlung kam aus dem Wurzellabyrinth. Seine Miene war düster, als er über das Schlachtfeld schritt. Er blieb in der Marterhöhle stehen und sagte, auf seine Axt gestützt: »Die drei blinden Feen sind tot. Man hat ihnen die Kehle durchgeschnitten.« Die Stimme versagte ihm den Dienst.

Horn sprang auf und rief: »Das war Barbera! Sie ist während des Gefechts verschwunden.«

Harlungs Stirnadern schwollen an. »Das wird sie büßen«, grollte er und setzte sich, um seine Schulterwunde verbinden zu lassen.

Kunz ließ einen besorgten Blick durch die Grotte schweifen: Die drei gemarterten Gefährten ruhten vor der Felswand; Hardt lag mit durchbohrten Lungen unter der Karontide; die Erschlagenen waren von Eschenlaub bedeckt wie von grauem Schnee; die Esche selbst schien sich beruhigt zu haben. Die Blätter fielen nicht mehr, und sie wirkte so still, als wäre sie vor Erschöpfung eingeschlafen, nachdem sie die Geschöpfe der Wilden Jagd freigegeben hatte. Ihr Stamm verschwand hoch oben in einer Öffnung im Gestein. Irgendwo in den Klüften des Gretings, dachte Kunz, der Hardts Sack mit dem Knüppel gegen seine Brust drückte, ragte ihr Wipfel auf. Gut möglich, dass die Eichhörnchendame wusste, wo er zu finden war, aber sie versteckte sich irgendwo in der Marterhöhle – die Schrecken der Schlacht, die sie mitangesehen hatte, saßen ihr noch in den Knochen.

Der Weg über den von Blättern und Ranken übersäten Hag war mühsam. Die Muhme stützte sich mit der einen Hand auf den Stock und mit der anderen auf den Kopf des Fuchses, der wiederholt den schwertklingengleichen Dornen ausweichen musste. Da und dort ragten die Arme oder Beine jener Helden aus den Trümmern des Hags auf, die ihr Leben bei bei dem Versuch gelassen hatten, die Gografen zu erlösen.

Schließlich erreichten sie Maleen. Fuchs und Dachs räumten den Unrat weg, damit die Muhme sich hinhocken konnte. Sie nahm Maleen in die Arme und fragte: »Wie geht es dir?«

»Ich bin müde«, flüsterte Maleen. »So müde …« Sie war von Kopf bis Fuß verdreckt; in ihren Haaren, aschgrau vom Staub, hingen Blätter und Zweige. Dunkle Ringe zeichneten sich unter ihren Augen ab, und als sie über ihre Stirn wischte, zitterte ihre Hand.

Die Muhme streichelte ihre Schulter. »Armes Ding«, sagte sie. »Aber es ist noch nicht getan. Wir müssen die Gografen aus ihrem Schlaf wecken.«

»Soll ich einen Hahn stiebitzen?«, fragte der hungrige Fuchs. »Wenn er kräht, wachen sicher alle auf.«

»Hühnergegacker«, knurrte Meister Grimbart, »ist sinnvoller als dieser Vorschlag.«

Reineke Fuchs warf ihm einen beleidigten Blick zu.

»Wir haben wenig Zeit«, sagte die Muhme zu Maleen. »Denn wie es scheint, zieht die Wilde Jagd wieder durch Pinafor. Bei der Esche muss etwas passiert sein, und ich weiß nicht, was das für unsere Gefährten bedeutet.«

Maleen streichelte den auf ihrer Schulter sitzenden Sperling. Dann kam sie auf die Beine und taumelte wie in Trance voran; ihr Kleid war hinten vom Blut der aufgebrochenen Striemen verkrustet.

Die Muhme wand sich innerlich. »Die Kleine tut mir leid«, flüsterte sie Meister Grimbart ins Ohr. »Aber sie ist hier die einzige Jungfrau. Und laut der Welse kann nur eine solche den Bann brechen.«

»Was ist so vorteilhaft an der Jungfräulichkeit?«, fragte der Fuchs. »Fast alle Fähen, die ich kenne, hätten Lunte und Balg hergegeben, um sie endlich zu verlieren.«

»Keuschheit gibt Kraft«, brummte Meister Grimbart.

»Das redet man sich vielleicht in deinem Alter ein«, erwiderte Reineke Fuchs spitz, »wenn das Jingjang erlahmt.«

»Wenn *was* erlahmt?«, fragte der Dachs.

»Du hast keinen Schimmer von den tieferen inneren Kräften«, sagte der Fuchs. »Die Jungfräulichkeit gehört jedenfalls nicht dazu.«

»Wenn du nicht still bist, sorge ich dafür, dass es Dingdong in deinem Kopf macht«, giftete ihn der Dachs an. »*Jingjang* … Heiliger Bimbam!«

Nach einer Weile erreichten sie eines der Burgtore, vor dem die Wachen, vom Schlaf gefällt, wie tot übereinanderlagen. Nachdem sie die Feste betreten und den Aufstieg zwischen den Ringwällen zu Bergfried und Schloss angetreten hatten, stellten sie fest, dass sogar die Hunde auf den Höfen, die Tauben auf dem Dach und die

Fliegen an der Wand tief und fest schlummerten. Und der Wind, der draußen ging, war hier auch nicht zu spüren.

»Pfoten weg«, fauchte der Dachs, als sich Reineke Fuchs an einem schlafenden Huhn vergreifen wollte.

»Wieso?«, fragte der neuerlich beleidigte Fuchs. »Es ist doch betäubt. Es hätte nichts gemerkt.«

Innerhalb des zweiten Ringwalls bot sich das gleiche Bild: Mägde, die noch Körbe hielten, lagen da, die weiten Röcke wie Fächer um sich ausgebreitet. Auf den Wehrgängen waren Wachen zwischen Zinnen zusammengebrochen. Eine Frau mit einem Neugeborenen an der Brust war auf einer Bank eingeschlafen.

»Unheimlich«, sagte die Muhme, deren Stock im Takt der Schritte auf das Kopfsteinpflaster klackte. »Der Zauber hat das Leben zwischen zwei Atemzügen angehalten.«

Maleen ging wie in Trance weiter. Die auf ihren Schultern sitzenden Vögel, die den Zauber spürten, sahen sich ängstlich um. Nach dem langen Aufstieg durch die Feste traten die Gefährten durch das Tor des dritten Ringwalls und erblickten das Schloss mit der Freitreppe und dem hinter dem Westflügel aufragenden Bergfried. Davor lag ein weiter, auf drei Seiten von Ställen und Wirtschaftsgebäuden gesäumter Platz mit einem Brunnen, den Büsche weißer und roter Rosen umgaben. Der Abend war angebrochen, und im Licht von Mond und Sternen wirkte alles fahl und tot.

Die Muhme blieb stehen. Das zwischen den Mauern hallende Klacken ihres Stocks erstarb. Sie nahm die Pfeife aus dem Mund. »Hier befindet sich die Quelle des Zaubers«, sagte sie. »Wir müssen sie finden.«

Bei diesen Worten hielt auch Maleen an. Sie stand mitten auf dem Platz, eine kleine, schmale Gestalt unter dem gestirnten Nachthimmel. Der Mondschein warf ihren Schatten auf das Kopfsteinpflaster. Trotz der Vögel, die auf ihren Schultern saßen, wirkte sie einsam. Sie drehte sich zu Fuchs, Dachs und Muhme um. Ihre grünen Augen strahlten, und dann flammte ein blaues Licht über ihren Handflächen auf.

»Ah«, stieß die Muhme hervor. »Die Welse helfen ihr.«

Das blaue Licht kreiste eine Weile über Maleens Händen und neigte sich dann in Richtung Brunnen. Maleen folgte diesem Fingerzeig. Sie trat durch den Kreis aus Rosenbüschen. Auf einer Bank vor dem Brunnenrund saß ein blondes Mädchen in einem weißen, knöchellangen Gewand, unter dem nackte Füße hervorlugten. Ihre Augen waren weit offen, aber ihr Blick war leer.

Sobald Maleen vor ihr stand, flammte das blaue Licht auf und hüllte beide ein. Maleen bückte sich und drückte ihre Lippen auf die des Mädchens. Sie küsste das Mädchen sehr lange; so lange, dass Reineke Fuchs nervös mit der Lunte zu wedeln begann. Nach einer schier endlosen Zeit wich Maleen zurück. Das Mädchen starrte weiter ins Leere. Dann trat so etwas wie Leben in ihre braunen Augen. Ihre Lider fielen zu. Aus der Starre erlöst, sank sie auf die Seite. Das blaue Licht erlosch, und Maleen torkelte zur Bank, wo sie auf das Mädchen fiel.

»Diese Knutscherei ist ein ekelhafter menschlicher Brauch«, knurrte Reineke Fuchs.

»Sie liegen da wie ein Liebespaar …«, flüsterte die Muhme.

»Die beiden schlafen tief und fest«, sagte der Dachs. »Aber was ist mit dem Bann? Ist er jetzt gebrochen?«

In der Feste herrschte Totenstille. Nichts regte sich. Nur die Schatten wanderten im Gefolge des Mondes langsam über Hof und Wälle. Muhme, Dachs und Fuchs sahen sich ratlos um.

Da ließen sich Zeisig und Sperling auf dem Brunnendach nieder und begannen zu zwitschern, obwohl der Morgen noch fern war.

Teil 2

Fünf Finger hat die Hand

21. Die Hüterin

Nach dem Unwetter, das über der Hohen Heide getobt hatte, war es wieder warm geworden. Die Zwergspinnen segelten an ihren Fäden durch die Luft, die Äpfel glänzten rot, und die Birnen fielen überreif von den Bäumen und wurden im hohen Gras von Wespen zerfressen.

Aber auf den Auen Flutwiddes sammelten sich die Gänse für den Zug nach Süden, und auch die Kiebitze brachen vorzeitig auf. Abergläubische, die die Worte »Komm-mit!« aus ihrem Ruf herauszuhören glaubten, hielten sie für Totenvögel und verschlossen bei ihrem Anblick die Ohren, um ihnen nicht ins Jenseits folgen zu müssen.

Ein Schwarm dieser Vögel, die im Flug gern Rollen schlugen und anderen Schabernack trieben, zog von der Hohen Heide nach Südwesten. Die Kiebitze überflogen die Usse und den Westen Flutwiddes, wo das Getreide auf den Feldern faulte. Sie überflogen Gehölze und Wälder, deren Laub schon jetzt, im Spätsommer, sein Grün verlor. Aber es verfärbte sich nicht gelb oder rot, sondern grau, und wenn es fiel, wurde es zu einer Asche, die den Boden fahl aussehen ließ. Sobald die Bäume kahl waren, kroch eine an Schimmel erinnernde Schicht an ihrer Rinde hinauf und verwandelte sie in Skelette – abgenagte Kadaver, von denen niemand wusste, ob sie je wieder treiben würden.

Vielleicht flohen die Kiebitze nicht vor dem Winter, sondern vor dieser widernatürlichen Veränderung. Und vielleicht war ihr Ruf kein böses Omen, sondern ein guter Rat: Komm mit, bevor es zu spät ist!

Die Sonne stand hoch, und ein Kiebitzschwarm überflog die Feste der Gografen mit lautem »Kiewiet! Kiewiet!«. Maleen erwachte und stellte erstaunt fest, dass ihr Kopf im Schoß des Mädchens lag. Die Muhme schlief auf einer zweiten Bank. Fuchs und Dachs dösten vor dem Brunnen.

Ringsumher herrschte reges Treiben: Die Feste war zum Leben erwacht. Ein Ochsengespann rumpelte über den Platz, und Knechte und Mägde eilten hin und her, als hätte es die Unterbrechung durch den Zauber nie gegeben. Die Bewohner der Feste waren so geschäftig, dass sie die Neuankömmlinge nicht bemerkten. Ja, sogar die Wachen, die mit klirrender Rüstung über das Kopfsteinpflaster schritten, übersahen die hinter dem Ring aus Rosenbüschen verborgenen Frauen und Tiere.

Das Mädchen öffnete die Augen und sah sich verwirrt um. Sie zog ihr weißes Gewand über den Knien zurecht und lächelte, als sich Zeisig und Sperling auf Maleens Schultern niederließen. Dann fiel ihr Blick auf die Rosen. »Umm!«, stieß sie hervor und zeigte darauf. »Uh-humm!«

Maleen folgte ihrem Blick: Die Blüten der weißen und roten Rosen waren von ungesunden, braunen Flecken bedeckt. Im nächsten Moment wurde ihr bewusst, dass das Mädchen stumm war. Und sie begriff auch, warum – denn als ihr das Mädchen wieder ein breites Lächeln schenkte, sah sie, dass man ihr die Zunge herausgeschnitten hatte.

Maleen erschrak über diese Grausamkeit. »Man hat sie misshandelt und benutzt«, dachte sie. Dann fiel ihr ein, dass der Hag dem Blut von elf Jungfrauen entsprossen war. Dies war die zwölfte.

Der Fuchs erwachte. Er gähnte und reckte und streckte sich, stellte die Gehöre auf und drehte sie hin und her. »Seht euch das an«, rief er. »Der Bann ist gebrochen.«

»Blitzmerker«, murmelte der schlaftrunkene Dachs.

Die Muhme setzte sich auf. »Oh, oh, oh«, stöhnte sie. »Meine alten Knochen …« Sie rieb erst ihren Rücken, dann setzte sie die verrutschte Haube richtig auf.

Der Fuchs erblickte das Mädchen und fragte: »He! Wer bist du?«

Das Mädchen lächelte ihn an.

»Sie ist stumm«, erwiderte Maleen. »Außerdem bezweifele ich, dass sie die Sprache der Tiere versteht.«

»Stumm?«, keckerte Reineke Fuchs. »Aber … wie sollen wir sie dann ausquetschen?«

»Kannst du lesen und schreiben?«, fragte die Muhme.

Das Mädchen schüttelte verneinend den Kopf.

»Das ist keine Schande«, bemerkte der Fuchs. »Analphabeten leben länger.«

»Klar«, grunzte der Dachs. »Dummheit schont die Nerven.«

Die Muhme betrachtete das Mädchen. »Hat man ihr etwa …«, flüsterte sie.

Maleen nickte.

»Wir müssen die Gografen aufsuchen«, sagte die Muhme und stand ächzend auf. »Sie wissen nicht, wie es steht, und wir brauchen dringend ihre Hilfe.«

»Und die stumme Schönheit?«, fragte Reineke Fuchs.

»Wir nehmen sie mit«, antwortete die Muhme. »Vielleicht erfahren wir doch noch etwas von ihr.«

Auf dem Weg zum Schloss stieß das Mädchen fröhliche Laute aus und zeigte auf einen Zugvögelschwarm, der auf die Feste zuflog. Diener liefen an den Neuankömmlingen vorbei, ohne sie zu beachten. Der Fuchs war pikiert. »Haben die noch Schlaf in den

Augen?«, fragte er. »Oder sehen sie jeden Tag stolze Tiere wie uns, die von zwei Schönheitsköniginnen und einer Knitterfaltengreisin begleitet werden?«

Die Muhme ließ ihren Stock auf den Boden knallen.

Das Schloss war ein schlichter Bau. Erker mit Schießscharten und Pechluken saßen an den Ecken, die efeuberankte Fassade hatte hohe Spitzbogenfenster. Hinter dem Westflügel ragte der Bergfried auf, über dem das Banner mit dem Wappen der Gografen wehte. Es zeigte einen sechszackigen, von zwei Kornähren flankierten Stern.

»Stern und Ähren bedeuten Wohlstand und Frieden«, erklärte die Muhme. »Die hinter dem Schild gekreuzten Schwerter stehen für Wehrhaftigkeit, und Rot und Blau sind die Farben der Familie von der Usse.«

Sie stiegen die Freitreppe hinauf. Am Schlossportal wurden sie von zwei Wächtern aufgehalten.

»Seid gegrüßt«, rief die Muhme. »Ich bin die Hollermuhme aus Flutwidde. Wir bitten um eine Audienz bei den Gografen. Es ist dringend. Eure Herren kennen mich.«

»Und … die da?«, fragte ein Wächter und zeigte auf Dachs und Fuchs.

»Sie gehören zu uns«, antwortete Maleen. »Sie sind Freunde und Verbündete.«

Die Wächter starrten die Tiere an. Dann verschwand einer im Schloss. Seine Schritte hallten in der Eingangshalle.

Die Muhme setzte sich auf die Treppe. »Warum ist Macht immer mit Förmlichkeit verbunden?«, murmelte sie und holte ihre Pfeife heraus.

»Gute Frage«, sagte der Fuchs. »Wieso bitten sie uns nicht einfach herein und servieren uns einen fetten Kapaun?«

»Einen Kapaun?«, grunzte Meister Grimbart. »Frisst du etwa kastriertes Geflügel?«

»Das Fleisch eines Hahns ohne Eier ist zarter«, erwiderte der Fuchs und leckte seine Lefzen.

Maleen ließ sich neben der Muhme nieder. Das Mädchen betrachtete das Blumenbeet vor der Freitreppe. »Uh-humm«, sagte sie und zeigte auf einen Ranunkelstrauch.

»Oh, ja. Sehr hübsch«, murmelte die Muhme, die ihre Pfeife entzündete.

Niemand achtete auf die Zugvögel, die die Feste überflogen. Niemand sah, dass sich einer aus der Formation löste und ein paar Sekunden rüttelnd in der Luft hing. Niemand sah, wie er zum Sturzflug ansetzte. Maleen und die Muhme, Dachs und Fuchs merkten erst auf, als ein dumpfer Aufprall ertönte. Bei dem Anblick des schuppigen, geflügelten Ungeheuers, das mit Krallen und Reißzähnen auf das Mädchen losging, sträubte sich Meister Grimbarts Schwarte. Krieger rannten herbei. Eine Magd ließ kreischend die Wäsche fallen, und die Pferde eines mit Bierfässern beladenen Fuhrwerks scheuten. Das Mädchen strampelte, aber das Ungeheuer hackte weiter auf sie ein und wehrte den zur Hilfe geeilten Dachs mit einem Klauenhieb ab. Ein Krieger stieß dem Ungeheuer die Lanze in die Seite. Blaugrünes Blut strömte auf das Kopfsteinpflaster und mischte sich mit dem Blut des Mädchens, dessen Hände schlaff zu Boden sanken. Ein zweiter Krieger durchbohrte das Ungeheuer mit dem Schwert. Ein schriller Schrei hallte über den Hof, dann brach es zusammen, und seine Flügel breiteten sich mit einem letzten Zucken wie eine Decke über dem Mädchen aus.

Meister Grimbart, auf dessen Stirn eine Wunde klaffte, kam auf die Läufe. »Glück gehabt«, murmelte er. »Etwas tiefer, und es wäre ins Auge gegangen …«

Da erschienen die Gografen auf der Freitreppe, Hilck und Helmdag von der Usse, Zwillingsbrüder, die sich nur durch die Augenfarbe unterschieden: Einer hatte grüne, einer braune Augen. Beide hatten einen karottenroten, gestutzten Bart und einen wirren Schopf, und wenn Bauch und gesunde Gesichtsfarbe nicht täuschten, wussten sie die Freuden des Lebens zu schätzen.

»Was geht hier vor?«, donnerte Hilck von der Usse.

»Ich kann alles erklären!«, rief die Muhme.

Helmdag, der um wenige Minuten jüngere Zwillingsbruder, erkannte die Muhme und winkte sie zu sich. Währenddessen wälzte ein Krieger das geflügelte Ungeheuer vom Mädchen.

Maleen beugte sich über sie. »Ist sie tot?«, flüsterte sie und starrte das blutdurchtränkte Gewand des Mädchens an.

Der Krieger nickte.

»Das ist eines der Wesen der Wilden Jagd«, sagte Maleen mit erstickter Stimme und zeigte auf das Ungeheuer.

»Wilde Jagd?«, fragte einer der Krieger ungläubig. »Sieht aus wie ein Kobold mit Klauen, Schuppenschwanz und Flügeln.«

Hilck von der Usse trat an das Geländer der Freitreppe und rief: »Verbrennt das Monster, bahrt die Tote im Gesindehaus auf und geht wieder an die Arbeit, Leute!«

Und sein Zwillingsbruder sagte: »Bitte tretet ein, ehrwürdige Muhme, und frühstückt mit uns. Wir hatten heute früh beim Erwachen ein so großes Loch im Magen, als hätten wir seit Wochen nichts gegessen.«

Die Muhme lächelte vieldeutig und betrat die Eingangshalle des Schlosses. Maleen folgte ihr. Reineke Fuchs und Meister Grimbart liefen hinterher, nahmen angesichts der kläffenden Jagdhunde aber Reißaus.

»Wir sehen uns später!«, rief der Dachs über die Schulter.

»Ja, wir versorgen uns lieber selbst«, keckerte der Fuchs.

Sie flitzten über den weiten Hof und verschwanden zwischen den Wirtschaftsgebäuden.

»Ein Dornenhag?«, fragte Hilck von der Usse verblüfft. »Ein Zauberbann? Ein langer Schlaf? Die Wilde Jagd? Was faselt Ihr da, Muhme?« Er ließ die Butterwecke auf den Zinnteller sinken.

»Vom äußeren Ringwall könnt Ihr die Reste des Hags sehen«, sagte die Muhme.

Die Zwillingsbrüder tauschten einen ratlosen Blick.

»Und die dreizehn weisen Weiber sollen sich gegen Pinafor verschworen haben?«, fragte Helmdag. »Sie bedrohen die Esche? Das ist kaum zu glauben.«

»Auf jeden Fall eines der weisen Weiber«, sagte Maleen. »Sie heißt Barbera.«

Hilck hob die Brauen. »Die süße Kleine? Prächtig, prächtig! Ein guter Witz.« Er lachte schallend.

»Ihr habt lange Zeit geschlafen. Seht Euch die Überreste des Hags an«, erwiderte die Muhme gereizt. »Und das graue Laub der Bäume. Sprecht mit den Welsen, wenn Ihr wollt.«

»Die Welse sind zurückgekehrt?«, fragte Helmdag.

»Habt ihr über Bratspeck und Rührei das stumme Mädchen vergessen?«, warf Maleen ein. »Erst hat man sie missbraucht, um die Feste mit einem Schlafbann zu belegen, dann wurde sie von einem Wesen der Wilden Jagd erschlagen. Ihr habt es doch gesehen!«

»Ach, ja, das arme Ding«, murmelte die Muhme.

»›Ding‹?«, fragte Maleen zornig. »Sie war ein Mensch.«

»Tja, ehrwürdige Muhme«, brummte Hilck, »es gibt wohl nur zwei Möglichkeiten: Entweder wollt Ihr uns einen gewaltigen Bären aufbinden oder Pinafor droht wirklich Gefahr.«

Die Muhme klemmte sich die Pfeife zwischen die Zähne und zuckte wortlos mit den Schultern.

Während die Gografen, denen der Appetit vergangen zu sein schien, schweigend dasaßen, sah sich Maleen im Rittersaal um. Die Flammen des Kaminfeuers verblassten im Licht der Mittagssonne, das durch die Spitzbogenfenster fiel. Die Holzdecke war mit Szenen aus den Sagen Pinafors ausgemalt worden: der Kampf gegen die Schwarzen Wölfe; der Eiserne König mit dem Eschenpflock im Herzen; der Heerzug des siegreichen Gografen und seiner Getreuen, der sich auf die Feste zuschlängelte; die dreizehn weisen Weiber, die sich geißelten, um Unheil von Pinafor abzuwenden; die drei blinden Feen, seit uralten Zeiten die Hüterinnen der Esche. Die Ränder der Decke hatte man mit Vignetten von allerlei Pflanzen und Tieren verziert.

Eine Schlachtszene, die sich ganz hinten über dem Kamin befand, war Maleen fremd: ein Heer wurde auf sumpfigem Grund von Karontiden bedrängt; der untere Bildrand zeigte Mücken, Maulwürfe und Ameisen, der obere eine Hand mit gespreizten Fingern. Maleen ging alle Sagen und Legenden durch, konnte die Szene aber nicht einordnen.

Hilck von der Usse unterbrach ihre Gedanken. »Führt uns zu den Welsen«, sagte er und kraulte einen Jagdhund. »Wenn sie tatsächlich wieder da sind, glauben wir Euch.« Er stand auf und befahl, eine Kutsche vorfahren zu lassen.

Auf der Fahrt durch die Feste bot sich ein anderes Bild als am Vorabend: In den Schmieden klirrten Hammer auf Ambosse, Wasserträger schleppten Tröge, und am Flussufer walkten Frauen die Wäsche. Wegen Zauberbann und Dornenhag war die Goldschwemme nicht in der Feste angekommen. Hier ging das Leben seinen üblichen emsigen Gang.

Als die Kutsche über die Trümmer des Hags rumpelte, tupfte sich Hilck von der Usse fassungslos die Stirn ab. »Ich träume wohl ...«, murmelte er.

»Wer sind die Toten?«, fragte der ebenso verwirrte Helmdag und zeigte auf einen aus den Ranken ragenden Arm.

»Recken, die Euch helfen wollten«, sagte die Muhme. »Sie wurden von den Dornen aufgespießt.«

»Und wir haben geschlafen?«, flüsterte Hilck von der Usse.

»Wie Säuglinge nach dem Stillen«, sagte die Muhme spitz, denn nach allem, was sie erlebt hatte, ärgerte sie sich über den Unglauben der Gografen.

Das aschfahle Laub der Weiden und Erlen am Ufer verwirrte die Zwillingsbrüder noch mehr. Kutschräder und Pferdehufe wirbelten grauen Staub auf, als sie sich der Südspitze des Werders näherten. Dort lagen Fuchs und Dachs in der Sonne. Als die Gografen und Frauen ausstiegen, rief Reineke Fuchs: »Na, endlich satt? Wir haben währenddessen mit den Welsen geschwatzt. Sie sind lustige Gesellen.«

»Die Welse!«, rief Hilck von der Usse.

»Sie sind tatsächlich wieder da«, flüsterte Helmdag. »Nach all der Zeit.«

Die Fische lagen dicht an dicht im flachen Wasser vor dem Ufer. Der alte Waller hob das Bartelmaul und blubberte: »Die Gografen! Ich erinnere mich an euren Ahnen Humbold von der Usse, Kinder. Er war so kugelrund und kerngesund wie ihr, obwohl er immer über Büchern gebrütet hat.«

»Na?«, fragte die auf ihren Stock gestützte Muhme. »Glaubt ihr uns jetzt?«

Die Gografen wateten in den Fluss und verneigten sich vor dem Waller. »Oh, heiliger Fisch«, begann Hilck von der Usse. »Wir sind ...«

»Ihr seid so geschwätzig wie Elritzen«, erwiderte der Waller. »Aber wir sind nicht hier, um Artigkeiten auszutauschen. Wir sind hier, um euch beizustehen. Der Eiserne König erwacht bald. Pinafor stehen schwere Zeiten bevor.«

Die Gografen bestaunten die riesigen Welse, deren Rücken im Gegenlicht an glänzende, nasse Steine erinnerten.

Unterstützt von der Muhme, erläuterte der alte Waller den Zwillingsbrüdern noch einmal die Lage. Zu guter Letzt sagte er: »Wie wir von einem Flussbarsch gehört haben, der es von einem Stichling erfahren hat, der einen mit einem Grottenolm befreundeten Molch kennt, wurden die drei blinden Feen ermordet. Unsere Feinde haben sich danach im Gefolge der Wilden Jagd abgesetzt.«

»Ah, der Grottenolm!«, rief Reineke Fuchs. »Die Weißwurst mit Kiemen ist also nicht mit süßem Senf verspeist worden.«

»Und unsere Freunde?«, fragte Meister Grimbart.

»So weit ich weiß, haben sie mit Hilfe der Köhler gesiegt«, antwortete der Waller. »Aber es gab Verluste.«

»Harlung ist ihnen doch zu Hilfe geeilt?«, fragte die Muhme.

»Aus einem Ranzen gezauberte Ritter sollen das Blatt gewendet haben«, erwiderte der Waller.

»Das war Horn!«, rief Maleen. »Er lebt.«

»Dann hat die Esche zum ersten Mal seit Urzeiten keine Hüterinnen mehr«, sagte Hilck von der Usse erschrocken.

»Überlasst das uns«, erwiderte der alte Waller. »Seht lieber zu, dass ihr ein Heer aushebt, Kinder. Die Zeit drängt.«

»Die Zeit drängt schon, seit ich zu diesem Abenteuer genötigt wurde«, grummelte der Fuchs.

Die Gografen nickten. »Wir brechen heute noch auf, um die

Krieger zusammenzutrommeln«, sagte Helmdag. »Habt Dank, heiliger Fisch.«

Der Waller tauchte ab und ließ Luftblasen zur Oberfläche blubbern. Die Zwillingsbrüder stiegen in die Kutsche und befahlen dem Kutscher, loszufahren.

»Auf bald!«, rief Hilck von der Usse.

Die Muhme nickte nur.

Als die Kutsche im Uferwald verschwand, wirbelte wieder aschgrauer Staub auf.

»Ich bin gespannt, ob es ihnen gelingt, ein Heer auszuheben«, sagte Meister Grimbart. »Wenn ich an diese goldbesoffenen Menschen denke, habe ich leise Zweifel.«

Am Westufer des Flusses lauerte ein Graureiher vor den fast kahlen Bäumen auf Beute. Auch Maleen stand reglos und tief in Gedanken versunken da. Sie streichelte erst das Gefieder des Sperlings, dann das des Zeisigs. Der schäumende, in der Sonne glitzernde Fluss verschwamm vor ihren Augen, und sie nahm verschwommen wahr, dass sich die Welse in einem Halbkreis vor ihr versammelten. Maleen ahnte, was ihr bevorstand – auf sie wartete eine Bestimmung. Eine einsame Bestimmung. Und eine schwere Bürde. Aber sie wusste auch, dass sie nicht nur eine Aufgabe hätte, sondern auch so etwas wie Geborgenheit finden würde, wenn sie sich in ihr Schicksal fügte. Ja, sie hätte zum ersten Mal in ihrem Leben ein Zuhause, einen Ort, den sie ihr Eigen nennen konnte. Der blubbernde Singsang, den die Welse anstimmten, drang gedämpft an ihre Ohren. Sie hatte plötzlich einen Kloß im Hals und wandte sich zur Muhme um, die ein paar Schritte hinter ihr stand, auf ihren Stock gestützt, die Pfeife im Mund und flankiert von Meister Grimbart und Reineke Fuchs.

Die Muhme nickte ihr ermutigend zu.

Am strahlend blauen Himmel zogen Schwalben dahin, und als Maleen ihre Augen rieb, sah sie einen Eisvogel, der wie ein blauroter Blitz über den Fluss schoss.

Ein Glücksgefühl durchströmte sie.

Der Blubbergesang der Welse verstummte.

Und der alte Waller sprach: »Jungfrau Maleen, du bist reinen Herzens und eins mit der grünen Kraft der Erde, die unsere Feinde verderben wollen. Wenn du einwilligst, sollst du die Hüterin der Esche sein.«

Maleen begann zu zittern. Sie spürte, wie sich der Kloß in ihrem Hals auflöste und als Tränen in ihre Augen traten. »Ja«, flüsterte sie heiser. »Ja, ich will.«

»Dann komm in unsere Mitte«, sagte der Waller.

Maleen watete bis zu den Hüften in das seichte Wasser vor der Südspitze des Werders. Die Welse umringten sie. Dann entließen sie das blaue Licht aus ihren Mäulern. Es strömte auf Maleen zu und hüllte sie ein. Sie zitterte, und Tränen liefen über ihre Wangen.

»Zum Wohle der Esche, des Pfeilers unserer Welt«, sang der Waller mit tiefer, blubbernder Stimme, »wirst du an die Stelle der drei blinden Feen treten, die einer heimtückischen Hand zum Opfer fielen. Du wirst die Wurzeln der Esche benetzen und Leid von ihr abwenden. Zum Dank wirst du mit einem Leben beschenkt, länger als das eines jeden Sterblichen.«

Nach diesen Worten schoss das blaue Licht über Maleen in die Höhe und formte sich zu einer Baumkrone. Ihr schmaler Mädchenkörper bildete den Stamm. Sie stand reglos da und verschränkte wie zum Schutz die Arme vor der Brust. Der alte Waller schwamm zu ihr und drückte sein breites Maul gegen ihren Bauch. Daraufhin wuchs der Baum aus blauem Licht in die Höhe, bis er die Wolken zu berühren schien. Schwalben flogen durch seine Krone.

Die Muhme sah alledem schweigend zu, biss aber so fest auf die Pfeife, dass der Stiel knackte.

»Die Esche hat eine neue Hüterin«, sagte Meister Grimbart hocherfreut.

»Das ist … ergreifend«, schluchzte Reineke Fuchs. »Unsere gute Maleen. Ich wusste ja immer, dass sie ebenso viel für Bäume übrig hat wie ich.«

»Du hast für Bäume bestenfalls deinen Blaseninhalt übrig«, brummte der Dachs.

Doch der Fuchs, der die von den Welsen umringte Maleen wie gebannt anstarrte, überhörte diese Worte.

Über der Feste stieg ein schwarzer Rauchfaden auf, der mit den Wolken nach Norden zog. Die Knechte verbrannten das erschlagene Ungeheuer auf dem Misthaufen hinter den Ställen. Auf Forken gestützt, sahen sie grimmig zu, wie das koboldartige, geflügelte Geschöpf mit dem Schuppenschwanz zerfiel.

»Schweinemist riecht besser als dieser Rauch«, brummte ein Knecht.

»Mörderisches Biest«, knurrte ein anderer. »Hat das Mädchen einfach niedergemetzelt.«

»Die Wilde Jagd ist erwacht«, munkelte ein dritter. »Und bald erwacht auch der Eiserne König.«

Die Knechte sahen schweigend zu, wie das Feuer schwelte. In den Ställen grunzten Schweine, Kühe brüllten, und Pferde ließen die Hufe gegen die Holzwände der Pferche knallen. Nachdem auch der letzte Knochen des Ungeheuers zu Asche geworden war, löste sich ein einzelner Rauchfaden vom Scheiterhaufen und verschwand rasch außer Sichtweite. Die Knechte begaben sich wieder in die Ställe, denn nach dem langen Schlaf musste dringend ausgemistet werden.

Deshalb sahen sie nicht, wie sich der Rauchfaden am Himmel zur finsteren Wolke zusammenballte, die die Gestalt des toten Wesens annahm. Dem Welsfluss folgend, eilte es wie sein eigener Geist nach Norden. Die Fluren zwischen Flutwidde und dem Greting waren grau. Das Laub der Eichen Isarnhos, das für gewöhnlich bis zum Frühjahr rostrot an den Zweigen hing, wurde aschfahl und fiel. Der Geist des Wesens der Wilden Jagd überflog die Gipfel des Gretings und erreichte schließlich die Kalksteinfelsen, die das im Volksmund Königskessel genannte Tal wie die Reißzähne eines Raubtiers umgaben. Dies war Unland. Hier schliefen die Herrscher Pinafors in ihren Grüften den ewigen Schlaf. Hier verbarg sich die Grabkammer des Eisernen Königs zwischen Felsen und abgestorbenen Eichen. Der Geist des Wesens der Wilden Jagd wurde wieder zu einem Rauchfaden, der in den Kessel hinabglitt und sich durch Spalten im Gestein in die klaftertief unter der Erde gelegene Grabkammer des Eisernen Königs schlängelte.

Im runden, von einer Mittelsäule gestützten Raum herrschte Finsternis. Man hatte den Eisernen König auf einem Altar aus schwarzem Granit aufgebahrt, in den sein ebenso schwarzer Bart eingewachsen war. Er trug eine Schuppenpanzerrüstung, und in seiner Brust steckte der Pflock aus einem Ast der heiligen Esche, den ihm Hilmar von der Usse, Erster in der Dynastie der Gografen, ins Herz getrieben hatte, damit er nie mehr erwachte. Ringsumher glühten rote und gelbe Augen. Alle Wesen der Wilden Jagd hatten sich in der Grabkammer versammelt. Sie hockten stumm und reglos da und warteten auf ihre Stunde.

Der Rauchfaden glitt in den Mund und durch den Schlund des

Eisernen Königs, der schon den dunklen Dunst des Hags in seinem Körper barg. Alles war bereit. Nun bedurfte es nur noch des richtigen Tages und des passenden Zaubers – dann würde sich der Eiserne König erheben.

22. Leben und Tod

Tief unter der Erde arbeiteten Mädchen an Spinnrädern. Ihre Füße waren in Eisen gelegt, ihre geröteten Augen tränten, sie trugen ein Tuch vor Mund und Nase. Wächter schritten durch die Reihen und ließen die Peitsche knallen. Andere Mädchen schleppten Stroh aus Vorratskammern herbei. Wieder andere schafften das zu Gold gesponnene Stroh in ein angrenzendes Gewölbe, wo es geschmolzen und zu Münzen geprägt wurde. Jede Münze trug das Wappen der Gografen.

Aber die Gografen prägten diese Münzen nicht.

Räder und Spindeln surrten ohne Unterlass, und die Mädchen bedienten unablässig den Tritt. Im Licht der Fackeln wirbelte Staub durch die Luft. In einer Nische des Gewölbes standen zwei Personen, eingehüllt in Schatten wie in finstere Gedanken.

»Die Stumme ist tot«, sagte die eine.

»Eine gute Neuigkeit«, sagte die andere.

»Aber die Gografen wollen ein Heer ausheben.«

»Sie werden scheitern. Wir werden mehr Gold in Umlauf bringen, auch wenn das Stroh zur Neige geht.«

»Das Mädchen mit den grünen Augen ist zur Hüterin ernannt worden. Sie ist auf dem Weg zur Esche.«

»Sie kommt zu spät. Bevor sie etwas bewirken kann, wecken wir den Eisernen König.«

Die beiden verschwanden in einem Gang. Eines der zahllosen Mädchen, die sich die Finger blutig spannen, schickte ihnen einen Blick hinterher, in dem alles gebrannte Herzeleid dieser Welt lag.

Und die Spinnräder schnurrten weiter.

In der Morgendämmerung hing Dunst über dem Welsfluss, und das Laub der Eichen auf den Hängen des Gretings war aschfahl.

Nachdem die Muhme und Maleen, Dachs und Fuchs beim Anleger im Himmelstor an Land gegangen waren, bedankten sie sich bei den Welsen für die Fahrt.

»Wir sind bereit, wenn ihr Hilfe braucht«, blubberte der alte Waller. »Aber vergesst nicht: Meidet finstere Gewässer und hütet euch vor den Ungeheuern der Abgründe.«

»Keine Bange«, erwiderte Reineke Fuchs. »Ich kann sowieso nicht schwimmen.«

»Immer schön die Flossen steifhalten!«, riefen die übrigen Welse. Dann verschwanden sie im reißenden Fluss.

Die Gefährten machten sich auf den Weg in den Greting. Als sie am folgenden Vormittag das Lager der Köhler erreichten, fanden sie dort nur einige Männer vor, die sich um die Meiler kümmerten. Zu ihrem Erstaunen erfuhren sie, dass die Köhler doch in den Kampf gezogen waren.

»Harlung sollte längst wieder da sein«, sagte einer. »Keine Ahnung, was ihn aufhält.«

Die zwei Frauen zogen weiter, geführt von Dachs und Fuchs. Sie verbrachten die Nacht in der mit Samt ausgeschlagenen Hütte. Am nächsten Tag durchwateten sie die Schlucht und stießen auf einen Köhler, der beim Wasserfall Wache hielt.

»Die Verwundeten halten uns auf«, berichtete er. »Außerdem müssen die Feen bestattet werden.«

In der Höhle der Hallenden Tropfen lag ein Braunbär. Fuchs und

Dachs wollten ihn befragen, aber er war wortkarg und leckte seine Wunden. Schließlich erreichten sie die Grotte, in der die Esche wurzelte.

»Endlich«, keuchte die hinkende Muhme, die sich schwer auf ihren Stock stützte. »Ich pfeife auf dem letzten Loch.«

Maleen betrachtete den Baum. Auch sein Laub fiel. Der Grottenolm tauchte aus dem Heiligen Weiher auf und rief: »Wo ist meine neue Herrin? Wo ist die Hüterin der Esche?«

»Tja«, flüsterte Reineke Fuchs süffisant, »Augen müsste man haben.«

Der Dachs lief zur Marterhöhle, in der die Verwundeten auf Lagern aus Laub und Gras lagen. Sanne humpelte mit ausgebreiteten Armen auf ihn zu. Über ihre Wangen liefen Tränen, die sofort zu Perlen wurden. »Da seid ihr ja!«, rief sie. »Oh, es ist schrecklich – Hardt ist tot, und alle anderen sind schlimm zugerichtet.« Sie umarmte die Muhme und Maleen und kraulte den hocherfreut hechelnden Fuchs.

Sneewitts Gesicht war blau und grün geschwollen. »Na?«, fragte sie. »Habt ihr euch in der Zwischenzeit gut amüsiert?« Sie wollte sich aufrichten, fiel aber stöhnend zurück.

»Typisch«, sagte Sanne. »Anstatt einmal richtig zu heulen, gibt sie keinen Mucks von sich, beißt die Zähne zusammen und will sogar aufstehen. Sie muss *ruhen*.«

»Ich kann ruhen, wenn ich tot bin«, murmelte Sneewitt.

»Ach, sei still!«, rief Sanne. »Reicht es denn nicht, dass Hardt von einer Karontide getötet wurde?«

»Der brave Hardt«, flüsterte Maleen traurig.

»Er ist umgekommen, als er Sneewitt zu Hilfe eilen wollte«, sagte Sanne.

»Bin ich etwa schuld am Tod dieses eitlen Gockels?«, blaffte

Sneewitt, die nun doch mit den Tränen kämpfte. »Und warum ruhst *du* nicht? Du bist auch gemartert worden.«

»Ich bin glimpflich davongekommen«, sagte Sanne, an die Muhme gewandt. »Aber ich sehe am ganzen Körper aus wie Maleen auf dem Rücken.«

Hans, der jetzt einige graue Haare und scharfe Falten um den Mund hatte, griff nach der Hand der Muhme, drückte sie fest und fragte: »Wart ihr bei der Feste der Gografen? Habt ihr den Bann brechen können?«

»Ja«, brummte die Muhme. »Aber wenn ich an den Hag denke, habe ich kein gutes Gefühl.«

»Mir geht es ähnlich«, sagte Hans. »Ich glaube, unser Sieg ist in Wahrheit eine Niederlage.« Er sank auf sein Lager. Hardts Tod schmerzte ihn sehr, denn er hatte schon wieder jemanden verloren, der ihm nahe gewesen war.

»Eine Niederlage?«, fragte der Fuchs. »Warum denn das? Die Gografen sind putzmunter, und die Welse haben Maleen zur Hüterin der Esche ernannt.«

Sanne, Hans und Sneewitt sahen Maleen erstaunt an.

»Ja, das sind gute Neuigkeiten«, sagte der zu den Gefährten tretende Harlung. Er trug den rechten Arm in einer Schlinge und stützte sich auf seine Streitaxt. »Nun können wir die Feen bestatten. Sie müssen auf einem Scheiterhaufen aus dem Holz der Esche verbrannt werden.«

Hacken und Schaufeln klirrten, als Kunz und Horn mit einer Gruppe von Köhlern zurückkehrten. Sie hatten ein Grab für Hardt ausgehoben und den Scheiterhaufen aufgeschichtet.

»Die Damen sind wieder da«, rief Horn beglückt und schloss Maleen in seine Arme.

»Seit wann bin ich eine Dame?«, zischte der Fuchs.

Kunz klopfte ihm auf die Flanke. »Na, Hühnerdieb?«, sagte er freundlich.

Maleen ging zum Weiher, dessen schwarzes Wasser glitzerte, als würden sich Sterne darin spiegeln. Die Esche knarrte und ächzte, und der Boden war von Laub bedeckt, das unter Maleens Füßen zu grauem Staub zerfiel. Als sie vor dem Weiher stand, tauchte der Grottenolm auf, von dem ihr Meister Grimbart und Reineke Fuchs berichtet hatten.

»Du bist meine Herrin«, flehte er. »Du bist die neue Hüterin der Esche, und du musst ihr helfen. Sie siecht dahin.«

»Ich werde es versuchen«, sagte Maleen zaghaft.

»Meine Herrinnen haben Qualen gelitten«, klagte das blinde Geschöpf. »Und ich kann spüren, dass sich der Eiserne König regt. Alles Lebendige spürt es. Ich höre es im Rauschen der Wasser, und die Ragnarökk warnen seit langem.«

»Die Ragnarökk?«, fragte Maleen.

»Ein Volk aus der Zeit vor unserer Zeit«, antwortete der Olm, »das sich vor den Menschen verbirgt. Als die Reifriesen die Welt der Finsternis entrissen, kam ein Teil der Ragnarökk ans Licht. Ein anderer Teil stürzte zurück ins Dunkel, und ihre Seelen verdarben. Das sind die Wesen der Wilden Jagd.«

»Ich weiß noch viel zu wenig«, murmelte Maleen. »Könnten uns die Ragnarökk beistehen?«

»Oh, nein«, erwiderte der Grottenolm und fügte hinzu: »Das Wissen der drei blinden Feen war so weit wie die Welt, und ich werde dich alles lehren. Aber du musst dich um die Esche kümmern.«

»Zuerst sollen deine Herrinnen ihre letzte Ruhe finden«, sagte Maleen.

Der Grottenolm nickte. »Ja«, sagte er tief betrübt. »Manchmal hätte ich gern Augen. Und sei es nur, um weinen zu können.« Damit verschwand er im Heiligen Weiher.

Maleen kehrte zu ihren Gefährten zurück. Man hatte die drei Feen in weiße Tücher gehüllt und auf Tragen gebettet. Keiler, Braunbären und Weißwölfe trugen die gefallenen Tiere und Köhler auf dem Rücken. Alle anderen Toten waren unter pechdurchtränktem Sackleinen aufgebahrt worden, das man in Brand steckte, bevor sich der Trauerzug in Bewegung setzte. Die Flammen verzehrten Kultknechte und Karontiden, die als schwarzer Qualm durch einen Gesteinsspalt in den Tiefen des Gretings verschwanden.

Der Eiserne König ruhte in der Grabkammer. Sein Leib war eiskalt, sein Atem stiller als die Luft während der Hundstage. Die Wesen der Wilden Jagd warteten reglos.

Ihre Stunde war nah. Der Altweibersommer ergab sich der Kühle eines grauen Herbstes. In der Frühe dampfte Nebel aus den Klüften des Gretings, wallte über Flutwidde, ballte sich über Sand und Sümpfen der Hohen Heide. Nachts kreischten Schleiereulen, und Wölfe heulten den Mond an, der sich zum Tag der Ruhelosen Seelen hin rundete.

Zwölf jener Hexen, die die Gefährten im Föhrenforst in die Falle gelockt hatten, schritten durch den Königskessel einzeln auf das Grab des Eisernen Königs zu. Die drei Findlinge, unter denen sich der Eingang zur Grabkammer verbarg, bildeten ein Dreieck. Die in Lumpen gewandeten, mit Amuletten behängten Hexen stellten sich zum Quadrat auf und warteten, bis der Abend zu dämmern begann. Schließlich erschienen die Krähen und ließen sich wie im Föhrenforst auf den Stäben nieder.

Stille trat ein. Im Süden und Südosten erhob sich der Greting, dessen zerklüftete Ausläufer westlich des Königskessels in die Ebenen eines Landes führten, das seit Menschengedenken niemand mehr betreten hatte; man wusste nur, dass die Sonne dort auf ihr Nachtlager sank. Dann stimmten die Hexen in der Abenddämmerung ihren Kehlkopfgesang an. Er wurde von den Felsen in den Königskessel zurückgeworfen, hallte über die Gräber der Herrscher.

In der Grabkammer ließen die Wesen der Wilden Jagd ihren Blick unruhig durch das Dunkel zucken.

Aber der Eiserne König regte sich nicht.

Die Gefährten standen mit gesenktem Kopf am Grab, in dem Hardt seine letzte Ruhestätte gefunden hatte. Sneewitt stützte sich auf Horn, der lautstark in sein Taschentuch blies.

»Für einen Quereinsteiger war er nicht übel«, flüsterte sie mit einem Kloß im Hals. »Ich werde nie vergessen, wie er seinen Schnurrbart gezwirbelt hat.«

»Er war ein guter Mann«, sagte Hans. »Wir hätten ihn noch gebraucht.«

Kunz, den Sack mit dem Knüppel gegen die Brust gedrückt, starrte stumm auf den Steinhügel. Dann hob er den Kopf und verkündete mit bebender Stimme: »Ich schwöre, dass ich auf deinen Knüppel achtgeben werde, Hardt.«

Horn brummte: »Auf Wiedersehen, Freund«, und legte einen Arm um Sneewitt.

Maleen stand stumm da, und Sanne weinte einige Tränen, die als glitzernde Perlen bis zum Grab kullerten.

»Bei Hollerbusch und Katzenbart«, murmelte die Muhme, »ruhe sanft, mein guter Hardt …«

»Ich weiß schon nicht mehr, wie er aussah«, klagte der Fuchs.

»Das Leben verliert sich so rasch im Tod. Ich frage mich oft, warum ich überhaupt geworfen wurde.«

»Hör auf zu grübeln«, grunzte Meister Grimbart, der zu den Gräbern der Braunbären, Wölfe und Keiler sah. »Dazu fehlt uns jetzt wirklich die Muße.«

Dann gingen die Gefährten zum Scheiterhaufen. Nachdem sie ihren Toten die letzte Ehre erwiesen hatten, stießen auch die Köhler und Raubtiere dazu. Die drei blinden Feen lagen auf dem Scheiterhaufen, den man an einer Stelle aufgeschichtet hatte, wo sich die Grotte besonders hoch wölbte. Die gut fünf Steinwürfe entfernte, riesige Esche knarrte dumpf und wie in Trauer und ließ graues Laub zu Boden segeln.

Nachdem sich alle versammelt hatten, ergriff die Muhme das Wort. »Erinnert ihr euch an das Geflüster der Feen, das uns der Wind jene Nacht zutrug?«, begann sie. »Bis zu ihrem Tod, bis in diese Tage, da unser ärgster Feind zu erwachen droht, haben sie die Esche bewacht und benetzt und damit auch Pinafor beschützt. Aber …« – sie winkte Maleen zu sich – »… die Welse haben eine neue Hüterin der Esche erwählt. Sie ist jung, aber sie wird sich bewähren. Entfache das Feuer, mein Kind.«

Maleen trat mit gesenktem Blick neben sie.

Harlung gab der Muhme eine Fackel. Die Muhme reichte sie an Maleen weiter, die den Scheiterhaufen zögernd in Brand setzte. Goldene Flammen schlugen aus dem Eschenholz, und wolkenweißer Rauch stieg auf. Als das Feuer die Feen erreichte, stank es weder nach verkohltem Fleisch, noch stoben Asche oder Ruß. Stattdessen duftete es nach Blumen und Kräutern. Silberne Kristalle wirbelten durch die Luft und rieselten auf Maleen. Sie atmete sie ein, sie schmeckte sie auf der Zunge, würzig und süß.

»Die drei blinden Feen vereinen sich mit dir«, flüsterte die hinter ihr stehende Muhme, auf deren Mantel kein einziger Kristall zu sehen war. »Öffne dich ihnen.«

Maleen schloss die Augen. Sie vernahm Schluchzer, leises Jaulen, betrübtes Hecheln und dann eine Stimme, gedämpft und sanft und wie aus großer Tiefe oder weiter Ferne. *Meine Kräfte schwinden,* sprach die Stimme, *aber ich vertraue dir, Jungfrau Maleen. Noch ist nichts verloren.*

Und Maleen, die begriff, dass die Esche zu ihr sprach, sank zitternd auf die Knie.

Währenddessen hallte der Kehlkopfgesang der Hexen weiter im Königskessel, über dem sich die Dämmerung zum Dunkel ballte. Die Krähen saßen stumm auf den Stäben. Ihre Köpfe zuckten hin und her. Dies war der Tag der Ruhelosen Seelen, und die Luft flirrte, als wären Geister auf Wanderschaft. Wolkenfetzen zogen am Mond vorbei, der silberbleich und groß und mit fahlem Hof am Himmel stand. Er schien direkt über dem Königskessel zu verharren, und sein Schein tastete sich durch Dunkel und Dunst und warf die Schatten der singenden Hexen über Stock und Stein.

Am Tag der Ruhelosen Seelen zeigten sich die Sterne nicht. Sie verbargen sich jenseits der sieben Hüllen des Himmels an dem unermesslich weit entfernten Ort, an dem sich die Leiber und Gebeine der Reifriesen vor Urzeiten zu einem milchigen, nur selten zu sehenden Schleier verwoben hatten.

Dann erschien die dreizehnte Hexe zwischen den Findlingen. Ihr Gesicht lag im Schatten einer Kapuze. »Erhebe dich!«, rief sie in den Gesang und hob einen Kelch hoch über ihren Kopf, der mit dem Blut der drei blinden Feen gefüllt war. Die übrigen Hexen verstummten, und im Königskessel trat eine in den Ohren summende Stille ein. Nur die Luft flirrte und sirrte wie von Tausenden von Geistern.

»Erhebe dich! Erhebe dich!«, riefen die Hexen im Chor und reihten sich zur Prozession auf. Geführt von der Hexe mit dem Kelch, schlängelten sie sich durch einen Spalt zwischen den Findlingen und stiegen die Steinstufen bis zur tief unter der Erde gelegenen Eisentür hinab. Eine der Hexen schnitt sich mit einer Sichel in den Daumen und malte mit ihrem Blut ein geheimes Zeichen an die Tür.

Die Tür schwang auf.

Die Wesen der Wilden Jagd wandten sich zu den Hexen um. Ihre Augen flammten auf und erhellten die Grabkammer mit einem gelb-roten Licht.

In der dumpfen, stickigen Stille ertönte ein Ächzen. Es schien dem Mund des Eisernen Königs zu entweichen.

Gefährten und Köhler knieten vor dem lichterloh brennenden Scheiterhaufen. Die Tiere wichen nach gebührend langer Zeit vom Feuer zurück, und Meister Grimbart gesellte sich zu den Keilern, die zu ihren Bachen und Frischlingen zurückkehren wollten.

»Wir haben die Menschen ein zweites Mal unterstützt«, sagte der neuerlich verwundete Schwarzborste, »und auf Bitten der Köhler alle Keiler des Gretings zusammengetrommelt. Fünf von uns sind tot, viele verletzt. Jetzt müssen wir die unseren beschützen. Denn falls der Eiserne König tatsächlich erwacht, droht auch uns große Gefahr.«

Grauklaue sah zum Feuer, das die Grotte in einen goldenen Lichtschein tauchte. Schatten tanzten wie beseelt auf den Felswänden, und der weiße Rauch erfüllte alles mit seinem Wohlgeruch.

»Ja, das kann ich verstehen«, erwiderte der Dachs. »Wir Tiere haben genug getan.«

»Kehrst du auch heim?«, fragte Schwarzborste.

Meister Grimbart schwieg. »Ich fühle mich alt und müde«, sagte er nach einer Weile, »und ich mag nicht mehr kämpfen. Aber ich kann meine Gefährten nicht im Stich lassen.«

Der neben ihm liegende Fuchs verzog das Maul und sah zu den Bären und Wölfen, die sich zum Aufbruch sammelten. Er seufzte sehnsüchtig.

»Bären und Wölfe haben im Kampf gegen die Karontiden schwere Verluste erlitten«, sagte Grauklaue. »Sie werden sich tief in die Wälder zurückziehen.«

»Gute Idee«, murmelte Reineke Fuchs. »Ich würde es auch so machen, aber ich darf ja nicht.«

»Geh doch, du Held«, erwiderte Meister Grimbart. »Ich halte dich bestimmt nicht auf.«

Der Fuchs starrte ihn an. Dann bettete er den Kopf beleidigt auf die Vorderläufe und brummte: »Glaubst du ernsthaft, ich würde diese Menschen allein lassen? Ohne mich wären sie am Ende – verloren, aufgeschmissen und so gut wie tot.«

Der Dachs verdrehte die Augen und trottete zu den Bären.

Als der Scheiterhaufen der Feen nur noch aus schwelender Glut bestand, brach der lange Zug der Tiere auf. Viele waren verwundet und humpelten oder hinkten. Gefährten und Köhler sahen ihnen lange nach.

»Ohne die Tiere hätten wir es nie geschafft«, sagte Harlung.

»Wir werden es ihnen vergelten, indem wir alles tun, um den Eisernen König aufzuhalten«, sagte Hans.

Die Muhme biss skeptisch auf ihre Pfeife.

Maleen fegte am Rand des Scheiterhaufens erkaltete Asche auf, die sie im Wurzellabyrinth verstreute. Sie schöpfte mit einer Schale Wasser aus dem Heiligen Weiher und benetzte die Wurzeln. Danach ließ sie sich im Schneidersitz vor dem Eschenstamm nieder, um sich in sich selbst zu versenken. Sie schien alles ringsumher zu vergessen. Das klagende Knarren der Esche wurde leiser, das Laub fiel spärlicher, und der Olm tauchte aus dem dunklen, sternenglitzernden Wasser auf und wedelte mit den Kiemenbüscheln.

»Ich bin guter Hoffnung«, sagte er zu Meister Grimbart, der neben dem Weiher saß. »Die Welse haben klug entschieden, als sie dieses Mädchen zur neuen Hüterin ernannt haben. Sie nimmt ihre Aufgabe ernst.«

Der Dachs schwieg bedrückt. Er ließ seinen Blick am Stamm der Esche hinaufgleiten, der sich hoch oben im Zwielicht der Grotte verlor. Die Eichhörnchendame sprang von Ast zu Ast, als wäre alles in schönster Ordnung, obwohl viele Zweige verdorrt und kahl waren. »Ja«, erwiderte Meister Grimbart. »Aber was droht als Nächstes? Ich fürchte, das Schlimmste steht uns noch bevor …«

Der Gesang der Hexen erschallte in der Grabkammer, prallte von den Wänden ab, hallte durch Mark und Bein. Die Wesen der Wilden Jagd stimmten ein. Das auf der Brust des Toten liegende Schwert klirrte, sein Schuppenpanzer rasselte.

Die zuletzt erschienene Hexe nahm einen Schluck aus dem Kelch, beugte sich über den Eisernen König und träufelte das Blut der Feen aus ihrem Mund in den seinen. Je mehr sich der Kelch leerte, desto lebendiger wurde der Eiserne König. Die Finger öffneten und schlossen sich um den Schwertgriff, die Brust hob und senkte sich, seine Füße regten sich in den Panzerschuhen. Und während die Schwestern der schwarzen Zunft weiter sangen und die Wesen der Wilden Jagd weiter heulten, tauchte die Hexe einen Zeigefinger in den Kelch, strich Blut auf die Augen des Toten und malte ihm sein Zeichen auf die Stirn: Kreis, Quadrat und Dreieck.

Der Eiserne König öffnete die Augen. Sie leuchteten so kalt wie die Welt im tiefsten Winter.

Die Hexen verstummten. Das Geheul der Wesen der Wilden Jagd erstarb. Der Kelch fiel zu Boden und rollte klimpernd gegen die Wand.

Stille trat ein.

Draußen stand ein roter Mond über den Findlingen. In seinem Schein glichen die zerklüfteten Kalksteinfelsen rings um den Kessel blutigen Raubtierzähnen.

In der Grabkammer hob der Eiserne König die Arme. Er hob sie so langsam, als wären Bleigewichte daran befestigt. Wie die Hexen erschrocken feststellten, war sein schwarzer Bart während der langen Totenruhe in einen Spalt im Granit eingewachsen. Er konnte sich nicht erheben, denn seine eigenen Haare banden ihn auf das Lager.

Die Hexe, die ihm das Blut eingeflößt hatte, zog eine goldene Sichel aus ihrem Gewand.

Da sprach der Eiserne König die ersten Worte.

»N-nein«, flüsterte er mit einer Stimme, so hohl, als läge er in einem Sarkophag. »Ich … befehle …«

Die Hexe überhörte ihn und kappte den Bart mit einem Hieb.

»Weib«, hauchte der Eiserne König. »Was … hast du … getan?« Sein Bart reichte ihm nur noch bis zur Brust; die andere Hälfte lag auf dem Granit. Er griff nach dem Schwert, aber es entglitt seinen Fingern. Sein Kopf sank auf die Platte. Seine Augen schlossen sich, als wollte er wieder im ewigen Schlaf versinken.

Die Hexen fielen vor ihm auf die Knie. Sie drückten die Stirn auf den Boden. Sie pressten die Hände in den Staub. Dies war der einzige Tag in Jahrhunderten, an dem der Eiserne König erweckt werden konnte. Sie durften nicht versagen. In ihrer Verzweiflung stimmten sie uralte Opfergesänge an, verfasst in der Sprache der Ragnarökk, deren Wörter an Tierlaute erinnerten.

Die Wesen der Wilden Jagd duckten sich kreischend unter ihre ledrigen Flügel.

Die Fingernägel des Königs kratzten auf dem Granit. Dunst entwich seinem Mund, dessen Lippen noch feucht vom Blut der Feen waren.

Die Vokale des Gesangs donnerten wie Trommelschläge in der Grabkammer, die Konsonanten hallten wie das Kreuzen zweier Schwertklingen. Das Gewölbe funkelte rötlich, als würde der Schein des Mondes in der Erde versickern und Tropfen wie blutige Sterne unter der Decke bilden.

Die Wesen der Wilden Jagd, Abkömmlinge der Ragnarökk, die bei Anbeginn der Welt in die Finsternis zurückgestürzt waren, kauerten sich winselnd unter ihre Flügel.

Die Hexen sangen weiter.

Der Eiserne König öffnete die Augen. Er versuchte, sich aufzurichten. Er stöhnte tief in der Kehle.

Drei Hexen wollten ihm helfen, aber seine Rüstung war so schwer, dass weitere drei mit anfassen mussten. Sie stützten ihn, als er sich von der Granitplatte wälzte und zur Treppe schleppte. Die restlichen Hexen folgten singend, die Wesen der Wilden Jagd drängten hinterher. Der Eiserne König kam immer wieder ins Wanken, und es bedurfte der gemeinsamen Anstrengung aller Hexen, um ihn aufrecht zu halten. Er quälte sich nach oben wie ein waidwunder Wolf. Spinnen und Asseln wimmelten an ihm vorbei ins Freie, als wären auch sie vom Tod auferstanden.

Auf den letzten Treppenstufen schwankte der König erneut. Seine Augen schlossen sich, und die Hexen stützten ihn mit letzter Kraft. Da berührte ihn der Schein des roten Mondes. Ein Ruck ging durch seinen Körper. Das Zeichen auf seiner Stirn erglühte, seine Augen strahlten. Er schüttelte die Hexen so ruckartig ab, dass sie taumelten, und nahm die restlichen Stufen aus eigener Kraft.

Dann stand er im vollen Mondschein.

Er holte tief Luft.

Der in seinem Herzen steckende Eschenpflock flammte auf, verbrannte mit weißem Rauch, zerbröselte zu Asche.

Die dreizehn Hexen warfen sich vor den Findlingen lang auf den Boden. Sie baten um Gnade, versicherten ihn ihrer Treue, schworen ihm Gefolgschaft.

Ein Wesen der Wilden Jagd legte ihm den Helm zu Füßen. Ein zweites brachte ihm das Schwert. Ein drittes den Schild.

Der Eiserne König stand reglos im Mondschein und nahm die ganze Kraft des Gestirns in sich auf. Beim Ausatmen entwich seinem Mund der dunkle Dunst des Dornenhags.

Im Königskessel schwelte die Stille.

Die Hexen lagen weiter lang ausgestreckt auf der Erde.

Die Wilde Jagd stand bereit.

Dann warf der Eiserne König den Kopf in den Nacken und stieß einen gellenden Schrei aus, der von den Kalksteinfelsen widerhallte und weit in die Nacht schallte.

23. Die Hatz beginnt

Wenige Tage später brachen die Gografen auf, um ein Heer auszuheben. Sie erschraken beim Anblick des faulenden Getreides, denn immerhin ritten sie durch das fruchtbare und wohlhabende Flutwidde. Vieh brüllte auf den Weiden, die Wege waren wie leergefegt, und weder Handwerker noch Landmänner waren bei der Arbeit zu sehen.

Es sollte noch schlimmer kommen. Als der kleine, aus Rittern und Kriegern bestehende Heerbann der Gografen in das erste Dorf einzog, wurde er nicht von ehrerbietigen Untertanen, sondern von Schweinen empfangen, die sich im Dreck suhlten. Beim Klang der Fanfare ergriffen Hühner die Flucht, und ein Landmann torkelte aus der Schenke.

Hilck von der Usse herrschte ihn an: »Wo steckt der Vogt, Kerl?«

Dem Landmann dämmerte nur langsam, wer da gerüstet, gestiefelt und gespornt vor ihm stand. Schließlich hob er die Hand mit der Schnapsflasche, zeigte auf ein Haus und lallte: »Da … dada … da …«

Einige Krieger lachten, aber die Miene der Zwillingsbrüder blieb finster. Helmdag von der Usse schickte einen Mann los, um den Vogt zu holen, der nach einer Weile in Unterwäsche und mit wirren Haaren aus dem Haus kam und katzbuckelnd auf die Gografen zustolperte. Eine halb angezogene Frau sah ihm durch den Türspalt nach.

»Du bist der Vogt dieses Dorfes?«, fragte Hilck von der Usse.

Der Mann nickte, wobei er seine Unterhose raffte.

»Was ist hier los?«, fragte Helmdag. »Warum ist das Getreide nicht geernet worden? Wieso läufst du am hellichten Tag in diesem Aufzug herum?«

Der Vogt schürzte trotzig die Unterlippe.

Die Gografen betrachteten die Katen, die so verwahrlost wie die Äcker waren: Überall Schmutz, verrottende Strohdächer, verdorrte Blumen in den Fenstern. Hier hatte lange niemand mehr einen Handschlag getan.

»Haut doch ab!«, schrie der Landmann lallend. »Pennt weiter in euren Himmelbetten. Wir brauchen euch nicht. Wir sind … wir sind …« – er griff in die Tasche seiner speckigen Hose und ließ Goldstücke auf die Straße klimpern – »… REICH!«

Der Vogt griff nach dem Gold, aber Hilck von der Usse trat ihn so wuchtig um, dass er der Nase lang im Dreck landete. Helmdag saß ab und musterte eines der Goldstücke.

»Nagelneu«, sagte er und zeigte es seinem Bruder. »Auf der einen Seite ist unser Wappen, auf der anderen die Esche.«

»Aber es stammt nicht aus unserer Münze«, erwiderte Hilck. »Wir haben seit langem nichts mehr geprägt.«

»Ihr habt unsere Töchter entführt!«, kreischte der Landmann. »Ihr habt den Hag um die Feste wachsen lassen, damit eure Schandtaten verborgen bleiben!«

Hilck von der Usse runzelte die Stirn. »Töchter entführt?«, murmelte er.

»Ja«, sagte der Vogt und klopfte Staub von seiner ohnehin schmutzigen Unterwäsche. »Während der letzten Monde sind viele Mädchen verschwunden, und niemand weiß, wohin.«

»Mü-Mü-Mütter weinen!«, jaulte der Landmann. »Großmü-mümütter greinen!«

»Und Ihr habt geschlafen und nichts getan«, grollte der Vogt und zeigte anklagend auf die Gografen.

»Aber …«, stammelte Hilck von der Usse, der vorübergehend jede Autorität verloren hatte.

»Wir brauchen keine Herren mehr!«, schrie der Landmann. »Wir müssen auch nicht mehr arbeiten. Denn wir haben Gold wie Heu.«

»Wie Heu«, bekräftigte der Vogt. »Nur Stroh ist nicht mehr aufzutreiben.«

Zwischen den Häusern erschienen zerlumpte Kinder, Jungen und Mädchen, und schrien: »Haut ab! Haut ab!« Sie warfen mit Steinen, die auf Harnische und Helme prasselten. Dann drängten die verlotterten, betrunkenen Männer des Dorfes aus der Schenke und stimmten in die Rufe ein: »Ja, haut ab, ihr Herren!«

Wieder ging ein Kieselsteinhagel auf die Reiter nieder. Erste Pferde scheuten.

»Bei den heiligen Welsen«, fluchte Hilck von der Usse und versuchte, sein Streitross zu zügeln. »Die sind ja außer Rand und Band.«

»Hört her, gute Leute!«, rief Helmdag. »Wir müssen ein Heer ausheben, denn der Eiserne König erwacht. Die Wilde Jagd treibt ihr Unwesen! Wir rufen euch zu den Waffen.«

Als Antwort erschallte höhnisches Gejohle. Frauen steckten die Köpfe aus Fenstern und kreischten: »Unsere Töchter habt ihr schon! Lasst uns wenigstens unsere Männer!«

»Jawoll! Wir wollen unsere Männer behalten!«, brüllte ein heillos betrunkener Schmied. »Bleibt bei mir, Gesellen!«

Die Gografen ließen ihren Blick über die zornigen, trotzigen Mienen der Dorfbewohner gleiten. »Sinnlos«, sagte Hilck von der Usse. »Wir könnten sie nicht einmal gewaltsam zum Dienst pressen. Das Gold hat sie verdorben.« Er gab seinem Ross die Sporen und preschte auf die Schenke zu, gefolgt von Bruder und Bann. Die Dorfleute wichen aus, stolperten über die eigenen Beine, stürzten auf die Straße. Hühner gackerten, Gänse tröteten, Schweine quiekten. Die Kinder warfen den Reitern unter schrillen Pfiffen Steine hinterher, und als der Bann der Gografen in die Feldmark galoppierte, erhob sich im Dorf ein Triumphgeschrei.

»Wer auch immer unsere Feinde sind«, rief Helmdag von der Usse seinem Bruder zu, »sie haben ganze Arbeit geleistet.«

»Ja«, erwiderte Hilck grimmig und klopfte seinem Streitross auf den Hals. »Aber wir geben noch nicht auf.«

Und sie ritten zwischen den Feldern, auf denen das Getreide schwärzlich faulte, zum nächsten Dorf.

Der Feind sammelte sich währenddessen im Königskessel, dem abgelegenen Unland im Nordwesten des Gretings. Alle, für deren Ohren er bestimmt gewesen war, hatten den Schrei gehört, den der Eiserne König am Abend seiner Erweckung ausgestoßen hatte. Blaubart, der in der Grenzfeste Rottland sein Unwesen trieb und den Gografen untreu geworden war, eilte mit seinen Raubrittern herbei. Die Karontiden verließen die Abgründe unter dem Greting, und Eisenhans kam aus dem Schlupfwinkel hervor, in dem er sich nach der Schlacht in der Grotte versteckt hatte; sein Zottelfell war versengt, der Ohrstumpf dick verschorft.

Der Eiserne König ließ von einem Findling seiner Grabstätte den Blick über seine Streitmacht schweifen. Die Wesen der Wilden Jagd saßen rings um den Königskessel auf den Kalksteinfelsen. Der Himmel war so grau wie Gras und Laub, und die Sonne schien sich zu verstecken.

Grimm stand unterhalb des Findlings und sah verdrossen zu

Eisenhans, der ihn angrinste, eine Laus aus seinem Zottelfell pulte und sie genüsslich zerkaute.

»Vergebt ihnen, Herr«, sagte Grimm, indem er sich umdrehte, »und lasst diese Hexen frei. Sie haben alles getan, um Euch ins Leben zurückzuholen.«

Der Eiserne König sah ihn aus Augen an, in denen noch die Kälte des Todes lag. »Haare sind mächtig«, flüsterte er. »Sie hätten die Granitplatte zerschlagen müssen. Stattdessen haben sie meinen Bart gekappt.« Er schlug mit einer Faust auf seinen Schuppenpanzer.

»Vergebt ihnen, Herr«, wiederholte Grimm, fiel auf ein Knie und sah aus den Augenwinkeln zu den dreizehn Hexen, die von Blaubarts Männern an einen Felsen gekettet worden waren. »Ich bin überzeugt, dass sie ihre Freveltat bereuen.«

Eisenhans beäugte hungrig die Spinnen und Asseln, die die Panzerschuhe des Königs umwogten.

»Sie sind wertvolle Verbündete«, ergänzte Grimm. »Bedenkt ihre Position und das, was sie noch für Euch tun könnten.«

Der Blick des Königs glitt wieder über das Lager seiner Streitmacht: Standarten und Banner, Zelte und Planen, Feuer und Rauch, dazwischen das Hin und Her der Geschöpfe und Menschen, die seinem Ruf gefolgt waren. Er zog den Bart aus der Halsberge und starrte ihn an. Dann stieg er vom Findling. Spinnen und Asseln wimmelten hinterher, als er mit schwerfälligen, klirrenden Schritten zu den Hexen ging; zwei Wesen der Wilden Jagd trugen ihm Helm und Schild nach.

Grimm kam auf die Beine.

Vor dem Felsen, der zwei Königsgräber voneinander trennte, blieb der Eiserne König stehen. Er legte beide Hände auf den Schwertknauf, musterte die in Ketten liegenden Hexen, die ihren

Blick demütig gesenkt hielten, und sprach: »Weiber wie euch habe ich früher eigenhändig enthauptet.«

»Ich kann das für Euch erledigen, Herr«, rief Blaubart. Er zog sein Schwert und kam herbei, ein hagerer, hochgewachsener Mann mit verkniffenen Lippen und mit Augen, stechend und wässrig zugleich. Sein Bart hatte tatsächlich einen bläulichen Schimmer.

Der Eiserne König bremste ihn mit erhobener Hand. »Wie ich höre, könnt ihr Kämpfer aufbieten?«, fragte er die Hexen und fügte hinzu: »Du da – hoch mit dir!«

Die älteste Hexe stand auf. »Ja«, erwiderte sie heiser, »das können wir.«

Der Eiserne König betrachtete angewidert ihren Klumpfuß.

»Unsere Männer sind Krieger des Eisernen Königs«, rief die jüngste Hexe. »Und wir sind Eure Kriegerinnen, Herr.«

Der König lachte, aber sein Lachen klang bedrohlich.

Grimm starrte die junge Hexe an, die mehrere Narben auf der linken Gesichtshälfte hatte.

»*Kriegerinnen*«, sagte der Eiserne König spöttisch. »Oh, ich kannte Frauen, die mit Klauen und Zähnen für ihre Familie gekämpft haben. Aber …« – er zog das Schwert ein Stück aus der Scheide – »… keine hat es überlebt.«

Nun lachte auch Blaubart. Sein Lachen war so melodisch wie der Gesang einer Amsel und stand im schroffen Gegensatz zu der Grausamkeit, für die er berüchtigt war. Hinter ihm trottete ein Trupp Karontiden vorbei; Staub wirbelte auf, als ihre Schwänze den Boden peitschten.

Der Eiserne König kniff die Augen zusammen. »Du bist sehr vorlaut«, sagte er zur jüngsten Hexe. »Aber wie ich höre, hast du viel für mich getan.«

»Oh, ja, das hat sie, Herr«, beeilte sich Grimm zu sagen. »Sie ist Euch treu ergeben.«

Der König sah ihn abschätzig an. Dann sagte er: »Das Wort Gnade ist mir fremd. Aber wenn ihr weiter für mich streitet, will ich gerecht sein.« Dann befahl er Blaubart: »Brennt ihnen das Schandmal auf die Stirn, damit sie nie vergessen, welcher Frevel es war, meinen Bart zu kappen.« Er schlurfte davon, gefolgt vom Gewoge der Asseln und Spinnen.

Blaubarts Männer erhitzten Brandeisen im Feuer, rissen den Kopf jeder Hexe an den Haaren zurück und zeichneten ihre Stirn mit dem Schandmal, ein Kreis mit einer Spirale.

Die Hexen zuckten mit keiner Wimper. Nachdem man ihre Ketten gelöst hatte, blieben sie schwer atmend sitzen. Grimm trat neben die Jüngste und legte ihr tröstend eine Hand auf die Schulter.

»Ich bin entstellt«, flüsterte sie und schüttelte Grimms Hand ab. »Aber ich bezahle diesen Preis gern, wenn ich nur meinem König dienen kann.«

Der Rauch der im Königskessel lodernden Feuer schien den Himmel wie mit Fäden an die Erde zu binden. Im Feldlager trat Stille ein, als der Eiserne König die Arme ausbreitete. Alle Augen wandten sich ihm zu.

»Die Zeit ist reif!«, rief er. »Schwärmt aus und zeigt diesem Land, wer der wahre Herrscher ist! Tötet und raubt, plündert und verheert! Wir werden Pinafor erobern!«

Die Wesen der Wilden Jagd stiegen laut kreischend von den Kalksteinfelsen auf und flogen nach Südosten. Die Horden sammelten sich stampfend und waffenklirrend. Der Eiserne König, über dessen Rüstung Spinnen und Asseln krabbelten, blieb mit ausgebreiteten Armen auf dem Findling stehen. Dann ließ er sich Helm und Schild geben und bestieg ein Ross mit blutrotem Fell. Als er ihm die Sporen gab, bäumte es sich wiehernd auf und preschte zur Spitze der Streitmacht, die sich träge in Bewegung setzte. Grimm schwang sich auf den Sattel und ritt hinterher.

Die dreizehn Hexen hüllten sich in ihre Lumpen und sahen dem Abmarsch düster zu.

»Wir haben unser Ziel erreicht«, sagte die älteste Hexe. Dann betastete sie ihre Stirn und flüsterte heiser: »Aber er hätte uns nicht mit dem Mal zeichnen dürfen. *Das* war ein Frevel!«

Die Krähen ließen sich wieder auf den Stäben nieder.

Im Königskessel trat Totenstille ein.

In allen Dörfern und Weilern war es das Gleiche: Die Männer waren faul und betrunken und weigerten sich, dem Ruf zu den Waffen zu folgen. Flutwidde, früher die Kornkammer Pinafors, mochte jetzt reich an Gold sein, aber in anderer Hinsicht war es verarmt: an Anstand, an Fleiß, an Geist.

Die Gografen folgten der Usse nach Osten, dann der Mölme nach Süden. Die Einzigen, die sich ihnen anschlossen, waren Hirten, die seit jeher ohne Geld und Gut lebten, Wilderer und Vogelfreie, denen Straffreiheit winkte. Insgesamt knapp zwei Dutzend abgerissene Männer, die nur mit Dolch oder Bogen bewaffnet waren und dem Heerbann zu Fuß folgten.

Als sich die Mölme nach Westen wand, zügelte Hilck von der Usse sein Streitross. Er ließ den Blick über das vermodernde Getreide bis zum fernen Lohwald gleiten, dessen mit Tannen bewaldete Höhen grau wie Greisenhaar aussahen.

Sein Zwillingsbruder ritt neben ihn und sagte: »Es hat keinen Sinn. Lass uns heimkehren.«

»Unser Land geht vor die Hunde«, knurrte Hilck. »Ich würde

diesen feigen, ehrlosen Wichten am liebsten das Dach über dem Kopf anzünden.« Sein Ross stampfte auf, als wollte es seine Worte bekräftigen.

»Das wird der Eiserne König besorgen«, erwiderte Helmdag, der sich nach den müde im Sattel sitzenden Rittern umdrehte. Die Freiwilligen ruhten sich im Gras des Wegrains aus.

»Ich wünschte, ich wäre ein Zugvogel«, murmelte Hilck. »Sie sind alle vorzeitig aufgebrochen, weil sie die Gefahr gespürt haben, die sich wie ein Gewitter zusammengebraut hat.«

»Nicht alle«, sagte Helmdag und zeigte nach Norden. »Da ist noch ein Schwarm.«

»Wir müssen bleiben und kämpfen, weil es Verantwortung, Ehre und Tradition von uns verlangen, aber ich würde am liebsten alles hinschmeißen«, schimpfte Hilck und führte sein Streitross zum Ufer der Mölme, wo er einen Schluck Wasser trank. »Sogar der Fluss schmeckt nach Asche«, rief er. »Was haben diese Unholde mit unserem schönen Pinafor angestellt?«

Helmdag zuckte bedrückt mit den Schultern. Die Ritter saßen ab. Als sie ihre Rösser tränkten, rief einer der Freiwilligen, ein Schweinehirte mit dem Oberkörper eines Igels: »Herren? Huldvolle Herrschaften? Edle Ritter? Ich weiß nicht, wie ich Euch anreden soll, aber ich weiß, dass mir der Vogelschwarm nicht geheuer ist.«

Ein Wilderer folgte seinem Blick. »Ja«, brummte er und griff nach dem Bogen. »Die Biester sehen aus wie Raubvögel, aber Raubvögel bilden keinen Schwarm.«

Hilck von der Usse beschattete die Augen mit einer Hand und sah zu den Vögeln auf, die sich rasch von Norden näherten. »Helmdag«, rief er. »Erinnerst du dich an die Stumme, die in der Feste getötet wurde?«

Sein Zwillingsbruder erstarrte. Nach einem kurzen Blick auf den

Schwarm flüsterte er: »Die Wilde Jagd …« Dann brüllte er: »Aufsitzen! Auf, auf! Wir müssen Deckung suchen!«

Die Ritter sprangen in den Sattel, die Freiwilligen kamen auf die Beine. Hilck trieb sein Streitross die Uferböschung hinauf und sah sich um: Hier gab es keinen Auwald, sondern nur ein Gehölz auf einem Hügel inmitten des Getreides. »Mir nach«, befahl er, spornte sein Streitross an und ritt an der Spitze des Heerbanns auf das nächste Feld. Die Freiwilligen folgten, rutschten aber immer wieder auf der verfaulenden Gerste aus und fielen weit zurück.

Inzwischen waren die ersten Wesen der Wilden Jagd deutlich zu erkennen. Sie schwenkten ab, flogen einen weiten Bogen und jagten von Osten in breiter Front hinter den Fliehenden her. Die Freiwilligen liefen um ihr Leben. Einer der Männer stolperte und verstauchte sich den Fuß. Kurz darauf fiel die Wilde Jagd mit einem Kreischen über ihn her, in dem sein Schrei unterging.

Die übrigen Freiwilligen suchten Deckung im Gehölz, wo die Ritter zur Abwehr ihre Lanzen aufgepflanzt hatten.

»Bindet die Pferde an«, brüllte Hilck von der Usse.

Ein Wilderer jagte einen Pfeil in das Gewirr der Geschöpfe, die sofort wieder aufstiegen und sich sammelten.

»Bei den Gebeinen unserer Ahnen«, flüsterte Helmdag. »Wie sollen wir das überstehen?«

Ringsumher erstreckten sich Felder, über denen der Gestank verfaulenden Getreides hing. Der gestrauchelte Mann regte sich nicht mehr, und Ritter und Freiwillige erwarteten den Angriff der Wilden Jagd.

Flügel knatterten und Schreie gellten, als die Mischwesen aus Mensch und Tier heranbrausten und kurz vor dem Gehölz in die Höhe sausten. Dabei schwärmten sie aus und bildeten eine wogende, aus geifernden Geschöpfen bestehende Kuppel über dem Hügel, die das Gehölz in ein Zwielicht tauchte. Die Hirten drückten sich ängstlich gegen die Bäume. Der Hirte mit dem Oberkörper eines Igels sträubte die Stacheln. Die Ritter reckten abwehrbereit ihre Lanzen, und die Wilderer legten einen Pfeil auf.

»Wartet!« Helmdag von der Usse musste aus voller Lunge brüllen, um den Lärm der Wilden Jagd zu übertönen. »Spart eure Pfeile. Reizt sie nicht.«

Die Wilde Jagd wogte eine gefühlte Ewigkeit über dem Hügel, ohne die kuppelartige Formation aufzulösen. Ledrige Flügel rauschten und knallten wie Peitschen, und das Gezeter war so laut, dass es in den Ohren pfiff. Die Nerven der im Gehölz verschanzten Männer lagen blank. Schweiß trat auf Stirnen, Augenlider zuckten. Die Wilderer wollten mehrmals den Bogen anlegen, wurden von den Gografen aber immer wieder am Schießen gehindert.

»Ich kann nicht mehr!«, schrie einer der Hirten, ein hagerer Mann, der sich Zeit seines Lebens nur um Schafe gekümmert hatte. »Ich will hier weg.« Er stieß sich vom Baum ab, um aus dem Gehölz zu fliehen, aber Hilck von der Usse schlug ihn nieder.

»Flucht wäre Selbstmord«, rief Helmdag. »Wir müssen uns wehren. Diese Ungeheuer sind sterblich wie wir.«

Da stießen Wesen der Wilden Jagd auf das Gehölz hinab. Holz splitterte und Laub wirbelte, als sie durch die Bäume brachen, die Männer mit Klauen, Schnäbeln und Hauern angriffen und wieder aufstiegen. Unter den Eingeschlossenen breitete sich Verwirrung aus. Bald lagen mehrere Ungeheuer am Boden und schlugen im Todeskampf mit den Schwingen, aber ein Blick nach oben verriet den Gografen, dass ihnen der Feind weit überlegen war. Die Wilderer deckten die schlecht gerüsteten, unerfahrenen Hirten, und die Ritter versuchten, die Angreifer im Anflug aufzuspießen, was aber oft misslang, weil diese zu behände waren – sie fingen sich sofort wieder, hackten nach den Männern und sausten davon.

»Helmdag!«, brüllte Hilck von der Usse und riss sein Schwert aus einem Wesen mit dem Antlitz einer Frau und dem Körper einer Assel. »Wie fängt man Ratten?«

»Wieso?«, rief Helmdag. »Bist du hungrig?«

»Man fängt sie mit einem Köder«, warf der Igelmann ein.

»Er ist so hässlich wie diese Monster«, sagte Hilck, »aber wo er recht hat, hat er recht. Wie heißt du, Bursche?«

»Hans-mein-Igel«, antwortete der Igelmann. »Mein Aussehen verdanke ich meiner Mutter.«

»Dann war sie gewiss so schön, dass sie ihr Gesicht verhüllen musste, damit die Männer bei ihrem Anblick vor Entzücken nicht der Schlag traf«, erwiderte Hilck. »Du scheinst Grütze in der Birne zu haben, Bursche. Ich ernenne dich hiermit auf Lebenszeit zu meinem Knappen.«

»Auf Lebenszeit?«, fragte Helmdag. »Die könnte sich als sehr kurz erweisen.«

Da stießen Wesen der Wilden Jagd in rascher Folge auf das Gehölz hinab. Drei Wilderer brachen mit durchtrennter Kehle zusammen, ein Ritter fiel, nachdem sich eine Klaue durch das Kettenhemd in sein Herz gebohrt hatte. Die Hirten kauerten sich schreiend zusammen. Hilck von der Usse führte wilde Streiche gegen die Ungeheuer. »Missgeburten!«, brüllte er. »Nehmt das … und das! Euer krummbeiniger König soll sich an mich erinnern!«

Die Männer wehrten sich wie besessen, und nach einer Weile ebbte der Angriff ab.

»Der Köder …«, keuchte Hilck, schob den Helm hoch und wischte sich Schweiß von der Stirn. »Sie wollen *uns*, Bruder. Wenn wir ausbrechen, werden sie uns folgen und die braven Männer hier in Ruhe lassen.«

»Um ehrlich zu sein, war ich nie scharf auf den Heldentod«, erwiderte Helmdag. Doch er schloss das Visier und ging zu seinem Streitross.

Hilck bückte sich nach dem Helm des gefallenen Ritters und drückte ihn seinem frisch ernannten Knappen auf den Kopf. »Nimm auch das Schwert«, sagte er zu ihm. »Du kommst mit. So lernst du gleich, was es heißt, mir zu dienen. Kannst du reiten?«

»Ich bin bis vor kurzem einen Gockelhahn geritten.«

Hilck von der Usse starrte ihn an. »Ich glaube, du bist irre«, sagte er. »Aber vielleicht ist ein Irrer genau der Richtige für dieses Vorhaben.«

Die Gografen nutzten die Atempause im Gefecht, um sich in den Sattel zu schwingen. »Bleibt hier, bis diese geflügelten Wechselbälger fort sind«, befahl Helmdag einem der Ritter. »Dann folgt ihr uns.«

»Aber, Herr«, stammelte der Ritter, »wir können Euch doch nicht allein …«

»Gehorche«, brüllte Hilck. Dann sah er zum Himmel auf, der weiter von der Wilden Jagd verdunkelt wurde, rief: »Horrido, Bruder!«, und gab seinem Streitross die Sporen.

Hirten, Wilderer und Ritter sahen den drei Reitern nach, die im scharfen Galopp auf das Feld donnerten. Die Wilde Jagd wirbelte kurz ratlos am Himmel. Dann formierte sie sich neu und nahm mit dem sausenden Geräusch einer Sturmbö die Verfolgung auf.

Im fahlen Nachmittagslicht begruben die Männer ihre Toten und schafften die erschlagenen Ungeheuer auf das Feld, um sie zu verbrennen. Dann luden sie die Verwundeten auf die Pferde. Wolkan, ein für seine Blattschüsse berühmter Wilderer, ging noch einmal ins Gehölz. Er blieb vor einer Salweide stehen, öffnete den Schritt und erleichterte sich ächzend. Sein Strahl verebbte gerade, als wie aus dem Nichts eine Gestalt vor ihm auftauchte – ein hagerer, halbnackter Greis, dessen Gesicht und Brust mit Runen tätowiert waren. »Ja, bei ...!«, rief Wolkan und bedeckte hastig seine Blöße.

»Was hast du getan?«, klagte der Greis.

»Ich habe ... gepinkelt«, erwiderte der verdutzte Wolkan.

»Nein!«, zischte der Greis. »Du hast Yggdrall besudelt.«

»Oh«, sagte Wolkan und sah sich um, weil er glaubte, dass es sich um eine Person handelte. »Tut mir leid. Aber ... ganz in der Nähe ist ein Fluss. Dort kann man sich waschen.«

»Dummkopf«, fauchte der Greis. »Wie willst du einen Baum im Fluss waschen? Heh?«

Wolkan starrte die Salweide an. Er patschte auf den Stamm und sagte: »Bitte um Nachsicht, Yggdrall. Bäume mit Namen pinkele ich sonst nicht an.«

Der Greis schnaubte. Einen Herzschlag später erschien eine hochgewachsene, junge Frau neben ihm, dann ein stämmiger Wicht. Beide waren tätowiert, beide halbnackt.

»Komm endlich, Wolkan!«, rief einer der Ritter. »Wir müssen den Gografen folgen.«

Plötzlich war das ganze Gehölz umzingelt. Pferde scheuten, und ein Hirte flüsterte: »Oh, weh – das sind die Ragnarökk. Offenbar ist dies einer ihrer heiligen Hügel ...«

»Woher weißt du das?«, flüsterte ein anderer. »Niemand hat sie je gesehen.«

»Ich schon«, sagte der Hirte. »Vor einigen Jahren hat mein Hund einen Ragnarökk vor einem Uhu gerettet. Die Eulen sind seit Urzeiten ihre Feinde.«

»Macht den Weg frei«, bat ein Ritter. »Unsere Herren werden von der Wilden Jagd verfolgt. Wir müssen ihnen beistehen.«

»Unsere in die Finsternis gestürzten Brüder und Schwestern«, murmelte der Greis, der Wolkan aus dem Gehölz stieß. »Wir haben gespürt, dass sie hier waren.«

»Der Eiserne König ist auferstanden«, rief der Ritter. »Wollt ihr zulassen, dass er Pinafor unterjocht? Lasst uns durch.«

»Die Nöte der Menschen gehen uns nichts an«, erwiderte die hochgewachsene Frau. »Wir leben im Verborgenen. Aber er …« – sie zeigte auf Wolkan – »… hat Yggdrall beschmutzt. Das muss gesühnt werden.«

»Ich wusste ja nicht, dass es ein besonderer Baum ist«, sagte Wolkan trotzig. »Außerdem war es nur ein kleines Geschäft.«

Der Greis schnaubte wieder, und die Ragnarökk zogen ihren Kreis enger. Sie waren von unterschiedlichster Statur; einige hatten Hörner oder einen Schweif, andere luchsartige Ohren oder Schlangenaugen. Sie waren zwar unbewaffnet, aber die Männer spürten, dass ihnen eine Kraft innewohnte, gegen die sie nicht ankamen.

Der Ritter, der den Heerbann befehligte, knirschte ungeduldig mit den Zähnen. Wolkan drehte sich zum Greis um, breitete die Arme aus und sagte: »Sühnt meinen Frevel meinetwegen mit meinem Tod. Aber lasst die anderen Männer reiten.«

»Das ehrt dich«, erwiderte der Wicht. »Aber wir wollen dein Blut nicht. Um Yggdrall von deinem … Sudelsaft zu säubern, reicht Stutenmilch.«

»Na, wunderbar! Na, wunderbar!«, schrie der befehlshabende Ritter und ließ eine Faust gegen seinen Helm knallen. »Wir haben hier zwei … drei, vier Stuten. Melkt sie und lasst uns dann endlich ziehen.«

»Diese Stuten haben keine Milch«, sagte der Wicht.

»Ja, ich weiß! Das weiß ich! Ich weiß!«, brüllte der Ritter, der mit seiner Geduld am Ende war und nach dem Schwert griff.

Die Ragnarökk zogen den Kreis noch enger und summten tief in der Kehle. Sie klangen wie ein zorniger Bienenschwarm.

»Zu dumm, dass ich keine Milch pinkele«, brummte Wolkan und sah zur Salweide, deren Laub und Stamm von krankhaft grauer Farbe waren.

Da flüsterte ein verwundeter Hirte: »Ich … habe noch etwas … etwas Stutenmilch.« Er zog einen Bocksbeutel aus seinen Lumpen. Die Miene des Ritters hellte sich auf, als der Wicht und die hochgewachsene Frau mit dem flachsfarbenen Haar den Bocksbeutel an sich nahmen und daran schnupperten.

»Wahrhaftig«, murmelte der Wicht. »Das ist Stutenmilch.«

»Dann lasst uns durch«, bat der Ritter erleichtert.

»Aber sie ist sauer«, rief die Frau.

Der Ritter ließ wieder eine Faust gegen den Helm knallen.

Der Greis nahm den Bocksbeutel an sich und sagte: »Ich will es versuchen. Vielleicht akzeptiert Yggdrall die saure Milch.« Er schritt ins Gehölz, fiel vor der Salweide auf die Knie und begann, ein Ritual zu verrichten. Die Ritter hielten Ausschau nach den Gografen, aber weder auf Erden noch am Himmel regte sich etwas. Schließlich kehrte der Greis zurück. Er warf den Männern einen Blick zu und winkte Frau und Wicht herbei. Während sie die Köpfe zusammensteckten, rutschte der Ritter im Sattel hin und her, als hätte er Ameisen im Hintern.

Dann trat der Greis vor ihn hin, gefolgt von Frau und Wicht. Er sprach: »Yggdrall hat euch vergeben. Und sie hat zu mir gesprochen. Das ist nicht ungewöhnlich. Aber ungewöhnlich ist, dass sie mich gebeten hat, euch zu helfen …«

Die Ragnarökk summten so zornig, als wollten sie Einspruch erheben.

»Ja, das verstößt gegen unsere Regeln«, fuhr der Greis fort. »Aber laut Yggdrall leidet die Esche und mit ihr alle anderen Bäume und Pflanzen. Sie sei todgeweiht, wenn wir nichts unternehmen, sagt sie.«

Die Ragnarökk jaulten klagend auf. Einige schlugen sich auf die nackte Brust, andere senkten betrübt den Kopf.

»Reitet«, sagte der Greis zum Ritter. »Ich werde sehen, was ich für euch tun kann.«

Der Ritter bedankte sich, und dann trabte der Bann durch die Reihen der feindselig dreinblickenden Ragnarökk. Sobald die Männer auf freiem Feld waren, gaben sie ihren Rössern die Sporen und galoppierten davon.

Die Ragnarökk strömten in das Gehölz, wo sie sich um die Salweide scharten. Der Greis wandte sich an sie und sprach: »Die Menschen … Sie sind immer krank – vor Sorge, aus Hass, Gier, Missgunst, Neid oder Eifersucht. Alles Schlechte wohnt ihnen inne. Sie werden sich nie zum Besseren ändern. Aber wir müssen Yggdrall und der Esche helfen, denn wenn die Bäume dahinsiechen …« – er schwenkte einen Arm durch das Gehölz – »… nehmen wir auch Schaden.«

Die hochgewachsene Frau nickte grimmig. Dann sagte sie: »Unsere in die Finsternis gestürzten Brüder und Schwestern sind mit dem Bösen im Bunde. Wir waren zwar früher eins mit ihnen, aber wir dürfen nicht zulassen, dass sie unsere Welt verderben.«

Und der Wicht fügte hinzu: »Wir wollen Ruhe und Frieden. Aber wenn man uns stört, wehren wir uns.« Er verschränkte die Arme vor der mit Runen tätowierten Brust und senkte den Kopf. Alle anderen Ragnarökk taten es ihm gleich.

Das graue Laub Yggdralls begann zu rascheln, als wollte sie Erde, Wind und Wasser etwas zuflüstern.

Die Gografen hatten zum Lohwald fliehen wollen, aber die Wilde Jagd schnitt ihnen den Weg ab. Also wandten sie sich nach Westen. Eigentlich waren die geflügelten Ungeheuer schneller als die Pferde, aber sie spielten mit ihrer Beute wie die Katze mit der Maus und trieben die Reiter im Zickzack vor sich her. Die Rösser, von genauso edler Abstammung wie ihre Reiter, waren klitschnass; Schaum flog von ihren Lefzen.

»Wie edelmütig!«, brüllte Helmdag in das Donnern der Hufe. »Sag mir noch einmal, wofür wir uns opfern, Bruderherz. Ich habe es vergessen.«

»Spar deinen Atem«, keuchte Hilck von der Usse. Er sah über die Schulter – die Wilde Jagd war ihnen dicht auf den Fersen, und die Fluren Flutwiddes boten wenig Deckung, weil die Wälder wegen des fruchtbaren Ackerbodens bis auf wenige, kleine Gehölze gerodet worden waren.

Sein frisch ernannter Knappe, der Hirte Hans-mein-Igel, hatte die Stacheln gesträubt und fragte sich, in was er sich da – im wahrsten Sinne des Wortes – hineingeritten hatte.

Das Geschrei der Wilden Jagd ging den Reitern durch Mark und Bein. Angeführt von einem Wesen mit halb wölfischer, halb kindlicher Fratze, schoss sie wie ein gewaltiges, einem gemeinsamen Willen gehorchendes Geschöpf mit knallenden Flügelschlägen dahin, und wenn sie nach links oder rechts schwenkte, geschah das so geschmeidig wie zum Takt einer Musik, die nur sie hören konnte.

Gografen und Knappe, tief über den Widerrist ihrer Rösser gebückt, preschten über die Felder. Sie konnten die Wilde Jagd nicht abschütteln, und sie mieden die Dörfer, um die Bewohner nicht zu gefährden. Dann tauchte in der weiten, sanft gewellten Landschaft, die sich zwischen Mölme und Beeke erstreckte, ein Gehöft auf. Die Gografen, deren Rösser fast am Ende waren, hielten darauf zu. Als sie den dreckigen, von Kot und Stroh bedeckten Hof erreichten, floh ein Hund mit eingekniffenem Schwanz; die Haustür knarrte im Wind, alles wirkte verlassen. Hilck und Helmdag glitten aus dem Sattel, ohne anzuhalten, und ließen ihre Rösser weiterlaufen. Hans-mein-Igel, der es ihnen gleichtun wollte, verlor den Halt und rollte über den Hof. Schmeißfliegen stoben auf, als er vollkommen verdreckt vor dem Misthaufen auf die Beine kam.

Die Wilde Jagd schoss hinter den Pferden her. Gografen und Knappe nutzten den Moment, um in eine Scheune zu fliehen. Sie knallten das Tor zu und verkeilten es mit der Deichsel eines Ackerwagens. Sie zogen blank und sahen sich um – bis auf den Wagen, einen Pflug, eine Egge und einen Rest Heu war die Scheune leer. In einer Ecke lag ein Pferdekadaver.

»Verhungert«, murmelte Helmdag nach einem Blick auf das Tier.

»Warum ist der Hof aufgegeben worden?«, fragte Hilck von der Usse. »Dies ist der beste Ackerboden in ganz Pinafor.«

Sein Knappe sah zur Decke. Spinnweben hüllten die Sparren ein, und an einem Balken hing ein Strick, als sollte jemand gehängt werden.

Hilck von der Usse spitzte die Ohren. »Alles ruhig«, flüsterte er.

»Vielleicht haben wir die Ungeheuer abgehängt«, erwiderte der frischgebackene Knappe hoffnungsvoll.

»Freut euch nicht zu früh«, sagte Helmdag, der auf der Leiter zum Strohboden hinaufstieg. »Wie leergefegt«, rief er. »Nein, wie aufgepickt. Kein einziger Strohhalm mehr.«

»Mädchen und Stroh – alles weg«, brummte Hilck. »Schade, denn manchmal hätte man gern beides zusammen.«

Helmdag wollte hinuntersteigen, als dumpfe Schläge auf das Scheunendach prasselten. Draußen erschallte das Geschrei der Wilden Jagd. »Sie haben uns entdeckt«, schrie er und sprang von der Leiter. »Was nun?«

Hilck von der Usse kratzte sich am Bart. »Wir können nur abwarten«, erwiderte er.

Helmdag schlug sein Schwert frustriert in einen Balken. Die Scheune erbebte, Staub rieselte von der Decke. Es klang, als würden sich die Wesen der Wilden Jagd aus großer Höhe auf das riedgedeckte Dach stürzen. Dann wurde am Tor gerüttelt, aber die Deichsel hielt stand. Hilck sah durch einen Spalt – ein Ungeheuer mit verhutzeltem Greisinnengesicht und dem Körper eines Salamanders zischte ihn an. Er zuckte zurück. Hans-mein-Igel, der Knappe, zog mit zitternder Hand eine Stummelpfeife aus der Tasche, stopfte sie und entfachte den Tabak mit seinem Luntenfeuerzeug. Helmdag blaffte ihn an: »Ist das hier eine Märchenstunde für deine Enkelkinder? Im Winter gemütlich vor dem warmen Kamin? Weg mit dem Qualmstecken.«

Der Knappe starrte den Gografen aus seinen kleinen, dunklen Igelaugen an und klopfte brav die Pfeife aus. Da splitterte das Tor. Ein ledriger Arm zwängte sich durch den Spalt, eine Klaue tastete nach der Deichsel. Hilck von der Usse sprang herbei und stieß mit dem Schwert zu. Ein schriller Schrei gellte, und der Arm zuckte zurück. Draußen erhob sich zorniges Geheul. Ein Windstoß fegte durch den Spalt und wirbelte die aus dem Pfeifenkopf rieselnde Glut durch die Scheune. Einige Funken landeten auf dem Heu, das wie Zunder aufloderte und einige Atemzüge später lichterloh brannte.

Helmdag, vor Zorn knallrot im Gesicht, packte den Knappen beim Schlafittchen und schüttelte ihn: »Du Hohlkopf! Jetzt werden wir drinnen gebraten und draußen gefressen.« Er trat nach den Flammen, aber sie leckten schon am dürren Holz der Scheunenwand.

»Unsinn, Bruder«, rief Hilck von der Usse. »Sein Plan ist gut.« Er zwinkerte dem Knappen zu, der seinen Hals rieb und benommen in die Flammen starrte. »Soll die Bude brennen«, brüllte er. »Der Wind kommt von dort …« – er zeigte auf das Tor – »… und wir werden im Schutz des Qualms auf der gegenüberliegenden Seite ausbrechen.«

Das Feuer breitete sich rasend schnell aus, und als die drei Männer zur rückwärtigen Scheunenwand eilten, begannen die ersten Bohlen des Strohbodens zu bersten. »Wahrhaftig – ein wunderbar gut durchdachter Plan«, spottete Helmdag und sah den Knappen an, der sich schuldbewusst duckte. »Wenn du so weitermachst, Bursche, erhältst du bald einen Ritterschlag, der dir den Kopf von den Schultern trennt.«

Qualm erfüllte die Scheune. Tor und Dach erbebten unter den Schlägen der Wilden Jagd. Der Brand toste wie ein Sturm, Ruß wirbelte, Sparren brachen, Balken knackten, und die Männer rangen um Atem.

Hilck von der Usse blieb ruhig. Er sah durch den Rauch zum wankenden Tor. Links von ihm, wo das Heu gelegen hatte, stand die Scheunenwand in Flammen. »Hört gut zu«, brüllte er in den Lärm, »wir warten noch kurz, dann schlagen wir die verbrannte Wand ein und verschwinden.«

»Warum nicht sofort?«, gab Helmdag zurück. »Ich fühle mich in meiner Rüstung wie ein Fleischbatzen in der Bratröhre.«

Hans-mein-Igel hustete. Seine Augen tränten, und er zog sich das Hemd vor die Nase. Im nächsten Moment rutschte die Deichsel ab. Das Tor stürzte in die Scheune. Ein Windstoß fegte den Rauch durcheinander, und die Wesen der Wilden Jagd sprangen herein. Hilck von der Usse schloss das Visier seines Helms und schrie: »Mir nach!« Er rannte zu der Stelle, wo die Scheunenwand brannte, trat mehrmals dagegen und rammte die gepanzerte Schulter gegen das verkohlte Holz, bis es nachgab. Er stolperte ins Freie, gefolgt von Bruder und Knappe – und von einer schwarzen Wolke, die durch die Wand quoll wie Rauch aus einem Ofenloch. Hinter ihnen tasteten sich die Wesen der Wilden Jagd durch den Qualm. Als sie die Wand erreichten, brach diese ein und begrub sie unter brennenden Brettern und Balken. Flammen schlugen aus dem Rieddach und verscheuchten die über der Scheune kreisenden Ungeheuer. Derweil liefen Gografen und Knappe um ihr Leben. Hilck von der Usse pfiff immer wieder auf zwei Fingern, bis ihre Rösser endlich vor ihnen auftauchten. Sie schwangen sich in den Sattel und preschten davon. Hinter ihnen brach die Scheune zusammen. Funken und Asche stoben, und bald standen alle anderen Gebäude in Flammen.

In diesem Chaos holten die drei Reiter einen guten Vorsprung heraus. Aber die Wilde Jagd sammelte sich über dem brennenden Gehöft und folgte den Fliehenden mit einem Geschrei, das weit über die Fluren Flutwiddes hallte.

Viele Meilen weiter östlich standen die Ragnarökk, die sich so lange verborgen gehalten hatten, mit gesenktem Kopf und vor der Brust verschränkten Armen im Gehölz und summten. Gesang war ein wichtiges Mittel der Magie, zum Guten wie zum Bösen. Die Hexen hatten den Kehlkopfgesang, und die Ragnarökk summten so tief, dass ihr Brustkorb vibrierte. Der von der hochgewachsenen

Frau und dem Wicht flankierte Greis stand vor der Salweide, die ihr krankhaft fahles Laub rascheln ließ, und richtete seine ganze Gedankenkraft auf die Wilde Jagd – auf jene Schwestern und Brüder, die nach der Erschaffung der Welt in die Finsternis zurückgestürzt waren.

Lange tat sich nichts, denn die Mächte, die die Ragnarökk anriefen, waren schläfrig und träge und ließen sich nicht gern wecken. Schließlich bebte der Erdboden; die Luft flirrte; die Wasser der nahen Mölme wogten. Der Greis schlug ein Zeichen und murmelte einen Spruch in der Sprache der Ragnarökk. Er fiel auf die Knie und ließ zum Zeichen der Reue dafür, die Mächte gestört zu haben, Staub auf sein Haupt rieseln. Er geißelte seinen Rücken zur Buße mit einer Rute Yggdralls. Die Frau und der Wicht taten es ihm gleich. Die restlichen Ragnarökk senkten die Köpfe noch tiefer und summten weiter.

Das Laub aller Bäume im Gehölz begann zu rauschen. Auf den Feldern Flutwiddes richteten sich die Getreidehalme auf und schenkten dem auffrischenden Wind wie als Opfergabe ihre Spelzen, Grannen und halb vermoderten Körner – bald wogte eine riesige, gelblich schimmernde Wolke über dem Land. Die Halme sanken wieder zu Boden, als wären sie zu Tode erschöpft.

Und der Wind wurde immer stärker.

Hilck und Helmdag von der Usse galoppierten nach Westen, um in ihrer Feste Schutz zu suchen, aber die Rösser waren zu erschöpft. Der Knappe, der ein weniger gutes Pferd ritt, fiel immer weiter zurück, und die Wilde Jagd holte auf.

Die drei Reiter galoppierten über Felder, Wiesen und Wege, sie gaben ihren Rössern die Sporen und nahmen einen Hügel nach dem anderen. Hilfe war nicht in Sicht. Die Felder waren menschenleer, und wenn sie ein Dorf passierten, johlten die Bewohner wütend oder verbargen sich in ihren Hütten. Dann kam die Beeke in Sicht. Die Gografen ritten in den Fluss und zügelten ihre entkräfteten Rösser, die durstig tranken. Hilck von der Usse wischte sich Schweiß von der Stirn und hob den wunden Hintern vom Sattel. »Wir schaffen es nicht«, sagte er zu seinem Zwillingsbruder, der den Helm absetzte, um sein knallrotes Gesicht zu kühlen. »Bis zu unserer Feste sind es noch zehn Meilen. Das halten die Pferde nicht durch.«

»Wo steckt unser Heerbann?«, fragte Helmdag. »Sie müssten uns doch gefolgt sein.«

Da kam der Knappe angetrabt. Am Flussufer brach sein Pferd zusammen, und er fiel ins Wasser.

Hilck streichelte das hechelnde Tier und sagte: »Das war es dann wohl. Auf in den Kampf.«

»Die Feste ist nah, unser Bann ist unterwegs, und wir beißen wegen deiner hochprozentigen Schnapsidee ins Gras«, rief Helmdag erzürnt. »Großartig.« Er sah zur Wilden Jagd, die in einiger Entfernung kreiste, als wollte sie ihre Beute auf die Folter spannen.

»Du kannst verschwinden, wenn du möchtest«, sagte Hilck zu seinem Knappen. »Ich entlasse dich aus meinen Diensten.«

Hans-mein-Igel erhob sich aus dem Fluss. Als er die Stacheln sträubte, sprühten glitzernde Tropfen. Er betrachtete erst sein Pferd, dann die rotbärtigen, schwitzenden Zwillingsbrüder, die ihren Helm unter den Arm geklemmt hatten. Dann sagte er: »Wenn ich Dudelsack spielen und einen Gockelhahn reiten kann, kann ich auch kämpfen. Ich lasse Euch nicht im Stich.«

Hilck von der Usse trat einen am Ufer liegenden Stein weg. »Das ist der Geist, den wir brauchen«, murmelte er. »Wenn ich an diese verwöhnten und verlotterten Bastarde denke, die uns die Gefolgschaft verweigert haben …«

Sein Bruder ließ die Wilde Jagd nicht aus den Augen. »Sie greifen uns nicht an«, sagte er. »Sie kreisen und kreisen, als würden sie auf etwas warten.«

»Oder als hätten sie vor etwas Angst«, bemerkte der Knappe, der die Augen mit einer Hand beschattete.

»Wohl kaum«, erwiderte Hilck und stapfte die Uferböschung hinauf. Er war fast oben, als er erstarrte. »Bei den Gebeinen unserer Ahnen!«, rief er. »Was ist *das*?«

Die beiden anderen Männer eilten zu ihm. In der Ferne, über den weiten Feldern Flutwiddes, war eine graugelb glitzernde Wolke zu sehen, die rasch auf die Wilde Jagd zuwogte. Die am Kopf klebenden Haare der Gografen wurden von einem Wind zerzaust, und Helmdag rieb sich Staub aus den Augen. Die Wilde Jagd kreiste immer noch. Sie schien zu zögern. Im nächsten Moment wurde der Schwarm, der gerade im Bogen aufsteigen wollte, mit voller Wucht von der Wolke getroffen – einer Wolke aus Grannen, Spelzen und Körnern, die einem Geschosshagel glich. Die drei Männer sahen, wie Ungeheuer mit zerfetzten Flügeln in die Tiefe trudelten. Andere stürzten ab wie Steine. Noch bevor sich die Wilde Jagd zerstreuen konnte, hatte die Wolke kehrtgemacht und fegte erneut mitten durch den Schwarm. Wieder gab es zahlreiche Verluste. Das Geschrei der bedrängten Ungeheuer drang bis zur Beeke, wo die Männer die Augen verengten, weil ihnen der Wind mit Macht ins Gesicht blies.

»Bäh! Das ist Kaff«, rief Helmdag, der sich Spelzen aus dem Gesicht wischte.

»Und Körner«, ergänzte der Knappe und zeigte zu Boden.

»Das faulige Getreide von den Feldern Flutwiddes …«, sagte Hilck verblüfft.

Die Wilde Jagd löste sich panisch auf. Ihre Geschöpfe flogen in alle Richtungen davon und waren schon bald außer Sicht. Einige zogen über die drei Männer hinweg, kreischten noch einmal gellend und wie als Drohung, griffen aber nicht an. Die graugelbe Wolke wogte noch eine Weile am Himmel über den Feldern, als wollte sie abwarten, ob sich die Wilde Jagd wirklich zerstreut hatte. Dann zerstob auch sie. Grannen, Körner und Spelzen prasselten auf die Männer, und der Wind flaute ab.

»Wer mag uns da geholfen haben?«, fragte Helmdag.

Hilck von der Usse zuckte ratlos mit den Schultern.

Wenig später erschien der Heerbann in der Ferne.

Noch ein flacher Hügel, dann würden Welsfluss und Feste in Sicht kommen. Die Männer, die dem Frieden nicht trauten, blieben wachsam, aber die Wilde Jagd ließ sich nicht blicken.

»Die Ragnarökk?«, fragte Hilck von der Usse. »Unfassbar – dass es sie überhaupt gibt, meine ich. Für mich waren sie nur eine Legende.«

»Wenn irgendjemand diese Wolke beschworen hat, dann sie«, erwiderte der Ritter, der den Heerbann in Abwesenheit der Gografen angeführt hatte.

»Stehen sie uns im Kampf gegen den Eisernen König bei?«, fragte Helmdag.

»Das glaube ich nicht«, antwortete der Ritter. »Sie sind … nun, ja – sie sind sehr scheu und außerdem nicht gut auf uns zu sprechen.«

»So kehren wir heim: ohne Heer, ohne Verbündete und ohne Ausicht auf Erfolg. Ein Jammer«, brummte Hilck und klopfte seinem müden Streitross auf den Hals. »Jetzt können wir uns nur noch in der Feste verschanzen und auf ein weiteres Wunder hoffen.«

Sie trabten auf den Hügel oberhalb des Welsflusses, gefolgt von den Freiwilligen. Da scheute das Pferd des voranreitenden Bannerträgers und brach wiehernd zur Seite aus. Als die Gografen die Hügelkuppe erreichten, erstarrten sie in ihren Sätteln – die Feste wurde vom Heer des Eisernen Königs belagert. Rauch wölkte über dem äußersten Ringwall. Die Besatzung wehrte sich gegen einen mit Rammböcken und Sturmleitern durchgeführten Angriff. Steinschleudern und Katapulte verrichteten ihr zerstörerisches Werk.

»Das ist das Ende«, flüsterte Hilck von der Usse und ließ den Kopf hängen. »Aus und vorbei.«

Helmdag starrte entgeistert zum Werder, der von Feinden nur so wimmelte, darunter zahllose Karontiden. Die Wilde Jagd sammelte sich am Himmel.

Dann brannten die ersten Türme.

24. Verheerung

Im Dorf in Flutwidde, das die Gografen als Erstes aufgesucht hatten, ging das Leben seinen liederlichen Gang: In der Schenke wurde gezecht und gewürfelt; man feierte das, was man für Freiheit hielt, prahlte damit, die Gografen verjagt zu haben, und ließ das Gold in der Schankstube springen; erst sang man gemeinsam, dann kam es wegen Nichtigkeiten zu Schlägereien. Niemand nahm zur Kenntnis, dass das Laub der Ulme, einst ein prächtiger Baum, in dessen Schatten die Landmänner ihr Feierabendbier getrunken hatten, ergraute und fiel und der Stamm von einer Schimmelschicht bedeckt war. Niemand bemerkte, dass das verdreckte, abgemagerte Vieh auf den Weiden nicht mehr satt wurde, weil das Gras verdorrte. Auch die Frauen griffen zu Holunderschnaps und Brombeerlikör, um ihre Trauer über verschwundene Töchter und ihren Ärger über faule, untreue Männer zu ertränken, und die verwahrlosten Kinder trieben Schabernack.

Eines Mittags kam ein Mann angeritten. Er trug einen weißen Umhang und einen Brustharnisch, und anstelle des rechten Arms entsprang seiner Schulter ein Säbel. Er führte sein Pferd am Zügel durch das Dorf, stieg über Landmänner, die im Straßenstaub schnarchend ihren Rausch ausschliefen, und trat die Schweine aus dem Weg. Der Vogt, der die Tage in wechselnder weiblicher Gesellschaft im Bett verbrachte, wollte gerade nach draußen auf das Plumpsklo gehen, als er den Fremden erblickte. Er raffte die Hose und rief: »Heh! Du da! Was willst du hier?« Mit einem Selbstbewusstsein, das der Vertreibung der Gografen entsprang, ging er auf den Einarmigen zu. »Verschwinde«, fauchte er. »Wir haben schon andere Herren als dich aus dem Dorf gejagt.«

»So, so«, erwiderte der Fremde, dessen Pferd mit den Hufen im Staub scharrte. Rotznäsige, zerlumpte Kinder erschienen zwischen den Katen und bückten sich nach Steinen. Als ein Junge warf, riss der Fremde den Säbelarm hoch; der Stein prallte klirrend von der Klinge ab und kullerte gegen einen betrunkenen Schuster, der sich schnorchelnd umdrehte. Der Junge sah den Fremden verblüfft an und schrie: »Hau ab!«

»Ja! Hau ab, Krüppel!«, riefen die übrigen Kinder, die aber nicht zu werfen wagten.

»Kehr um, Vagabund«, sagte der Vogt herablassend. »Verlass unser Dorf. Du hast hier nichts zu suchen.« Er wandte sich ab und wollte zum Plumpsklo schlurfen.

»Ich bin gekommen, um euch zur Unterwerfung unter den Eisernen König aufzufordern«, verkündete der Fremde ruhig. »Wenn ihr euch weigert, droht Gewalt.«

Der Vogt blieb stehen, rieb sein stoppelbärtiges Kinn und erwiderte über die Schulter: »Der Eiserne König? Mit diesem Ammenmärchen lockst du keinen Köter hinter dem Ofen hervor. Wir haben die Gografen in die Flucht geschlagen. Wir brauchen keine Herren. Wir sind frei. Und reich!«

»Wir sind reich und frei, Krüppel!«, schrien die zerlumpten Kinder. »Verpiss dich endlich, oder du bekommst einen Stein gegen deine hohle Birne!«

Der Fremde verkniff sich ein Grinsen. Dann ließ er den Blick über die Katen gleiten und sagte: »Reich und frei scheint hier das Gleiche zu sein wie faul und verkommen.« Er schwang sich lachend in den Sattel. »Lebt wohl!«, rief er dem Vogt zu, als er davongaloppierte. »Solange ihr noch lebt.«

Der Vogt schürzte verächtlich die Unterlippe und brüllte die Kinder an: »Was glotzt ihr so? Schert euch davon!« Steine flogen, und die Jungen und Mädchen sangen: »Der Vogt liegt zwischen Busen; er will mit jeder schmusen; und wenn er sie satt hat, jagt er sie fort und holt sich 'ne neue von da oder dort!« Sie flohen johlend, als der Vogt auf sie zustapfte. Dann machte er kehrt, um sich zu erleichtern.

Die Kinder rannten in die Wiesen, wo sie den Nachmittag über spielten und nach Beeren und Pilzen suchten, denn wenn es überhaupt etwas zu essen gab, so waren es alte Kartoffeln oder Rüben, aus denen die Frauen eine wässrige Suppe kochten, und manchmal gab es Hafergrütze. Die Sonne stand schon tief, als die Kinder aus Ried gebastelte Schiffchen auf einen Bach setzten. Ein Junge riss einer Libelle die Flügel aus, angefeuert von seinen Freunden. Die Kinder waren so beschäftigt, dass sie die von Westen kommenden Reiter nicht bemerkten. Sie schreckten erst auf, als sich eine Lanze auf die Brust des Jungen richtete, der die Libelle verstümmelte.

»Ts, ts, ts«, sagte der Reiter, ein hagerer, bis an die Zähne bewaffneter Mann aus Blaubarts Gefolgschaft. »So etwas tut man nicht, Kleiner. Das ist grausam.«

Der Junge ließ das Insekt fallen. Die übrigen Kinder wichen zum Bachufer zurück und starrten die fünf Dutzend Reiter an, allesamt wüste, gut gerüstete Gesellen.

»Ist das euer Dorf?«, fragte der Mann, indem er den Jungen mit der Lanze in die Brust piekste und mit einem Daumen auf die fünf oder sechs Steinwürfe entfernten Häuser wies.

Der Junge nickte stumm.

»Dann bleibt besser hier«, sagte der Mann, »denn ich mache Kinder nur ungern einen Kopf kürzer.« Er trieb sein Pferd an und ritt weiter, gefolgt von seinen Männern. Ihr Banner zeigte einen Kreis mit einem Quadrat darin, das ein Dreieck umschloss; der Grund war schwarz, die Formen golden.

Mädchen und Jungen sahen den Reitern nach, die über das graue Gras der Wiesen galoppierten. Die Kinder waren so schreckensstarr, dass sie sich nicht von der Stelle rührten. Bald darauf ertönten wütende Rufe im Dorf, in die sich das Gebrüll von Männern mischte. Dann hörten die Kinder, die immer noch wie erstarrt dastanden, Schreie und Hilferufe, die immer lauter und schriller wurden und in ein Kreischen übergingen, das höchste Not und Todesangst verriet. Manchen Kindern liefen Tränen über die Wangen, vermischten sich mit dem Schnodder, tropften auf nackte Füße und schmutzige Röcke. Schweine quiekten, als würde man sie abstechen, Hunde und Katzen rannten fauchend und kläffend davon. Zwischen den Katen tauchten immer wieder Reiter auf, die Schwerter und Äxte schwangen, und schließlich schlugen Flammen aus den Strohdächern. Ein kleiner Junge klammerte sich an den Rock seiner Schwester und schrie nach seiner Mutter.

So ging es, bis die Sonne hinter dem Horizont versunken war und das Dorf nur noch aus qualmenden Ruinen bestand. In der Abenddämmerung zogen die Reiter ab. Einer drehte sich um und reckte die Lanze in Richtung der Kinder, die sich entsetzt aneinanderkauerten.

Die beiden ältesten Jungen, der Sohn des Wirts und der Sohn des Schmieds, pirschten nach längerem Warten zum Dorf. Bei ihrer Rückkehr waren sie kreidebleich. Sie sanken am Bachufer zu Boden und schluchzten in die vor dem Gesicht verschränkten Arme.

Kaum jemand hatte überlebt.

Dies widerfuhr allen Dörfern, die sich dem Eisernen König nicht beugen wollten.

Zeisig und Sperling, von Maleen zur Erkundung der Lage ausgeschickt, folgten dem Lauf des Welsflusses nach Süden. Sie konnten die Feste der Gografen schon aus weiter Ferne an der Rauchfahne erkennen, und als sie tiefer gingen, sahen sie, dass die Streitmacht des Eisernen Königs den innersten Wall belagerte. Karontiden rannten mit einem Rammbock gegen das Tor an, Katapulte schossen Brandpfeile auf Bergfried und Schloss, die Wilde Jagd flog unablässig Angriffe. Die Feste war verloren. Erste Verteidiger, darunter die gesamte Reiterei der Gografen, setzten sich durch Fluchttunnel ab, um nicht in Gefangenschaft zu geraten.

Zeisig und Sperling wandten sich nach Osten und überflogen Flutwidde. Dort brannten Dörfer. Frauen beklagten den Tod ihrer Männer, Männer den Tod ihrer Frauen, Kinder den Tod ihrer Eltern. Vieh lag hingemetzelt auf den Weiden oder irrte brüllend umher. In der Nähe des Wolkenbergs, auf dem das Haus der weisen Weiber stand, erspähten die Vögel eine Brandschatzerhorde, die Gefangene vor sich hertrieb, Frauen und Mädchen, die barfuß und wie betäubt über die Felder stolperten. Weiter nördlich sahen die Vögel Landmänner, die dem Morden entkommen waren und auf Kleppern und Eseln von Dorf zu Dorf ritten, um die Bewohner zu warnen. Andere flohen über die Usse nach Norden. Die Gefahr schien all jene, die noch am Leben waren, aus Schnapsberauschtheit und Goldwahn gerissen zu haben.

Gegen Abend stießen Zeisig und Sperling auf den Heerbann der Gografen. Diese hatten sich gegen den Lohwald als Fluchtort entschieden, weil sie wussten, dass der Feind die dortigen Schmieden und Bergwerke bald besetzen würde, und zogen niedergeschlagen und erschöpft durch die Hohe Heide, um am Dunkelpfuhl Schutz zu suchen. Dorthin hatten sich auch die Welse begeben. Sie hielten den Gografen die Treue, obwohl wenig Anlass zur Hoffnung bestand – sobald die Feste ganz in der Hand des Eisernen Königs wäre, würde er seine Streitmacht aussenden, um Pinafor bis in den letzten Winkel zu unterwerfen.

Schließlich kehrten Zeisig und Sperling durch die mondlose Nacht zum Greting zurück. Sie überflogen den Föhrenforst und die Grenzfeste Rottland. Bei Sonnenaufgang erreichten sie den geheimen Ort, wo der Wipfel der Esche zwischen den Eichen aufragte. Sie flatterten am Stamm hinab, der in den Klüften des Gretings verschwand, und ließen sich wieder auf den Schultern Maleens nieder, von der sie ausgesandt worden waren.

Das Dämmerlicht in der Grotte verwischte den Unterschied zwischen Tag und Nacht. Die Gefährten schliefen in der Marterhöhle. Nur Kunz, der kaum ein Auge zugetan hatte, saß vor der Felswand, schnitzte an einem Stock und brummte zornig vor sich hin.

Da kam Maleen mit langsamen, fast zögernden Schritten aus der Grotte auf sie zu. Zeisig und Sperling schmiegten sich in ihr honigfarbenes Haar, als sie die Gefährten der Reihe nach anschaute. Wie von ihrem Blick geweckt, schlugen alle die Augen auf. »Schlechte Nachrichten, Freunde«, sagte Maleen. »Meine Vögel berichten, dass die Feste der Gografen erobert wurde. Krieger des Eisernen Königs verheeren Flutwidde, und die Gografen fliehen mit ihrem Bann zum Dunkelpfuhl. Sie haben kein Heer ausheben können.«

»Kein Heer?«, rief Horn entgeistert.

»Dann sind wir verloren«, flüsterte Sanne, warf sich auf ihr Lager und weinte bittere Perlen.

Sneewitt erwiderte: »Kein Unrecht hat auf Dauer Bestand.«

»Ja, vielleicht«, sagte Maleen und drehte sich zur Esche um, die immer kahler wurde. »Ich kann versuchen, die grüne Kraft zu stärken oder zu stützen, mehr aber nicht.« Sie sah Hans an und flehte: »Ihr müsst etwas tun.«

»Hm …«, brummte Horn.

Kunz schwenkte seinem Zweihänder über dem Kopf und schrie: »Ich schlage ihn kurz und klein, diesen Schrottkönig! Ich schmeiße seine rostigen Überreste auf den Mist! Er soll von Käfern und Würmern gefressen werden, auf dass er sich nie mehr erhebe!«

Hans erhob sich, humpelte zu Maleen und legte ihr eine Hand auf den Arm. »Wir reiten zu den Gografen«, sagte er. »Wir werden ihnen beistehen.«

Die Eichhörnchendame biss in eine Perle. Als sie merkte, dass sie nicht essbar war, streichelte sie Sannes Stirn tröstend mit einer kleinen Pfote.

»Hervorragende Idee«, sagte Sneewitt, die sich eine Strähne aus dem geschwollenen Gesicht wischte. »Alles ist besser als hier untätig herumzusitzen.«

»Und ich möchte«, sagte Hans an Dachs und Fuchs gewandt, »dass ihr beiden wieder Späher seid. Ich möchte, dass ihr den Königskessel erkundet und danach zu uns stoßt.«

»Oh!«, stieß Reineke Fuchs hervor. »Oh! Oh! Oh! Oh, *nein*!«

»Ja! Ja! Ja! Ja, *doch*!«, brummte Meister Grimbart.

»Alle anderen Tiere verkriechen sich, und wir sollen unseren Kopf hinhalten?«, rief der Fuchs.

»Der Ruhm wird dich unsterblich machen«, sagte Horn.

»Was nützt mir unsterblicher Ruhm, wenn meine sterblichen Überreste auf irgendeinem Schlachtfeld verrotten?«, keckerte der Fuchs. »Ohne mich. Soll das Eichhörnchen gehen.«

»Ich bin eine Sie!«, rief das Tierchen und warf Reineke Fuchs eine Perle an den Kopf.

»Warum der Königskessel?«, wollte Meister Grimbart von Hans wissen.

Der antwortete: »Vielleicht entdeckt ihr in der Grabkammer

einen Hinweis darauf, wie der Eiserne König besiegt werden kann. Wir dürfen nichts unversucht lassen.«

»Dein Wunsch ist mir Befehl«, sagte Meister Grimbart.

»Grabkammer?«, murmelte der entsetzte Fuchs. Dann wies er auf den Dachs und rief: »Verflucht sei der Tag, an dem ich dir begegnet bin, du Stinktier!«

»Du bist mir nicht begegnet. Du hast mich aufgesucht«, sagte der Dachs. »Und jetzt halt die Schnauze.«

Der Fuchs rollte sich schmollend zusammen.

Die Gefährten brachen noch am gleichen Vormittag auf, um ihre Pferde aus dem Lager der Köhler zu holen. Maleen blieb bei der Esche zurück. Sie sei ihre Hüterin, hatte sie gesagt, und sie fürchte sich nicht vor der Einsamkeit.

Am Ausgang der schmalen Schlucht nahmen die Gefährten Abschied von Meister Grimbart, der sich auf den Weg zum Königskessel machte, gefolgt vom übellaunigen Fuchs. Die beiden trabten durch Isarnho nach Westen. Graues Laub fiel auf graue Farnwedel, und weißlicher Schimmel kroch an den Stämmen hinauf. Sie begegneten keinem einzigen Tier, nicht einmal einem Vogel. Der Wald war wie ausgestorben.

»Das ist nicht mehr unser altes Pinafor«, murmelte der Fuchs, als sie an einem Wasserfall rasteten. »All das Grau – das ist eine Geisterwelt.«

»Begreifst du jetzt, wie ernst die Lage ist?«, erwiderte der Dachs, der aus dem Teich beim Wasserfall trank.

»Ja. Aber wieso bin ich der einzige Vierbeiner, der mutig und heldenhaft genug für ein solches Todeskommando ist?«

Der Dachs hob die Schnauze aus dem Teich und starrte den Fuchs an; Wasser tropfte von seinen Lefzen. Dann trabte er wortlos weiter.

Sie schliefen in einer hohlen Eiche. Der Wald war auch nachts ruhig. Kein Luchs war auf Pirsch, kein Käuzchen rief, kein Wolf heulte. Die Stille war so tief, dass der Fuchs kein Auge zutat.

Am nächsten Mittag, ihre Gefährten ritten schon nach Osten, erreichten sie nicht weit vom Königskessel eine Lichtung, auf der sie kurz verschnauften. Meister Grimbart buddelte nach Würmern und Larven, und der Fuchs untersuchte seinen Balg auf Ungeziefer. Beide waren so beschäftigt, dass sie die Frau nicht bemerkten, die im Zwielicht erschien. Der Fuchs sah sie erst, als er einen Hinterlauf hob, um die Pfote abzulecken. Er erstarrte in seiner verrenkten Haltung und hauchte: »Wer … wer ist das?«

Der Dachs hob die Schnauze aus dem Waldboden und starrte die hochgewachsene, aschblonde Frau an, deren Gesicht und Brust mit Runen tätowiert waren. Sie erwiderte seinen Blick aus moosgrünen Augen und bewegte die Lippen, als wollte sie etwas sagen. Dann verschwand sie so plötzlich, als hätte sie sich in Luft aufgelöst.

»Wo ist sie hin?«, japste der Fuchs.

»Keine Ahnung«, erwiderte der Dachs. »Ich wittere nichts. Wer auch immer diese Frau war – sie hat keinen Geruch.«

»Jedes Geschöpf hat einen Geruch«, flüsterte der Fuchs voller Furcht. »Sie muss ein Geist gewesen sein.« Und er folgte dem Dachs mit angelegten Ohren und eingekniffener Lunte.

Nachmittags erreichten sie die Felsen, die den Königskessel wie Reißzähne umgaben. Dort warteten sie bis zum Anbruch der Dämmerung, die sich auf Gräber und Lagerfeuerreste senkte. Es zeigten sich weder Tiere noch Menschen oder Geschöpfe anderer Art.

»Da ist niemand mehr«, wisperte Meister Grimbart. »Außer den Toten.« Er sprang auf den Hang und huschte von Fels zu Fels, nahm Witterung auf und folgte einer Spur, die zu drei riesigen Findlingen führte. »Die Hexen aus dem Föhrenforst waren hier«, rief er leise.

»Oh weh«, klagte der ängstliche Fuchs. »Nur Bandwürmer sind schlimmer als diese Weiber.«

»Alle waren hier«, sagte der Dachs. »Grimm und Eisenhans und auch die Karontiden.« Er rümpfte die Schnauze und fügte hinzu: »Dieser Leichengestank – das ist der Eiserne König.«

»Ich denke, er lebt.«

»Er lebt *wieder*. Aber wenn man sich jahrhundertelang nicht gewaschen hat, müffelt man eben ein bisschen.« Der Dachs untersuchte ein Brandeisen, das in der Asche eines Lagerfeuers lag. »Das Schandmal«, sagte er. »Man hat jemanden gebrandmarkt.« Er schnüffelte. »Und zwar die Hexen.«

»Die Hexen? Gebrandmarkt?«, hauchte der Fuchs. »Tja, sie haben es gewiss verdient, aber … wollen wir nicht endlich von hier verschwinden?«

Die abgestorbenen Eichen knarrten im Wind, und der Nebel wurde dichter. Manche Gräber waren mit verwitterten Stelen gekennzeichnet, auf anderen standen halbverfallene, von Dornenranken überwucherte Schreine.

»Wir müssen die Grabkammer erkunden.« Meister Grimbart trabte zur Treppe, die zwischen den Findlingen in die Erde führte. Ein Modermuff drang zu ihm herauf.

Reineke Fuchs spähte über die Schulter des Dachses. »Die Stufen sehen aus wie mit Blut getüncht«, wisperte er. »Willst du wirklich da … da hinunter?«

Statt einer Antwort nahm Meister Grimbart die erste Stufe, wo er verharrte und zu den gewaltigen Steinen aufsah. Als er die offenstehende Eisentür am Fuß der Treppe erreichte, witterte und horchte er. Dann rief er dem Fuchs zu: »Komm endlich, du Held.« Die im Dunkeln aufragende Mittelsäule verzweigte sich unter der Decke der Grabkammer wie das Astwerk eines Baums. Dahinter stand die Granitplatte, auf der der Eiserne König geruht hatte. »Hier riecht es nach Blut«, murmelte der Dachs. »Und das Blut riecht nach Blütenstaub.«

»Blut? Wessen Blut?«, stieß der Fuchs hervor.

»Gute Frage«, erwiderte Meister Grimbart. Er steckte seine Schnauze in jeden Winkel der Grabkammer. Er betrachtete die Wandmalereien, die die Schreckenstaten des Eisernen Königs verherrlichten. Dann sagte er: »Die Wilde Jagd hat sich hier versammelt. Und die Hexen waren auch da. Ein Geruch kommt mir irgendwie bekannt vor, aber ich kann ihn nicht einordnen.«

»Und?«, fragte der Fuchs. »Hast du etwas entdeckt, das uns helfen könnte, diesen Unhold zu besiegen?«

»Nein«, brummte Meister Grimbart, der sich ratlos umsah. Schließlich sagte er: »Ich glaube, Hans hat sich geirrt. Hier finden wir nichts.«

»Das glaube ich auch«, erwiderte der Fuchs erleichtert. »Lass uns abhauen.« Er wandte sich zum Gehen.

Der Dachs beschnüffelte ein Haarbüschel, das in einem Spalt der Granitplatte hing. »Der Eiserne König *stinkt*«, murmelte er. »Mit ihm verglichen duften Bären nach dem Winterschlaf wie Rosen und Levkojen.«

»Komm endlich!«, rief der auf der Treppe stehende Fuchs.

»Ja, ja, ich komme«, brummte Meister Grimbart. Aber als er die Grabkammer verlassen wollte, blieb er wie angewurzelt stehen – die Frau, die ihnen auf der Lichtung erschienen war, stand plötzlich neben der Granitplatte. Sie hob einen langen, von oben bis unten tätowierten Arm und zeigte auf die in der Platte steckenden

Haare. Der Fuchs zuckte bei ihrem Anblick zusammen und winselte, als hätte ihn jemand auf die Lunte getreten.

Der Dachs starrte sie an. Dann fragte er: »Wer bist du?«

Die Frau schwieg, wies aber immer wieder drängend auf die Haare.

»Sie ist ein Geist«, keuchte der Fuchs. Seine Schnurrhaare bebten, und er floh die Treppe hinauf.

In der Grabkammer war es still. Meister Grimbart konnte den Blick nicht von der Frau lösen. Sie lächelte. Dann wurde ihre Miene ernst, und sie zeigte erneut auf die Haare. Da sich der Dachs weder vom Fleck rührte noch zu begreifen schien, hauchte sie nach einer Weile mit einer Stimme wie im Wind raschelndes Schilf: »Der Bart des Eisernen Königs. Nimm ihn an dich.«

Der Dachs rümpfte angeekelt die Schnauze.

»Der König wurde mit dem Blut der blinden Feen zum Leben erweckt«, flüsterte die Frau. »In seinen Adern fließt der dunkle Dunst des Dornenhags. Die Hexen kappten den Bart, der ihn auf sein Lager band. Seine Haare sind mächtig.« Sie legte die rechte Hand auf die Granitplatte. Dann schloss sie die Augen. Die Runen auf Oberkörper und Armen leuchteten auf – blau wie das Licht der Welse –, und der Granit zerbrach und sank leise in den Staub der Grabkammer. Die Frau griff nach dem Bart und näherte sich dem Dachs, der gegen die Wand zurückgewichen war. »Nimm ihn«, sagte sie und streckte ihm den Bart hin. »Und finde jene, die wissen, was damit zu tun ist.«

»Wer … wer bist du?«, fragte Meister Grimbart wieder.

Die Frau sah ihn lange an. Dann antwortete sie: »Ich bin Urd, eine der Ragnarökk. Die Regeln meines Volkes untersagen mir, euch zu helfen. Ich darf mich eigentlich nicht einmal zeigen, aber auf Yggdralls Wunsch hin habe ich mich darüber hinweggesetzt.«

Der Dachs knurrte, obwohl ihm sein Gefühl sagte, dass er der Fremden vertrauen konnte. »Wer ist dieser Yggdrall?«, wollte er wissen.

Die Frau legte den Bart auf den Boden. »Nimm ihn«, sagte sie wieder. »Finde jene, die wissen, was damit zu tun ist.« Sie trat zurück und verneigte sich. Dann verschwand sie.

Der Dachs starrte den vor ihm liegenden Bart unschlüssig an. Da ertönte ein Knacken. Es klang, als würden Tote ihre Fingerknöchel lockern. Im nächsten Moment wogten von allen Seiten Spinnen und Asseln auf ihn zu. Er schnappte sich den Bart, ohne weiter darüber nachzudenken, und floh zur Treppe. Die Schatten der Findlinge fielen auf die Stufen, Dämmerungsschein drang durch einen Spalt. Der Dachs eilte mit gesträubter Schwarte nach oben. »Reimeppe!«, schrie er, denn er hatte den Bart im Maul. »Hilpf mir!« Dann rutschte er auf den rissigen Stufen aus und fiel mitten in die Asseln und Spinnen, aus denen sein Kopf auftauchte wie aus einer wimmelnden Woge. »REI-MEPPE!«, brüllte er.

Der um die Ecke lugende Fuchs zuckte zurück. Aber als er sah, dass der Dachs immer tiefer in die Krabbeltiere rutschte, fasste er sich ein Herz und sprang fauchend und knurrend die Stufen hinab. Der Dachs krallte beide Vorderpfoten in den Schwanz des Fuchses, der alle Kräfte sammelte, einen Satz tat und den Dachs so ruckartig aus dem Gewimmel riss, dass Gliederfüßer und Spinnentiere in alle Richtungen flogen. Sobald Meister Grimbart festen Boden unter den Hinterläufen hatte, gab er Fersengeld, verfolgt von Insekten, die wie eine Welle gegen die Treppe anbrandeten.

Draußen vor der Grabstätte, im Zwielicht der anbrechenden Nacht, hüpfte der Fuchs jaulend herum und versuchte, auf seinen Schwanz zu pusten. »Grobian!«, schrie er. »Aua! Aua! Au-hau-haua!«

Meister Grimbart rannte aus dem Königskessel, so schnell ihn seine Läufe trugen.

Der Fuchs sprang noch eine Weile schmerzerfüllt im Kreis, aber als ihn die ersten Asseln erreichten, ergriff er auch die Flucht.

Die beiden hielten erst an, als sie die Bäume Isarnhos erreicht hatten. »Widerwärtig«, schnaufte der Dachs, und es war nicht ganz klar, ob er die Insekten oder den Bart meinte.

»Das sind ja die Haare aus der Grabkammer«, sagte der Fuchs erstaunt. »Brauchst du sie für deinen Kessel?«

»Die Frau hat mich gebeten, den Bart des Eisernen Königs zu jenen zu bringen, die wissen, was damit zu tun ist. Die Haare sind angeblich mächtig«, erwiderte der Dachs. »Sie ist übrigens eine Ragnarökk.«

»Rock? Hat sich der König bei seiner Erweckung nicht nur rasiert, sondern auch umgezogen?«, fragte der Fuchs.

»Die *Ragnarökk*. Das uralte Volk, das seit der Entstehung der Welt im Geheimen lebt, du Intelligenzbestie. Wenn sich eine seiner Angehörigen zeigt, müssen die Köttel wirklich am Dampfen sein.« Der Dachs sah zum Königskessel, aber in der einsetzenden Dunkelheit war nicht zu erkennen, ob ihnen die Asseln und Spinnen folgten.

»Diese Geisterfrau hat dich auf den Lauf genommen, wenn du mich fragst«, stichelte der Fuchs. »Hat sie wenigstens in dein geneigtes Ohr gewispert, wer jene sind, welche wissen, was zu tun ist?«

Meister Grimbart knurrte nur und rollte den Bart in ein Blatt. »Wir müssen zu unseren Gefährten, den Gografen und den Welsen.« Er nahm die Rolle ins Maul und nuschelte: »Auf … tschumm … Dumpelpfuhl.«

»›Tschumm‹?«, fragte der Fuchs. »Gesundheit. Auf dass die Pest dich nicht hole.« Er folgte dem Dachs, der eilends in den Wald lief, und motzte halblaut über die Gemeinheit der Welt. Als sich die Nacht auf Pinafor senkte, trabte er müde und wie in Trance dahin. Von den Hängen des Gretings konnten sie die Feuer im fernen Flutwidde erkennen – sie sprenkelten das Dunkel wie auf die Erde gestürzte, rötlich flackernde Sterne.

Bis zur Hohen Heide war es noch weit.

25. Eine Frage der Ehre

Gefolgt von Blaubart und anderen Getreuen, stieg der Eiserne König die Freitreppe des Schlosses hinauf, dessen Ostflügel in Schutt und Asche lag. Oben warf er einen Blick auf den Burghof: Zwischen den verwüsteten Rosenbüschen saßen von Karontiden bewachte Gefangene. Die Flammen, die aus Scheunen und Ställen schlugen, tauchten die auf dem Burghof versammelten Kämpfer der Streitmacht in ein rötliches Licht.

Der Eiserne König reckte die Arme und stieß einen heiseren Schrei aus, der aus unzähligen Kehlen erwidert wurde. Dann ging er in den Rittersaal, dessen Fenster einen Blick auf den Welsfluss boten, und setzte sich auf den Thronstuhl. Sofort umwimmelten Asseln und Spinnen seine Füße.

»Ohne die verräterische Amme wäre ich nie besiegt worden«, murmelte er. »Sie sei verflucht! Hier stand früher *meine* Burg – auf ihren Grundmauern hat man diese Feste errichtet.« Er betrachtete die Deckengemälde. Dann sagte er: »Jeder rühmt sich seiner Taten. Jeder hält seine Taten für gut und gerecht, egal wie grausam sie waren. Und was lässt unsere Taten gut und gerecht erscheinen? Heh?« Er sah Grimm an. »Du da – du mit dem Gesicht, das aussieht, als hättest du es in einen Ofen gesteckt. Antworte.«

Die ganze Gefolgschaft lachte. Grimm bebte vor Wut: Der Letzte, der dies zu ihm gesagt hatte, war danach einen Kopf kürzer gewesen. Aber er rang sich ein Lächeln ab und fragte: »Die Überzeugung, das Rechte zu tun?«

»Nein. Der *Sieg*!«, brüllte der König. Dann sank er gegen die

Rückenlehne und flüsterte: »Der Sieger bestimmt, was gut und böse, richtig und falsch ist. Er beherrscht die Erinnerung bis in alle Ewigkeit.« Er nahm den Helm ab und musterte seine Gefolgsleute. »Deshalb müssen wir siegen. Versteht ihr das, ihr Hohlköpfe?«

»Ja! Herr!«, schrien Blaubart und die anderen und reckten die geballte Faust.

Der Eiserne König übergab Helm, Schild und Schwert an die Wesen der Wilden Jagd, die sein Gefolge bildeten. Er winkte Blaubart zu sich und flüsterte: »Ein Siebtel des Heeres bleibt hier in der Feste. Mit den anderen Truppen unterwirfst du Pinafor, vom Lohwald bis zur Hohen Heide, vom Himmelstor bis zur Quelle der Usse. Wer sich dir entgegenstellt, soll sterben, ob Mann, Frau oder Kind, ob Mensch oder Tier. Spüre die Gografen auf und töte sie. Bereite alles zum Abmarsch vor.«

Blaubart verneigte sich und verließ mit den anderen Männern den Saal. Grimm drehte sich in der Tür noch einmal um und warf dem König einen finsteren Blick zu.

»Wenn ich nicht so unendlich müde wäre«, sagte der Eiserne König zu den Wesen der Wilden Jagd, »würde ich das Heer selbst anführen. Nichts macht mich glücklicher, als die Welt brennen zu sehen.« Er ließ den Blick über die blanken Dielen des Rittersaals und bis zu den Fenstern gleiten. Draußen zog die Dämmerung auf. Schließlich befahl er gedankenschwer: »Bringt mir einen Krug Milch. Und holt ein paar Weiber. Sie sollen mir Süßspeisen zubereiten. Köstliche Süßspeisen. Und wenn ihr Ammen findet«, fügte er hinzu, »erschlagt sie. Sie nähren Schlangen an ihrem Busen.«

Er strich über seinen gekappten Bart, während im Kamin ein Feuer entzündet wurde. Asseln krabbelten über seine Füße, und Spinnen woben ihn mit Netzen ein, die wie Gazeschleier auf seinem Schuppenpanzer glänzten.

Die Streitmacht des Eisernen Königs rückte unter Blaubarts Führung in aller Frühe aus. Der gedemütigte Grimm musste sich mit dem Befehl über Nachhut und Verpflegungstross begnügen. Während die Feste im Zwielicht zwischen Nacht und Tag zurückblieb, Ochsenkarren und Pferdegespanne nach Osten in das Morgengrauen rollten, Peitschen knallten, Kutscher fluchten und der Marschtritt der Kolonnen dumpf über die Fluren Flutwiddes hallte, fragte sich Grimm, wo Barbera sein mochte. Denn er war *ihr* Geschöpf, nicht das des Eisernen Königs; nicht diesem galt seine Treue, sondern *ihr*. Außerdem fühlte er sich seinem Herrn ebenbürtig, weil auch er wiedererweckt worden war – und nicht nur das, denn durch Barberas Macht war er eine vollkommen neue Person geworden. Und er war ihr Galan! So hatte sie ihn wiederholt genannt. Sein Gefühle für sie glichen Irrlichtern in einem Sumpf der Verdorbenheit.

Die Vorauskommandos hatten ganze Arbeit geleistet. Dörfer waren dem Erdboden gleichgemacht worden, zwischen den schwelenden Katen und Höfen lagen Tote. Das Einzige, was sich regte und bewegte, waren Aasfresser. In Flutwidde stieß die Streitmacht des Eisernen Königs auf keinen Widerstand. Am dritten Tag des Vormarsches vereinigte sie sich am Ufer der Mölme mit den Vorauskommandos, die alles überlebende Vieh in einer Flussbiegung zusammengetrieben hatten. Die gefangenen Mädchen und Frauen hatte man gleich daneben eingepfercht. Sie kauerten sich ängstlich zusammen.

An diesem Abend schlachtete man Hunderte von Rindern und Schafen und feierte ein ausschweifendes Gelage.

Am Nachmittag des nächsten Tages erreichte die Streitmacht die ersten Ausläufer des Lohwalds. Dieses tannenwaldreiche Mittelgebirge mit seinen Erzvorkommen, Manufakturen und Schmieden, in denen die meisten Waffen Pinafors hergestellt wurden, war von großer strategischer Bedeutung. Die Späher, die Blaubart ausgesandt hatte, kehrten vollzählig zurück. Da sie auf keine Gegenwehr gestoßen waren, setzte man den Vormarsch fort. Auf den Pfaden, die sich durch Wälder und Täler wanden, ging es langsam voran, und zur Sicherung der Flanken ritten Krieger zu beiden Seiten der Streitmacht durch den Wald. Wenn sie in Weiler einmarschierten, qualmten noch die Schornsteine, aber die Bewohner, von Landmännern aus Flutwidde vor der nahenden Streitmacht gewarnt, waren geflohen. Auch das erste Bergwerk, auf das sie stießen, war verlassen, die Schmelzöfen waren erkaltet. Die Karontiden, die man in die Gruben hinabschickte, fanden keinen einzigen Bergmann.

»Wie sollen wir Waffen und Rüstungen schmieden, wenn es weder Arbeiter noch Handwerker gibt?«, fragte Blaubart.

»Sie haben sich bestimmt in den Wäldern verkrochen«, sagte ein alter Haudegen aus Rottland, der seinem Herrn bei allen Raubzügen und Greueltaten treu zur Seite gestanden hatte.

»Dann schafft sie her!«, schrie Blaubart und schlug mit einer Faust auf den Sattel.

»Der Eiserne König hat uns befohlen, jeden Feind zu töten«, warf ein anderer Raubritter ein.

»So?« Blaubart hob das Kinn mit dem metallisch glänzenden Ziegenbart und spuckte in den Staub. »Und wie sollen Tote unsere Streitmacht aufrüsten? Bei aller Hochachtung – unser Gebieter scheint das nicht bedacht zu haben.«

»Wir sollten den Lohwald erst ganz besetzen, bevor wir die Wälder durchkämmen«, riet ihm der alte Haudegen.

Blaubart starrte ihn an. Dann zischte er: »Ich will die Weiber. Zum Vergnügen. Und die Männer. Zur Arbeit. Versteht ihr?«

Der alte Haudegen zog eine Augenbraue hoch. Er wusste nur zu gut, was Blaubart unter ›Vergnügen‹ verstand.

»Wir haben nur noch für drei oder vier Tage Proviant, und die Jagd reicht nicht aus, um die Truppe zu verpflegen«, sagte Grimm.

»Und jetzt? Sollen wir den ganzen Lohwald abfackeln, um diese Bastarde auszuräuchern?«, fragte Blaubart bissig.

»Ich schlage vor, dass Reitertrupps Getreide und Vieh in den Weilern beschlagnahmen«, erwiderte Grimm.

»Dann stell die Trupps zusammen, Bratröhrenfratze«, fauchte Blaubart. »Aber du bleibst bei der Nachhut, kapiert?« Und er befahl, den Vormarsch fortzusetzen.

Der zornbrodelnde Grimm wollte seinen Rappen wenden, um den Befehl auszuführen, als einer von Blaubarts Schergen, ein baumlanger Kerl, der seine Feinde mit Holzfälleräxten in ihre Einzelteile zu zerlegen pflegte, Alarm gab.

»Ein Späher!«, brüllte er und zeigte auf eine Erzhalde.

Die Männer fuhren herum. Auf der Halde, die am Rand des Bergwerks aufgeschüttet worden war, stand ein halbnackter, mit Runen tätowierter Greis und sah auf die Streitmacht hinab. Auf einen Wink Blaubarts legten Bogenschützen an und ließen einen Pfeilhagel auf den Fremden niedergehen, aber er verschwand, bevor ihn die Pfeile erreichten, und man fand nicht einmal Fußabdrücke. Einige Krieger munkelten von einem Geist, manche waren beunruhigt.

Am übernächsten Tag stießen sie auf einen Reitertrupp, der offenbar in einen Hinterhalt geraten war: Raubritter und Kultknechte waren von Pfeilen niedergestreckt worden, die Pferde hatte man erschlagen. Sofort schwärmten Krieger aus, um die Toten zu rächen, aber der Feind war genauso spurlos verschwunden wie der Greis auf der Erzhalde. Die anderen Reiter kehrten am nächsten Tag zur Streitmacht zurück. Außer einigen Ziegen hatten sie nichts gefunden.

»Diese Bastarde werden keinen offenen Kampf wagen. Also müssen wir sie samt ihrer verdammten Vorräte finden«, sagte Blaubart mit gefährlich funkelnden Augen. »Wir lagern in der Silbermine am Welsfluss, denn sie liegt am günstigsten. In der Nähe befindet sich die Anlegestelle für die Frachtkähne. Von dort aus durchforsten wir alles. Wir drehen jeden Stein um und schauen hinter jede Tanne. Beordert die Wilde Jagd hierher. Sie soll uns unterstützen.«

Nachdem Boten zur Feste aufgebrochen waren, rückte die Streitmacht weiter vor. Die Wälder schwiegen. Die Furcht vor Hinterhalten ging um. Anders als in Flutwidde, dessen Bewohner kaum Widerstand geleistet hatten, waren die Leute des Lohwalds durch die Nachricht von der anrückenden Streitmacht rechtzeitig aus Trägheit, Schnapsseligkeit und Goldrausch erwacht.

Dieses Mal war ein Blutzoll zu befürchten.

Auf einer hügeligen Stelle am Südufer des Dunkelpfuhls hatten die Gografen ihr Lager aufgeschlagen. Man hatte einen bogenförmigen Graben ausgehoben, dessen Innenseite mit einem Schanzwerk aus Erde und gefällten Erlen und Weiden gesichert worden war. Für die Pferde hatte man am Wasser einen Pferch errichtet. Es war der siebte Tag nach dem Fall der Feste, und die Streitmacht des Eisernen Königs wütete im Lohwald. Gegen Abend gingen die Wilderer auf Jagd, und bei Anbruch der Nacht loderte ein Lagerfeuer auf.

»Wir sind erledigt«, sagte Hilck von der Usse, der lustlos am Fleisch kaute. »Sie werden zuerst nach Süden vorstoßen, und danach werden sie uns hier oben die Hölle heiß machen.«

Die am Feuer sitzenden Männer aßen stumm und bedrückt.

Da kehrte Helmdag zurück, der mit dem alten Waller geredet

hatte. »Gebt mir ein fettes Stück Fleisch«, sagte er, nachdem er sich gesetzt hatte.

»Hast du etwa Appetit?«, fragte sein Zwillingsbruder.

»Der Waller hat erzählt, dass unsere Feinde große Mühe im Lohwald haben«, erwiderte Helmdag mit vollem Mund. »Sie haben Flutwidde überrannt, aber jetzt stockt ihr Vormarsch.«

»Wir sind nur ein dreckiges Dutzend Krieger, Wilderer und Hirten«, murmelte Hilck. »Wenn die Streitmacht des Eisernen Königs nach Norden vorrückt, sind wir so gut wie tot.«

»Aber das ist noch eine Weile hin«, sagte Hans-mein-Igel, der Knappe. »Erst müssen sie den Lohwald erobern, dann müssen sie durch die Sümpfe der Hohen Heide.« Er griff nach seinem Dudelsack und begann zu spielen.

»Aufhören!«, brüllte Hilck. »Das ist ja unerträglich.«

»Lass ihn«, widersprach Helmdag. »Vielleicht muntert sein Spiel die Männer auf.«

Sie saßen schweigend da und lauschten den Weisen Pinafors, die Hilcks Bedrücktheit noch weiter steigerten. »Das hat man geschickt eingefädelt«, flüsterte er. »Zuerst all das Gold, das die Leute faul und bockig gemacht hat. Dann der Hag um die Feste und der Schlafbann. Und schließlich die Erweckung des Eisernen Königs. Irgendjemand hat hinter unserem Rücken Ränke geschmiedet. Irgendein Hundsfott hat uns betrogen. Wenn ich diese Verräter erwische, werde ich … Ich werde sie …« Er ballte ohnmächtig die Fäuste.

Die Klänge des Dudelsacks verloren sich in der Nacht. Das Feuer knackte. Vom Bratspieß tropfendes Fett zischte in der Glut. Die Männer hingen trüben Gedanken nach.

Da wurde das Schweigen gebrochen. »Wer da?«, schrie einer der Wächter.

Alle Männer eilten zum Schanzwerk. Die Wilderer spannten den Bogen, die Hirten griffen zu Knüppel oder Dolch, die Ritter zogen blank.

»Zeigt euch«, brüllte Hilck von der Usse, »oder wir spicken euch mit Pfeilen!«

»Mit dem Feuer im Rücken sind *wir* gute Zielscheiben«, flüsterte ihm sein Knappe zu.

Eine Weile tat sich nichts. Dann rief eine Greisin mit heiserer Stimme: »Spart eure Pfeile. Wir sind es.«

Im nächsten Moment trat die Muhme aus den Schatten. Sie führte ihren Maulesel am Zügel, und die anderen Gefährten folgten.

»Ah! Verstärkung«, rief Hilck. Auf seinen Befehl hin öffnete man ein Tor im Schanzwerk, und die Gefährten zogen in das Lager ein.

»Wo sind Dachs und Fuchs?«, fragte Helmdag, nachdem die Pferde in den Pferch geführt und versorgt worden waren.

»Ich habe sie zum Königskessel geschickt«, antwortete Hans, der sich am Lagerfeuer niederließ. »Vielleicht finden sie dort einen Hinweis darauf, wie wir den Eisernen König besiegen können.«

»Sieh an«, brummte Horn. »Der Igelmann aus dem Dorf an der Fusel. Hat man dich befördert?« Er riss ein Stück Fleisch aus dem am Spieß steckenden Braten.

»Er ist mein Knappe«, erwiderte Hilck von der Usse. »Er mag so hässlich sein wie die Ungeheuer der Wilden Jagd, aber er ist tapfer und treu.« Dann musterte er die immer noch nicht ganz von der Marter genesenen Gefährten und bedankte sich für alles, was sie für Pinafor getan hatten.

»Oh, schon gut«, erwiderte Kunz. »Wir haben dabei zwar so manches verloren, etwa die Angst vor Enge oder Äpfeln, aber wir haben auch viel gewonnen.«

Sneewitt grinste bis über ihre beiden bläulich geschwollenen Wangen. »Ja«, fügte sie hinzu. »Wir sind gereift und gealtert, aber noch längst nicht abgehalftert.«

»Wir werden Euch und Maleen weiter dienen«, sagte Sanne, »egal, wie die Sache steht.«

»Alles, was bisher passiert ist, waren nur Vorbereitungen zur Erweckung des Eisernen Königs«, bemerkte Helmdag. »Aber jetzt haben wir es mit seiner Streitmacht zu tun, die gerade dabei ist, den Lohwald zu besetzen. Und wir sind wehrlos, denn wir haben kein Heer.«

Die Muhme starrte ins Feuer, das runzelige Gesicht auf beide Hände gestützt, und nuckelte an der Pfeife. »Was meinen die Welse dazu?«, fragte sie.

Die Welse wedelten im Dunkelpfuhl behäbig mit den Flossen und träumten vom Meer. Nur der alte Waller war wach, denn seine Ohnmacht erfüllte ihn mit Zorn.

Auf der Insel, wo sich Maleen versteckt hatte, duckte sich die Wetterfichte vor dem Wind, als würde sie einen Hagelsturm erwarten.

Die Wilde Jagd flog mit viel Geschrei über den Lohwald. Sobald sie einen der Stoßtrupps entdeckte, die die Streitmacht des Eisernen Königs immer wieder hinterrücks überfielen, meldeten sie dies der Truppe, die sofort ausrückte, um den Gegner einzukesseln. Der Anblick der Karontiden, die jeden Widerstand gnadenlos niederschlugen, veranlasste viele, die Waffen zu strecken. Die Gefangenen mussten in Bergwerken und Schmieden Zwangsarbeit leisten. Mit dieser Taktik rang Blaubart die Anhänger der Gografen nieder.

Die Widerstandskämpfer sammelten sich am Ostrand des Lohwalds. Dort, wo sich eine namenlose Steppe bis zum Horizont erstreckte, schworen sie, nicht aufzugeben. Einige Waldläufer und Jäger wollten bleiben, um Verwirrung unter dem Feind zu stiften. Andere Männer brachten Frauen und Kinder nach Osten in Sicherheit. Die Mehrzahl eilte in Nachtmärschen nach Norden, denn Gerüchte besagten, dass die Gografen auf die Hohe Heide geflohen waren.

Beim Eintreffen der ersten Versprengten aus Flutwidde hellte sich die Stimmung am Dunkelpfuhl auf. Die Landmänner baten auf Knien um Vergebung, die ihnen Hilck von der Usse unwirsch gewährte. Man erweiterte das Feldlager, verstärkte das Schanzwerk und zimmerte Wachtürme. Im Laufe der Tage sammelten sich immer mehr Männer aus Flutwidde und von der Hohen Heide im Lager. Die aus der Feste geflohene Reiterei traf ein, gefolgt von den Köhlern aus dem Greting. Zuletzt kamen Kämpfer aus dem Lohwald, erschöpft von den Eilmärschen durch Heide und Moor. Helmdag begann, die Männer zu drillen, aber wenn man davon absah, dass das Heer der Gografen dem Feind zahlenmäßig weit unterlegen war, hatten die wenigsten Männer ein Schwert, kaum jemand trug eine Rüstung, und mit Sensen und Dreschflegeln war kein Krieg zu gewinnen.

Am Ende eines weiteren dunklen Tages sagte Hilck von der Usse, der auf einen der Wachtürme gestiegen war: »Hirten, Bauern, Handwerker. Und kaum Zeit für den Drill. Wenn wir sie zur Schlachtbank treiben, wird man sie niedermetzeln.«

»Uns fehlen Waffen und Ausrüstung«, ergänzte Helmdag, der seinen Blick über die Laubhütten und qualmenden Feuer des Feldlagers schweifen ließ. »Uns fehlen Pferde und Wagen, Proviant und warme Kleidung. Genau genommen fehlt uns fast alles.«

Obwohl der Herbst gerade erst begonnen hatte, waren viele Bäume kahl. Männer badeten im Dunkelpfuhl oder wuschen am

Ufer ihre Kleider, die sie anschließend zum Trocknen in die Weidenbüsche hängten.

»Ja, die Männer haben nichts außer ihrem Mut«, sagte Hilck düster. »Köhler, Gefährten und Reiterei taugen etwas, aber alle anderen haben keine Kampferfahrung. Wir sind am Ende, noch bevor wir begonnen haben.«

Da erschallten am Schanzwerk Lachen und Rufe, und als die Gografen nach unten stiegen, sahen sie Hans, der sich durch die vor dem Tor versammelten Männer drängelte.

»Platz da«, rief Hans. »Lasst mich durch.« Er schob einen Wilderer beiseite, und als er durch die Schießscharte schaute, standen da zwei struppige, ausgemergelte Tiere, eines rötlich, das andere mit langer, schwarz-weißer Schnauze.

»Ihr Hornochsen«, keckerte Reineke Fuchs. »Lasst uns rein!«

Die Männer, die ihn nicht verstanden, brüllten vor Lachen.

»Ich erlege die zwei Witzbolde«, rief einer. »Dann haben wir mal etwas anderes zu beißen als Enten oder Hasen.«

»Runter mit dem Bogen«, schrie Hans. »Sie sind Freunde.«

Wieder ertönte Gelächter.

»Gehorcht ihm«, ließ sich Hilck von der Usse vernehmen. »Öffnet das Tor.«

Die Tiere huschten in das Lager. Der Fuchs strich um Hans' Beine, Meister Grimbart spuckte ein aufgerolltes Ahornblatt aus und fauchte: »Zicke und Zecke! Endlich bin ich diesen Dreck los.«

Hans hob die Rolle auf. »Was ist das?«, fragte er.

»Bring uns zur Muhme«, erwiderte der Dachs. »Dann erzähle ich alles.«

Die Dämmerung senkte sich auf das Feldlager, als Hans die Tiere zur Muhme führte, die abwechselnd an ihrer Pfeife zog und Kartoffelschnaps trank.

»Wahrscheinlich ist meine Kate nur noch ein Haufen Asche«, klagte sie. »Ich hoffe, meine Katzen sind rechtzeitig geflohen. Ach, die armen Hollerbüsche …« Sie prostete den Gefährten zu, die gemeinsam mit ihr am Feuer saßen.

»Auf die Gografen«, sagte Horn.

»Nieder mit dem Eisernen König«, rief Kunz und leerte seinen Becher auf einen Zug.

Dachs und Fuchs fraßen mit Heißhunger. Als Hans seine Neugier nicht mehr bezähmen konnte, fragte er: »Und? Habt ihr etwas gefunden?«

»Haare«, erwiderte der Fuchs und zeigte, während er herzhaft rülpste, auf das aufgerollte Ahornblatt.

»Wie bitte?«, fragte Sanne verständnislos.

»Den Bart des Eisernen Königs«, sagte der satte Dachs. »Eine der Ragnarökk ist in der Grabkammer erschienen und hat mir … tja … nahegelegt, den in der Granitplatte steckenden Bart an mich zu nehmen.«

»Für jene, die wissen, was damit zu tun ist«, fügte der Fuchs hinzu. »Ist zufällig jemand anwesend, der weiß, was damit zu tun ist?«

»Zufälligerweise nicht«, sagte Sneewitt.

Hans nahm die Rolle zur Hand. »Was hat es mit dem Bart auf sich?«, wollte er wissen.

»Er soll mächtig sein«, antwortete der Dachs. »Die Hexen haben ihn gekappt und in der Grabkammer gelassen.«

Die Muhme sah ihn schnapstrübe an. »Ragnarökk«, murmelte sie. »Hexen … Haare …«

»Horn könnte Haare gebrauchen«, sagte Kunz.

»Ich stehe zu meiner Halbglatze«, erwiderte Horn.

Die Muhme stierte stumm in die Flammen.

Als sich die Gografen zu den Gefährten setzten, hatten diese schon eine Weile ergebnislos diskutiert. Ringsumher summte und brummte das Feldlager. Überall brannten Feuer, man aß, trank und sang, während der Abend dämmerte.

»Es sieht nicht gut aus«, sagte Hilck von der Usse und kratzte seinen karottenroten Bart. »Mit diesem Heer gewinnen wir keinen Blumentopf, von einer Schlacht ganz zu schweigen. Es fehlt an allem.«

»Haben eure Tiere im Königskessel etwas herausgefunden?«, fragte Helmdag hoffnungsvoll.

»Sie haben den von den Hexen gekappten Bart des Eisernen Königs gebracht«, antwortete Hans. »Aber wir wissen nichts damit anzufangen.«

Die Muhme räusperte sich und spuckte ins Feuer. Dann sagte sie heiser: »In dieser Angelegenheit können nur die dreizehn weisen Weiber weiterhelfen.«

»Barbera ist eine Verräterin«, rief Horn. »Wie sollen wir den übrigen Weibern vertrauen?«

»Gut gesprochen«, brummte Kunz.

»Dann müssen wir uns auf uns selbst verlassen«, sagte Hilck resigniert. »Aber wir haben kaum Waffen, und es wird nicht mehr lange dauern, bis die Streitmacht des Eisernen Königs nach Norden marschiert.«

»Keine Waffen?«, keckerte der Fuchs, an Hans gewandt. »Die Rüstkammern Rottlands sind bestimmt gut bestückt. Wir sind unterwegs an der Festung vorbeigepirscht.« Er zitterte bei der Erinnerung.

Die Gefährten lachten schallend, und die Gografen mussten grinsen, als man ihnen die Worte des Fuchses wiedergab.

»Die Grenzfeste Rottland ist ein uneinnehmbares Bollwerk«,

erwiderte Helmdag. »Ein Angriff wäre aussichtslos, egal, wie klein die Besatzung ist.«

»Selbst wenn wir Belagerungsgerät hätten, würde es Monate dauern«, fügte Hilck von der Usse hinzu.

»Dann schlage ich vor, dass ihr euch gleich selbst begrabt«, spottete der Fuchs. »Aber eines weiß ich: Wir können nur mit List und Tücke siegen.«

»Niemals!«, rief Hilck, nachdem Hans die Worte wiederholt hatte. »Wir sind keine erbärmlichen Halunken. Wir haben unsere Ehre. Wir sind die Gografen. Entweder wir siegen im offenen Kampf oder ...«

»... oder das Geschlecht der Gografen geht unter und Pinafor gleich mit«, sagte Reineke Fuchs.

»Warum hältst du nicht einfach die Schnauze, du naseweiser Held?«, brummte Meister Grimbart.

Die Muhme, die aus einer Trance zu erwachen schien, griff nach ihrer Pfeife und sagte: »Der Fuchs hat recht. Uns bleibt nur die List. Und die rasche Truppenbewegung. Oder wollt Ihr warten, bis man uns hier vernichtet?«

Die Gografen schwiegen verstimmt.

Und die Nacht sank auf Pinafor.

Am nächsten Morgen wurde in aller Frühe Alarm gegeben: Ein kleiner Schwarm der Wilden Jagd überflog das Feldlager, Vorbote der Streitmacht des Feindes, der den Lohwald unter seine Kontrolle gebracht hatte und sich nun zum Marsch auf die Hohe Heide rüstete.

Die Gefährten versammelten sich mit Harlung und einigen anderen Anführern im Zelt der Gografen, die halsstarrig auf ihre Ehre und die lange Tradition ihres Geschlechts pochten. Für sie kam nur die offene Feldschlacht in Frage; alles andere hielten sie für indiskutabel.

»Unsere Vorfahren haben den Eisernen König schon einmal besiegt«, donnerte Hilck von der Usse. »Sie haben ihm den Eschenpflock ins Herz getrieben. List und Tücke? Nein! Da sterbe ich lieber.«

Helmdag stand in voller Rüstung neben ihm, die Arme vor der Brust verschränkt.

Die Muhme sagte: »Eine tapfere Amme, an die sich niemand mehr erinnert, hat den Eisernen König damals vergiftet. Eure Vorfahren haben gesiegt, ja. Aber nicht im Kampf gegen den König, sondern gegen seine zerstrittenen Nachfolger. Er war längst tot, als Hilmar von der Usse ihm den Eschenpflock ins Herz gestoßen hat.«

Hilck von der Usse war vor Zorn knallrot im Gesicht.

»Das ist wahr«, gestand Helmdag ein. »Trotzdem dürfen wir nicht ehrlos handeln.«

Während alle durcheinander redeten, stopfte die Muhme ihre Pfeife. Sie bat Kunz mit einem Wink, den Eingang des Zelts zu schließen. Der Fuchs sah, wie sie einen Beutel aus dem Mantel zog und weißes Pulver in den Pfeifenkopf rieseln ließ. Als ihm der Rauch in die Nüstern stieg, begann sein Kopf zu schwirren. Die Muhme paffte so wild, dass der Qualm bald im ganzen Zelt hing. Alle waren benebelt.

»Hinterlist?«, brüllte Hilck von der Usse wieder. »Nur über meine Lei …« Er verstummte. Seine Pupillen weiteten sich. Er wischte sich Speichel aus dem Bart und fuhr fort: »Lei … leider ist die Sache … wie die Sache nun einmal ist, und die Sache ist die: In einer Feldschlacht würde man uns vernichtend schlagen. Das wäre das Ende … von allem.« Tränen rollten über seine Wangen.

»Wohl wahr, Bruder«, bekräftigte Helmdag mit dümmlichem

Grinsen. »Lass uns auf die Ehre pfeifen. Wir müssen so listig wie die Füchse und so verschlagen wie die Schlangen sein.«

Reineke Fuchs lächelte geschmeichelt, obwohl er das Gefühl hatte, eine Flasche Schnaps geleert zu haben. Er torkelte und kippte schließlich gegen Hans' Beine. Meister Grimbart lag hechelnd auf der Erde.

»Gut, dass Ihr ein Einsehen habt«, sagte die Muhme und lächelte abgründig. »Ich schlage Folgendes vor …«

Und sie unterbreitete jenen Plan, den sie bis spät in die Nacht mit Meister Grimbart, Reineke Fuchs und den Gefährten ausgeheckt hatte. Die Gografen starrten sie aus riesengroßen Pupillen an; ein Speichelfaden hing an Helmdags Lippe, und Hilck von der Usse lächelte so selig, als wäre er gerade Vater eines Stammhalters geworden. Allen anderen Männern erging es ähnlich. Nur die Muhme behielt einen klaren Kopf.

»Genialer Plan«, lallte Hilck schließlich. »Ein Meisterwerk der Gerissenheit, Hinterlist und Abgefeimtheit. Ehrloser geht es nicht. Wir wollen ihn sofort festhalten und besiegeln. Ist hier jemand des Lesens und Schreibens mächtig?«

Hans riss sich zusammen, trat wie verabredet vor und schrieb den Plan in groben Zügen nieder. Hilck von der Usse ließ Siegelwachs auf das Pergament tropfen und drückte seinen Ring hinein. Meister Grimbart sah all dies mit Genugtuung – nun war er nicht mehr der Einzige, den man auf diese Weise hereingelegt hatte.

»Nach unserem ruhmreichen Sieg werde ich den Bund der Ehe schließen«, verkündete Hilck von der Usse, der sich auf seinen wankenden Zwillingsbruder stützte.

»Wie schön«, sagte die Muhme und nahm das Pergament an sich. »Wer ist die Glückliche?«

Hilck von der Usse kicherte und sah scheu zu Sneewitt, die sich ein Lächeln abrang, aber heimlich die Augen verdrehte.

»Ich denke, wir brauchen ein bisschen frische Luft«, sagte die Muhme. »Kunz?«

Kunz wollte öffnen, war aber so benebelt, dass er stolperte, im Fallen den Zelteingang abriss und vor den verdutzten Wächtern ins Gras fiel. Sneewitt sprang über ihn hinweg. »Bund der Ehe. Pah«, fauchte sie. »Ich lasse mich von niemandem binden.«

Hans schüttelte seine Benommenheit ab und setzte den Plan gemeinsam mit dem zuvor eingeweihten Harlung umgehend in Befehle um, während die Gografen Schulter an Schulter auf ihren Hockern saßen und nur langsam zu Bewusstsein kamen. Später am Vormittag ertönte wütendes Gebrüll im Zelt, und Hilck von der Usse stürmte gestiefelt und gespornt durch das Feldlager, um die Muhme zur Rede zu stellen.

Der Dachs sah ihm schmunzelnd nach.

»Das ist wahrlich der Höhepunkt der Gerissenheit, Hinterlist und Abgefeimtheit!«, schrie der Gograf, als er die Muhme gefunden hatte. »Ehrloser geht es nicht!« Er entriss ihr das Pergament und klatschte mit der flachen Hand darauf.

»Ja, ich weiß«, erwiderte die Muhme. »Das habt Ihr vorhin schon gesagt.«

Hilck starrte sie an, als wollte er Hackfleisch aus ihr machen. »Das ist mein Siegel«, stieß er hervor. »*Mein* Siegel!«

»Natürlich«, sagte die Muhme. »Von Eurer Hand in den Lack gedrückt.«

»Ihr … Ihr … Ihr …«, schnaubte Hilck von der Usse mit bebenden Nasenflügeln und ballte die Faust.

Da kam ein Trupp Männer vorbei, die Riedbündel auf den Schultern trugen. »Ein Hoch auf die Gografen!«, rief einer. »Sie wissen, was zu tun ist! Wir führen den Eisernen König an der Nase herum!«

»Hoch! Hoch!«, riefen alle Männer im Chor. Dann verneigten sie sich vor Hilck von der Usse und gingen weiter.

Der Gograf sah ihnen sprachlos nach.

»Euer Plan gefällt ihnen«, sagte die Muhme und zog an ihrer Pfeife. »Sie haben Hoffnung geschöpft und arbeiten fleißig an der Umsetzung.«

Als sie Rauch ausblies, wich Hilck von der Usse zurück. »So ist das also«, knurrte er. »*Mein* Plan ... Hm.«

»Wollt ihr Eure einmal besiegelte Zustimmung widerrufen, Gograf?«, fragte die Muhme. »So ehrlos könnt Ihr nicht sein. Bedenkt, dass Ihr einen Ruf zu verlieren habt. Und überdies die Treue Eurer Männer.«

Da kam Helmdag angestampft, auch er außer sich vor Zorn. Sein Zwillingsbruder ging auf ihn zu, legte ihm einen Arm um die Schultern und redete flüsternd auf ihn ein. Schließlich kehrten die beiden zur Muhme zurück. Helmdag wirkte wie die Verkörperung rechtschaffener Erbostheit, aber Hilck von der Usse sagte: »Egal, welchen Zauber Ihr benutzt habt – wir haben Tatsachen geschaffen, hinter die wir nicht mehr zurückkönnen. Und wenn die Männer Mut fassen ...«

»Wir lassen uns auf Euren Plan ein«, fügte Helmdag hinzu. »Aber falls er schiefgeht ...« Er zog einen Finger über seine Helmbarge.

»Verstehe«, erwiderte die Muhme und rollte das Pergament auf. »Wenn der Plan fehlschlägt, schneidet Ihr Euch selbst die Kehle durch.«

Helmdag schnappte nach Luft.

»Das nennt man Matriarchat«, murmelte Meister Grimbart, der die Szene beobachtet hatte.

»Mat – was?«, fragte der Fuchs.

»Die Herrschaft der Frauen«, erklärte der Dachs.

»Ich nenne das Tyrannei«, schimpfte der Fuchs. »Denn dieses Hutzelweib schickt uns schon wieder los!«

»Möchtest du lieber nach Rottland?«

Reineke Fuchs legte den Kopf verdrossen auf die Vorderläufe und blieb stumm.

Die Wilde Jagd überflog das Feldlager auch am folgenden Tag.

»Sie kundschaften uns aus«, sagte Hilck von der Usse, der die Augen mit einer Hand beschattete. »Wo mag ihre Streitmacht stehen?«

»Unsere Postenkette verteilt sich in Eilmärschen entlang der Fusel bis zur Usse«, erwiderte Hans, der mit dem Gograf auf dem Wachturm stand. »Wenn der Feind anrückt, werden wir das rasch erfahren.«

Im Feldlager herrschte rege Betriebsamkeit. Korbflechter aus Flutwidde arbeiteten Hand in Hand mit Repschlägern und mit Heidjern, die Erfahrung mit Rieddächern hatten. Ein Bogner aus dem Lohwald leitete den Bau von Langbögen, für die alle verfügbaren Eiben gefällt wurden, und Pfeilschnitzer stellten aus Birkenholz einen Pfeil nach dem anderen her.

»Elende Plackerei«, motzte Horn, der auf dem Donnerbalken der Latrine hockte. »Du hast Glück, dass du Dachs und Fuchs zusammen mit Sneewitt begleiten darfst.«

»*Darfst*?«, fragte der neben ihm sitzende Kunz. »Ich würde lieber bei euch bleiben. Aber irgendjemand muss den weisen Weibern wohl auf den Zahn fühlen.«

Horn furzte so laut, dass mehrere im Schilf versteckte Enten schnatternd die Flucht ergriffen. »Lass dir Abwehrzauber und

Talismane von der Muhme mitgeben«, riet er Kunz. »Wenn die Weiber tatsächlich Verräterinnen sind, kann es gefährlich werden.«

»Vielleicht solltest du den Auftrag übernehmen. Ein Furz wie dieser, und sie sind erledigt.«

Horn lachte.

»Ich habe immerhin den Knüppel«, sagte Kunz. »Er wird zum Gedenken an Hardt einen schönen Tanz aufführen, falls sie uns verraten haben.«

Gegen Abend stand er mit Sneewitt, Reineke Fuchs und Meister Grimbart abmarschbereit am Tor. Die auf ihren Stock gestützte Muhme nahm mit Hans und den Gografen Abschied von den Gefährten. »Hier ist der Bart. Er stammt von einem Köhler«, sagte sie. »Der echte bleibt hier. Seid wachsam und prägt euch ein, was die weisen Weiber damit vorhaben.«

Kunz nahm die in einem Beutel steckenden Haare an sich. Dann zurrte er den Zweihänder auf seinem Rücken fest.

»Passt auf euch auf«, sagte Hans. »Und viel Erfolg.«

»Hütet euch vor der Wilden Jagd«, sagte Hilck von der Usse und warf Sneewitt einen schüchternen Blick zu.

»Ach, das wird ein Spaziergang«, erwiderte sie. »Ihr lebt hier viel gefährlicher.«

»Ein Spaziergang?«, winselte der Fuchs. »Ha, ha, ha!«

Die Wächter öffneten das Tor. Die Gefährten huschten hinaus und wurden rasch von der Dämmerung verschluckt.

Das Heer arbeitete neben dem Drill weiter an der Ausführung des Plans. Am fünften Tag nach dem Aufbruch der Gefährten kreiste der bislang größte Schwarm der Wilden Jagd über Feldlager und Dunkelpfuhl. Die Welse ließen sich auf den Grund sinken, aber die Gografen blieben gelassen.

»Sie können nicht mehr weit sein«, sagte Helmdag, und Hilck trieb die Männer zu einer letzten Anstrengung an. Zwei Tage später, die Nacht war jung, erschien einer der Vorposten vor dem Tor. Man ließ ihn sofort zu den Gografen durch, die mit Harlung, den restlichen Gefährten und anderen Anführern in ihrem Zelt Kriegsrat hielten.

Der Posten fiel auf ein Knie. »Die Streitmacht des Eisernen Königs hat die Usse überschritten«, rief er atemlos. »Sie ist riesig. Und schwer bewaffnet. Sogar die Karontiden tragen Rüstungen.«

»Sie glauben, uns überrollen zu können«, sagte Hans. »Die Streitmacht ist in drei Tagen hier. Aber die Wilde Jagd wird schon früher angreifen.«

»Dann müssen wir sofort handeln«, sagte Helmdag.

Die Muhme nickte ernst. Auf ihre Frage, ob die Vorposten den vier ausgesandten Gefährten begegnet seien, antwortete der Mann: »Kurz vor der Usse. Danach haben wir sie aus den Augen verloren.«

In dieser Nacht wurde fieberhaft gearbeitet, und als der Morgen anbrach, war alles bereit. Hans stand gerüstet und bewaffnet am Ufer und sprach mit dem Waller.

»Bleibt ihr?«, fragte er.

»Nein«, sagte der alte Waller. »Wir begeben uns wieder zum Welsfluss. Dort können wir euch besser unterstützen.«

»Ihr sorgt für den Nebel?«

»Gewiss«, blubberte der Waller. »Wir haben mit den Nixen und dem Nöck gesprochen, die auf dem schlammigen Grund des Dunkelpfuhls leben. Der Krieg gegen den Eisernen König interessiert sie nicht, aber sie werden uns helfen, weil sie gern Schabernack treiben.« Er hob das Bartelmaul aus dem Wasser und fragte, nachdem er Hans lange betrachtet hatte: »Hast du Angst?«

»Unser Schicksal steht auf Messers Schneide«, erwiderte Hans ausweichend. »Wer weiß, ob der Plan gelingt?«

»Wenn er gelingt, wäre das nur ein erster Schritt«, blubberte der Waller. »Die Schlacht wird kommen. Seid bereit!« Mit diesen Worten tauchte er ab. Was blieb, waren Kreise auf der Wasseroberfläche.

Nachmittags schwärmte die Wilde Jagd so lange und lärmend über dem Feldlager, als wollte sie die Männer zermürben, die in aller Eile letzte Vorbereitungen trafen.

Gegen Abend verschwanden die Ungeheuer nach Süden.

Und als die Hohe Heide in den Schatten der Nacht versank, verließ das Heer der Gografen das Feldlager und marschierte nach Westen. Drei Dutzend Freiwillige blieben zurück. Sie waren bereit, dem Tod ins Auge zu sehen.

26. Leichte Mädchen

Das bunt zusammengewürfelte und schlecht gerüstete Heer der Gografen hatte einen großen Vorteil: Die Beweglichkeit. Da niemand Rüstung, Marschgepäck oder Kriegsgerät tragen musste, kam man rasch voran. Am Mittag des nächsten Tages hatten sie die Sümpfe westlich des Dunkelpfuhls durchwatet und stießen in die offene Heide vor. Um nicht entdeckt zu werden, teilten die Gografen das Heer auf: Hilck und Helmdag befehligten je einen Teil, und Hans erhielt das Kommando über den Rest der Männer.

Zwischen Morgengrauen und Abenddämmerung wurde gerastet, und bei Anbruch der Nacht wurde der Vormarsch fortgesetzt. Berittene Kundschafter sicherten Flanken und Spitzen der drei Heerzüge, die im Abstand von mehreren Meilen über die karge Heide nach Westen zogen. Feindberührungen gab es nicht. Man traf nur auf Flüchtlinge, meist Frauen, Kinder und Greise, die sich in der Einöde verbargen, und auf mehrere Räuberbanden. Sie schlossen sich den Gografen an wie zuvor die Vogelfreien. Als der dunkle Streifen des Föhrenforsts am Horizont auftauchte, waren zwei Drittel der Strecke bis zur Grenzfeste Rottland geschafft.

Im Feldlager am Dunkelpfuhl warteten die Männer auf den Feind. Nach dem Abzug des Heeres blieb die Wilde Jagd aus, aber gegen Abend meldeten Vorposten, dass die Streitmacht des Eisernen Königs nur noch einen Tagesmarsch entfernt sei. Die zurückgebliebene Besatzung, meist Landmänner aus Flutwidde, die auf Rache für ihre ermordeten Angehörigen sannen, wetzte die Klingen. Am folgenden Tag kehrte der letzte Vorposten in aller Frühe in das Feldlager zurück: Der Feind hatte haltgemacht und formierte sich zum Angriff.

Die Besatzung handelte sofort. Fünf Männer wateten in den Dunkelpfuhl und schlugen mit Knüppeln in das Wasser – das mit den Welsen verabredete Signal. Kurz darauf brodelte Nebel herauf, als würde der See kochen. Auch die Fusel und alle Bäche und Weiher im Umkreis von mehreren Meilen entließen einen so dichten Dunst, dass man die Hand nicht mehr vor Augen sah. Im Feldlager schafften die Männer jene lebensgroßen Puppen herbei, die man im Laufe der letzten Tage aus Ried geflochten hatte. Ihre Zahl ging in die Hunderte; sie waren mit Waffenattrappen ausgerüstet und sahen im Nebel echten Kriegern täuschend ähnlich. Man postierte sie auf der Brustwehr des Schanzwerks und auf den Wachtürmen. Dann zogen sich die Männer in das Innere des Feldlagers zurück, wo man die Langbögen in drei Reihen aufgebaut hatte. Jeder Bogen saß in einem Gestell und war so justiert, dass man mit einem Zug an der Leine, die alle Sehnen einer Reihe miteinander verband, fast fünfzig Pfeile zugleich abschießen konnte. Die hintere Langbogenreihe war im stumpfen Winkel ausgerichtet, die vorderen Reihen im spitzen Winkel. Die Männer bereiteten die Bögen auf den Abschuss vor und nahmen dann ihre Positionen ein. Jeder hatte ein dickes Pfeilbündel neben sich liegen.

Aber der Angriff ließ auf sich warten. Blaubart schien darauf zu hoffen, dass sich der Nebel lichtete. Die Anspannung der Männer im Feldlager wuchs; manche fluchten leise vor sich hin, andere nickten übermüdet ein. Schließlich, sie hatten schon jedes Zeitgefühl verloren, verstummten die Wasservögel, die im Schilf des

Dunkelpfuhls geschnattert und gequakt hatten. Die plötzliche Stille riss die Besatzung des Feldlagers aus ihrer Trance.

Im nächsten Augenblick kam die Wilde Jagd angebraust.

»Achtung!«, rief der Bogner, der mit den Landmännern ausharrte. Sobald das Geschrei der Ungeheuer verriet, dass sie sich über dem Schanzwerk befanden, riss er an der Leine der hintersten Langbogenreihe.

Einige Pfeile klapperten zu Boden, aber die meisten sausten in den Himmel und mitten in die Wilde Jagd. Die Schwingen der verwirrten Ungeheuer peitschten den Nebel, mehrere trudelten getroffen in die Tiefe. Die Männer beeilten sich, die Langbögen wieder schussbereit zu machen, und nach kurzer Zeit wurde ein zweiter Pfeilhagel abgefeuert. Jeder, der die Hände frei hatte, griff selbst zum Bogen und schoss auf die im Dunst auftauchenden Ungeheuer. Diese waren von der heftigen Gegenwehr so überrascht, dass sie nach kurzer Zeit laut kreischend abdrehten.

»Ob sie von den Puppen getäuscht worden sind?«, fragte ein Landmann.

Da erschallte das Gebrüll der Karontiden vor dem Feldlager. Trommelschläge hallten dumpf durch den Nebel. Marschtritte wurden immer lauter.

»Scheint so«, sagte der Bogner. »Sie glauben, dass unser Heer hier ist. Unser Befehl lautet, sie zu täuschen und hinzuhalten, und genau das werden wir tun: Wir spicken sie mit Pfeilen.« Und er löste die zwei vorderen Reihen der Langbögen aus.

Vor dem Schanzwerk ertönte ein Durcheinander von Rufen und Schmerzensschreien. Befehle gellten. Dann donnerte ein Rammbock gegen das Tor. Die Männer legten neue Pfeile auf, und wieder ging ein Geschosshagel auf die Streitmacht nieder. Dies wiederholte sich, bis das Tor barst. Als die ersten Karontiden, gefolgt von Kultknechten und Raubrittern, in das Lager eindrangen, trat die Besatzung den Rückzug an, sprang in die am Ufer bereitliegenden, aus Ried geflochtenen Kähne und paddelte auf den nebelverhüllten Dunkelpfuhl.

Ein gutes Dutzend Landmänner hielt die Stellung. Jeder von ihnen hatte seine Familie bei der Verheerung Flutwiddes verloren, und nicht wenige verfluchten sich im Nachhinein dafür, auf Gold, Suff und Lust und die allgemeine blinde Gier hereingefallen zu sein. Jeder war entschlossen, möglichst viele Feinde mit in den Tod zu reißen. Jeder leerte seinen Köcher bis auf den letzten Pfeil. Jeder stürzte sich mit blanker Waffe auf die Gegner. Und jeder fand den Tod.

Nach dem Gefecht ritt Blaubart in das Feldlager ein. Beim Anblick der Attrappen, mit denen die Brustwehr bemannt war, packte ihn eine solche Wut, dass er vom Pferd sprang und mehreren Riedpuppen die Köpfe abschlug.

»Wo ist das Heer?«, brüllte er. »Wo sind die Gografen?«

Sein Gebrüll verhallte im Nebel über dem Dunkelpfuhl.

Im Morgengrauen des vierten Tages vereinten sich die Heerzüge vor einem im Volksmund ›Klumpfuß‹ genannten Gebirgssporn des Gretings. Die beiden Gografen erklommen gemeinsam mit Hans den Kamm. Als sie oben zwischen den kahlen, kranken Buchen standen, sahen sie Rottland in der Ferne. Die Mauern der auf einem Plateau erbauten Grenzfeste bildeten ein Achteck und wirkten nicht nur unnahbar, sondern tatsächlich uneinnehmbar. Der riesige, alles beherrschende Bergfried erinnerte an die Zeit, als wilde Horden von Norden in Pinafor eingefallen waren.

»Die kleineren Türme hat Blaubart errichten lassen«, sagte Hilck von der Usse. »Sie sehen nicht aus, als wären sie zur Verteidigung gedacht … Seltsam.«

Die wenigen Getreuen der Gografen unter Blaubarts Männern – jene, die Maleen zur Flucht verholfen hatten und dann zur Strafe und zu Barberas Freude der Jungfer übergeben worden waren – hatten von bizarren Grausamkeiten gemunkelt. Von Dingen, widerwärtig bis zur Unaussprechlichkeit. Blaubart hatte jahrelang ein selbstherrliches Regiment geführt und war seiner Absetzung nur entgangen, weil die Gografen durch Hag und Schlafbann ausgeschaltet worden waren.

»Wie sollen wir diese Mauern überwinden?«, fragte Helmdag ratlos.

Da näherte sich von Osten ein Schwarm dunkler Punkte.

»Die Wilde Jagd«, murmelte Hans und wich hinter eine von weißem Schimmel bedeckte Buche zurück. Die Ungeheuer umkreisten den Bergfried der Grenzfeste und ließen sich schließlich darauf nieder.

»Der erste Teil unseres Plans scheint aufgegangen zu sein«, murmelte Hilck. »Die Monster sollen bestimmt die Besatzung der Feste benachrichtigen.«

»Und danach werden sie ausschwärmen, um uns zu suchen«, ergänzte Hans. »Wir müssen uns verbergen.«

Sie führten das Heer in eine Schlucht am Südrand des Gebirgssporns. Gegen Mittag zogen Wesen der Wilden Jagd am grauen Himmel dahin, aber sie übersahen die Truppen. Man wagte erst in der Abenddämmerung, kleinere Feuer zu entfachen. Und während die Männer ein karges Mahl zu sich nahmen, beratschlagten die Gografen mit der Muhme und den Anführern.

»Ein direkter Angriff würde scheitern und erst die Wilde Jagd und dann die Streitmacht des Eisernen Königs auf den Plan rufen«, brummte Harlung.

»Die Zeit läuft uns davon«, sagte Helmdag.

Die Muhme nahm die Pfeife aus dem Mund und sagte mit listigem Lächeln: »Wir brauchen Frauen.«

Die Männer lachten.

»Soll das ein Witz sein, Muhme?«, erwiderte Hilck. »Wozu Frauen? Wenn wir etwas brauchen, dann Waffen.«

Sanne sah ihn scharf an. »Auch Frauen können Waffen sein«, fauchte sie und zeigte auf ihre Sicheln.

»Wir brauchen sogar … *gefallene* Frauen«, fuhr die Muhme fort. »Leichte Mädchen, barmherzige Schwestern.«

Die Männer tauschten Blicke. Sie blieben stumm. Nach einer Weile fragte Helmdag: »Zur Erholung der Truppe?«

»Nein«, sagte die Muhme. »Zur Einnahme der Grenzfeste.«

»Das … das ist doch die Höhe!«, empörte sich ein Schmied, der den Truppen aus dem Lohwald vorstand.

Hans ließ den Blick durch die Schlucht gleiten. Im Schutz der hohen Felswände kauerten die Männer vor Feuern. Oben auf dem Kamm waren die Silhouetten der Wächter zwischen den kahlen Bäumen zu erkennen. »Lasst die Muhme ausreden«, sagte er schließlich. »Oder wollt ihr die Männer Pinafors, die uns vertrauen, bei einem sinnlosen Ansturm opfern?«

»Gut. Redet weiter«, knurrte Hilck von der Usse, dem Übles schwante – nämlich eine ehrlose List.

»Blaubart ist grausam und wahnsinnig«, erklärte die Muhme, »und außerdem ein Möchtegern-Weiberheld. Da liegt seine Schwäche. Er raubt nicht nur Frauen, sondern er lässt sich auch Frauen zuführen. Das weiß ich von Wanderhuren, die an meiner Tür gebettelt haben – jedenfalls von jenen, die ihre Zunge noch hatten und nicht zu verängstigt waren, um davon zu erzählen.«

Den Männern begann zu dämmern, worauf sie hinauswollte.

»Blaubart führt die Streitmacht an. Er ist nicht in Rottland«, warf Wolkan, der Wilderer, ein, der das Kommando über die Freiwilligen hatte.

»Aber seine Leute kennen seine Gewohnheiten«, sagte Hans. »Wenn Frauen an das Tor klopfen, die behaupten, er hätte sie herbefohlen …«

Hilck und Helmdag von der Usse tauschten einen Blick. Der um wenige Minuten ältere Zwillingsbruder kratzte resigniert seinen Bart. »Eine alte Muhme rät uns zu jungen Weibern«, knurrte er. »Tja, wenn es Erfolg verheißt … Woher wollt Ihr die Frauen nehmen?«

Die Muhme paffte Rauchringe. Dann grinste sie so breit, dass ihr Gesicht von Falten verschluckt wurde, und legte den Plan in allen Einzelheiten dar.

Hans brach noch am selben Abend gemeinsam mit Sanne und einem kleinen Bann zum Heerweg auf. Ein Fünftel des Heeres, hauptsächlich Vogelfreie, Räuber und Landmänner aus Flutwidde, machten sich für den Abmarsch nach Süden bereit. Sie sollten unter Führung Helmdags so tun, als wollten sie die Feste der Gografen zurückerobern, eine neue Finte, um den Feind von Rottland fernzuhalten. Helmdag nahm die meisten Bogenschützen mit, um sich besser gegen die Wilde Jagd verteidigen zu können.

Ein kreidebleicher Mond hing über dem Welsfluss, als Hans und sein Trupp den Heerweg erreichten. Außer ihnen war niemand unterwegs, und der Hufschlag der Pferde hallte weit in die Nacht. Schließlich kam die Herberge ›Zur munteren Matrone‹ in Sicht. Sie war erhellt, aber es herrschte eine fast unheimliche Stille, denn die Zecher, die bis vor kurzem ohne Unterlass gefeiert hatten, waren fort. Als Hans und Sanne die Herberge betraten, saß die nicht mehr ganz so muntere und außerdem betrunkene Matrone auf den dreckigen Dielen. Neben ihr türmten sich die Einnahmen der letzten Zeit, ein Berg von Goldstücken, die sie zwischen den Schlucken aus einer Schnapsflasche zählte. Ihre Mädchen, gelangweilt und auch angesäuselt, lungerten in der Schankstube herum. Bei Hans' Eintreten schreckten sie auf, und die Matrone schrie: »Meins! Meins! Ihr dürft mir nichts wegnehmen. Das Gold gehört …« – sie wurde durch einen Schluckauf unterbrochen – »… mir!«

Die Mädchen richteten hastig Haare und Röcke und warfen Hans lockende Blicke zu. Eine wollte verführerisch gurren, musste aber so laut rülpsen, dass ihre Freundinnen zu kichern begannen.

»Keine Sorge«, sagte die hinter Hans stehende Sanne. »Wir wollen Euer Gold nicht.«

»Das ist gut«, murmelte die Matrone. Sie wuchtete sich hoch und hangelte sich an der Theke entlang. »Ich bin reich, müsst Ihr wissen. *Reich*!« Und sie lachte, bis sie wieder von ihrem Schluckauf unterbrochen wurde. Dann sah sie ihre Gäste über die Schulter an und lallte: »Wollt Ihr Schnaps? Oder wollt Ihr Mädchen?«

»Mädchen.« Hans setzte sich, nahm den Helm ab und strich über seine blonden Haare. »Und zwar alle, die Ihr habt.«

Die Mädchen kreischten halb verblüfft und halb begeistert.

»Das ist mal ein Hengst!«, rief eine.

»Du allein mit uns allen?«, schrie eine andere. »Oh, oh! Mit jenen, die schon schlafen, sind wir zu zwölft. Nimmst du dir nicht zuviel vor?«

»Bestimmt nicht. Ihr passt alle auf einen Karren«, sagte Hans.

An diesem Punkt griff die Matrone ein, denn sie witterte ein gutes Geschäft. »Wenn Ihr es auf einem Karren tun wollt, ist es teurer«, verkündete sie. »Das ist ein Sonderwunsch.«

»Meinetwegen«, erwiderte Sanne. »Aber wir brauchen auch zwei Pferde.«

Den Mädchen blieb das Lachen im Hals stecken.

»Oh, nein!«, schrie eine. »Nicht mit Pferden. Auf gar keinen Fall.«

»Willst du den Karren etwa selbst ziehen?«, fragte Sanne.

Jetzt bekam auch die Matrone ein mulmiges Gefühl. »Es gab mal einen Kerl, der eine Ziege dabeihaben wollte. Aber Pferde? Bei aller Liebe, guter Herr, ich glaube …«

»Ich brauche alle Mädchen, einen Karren und zwei Pferde«, sagte Hans. »Die Gografen werden sich erkenntlich zeigen, wenn Ihr einwilligt.«

Totenstille trat ein. Die Mädchen starrten Hans ungläubig an. Schließlich krächzte die Matrone: »Die Go … die Gografen? Wollen meine Mädchen? Mit Karren und Pferden? Das klingt eher nach diesem Lüstling von Blaubart.«

»Ihr scheint langsam zu begreifen«, warf Sanne ein.

»Wart ihr je bei Blaubart?«, fragte Hans. »Wie ich höre, lässt er sich manchmal Frauen zuführen.«

Die Mädchen sahen eine Blondine an, die ein geflicktes, rotes Seidenkleid trug und deren dick geschminktes Gesicht bei der Erwähnung Blaubarts erstarrte. »Er ist ein Ekel«, zischte sie durch zusammengebissene Zähne. »Ich würde ihn umbringen, wenn ich die Gelegenheit dazu hätte.«

»Wenn ihr uns helft, könnt ihr Rache nehmen«, sagte Sanne und erklärte den Mädchen, worum es ging.

»Die Gografen würden Euch von allen Abgaben befreien«, fügte Hans an die Matrone gewandt hinzu. »Und ihr würdet eine amtliche Konzession erhalten.«

»Dieser untote Blechschepperkönig ruiniert mein Geschäft«, murmelte die Matrone und hielt eine Weile die Luft an, um ihren Schluckauf loszuwerden. »Gut«, sagte sie dann. »Nehmt meine Mädchen mit. Vielleicht helfen sie dabei, dass alles rasch wieder beim Alten ist.«

Spät in der Nacht rumpelte der Karren mit den Mädchen nach Norden. Der Mond tauchte den Heerweg in ein fahles Licht, der Welsfluss strömte still dahin. Pinafor war in Aufruhr, aber Wasser und Gestirne ließen sich nicht beirren, und darin, dachte Hans, lag ein kleiner Trost.

Der Eiserne König saß im Rittersaal der Feste. Er fror trotz des Feuers. Man hatte ihm Süßspeisen und die Köpfe dreier Ammen gebracht, aber nichts davon hob seine Laune, und als er durch Boten der Wilden Jagd von dem Verschwinden des Heeres der Gografen erfuhr, war er außer sich.

»Blaubart, dieser Schafskopf!«, brüllte er und zerriss, als er vom Thronstuhl aufsprang, das auf seiner Rüstung gewobene Gespinst. »Und die Hexen sind ebenso dumm. Sie hätten meine alten Heerführer erwecken sollen – Bein, Schädel und Gedärm!« Asseln und Spinnen umwogten ihn, und eine Magd stand bleich auf der Schwelle zum Rittersaal und zitterte so heftig, dass die Schüsseln mit Süßspeisen auf dem Tablett klirrten.

Im Saal mischte sich das graue Licht der Morgendämmerung in den Fackelschein. Kehrweiber schrubbten den Boden, denn der Eiserne König ließ Tag und Nacht putzen. »Die Macht ist ein schmutziges Geschäft«, pflegte er zu bemerken, »deshalb schätze ich die Reinlichkeit.«

»Oh, Herr und Meister, edler König«, zischte ein Ungeheuer aus dem Gefolge, »wir sind dem Feind weit überlegen. Er bekommt nur eine Atempause, aber das wird ihn nicht vor der Vernichtung bewahren.«

»Unfassbar, dass die Gografen nicht kämpfen, sondern zu einer ehrlosen List greifen«, schnaubte der Eiserne König. Spinnen und Asseln folgten ihm, als er durch den Saal schritt. Er nahm im Vorbeigehen ein Plunderstück vom Tablett und kniff der Magd mit einem Panzerhandschuh in die Wange, auf der sogleich ein blauer Fleck erblühte. Dann zermalmte er das Stück zwischen schwärzlichen Zähnen; die Kehrweiber fegten die Krümel behutsam auf, denn falls sie eines der Insekten erwischten, drohte ihnen ein qualvoller Tod. Der Eiserne König stopfte sich weitere Plunderstücke in den Mund und sackte schließlich wieder auf den Thronstuhl, wo er in Schweigen versank.

Zwei Tage vergingen. Zwei Tage, in denen der Eiserne König düster schwieg. Zwei Tage, in denen er jede Süßspeise und jedes Gebäck verschmähte. Zwei Tage, in denen sein Gefolge in Reih und Glied im Rittersaal stehen musste, ohne sich rühren, austreten oder Essen fassen zu dürfen. Erste Männer waren schon ohnmächtig geworden, als wieder ein Bote der Wilden Jagd eintraf, um zu melden, dass sich das Heer der Gografen von Norden auf die Feste zubewegte.

»Lächerlich wenige Männer, schlecht bewaffnet und vielfach in Lumpen«, krächzte das Geschöpf mit dem Kopf eines Rehs und dem Leib einer Greisin. »Die Gografen haben kein Heer ausheben können – sie führen eine Truppe von Landmännern und Vagabunden an.«

»Sehr gut!«, rief der Eiserne König, und seine eisigen Augen blitzten. »Wenn sie ihre Feste mit einem solchen Aufgebot zurückerobern wollen, sind sie am Ende. Sag Blaubart, dass er so rasch wie möglich mit der Streitmacht herbeieilen soll.« Sobald der Bote fort war, entließ er sein Gefolge, stärkte sich mit Gebäck und stieg auf den Bergfried. Oben angekommen, schaute er nach Norden. Der Welsfluss wand sich durch die aschgraue Landschaft, und am Horizont waren die Gipfel des Gretings zu erkennen. Bei dem Gedanken an das Heer der Gografen lachte der Eiserne König in sich hinein – er würde seine Feinde zu Staub zermahlen!

27. Rottland

Im Schutz der Dunkelheit rückte das Heer der Gografen vor. Stiefel und Hufe steckten in grasgeflochtenen Überschuhen, um die Tritte zu dämpfen. Nach einem stundenlangen Marsch längs der Ausläufer des Gretings erreichten die Männer kurz vor dem Morgengrauen den nach Rottland hinaufführenden Weg. Die Männer verbargen sich im Wald. Sie hüllten sich in Mäntel und Decken und warteten den ganzen quälend langen Tag. Auf Bäumen postierte Späher hielten Ausschau nach der Wilden Jagd, aber weder am Himmel noch in der Grenzfeste tat sich etwas. Ein Wind wirbelte Laub auf, und die Erde verströmte einen winterharten Duft, obwohl der Herbst gerade erst begonnen hatte.

Gegen Abend brachen die Mädchen mit Hans als Kutscher auf. Hilck von der Usse stieß gleichzeitig mit einem kleinen Heerbann und all seinen Rittern querfeldein nach Rottland vor. Der Aufstieg war mühsam und drohte immer wieder, im Niemandsland zu enden. Ohne den Knappen, der mit seinen Igelaugen auch in der Dunkelheit bestens sah und den über Kamm und Klamm aufragenden Bergfried im Blick behielt, hätte sich die Truppe verirrt.

Hans und die Mädchen erreichten ihr Ziel bei Anbruch der Nacht. Der Weg endete vor einem Abgrund. Dahinter ragten die Mauern der Grenzfeste auf, rußgeschwärzt von vielen Belagerungen und hoch wie die Klippen, zwischen denen der Welsfluss durch das Himmelstor toste. Nur ganz oben im Bergfried glomm ein Licht. Dies war das Bollwerk, an dem vor langer Zeit der Ansturm der Krieger aus dem Norden zerschellt war. Dies war die Trutzburg, die den Ruf genoss, uneinnehmbar zu sein. Ihr bloßer Anblick entmutigte jeden Angreifer.

Auch Hans verlor vorübergehend den Mut. Dann zog er ein Horn unter dem Kutschbock hervor und blies einen lauten, tiefen Ton, der nicht nur für die Besatzung Rottlands, sondern auch für den Heerbann gedacht war. Hilck von der Usse wusste jetzt, dass Hans und die Mädchen die Grenzfeste erreicht hatten.

Ein Käuzchen schrie und strich dann aus einer Nische hoch oben in den Mauern ab. Hans musste daran denken, was ihm im Feldlager am Dunkelpfuhl erzählt worden war: Dass die Eulen die Feinde der Ragnarökk waren. Er trommelte mit den Fingern auf die Sitzbank. Die Mädchen kauerten sich eng aneinander, und die Pferde schnaubten erschöpft. Schließlich leuchtete eine Laterne in einer Schießscharte über dem Tor auf, und ein Mann schrie: »Wer da?«

»Die Wirtin der Herberge ›Zur munteren Matrone‹ schickt mich«, rief Hans mit um den Mund gelegten Händen. »Ich bringe die von eurem Herrn bestellten Mädchen.«

Das Licht verschwand. Eine Weile tat sich nichts. Die Nacht war so finster, dass Hans glaubte, die Schwärze mit Händen greifen zu können. Dann tauchte das Licht wieder auf, und der Wächter brüllte: »Davon wissen wir nichts!«

Hans tauschte einen Blick mit dem blonden Mädchen. Sie stand auf und rief: »Euer Herr hat uns vor Wochen für diesen Abend bestellt. Ihr kennt mich. Ich bin Hella. Ich war schon einmal hier.«

»Wollt ihr uns fortschicken?«, rief Hans. »In dieser dunklen Nacht? Die Mädchen werden sich gefällig zeigen!«

Das Licht verschwand ein zweites Mal. Hans knirschte mit den Zähnen. Ein Schrei hallte durch die Dunkelheit, vielleicht der einer Eule, vielleicht der einer gequälten Seele. Wie als Antwort gellten weitere Schreie. Dann trat Stille ein.

»Verflucht«, zischte Hans.

Schließlich flammten in mehreren Schießscharten Lichter auf und jemand brüllte: »Die goldblonde Hella?«

»Mit den kornblumenblauen Augen, Schätzchen!«, rief Hella. Sie wollte kokett klingen, doch Hans hörte den Widerwillen aus ihrer Stimme heraus.

»Unser Herr ist nicht da!«, schrie ein anderer Wächter. »Aber ohne Weiber ist das Leben langweilig. Ihr könntet uns die Einsamkeit versüßen!«

»Liebend gern, Zuckerschnute!«, rief Hella mit starrer Miene.

»Was für ein Gesülze«, murmelte ein Mädchen. »Es ist immer das Gleiche. Ich habe es so satt.«

Die gewaltige Zugbrücke senkte sich mit rasselnden Ketten über den Abgrund. Dann ruckelte das ebenso gewaltige Fallgitter ächzend nach oben. Hans schwang die Peitsche, und der Karren rollte über die Brücke zum Tor. Wie sich herausstellte, war die Mauer mehr als drei Wagenlängen tief. Die Einfahrt war durch weitere Fallgitter gesichert, die sich hinter den Ankömmlingen wieder schlossen. Hätte der Heerbann – wie von einigen Rittern vorgeschlagen – diesen Augenblick zum Angriff genutzt, dann wäre er in die Falle gegangen und aufgerieben worden.

Als der Karren auf den Hof der Grenzfeste rollte, erschallte ein lautes Hallo. Man kannte die Herberge, und man kannte die Mädchen. Hans wurde vom Bock gezerrt und durchsucht. Dann befahl ein Krieger: »Sperrt ihn über Nacht ein.«

»Den braven Hans? Warum denn?«, fragte Hella, die sich an den Mann schmiegte. Sie kniff ihn in die Nase, dann kitzelte sie ihn unter dem Harnisch. »Er schreit im Schlaf immer nach seiner alten

Mutter. Er tut keiner Fliege etwas zuleide. Gebt ihm einen anständigen Schlafplatz.«

Der Mann lachte. »Na, gut«, sagte er und legte einen Arm um Hellas stramme Hüften. »Er kann im Stall schlafen.«

Als Hans etwas sagen wollte, verpasste ihm der Mann eine schallende Ohrfeige und wies auf ein windschiefes Gebäude. »Ab mit dir, Muttersöhnchen. Und mach dir keine Sorgen um die Weiber. Sie sind bei uns in besten Händen.«

In diesem Moment zwängte sich Eisenhans, den Blaubart auf Drängen Grimms nach Rottland abgeschoben hatte, zwischen den Kriegern durch. »Ich kenne ihn!«, schrie er und fuchtelte mit dem Zeigefinger vor Hans' Nase herum. »Er war bei der Esche. Er gehört zu den Gografen. Wir haben ihn gemartert.«

Hans gefror innerlich, zwang sich aber ein Lächeln ab.

Die Mädchen betrachteten den Zottelkerl angeekelt. »Wer ist *das*?«, fragte Hella.

»›Der-keine-Bettdecke-braucht‹«, erwiderte der Mann, der sie im Arm hielt. »So nennen wir ihn jedenfalls.«

Die anderen Krieger lachten höhnisch.

»Und?«, fragte der Mann und zwinkerte Hans zu. »Warst du bei der Esche, Milchbubi? Wurdest du gemartert? Gehörst du zu den Gografen?«

Hans merkte, dass die Männer Eisenhans weder ernstnahmen noch mochten und außerdem ungeduldig wurden, weil sie die Mädchen begehrten. »Unsinn«, erwiderte er. »Niemand weiß, wo die Esche wurzelt.«

»Er ist schon länger bei uns in der Herberge«, warf Hella ein. »Die Wirtin hat … nun, ja … Gefallen an ihm gefunden.«

Die Männer lachten wieder, dieses Mal dreckig.

»Aber …«, stammelte Eisenhans. »Er …«

»Halt dein Maul, du Stinktier!«, brüllte der Mann, der Hella hielt. »Es reicht, dass wir mit deinen Läusen leben müssen.«

Eisenhans wich zähneknirschend zurück. Aber er warf Hans einen drohenden Blick zu.

Während die Männer mit den Mädchen scherzten, ging Hans über den Hof. Der Bergfried stand in der Mitte, umringt von drei niedrigeren Türmen, hinter deren Gitterschlitzen bleiche Gesichter auftauchten, angelockt von den Rufen und Lichtern auf dem Hof. Der Anblick verursachte Hans eine Gänsehaut. Er rieb seine brennende Wange und betrat den Stall, der sich wie alle Gebäude gegen die Mauer duckte. Ein Geruch nach vergorener Milch, Mist und Schweinen schlug ihm entgegen. Nach einigen Schritten stolperte er über eine Forke und fiel in einen Heuhaufen. Kühe brüllten, als würden sie über seine Tolpatschigkeit lachen. Er rappelte sich auf, und als er an ein trübes Fenster trat, sah er, dass man die Mädchen über den Hof zum Bergfried führte. Er war in Rottland. So weit, so gut. Aber wie sollte er Fallgitter und Zugbrücke öffnen? Die zu den Winden führende Wachstube war gut bewacht. Am schwersten lag ihm Eisenhans im Magen. Was, wenn er die Männer noch überzeugte?

Im Koben lagen Säue und Ferkel, in einem Verschlag ruhte ein Eber, die Kühe käuten träge wieder. Als Hans um eine Ecke bog, stieß er auf eine Magd, die im Schein einer Funzel auf der Erde schlief. Eine lange Kette band sie an einen der Ständer des Strohdachs; sie war ausgemergelt und in Lumpen gehüllt. Im ersten Moment glaubte er, die Jungfer vor sich zu haben – nicht noch eine böse Überraschung! Er wich zurück und stieß gegen eine an der Wand lehnende Getreideschaufel, die scheppernd umfiel.

Die Magd schrak aus dem Schlaf auf. Hans legte einen Finger auf seine Lippen. Dann sah er das bohnenförmige Muttermal auf ihrem Hals. Er fiel auf die Knie. »Grete?«, hauchte er.

Sie wich mit klirrender Kette zurück und kauerte sich in eine Ecke. Ihrer Kehle entwich ein Wimmern.

»Was haben sie dir angetan?«, stieß Hans hervor. Er wollte sie berühren, aber sie fauchte wie eine Wildkatze, und ihre Augen blitzten, als wäre sie irre. Hans schlug sich die Hände vor das Gesicht und schluchzte.

Da flüsterte Grete: »Nicht weinen, Hänschen. Ich bin ja bei dir. Nicht weinen.«

Sie klang wie damals, als er im Käfig der Hexe im Lohwald gesessen hatte. Nur, dass sie es jetzt war, die gerettet werden musste. »Was hat man dir angetan?«, fragte Hans wieder.

»Was Blaubart den Frauen so antut«, kicherte sie. Dann fügte sie hinzu: »Immerhin sitze ich nicht in einem Turm, sondern sorge für das Vieh. Ich *bin* ein Stück Vieh. Dreckig, wertlos und verdorben.«

»Nein!«, rief Hans.

»Doch«, sagte Grete. »Ich habe dich in der Herberge erkannt, aber ich bin nicht mehr deine Schwester. Deine Schwester ist tot. Wie unsere böse Mutter. Wie unser Vater.«

Hans kroch auf sie zu. »Ich bin gekommen, weil wir Rottland erobern wollen«, flüsterte er. »Wenn uns das gelingt, bist du frei.«

Grete schwieg. Der irre Blick trat wieder in ihre Augen. Hans sah sich um – draußen wartete bestimmt schon der Heerbann, aber er musste zuerst seine Schwester befreien. Er versuchte, die Kette mit der Schaufel vom Balken zu hebeln. Als dies misslang, suchte er nach Werkzeugen. Da knarrte die Stalltür, und eine Gestalt huschte herein. Hans duckte sich in einen Winkel.

Kurz darauf schlich Eisenhans an ihm vorbei, einen Spieß in der einen und ein Schwert in der anderen Hand. »Ich finde dich«, murmelte er. »Ich töte dich. Ich nehme Rache für die Jungfer! Rache!« Er ging schnurstracks zu Grete, die sich bei seinem Anblick zusammenkauerte, als wollte sie sich in Luft auflösen.

»Nein«, flehte sie. »Lass mich in Ruhe. Du hast alles gehabt. Du hast alles bekommen. Ich kann nicht mehr. Ich will nicht mehr. Geh weg.«

»Wo ist er?«, zischte Eisenhans.

»Wer?«, fragte Grete mit zitternder Stimme.

»Der Begleiter der Mädchen. Wo ist er?«

»Meinst du … meinen Bruder?«

»Haaah!«, schrie Eisenhans wütend und trat sie in die Rippen. »Dein Bruder, was? Ihr steckt unter einer Decke, wie? Dann sollst du zuerst sterben, Luder!« Er holte mit dem Spieß aus.

Da sprang Hans ihn von hinten an und riss ihn um. Spieß und Schwert polterten zu Boden. Aber Eisenhans war bärenstark, der Gestank seines Zottelfells betäubend. Die Männer rangen strampelnd und schnaubend miteinander. Rinder begannen zu brüllen, Ferkel und Säue quiekten. Eisenhans rammte seinem Gegner ein Knie in den Bauch und schlug ihm die ineinander verschränkten Fäuste ins Gesicht. Hans taumelte gegen die Wand, fiel hin. Eisenhans sprang rittlings auf ihn und schloss beide Hände um seine Kehle. »Du wirst sterben«, zischte er. »Ich habe ein Ohr durch die Jungfer verloren. Aber sie hat durch euch ihr Leben verloren. Rache! *Rache*!«

Hans wollte ihn abschütteln, aber sein Blick trübte sich, und bunte Lichter tanzten vor seinen Augen. Er rang um Atem. Zappelte. Strampelte. Wehrte sich mit schwindender Kraft.

Eisenhans würgte ihn mit einem Schraubstockgriff. Plötzlich durchfuhr ihn ein Ruck. Er ächzte, seine Finger lösten sich, und als Hans wieder klar sehen konnte, erblickte er den aus Eisenhans' Brustfell ragenden Spieß. Blut tropfte von der Spitze.

»Oh … ja …«, stöhnte Eisenhans. Er klang, als würde er den Tod sowohl fürchten als auch herbeisehnen; er klang entsetzt und verzückt zugleich. »Oh … nein …«

Grete warf ihm die lange Kette um den Hals, die sie an den Balken band. Sie stemmte ein Knie gegen seinen Rücken und zog die Kette wie eine Schlinge zu. »Mistkerl«, fauchte sie. »Du wirst mich nie mehr quälen!« Eisenhans griff nach seiner Kehle. Dann ließ er die Arme sinken. Seine Augenbälle traten hervor, und er röchelte heiser. Im Zwielicht des Stalls meinte Hans zu erkennen, dass er sich verwandelte: Das Zottelfell verschwand, seine Züge wurden ebenmäßig, fast schön. Aber im nächsten Moment war er wieder fellbedeckt, sein Gesicht eine glubschäugige, blau angelaufene Fratze. Er entblößte die Stummelzähne, grinste Hans an und krächzte: »Auf … bald …« Dann erschlaffte er.

Hans erschrak über die Mordlust in Gretes Augen. Er begriff, wie sie die Hexe damals in den Ofen hatte stoßen können, und er fürchtete sich plötzlich vor seiner eigenen Schwester. »Hör auf!«, rief er. »Er ist tot.«

Doch Grete ließ nicht von Eisenhans ab.

Das Vieh lärmte weiter. Da knallte die Tür, und ein Wächter stürmte herein. »Was ist hier los?«, brüllte er. »Was soll dieser Krach?« Beim Anblick von Eisenhans, der mit einem Spieß im Rücken und einer Kette um den Hals über Hans hing, blieb er wie angewurzelt stehen und starrte Grete an.

Sie ließ die Kette los. Als der Tote auf ihren Bruder fiel, riss sie den Spieß heraus und ging damit auf den überrumpelten Wächter los. Im nächsten Moment lag auch er tot am Boden. Grete zog eine Streitaxt aus seinem Gürtel und durchtrennte ihre Kette mit einem Hieb. Dann ergriff sie den Spieß und rannte wortlos aus dem Stall.

»Grete!«, rief Hans. »Wohin willst du? Bleib hier.« Er wälzte den toten Eisenhans weg und kam auf die Beine. Ihm wurde schwarz vor Augen. Gegen die Wand gelehnt, versuchte er, zur Besinnung zu kommen und sich an seinen Auftrag zu erinnern: Draußen warteten die Gografen; er sollte Zugbrücke und Fallgitter öffnen; aber die Grenzfeste war tatsächlich uneinnehmbar, und nun hatte er auch noch seine Schwester am Hals. Der Plan ging nicht auf, ja mehr noch: Die Sache lief aus dem Ruder. Er bückte sich nach Eisenhans' Schwert und trat in die Nacht. Das Vieh hatte sich beruhigt, und bis auf das gelegentliche Gejohle und Gelächter der Männer und Mädchen im Bergfried herrschte Stille.

Hans überlegte, was zu tun war, als ein erstickter Schrei über den Hof der Grenzfeste hallte. Vor einem der Türme bewegte sich etwas, und er lief sofort hin. Unterwegs kam er an einem Blutgerüst vorbei, das er bei der Ankunft nicht gesehen hatte, und wandte den Blick mit Grausen ab. Vor dem Turm lag ein erschlagener Wächter, die Tür stand offen. Hans wich fluchend zurück und sah wieder bleiche Gesichter, die sich gegen vergitterte Fensterschlitze drückten. Ein Winseln ertönte, ein Flehen, ein Klagen – das unvermittelt in Jubel umschlug. Im Turm quietschten Türen. Schritte hallten. Dann trat eine abgemagerte, zerlumpte Frau unbestimmbaren Alters ins Freie. Beim Anblick von Hans schrie sie panisch auf und hob abwehrend die Arme. Ihre Handflächen waren so narbig, als hätte sie ihr Leben lang am Spinnrad gesessen. Hinter ihr drängten immer mehr Frauen aus dem Turm, und schließlich erschien Grete.

»Tut ihm nichts!«, rief sie. »Er gehört zu mir.«

Die Frauen eilten wie Gespenster über den dunklen Hof, um in

Scheunen und Ställen nach Waffen zu suchen. Grete rannte zum nächsten Turm. Sie überwältigte den Wächter, der vor der Tür eingenickt war, und öffnete auch hier alle Zellen.

»Was tust du?«, fragte Hans verzweifelt, während die Frauen an ihm vorbeiströmten. »Ich soll Zugbrücke und Fallgitter öffnen. Der Heerbann der Gografen wird euch befreien.«

Grete sah ihn an. Wieder lag Wahnsinn in ihrem Blick. »Wir haben genug gelitten«, flüsterte sie. »Du ahnst nicht, was für ein Scheusal Blaubart ist. Wir haben in Angst und Schrecken gelebt. Wir wollen frei sein. Oder tot. Wir werden es diesen Dreckskerlen heimzahlen.«

Hans ballte in seiner Ohnmacht die Fäuste und knirschte mit den Zähnen, während seine Schwester zum dritten Turm lief, der sich pechschwarz vom Nachthimmel abhob. Dieses Mal geriet sie an einen geistesgegenwärtigen Wächter. Hans sprang ihr bei, als er den Kampflärm hörte, und schlug den Mann mit wilden Hieben in die Flucht. Dann brach er das Türschloss auf, und Grete rannte in den Turm, um die gefangenen Frauen zu befreien.

Doch Blaubarts Krieger waren alarmiert. Rufe erschallten. Ringsumher wurden Fackeln entfacht. Die Tür des Bergfrieds flog auf, und die Männer, die sich mit den Mädchen vergnügt hatten, eilten über die Holztreppe auf den Hof. Die ganze Besatzung Rottlands war auf den Beinen. Im Fackelschein erblickte Hans die mageren, verdreckten, zerlumpten Frauen und Mädchen. Sie hatten sich mit allem bewaffnet, was sie hatten finden können – Forken, Beile, Hacken und Stangen, sogar einige Schwerter und Speere –, ihre Augen glühten wie Kohlen, und in ihrer Todesverachtung und Rachsucht, ihrem Blutdurst und ihrem Mut der Verzweiflung wirkten sie wie Furien. Dann drängte das Vieh brüllend aus dem Stall und stürmte auf die Krieger zu. Frauen und Mädchen heulten wie Todesfeen und gingen zum Angriff über.

Hans stand wie gelähmt vor dem Turm und sah den Frauen zu, die wie eine Welle gegen die Krieger anbrandeten. Diese waren zwar kampferprobt und gut gerüstet, aber erstens hatte das Vieh ihre Reihen durcheinandergewürfelt, und zweitens erfüllte sie der Anblick der hasserfüllten Gefangenen, die zu Hunderten auf sie losgingen, mit Angst und Entsetzen. Auf dem finsteren, nur stellenweise von Fackeln erhellten Hof der Grenzfeste entbrannte ein blutiges Gemetzel. Manche Frauen stürzten sich absichtlich in ein Schwert, um ihren Leidensgenossinnen die Gelegenheit zu geben, den Krieger zu erschlagen. Schon bald lagen zahlreiche Tote am Boden, Schweine und Rinder irrten durch das Gewirr der ineinander verkeilten Frauen und Männer, und die Luft war von Wutgebrüll und Schmerzensschreien erfüllt.

Hans, der Grete aus den Augen verloren hatte, nutzte die Gunst des Augenblicks und huschte längs der Festungsmauer zur Wachstube. Er sprang kampfbereit hinein. Auf dem Tisch standen noch Fleisch, Brot und Bier, aber die Krieger waren ihren Kameraden zu Hilfe geeilt. Er hetzte eine Wendeltreppe hinauf und gelangte in ein Gelass mit den Schießscharten, an denen die Wächter bei ihrer Ankunft gestanden hatten. Unten toste der Kampf wie ein wütender Sturm. Hans lief eine zweite, finstere Treppe hinauf, die nach vielen Stufen in einen weitläufigen Raum mündete. Er blieb stehen, um zu verschnaufen, und sah sich um – da waren sie, die gewaltigen Winden, über die die Ketten von Zugbrücke und Fallgittern liefen. Dank Grete und den Frauen hatte er es doch noch geschafft! Er schob das Schwert in den Gürtel, wischte sich Schweiß von der Stirn und trat an die Winde für die Kette der Zugbrücke, deren Glieder groß wie Ochsenschädel waren.

Hans wollte gerade die Sicherungsbolzen lösen, als Tritte auf der Treppe hallten. Kurz darauf sprangen mehrere Krieger in den Raum. Trotz der Dunkelheit erkannte Hans den Wächter, gegen den er vor dem dritten Turm gekämpft hatte.

»Er ist mit den Weibern im Bunde!«, brüllte der Mann. »Los, erschlagt ihn!«

Die mit Schwert und Streitaxt bewaffneten Krieger kreisten Hans ein.

Der Heerbann lag schon eine ganze Weile gefechtsbereit vor Rottland, als plötzlich Lärm aufbrandete.

»Was mag da los sein?«, fragte Hilck von der Usse.

»Klingt wie ein Kampf, an dem mindestens hundert Gegner beteiligt sind«, erwiderte ein Ritter.

»Dann sind es auf keinen Fall Hans und die Mädchen«, sagte Sanne.

»Rätselhaft«, brummte Hilck. »Ob unser Plan gelingt? Wenn Hans die Zugbrücke nicht öffnet, müssen wir um sein Leben fürchten.« Er trat an den Abgrund und sah nach Rottland; die mächtigen Mauern schienen ihn zu verspotten, und der in den mondlosen Nachthimmel ragende Bergfried sprach einer Eroberung Hohn.

Der Knappe warf einen Stein in den Abgrund, um die Tiefe auszuloten. Nach einer Weile ertönte ein dumpfes Klackern, dann ein Platschen. Irgendwo schrie eine Eule, als hätte man sie aufgestört. Die Männer des Heerbanns wurden unruhig. Waffen klirrten, Stiefel scharrten, Geflüster erhob sich. Der aus der Grenzfeste dringende Gefechtslärm flaute nicht ab. Sanne meinte, das Gebrüll von Rindern zu hören. Hilck von der Usse stand am Abgrund, den Blick auf das so nahe und doch so ferne Rottland gerichtet.

»Wir *müssen* hinein«, sagte er. »Wir brauchen die Waffen.«

»Tja …«, murmelte Sanne ratlos.

Knappe und Ritter standen stumm und bedrückt da. Niemand hatte eine zündende Idee. Nach einer Weile trat Horn zu dem Gografen und sagte: »Ich könnte vielleicht helfen.«

»Zauberst du wieder etwas aus Hut oder Fellranzen?«, fragte Sanne.

»Der Hut ist futsch, und die Krieger sind hier nutzlos«, sagte Horn. »Aber ich habe noch etwas …« – er nestelte am Gürtel, über dem seine Wampe hing – »… das ich allerdings noch nie ausprobiert habe. Ich habe mich danach benannt. Eigentlich heiße ich Waldemar Friedensreich.« Er zwinkerte Sanne zu und nahm ein Horn vom Gürtel. »Ich habe es wie alles andere auch einer Schwarzdrossel im Greting abgeknöpft. Angeblich stürzen Festungswerke, Mauern, Städte und Dörfer, wenn man darauf bläst.«

Hilck von der Usse musterte das Horn. »Schwer zu glauben«, brummte er.

»Zauberwerk bringt Unglück«, rief ein Ritter. »Und ehrlos ist es obendrein.«

»Ich habe mich an die Ehrlosigkeit gewöhnt«, erwiderte der Graf resigniert. »Und wenn Rottland über den Haufen fällt, kann uns das nur recht sein.«

»Waldemar Friedensreich«, sagte Sanne grinsend, »lass das Horn erschallen!«

Horn setzte das Wunderding an die Lippen und blies hinein. Ein kläglicher Ton perlte aus dem Schalltrichter. Im Abgrund polterten kleinere Steine in die Tiefe.

»Wahrlich eine mächtige Waffe«, spottete ein anderer Ritter.

»Er hat uns zwei Mal gerettet – mit Hut und Ranzen«, sagte Sanne. »Warum sollte das Horn nicht auch funktionieren?«

»Schafft jemanden her, der Ahnung von Tuten und Blasen hat«, befahl Hilck von der Usse.

Sein Knappe eilte zum Heerbann. Nach einer Weile kehrte er mit einem Vierschrat zurück, der angab, in einem der Weiler des Lohwalds Türmer gewesen zu sein. Er verneigte sich vor dem Gografen und nahm das Horn in Empfang.

»Beachtlicher Brustkasten«, flüsterte Horn Sanne ins Ohr. »Er könnte es schaffen.«

Der Türmer blies mit dicken Wangen in das Mundstück. Ein auf- und abschwellendes Quietschen erklang. Nichts tat sich.

»Streng dich an, Mann!«, schrie Hilck von der Usse.

Der Türmer blies noch einmal. Das Quietschen ging erst in ein Knarren und dann in einen dumpfen, langgezogenen Ton über, der nach kurzer Zeit abbrach. Der Mann setzte das Horn ab; er keuchte und war knallrot im Gesicht.

»Wir sollten besser Anlauf nehmen und über den Abgrund springen«, schlug ein weiterer Ritter vor. »Dann klopfen wir an das Tor und bitten höflich um Einlass.«

Der Türmer holte tief Luft. Er sammelte sich und setzte das Horn wieder an. Er blies lange und ausdauernd hinein. Der Ton schwoll immer weiter an, erst hohl, dann grollend, dann ohrenbetäubend laut.

Ein Krachen ertönte.

Alle sahen wie gebannt zur Grenzfeste.

Hans konnte sich der Angreifer kaum noch erwehren. In eine Ecke hinter den Winden geduckt, wehrte er einen Hieb nach dem anderen ab. Er saß in der Falle, und an einen Ausbruch war nicht zu denken. Im Hof wurde immer noch gekämpft. Er konnte den Lärm hören, wusste aber nicht, wie die Sache stand. Vermutlich hatten sich Blaubarts Krieger inzwischen gefangen. Sie waren zwar in der Unterzahl, aber mit ihrer Kampferfahrung würden sie sich über kurz oder lang gegen die Frauen durchsetzen. Hans, der sich um Grete sorgte, befürchtete ein Blutbad.

Da drang ein Ton an seine Ohren, der wie aus tiefsten Tiefen aufzusteigen schien und den Gefechtslärm überlagerte. Hans' Trommelfelle schmerzten, und er presste sich die Hände auf die Ohren. Den Kriegern erging es ebenso. Sie verzerrten das Gesicht und krümmten sich wie unter Schmerzen. Der Ton schwoll ab, um gleich darauf noch lauter zu erschallen. In der Kammer mit den Winden ertönte ein Krachen. Als Hans die Augen öffnete, sah er, dass sich in der Außenwand ein Riss auftat. Mörtel rieselte. Balken begannen zu bersten.

Was ging hier vor? Warum gab die Mauer nach? Der Heerbann führte keine Katapulte mit sich. Waren die Hexen wieder am Werk? Hans' Instinkt sagte ihm, dass er sich in Sicherheit bringen musste, und er floh zur Treppe. Die Krieger standen da, die Hände auf den Ohren, und sahen ungläubig zu, als mehrere Steine aus der Mauer brachen. Der Nachtwind blies ihnen Staub ins Gesicht. Als sich einer nach Hans umdrehte, sprang dieser schon die Treppe hinunter. Im nächsten Moment gab die Außenmauer nach. Zwei Krieger und die gewaltige Winde der Zugbrücke wurden mit in die Tiefe gerissen. Die übrigen Männer ergriffen die Flucht und rannten ebenfalls nach unten.

Die Mauer Rottlands barst mit dem Knirschen eines riesigen Mühlsteins. Ein bis zu den Zinnen reichender Riss tat sich auf. Quader stürzten, eine Winde polterte in die Tiefe. Die Zugbrücke wankte und fiel mit Donnerhall. Als Nächstes löste sich das Fallgitter, knallte auf die Brücke und rutschte in den Abgrund. Gograf, Ritter und Krieger sahen verblüfft zu, wie die als uneinnehmbar geltende Grenzfeste durch den Schall des Horns geschleift wurde. Dann brachen sie in lauten Jubel aus.

Doch als der Türmer wieder ansetzte, um Rottland ganz in Schutt und Trümmer zu legen, zerbrach das Horn in tausend Stücke. Der Jubel verstummte. Banges Schweigen trat ein. Im Osten glomm der erste fahle Schein der Morgendämmerung am Horizont.

Eine Staubwolke hüllte Rottland ein. Nachdem sie sich gelegt hatte, wurde das Ausmaß der Zerstörung sichtbar: In der Festungsmauer klaffte eine Bresche, durch die man bis zum Bergfried sehen konnte. Dieser hatte standgehalten, aber zwei Kerkertürme und die Blutgerüste waren eingestürzt. Der Gograf sprang auf die Zugbrücke. »Vorwärts!«, brüllte er. »Jetzt oder nie! Für Pinafor!«

Der Heerbann folgte ihm mit Kriegsgeschrei. Die Männer kletterten über die Trümmer und stießen, als sie den Hof der Grenzfeste erreichten, auf eine gespenstische Szene: Von grauem Staub bedeckte Gestalten rangen im Zwielicht wie Untote miteinander. Verwundete stöhnten, und überall lagen Tote.

»Das sind Frauen!«, rief Sanne. »Blaubarts Krieger kämpfen gegen Frauen.«

Hilck von der Usse war entsetzt. »Kreist alle ein«, befahl er seinen Rittern.

Der Heerbann umzingelte die gegnerischen Parteien, die eifrig damit beschäftigt waren, einander zu zerfleischen. Trotz des Hörnerschalls und des Krachens der einstürzenden Mauern kämpften sie wie besessen weiter.

»Das ist ja wie im wahren Leben – Männer und Frauen, die sich spinnefeind sind«, murmelte Horn.

Der Gograf stieg auf einen Mauerquader und rief: »Schluss jetzt! Beendet den Kampf. Das ist ein Befehl.«

Niemand nahm Notiz von ihm. Alle kämpften weiter.

»Ihr seid umzingelt«, brüllte Hilck von der Usse. »Hört auf. AUFHÖREN!«

Sein Ruf verhallte ungehört.

Da stolperte ein von grauem Steinstaub bedeckter Mann auf Sanne zu, der eine verwundete Person auf dem Rücken trug. Sanne wich zurück und duckte sich abwehrbereit.

»Ich bin es«, sagte der Mann und wischte sich Staub aus dem Gesicht.

»Hans«, rief Sanne glücklich, sprang auf ihn zu und umarmte ihn mit gezückten Sicheln.

»Hilf mir«, bat er. »Meine Schwester ist verwundet.«

»Deine Schwester?«, fragte Sanne verdutzt. »Hier?«

Sie legten Grete behutsam auf den Boden, wo sie die Augen aufschlug. »Sind das die Krieger der Gografen?«, fragte sie mit schwacher Stimme.

»Ja«, sagte Sanne. »Eure Qual hat ein Ende.«

Hilck von der Usse stand mit wachsendem Unmut auf dem Quader. Schließlich riss ihm der Geduldsfaden, und er befahl seinen Rittern, einzugreifen. Sie konnten die Kontrahenten rasch und ohne viel Federlesens trennen. Der Kampfgeist der Frauen, die gewütet hatten, als wären sie wahnsinnig, verflog schlagartig, und sie sanken erschöpft zwischen ihren toten und verwundeten Leidensgenossinnen zu Boden. Blaubarts Krieger waren so benommen, dass ihnen gar nicht bewusst wurde, wer sie entwaffnete und zusammentrieb. Sie hockten zwischen den Trümmern, den Kopf auf den Knien oder die Hände vor dem Gesicht, und rangen um Atem und Fassung, während die Krieger des Gografen Aberdutzende von Toten vom Schlachtfeld schleiften und sich um die Verwundeten kümmerten. Hilck von der Usse wies seine Ritter an, die Grenzfeste zu durchkämmen und die Waffen zu sichern.

Hans kniete neben Grete, die mit gebrochenem Blick zu ihm aufsah. Sie blutete aus mehreren Wunden, war geschwächt und dem Tode nah. »Gleich bin ich für immer frei«, flüsterte sie. »Dann wird mich nie wieder jemand quälen können.« Sie musste husten.

Ihr Bruder schwieg. Bilder aus der Vergangenheit gingen ihm durch den Kopf – ihre Eltern, der dunkle Wald, der Käfig, in dem er gehockt hatte, seine Schwester, die die Hexe kurz entschlossen in den Ofen gestoßen hatte. Mit der gleichen Entschlossenheit hatte sie für die Freiheit der eingesperrten Frauen gekämpft, und sie hatte gesiegt. Er nahm ihre Hand und drückte sie. »Egal, was du getan hast oder was man dir angetan hat«, sagte er, »du bist und bleibst meine Schwester, Grete. Ich achte dich, und ich bin dir dankbar.«

Sie lächelte. Vielleicht aus Erleichterung über diese Worte, vielleicht, weil der Tod sie endlich zu sich rief. Sie bebte wie ein Blatt im Wind. Ihre Augen weiteten sich. Und schlossen sich für immer.

Hans blieb mit gesenktem Kopf neben ihr sitzen. Er ließ ihre Hand nicht los. Er nahm weder wahr, dass der Gograf die Waffen aus den Rüstkammern holen ließ, noch, dass sich die Frauen, die bis zum Umfallen gekämpft hatten, um seine tote Schwester versammelten, um ihr die letzte Ehre zu erweisen, und dass Sanne ihm über die Haare strich und sich dann auf die Suche nach Horn begab, der schon länger verschwunden war.

Sie kletterte über die Trümmer der Kerkertürme. »Horn?«, rief sie. »Wo bist du?« Die Morgendämmerung tauchte den Hof der Grenzfeste in ein stilles Licht, als sie ihn endlich fand. Er stand vor der Nordseite des mächtigen Bergfrieds, den Kopf in den Nacken gelegt. Als Sanne seinem Blick folgte, sah sie oben im Turm ein Spitzbogenfenster, aus dem eine Frau sah. Da fiel plötzlich etwas in die Tiefe – eine Strickleiter, die, wie Sanne zu ihrer Verblüffung feststellte, aus weißblonden Haaren geflochten war. »Horn!«, sagte sie. »Was tust du hier? Wer ist die Frau?«

»Sie ist Blaubarts letzte Gefangene«, antwortete er. »Sie war sein Weib, bevor seine Grausamkeit erwachte. Er hat sie aus Eifersucht einmauern lassen. Er wollte nicht, dass ein anderer Mann sie begehrt. Ich muss sie retten.« Er griff nach der Strickleiter. »Sie heißt Rapunzel«, fügte er noch hinzu, bevor er nach oben zu klettern begann.

»Du bist verrückt!«, rief Sanne. »Komm zurück. Du bist zu … zu füllig für die Strickleiter. Du wirst abstürzen.«

»Ich muss zu ihr!«, schrie Horn, der Sprosse um Sprosse der gefährlich schwankenden Leiter erklomm. »Ich liebe sie!«

»So ein Blödsinn«, schrie Sanne verzweifelt. »Von hier unten kannst du nicht einmal ihr Gesicht sehen.«

»Ich kenne sie aus meinen Träumen!«, rief Horn. »Ich habe mein ganzes Leben von ihr geträumt. Ich werde …« – er stieg schnaufend höher und höher – »… sie heiraten. Und Kinder mit ihr haben. Wir werden bis zu unserem Tod glücklich und zufrieden leben. Das weiß ich genau.«

»Horn!«, brüllte Sanne. Das Echo ihres Rufes hallte von den Mauern wider. »Kehr um!«

»Nein!«, rief Horn, der in schwindelerregender Höhe auf der Strickleiter schwankte. »Ich kehre nicht um. Ich habe euch mit Hut, Ranzen und Horn geholfen. Ich habe meine Pflicht getan.« Er löste den Fellranzen, den er auf dem Rücken trug, und ließ ihn fallen. Als er auf den Boden prallte, sprangen die sieben Recken heraus.

»Wen gilt es zu besiegen?«, fragten sie wie aus einem Mund.

Sanne griff nach dem Ranzen und klopfte darauf. Die Recken verschwanden. Als sie wieder nach oben sah, war Horn fast am Ziel. Die Frau streckte ihm beide Hände entgegen, und er kletterte in die Kammer. Gleich darauf erschallte ein frohes, zweistimmiges Jauchzen. Die Strickleiter wurde eingeholt, das Fenster geschlossen.

Sanne stand da, winzig vor dem Bergfried. Dohlen kreisten im Licht der aufgehenden Sonne. Sie krächzten so feierlich, als wollten Horn und Rapunzel auf der Stelle Hochzeit halten.

28. Rumpenstünz

Helmdag von der Usse führte seine Männer am Welsfluss nach Süden. Ein kalter Wind saß ihnen im Nacken und trieb die Wolken vor sich her. Am Mittag des dritten Tages, es hatte noch keine Feindberührung gegeben, wurden sie von einem Boten eingeholt, der von der Einnahme Rottlands berichtete. Helmdag befahl die Umkehr.

Seine Männer waren erleichtert: Das Ablenkungsmanöver war beendet, sie waren unversehrt und würden bald zum Rest des Heeres stoßen, das Rottlands Rüstkammern geplündert hatte. Sie sangen Weisen, die von Liebesglück und Liebesleid erzählten, von rauschenden Festen, ruhmreichen Schlachten und wohlbehaltener Heimkehr. Als Wesen der Wilden Jagd über sie hinwegflogen, pfiffen, johlten und lachten sie, denn sie hatten die Streitmacht des Eisernen Königs wieder an der Nase herumgeführt. Abends lagerten sie am Ufer des Welsflusses und brieten Fisch und Wild, und Helmdag ließ Schnaps ausschenken, um die Eroberung Rottlands zu feiern. Man trank und schmauste ausgelassen an den Feuern, aber die Sterne wurden von Wolken verschluckt, und der Mond zeigte sich nur für Momente. In einem Gehölz am Ufer schrien mehrere Eulen wild durcheinander.

Helmdag stieß mit seinen Rittern an. »Auf den Sieg!«, rief er, und sein Trinkspruch wurde jubelnd erwidert. Im Laufe des übernächsten Tages wäre das Heer wieder vereint; nun war es bestens bewaffnet und hatte dem Ansturm des Feindes etwas entgegenzusetzen. Spät in der Nacht teilte man die Wachen ein und versank in einen wohlverdienten Schlaf.

Aber der Feind war weder besiegt noch sehr fern. Blaubarts Streitmacht, die keine Rast eingelegt hatte, befand sich am Südwestrand der Hohen Heide, anderthalb Tagesmärsche von der Feste der Gografen entfernt. Als Blaubart erfuhr, dass der Gegner umgekehrt war, tobte er. Dann sandte er eine Vorhut aus, die aus der Wilden Jagd, einem Großteil der Karontiden und der Reiterei bestand.

»Zerschmettert dieses Lumpenheer!«, schrie er. »Vernichtet es bis auf den allerletzten Landmann und Tagelöhner! Man hat mich lange genug genarrt!«

Die Karontiden stampften durch die Nacht, flankiert von der Reiterei und gedeckt von der Wilden Jagd, die in breiter Keilformation und mit knatternden Schwingen am finsteren Himmel dahinzog.

In den frühen Morgenstunden traf ein Späher der Wilden Jagd ein. Was er berichtete, nachdem man Blaubart aus dem Bett geholt hatte, war noch schlimmer als sein Anblick – er hatte einen Krötenkörper und das Gesicht eines pickeligen, pausbackigen Knaben, und von seinen Lippen tropfte gelber Schleim. Blaubart stand da wie vor den Kopf gestoßen. Seine Lider zuckten, und sein Unterkiefer mahlte, als müsste er die Wörter in passende Stückchen zerkauen. »Rottland?«, stieß er hervor. »*Mein* Rottland? Erobert? Unmöglich. Es ist uneinnehmbar.« Er schluckte und brüllte dann: »UN-EIN-NEHM-BAR«.

»Rottland ist gefallen, Herr«, nuschelte das Wesen.

Blaubart wankte und hielt sich an Grimm fest, der angewidert das Gesicht verzog. »Und meine Weiber?«, flüsterte er.

»Man hat sie befreit«, erwiderte das Wesen.

Blaubart schrie, als hätte man ihm einen Dolch in das Herz gestoßen. »Nein!«, rief er. »Nein! Nein! Nein!«

Das Wesen grunzte und wischte sich Schleim vom Mund.

»Das heißt, dass die Gografen ihr Heer geteilt haben«, sagte Grimm. »Es bedeutet auch, dass sie jetzt besser bewaffnet sind, denn Eure Rüstkammern waren gut gefüllt.«

»Oooooh, meine Weiber …«, heulte Blaubart.

»Sie waren sowieso schon halb tot«, murmelte Grimm.

»Ja! Aber nur halb!«, heulte der blutrünstige Blaubart. »Nur halb.« Er schluchzte in einen Ärmel seines Schlafgewands. Dann fragte er unvermittelt: »Was ist mit der Vorhut?«

»Sie werden das kleine Heer, das zur Feste marschiert ist, um uns abzulenken, in Grund und Boden stampfen«, erwiderte einer der Raubritter. »Macht Euch keine Sorgen, Herr.«

»Ich bin hungrig«, krächzte das Wesen der Wilden Jagd.

Blaubart sah es wütend an. »Werft dem hässlichen Vogel eine Magd aus dem Tross vor«, befahl er. Dann wandte er sich ab und kehrte in sein Zelt zurück.

Die Kühle des Morgens kroch über die Flussauen und bis in das Lager von Helmdags Heerbann. Die Wachen gähnten, und man entfachte erste Feuer, um Tee zu kochen und Eier zu braten. Die Ritter, die ihre Rüstung über Nacht abgelegt hatten, erwachten und reckten und streckten sich.

Der Gograf stand am Ufer und betrachtete den trägen Strom. Ein Schwan gründelte vor dem Schilf, Rallen und Schnepfen riefen, alles wirkte ruhig und friedlich. Zum ersten Mal seit dem Verlust der eigenen Feste gewann Helmdag seine Zuversicht zurück: Sie hatten Rottland eingenommen und viele Waffen erbeutet; sie wären keine leichte Beute mehr; und vielleicht wären sie sogar imstande, den Eisernen König zu besiegen. Er ging zu den Rittern, die am Feuer ein karges Mahl einnahmen.

In diesem Moment gab einer der Wächter Alarm. »Die Wilde Jagd!«, brüllte er. »Auf allen Seiten!«

Die Männer sprangen fast gleichzeitig auf. Teller und Becher wurden umgestoßen und Kannen mit kochendem Wasser kippten um, als man zu den Waffen griff. Helmdag wies den Männern Stellungen zu. Seine Ritter eilten zu ihren jeweiligen Truppenteilen. Die Bogenschützen formierten sich in der Mitte des Lagers zu einem Kreis. Kurz darauf brach ein Unwetter aus Gekreische und Schwingengeknatter, aus Schnäbeln, Krallen, Hauern und Reißzähnen über den Heerbann herein. Ein Pfeilhagel nach dem anderen sauste gen Himmel, aber anders als beim Angriff auf das Lager am Dunkelpfuhl war die Wilde Jagd vorbereitet: Die Geschöpfe wichen den Pfeilen aus wie eine lebendige Welle, stürzten auf die Männer hinab und sorgten innerhalb kurzer Zeit für schwere Verluste.

Im Heerbann kam Panik auf. Die Ritter versuchten, ihre Männer zu beruhigen, damit diese ihre Stellung hielten, aber die Ohnmacht, die die meist unerfahrenen Krieger angesichts des Überfalls aus der Luft erfüllte, war stärker als jede gute Zurede. Manche versuchten, wieder Mut zu fassen, indem sie rasend und sinnlos auf tote Ungeheuer einschlugen; andere duckten sich unter Bäume; wieder andere standen kurz vor dem Kollaps. Helmdag musste all seine Autorität aufbieten, um Ordnung zu schaffen.

Es war ihm gerade gelungen, die Reihen zu schließen, als die Erde zu beben begann – Blaubarts Vorhut rannte gegen das Lager an. Beim Anblick der Karontiden, die brüllend und mit bebenden Hornfortsätzen und wild peitschenden Schwänzen angestürmt kamen, erfasste die Männer eine Mischung aus Starre und Entsetzen. Dann griff die Reiterei die Flanken an. Die Bogenschützen wussten nicht mehr, auf wen sie schießen sollten – auf die Wilde Jagd oder auf Reiter und Karontiden. Der überrumpelte Heerbann begann, sich aufzulösen. Männer sprangen in den Welsfluss, wurden von der Strömung erfasst und abgetrieben. Reiter und Karontiden wüteten derweil unter jenen, die noch Gegenwehr leisteten, und die Wesen der Wilden Jagd stürzten unablässig vom Himmel und schlugen blutige Schneisen in die Reihen. Helmdag, der mit Rittern und Bannerträger in vorderster Front kämpfte, sah ein, dass die Schlacht verloren war, und ließ zum Rückzug blasen. Wer nicht im Getümmel steckte, ergriff die Flucht.

Daraufhin zielte der Angriff auf den Gografen und dessen letzte Getreue, die immer weiter zum Fluss zurückgedrängt wurden. Sie nahmen den Bannerträger in ihre Mitte und wehrten sich, gedeckt von den letzten Bogenschützen, gegen den Ansturm der Feinde.

»Sie werden uns abschlachten!«, brüllte einer der Ritter. »Wir können nicht gewinnen!«

Helmdag erschlug einen Raubritter, der mit dem Morgenstern auf ihn losging. Dann drängten die Karontiden heran. Arme begannen zu erlahmen, viele Ritter waren verwundet. Die vom übermächtigen Feind umzingelten Männer machten sich auf den Tod gefasst. Aber sie wollten ihre Haut so teuer wie möglich verkaufen.

Da erschallte ein dumpf blubbernder Ruf, und als sich der Gograf zum Fluss umdrehte, sah er die Welse. Sie hoben das Maul und ließen eine Welle aus blauem Licht auf das Ufer branden, die die Angreifer zurückwarf. Karontiden röhrten, Raubritter krümmten sich, und die Wilde Jagd wurde durcheinandergewirbelt.

»Werft die Rüstungen ab und springt in den Fluss!«, rief der alte Waller. »Wir können sie nur kurz aufhalten!«

Helmdag zögerte, doch als er sah, dass sich die Feinde rasch erholten, befahl er: »Weg mit den Waffen. Ab in den Fluss.« Er löste die Schnallen der Rüstung, riss das Banner von der Stange, damit es dem Feind nicht in die Hände fiel, und floh mit seinen Getreuen im Schutz einer zweiten Welle aus blauem Licht in die Fluten. Die Welse reckten ihnen den Rücken entgegen, und sobald alle Männer aufgesessen waren, schwammen sie so rasch wie möglich stromaufwärts.

Am Ufer brüllten wütende Karontiden. Die Wilde Jagd nahm die Verfolgung auf, aber die Welse bildeten mit ihrem blauen Licht einen Schutzwall um Helmdag und dessen Mannen, an dem die Ungeheuer abprallten. Sie folgten den Flüchtigen mit frustriertem Kreischen, kehrten nach einer Weile aber wie auf Kommando um.

Helmdag, der auf dem Rücken des alten Wallers saß, sah zu, wie sich die Wilde Jagd in der Ferne verlor. Dann sagte er: »Überrumpelt, aufgerieben, in alle Winde zerstreut. Hilck wird nicht erfreut sein, wenn er das erfährt.« Er ließ den Blick über die Schar gleiten, die ihm geblieben war und zu beiden Seiten auf den Welsen das Wasser durchpflügte.

»Noch ist nicht aller Tage Abend«, blubberte der Waller. »Noch hat der Eiserne König nicht gesiegt. Noch kann sich alles zum Guten wenden.«

Helmdag schwieg. Der Welsfluss rauschte, Gischt sprühte ihm ins Gesicht. Er hatte eine Niederlage erlitten und seinen Heerbann verloren, und es kam ihm vor, als würde sich die Einöde, die Pinafor seit der Erweckung des Eisernen Königs war, auch in seinem Inneren erstrecken.

Die Sonne tauchte kurz zwischen den Wolken auf, als der Hügel mit dem Haus der dreizehn weisen Weiber in Sicht kam. Die Gefährten, stets auf der Hut vor dem Feind, hatten einen weiten, beschwerlichen Weg hinter sich.

»Das wird eine Hungersnot zur Folge haben«, sagte Sneewitt und zeigte auf den schwarzen Matsch, zu dem das Getreide verfault war. Vogelscheuchen standen wie Mahnmale auf den Feldern, und Krähen kreisten auf der Suche nach Aas am Himmel. Das fruchtbare Flutwidde war nur noch ein Schatten seiner selbst.

Der Aufstieg zum Haus führte die vier Gefährten an den mit Zwitterwesen geschmückten Stelen vorbei, die sich zwischen Ginsterbüschen und Birken verbargen.

»Das ist die Wilde Jagd«, sagte Kunz. »Seltsam, dass die Weiber den Weg zu ihrer Hütte mit solchen Ungeheuern dekorieren.«

»Die Stelen sind uralt«, erwiderte der Dachs. »Und der Hügel war seit jeher ein geheimnisumwobener Ort. Hier haben die Reifriesen die Welt angeblich dem Dunkel entrissen. Hier sollen jene Ragnarökk in die Finsternis zurückgestürzt sein, die schließlich zur Wilden Jagd wurden.«

»Wie beruhigend«, murmelte der Fuchs.

Im Gegensatz zu Hans, der noch über die korngelben Fluren Flutwiddes hatte staunen können, bot sich den Gefährten auf dem Hügel ein trostloses Bild: Das Land breitete sich grau und schwärzlich unter ihnen aus, der Himmel war wie aus Blei. Sneewitt klopfte an die Tür des Fachwerkhäuschens. Als ein Kultknecht öffnete, zuckte sie unwillkürlich zurück und griff nach ihrem Dolch.

»Nicht so hastig«, flüsterte Kunz. »Die Verräterin ist Barbera. Und sie hat bestimmt nicht alle Kultknechte auf ihre Seite ziehen können.«

»Immer nur herein«, sagte der Kultknecht – zweideutig, wie die misstrauische Sneewitt fand – und hielt ihnen die Tür auf.

Sobald sie eingetreten waren, wuchs das Häuschen wieder zu ungeahnten Dimensionen an, und sie standen in der hohen, von

Kandelabern erhellten Halle. Auf der Freitreppe warteten schon die weisen Weiber, alle in Schwarz und alle dunkel verschleiert. Der Dachs fragte sich, warum sie trauerten. Wegen der Verheerung Flutwiddes?

Das älteste weise Weib humpelte an die Balustrade und sagte: »Sieh da – zwei der Hallodris, die der schwangeren Bäuerin den Melkschemel unter dem Hintern weggetreten haben. Was ist euer Begehr?«

»Wir bringen Euch den Bart des Eisernen Königs«, erwiderte Kunz. »Diese beiden braven Tiere haben ihn aus der Grabkammer geborgen. Eine Ragnarökk hat sie angewiesen, ihn zu jenen zu bringen, die wissen, was damit zu tun ist. Den Haaren wohnt angeblich große Macht inne. Vielleicht können wir sie gegen unsere Feinde verwenden.«

»Oh …!«, entwich es dem ältesten Weib. Sie schwieg kurz, als müsste sie sich sammeln. »Wie gut«, fügte sie schließlich heiser hinzu, »dass ihr damit zu uns gekommen seid.«

Die anderen Weiber tuschelten miteinander.

»Warum tragt Ihr Trauer?«, wollte Sneewitt wissen.

»Unsere jüngste Schwester wird vermisst«, sagte die Alte. »Wir haben Anlass zu der Vermutung, dass sie … tot ist.«

»Barbera?«, hechelte der Fuchs. »Tot? Das glaube ich nicht. Eher sammelt meine Urgroßmutter Ermeline im Grab ihre morschen Knochen zusammen und wandelt wieder unter den Lebenden.«

Die Alte wandte ihm das verschleierte Gesicht zu, als hätte sie verstanden.

»Barbera ist eine Verräterin!«, rief Sneewitt. »Sie hat sich mit dem Eisernen König verbündet.«

Hinter ihr ertönte ein metallisches Sirren. Als sie herumfuhr, hatte der an der Eingangstür stehende Kultknecht den Säbel gehoben, der seiner Schulter entspross. Er sah Sneewitt mit einem kalten Blick an. Dann fragte er: »Sollten unsere Gäste nicht zuerst etwas essen, ehrwürdige Herrinnen? Nach dem langen Weg sind sie sicher hungrig.«

»Hervorragende Idee«, brummte Meister Grimbart.

»Ja, ich denke auch«, sagte das älteste Weib. »Führ sie in den Speisesaal. Und danach … in das gelbe Gemach.«

Sie nickte den Gefährten zu und humpelte davon, gefolgt von ihren Schwestern.

Im Speisesaal brannte ein Feuer im Kamin. Der lange Tisch war reich gedeckt, und Kunz und Sneewitt futterten wie die Scheunendrescher. Auch Meister Grimbart und Reineke Fuchs fraßen mit Heißhunger. Schließlich rieb Kunz seinen Bauch, wischte den Mund mit einer Serviette ab und sagte: »Freunde, bin ich voll. Wenn ich jetzt sterben muss, dann wenigstens satt.«

Sneewitt wurde blass und ließ ein Stück kalten Fasan fallen. »Meinst du, man will uns vergiften?«, hauchte sie und starrte ihren Teller an, als wären die Pellkartoffeln verzauberte Fliegenpilze.

»Ach, was«, erwiderte der mampfende Fuchs. »Dann wären wir längst tot umgefallen.«

»Ich habe weder etwas gewittert noch geschmeckt«, ergänzte der Dachs. »Das Essen ist nicht vergiftet. Ganz im Gegenteil: Die Küche der weisen Weiber ist hervorragend.«

»Wenn du meinst«, erwiderte Sneewitt und schob den Teller weg. »Mir ist jedenfalls der Appetit vergangen.«

Der Speisesaal war geweißt, die Balken dunkel gebeizt. Zwei Fenster boten einen Blick auf das abendliche Flutwidde. Die Wandteppiche zeigten verschlungene Pflanzenmuster, und in den Ecken standen Vasen mit getrockneten Disteln. Ohne die Reliefs der Wilden Jagd auf der Kamineinfassung hätte alles hell und freundlich, ja gemütlich gewirkt.

»Hat jemand einen Zahnstocher?«, fragte Kunz. Als niemand antwortete, schnitt er ein längliches Holzstück aus dem Tisch, spitzte es an und prokelte damit zwischen den Zähnen herum. Sneewitt saß mit mulmigem Gefühl da, und die beiden Tiere gähnten herzhaft. Sie waren schon fast eingedämmert, als der Kultknecht erschien, um sie auf ihre Zimmer zu geleiten.

»Habt ihr wirklich eine Ragnarökk gesehen?«, fragte er.

»Nein«, antwortete Sneewitt, die ein geheucheltes Erstaunen aus seiner Stimme herauszuhören meinte. »Nicht wir, sondern die Tiere.«

»Man erzählt sich, dass Ragnarökk und Wilde Jagd verwandt sind«, murmelte der Mann, der mit einer Laterne voranging. »Kaum zu glauben.«

»Warum sieht man im Haus und auf dem Hügel all die Bilder dieser Ungeheuer?«, wollte Kunz wissen.

Die immer wieder von Stiegen unterbrochenen Flure wanden sich wie die Tunnel eines riesigen Baus durch das nach außen hin unscheinbare Häuschen. Schritte hallten, und die Krallen von Dachs und Fuchs klackerten auf den blitzblanken Dielen. Sie kamen an vielen Türen vorbei, alle geschlossen, manche mit Vorhängeschlössern gesichert. Meister Grimbart, der die Ohren spitzte, bildete sich ein, hin und wieder ein Stöhnen zu hören, ein Sausen und Brausen, das dumpf aus großer Tiefe heraufdrang.

»Die Bilder sind uralt«, erwiderte der Kultknecht und blieb vor einer Tür stehen. »Sie zeigen die Geschöpfe einer Welt, in der noch nicht geschieden war, was zusammengehört.«

»Aha«, sagte Kunz. »Verstehe.« Er sah Sneewitt an und zog die Braue seines veilchenblauen Auges hoch.

Der Kultknecht stieß die Tür auf, die knarrend in das Zimmer schwang. »Hier schlaft ihr. Alle zusammen. Das ist einfacher. Macht euch frisch. Wenn der Hahn kräht, führe ich euch zum gelben Gemach.«

»Ihr haltet Hühner?«, fragte der Fuchs hocherfreut.

»Warum ist es einfacher, wenn wir uns ein Zimmer teilen?«, wollte die misstrauische Sneewitt wissen.

»Wegen des Reinemachens«, erwiderte der Kultknecht. Und an Kunz gewandt fügte er hinzu: »Falls du einen Zahnstocher brauchst, wende dich an mich, damit du nicht wieder einen Tisch beschädigst.« Er reckte seinen Säbelarm, dessen Spitze im Zwielicht blitzte.

Dann verschwand er.

Kunz brummte unwirsch, legte Waffen und Gepäck vor dem Himmelbett ab und ging zum Waschtisch. Als er sein Gesicht abtrocknete, sagte er: »Ich fürchte, wir müssen uns das Bett teilen, Schönliebchen.«

»Wenn du mich auch nur ein einziges Mal angrabscht, mache ich dich kalt«, knurrte Sneewitt.

»Und ich dachte, du würdest mich wärmen«, seufzte er.

Sie stieß ihn weg und wusch sich auch. Die zwei Tiere lagen derweil auf den Dielen und horchten.

»Dieses Haus ist von seltsamen Geräuschen erfüllt«, sagte Meister Grimbart. »Es klingt, als wäre es verzaubert.«

»Es *ist* verzaubert«, erwiderte Kunz und holte die Dose mit dem Bart aus seinem Felleisen. Bevor er noch etwas sagen konnte, krähte ein Hahn. Im nächsten Moment wurde an die Tür geklopft.

»Fertig?«, rief der Kultknecht.

Wieder ging es durch Flure, deren Dunkelheit die Laterne nur mühsam durchdrang. Sie hielten vor einer Tür mit halbrunder Oberkante und rautenförmigen Paneelen und betraten ein sonnenblumengelbes, von vielen Kerzen erhelltes Gemach. Die Fensterläden waren zu. Fünf blutrote, mit Bildern der Mischwesen verzierte Wandschirme bildeten einen Kreis, der mit eisblauen Laken ausgelegt war. In der Mitte erhob sich eine hüfthohe Säule aus rostigem Eisen, auf der eine ebenso rostige Schale stand. Sneewitt, die sich nervös umsah, stellte fest, dass sie ein Dreieck im Quadrat zeigte – zusammen mit dem Rund der Schale das Zeichen des Eisernen Königs.

»Was ist das hier?«, flüsterte sie verstört. »Eine Hexenküche unseres Feindes?«

»Der Bart des Eisernen Königs kann nur wirksam zerstört werden, wenn er auf dem Zeichen seines Trägers verbrennt«, sprach das älteste weise Weib, das hinter einem Wandschirm hervortrat. Die anderen Weiber folgten und ordneten sich um die Säule zum Kreis. Sneewitt wich zurück. Als sie sich umdrehte, erblickte sie den Kultknecht, der mit erhobenem Säbelarm vor der Tür wachte. »Wir sitzen in der Falle«, zischte sie Kunz ins Ohr, »und wir sind nicht einmal bewaffnet.«

»Unsinn«, murmelte Kunz.

Dachs und Fuchs verkrochen sich mit gesträubtem Fell und leisem Knurren in einem Winkel des Gemachs.

»Gib mir den Bart«, befahl die Älteste so herrisch, dass Kunz zusammenzuckte. Er reichte ihr die Dose. Als sie die Haare sachte auf die Schale schüttelte, erschauerten die Weiber. Hände wurden gefaltet. Lippen bewegten sich im stummen Gebet.

»Der Bart des … des … Feindes«, krächzte die Älteste, der die Stimme zu versagen drohte. »Eine Ragnarökk hat ihn aus dem Stein gelöst?«

Sneewitt ließ einen Blick zu Kunz hinüberblitzen – sie hatten dieses Detail noch nicht erwähnt.

Doch Kunz erwiderte nur: »Ganz recht.«

»Aaaah …«, stöhnte das älteste weise Weib und schwenkte die Hände über dem Bart. »Ooooh …«

Kunz ging zu den Wandschirmen, wo er sich neben Sneewitt stellte. Im Kerzenschein wirkten die Farben von Wänden, Schirmen und Laken unnatürlich satt – das Gelb strahlte wie die sommerliche Abendsonne, das Rot wie Ochsenblut, das Blau wie Kornblumen. Und während die elf übrigen weisen Weiber, in schwarze Schleier und Gewänder gehüllt, voller Andacht mit vor der Brust überkreuzten Armen verharrten, ließ die Älteste weiter die faltigen, fleckigen Hände über dem Bart kreisen. Niemand schien zu bemerken, dass es nicht der des Eisernen Königs, sondern der eines schnöden Köhlers war. Alle schienen hingerissen, weggetreten oder wenigstens verzückt zu sein. Kunz hoffte, dass sich dieser Zustand der Aussicht verdankte, dem Feind durch das Verbrennen des Bartes einen schweren Schlag zu versetzen.

Das älteste weise Weib ließ die flachen Hände lange über den Haaren kreisen. Sie stieß Laute aus, die Meister Grimbart, der sich neben dem Fuchs in eine Ecke duckte, an das Fiepen eines Wiesels denken ließen, und das Geräusch, mit dem ihre überlangen, weiß lackierten und mit Zauberzeichen bemalten Fingernägel gegeneinanderstießen, erinnerte ihn ungut an die Asseln und Spinnen, die sich in der Grabkammer auf ihn gestürzt hatten. Auf seinem Nacken sträubte sich wieder die Schwarte.

Schließlich blieben die Hände der Ältesten reglos in der Luft hängen. Ihre Finger krümmten sich zu Krallen. Sie legte den verschleierten Kopf in den Nacken. Ihrer Kehle entwich ein Ächzen, das ihren mageren Körper wie in höchster Erregung schüttelte.

Einen Herzschlag später schwollen die Adern auf ihren Handrücken an, und der Bart ging in Flammen auf. Die restlichen Weiber erwachten aus ihrer Andacht und krächzten Beschwörungen. Schon bald war das Gemach vom Gestank verschmorter Haare erfüllt. Sneewitt drückte sich einen Ärmel vor die Nase und behielt das älteste weise Weib im Blick, das nun wie erstarrt dastand und die Krallenfinger in die Flammen hielt, als könnten ihr diese nichts anhaben.

So ging es eine Weile, als wäre die Zeit angehalten worden. Nachdem das Feuer erloschen und der Qualm verflogen war, trat die Älteste von der Schale zurück. Alle verstummten und senkten den Kopf. Dann entrang sich ihren Kehlen ein tiefer Seufzer. Ihre Busen bebten so ungestüm, dass die Gewänder wehten. Sie krümmten und schüttelten sich und holten tief Luft, als wollten sie den allerletzten Hauch des Rauches in sich aufnehmen.

»Es ist getan«, flüsterte das älteste weise Weib. »Der Bart ist zu Asche geworden. Unser Feind hat einen Teil seiner Kraft verloren. Gepriesen sei die reinigende Kraft des Feuers!«

»Gepriesen! Gepriesen!«, riefen die Weiber im Chor.

Die Farben im Gemach verloren ihre Sattheit. Der Kultknecht öffnete die Läden dreier Fenster. Gemeinsam mit der kühlen, frischen Luft drang das Schwarz der Nacht in den Raum und schmiegte sich an die Weiber.

»Geht nun zu Bett«, sprach die Älteste, »und schlaft beruhigt. Brecht morgen zu den Gografen auf und teilt ihnen mit, dass ihr Sieg ein Stück näher gerückt ist.« Nach diesen Worten verließ sie das Gemach mit ihren Schwestern durch eine geheime Tür.

Kunz atmete auf. Sneewitt starrte die Asche des Bartes an; ein letzter Rauchfaden stieg aus der Schale auf und verlor sich im Dunkeln. Die Kerzenflammen zuckten, als hätte sie etwas erschreckt. Reineke Fuchs, sonst so furchtsam, sprang auf und folgte den Weibern. Er erreichte die Geheimtür, kurz bevor sie sich schloss, witterte mit gereckter Schnauze und winselte halblaut. Dann kehrte er mit eingeklemmter Lunte zu seinen Gefährten zurück.

Sneewitt lief im Zimmer unruhig im Kreis. »Haben die Weiber nicht gemerkt, dass wir ihnen einen falschen Bart untergejubelt haben?«, fragte sie. »Oder haben sie gute Miene zum bösen Spiel gemacht?«

»Sie nennen den Eisernen König ›Feind‹«, erwiderte der im Himmelbett liegende Kunz. »Und sie sagen, dass er nach dem Verbrennen des Barts einen Teil seiner Kraft eingebüßt habe. Ich glaube, dass sie nichts gemerkt haben und nach wie vor auf unserer Seite stehen.«

»Früher hast du anders geredet«, sagte Sneewitt. »Hat dich die Alte eingelullt?« Sie sah Kunz an und setzte hinzu: »Dreh dich um. Ich ziehe mich jetzt aus und gehe auch zu Bett. Bleib ja auf deiner Seite.«

»Glaubst du, ich wäre scharf auf eine Frau mit einem Gesicht, das immer noch aussieht, als hätte sie sich im Schminktopf an den Farben vergriffen?« Er zog die Daunendecke so hoch, dass nur noch sein brauner Lockenschopf zu sehen war. »Wir kennen uns seit einer Ewigkeit«, brummte er pikiert. »Warum sollte ich auf einmal den Lustmolch spielen?«

Sneewitt zuckte mit den schneeweißen Schultern. »Man weiß nie«, sagte sie und schlüpfte unter die Decke. »Gute Nacht.«

»Ja, gute Nacht«, murmelte Kunz. Er sah zum Baldachin auf, der mit dem Bild einer Nixe bestickt war, und dämmerte ein.

Nur der Fuchs grübelte noch. Er war beunruhigt, weil er sich einbildete, Barbera hinter der Geheimtür gewittert zu haben. Ihr süßlich scharfer Duft, eine Mischung aus Zuckerbrot und Peitsche, war unverkennbar. Er hatte seinen Gefährten nichts davon erzählt, weil er sie nicht beunruhigen wollte; vielleicht hatte er sich ja verrochen. Trotzdem ließ ihm die Sache keine Ruhe, denn wenn Barbera wirklich hier war, wäre die Trauer der Weiber eine Farce, und die Verbrennung des Bartes wäre eine Schmierenkomödie gewesen, aufgeführt, um die Gäste einzulullen oder gar in eine Falle zu locken. Er musste der Sache auf den Grund gehen.

Alle schliefen, und Sneewitt hatte trotz ihrer barschen Worte wie zum Schutz vor Albträumen einen Arm um Kunz gelegt. Der Fuchs huschte durch die angelehnte Tür. Er pinkelte auf die Schwelle, um das Zimmer wiederfinden zu können, und pirschte dann durch Flure, die noch verwirrender waren als das Labyrinth der Eschenwurzeln. Wandfunzeln warfen in weiten Abständen ein fahles Licht auf Dielen und Stiegen. Die zu den Zimmern führenden Eichentüren mit den dicken Beschlägen waren ebenso verriegelt wie die Schränke und Truhen, die da und dort an den Wänden standen. Alles war so sauber, als würden die Bewohner des Hauses vom Fußboden essen, und er witterte so gut wie nichts. Hatte er sich doch geirrt? Vielleicht rochen alle weisen Weiber so … hinterlistig lüstern. Sie hatten zwar Keuschheit gelobt, aber wer wusste, welche Sehnsüchte hinter dem weisen, altersmilden Äußeren schwelten? Er dachte an seine Urgroßmutter Ermeline, die bis zu ihrem Tod ihren Balg gepflegt und jeden Jungfuchs mit schmachtenden Blicken bedacht hatte.

All das ging ihm durch den Kopf, während er ziellos durch das Haus irrte. Er hatte längst die Orientierung verloren, aber die vielen Stiegen, die er hinuntergetrippelt war, sagten ihm, dass er sich auf einer Ebene des Hauses befand, die tiefer als das Zimmer lag. Hier war es heller, aber die fast geruchlosen Flure glichen sich weiter wie ein Ei dem anderen und sorgten dafür, dass er wie in Trance eine Pfote vor die andere setzte. Er war kurz davor, aufzugeben, als zum ersten Mal Schritte an seine Ohren drangen. »Endlich muss ich nicht mehr allein durch dieses Haus irren«, dachte er erleichtert. »Endlich ein nettes Wort, ein liebevolles Kraulen, ein leckeres Hühnchen, ein Hinweis auf Barb …« Da fiel ihm ein, dass man ihn nicht ertappen durfte, und er flitzte hinter eine Truhe.

Ein Kultknecht bog um die Ecke. Der Duft des Essens, das er auf einem Tablett trug, ließ dem Fuchs das Wasser im Maul zusammenlaufen, und er folgte mit einigem Abstand. Die Stiefel des Kultknechts steckten in Leinenüberzügen – darum war hier kaum etwas zu wittern –, und er glitt eher über die Dielen, als dass er schritt. Schließlich blieb er vor einer ovalen, von Leuchtern gerahmten Tür stehen und klopfte so behutsam, als würde im Zimmer ein Kind schlafen. Die Tür glitt auf. Der Kultknecht fiel auf die Knie und reckte das Essen wie eine Opfergabe. Zwei Arme wurden ausgestreckt, und zarte Hände ergriffen das Tablett. Ein Befehl ertönte, im Grunde nur ein Zischen, worauf sich der Mann bückte und den Fuß küsste, der über die Schwelle geschoben wurde.

Dann fiel die Tür zu. Der Kultknecht saß da, die Stirn auf den Dielen, und stand dann so zögerlich auf, als könnte er nicht von der Person lassen, die sich im Zimmer aufhielt.

Der hinter einem Schrank versteckte Fuchs unterdrückte ein Keckern – da war er wieder, dieser hinterlistig lüsterne Duft! Barberas Duft! Er war durch die geöffnete Tür geströmt, als wollte er entfliehen. Sie war hier, daran hatte Reineke Fuchs keinen Zweifel mehr. War sie von ihren Schwestern, die von ihrem Verrat wussten, festgesetzt worden? Wohl kaum, denn die fußabschleckende Demut des Mannes deutete eher darauf hin, dass man sie verehrte. Da ertönte ein Ruf im Zimmer, und der Balg des Fuchses sträubte sich. Die Tür ging wieder auf, und ein zweiter Knecht trat in den Flur. Die Männer wechselten einige Worte, dann gingen sie zielstrebig davon.

Der Fuchs schlich zur Tür und witterte. Ja, es war eindeutig Barberas Duft. Im Zimmer erklang jetzt ein leises Geplapper wie das eines satten Säuglings. Hatte Barbera Junge geworfen oder führte sie Selbstgespräche? Versteckte man sie hier, weil sie verrückt geworden war? Reineke Fuchs stand vor einem Rätsel. Schließlich raffte er sich auf und folgte den Knechten durch die Flure, deren Reinlichkeit ihm unheimlich wurde. Er sehnte sich nach Spinnweben, Mäusekötteln, Staub, Krümeln. Das ganze Haus, dessen blanke Fassade etwas Schmutziges und Widerwärtiges zu verdecken schien, schüchterte ihn ein. Aber sein Instinkt sagte ihm, dass es außer der Anwesenheit Barberas noch ein Geheimnis gab, und seine Neugier übertraf seine Furcht.

Die Kultknechte, die sich immer tiefer in die Abgründe des Hauses begaben, bemerkten ihn nicht. Die Stiegen wurden zu Treppen, die Flure zu Gängen, die Holzvertäfelung wich Stein, und dann war der Fußboden von einem Staub bedeckt, der seltsamerweise nach Stroh roch. Der Fuchs war froh, dass die Reinlichkeit endlich ein Ende nahm, und er schnürte dicht an der Wand entlang, damit man seine Pfotenabdrücke nicht entdeckte. Als die Kultknechte stehenblieben, drückte er sich in einen dunklen Winkel. Die Männer zogen Tücher hervor, die sie vor das Gesicht banden. Dann gingen sie weiter. Staub häufte sich auf dem Boden und wölkte in der Luft, und Reineke Fuchs vernahm ein Surren und Schnurren – jene Geräusche, die Meister Grimbart zu hören geglaubt hatte. Ihr Ursprung war nah.

Die Kultknechte bogen um eine letzte Ecke. Dahinter endete der Flur vor einer Eichentür. Sie hatte ein winziges Schloss, das einer der Knechte mit einem goldenen Schlüssel öffnete. Der Fuchs lugte um die Ecke. Als die Tür aufgezogen wurde, wogte eine Staubwolke heraus, die ein Stöhnen und Dröhnen mit sich brachte. Nachdem sie sich gelegt hatte, erhaschte der Fuchs einen Blick auf ein riesiges Gewölbe, in dem unzählige Frauen an Spinnrädern saßen. Die beiden Männer traten ein und griffen nach Peitschen. Zwei andere Kultknechte kamen heraus. Sie husteten, klopften sich Staub von den Kleidern, rieben ihre geröteten Augen, lösten die Tücher vom Gesicht. Dann wurde die Eichentür geschlossen und mit dem goldenen Schüssel verriegelt.

»Drecksarbeit«, murrte einer der Kultknechte.

»Sie hat bald ein Ende«, erwiderte der andere. »Das Stroh ist fast alle.«

»Und die Frauen? Wir können sie nicht mehr nach Rottland schicken. Was soll mit ihnen geschehen?«

»Sie werden hier unten eingesperrt, sobald das letzte Stroh zu Gold gesponnen ist. So haben es die Herrinnen beschlossen. Das Gewölbe wird ihre Gruft sein.«

Die beiden Männer gingen an Reineke Fuchs vorbei, der sich mit angehaltenem Atem in den Schatten drückte. Sobald die schlurfenden Schritte verklungen waren, rannte er zurück, um seine nichtsahnenden Gefährten zu warnen.

Der Rückweg durch die blitzsauberen, immer gleichen Flure glich einer Odyssee. Er ging mehrmals vor Kultknechten in Deckung, und einmal kreuzte ein weises Weib seinen Weg wie eine Schlafwandlerin: Sie schritt mit lang ausgestreckten Armen an ihm vorbei und bog um eine Ecke. Der Fuchs sah, wie sie vor einer Tür innehielt, die sich ohne Klopfen auftat. Wieder erschienen zwei

Arme, dieses Mal dick und behaart, die das Weib in das Zimmer zogen. Dann fiel die Tür zu.

Dem Fuchs grauste es. Er glaubte schon, das Zimmer nie mehr wiederzufinden, als er endlich seinen Duft witterte. Und als er auf der Schwelle stand, die er markiert hatte, holte er so tief Luft, als wäre er knapp mit dem Leben davongekommen. Er huschte in das Zimmer, sprang auf das Himmelbett und weckte Kunz.

»Was … Beim Bart meiner Großmutter … Igitt!«, schrie Kunz, als der Fuchs sein Gesicht abschleckte.

Sneewitt fuhr aus dem Schlaf und rieb ihre Augen. »Oh …«, stöhnte sie. »Habt ihr auch so wirres Zeug geträumt?«

Meister Grimbart, der auf einem Läufer vor dem Himmelbett lag, wälzte sich murrend auf die andere Seite.

Nachdem der Fuchs dem schlaftrunkenen Kunz alles erzählt hatte, fragte dieser: »Und das sind bestimmt keine schlechten Träume gewesen?«

»Nein«, empörte sich der Fuchs. »Barbera ist hier. Die weisen Weiber stecken mit ihr unter einer Decke. Frauen spinnen in einem Gewölbe Stroh zu Gold. Und … und …«

Der Dachs erhob sich müde und beschnüffelte seinen Freund. »Sein Balg ist staubig und riecht nach Stroh«, sagte er. »Ich fürchte, er erzählt keine Schauermärchen.«

»Mist«, murmelte Kunz. Er stieg aus dem Bett und warf einen Blick aus dem Fenster – die Nacht war noch dunkel, aber der Morgen nicht mehr fern. »Lasst uns abhauen.«

Sneewitt, die sich ankleidete, sah ihn über die Schulter an. »Nein«, erwiderte sie. »Wenn wirklich alle weisen Weiber mit dem Eisernen König im Bunde sind, müssen wir handeln. Jetzt oder nie.«

»Wir allein?«, rief Kunz. »Das wäre Wahnsinn!«

»Kunz, der Draufgänger, hat Muffensausen, und unser feiger Fuchs riskiert seinen Balg?«, fragte der Dachs. »Was ist hier los? Verkehrte Welt?«

»Ich bin nicht feige, sondern weise«, schnaubte der Fuchs.

»Dann zeig uns den Weg zu dem Gewölbe, weiser Meister«, sagte Sneewitt, die nach Bogen und Köcher griff. »Ich will mit eigenen Augen sehen, was hier gespielt wird.«

»Halt«, schrie Kunz, der sich in seine Hose strampelte. »Ich komme mit.«

»Brav, brav«, sagte Sneewitt. Sie öffnete die Tür und spähte hinaus.

Kurz darauf führte Reineke Fuchs, der seiner eigenen Spur folgte, die Gefährten durch die bedrückend reinlichen Flure. Sie kamen an Türen vorüber, hinter denen seltsame Laute ertönten: Ein Grunzen, ein Stöhnen, ein Kreischen, ein Jaulen. Aber sie begegneten keiner Menschenseele.

»Dies ist ein Hexenhaus«, flüsterte Sneewitt. »Gut, dass Hans nicht hier ist.«

»Ob die Gografen Rottland eingenommen haben?«, fragte der Dachs, der sich beunruhigt umsah.

»Ein Kultknecht sagte, dass sie die Frauen nicht mehr dorthin schicken können,« erwiderte der Fuchs.

»Dann ist die Grenzfeste wohl gefallen«, sagte Kunz.

Sie kamen zur ovalen, von Leuchtern gerahmten Tür, hinter der Reineke Fuchs Barbera zum zweiten Mal gewittert hatte. Im Zimmer herrschte Ruhe. Meister Grimbart schlich hin und schnüffelte. Als er zu seinen Freunden zurückkehrte, flüsterte er: »Sie ist es. Und ich weiß jetzt endlich, wessen Duft ich in der Grabkammer im Königskessel gerochen habe: Barberas!«

»Huh!«, japste der Fuchs. »Hast du nicht gesagt, dass man die Hexen dort mit dem Schandmal gebrandmarkt hat?«

Sneewitt starrte ihn an. »Die Trauergewänder«, hauchte sie. »Die Schleier.«

»Sie verbergen das Schandmal ...«, murmelte Kunz.

»Die weisen Weiber haben den Gografen über Generationen treu gedient. Warum dieser Verrat?«, fragte Sneewitt.

Der Dachs sah sie düster an. »Vielleicht wohnen zwei Seelen in ihren Busen«, sagte er. »Die Menschen sind schwach.«

»Meine Rede«, ergänzte der Fuchs. »Tiere sind die besseren Menschen.«

Hinter der Tür erklang ein Lachen, juchzend, als würde man jemanden kitzeln. Ein Schrei des Entzückens folgte, dann trat wieder Totenstille ein.

Die Gefährten tauschten verwirrte Blicke.

»Dies ist kein Hexenhaus, sondern ein Irrenhaus«, flüsterte Reineke Fuchs. »Und diese Weiber sind entweder wahnsinnig oder verkalkt oder pervers oder sadistisch oder masochistisch oder alles auf einmal und noch viel mehr.«

»Lasst uns weitergehen«, sagte Kunz.

Nach einer Weile erreichten sie die Stelle, wo die Flure zu Gängen wurden. Treppen führten immer tiefer in Haus und Hügel hinab. Dann kam der Staub. Sneewitt zog einen Finger über den Boden und leckte daran. »Schmeckt tatsächlich nach Stroh«, sagte sie. Schließlich drangen Surren und Schnurren, Dröhnen und Stöhnen an ihre Ohren. Sie waren fast am Ziel, als hinter einer Ecke zwei Schatten über den Boden zuckten, gefolgt von schlurfenden Schritten und Gemurmel.

»Aufgepasst«, zischte Kunz und hielt Sneewitt an der Taille fest. Sie riss erbost seine Hand weg.

Die vier Gefährten drückten sich gegen die Wand.

»Das sind Kultknechte«, wisperte der Dachs. »Ob sie einen Schlüssel zur Tür des Gewölbes haben?«

Die Männer liefen an der Abzweigung vorbei, ohne die vier Gefährten zu bemerken. Beide waren staubig, und einer trug noch das Tuch vor dem Gesicht. Im Schein der Fackeln, die in weiten Abständen an den Wänden hingen, glänzten ihre Säbelarme.

»Ich lenke sie ab und locke sie zu euch«, flüsterte der Fuchs.

Der Dachs sah verblüfft zu, wie er die Kultknechte einholte und seelenruhig zwischen ihnen durchspazierte. Die Männer stutzten. Dann rief einer: »Er gehört zu der Gaunertruppe! Wir müssen ihn einfangen.« Er ging auf den Fuchs zu, der ein paar Schritte weiter stehengeblieben war. »Wie komme ich zum hiesigen Hühnerhof, bitte schön?«, fragte er die Knechte, die natürlich nur Gekecker hörten. Als der vorderste Mann ihn packen wollte, ergriff er die Flucht.

»Er wird sie in diesen Gang locken«, flüsterte Kunz.

Sneewitt stellte sich vor die gegenüberliegende Wand. Wenig später flitzte der Fuchs an ihnen vorbei. »Sie kommen!«, rief er. Kunz zwinkerte Sneewitt zu, und als die Kultknechte mit lautem Gebrüll angestürmt kamen, stellten sie ihnen jeweils ein Bein. Die Männer fielen der Nase lang auf den Boden und krachten gegen die Wand des angrenzenden Ganges, wo sie benommen liegen blieben. Kunz rannte hin und schlug sie mit dem Knauf seines Zweihänders bewusstlos. »Das ist für die ›Gaunertruppe‹!«, fauchte er.

Sneewitt durchsuchte sie. »Beide tragen ein Medaillon mit dem Bildnis der wunderschönen Barbera bei sich«, spottete sie. »Und hier …« – sie hob ein Goldkettchen – »… haben wir den Schlüssel zu des Rätsels Lösung.«

»Das läuft ja wie geschmiert«, sagte der Fuchs erfreut.

Meister Grimbart brummte skeptisch.

Kunz knebelte die Knechte, fesselte sie mit ihren Gürteln und schaffte sie in den Schatten eines Schrankes. »Was mögen die Weiber in all diesen Truhen und Schränken aufbewahren?«, fragte er.

»Weiß der Henker«, erwiderte Sneewitt, die schon am Ende des Ganges stand und den Schlüssel in das winzige Schloss schob. Die Tür knirschte und knackte, als wären mehrere Riegel im Holz verborgen, dann schwang sie auf. Sausen und Dröhnen wurden lauter, Staub wirbelte durch die Luft, und vor den Gefährten tat sich ein weites Kreuzrippengewölbe auf, in dem Frauen und Mädchen, wohl Hundert an der Zahl, im Fackelschein an Spinnrädern saßen. Ein halbes Dutzend Kultknechte, alle mit Peitschen bewehrt, patrouillierte durch die Reihen.

»Wie sieht unser Plan aus?«, fragte Meister Grimbart, der bei dem Lärm der Spinnräder die Stimme heben musste.

Sneewitt zuckte mit den Schultern. »Wir haben keinen Plan«, sagte sie.

»*Keinen* Plan?«, winselte der Fuchs, dessen Mut wieder sank.

»Wir gehen hinein, mischen die Kultknechte auf, befreien die Frauen und geben den verräterischen Weibern zum Abschied einen Tritt in den Allerwertesten«, sagte Kunz.

»Vorher knöpfe ich mir noch Barbera vor«, zischte Sneewitt.

Da fiel die Tür langsam zu. Die Gefährten huschten hindurch. Sie gelangten auf einen erhöhten Laufgang, der das Gewölbe umschloss, und verbargen sich hinter einem Pfeiler.

»Die Frauen sind angekettet«, flüsterte Kunz. »Weiter hinten kann ich ein Glühen erkennen. Vielleicht eine Schmiede.«

»Feuer, Staub und Stroh«, brummte der Dachs. »Eine brisante Mischung.«

»Seht ihr die niedliche Kleine dort?«, fragte der Fuchs. »Die mit den braunen Locken und den veilchenblauen Augen? Sie könnte deine Tochter sein, Kunz.«

Kunz betrachtete das Mädchen. Wegen des Tuches vor ihrem Gesicht war sie nicht genau zu erkennen. »Meine Tochter ist tot«, knurrte er. »Im Wald ausgesetzt. Von Wölfen gefressen. Hört auf, mich mit eurem Gerede zu quälen.«

»Verzeihung«, sagte der Fuchs kleinlaut. »Vielleicht ist sie ja deine Nichte. Oder deine Enkelin. Oder ...«

»Sei endlich still!«, fuhr Sneewitt ihn an.

Der Staub trübte die Sicht, die Spinnräder surrten. Ab und zu erhob sich ein Stöhnen in den Reihen der erschöpften Frauen. Sie wurden von den Kultknechten mit Peitschenhieben zum Schweigen gebracht. Andere Frauen schleppten Körbe mit zu Gold gesponnenem Stroh in das angrenzende Gewölbe.

»Das ist keine Schmiede, sondern eine Münze«, flüsterte der Dachs. »Dort wird das Gold geprägt, das die Menschen in Pinafor verdorben hat. Diese Weiber haben alles von langer Hand geplant.«

»Erst wenn der letzte Baum verdorrt und der letzte Fluss versiegt ist, werden sie merken, dass man Gold nicht fressen kann«, grollte der Fuchs.

Da kam Unruhe auf, denn mehrere Spinnräder standen still. Kultknechte rannten hin und drohten mit der Peitsche. Aber es lag nicht am Unwillen der Frauen, sondern daran, dass es kein Stroh mehr gab. Weitere Spinnräder liefen surrend aus. Frauen lehnten sich zurück, schlugen die Hände vor das Gesicht, sanken in sich zusammen. Die Kultknechte eilten hektisch hin und her und verteilten Schläge und Hiebe, als wollten sie die Frauen zwingen, Gold aus Luft oder Staub zu spinnen. Sie hatten zwar gewusst, dass das

Stroh zur Neige ging, weil das Getreide nicht geerntet worden war, aber das plötzliche Ende überraschte sie.

»Wozu noch mehr Gold?«, fragte der Fuchs. »Sie haben ihr Ziel doch erreicht.«

»Eine Streitmacht muss bezahlt werden«, antwortete Meister Grimbart. »Auch Karontiden kämpfen nicht umsonst.«

Mit jedem Spinnrad, das ausfiel, lichtete sich der Staub etwas mehr. Das Surren schwoll ab. Die Kultknechte hörten auf, die Frauen zu malträtieren, und verteilten sich im Gewölbe. Einer betrat den Laufgang und eilte zur Tür.

»Er wird hier vorbeikommen«, sagte Kunz. »Duckt euch.«

Doch ganz gleich, auf welche Seite des Pfeilers die Gefährten auswichen, man musste sie entdecken.

»Zicke und Zecke!«, knurrte der Dachs. »Verflucht, verflixt, verdammt!«

»Ich übernehme das«, sagte Reineke Fuchs. »Frechheit siegt.« Er lief schnurstracks auf den Kultknecht zu, der zur Tür eilte, und rief, als wollte er seinen kürzlichen Erfolg wiederholen: »Wo geht es zum hiesigen Hühnerhof, bitte schön?« Aber der Mann ließ sich nicht narren und holte zu einem Peitschenhieb aus, dessen Knall die übrigen Knechte aufmerken ließ.

Der Fuchs fiepte erschrocken und brachte sich mit einem Satz in Sicherheit.

»Alarm!«, brüllte der Kultknecht. »Eindringlinge!«

Seine Kameraden rannten durch die Reihen der Frauen, die Peitsche in der linken Hand, den Klingenarm kampfbereit abgespreizt. Auf dem Laufgang angekommen, teilten sie sich, um die Gefährten von zwei Seiten anzugreifen.

»Das ist ja wie Zielscheibenschießen«, murmelte Sneewitt und spannte den Bogen. Sie verfolgte über den Pfeil hinweg einen Kultknecht, der von einem Pfeiler zum anderen eilte. Dann löste sie die Finger von der Sehne. Der Pfeil sauste quer durch das Gewölbe, schlug in der Kehle des Mannes ein und schleuderte ihn gegen die Wand.

Kunz zog den Zweihänder vom Rücken und griff den Knecht an, der zur Tür wollte. Die Frauen saßen abgestumpft da, als die zwei Männer die Klingen kreuzten. Nur das Mädchen mit den braunen Locken ließ Kunz nicht aus den veilchenblauen Augen. Sie löste das Tuch vom Gesicht und beobachtete, wie er den Kultknecht an der Peitsche zu sich heranriss und ihm den Zweihänder in die Brust rammte.

Reineke Fuchs, der ihren Blick bemerkte, flüsterte Meister Grimbart zu: »Sie sieht Kunz wirklich sehr ähnlich, findest du nicht auch?«

»Hübsches Ding«, murmelte der Dachs und wandte sich von Sneewitt ab, die einen Kultknecht nach dem anderen außer Gefecht setzte.

»Ja, als Frau sieht er nicht übel aus«, sagte der Fuchs. »Aber diese Ähnlichkeit ist wohl nur eine Laune der Natur.«

Sneewitt zielte, schoss treffsicher und legte einen neuen Pfeil auf. »Nummer vier!«, rief sie. »Und … Nummer fünf. Alle erledigt. Ein Kinderspiel.« Sie senkte den Bogen.

»Wie gesagt: Es läuft wie geschmiert!«, jubelte der Fuchs.

Meister Grimbart brummte wieder skeptisch.

»Lasst uns die Münze erkunden«, sagte Kunz, der die Klinge des Zweihänders abwischte.

Er wollte gerade losgehen, als Reineke Fuchs sagte: »Du hast eine Verehrerin. Sie schmachtet dich regelrecht an.«

Kunz drehte sich ein zweites Mal zu dem Mädchen um. Ihre Blicke trafen sich, und er musste schlucken. Dann murmelte er:

»Glaubst du, ich hätte Zeit für eine Liebschaft? Außerdem ist sie blutjung.«

»Wir befreien euch gleich!«, rief Sneewitt den Frauen zu und ging zum angrenzenden Gewölbe. Im Vorbeigehen zog sie den toten Kultknechten die Pfeile aus Brust und Hals und steckte sie wieder in den Köcher. Sie äugte durch die zur Münze führende Tür, dann sprang sie mit angelegtem Bogen in den Raum. Kunz folgte ihr mit gezücktem Zweihänder. Ein Tiegel, vor dem ein Berg goldenen Strohs lag, brodelte vor sich hin. Säcke mit Münzen waren in einer Ecke gestapelt. Mädchen saßen an Geräten zum Ausstanzen und Prägen. Sie erstarrten beim Anblick der zwei Gefährten.

»Keine Kultknechte?«, fragte Kunz verdutzt.

»Keine Kultknechte«, erwiderte Sneewitt erleichtert.

»Sie ... sie sind im großen Gewölbe«, flüsterte ein Mädchen.

»Sie *waren*. Jetzt sind sie im Jenseits«, prahlte Kunz.

»Wollt ihr uns helfen?«, fragte eine Brünette.

»Ich will zu meiner Familie«, schluchzte eine Rothaarige.

Die Mädchen trugen geflickte Kleider aus Sackleinen. Den rechten Fuß umschloss eine Schelle, durch deren Öse eine Kette gezogen worden war. Kunz folgte ihr bis zur Wand und rüttelte an der Verankerung. »Ihr werdet bald frei sein«, sagte er beruhigend. »Nur Geduld.«

Sneewitt suchte die Münze nach einem Ausgang ab. »Es gibt tatsächlich nur die eine Tür«, verkündete sie schließlich.

»Schleppen sie das Gold durch das ganze Haus nach oben?«, fragte Kunz verwundert.

»Oh, nein«, sagte ein fast durchsichtig wirkendes Mädchen mit fiebrig glänzenden Augen. Ihre Hand zitterte, als sie zur Rückwand zeigte. »Dort gibt es eine Tür zu einem Gang, der draußen am Fuß des Hügels mündet.«

»Ah!«, rief Kunz und eilte hin. Er tastete die Wand ab, konnte aber nichts entdecken. »Hier soll eine Tür sein?«, fragte er.

»Zum Wegschaffen des Goldes«, bestätigte eine schwitzende Dicke. »Sie wird von einer der Herrinnen geöffnet. Von einer ziemlich jungen, die alle Kultknechte bezirzt hat.«

»Barbera«, fauchte Sneewitt; es klang wie ein Fluch. Sie fuhr noch einmal mit den Fingerspitzen über die Wand, fand aber weder Ritze noch Spalt. Auch Kunz suchte weiter. Als er sich zu den Mädchen umdrehte, saßen alle wie in Habachtstellung und mit versteinerter Miene da und starrten zum Eingang der Münze. Er gab Sneewitt einen Knuff und wirbelte herum, das Schwert in beiden Händen.

Barbera trat durch die Tür, verschleiert, ganz in Schwarz und flankiert von einem Trupp Kultknechte, hinter denen die übrigen weisen Weiber standen. »Ratten!«, kreischte sie und schlug mit einer fünf Ellen langen Lederpeitsche nach den Mädchen, die so viel Angst vor ihr hatten, dass sie sich nicht einmal zu ducken wagten. Das fiebrig wirkende Mädchen saß mit offenem Mund da, während Blut aus einem Striemen auf ihrer Wange sickerte.

»Sucht ihr eure Kumpane?«, fragte Barbera. »Den verlausten Balg und die stinkende Schwarte? Hier sind sie.« Auf ihr Fingerschnippen hin stießen die Kultknechte Reineke Fuchs und Meister Grimbart in das Gewölbe. Der Dachs hatte eine Wunde an der linken Flanke, und der Fuchs hinkte.

»Tut mir leid«, winselte er. »Sie haben uns überrumpelt.«

»Dieses Mal entkommt ihr mir nicht«, sagte Barbera. »Die Karontiden werden sich an euren Kadavern mästen.«

»So etwas Leckeres bekommen sie sicher selten«, erwiderte Sneewitt, den Bogen auf Barberas Herz gerichtet.

Barbera klopfte auf ihre Brust. Der Klang verriet, dass sie einen Harnisch unter dem Gewand trug. »Schieß nur«, spottete sie.

Sneewitt zielte auf ihren Kopf.

Sofort traten Kultknechte vor ihre Herrin. »Habt ihr geglaubt, dass wir euch nicht beobachten?«, fragte Barbera. »Oder dass zwei bewusstlose Männer unbemerkt bleiben?«

»Immerhin leben sie noch«, sagte Kunz.

»Ihr habt uns einen falschen Bart untergejubelt!«, schrie ein weises Weib. »Aber wir lassen uns nicht täuschen. Wo ist der echte Bart? Er muss auf der heiligen Schale verbrannt werden. Ihr habt uns betrogen!«

»Wer betrügt hier wen?«, fragte Sneewitt.

Barbera legte den vor ihr stehenden Kultknechten die Arme um die Taille und zog sie an sich. »Der Eiserne König wird siegen!«, rief sie. »Und danach werden wir zu seiner Linken und zu seiner Rechten sitzen und die Herrschaft über Pinafor mit ihm teilen.«

»Pah! Er hat euch mit dem Schandmal brandmarken lassen«, keckerte Reineke Fuchs, der sich hinter Kunz duckte.

Die Mädchen saßen immer noch kerzengerade da, als Barbera drohend die Peitsche hob. »Ja!«, schrie sie. »Das hat er.« Sie hob den Schleier – auf ihrer Stirn prangte das Mal, auf der Wange waren die Narben zu sehen, die Eisenhans' Hieb mit der neunschwänzigen Katze hinterlassen hatte. »Oh, ja, ich bin entstellt«, flüsterte sie. »Aber ich bin glücklich. Denn der Sieg ist nah. Das ist jeden Preis wert.«

»Auch den Preis der Hässlichkeit?«, fragte Sneewitt.

Ehe sie sich versah, schwang Barbera die lange Peitsche und entriss ihr den Bogen, der vor der Wand zu Boden klapperte. »Hüte deine Zunge«, rief Barbera zornig. »Wir töten euch entweder gleich oder mauern euch gemeinsam mit diesen erbärmlichen Mägden im Gewölbe ein.«

Die Mädchen brachen in Tränen aus.

»Der Bart!«, schrien mehrere weise Weiber. »Wir brauchen den Bart des Eisernen Königs!«

»Fesselt die beiden«, befahl Barbera. »Quetscht sie aus, bis kein Tropfen Blut mehr durch ihre Adern fließt. Sie werden uns schon noch sagen, wo der Bart versteckt ist.«

Kunz zog den Sack mit Hardts Knüppel vor seinen Bauch. »Auf zum letzten Gefecht«, sagte er und hob das Schwert.

»Ich sterbe lieber, als dieser Verrückten wieder in die Hände zu fallen«, erwiderte Sneewitt, die ihre feuerroten Haare nach hinten band. Ihre Haut wirkte noch weißer als sonst, und ihre kohlrabenschwarzen Augen blitzten, als sie den Dolch zog.

Im Tiegel blubberte flüssiges Gold, Feuer und Fackeln tauchten das Gewölbe in ein warmes Licht. Barbera trat lachend zurück. Kultknechte drängten herein. Sie trugen Helm und Harnisch und hielten jeweils eine zweite Waffe: Streitaxt, Morgenstern oder Spieß.

»Mach mir bloß keine Schande«, murmelte Sneewitt.

»Ja, ich liebe dich auch«, brummte Kunz.

»Wir brauchen sie lebend!«, schrie das älteste weise Weib mit versagender Stimme. »Wir müssen wissen, wo der Bart ist.«

»Der Bart ist ab, Otterngezücht!«, brüllte Kunz und griff mit wuchtigen Hieben an. Die Klinge seines Zweihänders war so lang, dass die Kultknechte nicht an ihn herankamen. Vor den Augen der entsetzten Mädchen erschlug er zwei Gegner. Dann rammte ihm einer den Spieß in den Oberschenkel. Er sprang mit einem Aufschrei zurück an die Wand, wo er Seite an Seite mit Sneewitt weiterfocht.

Die Tiere beobachteten den ungleichen Kampf aus sicherer Entfernung. »Sie sind verloren«, klagte der Fuchs.

»Ich fürchte auch«, sagte der Dachs, der seine Wunde geleckt hatte. »Wir sitzen endgültig in der Falle. Zicke und Zecke!«

Da erschallte im großen Gewölbe eine Mädchenstimme. Der Fuchs spitzte die Lauscher, konnte im Kampflärm aber nichts verstehen. Die glockenhelle Stimme erklang erneut, und die weisen Weiber drehten sich zu den Frauen um, die an den Spinnrädern saßen.

»Wer ruft da?«, fragte Meister Grimbart.

»Ich schaue nach«, sagte der Fuchs und huschte, obwohl er noch hinkte, flugs zwischen den Weibern durch die Tür und von dort auf den Laufgang. Er sah auf den ersten Blick, wer es war – das Mädchen mit den veilchenblauen Augen und kastanienbraunen Locken. Sie hatte die Hände um den Mund gelegt und rief: »Rumpenstünz!«

»Oh, nein …«, hauchte der Fuchs. Dann sah er Barbera, die mit hoch erhobener Peitsche auf das Mädchen zurannte.

»Wirst du wohl still sein?«, brüllte sie. »Halt den Mund, oder ich züchtige dich, bis deine Haut in Fetzen liegt!«

»Ruuump-eeen-stüüünz!«, rief das Mädchen.

Barbera eilte durch die Reihen der Spinnräder. Da begriffen die übrigen Frauen, dass der Ruf eine Gefahr für ihre Peiniger darstellte, und sie erwachten aus ihrer Abgestumpftheit. Zwei oder drei hoben die Kette. Barbera stolperte und stürzte auf ein Spinnrad. Eine Frau zerbrach den Griff der Peitsche und trat Barbera zu Boden, eine zweite schlang ihr den Riemen um den Hals und begann, sie zu würgen. Andere stimmten in den Ruf des Mädchens ein: »RUUUMP-EEEN-STÜÜÜNZ!«

Reineke Fuchs hörte entgeistert, wie der Name immer lauter

erschallte. Er wusste, was passieren würde – Kunz würde sich zerreißen –, und flitzte zur Münze. Dort wehrten sich die zwei Gefährten mit schwindender Kraft gegen die Übermacht der Kultknechte. Kunz holte gerade zu einem Hieb aus, als er den Ruf vernahm. Sein blutbespritztes Gesicht erbleichte. »Das hat euch … hat euch der … der Teufel gesagt!«, brüllte er. »Der Teufel! Aaahaaargh!«

Sneewitt packte ihn bei den Schultern, aber er schüttelte sie ab und griff, ohne das Schwert loszulassen, in seine Locken. Da hörte er die glockenhelle Stimme des Mädchens aus dem Ruf heraus und hielt mitten in der Bewegung inne. Er strahlte vor Glück. Im nächsten Moment schlug seine Stimmung um – er knurrte kehlig und zog eine wölfische Grimasse. »Der Königin ihr Kind!«, schrie er mit vor Verzweiflung und Sehnsucht überschnappender Stimme. »Ich komme!« Er durchschlug die lange Kette, die alle Mädchen miteinander verband. Dann brüllte er: »Knüppelsackattack!« Hardts Knüppel flog aus dem Sack und schlug auf die Kultknechte ein, die sich erschrocken duckten. Kunz nutzte die Verwirrung und griff sie mit wilden Schwerthieben an. Der Oberknecht rief Befehle, aber seine Männer, durch den tobsüchtigen Kunz und den Zauberknüppel von abergläubischer Furcht ergriffen, gehorchten nicht. Auch die Weiber gerieten in Panik. Sie wollten in das große Gewölbe fliehen, aber als sie sahen, dass Barbera mit den zornigen Frauen rang, zwängten sie sich hinter den Kultknechten in die Münze, wo sie sich neben dem Tiegel mit flüssigem Gold in eine Ecke drängten und Sprüche zu murmeln begannen.

Die bebende Sneewitt sah zu, wie Kunz, durch seinen wahren Namen zur Raserei getrieben, ein Gemetzel anrichtete. Dann hatte sie eine Eingebung. »Helft mir!«, rief sie den Mädchen zu, die sich gerade von der Kette befreiten, griff nach einem Schöpflöffel und versuchte, den großen Tiegel umzustoßen. Die Mädchen sprangen ihr bei. Der Tiegel wankte. Dann kippte er um. Das Gold ergoss sich auf den Boden und floss auf die nichtsahnend vor sich hinmurmelnden weisen Weiber zu. Als es ihre Füße erreichte, verstummten sie entsetzt. Ein Knistern erklang, ein Brutzeln, dann kräuselte Rauch an den schwarzen Gewändern hinauf. Die Weiber kreischten und jaulten und wollten fliehen, aber die Mädchen trieben sie mit den Waffen der erschlagenen Knechte zurück.

»Bleibt, wo ihr seid, Verräterinnen!«, schrie Sneewitt, die den Schöpflöffel schwang. Die Weiber konnten sich bald nicht mehr rühren, weil ihre Füße im erkaltenden Gold steckten. Sie rissen Hauben und Schleier ab, zerfetzten in ihrer Qual die Gewänder. Tränen strömten über ihre Wangen, Speichel troff aus Mundwinkeln, ihr Wehklagen übertönte Kampflärm und »Rumpenstünz«-Rufe. Die Luft war von einem Gestank nach verbranntem Fleisch und verkohltem Stoff erfüllt.

Währenddessen versuchte Barbera im großen Gewölbe, ihre Haut zu retten. Sie wehrte sich mit Klauen und Zähnen und benutzte die Spindel des kaputten Spinnrads als Waffe. Die geschwächten, ausgemergelten Frauen schafften es nicht, sie zu überwältigen, riefen aber weiter »Rumpenstünz!«, als wäre der Name eine Zauberformel.

Barbera bahnte sich einen Weg zu dem Mädchen, das den Ruf angestimmt hatte. Sie war fast am Ziel, als Kunz in der Tür zur Münze erschien. Er war blutüberströmt und mehrfach verwundet, verspürte in seiner Raserei aber keinen Schmerz. Barbera schürzte bei seinem Anblick spöttisch die Lippen und ging auf das Mädchen zu, die Spindel wie einen Dolch in der Hand. Da sauste Hardts Knüppel auf sie zu und begann, auf ihren Rücken einzudreschen.

Sie ergriff schreiend die Flucht, trat und stieß die Frauen weg, die sie aufhalten wollten, sprang über die grausig zugerichteten Kultknechte in die Münze und hastete zur Rückwand.

Sneewitts ganze Aufmerksamkeit galt den im erstarrten Gold festsitzenden Weibern. Deshalb bemerkte sie Barbera erst, als sich diese mit gespreizten Beinen und ausgebreiteten Armen gegen die Wand presste. Sie hörte noch, wie Barbera mit in den Nacken geworfenem Kopf ein Wort in einer kehligen Sprache rief; sie sah noch, wie Barbera die groben Feldsteine an einer bestimmten Stelle küsste; sie rannte los, als sich die Wand öffnete; aber sie kam zu spät – Barbera war fort, und nichts deutete mehr darauf hin, dass es hier einen Durchgang gab. Sneewitt überließ die Weiber der Obhut der Mädchen und eilte in das große Gewölbe. Dort hockten die Frauen erschöpft vor den Spinnrädern. Viele weinten, einige bluteten aus Stichwunden. Alle waren verstummt, und die Stille hatte Einzug gehalten.

Kunz, der den Knüppel wieder in den Sack befohlen und den Zweihänder abgelegt hatte, kniete vor dem Mädchen mit den veilchenblauen Augen und kastanienbraunen Locken, den Kopf gegen ihren Bauch gedrückt und beide Arme um ihre Taille geschlungen.

29. Auch die Ewigkeit hat ein Ende

Nachdem Frauen und Mädchen befreit worden waren, versperrten sie die in das Haus der weisen Weiber führende Tür mit Goldsäcken gegen die Kultknechte und begannen, die Rückwand der Münze mit Blankwaffen und Werkzeugen zu bearbeiten, um den Tunnel freizulegen, durch den Barbera verschwunden war.

»Ist diese süße Kleine wirklich der Königin ihr Kind?«, fragte Reineke Fuchs. Er sah zu Kunz, der wie tot in einer Ecke lag. Neben ihm saß das Mädchen und wachte über seinen Schlaf. Beide ähnelten sich tatsächlich wie ein Ei dem anderen.

»Sie hat erzählt, dass der Jäger es damals nicht über das Herz gebracht habe, sie zu töten«, antwortete der Dachs. »Er hat sie stattdessen einem Landmann in Flutwidde übergeben, der sie wie seine eigene Tochter großzog. Jahre später …«

»Es gibt noch gute Menschen«, schniefte der Fuchs.

Der Dachs sah ihn grimmig an und fuhr fort: »Jahre später hat der Jäger sie noch einmal aufgesucht, um sie über ihre wahre Herkunft aufzuklären. Er konnte sich an den Namen ihres Vaters erinnern – Rumpenstünz …«

»Und die böse Königin? Was ist mit ihr?«

»Sie wurde verrückt. Hat sich in einem Turm eingeschlossen und irgendwann einen Fliegenpilz zu viel gefuttert. Seitdem ist sie hinüber.«

»Ich mag Geschichten, die gut ausgehen«, seufzte der Fuchs. »Hier, in diesem düsteren Gewölbe, finden Tochter und Vater wieder zueinander, mitten zwischen abgefeimten Schurken und in einer Zeit, in der das Schicksal Pinafors auf Messers Schneide steht und arglistige Feinde, die in jeder Ecke lauern, finstere Ränke schmieden und …«

»Schluss mit dem Gesülze, du Held«, blaffte der Dachs.

Der Fuchs stand beleidigt auf und trottete am umgekippten Tiegel vorbei zu Sneewitt, die bei den weisen Weibern stand. »Haben sie geredet?«, fragte er.

Die in einer knöchelhohen Goldschicht festsitzenden Weiber schwankten hin und her. Sie hatten ihre Gewänder zerfetzt und die Schleier abgerissen, so dass das Schandmal auf der Stirn zu sehen war.

»Nein«, sagte Sneewitt. »Sie jammern nur.«

Das älteste weise Weib bog die Finger zu Krallen, in ihrem Blick lag tödliche Wut. »Verderbt und verreckt!«, fauchte sie. Dann erzitterte sie am ganzen Körper, riss den Kopf zurück und wollte auf die Knie fallen, was ihr aber nicht gelang, weil die Füße im Gold steckten. Als sie sich wieder aufrichtete, wich Sneewitt einen Schritt zurück, denn plötzlich stand eine mit Amuletten behängte, in Lumpen gehüllte Hexe mit geifertriefenden, bläulichen Lippen vor ihr.

»Lasst uns frei!«, greinte sie. »Gegen Edelmetall sind unsere Zauberkräfte machtlos. Lasst uns frei!«

»Herzlich gern«, sagte der Fuchs. »Wir stapeln einfach Holz zwischen euch auf und entfachen es. Dann schmilzt das Gold, und ihr könnt weiter nach Belieben Unheil anrichten.«

Der Hexe entrang sich ein Röcheln. Einen Herzschlag später verwandelte sie sich wieder in das älteste weise Weib.

»Wolltet ihr die Frauen nicht einmauern lassen, um sie eines elenden Todes sterben zu lassen?«, fragte Sneewitt. »Genau das steht euch jetzt bevor.«

»Bitte nicht«, flehte ein anderes Weib. »Wir sind doch auch nur Opfer von Bosheit und Niedertracht.«

»Oho«, keckerte Reineke Fuchs. »Es ist immer das Gleiche: Wenn jemand anderen böswillig schadet, will er später selbst das arme, unschuldige Opfer sein. Dass ich nicht lache.« Er sah zu den Frauen und Mädchen, die eifrig Mörtel aus den Fugen kratzten, um die Mauersteine zu lockern und so den Ausgang freizulegen. Kunz schlief noch, gut behütet von seiner Tochter.

»Meine Füße kennen das Feuer«, stieß das älteste weise Weib hervor, »denn man hat mich einst gezwungen, in glühenden Schuhen zu tanzen, angetan mit meinem besten Schmuck und meinen schönsten Kleidern. Seither humpele ich.« Sie erbebte bei der Erinnerung. Dann kreischte sie: »Fluch über euch! Ich habe immer nur das Rechte getan.«

»Für mich sieht es eher aus wie das Linke«, sagte der Fuchs. »Aber das ist wohl eine Frage des Blickwinkels.«

»Bitte verschont uns«, greinte eines der weisen Weiber. »Wir sind ungeliebte, überall verhasste Stiefmütter. Was blieb uns da anderes übrig, als den Eisernen König zu wecken? Wir haben ja sonst niemanden. Barbera hat uns dazu überredet.«

»Dass ich nicht weine!«, rief der Fuchs. »Ihr gebt nach außen die weisen Weiber, seid heimlich Hexen und außerdem böse Stiefmütter und wollt die Verantwortung jetzt auch noch von euch abwälzen?«

»Wir sind nicht böse«, heulte ein anderes Weib.

Sneewitt betrachtete die zwischen Selbstmitleid und Wut hin- und hergerissenen Weiber. »Euch ist nicht mehr zu helfen«, entschied sie. »Ihr seid bis ins Mark verdorben und verlogen – vor allem belügt ihr euch selbst.«

Unter den Weibern erhoben sich Heulen und Zähneklappern. Bis auf die Älteste, deren Gesicht zu einer Maske des Zorns erstarrt war, flehten alle händeringend um Gnade, trommelten auf ihren Busen und rissen erneut an ihren Gewändern, bis sie halbnackt dastanden.

»Uuh«, brummte der Fuchs und wandte sich angewidert ab.

Da polterte der erste Stein aus der Wand. Sneewitt eilte hin und half bei der Vergrößerung des Lochs. Bald tat sich ein Tunnel auf, aus dem Morgenluft in das Gewölbe wehte. Als die ersten Mädchen jubelnd durch das Loch schlüpften, erwachte Kunz.

»Ich hatte wieder diesen Albtraum«, murmelte er. »Ein wildes Tier wollte mich zerreißen … Aber dieses Mal konnte ich es töten – mit meinen bloßen Händen.« Er sah zu dem Mädchen auf. »Bist du wirklich meine Tochter? Bist du der Königin ihr Kind?«, flüsterte er.

»Ja, das bin ich.« Sie strich über seine braunen Locken und fügte hinzu: »Und du bist … *Rumpenstünz*.«

Kunz erstarrte. Aber der Drang, sich entzweizureißen, war verflogen. Er sank erleichtert zurück.

»Kommt endlich«, rief Sneewitt, während sich Frauen und Mädchen durch das Loch zwängten. »Wir müssen den Tunnel noch von innen verschließen.«

»Nehmt uns mit«, schrien die weisen Weiber wie aus einer Kehle. »Bitte, bitte nehmt uns mit.« Sie versuchten wieder, die Füße aus dem erkalteten Gold zu lösen, saßen aber so fest wie in einem Schraubstock und mussten hilflos zusehen, wie Kunz und Sneewitt den großen Tiegel mit Stricken zur Wand schleiften.

»Sterbt wohl!«, rief der Fuchs den Weibern zum Abschied zu.

Dann zogen die zwei Gefährten den Tiegel mit Unterstützung einiger Frauen und unter Aufbietung aller Kräfte in das Loch. Er passte hinein wie ein Korken in den Flaschenhals und saß genauso fest. Sie häuften mit Schöpflöffeln Erde und Geröll davor auf, bis das Jammern der weisen Weiber nicht mehr zu hören war.

»Fertig«, sagte Kunz alias Rumpenstünz und wischte seine Hände an der Hose ab. »Nicht einmal der Eiserne König hatte eine schönere Gruft.« Auf Sneewitt gestützt, humpelte er durch den Tunnel, der am Ostrand des Hügels mündete. Dort saßen Frauen und Mädchen im Gras und bestaunten den Himmel, den sie so lange nicht gesehen hatten.

»Ein richtiges Hexenhaus«, brummte Meister Grimbart. »Gut, dass wir mit halbwegs heiler Haut entkommen sind.«

»Oh, ja«, erwiderte Reineke Fuchs. »Trotzdem hätte ich gern gewusst, was die Weiber in den vielen Truhen und Schränken aufbewahren. Vielleicht Vorräte? Was meinst du?«

Wäre er noch im Haus gewesen, das so unscheinbar, harmlos und klein auf dem Hügel stand, dann hätte er es erfahren, denn wie als Antwort auf seine Frage wurden Schränke und Truhen von innen aufgeklappt. Haarige, kräftige Geschöpfe entstiegen ihnen. Sie irrten durch die Flure, heulten wie Säuglinge nach den Weibern und stemmten sich schluchzend gegen die Tür zum Gewölbe, die von innen durch Goldsäcke versperrt war. Am Ende sanken sie so verzweifelt zu Boden, als müssten sie ohne ihre Herrinnen sterben.

»Geschirr, Besteck, Leinen, Schmuck«, antwortete der Dachs. »Seide und Spitzen. In solchen Möbelstücken horten Frauen, was ihnen lieb und teuer ist.«

»Du hast sicher recht«, sagte der Fuchs. »Man muss ja nicht überall dunkle Geheimnisse wittern.«

Die zwei Tiere trotteten zu ihren Gefährten. Kunz legte einen Arm um seine Tochter. »Sie heißt Alwine«, verkündete er strahlend, aber man spürte, dass er sich erst an die Rolle als Vater gewöhnen musste. »So wurde sie von der Familie des Landmanns genannt, in der sie aufgewachsen ist.«

»Mein Stiefvater heißt Butterbrumm«, ergänzte Alwine.

»Alwine Butterbrumm«, hechelte der Fuchs. »Bezaubernder Name.«

»Ja, klingt wirklich ganz entzückend«, knurrte der Dachs.

»Sie nennt mich R… R… Rumpenstünz«, stieß Kunz hervor, als müsste er einen Knorpel ausspucken. »Und ich bitte euch, es ab jetzt ebenso zu halten.«

»Aber nur, wenn es keine blutige Schweinerei gibt«, mahnte Sneewitt.

»Nein, nein«, erwiderte Kunz lachend.

»Na, dann – *Rumpenstünz*«, sagte Sneewitt und knuffte ihn kumpelhaft gegen die Schulter.

Im Laufe des Vormittags schleppten sich die Frauen davon, um zu ihren Familien zurückzukehren, und die Gefährten beschlossen, zu den Gografen zu stoßen. Denn wie Meister Grimbart so richtig bemerkte: »Die letzte Schlacht ist noch nicht geschlagen.«

Ein silbriges Zwielicht erfüllte die Grotte im Greting. Hin und wieder fiel ein verdorrter Zweig in die Stille, manchmal knarrte der Eschenstamm. Die Eichhörnchendame flitzte über Stock und Stein und Moderlaub. Sie huschte unter Wurzeln durch, die sich gegen ihr Schicksal aufzubäumen schienen, sich ineinander verschlangen und in das Erdreich eindrangen, als wollten sie allem entfliehen. Als die Eichhörnchendame die Mitte des Wurzellabyrinths erreichte, hüpfte sie auf einen Ast, um über Maleen zu wachen, die blind und taub für die Welt vor dem gewaltigen Stamm saß.

Maleen wusste, dass die Esche mit dem Fall des letzten Blattes sterben würde, und das Laub lichtete sich mit jedem Tag, der verrann, ohne dass man den Eisernen König besiegt hatte. Allein die Tatsache, dass er auf Erden wandelte, ließ die grüne Kraft erlahmen: Grau war die Farbe Pinafors, sogar im Herbst, der sonst mit Rot und Gold prunkte. »Sprich mit der Esche«, hatte ihr der Grottenolm geraten. »Du musst sie ermutigen.«

Also begab sich Maleen auf den Weg in ihr Inneres. Ihre nach außen reglose Gestalt verriet nichts von den Gefahren, die sie auf sich nahm: Sie musste die Schichten des Geistes durchmessen, die ihre Seele umhüllten und in denen sich Ängste, Erinnerungen, Wünsche und Hoffnungen verbargen; sie musste sich ihren Dämonen stellen, die sie nicht besiegen, sondern nur vorübergehend bannen konnte, indem sie sich ihren Fratzen stellte und ihnen in die Augen sah; sie musste bis zu dem leeren, lichten Ort in ihrem tiefsten Inneren vordringen, an dem die Lebenskraft zu Hause war. Nur dort konnte sie mit dem Wesen sprechen, das sich in der Esche verkörperte – ein Wesen, alt wie die Welt und sowohl Vater als auch Mutter von allem, was war; ein Wesen, das seit Urzeiten Leben zeugte. Nun schädigte es sich selbst wie ein Tier, das in einer ausweglosen Falle saß, Wut und Trauer gegen sich selbst richtete und dadurch schwächte. Trotz der Macht, über die es gebot, konnte es sich aus dieser Verstrickung nicht lösen. Denn die Furcht hatte die Oberhand über die Hoffnung gewonnen.

Maleen sah das Wesen nicht, aber seine Gegenwart erfüllte sie mit Ehrfurcht, und in seiner Stimme, die früher durch die drei blinden Feen in den Winden Pinafors geflüstert hatte, raschelte Herbstlaub, knirschte Wintereis, sangen Vögel, summten Insekten. »Auch die Ewigkeit hat ein Ende«, sagte das Wesen. »Ihr steter Fluss stockt, sie gerinnt zu Zeit. Geist wird zu Fleisch, und das

Fleisch ist endlich. Meine Zeit läuft ab, mein Fleisch wird sterben.«

»Nein«, erwiderte Maleen sanft und fest zugleich. »Du wirst leben, weil der Eiserne König scheitern wird. Wir werden ihn besiegen und für immer in sein Grab verbannen.«

Aber das Wesen spürte, dass ihre Zuversicht nicht echt war. »Er war schon für immer verbannt«, flüsterte es. »Ein Pflock aus meinem Holz steckte in seinem Herzen, aber nun ist er aus dem Tod in das Leben übergegangen, so wie ich vom Leben in den Tod übergehen werde.«

Ein Schweigen trat ein, tief und weit wie die See, die Maleen nie gesehen hatte. In der Leere schienen Wellen zu rauschen. Maleen suchte vergeblich nach aufmunternden Worten. Ihre Sprachlosigkeit war die eines Menschen, der angesichts eines unabwendbaren, furchtbaren Schicksals verstummte, und sie begriff, dass Worte nichts bewirkten. Nur Taten halfen. Wäre dies Wesen ein warmes, lebendiges Geschöpf gewesen, dann hätte sie es in den Arm nehmen und streicheln können. Aber wie sollte sie die Esche auf diese Art trösten, zumal die grüne Kraft immer schwächer wurde?

»Kehr um«, sagte die Stimme. »Du kannst mir nicht helfen. Ich muss vergehen wie alles andere auch. Aber Menschen und Tiere brauchen keine Götter. Sie sind stark genug, um es allein zu schaffen – wenn sie nur wollen und Einsicht in sich selbst zeigen.«

Maleen war verzweifelt. Das Rauschen wurde lauter, es klang wie ein Sturm. Sie kämpfte gegen einen Sog nach außen an. »Du darfst nicht aufgeben«, rief sie. »Wir brauchen dich.«

»Oh, gewiss«, erwiderte das Wesen mit einer Stimme, die an einen bitterkalten Wintertag erinnerte. »*Ihr* braucht mich. Aber ich brauche *euch* nicht. Ich lasse euch los, und ihr müsst mich loslassen. Meine Zeit neigt sich dem Ende zu. Wenn ihr nur an euch selbst denkt, müsst ihr euch auch selbst helfen.«

Maleen wollte etwas erwidern, aber ein eisiger, wie aus dem Nichts kommender Windstoß wirbelte sie aus sich hinaus. Sie hatte das Gefühl zu stürzen – vom Gipfel bis in das Tal. Der Aufprall tat so weh, dass sie aufschrie.

Als der Schrei in der Grotte gellte, sprang die auf einem Ast wachende Eichhörnchendame mit zwei Sätzen zu Maleen, die umgekippt war und eine Weile benommen am Boden lag. Die Eichhörnchendame streichelte ihre feuchte Stirn.

»Ich bin die Hüterin der Esche«, flüsterte Maleen schließlich mit tränenerstickter Stimme, »aber die Esche braucht mich nicht. Ich kann ihr nicht helfen. Sie *will* keine Hilfe.«

»Unsinn«, fiepte die Eichhörnchendame. »Vielleicht hat sie schlechte Laune, weil sie die Nüsse nicht findet, die sie für den Winter versteckt hat. So etwas kann sehr ärgerlich sein. Ich kenne das.«

Maleen saß da, das Gesicht in den Händen vergraben. Die Esche ragte über ihr auf, stumm, unnahbar, todgeweiht. Das Laub raschelte, und manchmal löste sich ein Blatt. Der Baum war noch lange nicht kahl, aber Maleen kannte das Gesetz: So wie eine frisch gesetzte Pflanze Zeit brauchte, um Kraft zu sammeln und Wurzeln zu schlagen, bevor sie in die Höhe schoss, beschleunigte sich alles zum Ende hin – Welken und Sterben gingen rasch. Sie erhob sich und durchquerte das Wurzellabyrinth mit schleppenden Schritten, gefolgt von der Eichhörnchendame, die den Ernst der Lage langsam begriff. Vor dem heiligen Weiher blieb Maleen stehen. Das Wasser war schwarz wie der Nachthimmel, aber als der Grottenolm auftauchte, schienen Sterne darauf zu funkeln. Maleen sah in sein blindes Gesicht; dann sagte sie: »Die Esche will sich nicht helfen lassen. Sie will lieber … lieber sterben.« Tränen liefen über ihre sommersprossigen Wangen.

Der Grottenolm ließ die Kiemenbüschel flattern.

»Ist das nicht entsetzlich?«, fiepte das Eichhörnchen. »Nun sag doch etwas. Oder bist du nicht nur blind, sondern auch taubstumm?«

Zu Maleens Verblüffung schien der Olm zu lächeln – aber vielleicht war das nur eine Täuschung.

»Der Wille der Esche ist Gesetz«, sagte er.

»Dann können wir wirklich nichts tun?«, fragte Maleen.

»Das Wesen, das sich in der Esche verkörpert, ist Vater und Mutter von allem, was lebt«, erwiderte der Grottenolm. »Aber Eltern sterben. Dann sind die Kinder auf sich allein gestellt und müssen ihr Leben selbst in die Hand nehmen. Das ist der Lauf der Welt.«

»Ich will keine Waise sein«, schluchzte das Eichhörnchen.

»Die Esche entlässt uns in die Freiheit«, sagte der Olm. »Wir sind ab jetzt für uns selbst verantwortlich. Wenn sie sterben will, bedeutet das, dass sie ihre Aufgabe für erfüllt hält. Es bedeutet auch, dass sie uns zutraut, unsere Probleme selbst lösen zu können. Sie drückt damit ihre Achtung für uns aus.«

Maleen sah über die Schulter zum Wurzellabyrinth, aus dem der riesige Baum aufragte. »Das tut sehr weh«, sagte sie.

»Oh, ja«, erwiderte der Olm. »Aber es ist notwendig.«

»Mit dem Tod der Esche geht die Welt unter«, jammerte das Eichhörnchen.

»*Eine* Welt geht unter«, sagte der Olm. »Jene, in der uns die Esche beschirmt hat. Aber damit nimmt auch eine neue Welt ihren Anfang. Wir müssen die Entscheidung akzeptieren. Nur so können wir weiterleben.«

»Hast du keine Angst?«, fragte Maleen.

»Natürlich habe ich Angst«, antwortete der Grottenolm. »Wie könnte es anders sein?«

Die Eichhörnchendame war verstummt, und ihre Knopfaugen glänzten feucht.

Maleen wischte sich die Tränen von den Wangen. Sie holte tief Luft und drückte den Rücken durch. »Gut«, murmelte sie. »Ich kehre zur Esche zurück und versuche trotz allem, die grüne Kraft aufzurufen, um unseren Freunden bei ihrem Kampf gegen den Eisernen König zu helfen. Ich gebe nicht auf.«

Die beiden Tiere sahen ihr nach, als sie zum Wurzellabyrinth ging.

»Ob wir es schaffen?«, fragte das Eichhörnchen furchtsam.

»Die Zeit der Wunder ist vorbei«, erwiderte der Grottenolm. »Wir haben nur noch uns selbst.« Er tauchte im Weiher unter. Das schwarze Wasser schwappte über ihm zusammen, dann war die Oberfläche wieder glatt.

Die Eichhörnchendame saß da wie erstarrt. »Ich bin zu klein für diese große Welt«, dachte sie verzweifelt. Dann fiel ihr ein, dass sie Freunde hatte, und sie folgte Maleen mit eiligen Sprüngen.

Auch in Rottland kehrten die Frauen zu ihren Angehörigen zurück. Sie kletterten durch die Lücke in der Festungsmauer, überquerten die Zugbrücke und verschwanden in den grauen Tag. Vor dem Bergfried loderte ein Feuer, geschürt mit den Holztrümmern der Blutgerüste, an dem sich die Mädchen aus der Herberge, die verbliebenen Gefährten, die Köhler und ein paar Ritter wärmten. Hilck von der Usse verhörte noch die Gefangenen, um mehr über Blaubarts Untaten zu erfahren.

»So ein Glück«, sagte Hella, die heißbegehrte Blondine. »Sie wollten uns gerade an die Wäsche gehen, als der Trubel auf dem Hof begann.«

»Ist das nicht euer Beruf?«, fragte ein Ritter.

Hella schnaufte beleidigt. »Man verachtet uns«, erwiderte sie, »aber ohne *euch* …« – sie zeigte auf die Männer – »… würde es uns gar nicht geben.«

»Wir werden fortgehen«, fügte ein anderes Mädchen hinzu. »Die Wirtin führt ein viel zu strenges Regiment.«

Sanne hob den Blick: Das Spitzbogenfenster oben im Turm war geschlossen, und Horn hatte sich weder gemeldet noch gezeigt; er schien ihnen tatsächlich abhandenzukommen. Sie sah zu Hans, der gramgebeugt am Grab seiner Schwester saß. »Da Trauer, dort Glück«, murmelte sie. »Warum ist das Leben so ungerecht?«

»Weil es *das* Leben nicht gibt«, sagte die Muhme, die auf ihrem Maultier nach Rottland gekommen war. »Sondern nur *die* Leben.«

»Ja, du hast recht, alte Frau«, sagte eine Dirne, deren Haut so hell war wie die von Sneewitt. »Außerdem kann man immer wieder neu anfangen.«

Die Muhme wollte etwas erwidern, als spitze Schreie über dem Bergfried ertönten.

»Eulen!«, rief ein Köhler und wies auf den Schwarm. »Am helllichten Tag. Das ist ein böses Omen.«

Die Nachtvögel flogen südwärts, gefolgt von Krähen, die den Festungshof sekundenlang verdunkelten.

Mehrere Mädchen schrien erschrocken auf.

Die Muhme sah den Vögeln nach. »Sie sammeln sich zur Entscheidungsschlacht«, murmelte sie. »Das muss kein böses Omen sein. Aber es ist ein Fingerzeig auf Kommendes.« Und sie paffte grimmig weiter.

In das lange, bedrückte Schweigen, das nach diesem Vorfall

eintrat, platzte Hilck von der Usse. Er war kreidebleich, und seine Miene schwankte zwischen Zorn und Entsetzen. »Was haben wir getan?«, fragte er. »Wie konnten wir Blaubart die Grenzfeste Rottland zu Lehen geben? Er ist die Grausamkeit, Lüsternheit, Verdorbenheit und Gier in Person. Einer jener Menschen, die ihre Untaten weder begreifen noch bereuen, weil sie von wahnhafter Selbstverliebtheit geblendet sind.« Er ließ sich einen Becher Wein geben, den er hastig leerte. Dann sah er sich um, aber Blaubarts Gefangene waren fort. »Diese Frauen haben Unaussprechliches erdulden müssen«, stieß er hervor. »Und nicht nur hier. Man hat mir berichtet, dass sie zuvor Stroh zu dem Gold spinnen mussten, das die Bewohner Pinafors verdorben hat.« Sein Zorn ging mit ihm durch, und er warf den Becher gegen die Mauer des Bergfrieds.

Daraufhin wurde das Spitzbogenfenster geöffnet, und Horn brüllte: »Ruhe da unten! Hier oben ist Schäferstündchen!«

»Horn«, rief Sanne erleichtert, aber das Fenster wurde sofort wieder geschlossen.

»Sobald mein Bruder mit seinem Bann zurückkehrt«, knurrte Hilck, »werden wir diesem Spuk ein Ende bereiten.«

Am späten Nachmittag brachen die Mädchen auf. Hilck von der Usse bedankte sich bei ihnen, pries ihren Mut und wollte ihnen Gold zustecken, das sie aber ablehnten.

»Ich müsste mich schämen, wenn ich mich dafür bezahlen ließe, Euch geholfen zu haben, Herr«, erwiderte eine.

Der Gograf sah ihnen nach. Sie trugen graue Feldmäntel über den bunten Kleidern und wurden rasch von der anbrechenden Dämmerung verschluckt. »Wenn ich je wieder einen weisen Rat brauche, wende ich mich an diese Mädchen«, murmelte er. Als er sich umdrehte, stand Hella vor ihm.

»Gebt mir Hose, Wams und Schwert, und ich werde für Euch

kämpfen«, sagte sie, griff nach ihren langen, blonden Haaren und kappte sie mit einem Messer auf Schulterhöhe.

Hilck von der Usse sah zu, wie die Strähnen zu Boden fielen. »Liebend gern«, erwiderte er hingerissen. »Ich … äh … *wir* brauchen dringend eine … will sagen: *jede* Frau.« Er riss sich von Hella los und befahl einem Ritter, sie auszurüsten.

Nach Einbruch der Dunkelheit entfachte man weitere Feuer auf dem Hof der Grenzfeste. Hans saß noch an Gretes Grab, Horn war noch oben im Bergfried. Holz knackte in der Glut. Die Männer starrten stumm in die Flammen und hingen ihren Gedanken nach.

»Nur Mut«, sagte die Muhme und klopfte dem neben ihr sitzenden Gograf auf die Schulter. »Wir können es schaffen. Vielleicht sogar ohne List und Tücke.«

»Ja, ja«, seufzte Hilck von der Usse. »Aber wisst Ihr, Muhme: Manchmal würde ich gern auf Stand und Ehre pfeifen.« Er versank in tiefem Schweigen.

In den frühen Morgenstunden, als bis auf die Wachen alle schliefen, traf Helmdag mit dem Rest seines Banns ein. Man hatte nicht vor dem übernächsten Tag mit ihm gerechnet, und als er von seiner Niederlage erzählte, war das Entsetzen groß. »Karontiden und Wilde Jagd haben uns überrumpelt«, sagte er. »Verzeih mir, Bruder.«

Hilck glaubte anfangs, er würde noch träumen. Als ihm die Wahrheit dämmerte, riss er wütend an seinem karottenroten Bart. »Und du willst ein Heerführer sein?«, brüllte er seinen Zwillingsbruder an, der schuldbewusst den Kopf hängen ließ.

»Die Welse haben uns gerettet«, murmelte Helmdag. »Ohne sie wären wir alle tot. Sie haben uns auf ihren Rücken bis in den Greting getragen. Darum bin ich jetzt schon hier.«

»Lieber später und mit allen Männern!«, zürnte Hilck und betrachtete die abgekämpfte Ritterschar, die sich gemeinsam mit seinem Bruder hatte retten können. Er wollte gerade zu einer neuen Schimpftirade ansetzen, als er Hella erblickte, die verschlafen und mit wirren Haaren zwischen den Kriegern stand. Er räusperte sich, als hätte er plötzlich einen Frosch im Hals. »Tja«, brummte er, »so oder so – es ist, wie es ist, und es ist nicht mehr zu ändern. Geht schlafen.« Er gab Helmdag einen halb zornigen, halb zärtlichen Klaps auf die Wange und trottete müde davon.

Am nächsten Morgen hing Nebel über Rottland. Tau tropfte von Traufen und Gesimsen, die Glut der Feuer zischte und knisterte. Sanne ging nach dem Erwachen zum Brunnen, um sich zu waschen. Als sie den Eimer nach oben kurbeln wollte, sah sie einen gewaltigen Hirsch – einen Zwölfender, der wie ein Geist aus dem Nebel trat; Dunst dampfte aus seinen Nüstern. Sanne ließ erschrocken die Kurbel los. Der Eimer rasselte in den Brunnenschacht und klatschte in das Wasser, und als wäre dies ein Signal gewesen, trabten von überall her Tiere auf sie zu: Wölfe, Bären, Luchse, Rehe, Marder, Wiesel und andere mehr. Der Hirsch blieb vor ihr stehen und sagte: »Der Rat der Tiere hat uns gesandt, kleine Frau. Wir haben einen weiten Weg hinter uns. Wir wollen mit den Gografen sprechen.«

Sanne starrte das prächtige Tier an: Sein Fell war dunkel von Tau, sein Geweih glänzte. »Wartet hier«, sagte sie, nachdem sie ihre Überraschung verdaut hatte, und eilte zur Wachstube, in der die Gografen schliefen.

Hilck von der Usse erwachte rasch, aber Helmdag drehte sich zur Wand und zog die Decke bis zur Nasenspitze.

»Was gibt es?«, fragte Hilck, der sein Brusthaar kratzte und im Anschluss laut gähnte.

»Eine Gesandtschaft des Rats der Tiere ist da«, antwortete Sanne. »Sie wollen Euch sprechen.«

»Ah, sehr gut«, brummte der Gograf. »Sie bieten uns sicher ihre Hilfe an.« Er zog Wams und Kettenhemd an, streifte das mit dem Wappen bestickte Gewand über und gürtete sich mit seinem Schwert. Dann tauchte er die Hände in eine Waschschüssel, strich seine Haare über die Halbglatze und tupfte sein Gesicht ab. »Habe ich Krümel im Bart?«, fragte er Sanne.

»Nein«, erwiderte sie nach genauem Hinsehen. »Was ist mit Eurem Bruder?«

»Die Niete?«, murmelte Hilck von der Usse. »Soll er pennen. Wegen ihm haben wir ein Viertel unseres Heeres verloren.«

Sie traten auf den Hof. Die Tiere warteten am Brunnen. Beim Anblick des Gografen schüttelte der Hirsch das ausladende Geweih und röhrte leise.

»Kannst du dolmetschen?«, fragte Hilck, der sich verneigte.

Sanne nickte.

Die Tiere bildeten einen Halbkreis um die zwei Menschen. Wie sich erwies, waren sie nicht gekommen, um ihre Hilfe anzubieten. Sie verkündeten ganz im Gegenteil, sich aus dem Krieg gegen den Eisernen König heraushalten zu wollen. Wölfe, Bären und Wildschweine hätten beim Kampf in der Grotte im Greting bereits genug Verluste erlitten. Im Übrigen habe man Meister Grimbart und Reineke Fuchs ausgesandt, während die Gografen noch selig in ihrer Feste geschlummert hätten. Der Rat der Tiere habe beschlossen, keine weiteren Toten zu riskieren; man habe seine Pflicht erfüllt.

»Selig in der Feste geschlummert«, brummte der Gograf und blies die Backen auf. »Pah! Wir wurden durch einen Zauber ausgeschaltet.«

»Vielleicht könnt Ihr sie noch überreden«, sagte Sanne.

»Soll ich auf Knien vor ihnen kriechen? Ihnen das Blaue vom Himmel versprechen?«, erwiderte Hilck von der Usse. »Nein. Ich habe auch meinen Stolz. Wenn sie nicht kämpfen wollen, müssen wir das akzeptieren. Dann erledigen wir diesen König eben selbst.« Er nickte dem Hirsch zu und ging trotzig davon.

Die Tiere sahen ihm aus dunklen Augen nach. »Wir wissen, dass ihr enttäuscht seid«, sagte ein Wolf. »Aber wir haben genug Opfer gebracht.«

»Ja, wir sind enttäuscht«, seufzte Sanne. »Ihr wärt eine große Hilfe gewesen.«

»Der Rat der Tiere hat entschieden«, schnaubte der Hirsch. »Einstimmig und endgültig. Meister Grimbart und Reineke Fuchs steht es natürlich frei, euch weiter zu helfen.«

Bei dem Gedanken an die zwei Gefährten hellte sich Sannes Miene auf. »Wisst ihr etwas von ihnen?«, fragte sie.

»Wie mein vorletztes Weibchen von einem ihrer Liebhaber gehört hat«, warf ein Wiesel ein, »der es wiederum von einer Wildkatze aus Flutwidde erfuhr, mit der er eine kurze, aber quälerische Affäre hatte, da sie mit einem Hermelinwitwer zusammen war, der neun Junge aus einer früheren Paarung aufziehen musste und nicht mehr wusste, wem er zuerst das Maul stopfen sollte …«

Der Hirsch verdrehte die Augen. »Buhlschaften allüberall«, stöhnte er. »Ich glaube, ich höre nicht recht.«

»… gab es im Haus der weisen Weiber einen Krawall«, fuhr das Wiesel fort. »Ein Weib soll geflohen sein. Fuchs und Dachs sind angeblich in Begleitung dreier Menschen nach Norden aufgebrochen.«

»Drei Menschen?«, fragte Sanne erstaunt, aber erleichtert.

»Mehr weiß ich nicht«, sagte das Wiesel. »Ich könnte mich

allerdings bei der Geliebten meines vorvorletzten Weibchens erkundigen, die nach einer trostlosen Beziehung mit einem greisen Frettchen und einer Vielzahl unglücklicher Lieben ihr wahres Wesen entdeckte und …«

»Genug!«, röhrte der Hirsch. »Wir haben unseren Auftrag erfüllt. Lasst uns aufbrechen.«

Das Wiesel sprang davon. Kurz darauf waren die Tiere verschwunden. In der Grenzfeste erwachte das Heer. Männer eilten zwischen den Mauertrümmern hin und her, wuschen sich oder versorgten die Feuer. Nach einer Weile kam die schlafzerknitterte Muhme angehumpelt, um sich eine Tasse Kräutertee zu brauen.

»Die Tiere wollen nicht mehr helfen?«, fragte sie mürrisch, nachdem Sanne berichtet hatte. »Aha. Lass mich jetzt bitte in Ruhe einen Tee trinken und ein Pfeifchen rauchen, ja?«

Sanne saß stumm neben ihr. Nach einer Weile murmelte sie: »Bei den Wieseln geht alles drunter und drüber – ihr Dasein ist ein Tummelplatz der Triebe ohne Sinn und Verstand.«

»So ist es immer und überall«, knurrte die Muhme. »Wir würden uns wohl zu Tode langweilen, wenn es anders wäre.« Danach schwieg sie so grimmig und paffte so wütend, dass Sanne nichts mehr zu sagen wagte.

Im Morgennebel wirkten die Mauern Rottlands noch höher und trutziger als sonst, der Bergfried war nur ein Schemen, die eingestürzten Wälle und Kerkertürme bildeten eine bizarr zerklüftete Landschaft. Die Feste hatte etwas Bedrückendes, vor allem, wenn man an die Greuel dachte, die Blaubart hier verübt hatte. Sanne wäre gern aufgebrochen, zumal sie sich nach ihren Gefährten sehnte, aber die Gografen schienen sich über ihre Taktik nicht im Klaren zu sein; vielleicht zögerten sie, weil ihnen die Tiere nicht mehr folgten, vielleicht, weil ihnen ihre Unterlegenheit bewusst war. Trotzdem mussten sie handeln. Sanne sah zur Muhme, die an ihrem Tee nippte, an der Pfeife zog und langsam aus Schlaf und Traum auftauchte. Was mochte der Eiserne König, dessen Macht täglich wuchs, im Schilde führen?

30. Genugtuung

Das Banner des Eisernen Königs knatterte über der Feste der Gografen im Wind. Die Wächter auf den Türmen ließen ihren Blick in alle Himmelsrichtungen schweifen, aber das Land war grau und still. Die Hügel wirkten müde, der Welsfluss strömte kraftlos dahin, im Norden schienen sich die Gipfel des Gretings mit letzter Anstrengung aufrecht zu halten. Pinafor war besiegt, geschwächt, entmutigt. Die Streitmacht des Eisernen Königs lagerte auf dem Werder und an den Ufern – ein Gewimmel von Kriegern und Karontiden, so weit das Auge reichte; Zelte, Laubhütten, Lagerfeuer, Kriegsgerät. Die Wesen der Wilden Jagd hockten dicht an dicht auf den Zinnen aller drei Festungsringe.

»Ein letzter Schlag«, sagte ein Raubritter, der auf einem der Westtürme Wache hielt, »und das Land gehört uns.«

Sein Kumpan lachte. »Unsere Streitmacht wird das Heer der beiden Rotbärte überrollen«, erwiderte er. »Sie haben uns nichts entgegenzusetzen.«

Das fahle Licht, das durch die Fenster des Rittersaals fiel, erhellte eine Szene der Verwüstung: Kehrweiber fegten den von Dreck, Bierlachen und Speiseresten übersäten Boden. Sie schwitzten vor Angst, weil sie die Krieger, die auf Tischen und Bänken ihren Rausch ausschliefen, nicht wecken durften. Karontiden dämmerten vor einer Wand, Humpen zwischen den Beinen und abgenagte Hammelbeine in den Pranken. Der Eiserne König saß auf dem Thron. Spinnen webten Netze auf seiner Rüstung, Asseln bedeckten seine Panzerschuhe. Seine Augenlider waren halb geschlossen.

Vielleicht träumte er von der Welt nach seinem Sieg: Rot wie Blut und schwarz wie die Nacht, erhellt nur vom Blitzen des Goldes. Er hatte dieses Gelage zu Ehren Blaubarts und jener Krieger abgehalten, die Helmdags Heerbann vernichtend geschlagen hatten.

Grimm erwachte als Erster. Er hatte viel getrunken, denn er bekam keinen Kater mehr, eine angenehme Nebenwirkung seiner Wiedererweckung; eine andere war die, dass er sich nicht mehr rasieren musste. Als er die Rubinaugen aufschlug, stellte er fest, dass seine Wange auf einem fettigen Teller lag. Er wischte sie ab und stieß, als er sich aufrichtete, gegen ein Kehrweib, das erschrocken aufschrie. Blaubart lag auf dem vordersten Tisch, umringt von Bocksbeuteln und Humpen. Er schnarchte rasselnd und hielt immer wieder die Luft an; wenn er ausatmete, knarrte er wie ein Blasebalg. Grimm griff nach einem kalten Bratenstück. Als er die Zähne hineinschlug, fiel ihm Barbera ein. Während er kaute, merkte er, dass er sie vermisste. Als er schluckte, dachte er, dass er ihr Galan bleiben würde, egal, wie viele Male und Narben ihr Gesicht entstellten. Sie war zwar nicht nur ein weises Weib, sondern auch eine Hexe, aber was tat das zur Sache? Es erhöhte sogar ihren Reiz. Grimm biss wieder in den Braten und schielte zu Blaubart – dieser Mann schnarchte wie eine Wildsau, war geiler als ein brünftiger Hirsch, lachte wie ein Eunuch und kommandierte alle herum. Grimms Blick fiel auf einen Bratspieß: Ein Griff und ein Stich, und er wäre diesen Trottel los. Dann würde er aus der Feste schlendern, seinen Rappen besteigen und davonreiten.

Der Eiserne König, sein Herr und Meister, eingesponnen und umwimmelt und wie sein eigenes Denkmal auf dem Thron sitzend, klappte ein Auge auf und sah Grimm an, als könnte er Gedanken lesen. Dann schloss sich das Auge wieder.

Grimm musste heftig husten und verrenkte sich fast bei dem

Versuch, sich selbst auf den Rücken zu klopfen. »He, du«, krächzte er. »Schlag mir auf den Rücken.«

»Was?«, fragte das verängstigte Kehrweib.

»Auf den Rücken. Schlagen«, ächzte Grimm.

Sie hob eine zitternde Hand und klopfte ihm so behutsam auf den Rücken, als wollte sie Staub entfernen.

»Stärker!« Grimm bekam kaum noch Luft, denn irgendetwas saß in seiner Kehle fest. »Nimm den … Besen.«

Das Kehrweib holte mit dem Reiserbesen aus. Sie schlug in ihrer Angst so heftig zu, dass Grimm mit dem Oberkörper auf den Tisch knallte. Sein Kinn grub sich in eine Butterschüssel, ein Knorpel flog aus seinem Mund. Er holte tief Luft und drehte sich nach dem Kehrweib um. »Danke«, sagte er.

Sie starrte die Butterflocke an, die an seinem Kinn hing, und fegte dann weiter, als säße ihr ein Geist im Nacken.

Grimm ließ einen Schluck schalen Biers durch seine Kehle rinnen. Als er den Mund abwischte, sah er einen Kultknecht, der mit wehendem Umhang zwischen Bänken und Tischen zum Thron eilte, sich dem Eisernen König mit vielen Bücklingen näherte, neben ihn trat, wobei er darauf achtete, keine Assel zu zertreten, und ihm etwas ins Ohr flüsterte. Der König hob den Zeigefinger der auf der Lehne liegenden rechten Hand, woraufhin der Kultknecht verschwand. Grimm sah ihm verächtlich nach – er verabscheute diese einarmigen, von den weisen Weibern gepäppelten Banditen.

Da schwang die Flügeltür auf, und eine von Kopf bis Fuß in Schwarz gewandete Gestalt betrat den Rittersaal. Sie ging mit leichten, schwebenden Schritten zum Thron. Grimm erstarrte, denn er wusste sofort, wer es war: Barbera! Seine Knöchel erbleichten, als er sich an die Tischkante klammerte, und ihm schwindelte, als hätte er doch einen Kater. Barbera fiel vor dem

Thron auf die Knie. Sie drückte die Stirn auf den Boden und warf die Arme aus, so dass sie mitten zwischen den wimmelnden Asseln lagen, kroch auf den Eisernen König zu, küsste seine Panzerschuhe, seine Knie und schließlich den Ring an seiner linken Hand. Grimm musste schlucken. Was tat sie da? Warum erniedrigte sie sich so? Er erstarrte, als der Eiserne König ihr verschleiertes Gesicht mit beiden Händen zu sich heranzog und auf seinen Schoß bettete, und er meinte zu hören, wie Barbera hauchte: »Mein König …«

Grimm schnippte die Butterflocke von seinem Kinn. Er bebte am ganzen Körper und knirschte mit den Zähnen, seine roten Augen blitzten.

Da erwachte Blaubart. Ein letztes Rasseln entrang sich seiner Kehle. Er stöhnte und strich über seinen schwarzblauen Bart. Beim Anblick Barberas breitete sich ein lüsternes Grinsen bis in den letzten Winkel seines Gesichts aus.

Grimm klammerte sich so fest an die Tischplatte, dass er fast ein Stück herausgebrochen hätte. Was ging hier vor? Was tat seine Barbera da? Warum schmiegte sie sich in den Schoß des Eisernen Königs, als wäre sie seine Geliebte? Er ließ den Tisch los, wusste aber nicht, wohin mit den Händen; kalte und heiße Schauer liefen ihm über den Rücken. Er sah sich um: Alle anderen schliefen noch, auch die Karontiden, und im Rittersaal schien ein grauer Dunst zu hängen. Oder hatte sich sein Blick getrübt? Er schrak zusammen, als Blaubart seinen Stuhl auf den Dielen zurückschob, aufstand und hinter Barbera trat. Sie seufzte, als er über ihren Rücken strich. Und als der Eiserne König ihre rechte Hand in die Blaubarts legte, sprang Grimm mit einem wütenden Schrei auf.

Mehrere Männer schlugen kurz die Augen auf, schliefen aber sofort wieder ein.

»Herr«, sagte Grimm mit bebender Stimme. »Was tut Ihr da? *Ich* bin der Galan dieser Frau.«

Der König hob die schweren Lider und sah ihn aus eiskalten Augen an. »Schweig«, befahl er. »Du bist nur ein dummer, nutzloser Diener. Diese Frau hält mir die Treue, obwohl ich sie mit dem Schandmal brandmarken ließ. Ich belohne sie mit Blaubarts Hand.«

Barbera sah verzückt zu ihm auf. »Oh, Herr und Meister«, flüsterte sie. »Ich verehre Euch. Ich werde jeden Mann in die Arme schließen, den Ihr mir zuweist.«

»Kapiert, Bratröhrenfratze?«, höhnte Blaubart und tätschelte Barberas Hand. »Sie gehört mir, und ich …« – er leckte seine Lippen – »kann mit ihr tun, was mir beliebt.«

»Meine Schwestern sind im Gewölbe unter ihrem Haus gefangen«, hauchte Barbera, deren Busen heftig bebte. »Und die Frauen spinnen kein Stroh mehr zu Gold!«

Spinnen krabbelten über die Rüstung des Königs, als würden sie den Wegen seiner Gedanken folgen. Schließlich murmelte er: »Das tut nichts zur Sache. Die Gografen sind am Ende. Pinafor ist bald in unserer Hand. Wir müssen kein Gold mehr zu Stroh spinnen. Und sorge dich nicht um deine Schwestern, sondern lebe.« Er lachte meckernd.

»Ja, Herr«, sagte Barbera. Nachdem sie ihren Kopf wieder in seinen Schoß gebettet hatte, lüpfte sie den Schleier und warf Grimm einen neckischen Blick zu.

»Ich werde mich mit meinem … Weib zurückziehen, wenn Ihr erlaubt«, sagte Blaubart zum Eisernen König.

Dieser bekundete seine Zustimmung. »Morgen«, murmelte er, »wird die Streitmacht aufbrechen, um das Heer der Gografen zu vernichten.«

Blaubart knallte die Hacken zusammen und reckte die rechte Faust. »Zu Befehl!«, brüllte er. Dann packte er Barbera beim Handgelenk und zog sie auf die Beine.

»Schlunzige Bockse«, murmelte Grimm, sackte auf den Stuhl und ließ seine Stirn auf die Fäuste fallen. Als er aufsah, bildete er sich ein, dass die Krieger im Schlaf über ihn grinsten; dass ihn die Gestalten auf den Deckengemälden des Saals auslachten; dass ihn der Eiserne König voller Spott betrachtete; dass man ihn für einen Trottel und Versager hielt. Da wurde ihm bewusst, dass Barbera ihn benutzt hatte. Ja, sie hatte ihn benutzt wie eine von ihr selbst geschaffene Puppe, die sie nun, da sie nutzlos geworden war, wegwarf. Sie warf ihn einfach weg! Seine Nasenflügel bebten, sein Körper zitterte, seine Stirn glühte, seine Zähne klackten. Wäre er doch tot! Denn Barbera hatte ihn nur zum Leben erweckt, um ihn zu demütigen. Er wandte sich zu Blaubart um, der lachend einen Arm um Barberas Taille legte. Grimm zog die Nase hoch und rotzte auf den Boden. Dann erhob er sich wankend, ging zu der Platte, auf der Kopf, Gerippe und Spiel eines Fasans lagen, und griff nach dem Bratspieß. Er wog ihn in der Hand. Er sah zum Eisernen König, der zu sinnieren, zu dämmern oder zu träumen schien. Er schaute zu Blaubart, der Barbera aus dem Rittersaal führte. Er ließ den Blick über die schlafenden Krieger und Karontiden gleiten. Er setzte sich in Bewegung.

Grimm hatte das Gefühl, auf Wolken zu laufen. Er schwebte dahin, angetrieben von Demütigung, Wut und Selbsthass. Warum hatte er sich so ausnutzen lassen? Er wich den Schlafenden aus wie ein Tänzer, glitt über Bierlachen und Erbrochenes, segelte über Humpen und Flaschen, umschiffte Tische und Stühle. Die Kehrweiber drückten den Reiserbesen ängstlich gegen ihre Brust und traten zurück. Drei Schritte hinter Blaubart, der kichernd mit Barbera tändelte, holte Grimm mit dem Bratspieß aus.

Und rammte ihn seinem Nebenbuhler in den Rücken.

Blaubart drehte sich schwankend um. Er starrte zuerst Grimm und danach den aus seinem Brustkorb ragenden Bratspieß an. Dann sank er zu Boden. Barbera warf sich auf ihn und leckte seine Wunde; als sie den Kopf hob, waren ihre Lippen voller Blut. Der Eiserne König schrie gellend auf und schnippte mit den Fingern – Grimm wurde von einer unsichtbaren Kraft gegen die Wand geschleudert. Als er wieder auf die Beine kam, waren Krieger und Karontiden erwacht und rannten in ihrer Verwirrung kreuz und quer durch den Saal. Barbera leckte immer noch die Wunde des röchelnden Blaubarts. Als Grimm sich an ihr vorbeistahl, schickte sie ihm einen Blick, in dem Tod und Verderben lagen, und bei diesem Blick fiel ihm etwas ein. Er flüsterte: »Das Mädchen mit den grünen Augen …«, und floh. Er stieß drei Kultknechte um, die kurz vor der Treppe wissen wollten, was los war, rannte aus dem Schloss und quer über den Hof zu dem Stall, in dem sein Rappe stand. Dort hatte er endlich das Gefühl, wieder festen Boden unter den Füßen zu haben. Er sattelte sein Ross und ritt aus der Feste, bevor man begriffen hatte, was geschehen war. Im Lager der von ihm befehligten Nachhut ließ er sich Schwert, Schild und Helm geben und erklärte: »Wir rücken morgen aus. Ich soll auf Erkundung reiten.«

»Allein?«, fragte der Proviantmeister erstaunt.

»Befehl von Blaubart«, erwiderte Grimm, wobei er sich ein Grinsen nicht verkneifen konnte, und gab seinem Rappen die Sporen.

Kurz darauf galoppierte er über die Felder Flutwiddes nach Osten.

Die Gografen hatten den Aufbruch befohlen. Nicht, weil sie gewusst hätten, wie der Feind zu besiegen wäre, sondern weil die Untätigkeit an den Nerven zehrte. Alles war besser, als in Rottland auf den Angriff der Streitmacht des Eisernen Königs zu warten; außerdem durften die aus ganz Pinafor zu den Fahnen geeilten Männer nicht entmutigt werden.

Man gab die in Blaubarts Rüstkammern erbeuteten Waffen aus. Belud die Trosswagen mit Verpflegung, Heilkräutern und Verbandsmaterial. Baute Anhänger zu fahrbaren Küchen und Schmieden um. Durchsuchte die Grenzfeste nach Planen für Zelte und Wagen und schärfte die Klingen. Hilck von der Usse beaufsichtigte alle Arbeiten, stets in Begleitung seines Knappen und neuerdings auch in der Hellas, die er unter dem Vorwand, ihr das Kriegshandwerk beibringen zu müssen, an seine Seite befohlen hatte. Helmdag bot Blaubarts Männern derweil Straffreiheit an, wenn sie sich dem Heer anschlossen. Viele akzeptierten, aber eine Handvoll verbiesterter Krieger hielt ihrem Herrn die Treue.

»Man wird euch abschlachten«, rief einer. »Wie Ungeziefer zerquetschen. Ohne mich.« Er spuckte auf das faulige Stroh, das den Fußboden des Kerkers bedeckte.

»Wie ihr wollt«, erwiderte Helmdag. »Dann werdet ihr hier vermodern.« Er ließ den Kerker verriegeln und zog mit seiner Leibgarde und den Überläufern ab. Im Dunkeln klirrten Ketten, irgendjemand bollerte trotzig gegen die Tür.

Sanne stand vor dem Bergfried und sah zu dem hoch oben gelegenen Fenster auf. Der Tag neigte sich dem Ende zu, die schwache Herbstsonne zeigte sich gelegentlich hinter den Wolken, aber Horn zeigte sich nicht. »Wir haben ihn an diese Frau verloren«, klagte sie.

Die auf ihren Stock gestützte, mitten im emsigen Treiben des Heeres stehende Muhme nickte. »Ich wäre auch gern wieder in meiner Kate«, sagte sie. »Aber ich werde bis zum Ende bei euch bleiben – ob bitter oder nicht.«

Sanne warf ihr einen dankbaren Blick zu.

Und sie war noch dankbarer, als Sneewitt und Rumpenstünz, Meister Grimbart und Reineke Fuchs nach Einbruch der Dunkelheit in Rottland eintrafen.

»Wie habt ihr diese Mauern zum Einsturz gebracht?«, fragte Rumpenstünz, als er in den Schein des Lagerfeuers trat, an dem die Gografen mit ihren Rittern, Harlung und den anderen Befehlshabern saßen.

Sanne sprang in seine Arme, stutzte aber beim Anblick von Alwine. »Hast du etwa auch eine Frau, Kunz?«, fragte sie.

»Ab jetzt heiße ich Rumpenstünz«, verkündete er strahlend. »Und dies …« – er legte Alwine einen Arm um die Schultern – »… ist meine Tochter. Wir haben uns im Gewölbe unter dem Haus der weisen Weiber wiedergefunden.«

»Der Königin ihr Kind? Darum seid ihr also zu dritt«, sagte Sanne. »Das Wiesel hatte recht.«

»Ein Wunder«, keckerte der Fuchs. »Im düsteren Gewölbe, in dem sich das arme Mündel die Finger blutig spann, gequält von hundsgemeinen Knechten und fern der Familie, in deren Schoß sie blühte und gedieh …«

»Die Kleinfamilie wird überschätzt«, warf der Dachs ein. »Sie gilt als Bollwerk gegen jedes Übel der Welt, aber das ist Unsinn. Ich finde …« Er verstummte, weil die Muhme ihn zu sich heranzog und seinen Nacken kraulte.

Sie setzten sich wieder an das Feuer. Die Gografen nahmen fassungslos zur Kenntnis, dass sie von den weisen Weibern hintergangen worden waren; sie brauchten lange, um dies zu verdauen. »Hexen?«, stieß Hilck hervor. »Böse Stiefmütter? Wie kann das sein? Sie haben uns stets beraten. Sie waren uns immer treu …«

»Niedere Gefühle können Vernunft und Verstand lähmen«, erwiderte die Muhme. »Dann wird man unberechenbar und verliert sich in Erbärmlichkeiten. Das passiert oft. Kaum jemand ist dagegen gefeit.«

Ein langes Schweigen trat ein. Schließlich fragte Sneewitt: »Wo sind Hans und Horn?«

»Sie haben auch jemanden gefunden«, antwortete Sanne mit Blick auf Rumpenstünz und Alwine. »Horn vergnügt sich im Bergfried mit einer Person, von der er angeblich sein Leben lang geträumt hat. Hans trauert um seine Schwester, die im Kampf tödlich verwundet wurde.«

Reineke Fuchs lüpfte die Brauen. Der im Schoß der Muhme liegende Dachs brummte genussvoll.

»Tatsächlich?«, sagte Rumpenstünz verblüfft. »Na, ich bleibe jedenfalls bei euch.«

Sneewitt stand auf. Sie rieb ihren wunden Hintern, dann trat sie aus dem Feuerschein in das Dunkel Rottlands. Gretes Grab lag auf einem Fleckchen Land vor der Nordmauer der Feste, das früher als Kräutergarten gedient hatte, und war mit einem schlichten Stein markiert. Sneewitt hockte sich neben den reglosen Hans. »Wenn jemand gestorben ist, weiß ich nie, was ich sagen soll«, flüsterte sie. »Der Tod ist unfassbar. Eigentlich gibt es keinen Trost.« Sie schwieg. Dann fügte sie hinzu: »Außer jenem, der darin besteht, dass man selbst noch lebt. Vielleicht dient man den Toten am besten, indem man das Leben weiterführt, das für sie zu Ende gegangen ist. Man möchte am liebsten auch sterben. Aber wem würde das nützen?« Sie hörte, wie Hans schluckte. Er wandte ihr das stoppelbärtige, verhärmte Gesicht zu.

»Ja, wenn Grete ein Leben gehabt hätte«, murmelte er. »Jetzt hätte sie es besser haben können. Aber sie ist tot.«

»Du bist ihr nichts schuldig«, erwiderte Sneewitt, die spürte, was ihn quälte.

Hans räusperte sich einen Frosch aus dem Hals. »Ich hatte einen Traum, während ich hier saß«, fuhr er fort und streckte sich auf dem Boden aus.

Sneewitt strich sich eine Strähne aus dem Gesicht. Sie konnte zwischen den Trümmern der Kerkertürme das Feuer sehen, an dem ihre Gefährten saßen, und schlang ihre Arme um den Oberkörper, denn sie fror.

»In diesem Traum sind mir Maleens Vögel erschienen, Zeisig und Sperling«, erzählte Hans. »Sie waren groß wie Hirsche, fast furchterregend. Sie sagten: ›Kleinvieh macht auch Mist. Halte dich an die Kleinen, denn sie vollbringen Großes!‹ Dann sah ich Maleen, die weinend vor der Esche lag, und die Esche war verdorrt. Und Maleen rief: ›Mücken und Ameisen werden sich beweisen! Wo der Maulwurf gräbt, kann es sein, dass die Erde bebt! Oh, Golliwogg, ohe!‹«

Sneewitt schwieg verdutzt. »*Oh, Golliwogg, ohe*?«, fragte sie. »Was soll das heißen?«

»Keine Ahnung«, erwiderte Hans, der sich auf die Unterarme stemmte. »Vielleicht ist es eine Anrufung, eine Beschwörung oder ein Zauberspruch. Ich denke, Maleen hat mir den Traum gesandt – sie wollte mir etwas mitteilen.«

»Komm mit ans Feuer«, bat Sneewitt. »Dort können wir über alles reden. Wir haben Herbst. Es ist kalt. Oder willst du dir wirklich den Tod holen?«

Hans erhob sich bleiern. »Gehen wir«, seufzte er. »Ich kann sie ja doch nicht wieder lebendig machen.«

Sobald er am Feuer saß, versank er in tiefem Schweigen.

»Das ist zweifellos Zahlenmagie«, sinnierte der Fuchs. »Jeder

Buchstabe steht für die jeweilige Stelle im Alphabet: ›Oh‹ ist fünfzehn plus acht, also dreiundzwanzig; ›Golliwog‹ ist – äh: Sieben plus fünfzehn plus zwölf plus zwölf plus neun plus dreiundzwanzig plus fünfzehn plus sieben. Macht genau hundert. ›Ohe‹ ist fünfzehn plus acht plus fünf. Macht achtundzwanzig.«

»Na, toll, du Held«, höhnte Meister Grimbart, der im Schoß der Muhme lag. »23-100-28. Und was heißt das?«

»Gute Frage«, erwiderte Reineke Fuchs etwas altklug. »Aber ich bin fest davon überzeugt, dass diese Zahlen der Schlüssel zu unserem Sieg sind. Vergesst nicht, dass ich die Karte auf Maleens Rücken enträtselt habe!«

»Das ergibt zusammen 151«, murmelte Hilck von der Usse. »Was könnte diese Zahl bedeuten?«

Die Ritter kratzten sich nachdenklich am Kopf. Harlung zählte irgendetwas an den Fingern ab. Hans-mein-Igel, Hilcks Knappe, bohrte im linken Ohr, als wollte er seine Gedanken ankurbeln, und verkündete dann: »Eins plus fünf plus eins … Das macht sieben, oder?«

»Der Mann ist ein Genie«, sagte der Dachs. »Jetzt haben wir also 151 und sieben. Addiert ergibt das 158. Diese Zahl ist unsere Rettung – hurra!«

»Können wir die Streitmacht des Eisernen Königs mit genau 158 Männern besiegen?«, fragte Helmdag.

»Eins plus fünf plus acht ist vierzehn«, warf der Fuchs ein. »Also reichen vierzehn Männer. Es müssen nur die richtigen sein.«

»Wir sollten vierzehn Füchse gegen den Eisernen König ins Feld schicken«, erwiderte der Dachs. »Sie werden ihn kraft ihrer Klugheit in die Knie zwingen.«

»Fünf sind genug«, ergänzte die Muhme. »Denn das ist die Summe von eins und vier.«

»Prächtig, prächtig«, brummte Hilck von der Usse. »Schafft die fünf Füchse herbei, und der Eiserne König ist erledigt.«

Harlung runzelte die Stirn. Mehrere Ritter lachten unsicher. Alle anderen saßen ratlos am Feuer.

»Abgesehen von den fünf rettenden Füchsen bin ich durchaus der Ansicht, dass der Traum etwas zu bedeuten hat«, erklärte die Muhme. »Er ist eine Botschaft von Maleen.«

»›Kleinvieh macht auch Mist‹«, brummte Harlung. »Welche Zahl ergibt sich, wenn man alles addiert?«

»Oooh!«, rief Sneewitt und warf einen Ast ins Feuer; Funken stoben in die Nacht. »Schluss mit dem Unsinn. Fünf! Das sind die Finger an einer Hand. Was nur heißen kann, dass wir in die Hände spucken und handeln sollen.«

Reineke Fuchs starrte sie pikiert an. »Man nimmt mich nicht ernst«, fauchte er. »Man macht sich über mich lustig. Ab jetzt sage ich gar nichts mehr.«

»Dieser Fuchs ist doch klüger, als ich dachte«, brummte der Dachs.

Hans starrte in die Flammen, obwohl ihm die Hitze Tränen in die Augen trieb: Das Feuer schien lebendig zu sein. Die Worte, die Maleen im Traum gesprochen hatte, wichen in seinem Geist zurück wie Wolken, die einen strahlend blauen Himmel zurückließen, und das Gespräch der anderen glich dem Flüstern des Windes im Laub. Nachdem Hans lange in die Flammen gestarrt hatte, rastete in seinem Inneren etwas ein – wie ein Schlüssel, der in das passende Schloss glitt. »Die Vögel«, murmelte er. »Ich brauche deine Vögel, Maleen.«

Sneewitt drehte sich nach ihm um. »Wie bitte?«, fragte sie.

»Mücke, Ameise, Maulwurf …«, flüsterte Hans. Er legte den Kopf in den Nacken, und die Nachtluft kühlte sein vom Feuer erhitztes Gesicht. »Kleinvieh macht auch Mist …«

»Was redest du da?«, wollte Sneewitt wissen.

Die Muhme beugte sich vor und sah ihn fragend an.

Hans schwang den Kopf aus dem Nacken und ließ ihn auf die Brust fallen. »Verlasst Rottland«, befahl er mit einer Entschiedenheit, die ihn selbst erstaunte. »Der Eiserne König setzt bald seine Streitmacht in Marsch. Weicht ihr aus. Reitet kleine Attacken, zieht euch wieder zurück. Reizt und ärgert ihn, bis er vor Wut alles auf eine Karte setzt. Wir müssen den Ort der Schlacht selbst bestimmen. Ich hole währenddessen Hilfe.« Er horchte in sich hinein – seine Worte standen im Einklang mit dem, was er fühlte; sie waren echt, sie waren richtig.

»Woher nimmst du diese Gewissheit?«, fragte Sanne.

»Ach, weißt du«, sagte der Reineke Fuchs. »Wenn man zwei Tage am Grab seiner Schwester gehockt hat, kommt man auf die absonderlichsten Ideen.«

Die Muhme verengte die Augen und biss auf ihre Pfeife. Sie sah zu den Gografen, die eher verblüfft als verärgert wirkten.

»*Wir* erteilen hier die Befehle«, sagte Helmdag. »Was maßt du dir an?«

Sein Zwillingsbruder legte ihm eine Hand auf den Arm. »Er hat recht. Wir sind immer noch zu schwach für eine offene Schlacht. Eine Hinhaltetaktik in Verbindung mit raschen Attacken ist keine üble Idee. Aber«, fragte er Hans, »wer soll helfen? Weder Tiere noch Ragnarökk stehen uns bei, und was mit dem Bart des Eisernen Königs zu tun ist, wissen wir auch nicht.«

»Gebt mir mein Pferd«, bat Hans und kam auf die Beine. »Ich breche sofort auf. Wir dürfen keine Zeit verlieren.«

»Ich begleite dich«, sagte Sneewitt.

»Ich auch!«, rief Rumpenstünz.

»Nein. Ich muss allein reiten«, erwiderte Hans. Aber als er zu den Ställen gehen wollte, taumelte er. »Oh …«, murmelte er und sank wieder zu Boden.

»Du brauchst Schlaf und etwas zu essen«, sagte die Muhme. Und an die Gografen gewandt, fügte sie hinzu: »Ich bin sicher, dass er weiß, was er tut. Er wird von einer inneren Stimme geführt.«

»Ich kenne das«, brummte Harlung. »Wenn ich im Greting am Feuer sitze, tritt alles, was mir durch den Kopf geht, nach einer Weile zurück – wie aufgewühlter Schmutz, der in einer Pfütze auf den Grund sinkt. Ringsumher und in mir selbst wird alles still. Dann spricht die Stimme des Inneren. Und sie spricht meist wahr.«

Die Flammen loderten auf, als würden sie zustimmen.

Im Osten glomm das erste Licht am Horizont, als Grimm sein Ross nach einem nächtlichen Gewaltritt auf einem Hügel zügelte. Er wurde nicht verfolgt. Man hatte ihm nicht einmal die Wilde Jagd hinterhergeschickt. Man schien ihm so wenig Bedeutung beizumessen, dass man ihn laufen ließ, obwohl er Blaubart einen Bratspieß in den Rücken gerammt hatte. Welch ein Hohn! Welch eine Demütigung! Grimm tätschelte den Hals des schweißnassen Rappen. »Hooh«, sagte er mit mühsam unterdrückter Wut. »Wir rasten jetzt, mein Alter.« Unter ihm lagen die nebeligen Auwälder der Usse. Dort hatte alles begonnen. Dort hatten sie das Mädchen mit den grünen Augen aufgegriffen; dort waren seine Männer in ihrem Feuer umgekommen; dort war er brennend in den Fluss gerannt, um von Barbera wieder zum Leben erweckt zu werden. Aber wozu? Nur um benutzt und erniedrigt zu werden? Seine roten Augen loderten im Sehschlitz des Helms. Er zog an der Brünne, als müsste er um Atem ringen, und führte das müde Ross am Zügel den Hügel hinunter.

Während der Rappe im Auwald graste, entfachte Grimm ein Feuer. Der Qualm des feuchten Holzes verlor sich zwischen Erlen und Weiden im Nebel. Im Uferschilf lärmten Vögel, ein Buntspecht hämmerte im Wald. Grimm stieß das Schwert in die Erde und nahm den Helm ab. Seine Gedanken kreisten nur um eines: Rache. Schließlich stand er auf, pflückte einen Grashalm, klemmte ihn zwischen die Finger und blies eine Tonfolge, die er zwei Mal wiederholte. Dann setzte er sich.

Das Feuer knackte und qualmte. Plötzlich verstummten die Wasservögel, der Specht stellte sein Klopfen ein. Grimm blieb sitzen, eine Hand auf der Parierstange des Schwertes, die andere im Schoß.

Da wurde eine Speerspitze gegen seinen Hals gedrückt.

»Ich bin es«, sagte er, ohne sich zu rühren.

»*Ich*?«, fragte eine tiefe Männerstimme. »Wer ist *ich*?«

»Ich bin jetzt ein anderer«, antwortete Grimm und drehte sich um. »Aber ich heiße noch Grimm.« Er betastete den von der Speerspitze hinterlassenen Schnitt.

Hinter ihm stand ein bis an die Zähne bewaffneter Räuber, der ein Bärenfell und einen breiten Hut mit Hahnenfeder trug. Seine Spießgesellen lauerten im Unterholz.

»Grimm ist tot«, erwiderte der Räuber, der beim Anblick des Narbengesichts und der Rubinaugen zurückwich, ohne jedoch den Speer zu senken. »Verbrannt, ertrunken, verschollen.«

»Und woher kenne ich die geheime Tonfolge?«

Die restlichen Räuber traten aus dem Unterholz. Es waren gut zwei Dutzend, auch sie schwerbewaffnet und eingemummt.

»Ja!«, rief einer. »Woher kennt er das Signal?«

»Wollt ihr Beute machen?«, fragte Grimm.

»Die Streitmacht des Eisernen Königs beherrscht das Land«, erwiderte der Räuber mit dem Speer, bei dem es sich um den Anführer zu handeln schien. »An Raubzüge oder Überfälle ist nicht zu denken.«

»Wir kommen nicht mehr zum Zug, weil der König alles plündern lässt«, rief ein anderer. »Man hat auch uns beraubt und fünf von uns erschlagen.«

»Auf der Hohen Heide sollen sich sogar mehrere Banden den Gografen angeschlossen haben«, sagte ein dritter Räuber.

Grimm spuckte in das Feuer. »Ich kenne einen Ort, an dem es Gold in Hülle und Fülle gibt«, sagte er. »Aber wir müssten sofort handeln.«

Der Specht begann wieder zu klopfen.

»Wie kann ich dir vertrauen?«, fragte der Räuberhauptmann, der endlich den Speer senkte.

»Wie oft haben wir zusammen gebechert? Du weißt, dass du mir vertrauen kannst ... *Barnabas*.«

Barnabas, wegen seiner riesigen Nase nur ›Zinken‹ genannt, murmelte verblüfft: »Er kennt meinen wahren Namen ...«

Grimm stand auf. »Ich bin Grimm«, sagte er. »Folgt mir, und ihr werdet reiche Beute machen.«

Die Wasservögel begannen wieder zu lärmen.

»Ja«, stieß ein älterer Räuber hervor. »Ja – das ist Grimm! Ich erkenne seine Stimme.«

»Das Feuer hat mich entstellt«, sagte Grimm. »Aber ich habe überlebt. Und jetzt will ich Blut und Gold.«

»Blut und Gold! Das Glück sei uns hold!«, röhrten die Räuber wie aus einem Mund, während Grimm das Schwert in die Scheide schob und den Helm aufsetzte.

Barnabas, auch Zinken genannt, ließ den Blick über seine Spießgesellen gleiten. »Gut, wir folgen dir«, sagte er. »Führ uns zum Gold. Aber wehe dir …« – er hob wieder den Speer – »… wenn du uns belügst oder betrügst.«

Grimm sah ihn abschätzig an. Dann trat er das Feuer aus und schwang sich auf den Rappen. Wenig später preschten sie über schlammige, von verfaultem Getreide bedeckte Äcker nach Südosten. Am Himmel ballten sich Wolken und drohten mit Regen.

Am frühen Nachmittag, sie näherten sich dem Herzland von Flutwidde, fragte Zinken: »Wo sind die Schergen des Königs geblieben? Die Karontiden und die Kultknechte? Die Wilde Jagd? Die berittenen Patrouillen?«

»Heute bricht die Streitmacht auf, um den Gografen endgültig den Garaus zu machen«, antwortete Grimm.

»Woher willst du das wissen?«, fragte Zinken skeptisch und trieb seine Mähre zu einem noch schärferen Galopp an.

»Ich war bei ihm.«

»Beim … beim Eisernen König?«, stieß Zinken hervor. »Hast du ihm gedient?«

»Das ist vorbei«, knurrte Grimm. »Er hat mich gedemütigt, und das wird er bereuen.«

»Oh …«, sagte Zinken. »Und … wohin reiten wir?«

Grimm zeigte zum Horizont, wo der Hügel mit dem Haus der weisen Weiber aufragte. »Dorthin!«, rief er. »Die Weiber sind mit dem Eisernen König im Bunde.«

»Sie sind mächtig!«, schrie ein hinter ihnen reitender Räuber. »Sie haben Zauberkräfte, und sie werden von Kultknechten beschützt. Das wird nicht einfach.«

»Das wird kinderleicht«, sagte Grimm, der sich ins Fäustchen lachte. »Glaubt mir.«

Regen setzte ein, als sie auf den Wolkenberg ritten. Beim Anblick der Stelen mit den Bildern der Wilden Jagd erschraken die Räuber. Grimm saß ab und stieß eine Stele um, setzte einen Panzerschuh darauf, als wäre sie ein erlegtes Wild, und rief: »Habt ihr Angst vor Bildern? Dort oben …« – er wies auf das Haus – »… wartet Gold auf euch. Viel Gold!« Er saß auf und ritt durch den immer heftiger werdenden Regen, gefolgt von den zögernden Räubern.

Beim Erreichen der Hügelkuppe schüttete es wie aus Kübeln, der Himmel war schwarz. Grimm pochte gegen die Tür des Häuschens. Das Wasser strömte nur so von den Traufen, und man konnte keine zehn Ellen weit sehen.

»Wir sind klitschnass«, klagte ein Räuber.

»Das gefällt mir nicht«, brummte ein anderer. »Wir befinden uns hier auf verzaubertem Grund.«

»Lasst uns umkehren«, rief ein dritter.

Endlich wurde die Tür einen Spalt geöffnet, und ein haariges Geschöpf äugte in den strömenden Regen. »Was wollt ihr?«, schniefte es. »Unsere Herrinnen sind … unpässlich.«

»Dann wünsche ich rasche Genesung«, erwiderte Grimm und verneigte sich höflich. Im nächsten Moment trat er die Tür so krachend auf, dass das Geschöpf zurückgeschleudert wurde, und stürmte in das Haus. Als er wieder zum Vorschein kam, troff sein Schwert von Blut. »Kommt«, befahl er. »Jetzt holen wir uns das Gold.«

Die Räuber sahen sich staunend in der weiten Eingangshalle um, während das Wasser von ihren Hüten tropfte. Einige schlugen Abwehrzauber, einer pustete auf seine Hasenpfote, und Zinken flüsterte: »Meinst du wirklich, dass es hier mit rechten Dingen zugeht?«

Grimm sprang die Treppe hinauf. Seine Panzerschuhe hallten in den Fluren. Er würde Barberas Heimstatt plündern und in Schutt und Asche legen! Nichts sollte mehr an sie und die übrigen weisen Weiber erinnern. Im Gehen riss er Schränke und Truhen auf. Die meisten waren leer, aber in manchen schliefen haarige, männliche Geschöpfe wie jenes, das ihm die Tür geöffnet hatte. »Wer seid ihr?«, brüllte Grimm. »Die Bastarde der Weiber? Kobolde? Wechselbälger?« Sobald die Geschöpfe die großen, feuchten Augen und Mäuler öffneten, durchbohrte er sie mit dem Schwert und ging weiter.

Die Räuber konnten ihm kaum folgen, fassten beim Anblick der schwachen Gegner aber Mut. Sie durchkämmten die Säle und Gemächer und kehrten mit Armen voller Silber zurück.

»Lasst den Mist hier!«, brüllte Grimm, der sich in Blutrausch und Raserei steigerte. »Im Gewölbe wartet Gold auf uns!«

Nun schnappten auch die Räuber über. Sie verwüsteten und erschlugen alles, was ihren Weg kreuzte. Sie rissen Schränke um und zerhackten die Wandvertäfelung. Dann schleuderten sie die im Flur hängenden Lampen in die Gemächer, in denen Wandteppiche und Möbel zu brennen begannen. Grimm fand den Weg zum Gewölbe, als wäre es sein Zuhause – sein Hass schien ihn zu führen. Als er um die letzte Ecke lugte, sah er Kultknechte, die sich vor der mit Goldsäcken versperrten Tür versammelt hatten. Er drehte sich zu Zinken um und flüsterte: »Da sind Kultknechte. Ein gutes Dutzend. Holt Teppiche aus den Gemächern. Schnell!«

Sobald die Teppiche da waren, entzündete Grimm sie mit einer Fackel und schob sie in den zum Gewölbe führenden Gang. Die Kultknechte, die gegen die Tür anrannten, um ihre Herrinnen zu befreien, bemerkten das Feuer erst nach einer Weile. »Was ist da los?«, rief einer und rannte mit zwei Kameraden zum Brandherd. Im dichten Qualm wurden sie ohne viel Federlesens von den Räubern niedergemacht.

»Angriff!«, schrie Grimm. Er gab den Teppichen einen Stoß, und der brennende Haufen schlitterte über den Steinboden in Richtung Tür. Der Gang war sofort voller Qualm, und die Räuber stürmten brüllend los. Von Beutegier und Blutrausch beflügelt, wüteten sie erbarmungslos unter den Kultknechten, die nicht wussten, wie ihnen geschah, und deren Widerstand rasch gebrochen war. Während man die Erschlagenen aus dem Weg schaffte, untersuchte Grimm die Tür: Im Schloss steckte ein goldener Schlüssel; andere Riegel waren nicht zu sehen. Er rüttelte am Griff und hämmerte gegen das massive Holz, das trotz der Bemühungen der Kultknechte kaum eine Delle aufwies.

»Ist das Gold hinter dieser Tür?«, fragte Zinken. »Wie sollen wir sie aufbekommen?«

Grimm knurrte tief in der Kehle wie ein Raubtier. Dann sagte er: »Wir brauchen etwas, das als Rammbock dienen kann.« Er schob die brennenden Teppiche vor die Tür. »Und noch mehr Teppiche!«, brüllte er Zinken nach. »Und Pech!«

Die Räuber rannten mit einer langen Bank gegen die Tür an, während sich die Flammen in die Eichenbohlen fraßen. Sie husteten trotz der Tücher vor Mund und Nase, ihre Augen tränten, und sie lösten sich immer rascher ab. Oben brannten die Gemächer mit Knarren und Ächzen, Balken barsten, und Fußböden stürzten ein. Das Haus schien zu platzen; es war, als wollten sich seine wahren Ausmaße Bahn brechen. »Wollt ihr etwa aufgeben, ihr Schlappschwänze?«, schrie Grimm die erschöpften, keuchenden Räuber an. »Weitermachen!« Er ließ die Bank gegen die Tür donnern. »Barbera! Du wirst büßen! Die weisen Weiber werden bluten!« Da erreichte das Feuer die Scharniere; die Tür stöhnte wie ein gequältes Tier und sackte aus der Zarge. »Zieht sie raus«, brüllte Grimm, der die qualmenden Teppiche wegschob. Sofort sprangen

Räuber auf, zwängten Äxte durch den Spalt und zerrten mit aller Kraft. Als die Tür in den Gang rumpelte, ertönte hoch oben ein dumpfes, sausendes Geräusch – als hätte jemand eine gewaltige Fuhre Mehl oder Getreide abgeladen.

»Das Dach ist eingestürzt«, schrie Zinken und kletterte über die Tür in das Gewölbe.

Grimm folgte ihm auf dem Fuß, und auch die übrigen Räuber sputeten sich. Nachdem sie ihre tränenden Augen gerieben hatten, staunten sie nicht schlecht über den Anblick, der sich ihnen bot: Da standen Hunderte von Spinnrädern in Reih und Glied, aber bis auf ein halbes Dutzend toter Kultknechte war alles verwaist.

»Gold!«, jubelten die Räuber. »Die verfluchte Tür war mit Gold versperrt.« Sie schnitten die Säcke auf und ließen die Münzen auf den Boden klirren. »Er hat nicht gelogen.«

Grimm folgte dem Säulengang, der das Gewölbe umschloss, und entdeckte die Münze. Beim Eintreten sah er die im Gold gefangenen weisen Weiber. Ihre Gewänder hingen in Fetzen, sie wankten und stöhnten. Teils waren sie nicht mehr bei sich, teils brabbelten sie vor sich hin oder weinten haltlos. Grimm betrachtete die Apparate zum Stanzen und Prägen, dann fiel sein Blick auf den in der Wand verkeilten Tiegel. Er grinste unter dem Helm – hier hatte jemand ganze Arbeit geleistet.

»Na, Mütterchen?«, fragte er und drückte dem ältesten Weib die Schwertspitze in den Hals. »Was macht die Liebe?«

Das Weib verwandelte sich wie auf Kommando in eine Hexe. Das geschah so überraschend, dass sogar Grimm erschrak. Er wich zurück, während die geifernde, mit Amuletten behängte Alte ihre Krallen nach ihm auswarf. Drei Herzschläge später war sie wieder sie selbst und schwankte hin und her wie ein Gras im Wind.

»Ihr gleicht eurem Haus«, sagte Grimm, »außen unscheinbar

und innen voller Geheimnisse. Aber das Haus bricht über euch zusammen, und mir scheint, dass ihr es auch nicht mehr lange macht, wie?«

Die Weiber schlugen die Augen auf und starrten ihn an. »Das ist Grimm«, flüsterte eine.

»Grimm, Grimm, Grimm«, wiederholten die anderen.

»Hilf uns, Grimm«, jammerte eine, die aus Verzweiflung ihre Brust zerkratzt hatte. »Bitte.«

»Bitte, bitte, bitte«, flehten die anderen im Chor.

»Die Gefährten haben den Bart des Eisernen Königs«, rief eine. »Er muss hier auf der heiligen Schale verbrannt werden. Wenn unsere Feinde ihn bei Neumond in einem Bleikästchen verschließen und danach unter der Esche in mit Ochsenblut, Ebersaft und Ziegenmilch benetzter Erde begraben, wird das unseren Herrn und Meister so sehr schwächen, dass er wieder im ewigen Schlaf versinkt. Hilf uns.«

»Hilf uns, hilf uns, hilf uns«, erklang das Echo.

»Interessant«, erwiderte Grimm. »Hochinteressant. Ich werde euch natürlich helfen. Das ist Ehrensache. Ach – bevor ich es vergesse: Schöne Grüße von Barbera.«

»Barbera, Barbera, Barbera«, murmelten die Weiber.

»Wie … wie geht es ihr?«, fragte das älteste Weib, das kurz aus seiner Benommenheit erwachte.

»Bestens«, antwortete Grimm. »Sie leckt Blaubarts Wunden. Aber sie hatte ja immer schon großen Appetit auf Blut.« Er lachte schallend. Dann ging er zur Tür der Münze und brüllte: »Zinken? Hier gibt es noch mehr Gold! Kommt her!«

Kurz darauf kamen die schwerbepackten Räuber angetrabt.

»Wer sind die Vogelscheuchen?«, fragte Zinken und ließ die Goldsäcke zu Boden sacken.

»Die weisen Weiber«, antwortete Grimm. »Wie ihr seht, sind sie in Gold gefangen.«

Ein Räuber betastete die Goldschicht. »Wahrhaftig!«, rief er. »Jungs, wir sind stinkreich.«

»Richtig«, sagte Grimm. »Aber zuerst müssen wir den Damen einen kleinen Gefallen erweisen, denn ich habe versprochen, ihnen zu helfen. Seid ihr Kavaliere?«

»Kala ... *was*?«, fragte ein Räuber verständnislos.

»Klar sind wir Kavalleristen«, sagte ein anderer.

»Klaviere? Natürlich«, rief ein dritter. »Was ist zu tun?«

Grimms Augen glühten auf. »Erlöst die Armen von ihren Qualen«, sagte er. »Seht sie an: Ihre Füße sind verbrannt, ihr Körper ist geschwächt, ihr Geist getrübt. Sie haben sehr lange gelebt – und jedes Leben hat einmal ein Ende.«

»Sehr wahr«, rief ein Räuber.

»Gut gesprochen«, rief ein anderer.

»Ja, befreien wir ihre Seele aus dem Kerker des Leibes«, rief Zinken. »Außerdem finde ich es höchst unappetitlich, dass sie mit ihren Käsemauken mitten im Gold stehen.«

»Geradezu ekelhaft«, fügte ein Räuber hinzu und ließ den Daumen über die Axtklinge gleiten.

»Wirklich widerlich«, ergänzte ein weiterer und zog blank.

»Gut. Ich überlasse die Damen eurer Fürsorge«, sagte Grimm, »und suche währenddessen den Ausgang.« Er wandte sich ab und ging zur Rückwand. Hinter ihm ertönten dumpfe Schreie, Gurgeln, Plumpsen. Kurz darauf, er zerrte am Tiegel, wurde gehämmert, gekratzt und geschabt. Als sich der Tiegel löste, polterten Geröll und Erde in die Münze. »Hier ist ein Gang«, rief Grimm und fegte Dreck vom Harnisch. Dann wandte er sich um; beim Anblick der gemeuchelten Weiber brummte er zufrieden, aber das war noch längst nicht seine ganze Rache. »Verschwinden wir«, sagte er zu den Räubern, die das letzte Gold zusammenkratzten.

»Willst du nichts von der Beute?«, fragte Zinken, der mehrere Säcke geschultert hatte.

»Meine Belohnung ist die Genugtuung«, antwortete Grimm und kroch durch das Loch in den Gang.

Draußen goss es immer noch in Strömen. Das Haus auf dem Hügel brannte lichterloh, schwarzer Qualm wölkte in den schwarzen Himmel. Sogar der Regen konnte das Feuer nicht löschen. Die Pferde standen ganz in der Nähe, die Kruppe in den Wind gedreht.

Grimm schwang sich auf den Rappen, der sich wiehernd aufbäumte. »Vielen Dank für eure Hilfe, Freunde!«, rief er. »Genießt das Gold und verbergt euch, bis die letzte Schlacht geschlagen ist!«

»Ein Satansbraten«, murmelte Zinken. »Wir werden bestimmt noch von ihm hören.« Dann lud er die Säcke auf seine Mähre.

Der Regen rauschte, der Tag war dunkel wie die Nacht. Nur das Haus der weisen Weiber spendete Licht; es glühte wie ein gefallener Stern. Grimm gab seinem Ross die Sporen und ritt nach Norden. Die Hufe trommelten einen steten Takt.

31. Kleinvieh macht auch Mist

Wolken ballten sich über Pinafor. Das Wasser der Bäche in Greting und Lohwald schoss zu Tal. Usse, Fusel, Beeke und Mölme traten über die Ufer. Der Dunkelpfuhl brodelte, und der Welsfluss schwoll an. Seine Strömung wurde stärker, er schäumte durch das Himmelstor, die Welse lagen auf dem tiefen Grund. Der Regen trommelte auf das Land, als wollte er Steine erweichen.

Das Heer der Gografen war aus Rottland aufgebrochen. Horn hatte sich zu Sannes Leidwesen nicht mehr gezeigt. »Das ist Egoismus zu zweit«, hatte Reineke Fuchs nach einem letzten Blick auf den Bergfried gesagt, aus dessen monsterfratzigen Wasserspeiern wahre Fluten auf den Festungshof sprudelten. Als sich die Ausläufer des Gretings noch einmal aufbäumten, bevor sie in den Weiten der Hohen Heide verebbten, sandte Hilck von der Usse die von Helmdag geführte Reiterei mit dem Befehl aus, die feindliche Streitmacht durch Angriffe aus dem Hinterhalt zu reizen. Der Sandboden schwamm, in den Senken sammelte sich Wasser, Birken und Wacholder schwankten wie Gespenster im prasselnden Regen, aber das Heer, gelotst von ehemaligen Räubern, die die Heide wie ihre Westentasche kannten, marschierte unverdrossen weiter, um ein geeignetes Schlachtfeld zu finden.

Der Vormarsch der Streitmacht des Eisernen Königs stockte auf matschigen Wegen. Karontiden griffen in die Räder der Katapulte und Belagerungsmaschinen, Kultknechte schoben Wagen und Karren und trieben die Pferde an. Die Sänfte, in der man den von

Barbera gepflegten Blaubart transportierte, bot schon bald keinen Schutz mehr vor der Nässe, und die Kutsche des Königs versank mehrmals bis zu den Achsen im Schlamm. Wenn das geschah, krabbelten Asseln und Spinnen über den Schuppenpanzer zur Brünne, krochen unter den gekappten Bart, drängten sich auf seinen Schultern. Draußen hörte man Pferde wiehern, Ochsen brüllen, Männer schreien, und immer wieder ertönte das Grollen, mit dem die schwer gepanzerten Karontiden ihrer Wut über den mühsamen Vormarsch Luft machten. Die Streitmacht wand sich wie ein endlos langer Lindwurm auf dem Heerweg nach Norden: Erst die Reiterei, dann die Kampfmaschinen, dann das Fußvolk, dann Tross und Nachhut. Die Wilde Jagd sicherte Spitze und Flanken; ihre Wesen sausten kreischend durch den Regen, schwarze Schemen in einer Welt, die sich in wässrigem Grau aufzulösen schien. Und der Regen ließ nicht nach.

Währenddessen waren zwei Reiter einsam auf weiter Flur unterwegs: Grimm preschte auf dem Rappen wie ein finsterer Blitz durch das Unwetter nach Nordwesten, fest entschlossen, seine Rache zu vollenden, und Hans trabte durch den kahlen, wie ausgestorbenen Eichenwald des Gretings: Das Wild hatte sich verborgen, die Vögel waren geflohen, die Meiler und Kothen der Köhler verwaist. Hans war klitschnass, und die Selbstsicherheit, die er in Rottland an den Tag gelegt hatte, war verflogen. Er wusste nicht mehr, wozu er Maleens Vögel brauchte oder was die Traumworte zu bedeuten hatten. Sein Kopf glich einem ausgepusteten Ei, und bei dem Gedanken an die Streitmacht des Eisernen Königs beschlich ihn Furcht, denn sie war dem Heer der Gografen um ein Vielfaches überlegen, und was konnten sie schon gegen Wilde Jagd und Karontiden ausrichten? »Nichts«, flüsterte er. Sein Kaltblüter spitzte die

Ohren, und er klopfte ihm auf den triefenden Hals. Er ritt wie benommen durch den Regen, die Zügel lose in der Hand. Aber das Pferd schien zu wissen, wohin es ging. Es trabte sicher bergab und wich nicht nur Sturzbächen, sondern auch den Lawinen aus Schlamm und Geröll aus, die auf ihrem Weg in die Tiefe alles mitrissen, was ihnen in die Quere kam. Hans merkte erst mit Verspätung, dass der Kaltblüter angehalten hatte. Sie standen auf den Klippen oberhalb des Welsflusses, der durch das Himmelstor toste, den Anleger fast verschluckt hatte und alles mit Sprühwassernebel erfüllte.

»Überall Wasser«, murmelte Hans zu sich selbst. »Die Welt säuft ab …« Er wischte sich Regen aus den Augen. »Na, gut, mein Alter, reiten wir in die Schlucht.« Er stieß dem Pferd die Hacken in die Flanken. Der abwärts führende Schlängelpfad war so steil und glitschig, dass er die Augen schloss und sich ganz auf den Instinkt des Kaltblüters verließ. Er lehnte sich weit zurück und stemmte sich in die Steigbügel, um nicht aus dem Sattel zu rutschen. Bei jedem Huftritt durchfuhr ihn ein Ruck, was trotz der Gefahr so einlullend war, dass er wieder in seiner Dumpfheit versank.

Schließlich hielt der Kaltblüter wieder an. Die Luft war so nass, dass Hans das Gefühl hatte, unter Wasser zu sein. Dann roch er Rauch. Er schüttelte sich, um einen klaren Kopf zu bekommen, und sah unterhalb der Klippen ein Glühen. Sein Pferd schnaubte leise, schien aber keine Gefahr zu spüren. Er saß ab, zog sein Schwert und führte den Kaltblüter am Zügel über den Hang zwischen Fluss und Steilwand. Der Rauch entwich einem Höhleneingang, in dem bis auf das Glühen nichts zu erkennen war. Hans blieb unschlüssig stehen. Sein Mantel klebte am Harnisch, aber am ekelhaftesten war das Wasser, das unter die Rüstung gelaufen war und von dort in Lederhose und Stiefel sickerte. Er merkte, dass er fror, und drückte sich gegen das Pferd, das unbeeindruckt von den Naturgewalten neben ihm stand.

Da rief jemand: »Herein, wenn es kein Schneider ist!«

Hans zog die Nase hoch. Er fasste sich ein Herz, packte sein Schwert fester und trat, gefolgt von seinem Pferd, durch den breiten Eingang. Wie sich zeigte, handelte es sich tatsächlich um eine Einbuchtung, sechs Ellen tief und wunderbar gut vor dem Regen geschützt. Hinter dem qualmenden Feuer saßen drei Gestalten: Ein Greis, eine hochgewachsene Dame und ein Wicht, alle mit nacktem, tätowiertem Oberkörper. Hans holte abwehrend mit dem Schwert aus, aber die Frau fing seinen Blick auf – ihre Augen erstrahlten wie Sterne, und er sank ohnmächtig zu Boden.

Beim Erwachen vernahm er zuerst das Regenrauschen. Dann das Brausen des Welsflusses. Er richtete sich auf. Die drei Gestalten saßen noch da, die Rücken an der Höhlenwand, und summten tief in der Kehle. Hans zog sich am Sattel des hinter ihm stehenden Kaltblüters hoch und trat an das Feuer. Seine Angst war verflogen, denn er war frei und unversehrt, was bewies, dass ihm die Fremden nicht feindlich gesinnt waren. Da fiel ihm ein, was Gografen und Ritter, Fuchs und Dachs von den Ragnarökk erzählt hatten, und er begriff, dass er es mit Angehörigen dieses sagenhaften Volkes zu tun hatte.

Alle drei verstummten, als hätten sie seine Gedanken gelesen.

Hans setzte sich und sagte: »Wie gut, dass ich Euch getroffen habe. Wir brauchen Eure Unterstützung, denn sonst wird uns die Streitmacht des Eisernen Königs zerschmettern, und dann ist Pinafor endgültig verloren.«

Der Wicht strich über den kahlen Kopf, zog am Schnurrbart, dessen verfilzte Enden bis in den Schoß hingen, und fauchte: »Wir sind Ragnarökk. Wir helfen nicht, und wir wollen nichts mit euch zu tun haben.«

»Wir lassen es nur regnen«, setzte die Dame hinzu. »Regnen, regnen, regnen, regnen, regnen.«

Hans betrachtete ihre silberpappelfarbigen Haare – sie lagen auf ihren Wangen, kreuzten sich über dem Schlüsselbein und wanden sich unter den tätowierten Brüsten auf den Rücken, wo sie sich ein zweites Mal kreuzten und wieder nach oben führten. »Wollt ihr wirklich zulassen, dass der Eiserne König siegt?«, wandte er ein.

»Ihr Menschen«, erwiderte der Greis, dessen langer Bart wie ein Lendenschurz im Gürtel steckte, »hofft immer, dass euch Wunder helfen. Aber es gibt keine Wunder.«

»Wir helfen nicht«, wiederholte der Wicht.

»Wir lassen es nur regnen«, flüsterte die Dame und starrte in den Qualm des Feuers.

»Mücken und Ameisen werden sich beweisen«, murmelte der Greis. »Wo der Maulwurf gräbt, kann es sein, dass die Erde bebt.«

Bei diesen Worten horchte Hans auf. »Das hat Maleen mir im Traum gesagt.«

»Die Hüterin der Esche«, sagte die Dame. »Aber die Esche will sterben. Sie fügt sich in ihr Schicksal.«

»Was redet ihr da?«, rief der entsetzte Hans.

Der Wicht riss am Schnurrbart und schrie: »Wir helfen nicht, wir helfen nicht, wir helfen nicht! Begreif das endlich.«

Hans starrte auf die grünlich tätowierten Oberkörper: Runen, Zauberzeichen und okkulte Symbole auf blasser, teils faltiger Haut. Warum verweigerten die Ragnarökk, deren Welt doch auch auf dem Spiel stand, ihre Hilfe?

»Reite weiter«, sagte der Greis.

»Der Regen wird dir den Weg weisen«, sagte die Dame.

»Wir helfen nicht«, fauchte der Wicht.

»Ja, ich habe begriffen«, erwiderte Hans unwirsch und stand auf. »Danke für den kurzen Schlummer und das Plätzchen im Trockenen.« Er führte den Kaltblüter nach draußen, ohne sich noch einmal umzudrehen, und zischte, als er aufsaß: »Diese Trottel.«

Wie als Antwort schallte es aus der Höhle: »Fünf Finger hat die Hand!«

Der Welsfluss toste nebelsprühend und gischtbrausend durch das Himmelstor, ein passender Name, denn der Himmel hatte tatsächlich alle Tore geöffnet. »Was nun, mein Alter?«, fragte Hans den Kaltblüter. Der schnaubte, dann merkte er auf. Als Hans seinem Blick folgte, stellte er erstaunt fest, dass der Regen wie ein Vorhang vor ihm aufglitt. »Der Regen weist den Weg«, murmelte er und trabte in die Schneise. Links und rechts von ihm schüttete es in Strömen, aber er blieb trocken. »Weder Hilfe noch Wunder«, dachte er bei sich. »So, so …«

Er ritt zwischen Fluss und Steilklippen. So weit war er noch nie nach Westen vorgestoßen. Niemand wusste, was jenseits des Grentings lag. Früher, lange vor der ersten Herrschaft des Eisernen Königs, war der Heerweg Teil einer Handelsroute gewesen, die Pinafor mit den Reichen im Westen und Osten verbunden hatte, aber diese Route war unterbrochen worden. Seit Jahrhunderten hatte niemand mehr Pinafor verlassen, die Neugier auf das Fremde war Furcht gewichen. Man begnügte sich mit dem, was man hatte, und mied gefahrvolle Reisen. Aber vielleicht, dachte Hans, während er dahintrabte, würde sich das irgendwann ändern. Man konnte nicht für immer im eigenen Saft schmoren. Und wäre es nicht wunderbar, wenn ein befreundetes Land Truppen schicken würde? Gepanzerte Lanzenreiter und kampferprobtes, schlagkräftiges Fußvolk, die der Streitmacht des Eisernen Königs die Stirn zu bieten vermochten?

Seine Grübelei wurde jäh unterbrochen, denn der Kaltblüter blieb stehen. Er schnaubte und scharrte mit einem zottigen Vorderhuf im Matsch. Dann bog er vom Heerweg ab. Mitten auf einer Wiese schloss sich die Schneise im Regen.

»Na, toll«, brummte Hans und sah sich um: Graues Gras, aus dem unzählige Maulwurfshaufen aufragten. Wenige Herzschläge später standen Ross und Reiter im prasselnden Regen.

»Wollen mich diese Ragnarökk zum Narren halten?«, stöhnte Hans. Er kippte Wasser aus dem am Sattel hängenden Helm, saß ab und lief frierend über die Wiese. Was sollte er hier finden? Welche Hilfe war hier zu erwarten? Vor ihm rissen sich die Klippen in die Höhe und verschwanden hinter grauen Regenschleiern. Hans stand da, nass bis auf die Haut, ratlos und verzweifelt. Der Kaltblüter drehte seine Kruppe in den Wind, ein Bild des Gleichmuts, das Hans aber auch nicht aufheitern konnte. Ihn überkam ein großer Zorn. Was hatte er während der letzten Zeit alles erdulden müssen! Und wofür? Sie hatten die Esche unter Qualen und Verlusten aus den Händen des Feindes befreit, und nun wollte sie sterben; sie hatten Maleen vor Grimm gerettet, aber auch sie schien dem Baum nicht helfen zu können; Hardt war tot, Horn von der Fahne gegangen, Tiere und Ragnarökk verweigerten ihre Hilfe, das Heer der Gografen konnte der geballten Macht des Eisernen Königs nicht standhalten. Wozu also die Plackerei? Warum stand er hier im Regen, geführt von einem Wunder, das es angeblich gar nicht gab, geleitet von Worten aus einem Traum? Fünf Finger. Pah! Er ballte sie zur Faust, fluchte und stampfte auf den aufgeweichten Boden.

»Länger lebt, wer sich nicht aufregt«, sagte jemand.

Hans erstarrte, die Fäuste geballt, das Gesicht zur Grimasse verzerrt, und sah sich um. Da war nur sein Pferd, das stoisch dem Regen trotzte.

»Hier bin ich, du langes Elend«, rief die Stimme. »Du stehst direkt vor meiner Haustür.«

Als Hans den Blick senkte, bemerkte er einen Maulwurf, der aus der Erde lugte. Maulwürfe galten als Einzelgänger; dass sie sich, wie die Haufen zeigten, so zahlreich auf der Wiese versammelt hatten, war ungewöhnlich.

»Unsere Gänge und Burgen saufen ab«, klagte der Maulwurf. »Kann bitte jemand den Regen abstellen?«

»Das sind die Ragnarökk«, sagte Hans, den der Anblick des dunkelpelzigen Tieres milder stimmte.

»Diese halbnackten, hässlichen Wesen, die sich vor der Welt verbergen?«, ätzte der Maulwurf. »Das sieht ihnen ähnlich.« Er schielte zu Hans hinauf und ergänzte. »Du bist wenigstens bekleidet. Sehr schick. Sehr flott.«

Hans zupfte an der Hirschlederhose. »Ich bin noch nasser als damals am Dunkelpfuhl«, murmelte er.

Der Maulwurf starrte ihn an. »Dunkelpfuhl …«, brummte er und verschwand im Gang, um kurz darauf mit einem anderen Maulwurf zurückzukehren. »Ist er das?«, fragte er.

Der zweite Maulwurf verengte die Augen. »Du weißt doch, dass ich kurzsichtig bin«, erwiderte er.

»Der Dunkelpfuhl«, drängte ihn sein Freund. »Das Unwetter. Dort hat dich jemand vor dem Kerl gerettet, der aussieht, als hätte er Erdbeeren auf den Augen. Ist dies der Mann, der dich gerettet hat?«

»Gut möglich.«

»›Gut möglich‹ reicht nicht. Denk nach.«

»Ich müsste einen Blick auf sein Schwert werfen«, sagte der zweite Maulwurf. »Es fuhr neben mir in die Erde und war das Einzige, was ich deutlich gesehen habe.«

»Dein Schwert, Mann«, herrschte der erste Maulwurf Hans an. »Zeig uns dein Schwert.«

Der verdutzte Hans legte sein Schwert vor den Maulwürfen auf den Boden. Der zweite Maulwurf zwängte sich aus dem Haufen und trippelte längs der Klinge auf und ab. Dann sagte er: »Ja, das ist es. Hier, unter dem Griff, ist ein Stern eingraviert. Ich erinnere mich an diesen Stern.« Er sah dankbar zu Hans auf und rief: »Das will ich dir gedenken und vergelten!«

»Man hält uns für Schädlinge und Egoisten«, sagte der erste Maulwurf, »man jagt und tötet uns, aber du hast einem der unseren das Leben gerettet, und das vergessen wir nicht. Wie können wir dir helfen?«

Hans bückte sich zu den zwei handtellergroßen Tieren hinab. Er musste grinsen, schilderte dann aber kurz und knapp die Lage und sein Ansinnen.

»Oh, oh, oh«, murmelte der zweite Maulwurf. »Der Eiserne König …«

»Ja, und?«, fuhr ihn der erste an. »Der Mann hat auch Beine, mit denen er auf dem Boden steht, oder? Wir trommeln alle zusammen und buddeln uns durch bis zur Hohen Heide. Die Erde ist butterweich. Und dann …« – er kicherte – »… wird dieser König sein blaues Wunder erleben.«

Hans verkniff sich eine Erwiderung und stand eine Weile nachdenklich im Regen. Schließlich musste er lächeln und sagte: »Verstehe. Macht euch auf den Weg. Ich suche derweil weitere Verbündete.« Nach diesen Worten eilte er zu seinem Kaltblüter und sprang in den Sattel. »Danke!«, rief er den Maulwürfen zu und preschte davon.

»Ich hoffe, du weißt, was du tust«, brummte der Maulwurf, dem Hans das Leben gerettet hatte.

»Aber sicher«, erwiderte der andere und sah dem Reiter nach. »Du weißt doch: Kleinvieh macht auch Mist.« Er verschwand in seinem Gang.

Und der Regen prasselte weiter.

Wasser spritzte unter Hufen, Sand flog durch die Luft, als Grimm den Südrand der Hohen Heide erreichte. Sein Gesicht war eine Grimasse des Grolls. Ihn plagten weder Hunger noch Durst, weder Hitze noch Kälte, weder Reue noch Leid. Zuneigung und Ergebenheit, die er für Barbera gehegt hatte, waren in Hass umgeschlagen. Er jagte auf dem Rappen dahin, während die Wolken ihre Last ohne Unterlass entluden, und hatte nur ein Ziel im Sinn: Rache an allen, die ihn gedemütigt, verhöhnt und verraten hatten. Er fluchte und trieb sein Ross zu schärferem Galopp an.

Währenddessen wälzte sich die Streitmacht auf dem Heerweg nach Norden. Der Eiserne König saß in seiner Kutsche, umwogt von Spinnen und Asseln, ließ sich Gebäck geben, das er krümelnd verspeiste, und verfiel in eine Trance wie die zwischen Leben und Tod, eingelullt vom Knarren der Räder, Schnauben der Pferde, Prasseln des Regens. Blaubart, durch Barberas Pflege auf dem Weg der Besserung, befehligte die Truppe von der Sänfte aus. Er forderte mehr Tempo. Als die Kommandeure, denen das Wasser über Brustpanzer und Helm strömte, nur mit den Schultern zuckten, tobte er, bis er Blut spuckte. Was sie aufhalte, sagte ein Kommandeur, sei das schwere Gerät; wenn man den Vormarsch beschleunigen wolle, müsse man es zurücklassen. Aber Blaubart lehnte ab.

Am dritten Tag des Vormarsches, die Streitmacht hatte noch nicht einmal die Ausläufer des Gretings erreicht, wurde die Nachhut angegriffen – die Reiterei der Gografen schlug rasch und gnadenlos zu und zog sich ebenso rasch zurück, gedeckt von den

Regenschleiern, die über dem Land wogten. Die Wilde Jagd nahm zwar die Verfolgung auf, aber es war, als wären die Angreifer abgetaucht.

Die unerwarteten Vorstöße wiederholten sich. Einmal traf es die Nachhut, dann den Tross mit dem Kriegsgerät, dann das Fußvolk. Sogar die berittenen Einheiten an der Spitze wurden attackiert. Die Wilde Jagd schwärmte nach jedem Überfall aus, wenn auch meist vergeblich, und obwohl die Angreifer Verluste erlitten, zeigte ihre Taktik Wirkung: Die vom zähen Vormarsch durch Regen und Schlamm zermürbte Streitmacht wurde unruhig. Kultknechte und Krieger murrten, Karontiden begehrten auf und mussten mit Hieben gezüchtigt werden. Der Eiserne König saß geistesabwesend da, während Spinnen auf seinem Schuppenpanzer webten. Trotzdem schien er die Lage zu überblicken, denn am fünften Tag befahl er Blaubart in aller Frühe zu sich. Sobald die Sänfte neben der Kutsche stand, musterte er seinen genesenden Heerführer mit eisigem Blick. »Narr«, knurrte er. »Von einem Bratspieß durchbohrt, als solltest du uns als Festschmaus dienen. Warum der träge Vormarsch? Wieso wird nichts gegen die Angriffe getan? Wir lassen uns das Heft des Handelns entreißen.«

Die neben der Sänfte stehende Barbera sah den König sowohl erbost als auch ergeben an; ihre schwarzen Kleider klebten am Leib, der Schleier war verrutscht, die Haube durchweicht.

»Ich kann den Regen auch nicht abstellen«, fauchte Blaubart.

»Das Gerät hält uns auf, Herr«, sagte ein Kommandeur. »Die Belagerungsmaschinen, Schleudern und Katapulte.«

»Dann lasst sie zurück!«, bellte der König und spreizte zwei Finger, zwischen denen eine Spinne ihr Netz wob. »Es wird eine Feldschlacht geben. Wozu das Gerümpel?«

»Um den Feind zu zermürben«, sagte Blaubart trotzig.

»Im Augenblick zermürbt er uns«, zürnte der König.

»Aber …«, wollte Blaubart einwenden.

Sein Herr und Meister schnitt ihm das Wort ab: »Zerstört das schwere Gerät. Nehmt nur die leichten Katapulte mit.« Er zog den Kopf in die Kutsche und fügte hinzu: »Und seid auf der Hut vor der Reiterei der Gografen. Oder wollt ihr mich zum Gespött machen?«

Blaubart gehorchte widerwillig. Da man Belagerungstürme und Wurfmaschinen wegen des Regens nicht in Brand setzen konnte, wurden sie gebrauchsunfähig gemacht. Die Axthiebe der Karontiden hallten weithin, während die Streitmacht auf den Abmarschbefehl wartete. Die Krieger harrten im Regen aus, triefnass und geduckt, mit Decken oder Laken über dem Kopf, die längst keinen Schutz mehr boten. Niemand sah den aus Südosten kommenden Reiter.

Grimms Herz schlug höher, als er die nach Norden ziehende Streitmacht erblickte, die den ganzen Horizont einzunehmen schien. Die Wilde Jagd, vom Flug durch den Regen ermüdet, saß auf den Bäumen am Heerweg; nur wenige Wesen waren in der Luft. Schläge wummerten in den Morgen, verhallten in den Fluten, die sich unaufhörlich vom Himmel ergossen. Grimm löste den Schild vom Sattel, schob den linken Arm durch die Schlaufe und packte den Griff. Er zog das Schwert, beugte sich vor und flüsterte seinem Rappen ins Ohr: »Wir brechen durch, Schwarzer. Das wird ein Spaß!« Ein sanfter Stoß in die Flanken, und der Rappe schoss los. Grimm bückte sich über den Widerrist, den Schild vor der Brust, das Schwert lang zur Seite gestreckt. Hufe hämmerten auf den Boden, Sattelzeug knarrte. Grimm, der sein Ross mit den Oberschenkeln lenkte, hielt auf den Tross mit dem schweren Gerät zu. Karontiden schälten sich aus dem Regen, sie schwangen Äxte, ließen die Klingen gegen Holz krachen. Wesen der Wilden Jagd, die als Wachen über der Streitmacht kreisten, schrien warnend auf, aber da schlug Grimm schon wie ein Blitz in die Linien ein. Sein Schwert flog nach links, nach rechts. Er schlug die Klinge in den Nacken von Karontiden, riss sie heraus, holte wieder aus. Gebrüll erschallte, die Wilde Jagd flatterte von den Bäumen wie ein erschrockener Krähenschwarm. Kommandeure und Krieger glaubten an eine Attacke der gogräflichen Reiterei und schlossen daher die Reihen, anstatt gleich zum Gegenangriff anzutreten.

Grimm glich einem Käfer, der in wimmelnde Ameisenhorden geraten war. Wogen brandeten gegen ihn an, aber er schlug, hieb und stach sich den Weg frei. Das grüne Blut der Wesen der Wilden Jagd, das gelbe Blut der Karontiden, das rote Blut der Menschen sprühte von seiner Klinge, bildete Schlieren in der Luft, die vom Regen zu Boden gerissen, von Füßen und Hufen in den Matsch getrampelt wurden. Die Verwirrung in der Streitmacht war groß und wurde noch größer, weil man sich gegen den Ansturm der restlichen Reiterei wappnete. Tausende Augenpaare blinzelten in den Regen, suchten die triefende Landschaft ab, ohne den Feind erspähen zu können. Schließlich schrie jemand: »Das ist Grimm!« Der Ruf ging wie ein Echo durch die Reihen: »Grimm! Grimm!« Der Eiserne König horchte in seiner Kutsche auf; Blaubart stemmte sich in der Sänfte hoch und brüllte, man solle den Dreckskerl erschlagen; Barbera legte sich eine Hand vor den Mund und sah sich furchtsam um. Im nächsten Augenblick galoppierte Grimm an ihr vorbei, und sein Schwert sauste auf sie herab. Sie wich aus und fiel in den Matsch. Die Wunde unter ihrer linken Schulter, aus der Blut über den schwarzen Stoff ihres Gewandes sickerte, bemerkte sie nicht. Am Boden liegend, sah sie Grimm wie einen Wirbelwind davondonnern; der Regen hämmerte auf ihren Rücken, als wollte er sie in die Erde drücken.

Dann war der Spuk vorbei.

Grimm preschte nach Norden, verfolgt von der Wilden Jagd. Er ritt im Zickzack, schwang sein Schwert, schleuderte den abscheulichen Wesen ebenso abscheuliche Flüche entgegen. Sie hackten nach ihm, sie krallten nach ihm, ihr Geschrei gellte in seinen Ohren. Er riss den Rappen herum, tauchte unter ihnen durch und bog scharf nach Westen ab. Als er auf die Kuppe des letzten Hügels vor dem Welsfluss galoppierte, kam ihm die Reiterei der Gografen entgegen – ein Wall aus Lanzen und Brustpanzern, aus schnaubenden Pferden und wehenden Wimpeln. Die Wilde Jagd sauste steil nach oben, wirbelte durcheinander. Pfeile wurden in den Himmel gejagt. Die Wesen kehrten um, als wollten sie Verstärkung holen, und im nächsten Moment war Grimm umzingelt. Sein Ross tänzelte schnaubend im Matsch. Er lächelte unter dem Helm, ließ Schild und Schwert zu Boden fallen, rief, dass er sich ergebe. Man ergriff den Zügel seines Rappen, band ihm die Hände auf dem Rücken.

»Das ist Grimm«, murmelte Helmdag von der Usse.

»Warum ergibt er sich?«, fragte ein Ritter. »Will er zu uns überlaufen?«

»Wir schicken ihn zu meinem Bruder. Vielleicht bekommt er etwas aus ihm heraus.«

Fünf Reiter eskortierten Grimm nach Norden.

Links und rechts schüttete es wie aus Kübeln. Hans ritt nach Osten, bis der Wolfsfelsen im Dunst auftauchte. Sobald er ihn erreicht hatte, sackte die von den Ragnarökk freigehaltene Schneise über ihm zusammen; wenige Atemzüge später war er klitschnass. Das Dämmerlicht des anbrechenden Abends suppte durch den Regen, während er um den Felsen ritt. Hier hatten sie Grimm mit Hilfe der Wildschweine in die Flucht geschlagen und Maleen befreit. Sollte er die Keiler fragen? Aber die Tiere hielten sich heraus, und die Maulwürfe halfen nur, weil sie … nun, ja – weil sie noch etwas Ehre im Leib hatten.

Er zügelte den Kaltblüter unter einem Felsvorsprung und ließ den Blick über den grasigen Abhang gleiten. Er lachte, als er sich an den Tanz erinnerte, den der von Ameisen gepiesackte Grimm aufgeführt hatte. Wo mochte er wohl sein? Sie waren ihn sicher noch nicht los. Dann stutzte er. Rieb das nasse, von blonden Stoppeln bedeckte Kinn und starrte ins Leere – die Ameisen! Er saß ab, gab seinem Kaltblüter einen Klaps und ging durch den Regen zum hohlen Stamm, auf dem Maleen ausgepeitscht worden war. Dort stand die Ameisenburg, ein verwaister Nadelhaufen. Beim Wolfsfelsen schnaubte das Pferd, die Steilklippen ragten himmelhoch auf. Hans wischte die Nase am Ärmel ab. Seine Körperwärme sorgte für eine unerträgliche Klammheit unter dem Harnisch, das Hemd klebte auf seiner Haut, seine Brustwarzen waren wundgescheuert. Tropfen trommelten auf Kopf, Schultern und Arme, aber davon abgesehen tat sich nichts. Er wollte gerade umkehren, als sein linkes Ohr juckte. Er riss instinktiv den Arm hoch, um sich zu kratzen.

Eine leise Stimme zischte: »Vorsicht, Vorsicht. Ich sitze auf deinem Ohrläppchen.«

Hans erstarrte. Er spürte ein Kribbeln, ein Krabbeln wie von winzigen Beinen und begriff, dass es eine Ameise war.

»Jetzt bin ich in deinem Ohr«, sagte das Insekt. »Hier ist es warm und trocken.«

»Ich wünschte, ich könnte mich auch irgendwo verkriechen«, murmelte Hans.

»Ich kenne dich«, zischelte die Ameise. »Du hast den Grobian vertrieben, der viele von uns achtlos in den Dreck getrampelt hat.

Wir hatten viele Tote zu beklagen. Er hat auch unsere Burg beschädigt. Die Wiederherstellung war sehr mühsam.«

»Gern geschehen«, sagte Hans, der den Impuls unterdrückte, sich am Ohr zu kratzen. »Aber um ehrlich zu sein, war das nicht unser vordringlichstes Ziel. Wir wollten Maleen retten.«

»Ihr habt auch uns vor Schlimmerem bewahrt«, erwiderte die Ameise. »Das wollen wir euch gedenken und vergelten.«

»Wir könnten tatsächlich Hilfe gebrauchen«, sagte Hans. »Im Kampf gegen den Eisernen König.«

»Warte hier«, zischte die Ameise.

Er spürte, wie sie aus seinem Ohr krabbelte. Dann erblickte er das kleine, schwarz-rote Insekt auf seinem Ärmel – es war eine Arbeiterin. Gleich darauf war sie in der Ameisenburg verschwunden. Hans kratzte sich und sah zu seinem Pferd, das geduldig unter dem Felsvorsprung stand. Schließlich kam die Ameisenkönigin zum Vorschein, die in der untersten Erdkammer hauste, wo sie unablässig ihre Eier legte. Sie eilte an Hans hinauf und krabbelte in ein Ohr, dieses Mal in das rechte. Er zuckte zusammen und wechselte das Standbein, während die Königin in seinem Ohr den besten Platz suchte. »Huuuh«, stieß er durch zusammengebissene Zähne hervor und ballte die Fäuste.

»Ich lebe viele Lenze«, sprach die Ameisenkönigin, nachdem sie es sich gemütlich gemacht hatte, »aber meine Untertanen weilen nur wenige Jahre auf dieser Welt. Wenn sie vorzeitig durch rohe Gewalt sterben, ist das entsetzlich. Wir danken euch für eure Hilfe. Wie kann ich es euch vergelten?«

Hans schilderte die Lage und vergaß nicht, die Maulwürfe zu erwähnen. Seine Haare troffen, Wasser tropfte von der Nase. Er hatte am ganzen Körper eine Gänsehaut und trat von einem Fuß auf den anderen.

»Schwierig«, sagte die Ameisenkönigin. »Wir sind winzig. Aber auch wir leiden am Schwund der grünen Kraft. Ich will mein Bestes tun, um euch zu helfen.«

Hans konnte noch ein »Danke« hervorstoßen, bevor sie sein Ohr verließ und sich wieder in ihre Burg begab. Dann wich er zurück, wobei er achtgab, ja keine Ameise zu zertreten. Beim Wolfsfelsen schwang er sich auf den Sattel und wartete. Nach einer Weile teilte sich der Regen, und er folgte der Schneise bibbernd nach Osten. »Ich brauche ein Feuer«, murmelte er. »Feuer und Wärme …«

Der Kaltblüter trabte dahin, als würde ihm das Wetter nichts ausmachen. Seine Zottelhufe patschten in Pfützen, sein helles Fell war regendunkel. Einen Steinwurf weiter toste der Fluss durch das Himmelstor.

Die Welse lagen noch auf dem tiefen Grund.

Am Rand des Föhrenforstes hatte man Unterstände errichtet, an den Seiten offen und gedeckt mit Zweigen, die vor Nässe schützten und zugleich den Rauch abziehen ließen. Hier hatte das Heer Stellung bezogen. Späher waren auf die Bäume geklettert, obwohl man in Regen und Dunkelheit kaum etwas sah.

»Das ist unnatürlich«, sagte Hilck von der Usse. »Sollen wir eine Schlammschlacht ausfechten? Ich habe die Nase voll.«

Die Anführer der Truppenteile und die Gefährten hatten sich im Unterstand der Gografen versammelt. Das Feuer schwelte mehr, als dass es brannte, und der stinkende Rauch wölkte so stoßweise, als würden die Flammen husten.

Die Muhme hockte auf einem Holzklotz und schmauchte ihre Pfeife. »Ja«, erwiderte sie. »Ich glaube inzwischen auch, dass hier jemand seine Hand im Spiel hat. Aber warum?«

»Willkür«, brummte Hilck. »Man will uns ärgern.«

»Die Reiterei berichtet, dass die Streitmacht des Feindes nur schleppend vorankommt«, warf Harlung ein. »Der Regen hält sie auf. So gewinnen wir Zeit.«

»Zeit wofür?«, knurrte Hilck. »Wenn im Föhrenforst keine Pilze, sondern Männer wachsen würden, wäre der Regen vielleicht nützlich. Aber so?«

Rumpenstünz und Sneewitt tauschten einen ratlosen Blick.

»Ob Hans Hilfe findet?«, fragte Sanne.

»23-100-28«, murmelte Reineke Fuchs. »Fünf Füchse hat die Hand … Das ist die Rettung … Zahlenmagie …«

»Hör endlich auf mit dem Blödsinn«, fauchte der Dachs.

Aber der Fuchs hatte im Halbschlaf geredet und war schon wieder eingedämmert.

Der Gograf beugte sich gemeinsam mit Harlung und den Anführern der Truppenteile aus dem Lohwald, Flutwidde und der Hohen Heide über eine grobe Landkarte. Ein ehemaliger Räuberhauptmann, der sich im Gelände auskannte, war auch dabei. Er tippte auf das Pergament und sagte: »Diese Stelle an der Fusel ist gut für eine Schlacht geeignet. Der Feind müsste einen Sumpf durchqueren, und wir könnten auf diesem Hügel Stellung beziehen. Das würde uns einen Vorteil verschaffen.«

»Das ist der Unkengrund«, sagte der Anführer der Männer von der Hohen Heide. »Ein Landstrich, der fast so verrufen ist wie der Königskessel.«

»Warum?«, fragte Alwine, die nicht von Rumpenstünz' Seite wich.

»Irrlichter, Wiedergänger – dort soll es spuken, junge Dame.«

»Ich war im Königskessel«, sagte Meister Grimbart zu Sanne. »Ich war sogar in der Grabkammer des Eisernen Königs. Und dort spukt es auch nicht.«

»Hmm …«, brummte Hilck von der Usse und trommelte mit den Fingerspitzen auf die Landkarte.

Da bat ein Ritter um Einlass. Er war nass bis auf die Haut. »Ich bringe einen Gefangenen, Herr«, sagte er zum Gografen.

Der nieste herzhaft, dann erwiderte er: »Bringt den Schuft herein. Wo habt ihr ihn festgesetzt? Und wie geht es meinem Bruder?«

»Euer Bruder ist wohlauf, Herr. Dank des Regens können wir immer wieder Überraschungsangriffe reiten. Unsere Verluste sind gering. Und der Mann …« – er trat beiseite, als die anderen vier Ritter den Gefangenen hereinführten – »… hat sich freiwillig ergeben.«

Beim Anblick Grimms trat Totenstille ein. Sanne erstarrte, und Sneewitt erbleichte, was in Anbetracht ihrer hellen Haut fast unmöglich war. Die Muhme nahm die Pfeife aus dem Mund.

»Grimm!«, knurrte Rumpenstünz, der Alwine hinter seinen Rücken schob.

»Freut mich, dass ich noch gefürchtet werde«, sagte Grimm, und auf seinem Narbengesicht breitete sich so etwas wie ein Lächeln aus.

»Er hat sich ergeben?«, fragte Hilck von der Usse.

»Nun, ja«, erwiderte der Ritter. »Es war sonderbar – er wurde von der Wilden Jagd verfolgt, nachdem er die feindlichen Linien durchbrochen hatte.«

Reineke Fuchs, der schnorchelnd erwacht war, rief: »Das ist eine Finte! Eine Falle! Der Mann ist ein Monster!«

Grimm lachte lauthals. »Ich bin vielleicht nicht euer Freund«, sagte er. »Aber ich bin der Feind eurer Feinde.« Dann wandte er sich an den am Kartentisch stehenden, ehemaligen Räuber und fragte: »Du kennst Zinken, oder? Wir haben gemeinsam das Haus der weisen Weiber niedergebrannt.«

»Die Weiber machen den Regen«, keckerte der Fuchs.

»Die Weiber sind tot«, knurrte Grimm, der wütend an den Stricken riss. »Und ihr Haus ist ein Haufen Asche.«

Die Muhme senkte den Kopf. Schwer zu sagen, ob in ihrer Miene Trauer oder Genugtuung zum Ausdruck kamen.

»Wir hatten sie im Gewölbe eingesperrt«, erwiderte Sneewitt. »Sie waren im Gold gefangen.«

»Das Gold ist fort, die Weiber sind tot, ihr Haus liegt in Schutt und Asche«, wiederholte Grimm hartnäckig. »Barbera fehlt mir noch … Ich hätte sie fast erwischt, als ich die Linien durchbrochen habe. Aber ich werde meine Rache vollenden!«

»Warum?«, wollte Sanne wissen.

Grimm verzog das Gesicht zur scheußlichen Grimasse. »Man hat mich gedemütigt, verhöhnt, verspottet. Ich war ihr Galan. Oh, wie ich Blaubart und den Eisernen König hasse!«, zischte er.

Schweigen trat ein. Das Feuer qualmte, der Regen trommelte. Es roch nach Rauch und nassem Waldboden. Rostflecken zeigten sich auf Harnischen, die Kleider rochen klamm und stockig.

Grimm richtete sich auf und sah dem Gografen in die Augen. »Ich weiß, wie und wo der Bart des Eisernen Königs vernichtet werden muss«, verkündete er. »Die weisen Weiber haben sich kurz vor ihrem Tod verplappert. Ich will meine Rache. Ich werde Euch helfen. Vertraut mir.«

»Eine Kreuzotter verdient mehr Vertrauen«, brummte Meister Grimbart.

Die Muhme humpelte am Stock zu Grimm. Sie reichte ihm nur bis zur Brust und musste den Kopf mit der Haube weit in den Nacken legen, um ihm in das Gesicht schauen zu können. Ihr Blick verschmolz mit dem seinen, drang tief in ihn ein. So standen sie eine ganze Weile da, stumm und reglos. »Leer«, murmelte sie schließlich. »In dir herrscht finstere Leere. Da sind nur Hass und Wut und Zorn. Aber …« – sie drehte sich zum Gografen um – »… es ist wahr: Alles richtet sich gegen unsere Feinde.«

»Ich helfe euch«, stieß Grimm hervor und riss seinen Blick von dem der Muhme los. »Wer siegt, ist mir gleich. Aber ich will Genugtuung: Barbera soll in ihrem Blut schwimmen, Blaubart auf dem Schlachtfeld vermodern. Und der Eiserne König soll für immer im Nichts umherirren.«

»Immerhin heuchelt er keine Freundschaft«, sagte Sneewitt mit leisem Spott, ein Zeichen dafür, dass sie ihre Fassung wiedergewonnen hatte.

»Was muss mit dem Bart geschehen?«, fragte Rumpenstünz.

Grimm sah ihn an. Er grinste mit schmalen Lippen. »Zuerst müssen wir zur Esche. Alles Weitere erfahrt ihr dort.«

»Gut, gut«, brummte Hilck von der Usse, der zwischen seine Anführer zurücktrat. »Kettet diesen Kerl an einen Baum und bewacht ihn. Wir werden über die Sache beraten.«

Nachdem man Grimm abgeführt hatte, wurden im Unterstand sowohl erstaunte als auch skeptische Blicke gewechselt, und es entbrannte eine heftige Diskussion über die Frage, ob man ihm vertrauen konnte.

Hans saß erschöpft im hohlen Stamm einer Eiche, die sich am Rand von Isarnho erhob. Sein Kopf schwirrte, und er fasste an seine Stirn – hatte er Fieber? Vor ihm schwelte ein kleines Feuer, der Kaltblüter stand unter den ausladenden Ästen einer benachbarten Eiche, deren graue Laubreste etwas Schutz vor dem Regen boten. Hans dachte an Maleen und daran, dass die Esche sterben wollte; er dachte an Grete, die in der kühlen Erde ruhte. Dann fielen ihm die Augen zu, und an den Sattel gelehnt, versank er in einen unruhigen, traumlosen Schlaf.

So verging die Nacht. Als er erwachte, rauschte der Regen in der Dunkelheit. Er meinte, ein Zwitschern zu hören, aber das konnte nicht sein, denn Vögel und Wild hatten sich versteckt. Er legte Klaubholz auf die Glut, schlang sich in den Mantel und schlief wieder ein. Nun träumte er die Träume des frühen Morgens, eine Phase, in der die Seele zwischen Licht und Dunkel hing und versuchte, sich aus der Nacht in den Tag zu reißen: Er befand sich in einer Feste, die er nie betreten hatte, aber oft im Traum durchwanderte, und begegnete Fremden, die ihm seltsam vertraut waren; man trachtete ihm nach dem Leben, und eine dunkelhaarige, an Barbera erinnernde Frau stieß ihm einen Dolch in die Brust; dann bebte die Erde, die Luft verdickte sich zu winzigen, summenden Wesen; Panik brach aus, Menschen flohen, nur er stand wie angewurzelt da, den Dolch in der Brust, aber er fürchtete sich nicht, nein, er hatte sich im Gegenteil nie freier und leichter gefühlt; überall Aufruhr und Flucht, und er fühlte sich sicher und geborgen, während Blut sein Wams durchnässte.

Er fuhr aus dem Schlaf auf, betastete erschrocken seine Brust und leckte am Finger, aber es war nur Wasser, das durch ein Loch im Holz tropfte. Draußen schnaubte der Kaltblüter. Der bekannte Laut beruhigte Hans. Er legte wieder Holz nach und starrte durch den Spalt im Stamm in den grauen Morgen. Da hörte er es erneut – das Zwitschern. Er erhob sich mit steifen Gliedern und kroch aus der Eiche, sah sich um. Vor ihm lag der zu Heerweg und Welsfluss abfallende, kurze Hang, hinter ihm ballten sich die kahlen Bäume Isarnhos, und wiederum dahinter ragten die Steilwände des Gretings auf. Hans ging zu seinem Pferd, strich über Flanke, Widerrist, Nacken und Nüstern und klopfte ihm beruhigend auf den Hals, während der Regen von den Zweigen tropfte. Wann hörte es endlich auf, wie aus Kübeln zu schütten?, fragte er sich. Da erklang Gezwitscher, und er hob den Kopf. Im nächsten Augenblick ließen sich Maleens Vögel auf seinen Schultern nieder.

Hans war erleichtert. Zeisig und Sperling mochten klein sein, aber sie konnten als Boten dienen, und er fühlte sich weniger allein. Er kroch in den hohlen Stamm, fütterte die Vögel mit ein paar Körnern des Hafers, den er für sein Pferd mit sich führte. Dann aß er etwas Brot, Dörrfleisch und Trockenobst, hängte dem Kaltblüter den Futtersack vor das Maul und zurrte den Sattel fest. Nachdem er aufgesessen war, tat sich die Schneise im Regen auf.

Zeisig und Sperling saßen auf seinen Schultern. Er hatte zwar von der weißen Schlange gegessen und verstand die Sprache der Tiere, konnte den Vögeln aber nur mit Mühe folgen. Wie er ihrem Gezwitscher entnahm, versuchte Maleen vergeblich, die grüne Kraft zu stärken, und die Esche – sie wollte sterben. Die Ragnarökk hatten recht gehabt. Hans wurde von einem Gefühl der Sinnlosigkeit erfüllt. Während der Kaltblüter nach Osten trabte, starrte er zu Boden. Links und rechts klatschten Tropfen in die Pfützen auf dem Heerweg, hagelten in den Matsch. Hans nahm nicht wahr, dass sich das Himmelstor weitete und der Greting abzuflachen begann. Der Welsfluss wand sich im weiten Bogen nach Süden, sein Tosen blieb zurück. Die zwei Vögel waren verstummt; sie schmiegten sich an Hans' Hals. Als der Kaltblüter schließlich hielt, war der Tag weit fortgeschritten, und sie befanden sich kurz vor der Hohen Heide in den Ausläufern des Gretings. Hans sah auf und stellte fest, dass sich ein Sumpf vor ihnen ausbreitete. Die Schneise schloss sich, und der Regen prasselte auf Ross und Reiter. Hans fluchte, zumal auch noch Stechmücken aus dem Sumpf herbeisummten; eine ließ sich dreist auf seiner Nasenspitze nieder. Er riss sich zusammen und dachte an Ohm Tobias, den Greis aus seiner Kindheit, der bei der Belästigung durch Insekten stets gesagt hatte: ›Nun hau schon ab, armes Ding, hau ab. Warum sollte ich dir weh tun? Die Welt ist doch wohl groß genug für uns beide.‹ Er versuchte, die Mücke in den Blick zu bekommen.

»Du schielst«, surrte sie leise, aber vernehmlich. »Ist dir klar, wie dämlich du aussiehst?«

»Spendest du Blut?«, säuselte eine andere Mücke, die sich auf seinen Nasenrücken setzte. »Ist für eine gute Sache.«

»Ihr kitzelt mich«, zischte Hans. »Haut ab.«

»Heho!«, rief die erste Mücke. »Ich kenne den Kerl. Er hat mich im Sommer schon einmal verschont. Gibt es außer ihm noch einen Menschen, der nicht nach Mücken schlägt?«

»Wohl kaum«, erwiderte die zweite Mücke. »Warte, ich hole unseren Mückenmeister.« Sie summte davon und kehrte bald darauf mit einer Stechmücke zurück, die sich am Kaltblüter vollgesogen hatte.

»Dieser Kerl klatscht uns nicht ab«, erklärte die erste Mücke. »Ist das nicht außergewöhnlich?«

Der Mückenmeister rülpste Pferdeblut. Dann sagte er: »Das ist entweder edelmütig oder übermenschlich oder einfach nur dumm.« Er summte vor Hans' Gesicht auf und ab, als wollte er dessen Charakter ergründen. »Unrasiert ...«, sagte er. »Das erschwert uns das Stechen und Saugen.«

»Aber er verschont uns, weil er unser Dasein achtet«, rief die zweite Mücke. »Ich finde, das müssen wir ihm gedenken und vergelten.«

»Vergeltung fand ich immer gut«, surrte die erste Mücke.

»Na, gut«, brummte der Mückenmeister. »Wie können wir dir die gute Tat vergelten, Lulatsch?«

Hans, dem Maleens Worte einfielen – Mücken und Ameisen werden sich beweisen –, schilderte die Lage ein weiteres Mal.

»Gelbes Karontidenblut!«, jubelte die erste Mücke. »Das ist eine Delikatesse.«

»Haben die Wesen der Wilden Jagd wirklich grünes Blut?«, surrte die zweite Mücke. »Davon würde ich gern kosten.«

»Wenn wir das Angenehme mit dem Nützlichen verbinden können«, sprach der Mückenmeister, »bin ich ohne Wenn und Aber für Vergeltung.«

Hans bedankte sich und versprach, die Mücken rechtzeitig zu benachrichtigen.

Die erste Mücke stach ihn vor Freude in die Nasenspitze und saugte. »Köstlich«, schnurrte sie. »Also: Bis die Tage.«

Die Mücken flogen davon. Hans sah ihnen nach; dann bat er Zeisig und Sperling, die Gografen über die neugewonnenen Verbündeten in Kenntnis zu setzen. Sie würden sicher lachen – Maulwürfe, Ameisen, Mücken. Aber hatten die Vögel im Traum nicht gesagt, dass Kleinvieh auch Mist machte? Er gab seinem Kaltblüter einen Klaps auf die Kruppe und sagte: »Na, los, mein Alter. Wir kehren zum Heer zurück.«

Nun teilten die Ragnarökk den Regen nicht mehr. Hans ritt auf Knüppelwegen durch den Sumpf, immer nach Osten, der Hohen Heide zu. Er schwankte so sehr zwischen Zweifel und Hoffnung, dass er das Nachlassen des Regens nicht bemerkte. Das Rauschen wurde leiser, und nachdem Hans den Sumpf hinter sich gelassen hatte, flaute das Unwetter zu einem normalen Regenguss ab. Der Boden dampfte wie ein Moor bei Schwelbrand, aus Wacholderdickichten floss Dunst auf die sandige Weite. Im Norden brach die

Wolkendecke auf, und zum ersten Mal seit Tagen zeigte sich ein Fleckchen des silbergrauen Himmels.

Hans ritt noch durch das Himmelstor, als der übernächtigte Gograf im Feldlager eine Entscheidung traf. Er kratzte seinen karottenroten Bart, der zu wuchern begann, weil zum Stutzen keine Zeit blieb, ließ sich von seinem Knappen die Rüstung anlegen und verließ den Unterstand. Tropfen prasselten auf den weichen, würzig duftenden Boden des Föhrenforsts, auf dem die Pilze in diesem Herbst überreich gediehen; fast alle waren von den Kriegern verspeist worden. Der Gograf ging zu der Kiefer, an die man Grimm gekettet hatte. Die Wächter schnarchten auf ihre Spieße gestützt, sie schliefen wie Pferde im Stehen. Beim Räuspern des Gografen schraken sie auf und nahmen Haltung an.

»Keine … besonderen Vorkommnisse, Herr«, rief einer.

Der andere zog die Nase hoch und spuckte aus, um den bitteren Geschmack des Schlafes loszuwerden.

»Holt die Muhme«, befahl Hilck von der Usse.

Grimm war wach, seine Miene starr. Wasser troff von seinem kahlen Schädel, lief über die eisgraue Rüstung. Die Kiefer, an die man ihn gekettet hatte, knarrte im Wind. Schließlich traf die Muhme ein, mürrisch wie üblich am Morgen, auf ihren Stock mit dem Schlangenknauf gestützt, die Haube schief auf dem Kopf, die Pfeife zwischen den Zähnen. »Ja?«, knurrte sie und kramte in den Taschen nach einem Kienspan.

»Ich werde Euren Rat befolgen«, antwortete der Gograf. »Ich werde diesen Schurken unter Bewachung zur Esche schicken, damit er den Bart des Eisernen Königs vernichtet.«

»Schön«, sagte die Muhme, humpelte zu einem nahen Feuer und entfachte ihren Kienspan.

»Das kann doch nicht schaden, oder?«, fragte der Gograf und wischte sich Regenwasser aus den Augen.

»Nein«, sagte die Muhme aus einem Mundwinkel, während sie ihre Pfeife entzündete. Sie wedelte den Kienspan aus und warf ihn in die Flammen.

»Werdet ihr mitreiten?«

»Gewiss«, sagte die schmauchende Muhme.

»Ihr seid sehr wortkarg«, brummte der Gograf.

Die Muhme verengte die Augen und sah ihn an; Krähenfüße zogen sich bis zu den faltigen Wangen hinab. »Ja«, sagte sie.

Grimm lachte heiser und schüttelte die Ketten. »Dann macht mich los«, bat er. »Ihr könnt mir vertrauen. Ich will nur meine Rache, und sie gilt nicht euch.«

Der Gograf sah fragend zur Muhme, die mit den Schultern zuckte. »Löst die Ketten«, befahl er den Wächtern. »Und ruht euch aus – falls ihr nicht schon genug geschlafen habt.«

Die Männer gehorchten betreten.

Im Feldlager herrschte frühmorgendliche Hektik, als Hilck von der Usse Gefährten und Anführer in den Unterstand bat. Seine Entscheidung wurde nicht einhellig begrüßt, aber man fügte sich.

»Ich begleite die Muhme«, erklärte Sanne entschieden.

»Wir auch!«, rief Rumpenstünz, und Alwine nickte.

»Schon wieder so ein Todesritt«, knurrte Sneewitt. »Aber gut – ich komme mit. Gefährten müssen zusammenhalten.«

»Ganz meine Meinung«, brummte Meister Grimbart, der alte Kämpe, und erntete einen finsteren Blick des Fuchses.

Vormittags brach man das Feldlager ab und bereitete sich auf den Marsch zum Unkengrund vor. Der Gograf widmete sich derweil Hella, die mehr Übung im Schwertkampf brauchte, wie er fand.

Gegen Mittag, die Gefährten wollten gerade aufbrechen, ließ der Regen nach.

»Endlich«, seufzte Rumpenstünz, der Alwine in den Sattel geholfen hatte, und sah zum Himmel auf. Die Wolken hingen immer noch tief über dem Land, schienen sich aber langsam zu lichten.

»Hoffen wir, dass es trocken ist, wenn die Schlacht beginnt«, rief Hilck von der Usse, der an Hella herumzupfte, um ihr zu zeigen, wie man das Schwert hielt. Dann meldete Harlung, dass alles abmarschbereit sei. »Hervorragend«, brummte der Gograf, wobei offenblieb, ob er Hellas Schwerthand oder die Meldung meinte.

Da kamen Zeisig und Sperling angeflogen. Sie ließen sich auf den Schultern der Muhme nieder und zwitscherten lautstark in ihre Ohren. »Nicht alles auf einmal«, schimpfte sie. »Immer langsam mit den alten Leuten.«

»Das sind Maleens Vögel«, sagte Rumpenstünz.

»Das Mädchen mit den grünen Augen …«, flüsterte Grimm.

Reineke Fuchs starrte ihn an. »Weißt du noch, dass du sie töten wolltest?«, sagte er. »Auf Befehl deiner … Barbera?« Er sprach den Namen aus, als müsste er sich erbrechen.

Grimm schwieg. Dann erwiderte er: »Ich habe mich benutzen und verführen lassen. Glaubt mir – sie wird dafür bezahlen.«

Die Muhme winkte dem Gografen, der Hella unwillig losließ und mit seinem Helm unter dem Arm zu den Gefährten ging. »Hans hat Verbündete gefunden«, erklärte die Muhme. »Es handelt sich um … nun, ja … um Maulwürfe, Ameisen und Mücken.«

»Hah!«, rief der Fuchs triumphierend.

»Prächtig, prächtig«, murmelte Hilck von der Usse zerstreut und sah über die Schulter zu Hella, die mit Harlung schwatzte. Sie trug Harnisch und Hose und sah aus wie ein Krieger – umwerfend, wie er fand. »Prächtig …«, wiederholte er. Er stand versonnen da.

Dann hob er ruckartig den Kopf, brüllte: »Wie bitte? Was soll das Kroppzeug? Wir brauchen Kämpfer!« Er schäumte regelrecht. »Wie stellt ihr euch das vor? Sollen auf Maulwürfen reitende Ameisen gegen die Streitmacht des Eisernen Königs anrennen? Sollen Mücken die Wilde Jagd vom Himmel holen? Das ist ein Hohn. Ein Spott. Ein Schlag ins Gesicht.«

Während er tobte, kauerten sich die Vögel auf die Schultern der finster dreinschauenden Muhme. Sie winkte Hella, die dem Grafen eine Hand auf den Arm legte. »Wir brauchen jeden Verbündeten, und sei er noch so klein«, sagte sie. »Wer weiß, wozu diese Tiere imstande sind?«

Die Züge des Gografen entspannten sich, wurden fast milde, als er in Hellas Augen blickte. »Nenn mich nicht ›Herr‹«, murmelte er. »Das klingt so förmlich. Nenn mich … nenn mich …« Er suchte nach einem Wort.

»Tändelei, Tändelei!«, grollte die Muhme. »Und das in dieser Lage. Nenn ihn einfach ›mein liebeskranker Heerführer‹ oder ›mein Bärchen‹. Wir müssen aufbrechen, *Herr*. Ihr müsst aufbrechen, *Herr*. Und was unsere Verbündeten angeht, so wird sich noch zeigen, ob sie nur Kroppzeug sind.« Sie gab ihrem Maultier einen Klaps mit der Gerte und trabte los.

Hilck von der Usse war so knallrot geworden, dass sein Bart dagegen verblasste. »Wohlan … gut … prächtig«, stotterte er. Dann riss er sich zusammen, stampfte mit einem Fuß auf und herrschte seine Anführer an: »Was steht ihr da und haltet Maulaffen feil? Abmarsch!« Er stülpte sich den Helm über und stapfte in das Feldlager, ohne den davonreitenden Trupp eines weiteren Blickes zu würdigen.

Am späten Nachmittag herrschte Stille im Forst. Windböen schüttelten die Föhren, Tropfen fielen auf leere Unterstände und bildeten Pfützen auf dem von Pferdehufen und Stiefeln zertretenen Boden. Das Heer marschierte zum Unkengrund, und die Gefährten ritten mit Grimm zum Greting. Der Bart des Eisernen Königs war in einem Bleikästchen verwahrt, das leise am Sattel der Muhme klapperte.

32. Ebersaft und Ochsenblut

Durch die Aufgabe des schweren Geräts und den abflauenden Regen kam die Streitmacht rascher voran. Der Eiserne König war reger und sah immer wieder aus dem Fenster, während eine Magd seine Schuppenpanzerrüstung mit einem Samttuch auf Hochglanz polierte. Ihre Nerven waren zum Zerreißen gespannt, denn eine tote Assel oder Spinne, und man würde sie hinrichten und den Karontiden zum Fraß vorwerfen, und da die Kutsche auf dem matschigen, holperigen Weg wankte und wackelte, war ihre Arbeit noch schwieriger; sie konnte die Hand nicht ruhighalten, und so kam es, wie es kommen musste – eine zerquetschte Assel fiel zu Boden.

Der Eiserne König drehte sich zu ihr um, fixierte sie frostig, pochte mit einem Panzerhandschuh gegen die Tür. Sofort erschien eine Karontide, packte die Magd bei der Gurgel und zerrte sie hinaus. Sie schrie, in Zukunft besser aufpassen zu wollen, aber man schleppte sie weg und schob eine andere Magd in die Kutsche. Diese, eine mollige Person, schwitzte so stark, dass der Eiserne König die Nase rümpfte. Sie riss beim Polieren flehentlich die Augen auf, Tränen liefen über ihre Wangen, ihr Kinn zitterte wie Espenlaub, und beim Anblick einer Karontide, die sich Blut von den Lippen leckte, jaulte sie auf. Ihre Waden juckten, weil Spinnen unter ihren Rock krochen und über das Hinterteil bis zu den Fettwülsten der Hüften vorstießen. Sie japste und wand sich, als die Tiere über ihren Rücken zum Nacken und von dort in die zum Dutt gebundenen Haare krabbelten. Andere wuselten über Bauch und Busen bis zum Hals. Das Sterben, dachte die Magd, musste leichter sein; dies war grausamer als jede Marter. Aber sie polierte eifrig weiter. Ihre Wurstfinger verrichteten die Arbeit mit einem Geschick, das ihr auf den ersten Blick nicht zuzutrauen war, und der Eiserne König ahnte, dass seine Karontiden nicht von diesem Leckerbissen kosten würden. Denn er war gerecht. Ja, er war streng, aber gerecht: Wenn diese Frau ihre Arbeit ohne Fehl und Tadel verrichtete, würde er sie in ihr erbärmliches Dasein entlassen.

Währenddessen wälzte sich die Streitmacht weiter nach Norden. Die Wilde Jagd war auf Erkundung ausgeschwärmt, und nachdem Blaubart erfahren hatte, dass die Gografen vom Föhrenforst nach Süden zogen, ordnete er einen Schwenk nach Nordosten an. Die Streitmacht änderte ihren Kurs so träge wie ein Konvoi schwer beladener Koggen bei rauer See: Der Befehl erging gegen Mittag, aber die Nachhut vollzog den Schwenk erst am frühen Nachmittag. Dann marschierten Karontiden und Raubritter, Gesindel und Kultknechte, die vom Tod ihrer Herrinnen nichts ahnten, im Gleichschritt in die befohlene Richtung.

»Übermorgen stellen wir die Rotbärte«, rief Blaubart. Dann wird es ihnen schlecht ergehen.« Er tastete nach dem neben ihm liegenden Bratspieß. »Und den hier … werde ich Grimm ins Herz stoßen.«

»Stillhalten«, sagte Barbera, die im Gehen seinen Verband löste. Bevor sie einen neuen anlegte, leckte sie die Wunde ab und tat Maden dazu, um Wundbrand vorzubeugen.

»Ah! Maden«, quetschte Blaubart hervor, das Kinn mit dem blauschwarzen Bart auf die Brust gedrückt. »Die mochte ich immer. Genau wie die Spinnen und Asseln unseres Herrn und Meisters. Das sind Tiere nach meinem Geschmack.« Er griff nach

Barbera, die sich bückte, um den Verband zu schließen, aber sie schlug seine Hand weg.

»Lass das«, fauchte sie und wäre auf dem matschigen Weg, den sie mit zierlichem Schuhwerk beschritt, fast ins Stolpern geraten. Hinter ihnen knarrte ein Trosswagen; die Zugochsen schüttelten die gehörnten Schädel und brüllten, und die zwei Pferde, die die Sänfte trugen, wieherten als Antwort. Barbera verband die Fleischwunde am linken Oberarm, die ihr Grimm mit seinem Hieb zugefügt hatte, und zurrte den Stoff mit den Zähnen fest.

»Dank deiner Pflege bin ich fast genesen«, flüsterte Blaubart. »Nach der Schlacht kommst du mit nach Rottland in meinen Bergfried. Dort gibt es lauschige Gemächer. Wir werden es gemütlich haben.« Er kicherte mit seiner melodiösen Stimme in sich hinein. »Ja, gemütlich, meine Liebe!«

Barbera lächelte, aber ihr Blick blieb kalt. »Oooh«, seufzte sie. »Ich sehne mich schon jetzt danach. Ich weiß ja, wie gut du für deine Frauen sorgst.« Sie warf ihm eine Kusshand zu und stieg auf das vordere Pferd.

Blaubart schmachtete sie von der wankenden Sänfte aus an. Ihr Haar war prachtvoll, ihre Figur makellos, Schandmal und Striemen verliehen ihren Zügen eine gebrochene Schönheit, die er bei anderen Frauen nur mit etwas … nun … Nachhilfe hergestellt hatte. Sein Kopf sank zur Seite, und er verlor sich in Gedanken an die Frau mit den heilenden Händen und der lindernden Zunge, die vor ihm auf dem Pferd saß.

Räder ächzten, Hufe schmatzten im Matsch, Kutscher trieben die Zugtiere mit Rufen und Hieben an. Barbera blickte starr geradeaus. Vor dem Tross, dem die Sänfte angehörte, wand sich eine endlose Kette von Kriegern in die Ferne; im grauen Licht glänzten Klingen und Helme. Die Kutsche des Eisernen Königs war am

Banner zu erkennen, sie folgte dem Zug mit den Katapulten, und die Reiterei bildete die Spitze. Schatten überflogen Barberas Miene, als wäre diese ein Abbild des trüben Himmels. Wie erging es ihren Schwestern? Waren sie von den Kultknechten oder gar von den braven Sabberlingen befreit worden, die sie stets mit Zärtlichkeiten getröstet und in Winternächten ihr Bett gewärmt hatten? Sie ahnte Böses und spürte, dass es mit Grimm, ihrem aufsässigen Geschöpf, zusammenhing. Aber das war nicht ihre einzige Sorge: Wo, fragte sie sich, war der Bart des Eisernen Königs? Zum Glück wussten die Gografen ihn nicht zu nutzen – darin bestand ihr einziger Trost.

Durch den Schwenk der Streitmacht nach Nordosten blieben die Gefährten von einer Feindberührung verschont. Grimm war rätselhaft heiter und schmetterte Räuberweisen, was den Fuchs veranlasste, sich Eicheln in die Ohren zu stopfen, die aber immer wieder herausfielen.

»Er soll aufhören!«, jaulte er. »Aufhören!«

Grimm feierte das lustige Räuberleben mit hohl in der Brust hallender Stimme, ohne sich beirren zu lassen.

»Lass ihn nur«, brummte Meister Grimbart. »Denk an das Sprichwort: ›Wenn die Menschen Lieder singen, können sie kein Unheil bringen‹.«

»Sie singen auch, wenn sie in den Krieg ziehen«, fauchte der Fuchs.

Es regnete nicht mehr, klarte aber auch nicht auf. Dunst hing über der Hohen Heide, die Luft war klamm, und die Pferde versanken oft bis zu den Fesseln im nassen Boden. Trotzdem galoppierte man, was das Zeug hielt, und erreichte gegen Abend Rottland. Nicht weit von dem Abgrund, der vor der Grenzfeste gähnte, erschallte ein Ruf: Man war auf eine Verdächtige gestoßen. Die übrigen Gefährten ritten hin und erblickten zu ihrem Erstaunen eine alte Bekannte: Die Wirtin der Herberge ›Zur munteren Matrone‹. Sie stand barfuß da, eine speckige Schürze über dem Kleid, vor sich eine mit schwarzem Modder beladene Schubkarre. Ihr Blick geisterte über die Reiter, dann griff sie in die Fuhre und kreischte: »Mein Gold! Fauliges Stroh!« Sie lachte wie irre, schmierte sich Dreck auf Brust und Gesicht, stopfte sich sogar etwas in den Mund. »Mein Gold ist nur noch fauliges Stroh«, greinte sie wieder. »Erklärt mir das.« Sie zeigte so anklagend auf die Gefährten, als hätte sie die Schuldigen endlich gefunden. »Warum ist mein Gold nur noch fauliges Stroh?«

Grimm, der sie grinsend betrachtete, ahnte, woran es lag: Mit dem Tod der weisen Weiber und der Brandschatzung ihres Hauses war der Zauber erloschen, und das Gold hatte sich in Stroh zurückverwandelt. Sein Grinsen wurde noch breiter, als er an Zinken dachte, der jetzt auf Säcken voller Modder saß. Schade um den ruhigen Lebensabend – hohoho! All die goldgierigen Trottel in Pinafor hatten nur noch verfaultes Stroh in den Taschen. Er lachte laut auf.

»Schweig!«, kreischte die Wirtin und bewarf ihn mit Dreck. »Mein Gold ist weg, meine Mädchen sind fort, und die Reize, mit denen ich die Männer bezirzt habe, sind verblüht. Ich habe immer auf die Schönheit gesetzt, aber die Schönheit ist nur ein Furz. Ich bin ruiniert!« Sie schob ihre Fuhre zeternd bergab und war bald in der Dämmerung verschwunden.

»Sie scheint verwirrt zu sein«, sagte Alwine mitfühlend. »Wir hätten sie an unser Feuer einladen sollen.«

»Hm«, brummte die Muhme, steckte sich die Pfeife zwischen die Zähne und ritt auf ihrem Maultier in die Grenzfeste. Die Gebäude und der von Trümmern übersäte Hof wirkten wie ausgestorben. In den Kerkertürmen hockten Eulen, die beim Eintreffen des Reitertrupps feindselig kreischten. Sanne sah zum Bergfried auf – das Spitzbogenfenster stand zum Lüften offen, und als sie absaß, erblickte sie Horn, der eine Leiter aus dem hochgelegenen Eingang schob und nach unten stieg. Sie rannte jubelnd auf ihn zu, fiel in seine Arme.

»Horn!«, rief sie. »Wie geht es dir?«

»Es ging mir nie besser«, antwortete er.

Sanne nickte. Horn wirkte tatsächlich rundum froh. Er trug einen bestickten Morgenmantel aus Samt, wahrscheinlich aus Blaubarts Besitz, und eine Nachtmütze mit silberner Quaste.

»Wohin wollt ihr?«, fragte er.

»Zur Esche«, erwiderte sie. »Wir sollen den Bart des Eisernen Königs vernichten.«

»Im Gegensatz zu dir sind wir noch nicht im Ruhestand«, fügte Sneewitt spitz hinzu.

Horns Blick fiel auf Grimm, aber bevor er seinem Erstaunen Ausdruck verleihen konnte, trat jene Frau neben ihn, um derentwillen er die Gefährten verlassen hatte. Er legte ihr einen Arm um die Taille und zog sie zu sich heran. »Darf ich vorstellen – Rapunzel«, sagte er.

Die Frau reichte den Gefährten artig die Hand. Man sah ihr die lange Haft im Bergfried an: Kummerfalten furchten ihre Stirn und zogen sich wie mit dem Grabstichel ziseliert um ihre Mundwinkel. Aber ihre frühere Schönheit schien noch durch, die grauen Augen strahlten wie Perlen in der Sonne, und ihr weißblondes, zu einem hüftlangen Zopf geflochtenes Haar war das eines jungen Mädchens.

»Glückspilz«, sagte Rumpenstünz. »Ich freue mich für dich, alter Halunke.«

Rapunzel schmiegte sich selig an den fülligen Horn.

Da humpelte die Muhme herbei, begleitet von Reineke Fuchs und Meister Grimbart. »Aha!«, rief sie. »Der von der Fahne gegangene Weiberheld. Endlich aus den Federn gekommen? Ich habe etwas für dich.« Sie zog ein aufgerolltes Pergament unter dem Mantel hervor und reichte es ihm. »Die Gografen geben dir Rottland zum Lehen. Du sollst die Feste aufbauen und bemannen und Pinafor gegen Feinde verteidigen.«

»Zum Lehen?«, fragte der verdutzte Horn, senkte sein Kinn in ein Bett aus Fettwülsten und las die Urkunde, wobei ihm die Bommel der Nachtmütze ins Gesicht fiel. »Bemannen? Mit wem?«

»Sorge für Nachwuchs«, keckerte der Fuchs. »Dann hast du deine Mannen.«

»Sehr zuversichtlich«, grunzte der Dachs. »Der Feind ist noch lange nicht besiegt, und die Gografen verteilen schon Lehen.«

»Nieder mit dem Eisernen König!«, brüllte Grimm. »Er wird bald für immer in der Finsternis zwischen dem Nichts und dem Nichts umherirren.«

Horn sah ihn irritiert an. »Ist Grimm jetzt auf unserer Seite?«, brummte er.

»Irgendwie schon«, erwiderte der Fuchs. »Aber er kocht sein eigenes Süppchen.«

Der Rappe schnaubte und tänzelte, als Grimm aus dem Sattel glitt.

Sie schliefen in der Wachstube. Wenn man von den Eulen absah, die mit anklagenden Rufen über Rottland flogen, blieb die Nacht ruhig. Die Gefährten brachen noch vor dem Morgengrauen auf.

»Wir halten die Stellung«, rief Horn zum Abschied in den Nebel, der aus dem Abgrund vor der Mauer aufstieg. »Mein untertänigster

Dank an die Gografen. Ich akzeptiere. Rottland ist jetzt mein Lehen.«

Sanne winkte dem Paar. Dann preschte der Trupp in den Greting und spornte die Pferde zu einem so scharfen Galopp an, dass Fuchs und Dachs schon bald nicht mehr mithalten konnten.

»Wir kommen nach!«, schrie Meister Grimbart.

Sneewitt drehte sich im Sattel um und winkte zum Zeichen, dass sie verstanden hatte.

»Ein Glück«, hechelte Reineke Fuchs. »Grimms Geträller ist unerträglich. Sind alle Untoten so lausige Sänger?«

Der Dachs trabte schweigend weiter.

Einmal sichteten die Gefährten Wesen der Wilden Jagd, die nach Osten flogen, blieben aber unbehelligt. Am Nachmittag ritten sie durch die schmale, zur Esche führende Schlucht und durchquerten die Höhle der Hallenden Tropfen. In der Grotte saßen sie ab. Die Pferde zitterten, ihr Fell war verschwitzt. Das Maultier stand da wie versteinert und senkte nicht einmal die Ohren, als die Muhme seinen Kopf tätschelte.

»Ich bin zu alt für Gewaltritte«, stöhnte sie und nahm das Bleikästchen mit dem Bart vom Sattel. »Ich spüre jeden Knochen, und über mein Gesäß breite ich lieber den Mantel des Schweigens.«

Alwine grinste schief und rieb ihren Hintern.

Während Rumpenstünz die müden Pferde zur Tränke führte, sah sich Grimm in der weiten Grotte um. Hier war er zum dritten Mal besiegt worden; genau genommen hatte er seit seiner Wiederbelebung nur Niederlagen eingesteckt. Nach all den Jahren als Räuberhauptmann, in denen er gebrandschatzt, gemordet und geplündert hatte, war er nur noch ein dummer, nutzloser Diener. Eine Bratröhrenfratze. Ein Hampelmann, an dessen Fäden Barbera gezogen hatte. Er knirschte mit den Zähnen, ballte die Fäuste.

»He, du!«, rief die Eichhörnchendame, die von einer Wurzel gesprungen war und sich hinter Sanne verbarg. »Was tust du hier? Du bist unser Feind.«

»Er weiß, was mit dem Bart des Eisernen Königs geschehen muss«, erwiderte Sanne. »Er will uns helfen.«

Die Eichhörnchendame sah Grimm skeptisch an

Da erschien Maleen. Vor dem Hintergrund der Wurzeln, die sich in wuchtigen Bögen verschlangen, wirkte sie zerbrechlich und klein, und als sie näher kam, sah Sanne die Ringe um ihre Augen. Die Falten rechts und links ihres Mundes hatten sich vertieft, und in ihren honigfarbenen Haaren glänzten silberne Strähnen – es laugte sie offenbar aus, die grüne Kraft und die todgeweihte Esche zu stärken. Ihre Schritte waren nicht mehr federnd, sondern schleppend, und sie wäre fast gestolpert. Sie fiel in Grimms Arme, ohne zu merken, wer da vor ihr stand, und ließ ihre Stirn gegen seine Brünne sinken.

»Das Mädchen mit den grünen Augen«, flüsterte Grimm, der nicht wusste, wie ihm geschah. Dies war die Frau, in deren Feuer seine Männer verbrannt waren. Aber wo war sein Hass auf sie geblieben? Er fühlte sich hohl und leer, als er auf den blonden Schopf von Maleen hinabsah.

Zeisig und Sperling flatterten auf ihre Schulter. Sie ließ sich auf einem Stein nieder und vergrub das Gesicht in den Händen. »Ich weiß nicht weiter«, sagte sie. »Die Esche bleibt stur, sie will sterben. Und die grüne Kraft ist kaum noch zu spüren.« Sie sah zum Baum, der im Wurzellabyrinth aufragte. Er wirkte so kraftstrotzend wie immer, aber wenn man länger hinschaute, bemerkte man die zahlreichen kahlen Stellen. Ein trockenes Rascheln erfüllte die Grotte, und manchmal drang ein gequältes Ächzen aus den Tiefen der Erde.

»Ich kann nicht mehr«, murmelte Maleen, den Tränen nahe. »Die blinden Feen waren zu dritt, aber ich bin auf mich allein gestellt. Hat Hans meine Traumbotschaft erhalten? Konnte er damit etwas anfangen? Es waren die letzten Worte der Esche. Danach ist sie verstummt.«

Sanne nahm sie tröstend in die Arme. »Hans hat Verbündete gefunden«, sagte sie. »Es handelt sich zwar um Kleingetier, aber vielleicht vollbringt es ja wirklich Großes.«

Maleen schwieg. Ein Beben ging durch ihren Körper.

»Siehst du, wie erschöpft sie ist?«, zürnte die Muhme, die sich zu Grimm umwandte. »Sie braucht Unterstützung. Was muss mit dem Bart geschehen?«

Grimm starrte die Frauen an. Sein Mund war nur noch ein Strich im brandnarbigen Gesicht.

»Heraus mit der Sprache«, rief die Muhme ungeduldig. »Du willst doch deine Rache, oder?«

Eschenlaub raschelte zu Boden. Die Grotte schien vom Staub der Vergänglichkeit erfüllt zu sein. Schließlich sagte Grimm: »Der Bart muss in einem Bleikästchen versiegelt und bei Neumond in mit Ochsenblut, Ziegenmilch und Ebersaft benetzter Erde unter der Esche vergraben werden.«

Die drei Frauen starrten ihn an.

»Neumond?«, fragte Sanne.

»Ein Bleikästchen ist vorhanden«, sagte die Muhme. »Aber woher sollen wir Saft, Blut und Milch nehmen?«

Maleen hob den Kopf und murmelte: »Wir werden all das nie rechtzeitig finden. Wir sind verloren.« Sie stand auf und wankte zum Wurzellabyrinth.

Die Muhme stand ratlos da. »Ebersaft!«, zischte sie verärgert. »Und du hast dich bestimmt nicht verhört?«

»Nein«, antwortete Grimm. »Das waren die Worte der weisen Weiber.«

»Verflucht!«, schrie die Muhme und warf das Bleikästchen so heftig zu Boden, dass eine Delle im Metall zurückblieb.

»Ich werde suchen, was ihr braucht«, erklärte Grimm.

Die Muhme beäugte ihn skeptisch, als er sich auf den Rappen schwang. »Folgt ihm«, bat sie Sneewitt und Rumpenstünz. »Er hat eine so große Wut auf sich selbst, dass er vielleicht etwas Unberechenbares anstellt.«

Die beiden Gefährten liefen zu ihren Kaltblütern.

Grimm trabte in der Höhle der hallenden Tropfen an Meister Grimbart und Reineke Fuchs vorbei, die sich erstaunt nach ihm umdrehten. Nach einer Weile begegneten sie Sneewitt und Rumpenstünz, die ihnen grüßend zunickten, aber stumm weiterritten.

»Was wird hier gespielt?«, fragte der Fuchs.

Als sie die Grotte erreichten, saß die Muhme griesgrämig da und paffte Rauchkringel. Sanne stand an Hardts Grab. Beim Anblick der Tiere rief sie: »Ah, da seid ihr ja. Wir brauchen Ebersaft, Ochsenblut und Ziegenmilch, um den Bart unter der Esche begraben zu können. Grimm hat sich auf die Suche begeben.«

»Ebersaft?«, keckerte der Fuchs. »Wie ekelhaft!«

»Der arme Hardt«, seufzte Sanne. »Aber vielleicht ist ihm das Schlimmste erspart geblieben.«

»Unsinn«, erwiderte der Dachs. »Der Tod ist immer sinnlos. Das Gerede vom ›ehrenvollen‹ oder ›gnadenvollen‹ Tod ist nur Heuchelei. Damit macht man sich die Sache zu leicht.«

Sie standen lange da und gedachten Hardts. Das Zwielicht in der Grotte verdichtete sich zur Dämmerung. Die Streitmacht des Eisernen Königs würde bald auf das Heer der Gografen stoßen, und der Ausgang der Schlacht war absehbar. Der Bart musste also rasch unter die Erde. Als Sanne nach Maleen sah, saß diese wie in Versenkung vor dem riesigen Stamm, war in Wahrheit aber vor Erschöpfung eingeschlafen. Sanne weckte sie nicht, sondern ging zum Heiligen Weiher. Das Laub fiel so dicht, als wollte der Baum endlich seine Last abschütteln. Auf dem pechschwarzen, spiegelglatten Wasser des Weihers trieben Blätter. Nach einer Weile tauchte der Grottenolm auf, wandte Sanne das bleiche, blinde Gesicht zu und sagte: »Die Hüterin ist müde. Was soll nun werden?«

Sanne wusste keine Antwort. Das Rauschen, mit dem das Laub fiel, wurde immer lauter, Zweige und Äste prasselten in die Grotte und auf das Wurzellabyrinth. Einige fielen sogar in den Weiher, und der Grottenolm tauchte wieder ab. Vielleicht wollte er mit seiner Trauer und Verzweiflung allein sein. Er nahm zwar hin, dass die Esche sterben wollte, hatte den drei blinden Feen aber so lange gedient, dass ihn die Ereignisse tief betrübten. Sanne sah sich in der weiten, im Abenddunkel versinkenden Grotte um, und ihre Zuversicht schwand. Alles schien dem Verfall preisgegeben zu sein. Sie setzte sich in der Marterhöhle an das von Alwine entfachte Feuer. Die Muhme brabbelte vor sich hin. Sanne wickelte sich in ihren Mantel, denn es war kalt, und die Flammen züngelten so zögerlich am Holz, als hätte man sie eingeschüchtert.

Derweil ritt Grimm in den Greting, hasserfüllt, verbissen und innerlich zerrissen. Im Zwielicht glühten seine Rubinaugen wie Kohlen.

Hufe ließen den Sand auffliegen, als sich die von Helmdag befehligte Reiterei in den Abend zurückzog. Der Regen war lästig gewesen, hatte aber Deckung geboten. Nun waren sie der Wilden Jagd schutzlos ausgeliefert, und eine Fortsetzung der Überraschungsangriffe wäre zu verlustreich gewesen.

Westlich des Unkengrunds, der sich in eine weite Biegung der Fusel schmiegte, stießen sie auf einen Spähtrupp des Feindes. Eine Karontide riss den Kopf hoch und röhrte, als die Reiterei mit gesenkten Lanzen angeprescht kam. Das Ungeheuer trug eine Rüstung mit Öffnungen für die Dornen, die Brust und Schritt entsprangen, und schwang ein Schwert mit Flammenklinge. Ein Hieb mit dieser Waffe, der kein Harnisch standhielt, und zwei Reiter flogen aus dem Sattel und wurden von den Kultknechten niedergemacht, die sich hinter dem breiten Rücken der Karontide verbargen.

Die Reiterei flutete am Spähtrupp vorbei wie Wasser an einer Ansammlung von Felsbrocken im Flussbett. Die Streitrösser schnaubten, Schaum flockte von Lefzen, als sie gezügelt und gewendet wurden. Die Karontide, die einen Helm mit weitausschwingenden Stierhörnern trug, brüllte triumphierend, schwenkte das Schwert über dem Kopf und ließ die Spitze in Erwartung eines neuen Angriffs in den Sand sacken. Links und rechts von ihr fächerten sich die Kultknechte auf, reckten abwehrbereit die Klingenarme und hoben die Waffen, die sie in der linken Hand hielten.

Helmdag, der neben dem Bannerträger stand, zerbrach sich den Kopf über eine Strategie. Sein Streitross scharrte mit den Hufen, der Geruch verschwitzter Pferdeleiber lag in der Luft. Er wollte schon das Zeichen zum Angriff geben, als er einen Reiter sah, der in der anbrechenden Dunkelheit im Rücken des Feindes erschien. Der Sand der Hohen Heide dämpfte die Huftritte seines Pferdes, und als er das Schwert hob, begriff Helmdag sofort. Er befahl seiner Reiterei, sich im weiten Bogen zu formieren. Dann ritt man im Schritt auf die Feinde zu, die Lanze gesenkt, den Schild vor der Brust.

Die Karontide knurrte, denn die langsam anrückenden Reiter wirkten bedrohlicher als bei einem Sturmangriff. Da sie nicht wusste, was sie davon halten sollte, ließ sie sie nicht aus den Augen. Die Kultknechte sahen unruhig zur Karontide. Den Reiter, der sich von hinten näherte, bemerkten sie nicht.

Als Helmdags Reiterei sich dem Trupp bis auf einen halben Speerwurf genähert hatte, gab der Reiter seinem Kaltblüter die Sporen und galoppierte auf die Feinde zu. Die schwergepanzerte Karontide wuchtete sich herum, aber bevor sie zu einem Hieb ausholen konnte, stieß Hans ihr das Schwert zwischen Helm und Brünne in den Hals. Gelbes Blut spritzte, ein ersticktes Röhren hallte über die Hohe Heide. In diesem Moment befahl Helmdag den Angriff. Die zahlenmäßig weit überlegene Reiterei überrollte den verwirrten Feind, dessen Widerstand rasch gebrochen war.

»Danke für dein beherztes Eingreifen«, sagte Helmdag, der über die erschlagenen Kultknechte zu Hans trabte. »Du bist im rechten Moment gekommen.«

»Reiner Zufall«, erwiderte Hans. »Ich bin auf dem Rückweg zum Heer.« Er saß ab und ging zur Karontide, betrachtete die Dornen, die der Brust entsprangen, schaute in Augen, die sich im Todeskampf verfärbten, sah den Schaum, der aus dem Maul mit den mächtigen Hauern quoll. Ihm schauderte bei dem Gedanken, wie viele dieser Monster in der Streitmacht des Eisernen Königs kämpften.

Ein Ritter untersuchte die Klinge des Flammenschwerts. »Es stammt aus dem Lohwald«, sagte er. »Von Meister Alberich, dem besten Waffenschmied Pinafors. Mehrmals gehärteter Stahl. Mit Hechtleder umwundener Griff. Ein Prachtstück.« Er schwang das Schwert, das die Luft mit einem satten Sirren durchschnitt. »So lang und doch so leicht!«

»Es hat zwei Männern das Leben gekostet«, tadelte Helmdag. »Und es gehört Hans, denn er hat die Karontide erschlagen.«

Hans schob das Flammenschwert in das Futteral, das er vom Rücken der Karontide gelöst hatte. Da die Ledergurte, mit denen es befestigt wurde, noch blutig waren, hängte er es an den Sattel.

Krähen kreisten über den Toten. Die Karontide schlug ihre Krallen in einem letzten Aufbäumen gegen den Tod in den Sand. Zwei Bogenschützen jagten ihr je einen Pfeil in die Augen, und sie verendete mit einem rasselnden Laut.

Dann setzte sich die Reiterei in Marsch. Als die Dämmerung anbrach, wurden sie von Kundschaftern empfangen und im Schutz von Wacholderdickichten und Birkenwäldchen zum Unkengrund geleitet. Beim Anblick des Heeres war Hans erleichtert. Aber als er sah, dass Hilck den einzigen Hügel weit und breit mit Gräben und Palisaden befestigen ließ, gab er seinem Pferd die Sporen und preschte hin.

Noch bevor Helmdag eintraf, war er abgesessen und rief, als er das Zelt betrat: »Was tut ihr da?«

Der Gograf, der mit seinen Anführern über einer Feldkarte brütete, hob den Kopf und musterte das Flammenschwert, das Hans bei sich trug. Schließlich antwortete er: »Wonach sieht es denn aus, junger Freund? Wir befestigen den Hügel. Er ist die beste Verteidigungsstellung. Der Feind wird unablässig dagegen anstürmen müssen.«

»Wir lassen ihn ausbluten!«, rief der Anführer der Männer aus dem Lohwald.

»Die Streitmacht des Eisernen Königs ist fünf Mal so groß wie unser Heer«, erwiderte Hans. »Man wird den Hügel mit Katapulten beschießen. Mit Kugeln, Pech und Brandpfeilen. Gutgerüstete Karontiden werden dagegen anrennen. Und sie werden uns überrollen. Das ist nur eine Frage der Zeit.«

»Unsinn«, spottete Hilck. »Du hast ja Verbündete gefunden.

Mächtige Tiere wie Maulwürfe, Ameisen und Mücken. Was soll uns da passieren? Wir sind unbesiegbar.«

Harlung und die anderen Anführer lachten laut.

»Genau deshalb müssen wir den Hügel dem Feind überlassen und uns weiter östlich verschanzen«, sagte Hans. »Am besten dicht vor der Fusel.«

»Am besten, wir begraben uns gleich selbst, Grünschnabel«, rief der Anführer der Männer von der Hohen Heide.

Da betrat Helmdag von der Usse das Zelt. Er wurde mit Jubel empfangen, denn dieses Mal kehrte er unbesiegt zurück. Sein Zwillingsbruder klopfte ihm auf die Schulter.

»Wir haben den Feind immer wieder angegriffen«, berichtete Helmdag. »Das hat ihn viel Kraft und Nerven gekostet. Und Blaubart folgt uns auf dem Fuße. Die Streitmacht wird in anderthalb Tagen hier eintreffen.«

»Dann haben wir genug Zeit, um den Hügel zu einer Festung auszubauen«, sagte Hilck von der Usse.

Helmdag sah erst ihn an, dann Hans, mit dem er während des Rittes gesprochen hatte. »Oh, nein, wir dürfen uns hier nicht verschanzen«, widersprach er. »Wir wären unbeweglich und damit leicht zu besiegen.«

Hilck starrte ihn an, und die Anführer murrten. Sie scheuten Experimente, weil diese das Altbewährte gefährdeten.

»Wir müssen den Feind in Sicherheit wiegen und ihm den Hügel überlassen, damit er glaubt, leichtes Spiel zu haben«, fügte Hans hinzu. »Das wird ihn zu Sorglosigkeit verleiten.«

Die Anführer machten ihrem Unmut Luft. Es sei Wahnsinn, riefen sie, diese günstige Stellung zu räumen. Unten würden die Krieger auf moorigem Boden zwischen Schilf und Binsen stehen, im Rücken die Fusel, die jeden Rückzug unmöglich mache.

»Das wäre Selbstmord«, grollte Harlung. »Selbstmord!«

Hilck von der Usse stand unschlüssig da, eine Faust in die Hüfte gestemmt. Er strich über den karottenroten Bart und sah seinen Zwillingsbruder an.

Helmdag zog eine Augenbraue hoch. »Ich plädiere für einen Stellungswechsel«, wiederholte er.

Harlung stieß wütend die Axt auf den Boden. Die anderen Anführer redeten auf Helmdag ein. Der gedankenverlorene Hans stützte sich auf das Flammenschwert der Karontide.

In diesem Moment stürzte ein Wächter in das Zelt. »Herr!«, rief er. »Die Erde bebt. Der Feind rückt an. Er muss schon in der Nähe sein.«

Die Streitenden verstummten. Alle spitzten die Ohren, als ein auf dem Kartentisch stehendes Glas zu klirren begann.

»Unmöglich«, murmelte Helmdag. »Das kann die Streitmacht noch nicht sein.«

Hilck von der Usse trat vor das Zelt. Die Dunkelheit dampfte wie Nebel aus dem moorigen Unkengrund. Die Krieger liefen aufgescheucht zwischen den Feuern umher. Alle spürten, wie der Boden bebte, aufgeregte Rufe erfüllten die Luft. »Was ist das, wenn es nicht der Feind ist?«, brüllte Hilck von der Usse, verärgert und ratlos wegen des von Hans und seinem Bruder vorgeschlagenen Stellungswechsels. »Verdammt! Manchmal habe ich die Nase wirklich gestrichen voll.« Der Boden bebte jetzt so stark, dass er es in den Knochen spürte.

Da wurde direkt vor seinen Füßen Erde aufgeworfen, und im nächsten Augenblick erschien die Schnauze eines Maulwurfs. Dann tauchte ein zweiter auf.

»Sind wir hier richtig?«, fragte der erste.

»Ich denke ja«, antwortete der zweite. Als er den Gografen

erblickte, der verdutzt auf ihn hinabsah, rief er: »Heh, Dicker! Ist dies der Unkengrund?«

Auf dem Hügelhang buddelten sich immer mehr Maulwürfe aus der Erde. Schon bald waren es Hunderte, wenn nicht gar Tausende. Hans rannte aus dem Zelt, denn in Abwesenheit seiner Gefährten war er der Einzige im Heer, der die Sprache der Tiere verstand.

»Was … was ist das?«, stammelte Hilck von der Usse. »Diese Biester untergraben unser Schanzwerk.«

»Sie sind Verbündete«, erwiderte Hans, indem er neben ihn trat. Er schwenkte eine Hand über die Maulwürfe, die überall aus der Erde schauten. »Versteht Ihr jetzt, warum wir diesen Hügel dem Feind überlassen müssen?«

»Verbündete?«, polterte Hilck. »Unsinn! Kroppzeug ist das.«

»Bester Bruder«, sagte Helmdag, der Hilck einen Arm um die Schultern legte. »Denk einmal nach.«

Als auch noch Hella angelaufen kam und schwärmte, wie süß die Tiere seien, brummte Hilck zähneknirschend: »Gut, gut. Erklärt mir euren Plan, ihr Meisterstrategen.« Er wandte sich an seine Ritter und befahl: »Dass mir ja keiner dieses … diese … unsere Verbündeten anrührt, verstanden?«

Die verblüfften Ritter eilten los, um die Krieger über diesen Befehl in Kenntnis zu setzen, und die Gografen begaben sich wieder in das Zelt.

»Nun, gut«, begann Hilck von der Usse. »Ein Teil unserer Verbündeten ist eingetroffen, und …« Er verstummte, hustete in die geballte Faust. Dann sagte er zu den Anführern, die ihn entgeistert anstarrten: »Also: Wir werfen alle Pläne über den Haufen und ziehen uns vom Hügel in die Niederung zurück. Hans und mein Bruder werden euch alles Weitere erklären.«

Ein Sturm der Entrüstung brach los. Die Anführer riefen wild durcheinander, gestikulierten, protestierten. Hilck kratzte sich am Kinn. »Prächtig, prächtig«, murmelte er und trommelte mit den Fingern auf den Kartentisch. »Wirklich prächtig.«

Da holte Hans mit dem Flammenschwert aus und schlug den Tisch mit einem lauten Schrei in der Mitte entzwei. Hilck konnte seine Finger gerade noch zurückreißen. »Ja, was …«, stieß er hervor.

Die Anführer verstummten.

Hans stieg auf einen Stuhl und rief: »Wollt ihr auf diesem Hügel eingekesselt und niedergemacht werden? Oder wollt ihr unseren Feinden, die fünf Mal so stark sind wie wir, ein Schnippchen schlagen? Wir haben nur eine winzige Chance, den Sieg davonzutragen, zumal wir nicht wissen, ob der Bart des Eisernen Königs vernichtet werden wird, und wir müssen sie nutzen. Mit Klugheit und Geschick und mit Hilfe unserer Verbündeten. Wollt ihr mir jetzt zuhören?«

Beim Anblick des Schwertes, das Hans vor sich aufgepflanzt hatte, schwiegen die Männer kleinlaut.

Und sie hörten ihm zu.

33. *Tränen wahrer Trauer*

Ein Schatten lag auf Pinafor. Das Wild verbarg sich. Kein Vogel war in Sicht. Nur Aasfresser wie Raben und Krähen, die fette Beute witterten, flogen aus allen Himmelsrichtungen zur Hohen Heide, und nachts segelten Eulen über das Land, als wollten sie ihre Erzfeinde, die Ragnarökk, einschüchtern. Trupps aus abgehalfterten Kriegern und verhärmten Hexen zogen auf Befehl Blaubarts überall in Pinafor durch Weiler und Dörfer, um die Bewohner einzuschüchtern. Sie setzten Gebäude in Brand, erschlugen das Vieh, ließen Männer und Frauen auspeitschen, pressten ihnen die letzten Wertsachen ab. So behielt der Eiserne König das Land im Griff, während er mit seiner Streitmacht zum Unkengrund zog.

Dort erklangen die leisen, melancholischen Rufe der Unken. Irrlichter tanzten über Schilf und Binsen. Manche Krieger hielten sie für Glühwürmchen, andere für die ruhelosen Seelen jener Übeltäter, die man früher zur Strafe lebendig ins Moor geworfen hatte, ein grausamer Brauch, dem die Gografen Einhalt geboten hatten. Alle murrten wegen des Stellungswechsels, der noch im Laufe der Nacht vollzogen werden sollte. Man schürte die Feuer und entfachte Fackeln, in deren Schein Waffen und Ausrüstung verladen wurden. Dann rückte das Heer vom Hügel ab, um anderthalb Meilen weiter östlich Stellung zu beziehen, auf nassem Grund am Ufer der Fusel, zwischen Schilf und geborstenen Salweiden, die im Dunkeln an riesige Tierskelette erinnerten.

Der graue Morgen kroch durch den Greting wie ein Heer von Gespenstern. Grimm ritt grübelnd durch Isarnho. Die Eichen waren kahl, auf grauen Stämmen blühte Schimmel. Nicht einmal eine Maus huschte durch das Unterholz. Im Wald herrschte Totenstille, und so kam es, dass Grimm das Schnauben der Kaltblüter von Rumpenstünz und Sneewitt in der Ferne hörte. Da er nicht wusste, wer ihm folgte, zog er sein Schwert und trabte weiter, bis er zu einer der Felsnadeln gelangte, die überall im Greting aufragten. Dort saß er ab und ging in Deckung. In seiner Wut dürstete es ihn nach Blut; er hätte seine Klinge gern in einem warmen Leib versenkt, aber als er um die Ecke lugte, erkannte er die zwei Gefährten. »Sie misstrauen mir«, dachte er und sprang mit Gebrüll hinter der Felsnadel hervor.

Die Kaltblüter scheuten. Sneewitt legte in Windeseile einen Pfeil auf, doch Rumpenstünz rief: »Das ist Grimm!«

»Was soll der Blödsinn?«, bellte Sneewitt, die ihren Bogen senkte.

»Und was soll *der* Blödsinn?«, entgegnete Grimm und zeigte mit der Schwertspitze auf die zwei Reiter. »Warum verfolgt ihr mich?«

Rumpenstünz tauschte einen Blick mit Sneewitt. Dann sagte er: »Die Muhme hat uns gebeten, dich im Auge zu behalten.«

»So, so, die Muhme«, höhnte Grimm, der das Schwert in die Scheide steckte. »Dieses misstrauische Hutzelweib. Sie sollte lieber zu Kate, Holundern und Katzen zurückkehren.«

»Woher willst du Ochsenblut, Ebersaft und Ziegenmilch nehmen?«, fragte Sneewitt.

Grimm packte den Sattelknauf und schwang sich auf den Rappen. »Ganz einfach: Ich schlachte einen Ochsen, melke eine Ziege und entsafte einen Eber«, antwortete er spöttisch.

»Hier gibt es diese Tiere nicht«, murmelte Rumpenstünz.

»Oh!«, rief Grimm. »Wirklich? Erstaunlich, dass ich darauf noch nicht gekommen bin … Ts, ts, ts.«

»Ob uns die Keiler weiterhelfen können?«, fragte Sneewitt, die den Hals ihres Kaltblüters streichelte.

»Unsinn. Niemand kann uns helfen«, erwiderte Grimm. Er schnalzte mit der Zunge, und der Rappe trabte los. »Was wäre so schrecklich daran, wenn der Eiserne König Pinafor regieren würde?«, rief er über die Schulter. »Das Leben geht weiter, egal, wer herrscht. Der Mensch passt sich an, das ist seine Stärke. Im Grunde gleicht er Asseln oder Kakerlaken. Er ist wie Geschmeiß, das allen Widrigkeiten trotzt und im übelsten Dreck überlebt. Ich könnte euch ein Lied davon singen!«

Die zwei Gefährten sahen sich entgeistert an. Dann ritten sie ihm nach, um ihn nicht aus den Augen zu verlieren.

Sie trabten schweigend und ziellos durch den ausgestorbenen Wald. Das Tageslicht drängte sich durch Felsklüfte, zwängte sich zwischen Bäumen durch, gewann allmählich an Boden. Sneewitt und Rumpenstünz wurden immer verzweifelter und verzagter, während sie Grimm folgten, der gegen sich selbst geiferte: »Ich war ein Räuber. Und was bin ich jetzt? Ein Untoter. Das Geschöpf einer machtgierigen, blutrünstigen Hexe, die mir vorgegaukelt hat, sie würde mich lieben. Dumm war ich. Dumm bin ich. Fluch über sie! Fluch über mich!«

Die Stille im Wald war so übermächtig, dass sie in den Ohren dröhnte. Eine dicke Schicht aus grauem Eichenlaub dämpfte die Huftritte. Da bäumte sich der Rappe wiehernd auf. Blätter stoben, als seine Vorderhufe wieder auf den Boden sackten. Grimm zog blank. Sneewitt griff überrascht nach Bogen und Köcher und trat Rumpenstünz, der im Sattel schlief, gegen das Bein. »Wach auf!«, rief sie. Im nächsten Moment sah sie einen koboldhaften Kerl mit tätowiertem Oberkörper, der vor ihnen aus einer hohlen Eiche geschlüpft zu sein schien.

»Wir helfen nicht! Wir helfen nicht!«, schrie er. Dann rannte er davon.

Grimm hieb seinem Rappen die Sporen in die Flanken und nahm die Verfolgung auf.

»Verflucht! Komm schon«, zischte Sneewitt, griff nach dem Zügel des zweiten Kaltblüters und preschte los. Rumpenstünz wäre fast aus dem Sattel geflogen. Er klammerte sich an den Hals des Pferdes und rieb mit der anderen Hand seine Augen.

Aber so schnell sie auch ritten, sie holten den Wicht nicht ein. Er lief, als würde er Siebenmeilenstiefel tragen, drehte sich immer wieder um und schrie: »Wir helfen nicht!«

»Missgeburt!«, brüllte Grimm. »Wer bist du? Was willst du? Bleib stehen!« Die Hufe seines Rappen donnerten über den Waldboden, Laub flog durch die Luft. Sie wurden immer tiefer in den Greting gelockt. Schließlich zügelte Grimm sein Ross so ruckartig, dass Sneewitt einem Zusammenstoß nur mit knapper Not entging. »Was soll das?«, rief sie.

Grimm drehte sich zu ihr um. Seine Rubinaugen funkelten im Sehschlitz des Helms, als er auf eine Hütte zeigte, die sich vor eine hohe Felswand duckte. »Da«, sagte er nur.

»Ja, ich kenne die Hütte«, erwiderte Sneewitt. »Und?«

»Wartet hier«, sagte Rumpenstünz. »Ich habe die Bude schon einmal gesichert.« Er zog den Zweihänder vom Rücken und schlich zur Hütte, horchte und stieß die Tür dann mit der Schwertspitze auf. Die Angeln kreischten wie rollige Katzen. Vor den samtbespannten Innenwänden brannten alle Kerzen, ein Kohlebecken spendete Wärme. Auf der Bettstatt saßen ein hagerer Greis und eine hochgewachsene Dame, beide mit tätowierter Brust. Der schnurrbärtige Wicht stand vor ihnen und rief wieder: »Wir helfen nicht!«

»Kommt herein«, sagte die Frau.

Rumpenstünz starrte die Gestalten an. Ihm dämmerte, dass es Ragnarökk waren, und er winkte seinen Gefährten. Grimm trat zögernd und mit gesenktem Blick ein. Sneewitt schloss die Tür. Der Kerzenschein warf die Schatten kreuz und quer durch den Raum.

Die Dame sprach: »Fünf Finger hat die Hand.«

Rumpenstünz stutzte. Dann zählte er die Finger seiner linken Hand. »Stimmt«, brummte er.

»Ygdrall trauert«, sagte der Greis. »Sie weint bittere Tränen, denn die Esche will sterben.«

»Wir alle müssen sterben«, grollte Grimm, der sich gegen die Erinnerung an jene Stunden wehrte, die er in dieser Hütte mit Barbera verbracht hatte.

»Ja, das müssen wir«, sagte Rumpenstünz. »Aber wir wollen nicht. Oh, nein.«

»Könnten wir das Thema wechseln?« Sneewitt drehte sich zu den Ragnarökk um. »Wir brauchen Ziegenmilch, Ochsenblut und Ebersaft«, sagte sie.

Der Greis sah die Gefährten fragend an.

»Haben wir nicht«, rief der Wicht.

»Ihr wollt den Bart des Eisernen Königs vernichten«, sagte die Dame nachdenklich. »Das geht nur bei Neumond. Und es ist kein Neumond.«

»Kein Neumond«, jubelte der Wicht.

»Ich mache diesen kleinen Spielverderber gleich einen Kopf kürzer«, knurrte Grimm.

»Bedenkt«, rief der Greis, der seinen langen Bart tiefer durch den Gürtel zog, um seinen Schritt zu bedecken. »Bedenkt!«

»Bedenken? Was denn?«, fragte Rumpenstünz ungeduldig. Er ließ den Blick über den weißen Samt der Wände gleiten, auf denen die Schatten im Kerzenschein tanzten. »Was sollen wir bedenken?«, schrie er. »Heraus damit!«

Der Greis starrte ihn an, als wäre er schwer von Begriff.

»Wollt ihr uns veräppeln?«, fragte Grimm.

Sneewitt zuckte bei seiner Frage zusammen.

»Unser Volk hat sich hinter dem Schleier der Welt versteckt«, sagte die Dame. »Und wir sind hier …«

»Um euch nicht zu helfen«, ergänzte der Wicht.

Rumpenstünz stieß den Zweihänder in den Boden. Dann ging er und knallte die Tür hinter sich zu. Die Kerzen flackerten rußig.

»Ich habe viele Stunden in dieser Hütte verbracht«, flüsterte Grimm, der sich fast furchtsam umsah.

»Du hast von den Früchten des Übels gekostet und an den Blumen des Bösen gerochen«, erwiderte der Greis.

Grimm glotzte ihn durch den Sehschlitz an. Die Knöchel der um den Schwertgriff liegenden Hand wurden kalkweiß. Dann ging auch er entnervt nach draußen.

»Stroh wurde zu Gold, und das Gold vermodert«, hauchte die Dame. »Die Welt zerfällt.«

Der Wicht sank auf die Knie, legte den Kopf in ihren Schoß und schluchzte. Der Greis sagte: »Es ist das Buckelkind ohne Geschlecht, das nicht wächst, aber altert. Versteht Ihr?«

»Nein«, murmelte Sneewitt. »Um ehrlich zu sein, verstehe ich gar nichts.« Sie wandte sich in der Tür noch einmal um: Die Ragnarökk sahen ihr aus großen, feuchten Augen nach. »Ihr seid entweder weise oder verrückt«, sagte sie. Dann trat sie ins Freie und zog die Tür hinter sich zu.

»Nichts wie weg hier!«, rief Rumpenstünz, der schwungvoll aufsaß.

»Da ist mir ja die Wilde Jagd lieber«, zürnte Grimm und riss den Rappen am Zügel herum. »Die Biester sind zwar brutal, reden aber kein Blech.«

Als Sneewitt den Fuß in den Steigbügel schob und nach dem Sattelknauf griff, knarrte die Tür der Hütte, und der Wicht trat heraus. Er ging auf die Reiter zu, die Hände hinter dem Rücken, während die Dame und der Greis in die Tür traten und ihm lächelnd nachsahen.

»Ja, was?«, fragte Rumpenstünz zornig. »Wollt ihr uns noch mehr Blödsinn mit auf den Weg geben?«

Ein Wind fuhr durch Isarnho und ließ die kahlen Äste der Eichen knarren. Der Wicht blieb vor den Reitern stehen und sagte: »Wir helfen nicht.«

Grimm spuckte auf den laubbedeckten Boden. »Dieser Zwerg ist ein Sprachgenie«, spottete er. »Welch ein Wortschatz. Ich küsse ihm gleich die Füße.«

Dame und Greis verharrten auf der Schwelle. Im Gestein der Felswand, die sich hinter der Hütte erhob, wurzelten Bäume, waagerecht wie Galgenschwengel. Der Rappe schnaubte und scharrte mit den Hufen. Sneewitt warf einen letzten Blick auf die Ragnarökk, dann hievte sie sich in den Sattel.

»Hier«, sagte der Wicht laut und vernehmlich, zog die Hände hinter dem Rücken hervor und bot den Reitern drei lederne Bocksbeutel dar, mit Korken zugestöpselt und versiegelt.

Rumpenstünz starrte die Beutel an. »Was ist darin?«, fragte er. »Zaubertränke, die uns in Frösche verwandeln?«

»Ochsensaft, Eberblut und Ziegenmilch!«, rief die Dame.

»Wir brauchen Eber*saft* und Ochsen*blut*!«, brüllte Grimm. »Zur Hölle! Seid ihr wirklich so dumm?«

»Ihr müsst damit vorliebnehmen«, erwiderte der Greis. »Wir haben nichts anderes.«

»Und ihr werdet nichts anderes finden«, ergänzte die Dame.

»Und du«, rief der Greis und zeigte mit zitterndem Finger auf Grimm, »hast diese Hütte nicht zum letzten Mal gesehen.«

Der Wicht sah zu den Reitern auf, die wie Riesen über ihm aufragten. »Wir helfen …«, begann er.

»Sei still«, flehte Rumpenstünz. »Bitte kein Wort mehr.« Er beugte sich vom Sattel und nahm die Bocksbeutel.

»Danke«, murmelte Sneewitt. Dann gab sie ihrem Kaltblüter einen Klaps auf die Kruppe, und das kräftige Tier trabte los.

Nach einer Weile sagte Rumpenstünz: »Kein Neumond. Der falsche Saft. Das falsche Blut. Ein voller Erfolg.«

»Kann man wohl sagen«, murmelte Sneewitt. »Aber der alte Ragnarökk hat recht: Wir müssen mit dem vorliebnehmen, was wir haben.«

Grimm blieb die ganze Zeit stumm. Er sprach erst wieder, als sie die zur Grotte führende Schlucht erreichten. »Ich verlasse euch jetzt«, sagte er. »Hier bin ich nicht mehr von Nutzen.«

»Wohin willst du?«, fragte Sneewitt überrascht.

»Ich reite in die Schlacht«, knurrte er. »Ich werde Barbera zur Rechenschaft ziehen. Sie soll für ihre Untaten büßen.« Er ritt wortlos davon, zügelte sein Ross aber noch einmal, wandte sich im Sattel um und rief: »Viel Glück. Und grüßt mir das Mädchen mit den grünen Augen. Ich war ein Narr.« Er trabte weiter, hielt ein zweites Mal an und schrie über die Schulter: »Ich *bin* ein Narr!«

Dann war er zwischen den kahlen Bäumen verschwunden.

Das Uferschilf raschelte im Wind. Harlung stand missmutig neben einer Kopfweide und brummte: »Manche Weiden sind bösartig. Man erzählt sich, dass sie Kinder, die sich an ihren Stamm lehnen und dösen, in ihrer Rinde einschließen.«

»Hübsches Märchen«, erwiderte Hans und ließ den Blick über den Unkengrund gleiten. Westlich der Fusel erstreckten sich sumpfige Niederungen und von Wasserflächen durchsetzte Schilfwälder, in denen tote Pappeln und Erlen standen. In manchen saßen noch Reiherhorste, aber die Vögel, die hier immer in großer Zahl genistet hatten, waren verschwunden. Auf dem Marsch zur Fusel hatte das Heer nicht einmal eine Bisamratte aufgescheucht. Der Unkengrund war von allen Tieren verlassen worden – bis auf die unsichtbare Armee der Maulwürfe.

»Dort wird die Streitmacht aufmarschieren«, sagte Helmdag und zeigte auf den Hügel, der sich im Westen erhob wie die kahle Schädelplatte eines im Sumpf versunkenen Riesen.

»Und wir stehen hier«, zürnte der Anführer der Männer aus dem Lohwald. »Knöcheltief im Morast. Ihr werdet uns mit dieser Taktik ins Verderben stürzen.«

»Vergesst nicht, dass wir Verbündete haben«, sagte Hans.

»Und dass die Muhme und ihre Gefährten den Bart zerstören werden«, ergänzte Helmdag.

Hilck von der Usse schürzte nachdenklich die Lippen. Als er das Standbein wechselte, schmatzte der nasse Boden.

Gegen Mittag überflog die Wilde Jagd den Unkengrund. Das Knattern ledriger Schwingen dröhnte am Himmel, der noch finsterer war als sonst. Die Krieger verbargen sich im Schilf. »Auf dem Hügel wären wir leichte Beute gewesen«, flüsterte einer.

»Aber dort war es trocken«, erwiderte sein Kamerad. »Diese Nässe kriecht in die Knochen.«

Während man Spieße fertigte, die zur Abwehr schräg in den Boden gerammt wurden, kehrten die Kundschafter zurück und meldeten, dass die Streitmacht des Eisernen Königs auf den Unkengrund vorrückte.

»Sie wird den Hügel bald erreichen«, sagte ein ehemaliger Räuber, dessen linke Gesichtshälfte von Narben entstellt war. »Vielleicht schon gegen Abend.«

Hilck von der Usse nickte düster. »Die Kundschafter sollen sich zurückziehen«, befahl er. »Postiert zwei Späher auf dem Hügel.«

»Mit Verlaub, Herr«, erwiderte der Räuber. »Wie gedenkt Ihr, gegen diese Streitmacht zu bestehen?«

Der Gograf starrte ihn an. »Mit Mut und Glück«, antwortete er. »Wie sonst?«

Alle schwiegen bedrückt. Dann brüllte Harlung: »Wir werden dem Eisenkönig zeigen, wo der Hammer hängt! Für Pinafor!«

Der Ruf wurde von den anderen aufgenommen und ging wie eine Welle durch das Heer. Die Krieger schlugen mit Speer oder Schwert auf den Schild und schrien: »Für Pinafor!«, als wollten sie sich angesichts des nahen Feindes Mut machen und ihre Entschlossenheit beweisen.

Der Nordwind trieb Wolken vor sich her, die so bleiern und schwer wirkten, als könnten sie jeden Moment auf das Land stürzen und alles unter sich begraben.

Hufgeklapper sprang von einem Stalagmiten zum anderen, mischte sich in das regengussartige Pladderadapp, dem die Höhle der Hallenden Tropfen ihren Namen verdankte. Rumpenstünz und Sneewitt konnten schon den Ausgang sehen, als ein lautes Kreischen erklang. Ein kalkiger Regen ging auf die Gefährten nieder. Stalagtiten lösten sich und zerbarsten am Boden. Die Kaltblüter schnaubten Dunst in das Dunkel. Sie hatten sich gerade beruhigt, als das Kreischen wieder ertönte. Es fuhr wie ein Sturmwind in die Höhle, wo es sich brach und vervielfachte und in gespenstisches Geheul verwandelte.

»Klingt wie ein Todeskampf«, sagte Sneewitt, die den Zügel anzog und den Hals ihres Kaltblüters tätschelte.

Dann trat ein Knirschen und Knacken neben das Geheul, ein Bersten und Brechen, das an splitternde Knochen erinnerte.

»Das kommt aus der Grotte«, rief Rumpenstünz.

»Und es hört sich an, als würden Karontiden ein Gemetzel anrichten«, fügte Sneewitt hinzu.

Die beiden Gefährten wechselten einen entsetzten Blick und trieben ihre Kaltblüter an. Sie galoppierten durch den Gang, in dem sie damals in die Falle gegangen waren. Als sie die Grotte erreichten, war diese noch dämmeriger als sonst – das silbrige Zwielicht hatte sich getrübt, als würde Staub in der Luft liegen. Kreischen und Knirschen waren so laut, dass die Pferde nicht mehr scheuten, sondern wie gelähmt dastanden.

Sneewitt ließ einen Blick durch die Grotte fliegen. Nach einer Weile entdeckte sie die Muhme, Sanne und Alwine, die in der ehemaligen Marterhöhle Schutz gesucht hatten. Fuchs und Dachs eilten aus ihrem Versteck auf die beiden Reiter zu, und Meister Grimbart rief: »Die Esche! Sie stirbt!« Er war in dem Lärm kaum zu hören.

Reineke Fuchs floh winselnd unter Sneewitts Kaltblüter.

»Wo ist Maleen?«, brüllte Rumpenstünz.

Der Dachs sah ihn ratlos an.

»Geht im Gang in Deckung«, befahl Rumpenstünz. »Ich suche sie.«

Sneewitt wollte etwas einwenden, als ein Ast von der Esche brach. Er rasselte durch die Baumkrone und krachte in das Wurzellabyrinth. Staub und Splitter stoben, das Heulen wurde noch lauter. Die verzweifelt auf ihre Pfeife beißende Muhme fühlte sich an den Hag erinnert.

Rumpenstünz zwang seinen widerstrebenden Kaltblüter in das Chaos. Ein Regen aus Rinde, Zweigen und Ästen ging auf ihn nieder. Er setzte den Helm auf, löste den Schild vom Sattel und hielt ihn über seinen Kopf. Holzstücke polterten auf das Metall. Kurz vor dem Wurzellabyrinth bäumte sich der Kaltblüter panisch auf. Rumpenstünz, der nur eine Hand freihatte, verlor den Halt und fiel aus dem Sattel. Er sprang sofort wieder auf, um nach dem Zügel zu greifen, aber sein Pferd hatte die Flucht ergriffen. »Zicke und Zecke«, fluchte er und lief in das Labyrinth. »Maleen!«, brüllte er. Staub trübte die Sicht, Heulen und Bersten waren so laut, dass es in seinen Ohren pfiff, Zweige prasselten auf die Wurzeln, prallten ab und sausten wie Geschosse durch die Luft. Rumpenstünz drang weiter vor, als wieder ein Ast in die Tiefe rasselte und links von ihm auf den Wurzeln zerbarst. Im nächsten Augenblick wurde er von einem Splitter getroffen, der eine tiefe Delle in seinem Schild hinterließ und ihn von den Beinen warf. »Das ist der Vorhof zur Hölle«, murmelte er, als er sich aufrappelte und den Zweihänder zurechtrückte. Er zwängte einen Finger durch den Sehschlitz des Helms und rieb seine brennenden Augen. Dann ging er weiter, immer im Wissen, dass ihn der Schild nicht davor behüten konnte, von einem Ast erschlagen zu werden.

Maleen saß vor dem Eschenstamm wie im Auge des Sturms. Tränen schlierten über ihre dreckigen Wangen und tropften auf ihre Brust. Als Rumpenstünz sie auf die Beine zerrte, flüsterte sie: »Ich habe versagt.«

»Unsinn! Blödsinn!«, rief er und zog sie unter seinen Schild. »Wir müssen hier weg.«

Ein Schluchzer entrang sich Maleen, und sie streichelte ein letztes Mal die Esche. Dann wurde sie von Rumpenstünz im Eilschritt mitgerissen. Über ihren Köpfen zerschellten immer wieder Äste und stürzten in das Labyrinth. Rumpenstünz, der Maleen eng an sich drückte, kletterte über geborstenes Holz, trat Hindernisse aus dem Weg und nutzte die Wurzeln als Deckung. Er schwitzte unter dem stickigen Helm, das Wams klebte an seinem Körper, es juckte ihn überall. Er hätte sich verirrt, wenn er sich nicht an die von Eisenhans angebrachten Markierungen gehalten hätte – die Fingernägel der blinden Feen. Maleen hing wie ein nasser Sack in seinen Armen, und er begann zu erlahmen. Die ganze Welt schien zu donnern und zu krachen. Die Esche ächzte und knarrte wie ein Schiff im Sturm, eine graue Wolke verhüllte alles. Draußen vor dem Wurzellabyrinth wurden sie von Sneewitt erwartet, die auf ihrem tänzelnden Kaltblüter saß. »Aufsitzen!«, schrie sie.

Rumpenstünz schob Maleen mit letzter Kraft auf die Kruppe des Pferdes und stolperte zu Fuß weiter. Im Gang riss er den Helm ab. Seine Locken klebten am Kopf, und Schweiß, der Dreck und Holzspäne mitschwemmte, lief über seinen Hals. Er sank keuchend zu Boden.

»Danke«, sagte Sneewitt und strich über seine klitschnassen Haare.

Er nickte nur und ließ sich die Wasserflasche reichen.

Maleen lag wie tot auf den Steinen.

Kurz darauf verhallte das Krachen. Noch ein Heulen, das wie ein letztes Aufbäumen klang, dann lichtete sich der Staub und enthüllte den verstümmelten Stamm.

Sneewitt legte sich entsetzt eine Hand vor den Mund.

»Fällt die Esche, dann fällt die Welt«, winselte der Fuchs, der sich furchtsam zusammenkauerte.

»Seht nur«, stieß Meister Grimbart hervor.

In der plötzlichen Stille löste sich das allerletzte Eschenblatt. Es segelte hin und her wie von einem Luftzug getragen, flog auf, überschlug sich – und begann zu sinken. Gefährten und Tiere sahen mit angehaltenem Atem zu, wie es langsam, ganz langsam in die Tiefe kreiselte. Schließlich verschwand es im Wurzellabyrinth.

Niemand wagte, sich zu regen, niemand wagte zu atmen. Alle standen da, gelähmt von namenloser Angst. Alle sahen, wie sich die Schwärze eines unsichtbaren Feuers am Stamm nach oben fraß. Der riesige Baum begann zu beben. Seine Rinde platzte auf. Risse, in denen die grüne Kraft glühte, um kurz darauf für immer zu erlöschen, klafften von tief unten bis hoch oben.

All das vollzog sich lautlos.

Dann zersprang die Esche mit einem Knall in Abertausende von Stücken, die wie schwarze Sterne gegen die Felswände der Grotte prasselten.

Das Prasseln hielt eine gefühlte Ewigkeit an.

Endlich trat wieder Stille ein.

Über dem Wurzellabyrinth tat sich eine Leere auf.

Ein spitzer Schrei ertönte, und als sich Sneewitt mit Tränen in den Augen umdrehte, sah sie die Eichhörnchendame, die mit weit aufgerissenen Knopfaugen die Pfoten rang.

Ein Beben durchlief Pinafor, schüttelte die kahlen Bäume in Wäldern und auf Fluren und ließ Äste zu Boden regnen. Das war alles. Entgegen allen Prophezeiungen und Legenden ging die Welt mit dem Tod der Esche nicht unter.

Die Kutsche rumpelte querfeldein zum Unkengrund, als den

Eisernen König ein Ruck durchfuhr. Er verzerrte das Gesicht, seine Arme und Beine zuckten. Asseln und Spinnen wogten erschrocken über den Schuppenpanzer. Dann leuchteten seine eisblauen Augen, als wäre ihm neue Kraft zugeführt worden. Ein Jubelschrei entrang sich seiner Kehle. Ähnliche Schreie ertönten überall in der Streitmacht. Barbera reckte beglückt die Fäuste: Sie waren zwar aus der Grotte vertrieben worden, aber sie hatten am Ende noch gesiegt.

»Was ist denn los?«, fragte der genesene Blaubart.

»Die Esche ist tot«, zischte Barbera, die das Gesicht zu einer Grimasse des Glücks verzerrt hatte. »Tot! Ohne unser Zutun. Sie wollte sterben. Die grüne Kraft ist so gut wie versiegt.«

»Woher weißt du das?«, fragte Blaubart, dem das Feingefühl für solche Ahnungen fehlte.

»Ich kann es spüren«, stieß Barbera hervor. Sie ließ den Kopf sinken. »*Spüren* …«, wiederholte sie, als wollte sie das Wort auf der Zunge zergehen lassen.

»Aha?«, fragte Blaubart verdutzt. »Bist du ganz sicher?«

»Drosselbärtiger Trottel!«, fauchte Barbera. »Hältst du mich für eine Lügnerin? Es kann keinen Zweifel daran geben.«

Blaubart galoppierte zur Kutsche. »Die Esche ist tot, Herr!«, rief er, als wollte er die Lorbeeren für diese Nachricht ernten.

Der Eiserne König nickte. »Ja«, sagte er und legte die Hände auf den Knauf des zwischen seinen Oberschenkeln stehenden Schwertes. »Ich merke, wie meine Kraft wächst. Aber meine Sorge gilt dem gekappten Bart …«

»Unsinn, Herr«, erwiderte Blaubart, der im Schritt neben der Kutsche ritt. »Wir haben die Gografen niedergemacht, bevor sie wissen, was damit zu tun ist.«

Der König warf ihm einen scheelen Blick zu. Dann griff er nach seinem Helm, drehte ihn hin und her, betrachtete die Auerochsenhörner und die goldene Krone oben darauf. »Ich brauche eine Magd, die Helm und Schild poliert«, knurrte er. »Aber keine fette, schwitzende Wachtel. Sie muss jung sein, rank und schlank und geschickt mit den Fingern.«

»Also jemand wie ich«, rief Barbera, die unbemerkt neben die andere Seite der Kutsche geritten war. Sie sprang hinein, fiel vor dem König auf die Knie und begann, den Helm zu wienern. Asseln und Spinnen wuselten über ihren Körper, als wollten sie sie liebkosen.

Blaubart starrte sie halb eifersüchtig und halb angewidert an. Dann riss er sich von ihrem Anblick los und galoppierte zur Spitze der Streitmacht.

Karontiden, Kultknechte und Krieger schritten schneller aus, angespornt durch die frohe Botschaft vom Tod der Esche. Der Boden bebte unter ihren Tritten. Sie grölten Marschlieder und verhöhnten den Feind. Am späten Nachmittag erreichte die Streitmacht den Unkengrund. Laut der Wilden Jagd hatte das Heer der Gografen nicht auf dem Hügel, sondern an der Fusel Stellung bezogen, ein taktischer Patzer, der Blaubart frohlocken ließ. Während ein Vorauskommando der Reiterei zum Hügel preschte, drang die dichtgestaffelte Streitmacht weiter vor. Ochsen zogen die Katapulte durch den Sumpf, in dem sie immer wieder versanken. Ihre Bergung kostete viel Zeit und Kraft, aber zu Blaubarts Verwunderung nutzte der Feind diese Verzögerungen nicht für Angriffe. Die Streitmacht stieß weder auf Gegenwehr noch auf Fallen oder Hindernisse. Der Vormarsch war ein Kinderspiel.

Der Eiserne König bestieg sein blutrotes Streitross. Er hob Barbera vor sich auf den Sattel und trabte auf den Hügel, flankiert von Karontiden, die schwere Rüstungen aus den Schmieden des Lohwalds trugen. Die Banner knatterten im Wind, als sie die Kuppe erreichten.

»Wo verkriechen sich die Gografen?«, knurrte der König und ließ seinen Blick über den zur Fusel abfallenden Unkengrund gleiten.

Wie als Antwort rauschte das Schilf im Wind.

Die Gografen waren auf eine Weide geklettert. Hinter dicken Ästen versteckt, beobachteten sie, wie die feindliche Reiterei mit angelegten Lanzen auf den Hügel ritt. Dann marschierten die Karontiden in breitgefächerter Formation auf. Der Sand stob unter ihren Panzerschuhen, ihre Rüstungen schimmerten im Abendlicht. In ihrer Mitte stand ein Reiter, der eine Frau im Arm hielt. Hinter ihm wehten Banner mit Kreis, Quadrat und Dreieck, golden auf schwarzem Grund. Die Wilde Jagd zog am Himmel über der Streitmacht ihre Kreise.

»Das ist der Eiserne König«, flüsterte Helmdag. »Siehst du die Krone auf seinem Helm?«

»Du hast gute Augen, Bruder«, erwiderte Hilck.

»Ich bin ja auch ein paar Minuten jünger als du.«

»Wer ist die Frau?«

Helmdag zuckte mit den Schultern.

»Bald wird es dunkel«, sagte Hilck und stieg vom Baum. »Sie werden den Aufmarsch über Nacht vollenden. Sie werden uns erst beschießen und dann angreifen. Uns bleibt wenig Zeit.«

Die Gografen besprachen sich mit Hans, Harlung und den anderen Anführern. Danach eilte jeder zu seinem Truppenteil. Die Männer hockten hinter Barrikaden aus schrägstehenden, spitzen Pfählen auf der Erde, durchnässt und frierend, denn es durfte kein Feuer entfacht werden. Im dichten Schilf war das Heer fast unsichtbar. Das war ein Vorteil, aber die Stimmung sank. Viele Männer zweifelten an einem Sieg und wären gern heimgekehrt, obwohl sie wussten, dass der Eiserne König das Land fest im Griff hatte.

Die Nacht brach an. Während der Feind mit viel Lärm und Gebrüll aufmarschierte, loderten Feuer auf dem Hügel. Später, weder Mond noch Sterne waren am Himmel zu sehen, segelten heiser schreiende Eulen über den Unkengrund und schreckten das Heer der Gografen auf. Die Eule galt wie der Kiebitz als Todesbote, und viele Krieger zitterten in abergläubischer Furcht. Die Unken schwiegen, aber die Irrlichter tanzten zwischen Schilf und Binsen ihren Reigen wie zu einer Melodie, die nur ruhelose Seelen hören konnten.

An Stelle der Esche tat sich eine große Leere auf. Durch den Schacht, in dem die Baumkrone verschwunden war, fiel das abendliche Dämmerlicht und breitete sich in der Grotte aus. Die Gefährten hielten Rat.

»Wir müssen sofort handeln«, drängte Sneewitt.

»Die Esche ist tot, wir haben nicht Neumond, die Säfte sind falsch«, wandte Rumpenstünz ein. »Es wäre sinnlos.«

Sanne schwieg bedrückt.

Sneewitt starrte Rumpenstünz an. »Hasenfuß«, zischte sie, griff nach den Bocksbeuteln mit den Säften der Ragnarökk, klemmte sich das Bleikästchen mit dem Bart unter den Arm und ging mit raschen Schritten zum Labyrinth.

»Warte!«, rief Meister Grimbart. »Ich komme mit.« Er winkte dem Fuchs mit einer Pfote.

»Ich stimme Rumpenstünz zu«, meckerte der. »Ich finde, dass wir hier in der Grotte überwintern sollten. Hier ist es nett und gemütlich.«

»Nett und gemütlich?«, erwiderte der Dachs. »Während die Welt in Stücke fällt? Na, verkriech dich nur, du Egoist.« Er schnaubte angewidert und folgte Sneewitt.

Sanne und die Muhme tauschten einen Blick und setzten sich auch in Bewegung. Rumpenstünz seufzte, denn Maleens Rettung steckte ihm noch in den Knochen. Er drehte sich zu seiner Tochter um und murmelte: »Ich kann sie nicht im Stich lassen.«

Alwine, die die verzweifelte Eichhörnchendame an ihre Brust drückte, sah zu ihm auf. »Sei vorsichtig«, bat sie und wandte sich der bewusstlosen Maleen zu.

Rumpenstünz sputete sich, die Gefährten einzuholen, gefolgt vom missmutigen Fuchs.

Sie versanken bei jedem Schritt bis zu den Waden in Splittern und Rindenstückchen. Im Wurzellabyrinth mussten sie über gestürzte Äste klettern. Das war mühsam für die Muhme, aber im Gegensatz zum Fuchs beklagte sie sich kein einziges Mal. In der Mitte des Labyrinths wurde ihnen das Fehlen der Esche wieder auf das Schmerzhafteste bewusst, denn von dem Stamm zeugte nicht einmal mehr ein Stumpf. Nur die Wurzeln sprangen nach wie vor aus der Erde und verflochten sich ringsumher zu einem dichten Gespinst.

»Was für ein Trümmerberg«, meckerte der Fuchs. »Und hier wollt ihr etwas eingraben? Viel Vergnügen.«

Sneewitt sah ihn finster an. Gemeinsam mit ihren Gefährten räumte sie eine ausreichend große Stelle frei. Dann versuchte Rumpenstünz, mit dem Dolch ein Loch zu graben. »Mist!«, schrie er und schüttelte sich Schweiß aus den Locken. »Der Boden ist viel zu hart und steinig.« Er warf den Dolch weg, dass es klirrte, und kam auf die Beine.

»Habe ich doch gesagt«, bemerkte der Fuchs. »Lasst uns hier lieber überwintern. Hier ist es …«

»… nett und gemütlich«, vollendete der Dachs den Satz und glotzte seinen Gefährten an, als wollte er ihn fressen.

Der legte schmollend den Fang auf die Pranten.

Sneewitt arbeitete mit ihrem Messer wie besessen weiter. Sie hackte, grub und bohrte und nahm sogar die Hände zu Hilfe, die bald zerschunden waren. Sie schnaufte und keuchte, dass die Muhme es mit der Angst bekam.

»Sneewitt«, rief sie. »Hör auf. Vielleicht stimmt es ja.«

»Was stimmt?«, schrie Sneewitt über die Schulter. »Dass die Sache sinnlos ist? Dass Hans und die Gografen und Harlung samt ihrem Heer verrecken werden? Dass es besser ist, wenn dieser in Eisen gewandete Untote Pinafor beherrscht? Nein! Nein! Nein! Nein!« Sie stieß das Messer bei jedem Schrei in den Boden, wühlte Steine und lose Erde aus dem Loch. Der Schweiß lief über ihre Stirn, auf der feuerrote Haare klebten, und auf ihrem Rücken breitete sich ein großer, dunkler Fleck aus. »Glaubt ihr, ich hätte all das umsonst durchgemacht?«, rief sie. »Glaubt ihr, ich wäre umsonst verwundet und gemartert worden oder hätte umsonst miterlebt, wie Hardt gestorben ist? Ich gebe nicht auf, ihr Schlappschwänze.« Ihre Stimme kippte um, aber sie hörte nicht auf zu graben.

»Das ist die richtige Einstellung«, brummte Meister Grimbart, lief zu Sneewitt und scharrte mit den Pfoten im Loch. »Nicht klein beigeben.«

»Soll das ein Bau werden?«, spottete der Fuchs. »Willst du hier doch überwintern?« Als Sanne ihn vorwurfsvoll ansah, knurrte er: »Dachse stinken nicht nur, sie sind auch stinkend dumm.« Dann trabte er zum Loch und half beim Graben.

Dämmerlicht wurde zu Dunkelheit, und die Muhme entfachte ein Feuer. Sie schürte es mit dem Holz der Esche, wobei sie Sprüche vor sich hinmurmelte, um sich für diesen Frevel zu entschuldigen.

»Ein halber Klafter«, keuchte Rumpenstünz. Er steckte einen Arm in das bis zur Schulter reichende Loch. »Unten spüre ich massives Gestein. Tiefer geht es nicht.«

»Hör auf zu graben«, erwiderte Sanne. »Es muss reichen.«

Fuchs und Dachs leckten ihre wunden Pfoten. Sneewitt stand erschöpft am Feuer. Die Muhme sagte: »Nun gut – versuchen wir unser Glück. Her mit dem Krempel.« Sie fiel ächzend auf die Knie, ließ sich das Bleikästchen mit dem gekappten Bart des Eisernen Königs reichen und stellte es in das Loch. Dann bedeckte sie es mit etwas Geröll, entkorkte einen Bocksbeutel und goss den Inhalt darauf.

»Bäh! Stinkt wie Ochsensaft«, keckerte der Fuchs.

Die Muhme schüttete Eberblut und Ziegenmilch in das Loch. Nachdem der letzte Tropfen vergluckert war, sah sie zu ihren Gefährten auf und sagte: »Ich weiß nicht, was zu tun ist. Gibt es Riten? Gesänge? Beschwörungen?«

Rumpenstünz, hundemüde und erledigt, stieß mit dem Stiefel Erde in das Loch. »Simsala-bimbam-dasala-du«, murmelte er.

»Tja, das ist wohl ebenso gut wie jeder Zauberspruch«, sagte die Muhme und wiederholte die Worte. Dann schob sie mit beiden Händen Geröll nach.

Sanne tat es ihr gleich, aber Sneewitt starrte ihre Gefährten entgeistert an. »Was soll das?«, schrie sie. »Bimbam-Salat mit Dasaladum? Hier geht es um Sieg oder Niederlage. Um das Schicksal Pinafors.«

Der Fuchs drängte sich an ihr vorbei. »Simsala-dusala-bim-bambum«, rief er und ergänzte die Säfte mit einem Schuss seines Urins.

»Geruhsames Vermodern«, sagte der Dachs zum Bart und begann, das Loch zuzuscharren.

Sneewitt wollte etwas einwenden, blieb aber stumm. Ihr Kinn bebte, dann bebten ihre Schultern. Schließlich bebte sie am ganzen Körper und weinte bitterlich – um Pinafor, um die Esche, um ihre todgeweihten Freunde. Sie fiel auf die Knie und ließ ihre Tränen in das Loch regnen. Der Dachs wich ihr erschrocken aus. »Ihr … ihr Trottel«, stieß sie mit erstickter Stimme hervor. »Was habt ihr getan? Wir wollten den Eisernen König schwächen, und nun …« Sie verschluckte sich an ihren Tränen und musste husten. Rumpenstünz legte ihr eine Hand auf die Schulter, aber sie stieß ihn weg. »Haut ab! Lasst mich allein!«, zischte sie. »Ihr … ihr seid ja so erbärmlich.«

Die Muhme betrachtete sie sorgenvoll. Dann seufzte sie und ging davon, gefolgt von Sanne, Rumpenstünz und Reineke Fuchs. Meister Grimbart blieb bei der untröstlichen Sneewitt. Das Feuer verglomm, und Dunkel füllte den Raum aus, den die Esche eingenommen hatte.

Noch während die Streitmacht aufmarschierte, begann der Beschuss durch die Katapulte. Feuer loderten auf dem Hügel, Zelte entfalteten sich, Palisaden wuchsen aus dem Boden, und es wimmelte von Feinden, deren Schatten über die Schilfwälder zuckten.

»Sie haben sich noch nicht eingeschossen«, sagte Harlung.

»Wie auch?«, erwiderte Hans. »Sie wissen nicht genau, wo wir sind.« Er fragte sich im Stillen, was die Maulwürfe taten, die sich direkt unter den Füßen des Feindes befanden. Dann rasselte das Schilf, und ein Klatschen ertönte. Das Geschoss war weit vor den

Stellungen des Heeres eingeschlagen, aber durch die Reihen der Krieger ging ein unruhiges Raunen.

Während Harlung die Köhler ermahnte, Ruhe zu bewahren, robbte Hans zu den Gografen, die mit einigen Rittern hinter einer dicken Salweide hockten.

»Wieso gibt es keine gemütlichen Kriege?«, fragte Hilck von der Usse und rieb die Hände über einem eingebildeten Feuer. »Mit Wein, Weib und Gesang? Da würde man doch sofort in die Schlacht ziehen.« Er sah sich nach Hella um.

Weiter vorn ertönten wieder Rasseln und Klatschen.

»Irgendwann werden sie treffen«, prophezeite Helmdag.

»Irgendwann gehen ihnen die Geschosse aus«, sagte einer der Ritter. »Im Unkengrund gibt es keine Felsbrocken.«

Die anfangs rasch aufeinanderfolgenden Einschläge ließen tatsächlich immer länger auf sich warten. Dann wurden auf dem Hügel weithin hallende Kriegsgesänge und Spottlieder angestimmt.

»Sie wollen uns zermürben«, sagte Hans, der seinen Mantel um die Rüstung schlang.

»Mit diesem Gegröle?«, brummte Hilck. »Das klingt nach sternhagelvollen Jungmännern. Wenn ich da an Hammel vom Himmel denke – *der* konnte singen.«

»Und kämpfen konnte er auch«, ergänzte Helmdag.

»Oh, ja. Das war ein ganzer Kerl«, sagte Hans-mein-Igel, der Knappe.

»Im Saufen war er allerdings auch nicht schlecht«, meinte ein Ritter.

»Und erst die Frauen«, fügte ein anderer Ritter hinzu. »Die hat er der Reihe nach – na, ihr wisst schon …«

»Hoho!«, lachte Hilck. »Hammel vom Himmel!«

Der Einzige, der diesen Hammel nicht kannte, war Hans. Er

wollte gerade fragen, als ein Geschoss durch das Astwerk der Weide fegte und in die Fusel klatschte. Es regnete Zweige, und ein Späher, der oben im Baum gesessen hatte, stürzte vor ihnen auf den Boden, wo er reglos liegenblieb. Er starrte ins Leere, Blut lief aus einem Mundwinkel.

»Genickbruch«, stellte ein Ritter fest und schloss die Augen des Toten.

Danach schwiegen alle. Der Feind grölte weiter, manchmal pfiff ein Geschoss über sie hinweg. Die Eulen segelten immer noch heulend über den Unkengrund.

So verging die Nacht. Unruhig und schlaflos. In den frühen Morgenstunden wurde Alarm gegeben. »Feuerpfeile!«, brüllte ein Späher, der im Wipfel einer Esche saß.

Im nächsten Moment schlug ein loderndes Geschoss ein und entfachte das Schilf. Mehrere Krieger sprangen auf, um die Flammen zu löschen. »Unten bleiben!«, brüllte ihr Anführer, aber auf dem Hügel spannten Karontiden schon ihre Bögen und ließen mit Widerhaken versehene Pfeile von der Sehne schnellen. Drei Männer wurden getroffen und meterweit zurückgeschleudert.

»Trottel!«, schrie Hilck von der Usse, drückte sich den Helm auf den Kopf und griff nach Schild und Schwert. »Ich muss nach vorne.« Er rannte los, begleitet von drei Rittern, die ihm als Leibgarde dienten.

Helmdag wollte ihm nach, blieb aber stehen, weil weitere Geschosse folgten. Die Flammen knatterten im Flug, die Pfeile schlugen mit dumpfem Wummern ein. Bald gab es vier oder fünf Brandherde. Der Nordwind schürte die Feuer, die den Nachthimmel über dem Unkengrund rötlich schimmern ließen. Die Schilfwälder, bisher eine hervorragende Deckung, brannten nicht nur lichterloh, sondern erwiesen sich als Falle. Viele Krieger sprangen auf und verrieten ihre Stellungen so dem Feind, der besser Ziel nehmen konnte. Das in mehreren Verteidigungsreihen gestaffelte Heer der Gografen geriet in Verwirrung. Schon bald gab es zahlreiche Tote. Verwundete schrien, Flammen fraßen sich knisternd durch das Schilf, von den Katapulten geschleuderte Felsbrocken klatschten in den Sumpf, auf dem Hügel erschallten weiter Kriegsgesänge und Spottlieder.

Der Gefahr nicht achtend, lief Hilck von der Usse im Schein der Brände von einer Stellung zur nächsten. Versengte Blätter und Ascheflocken wirbelten durch die Luft, die Sicht wurde von Qualm getrübt, in den sich der Gestank verdunstenden Sumpfwassers mischte. Die von Harlung befehligten, an Feuer, Ruß und Rauch gewöhnten Köhler übernahmen in vorderster Front das Kommando, stauchten panische Krieger zusammen, brachten sie brüllend und mit blanker Waffe zur Besinnung. Dann zog sich das Heer zurück und schlug dabei mit den Schwertern eine breite Schneise ins Schilf, damit sich die prasselnden Flammen nicht weiter zur Fusel fraßen.

»Ist kein Fleisch mehr in den Töpfen, kochen wir Suppe aus euren Köpfen!«, grölten die Kultknechte auf dem Hügel. Sie waren so zahlreich, dass sie das Knistern und Knattern des Feuers übertönten.

Die Gografen standen zwischen den Verwundeten, die man am Ufer der Fusel hinter dicke Weiden gelegt hatte.

»Fängt ja gut an«, murmelte Helmdag.

Sein Zwillingsbruder nahm den Helm ab und kratzte sich am Kopf. »Das ist nur ein Vorgeschmack«, knurrte er.

Die Fusel strömte schwarz und träge dahin. Bald würde der Tag anbrechen. Und mit ihm die Schlacht. Hans, der weiter vorne zwischen Landmännern aus Flutwidde stand und das brennende

Schilf betrachtete, fragte sich, was die Maulwürfe taten. Wo blieben Mücken und Ameisen?

»Über eure Innereien«, grölten die Kultknechte in der Ferne, »werden sich die Krähen freuen!«

Meister Grimbart harrte neben Sneewitt aus, die im Sitzen vor dem Loch mit dem Bart des Eisernen Königs schlief. Das Feuer war erloschen, die Grotte dunkel, die Stille wurde nur vom gelegentlichen Schnauben der Pferde gestört. Sneewitts Tränen waren versiegt. Wo sie über ihre dreckigen Wangen gelaufen waren, schimmerte schneeweiße Haut. Ja, Sneewitt war eine schöne Frau, dachte Meister Grimbart. Schön, stark und eigensinnig. Die anderen Gefährten hatten den Bart nicht mehr anständig begraben können. Nur sie hatte noch Kraft und Willensstärke gezeigt. Er lauschte ihrem gleichmäßigen Atem. Manchmal ging ein Rütteln durch ihre Brust.

Irgendwann während der frühen Morgenstunden, es war noch dunkel und im Unkengrund brannte das Schilf, tat sich etwas in der weiten, flachen Mulde, die das Einzige war, was noch vom Eschenstamm zeugte: In der Mitte glomm ein Licht auf, das gleich wieder erlosch. Dem Dachs kam es vor, als hätte die Erde Schluckauf gehabt. Dann schlief auch er ein.

Als er erwachte, rieselte das erste, fahle Licht des Tages aus dem Schacht in der Grottendecke. Sneewitt war schon auf den Beinen und starrte in die Mulde. Aus dem Loch mit dem Bart schlug dem Dachs ein ekelhafter Gestank entgegen, und als er hineinschaute, sah er grünlichen Schleim, der von unten durch die dünne Schicht aus Erde und Geröll quoll. »Stinkt ja wie ein Fuchsbau im Hochsommer«, knurrte er. »Sind die Säfte etwa schon vergoren?«

Sneewitt drehte sich um. Der Blick ihrer kohlrabenschwarzen Augen war unsicher, verwirrt. Sie fuhr mit einer Hand durch ihre strubbeligen Haare und sagte: »Da wächst etwas.«

Der Dachs spähte in die Mulde. In der Mitte, wo nachts das Licht aufgeschienen war, spross ein grüner Trieb. »Unkraut vergeht nicht«, bemerkte er.

»Vielleicht ist es der Trieb einer neuen Esche.«

»Vielleicht auch eine Brennnessel. Oder eine Distel. Falls der Trieb etwas mit diesem stinkendem Schleim zu tun hat, kann es nur ein übles Gewächs sein.«

»Du hast wahrscheinlich recht«, seufzte Sneewitt.

»Die Esche ist tot«, sagte Meister Grimbart. »Sie kann nicht mehr treiben.« Er wollte seine Schwarte putzen, als ihm in der Feuerstelle etwas ins Auge fiel. »Nanu? Was ist das?«, brummte er und beugte sich über die Asche.

Sneewitt bückte sich und angelte einen hellen Eschenpflock aus den Überresten des Feuers, drehte ihn hin und her. Er war eine halbe Elle lang und lief an einem Ende spitz zu.

»Warum ist er nicht verbrannt?«, fragte der Dachs erstaunt.

»Weil ich ihn dem Eisernen König ins Herz stoßen werde«, flüsterte Sneewitt, den Pflock fest in der Hand. »Und wenn es mich mein Leben kostet.« Sie rannte in das Wurzellabyrinth.

»Warte«, rief der Dachs und lief hinterher.

Als sie den Gang erreichten, schlief Rumpenstünz noch. Die anderen Gefährten waren wach. Während Sneewitt Bericht erstattete, gähnte die Muhme, dass ihr Kiefer knackte, dann tastete sie nach ihrer Pfeife. »Ich brauche Tee«, murmelte sie.

»Wir müssen los! Sofort!«, schrie Sneewitt. »Rumpenstünz! Aufwachen!«

»Dein Temperament in allen Ehren«, brummelte die Muhme

und setzte sich an das schüchtern flackernde Feuer, über dem Alwine Wasser aufgesetzt hatte. »Aber für einen Tee hat man immer Zeit, egal, wie sehr die Sache brennt.«

Für einen Moment sah es so aus, als wollte Sneewitt zu ihrem Kaltblüter eilen. Dann ließ sie sich neben der Muhme nieder und vergrub das Gesicht in den Händen. »Ihr nervt«, stöhnte sie. »Ihr nervt.«

Maleen, die bei der Nachricht vom grünen Trieb ihre Apathie abgeschüttelt hatte, setzte sich zu ihnen. Zeisig und Sperling hockten stumm auf ihren Schultern.

»Ist doch nur eine Brennnessel«, sagte der Fuchs.

»Vielleicht«, erwiderte Meister Grimbart. »Aber vielleicht ist es auch etwas anderes.«

»Ein riesiger, schleimiger, grüner Bart!«, rief der Fuchs.

Sanne gab ihm einen Klaps auf den Kopf.

»Bringt den Pflock zum Unkengrund«, sagte die Muhme, die abwechselnd Tee trank und an der Pfeife zog. »Nehmt zwei Ersatzpferde mit, dann geht es schneller.«

Sneewitt linste durch die vor das Gesicht gelegten Finger. »Und ihr?«, fragte sie.

»Sanne will bei Maleen bleiben. Alwine ist zu jung, um in die Schlacht zu ziehen. Und ich bin zu alt«, sagte die Muhme.

»Ich bin auch zu jung und zu alt!«, keckerte der Fuchs.

Meister Grimbart verdrehte das eine Auge.

Sneewitt sprang auf, um Rumpenstünz zu wecken. Als sie außer Hörweite war, sagte die Muhme zu Maleen: »Schau nach, was in der Mulde wächst. Wer weiß? Vielleicht haben Sneewitts Tränen Wunder gewirkt – denn Tränen wahrer und tief empfundener Trauer sind selten.«

Bald darauf galoppierten Rumpenstünz und Sneewitt in den

anbrechenden Tag. Beide führten ein Ersatzpferd am Zügel. Vor Sneewitt lag Meister Grimbart im Sattel, Rumpenstünz hatte sich den motzenden und meckernden Fuchs aufgeladen. Sie ritten, was das Zeug hielt, denn die Entscheidung stand kurz bevor.

Ob die Unken in Zukunft noch rufen würden?, fragte sich Hans, der auf eine Salweide gestiegen war, um sich ein Bild von der Lage zu machen. Die Schilfwälder waren großflächig verbrannt. Rauch schwelte in den Morgen. Dunst wölkte aus Sumpfteichen, waberte über der Fusel, kroch auf das Ufer, wo Verwundete im Halbschlaf stöhnten. Zwischen Fluss und Hügel standen nur noch Binsen, tote Pappeln und Erlen. Der Feind hatte freie Bahn. Hans zählte ein Dutzend Katapulte auf dem Hügel. Sie feuerten nicht mehr. Vielleicht glaubte Blaubart, seine Gegner demoralisiert zu haben.

Aber das Heer der Gografen hatte sich nach dem nächtlichen Chaos gefangen. Die aus allen Teilen Pinafors zu den Fahnen geeilten Männer erfüllte eine grimmige Entschlossenheit, und sie lagen kampfbereit in ihren Stellungen längs der Fusel. Hans sah die Gografen, die in Begleitung ihrer Ritter von einer Verteidigungslinie zur nächsten eilten, mit Anführern sprachen, Männern auf die Schulter klopften und ihnen Mut zusprachen.

Da zog ein Tumult auf dem Hügel seine Aufmerksamkeit auf sich. Ein Reiter bahnte sich einen Weg durch das Gewimmel der Krieger und Karontiden, strebte zu einem Zelt, über dem das Wappen mit Kreis, Quadrat und Dreieck wehte. Als sich das Pferd aufbäumte, zuckte Hans zusammen – es war ein Rappe, und der Reiter war Grimm. Dieser Verräter wechselte wieder die Seite! Hans bekam einen Schreck, als er an seine Gefährten im Greting dachte, und er stieg vom Baum, um den Gografen Bericht zu erstatten.

Grimm ritt kaltblütig, ja regelrecht unverfroren in das Lager der Streitmacht. Er nickte den Wächtern kumpelhaft zu. Sie erkannten ihn zwar, waren aber so verdutzt, dass sie ihn nicht aufhielten. Er trabte durch die Reihen der Krieger, die sich für die Schlacht rüsteten, preschte dann auf den Hügel und lenkte den Rappen zum Zelt des Eisernen Königs, das von bis an die Zähne bewaffneten Karontiden bewacht wurde. Man trat ihm erst in den Weg, als er sein Ziel fast erreicht hatte. Er musterte die Kultknechte spöttisch, dachte daran, wie er im Haus der weisen Weiber ihre Kameraden erschlagen hatte.

»Was grinst du, Bratröhrenfratze?«, blökte Blaubart, der vor sein Zelt getreten war. »Hier hast du mich durchbohrt«, schrie er und hämmerte gegen seine Brust. »Doch Barbera hat mich geheilt.«

»Da ist mir leider die Hand ausgerutscht«, erwiderte Grimm. »Aber mal ganz ehrlich und von Mann zu Mann: Wollen wir uns wirklich wegen eines Weibsstücks streiten?«

»Holt ihn von seinem hohen Ross und führt ihn vor unseren Herrn!«, befahl Blaubart den Kultknechten. »Da wird ihm das Lachen schon vergehen.«

Grimm trat den Kultknecht weg, der nach ihm greifen wollte, und saß ab. Die Karontiden machten schwerfällig Platz, als er in das Zelt geführt wurde. Der Eiserne König saß auf einem hölzernen Thron, Barbera vor sich, die ihren Kopf in seinen Schoß gebettet hatte. Asseln und Spinnen wogten auf ihrem Körper wie ein lebendiges Kleid. Bei Grimms Anblick kniff sie die Lippen zusammen, verengte die Augen. »*Du*«, zischte sie.

Grimm zuckte mit den Schultern, nahm den Helm ab, fuhr mit einer Hand über seinen kahlen Schädel. »Ja, ich«, sagte er und richtete seine Rubinaugen auf den Eisernen König, der Barberas Kopf mit einem Panzerhandschuh tätschelte.

Der König erwiderte den Blick. Seine eisblaue Iris leuchtete vor Kraft und Kälte. Er schwieg.

»Dieser Untote hat es tatsächlich gewagt, zurückzukehren«, ereiferte sich Blaubart. »Werfen wir ihn den Karontiden vor.«

»Hmmm«, brummte der König und strich über den gekappten Bart. »Nein. Entwaffnet ihn, kettet seine Füße zusammen und lasst ihn vor der Schlacht Suppe austeilen.«

Barbera kicherte.

Blaubart zog ein verblüfftes Gesicht.

»Wollt ihr mich demütigen, Herr?«, rief Grimm. »Ich möchte für Euch kämpfen! Mit diesem Schwert!« Er griff danach, aber eine Karontide fiel ihm in den Arm und entwand ihm die Waffe.

Blaubart ohrfeigte ihn und spuckte ihn an. »Oh, ja«, zischte er. »Du wirst Suppe austeilen.« Er lachte laut. »Suppe!«

Grimm wischte die Spucke ab. Er knirschte mit den Zähnen. Karontiden ketteten seine Knöchel zusammen und stießen ihn aus dem Zelt. Als er sich noch einmal umblickte, sah er, wie Barbera den Kopf zum Eisernen König hob. Sie streckte ihre Zunge heraus, und er setzte behutsam eine Spinne darauf.

»Oooooh«, stöhnte sie verzückt.

»Raus mit dir, Bratröhrenfratze!«, brüllte Blaubart, dem die Szene nicht entgangen war.

»Ich dachte, er hätte sie *dir* versprochen«, stichelte Grimm.

Blaubart schlug ihn gegen den Hinterkopf. Als sie ins Freie traten, nahm die Streitmacht gerade Schlachtordnung an. Auf einem Wagen standen dampfende Kessel. Ein Küchengehilfe drückte Grimm eine Suppenkelle in die Hand. Dann liefen sie die Reihen der Krieger ab, und Grimm tat jedem Suppe in den Napf, wobei er Hohn und Spott über sich ergehen lassen musste. Er sah immer wieder aus den Augenwinkeln zum Zelt – er würde Barbera noch in die

Finger bekommen. Nur Geduld. Den Maulwurf, der ihn von unten beäugte, den Kopf aber sofort wieder einzog, bemerkte er nicht. Niemandem fiel auf, dass alles dicht an dicht von Maulwurfshügeln bedeckt war. Nachdem die Krieger des Eisernen Königs ihre Suppe ausgelöffelt hatten, ertönte ein Hornsignal. Sie setzten den Helm auf.

Der Sturm würde bald losbrechen.

34. Zwicken und Zwacken

Grimm?«, fragte Hilck von der Usse. »Ich habe ihm nie ganz getraut. Aber er macht den Kohl auch nicht mehr fett.«

»Wenn ich ihm in der Schlacht begegne, wird er das bitter bereuen«, sagte Helmdag zornig.

Sie standen am Rand des Schilfgürtels, der die Fusel säumte. Vor ihnen lag die während der Nacht geschlagene Schneise, dahinter dehnte sich die abgebrannte Fläche. Sumpfteiche schimmerten im Morgenlicht, Rauch kräuselte sich zum Himmel. Die Eulen waren verschwunden, aber westlich des Hügels kreiste die Wilde Jagd, und ringsumher rotteten sich Raben und Krähen zusammen, um sich an den Kadavern der Erschlagenen zu mästen.

»Aasfresser, Ungeheuer und ein Feind, der eigentlich nur mit den Fingern schnippen müsste, um uns zu vernichten«, sagte Hilck. »Seit Hilmar von der Usse die Nachfolger des Eisernen Königs niederrang, musste kein Gograf eine solche Schlacht ausfechten.«

»Viel Feind, viel Ehr«, erwiderte ein Ritter.

»Die Ehre ist mir schnuppe«, grollte Helmdag. »Würde? Von mir aus. Stolz? Meinetwegen. Aber Ehre? Das Wort ist hohler als ein Totenschädel. Ich kämpfe nicht für meine Ehre, sondern für ein freies Pinafor.« Er wedelte mit der Hand und fügte hinzu: »Mücken! Ich dachte, die wären längst vor Kälte erstarrt.«

Hans merkte auf. Im nächsten Augenblick landete ein Insekt auf seiner Nase. »Da sind wir«, surrte der Mückenmeister. »Die Krähen bekommen das Fleisch, und wir bekommen das Blut. Wann sollen wir zustechen?«

»Sobald der Feind angreift«, antwortete Hans erfreut.

Hilck von der Usse drehte sich zu ihm um. »Mit wem sprichst du?«, fragte er.

»Mit unseren Verbündeten«, sagte Hans und zeigte auf seine Nase.

»Aha? Mit unseren Verbündeten?«, brummte der Gograf und reckte den Kopf nach dem Insekt.

»Klatscht mir ja keine Mücken ab«, sagte Helmdag. »Dieser Befehl gilt für das ganze Heer!«

»Jawohl, Herr«, murmelte der dienstälteste Ritter verdattert.

Da ertönte ein Hornsignal auf dem Hügel. Ein Klirren hallte über den Unkengrund. Dann ein Stampfen.

»Sie kommen«, rief Hilck von der Usse. »Alle Mann auf ihre Posten!«

Hans schlug das Herz bis zum Hals, als er zu seiner Stellung rannte. Seine Gedanken flogen zurück zu dem Tag, als die von Grimm befehligte Räuberbande das Mädchen mit den grünen Augen und der Karte auf dem Rücken aufgegriffen hatte: Maleen. Damals war er ein junger Lump gewesen, jetzt kämpfte er gegen den Eisernen König. Er hatte das Gefühl, in kürzester Zeit gereift zu sein. Dann dachte er an Grete, seine Schwester, die in Rottland begraben lag, und hatte plötzlich einen Kloß im Hals. Er stritt auch für sie. Nachdem er zu den Landmännern aus Flutwidde gestoßen war, die Helme und Harnische aus Blaubarts Rüstkammern trugen und dem Angriff gelassen entgegensahen, wurde er ruhiger. Und als er sich bückte, um eine Stiefelschnalle festzuzurren, saß da die Ameisenkönigin auf einem Schilfblatt.

»Wir sind gekommen, um es dir zu vergelten«, sprach sie.

Hans räusperte und bedankte sich. Dann sah er die Ameisen, die dem Feind entgegenwimmelten – es waren Abertausende der kleinen Wesen, und sie schienen keine Furcht zu kennen. Das machte ihm Mut.

In der Ferne donnerten Trommeln. Hörner ertönten, Gesang erschallte. Im nächsten Augenblick erschien die Streitmacht breit gefächert und tief gestaffelt auf dem Hügelkamm. Ein Reiter auf einem blutroten Ross ritt ihr voran.

Das war der Eiserne König.

Durch das Heer der Gografen ging ein Ruck.

»Zieht blank!«, brüllte Hilck von der Usse, der auf seinem Streitross durch die Reihen galoppierte. »Die Bogenschützen sollen sich bereithalten!«

Hans griff nach dem Flammenschwert, das er der Karontide abgenommen hatte.

Die Wilde Jagd wogte wie eine finstere Gewitterwolke hinter der Streitmacht auf.

Dann begannen die Katapulte zu feuern.

Maleen saß in der Mulde, dicht vor dem rätselhaften Trieb, die Eichhörnchendame im Schoß, die beiden Vögel auf den Schultern, und versuchte, sich in sich selbst zu versenken. Die kürzlichen Ereignisse hatten sie verwirrt, und es fiel ihr schwer, sich zu konzentrieren, aber sie gab nicht auf. Sie wollte mit der grünen Kraft in Kontakt treten, um herauszufinden, was es mit dem Trieb auf sich hatte. Sie atmete tief aus und setzte sich gerade hin. Sie schob alles weg, was ihr durch den Kopf ging, und verdrängte die Bilder, die sie vor Augen hatte. Schließlich bekam sie eine Gänsehaut – das Prickeln, das die innere Stille ankündigte, lief über ihren Körper.

Sneewitt und Rumpenstünz galoppierten derweil durch die Ausläufer des Gretings nach Osten. Reineke Fuchs war fast so übel wie während der Fahrt auf dem Welsfluss. Er hing wie eine Pelzstola über dem Sattel, würgte und wünschte sich in seinen Bau zurück. Sneewitt hatte den Eschenpflock unter ihr Wams gesteckt, Rumpenstünz trug Horns Fellranzen und Hardts Knüppel bei sich. In Sichtweite der Hohen Heide wechselten sie die Pferde und ritten weiter. Der Tag war jung, aber bis zum Unkengrund war es noch weit.

Der Beschuss mit Steinkugeln und klafterlangen Pfeilen hörte schlagartig auf. Hans hob den Kopf, duckte sich aber wieder, weil die Wilde Jagd zum Angriff ansetzte. Sie schwappte wie eine Welle über die Streitmacht des Eisernen Königs und schoss breitgefächert auf das Heer zu. Hans sah sie über den schwelenden Unkengrund auf sich zurasen: Frauenfratzen, Kindergesichter und Greisenvisagen auf schwarzglänzenden, geflügelten Leibern. Ein Kreischen zerriss die Luft, und kurz darauf brach ein Sturm aus Klauen, Hauern und Zähnen über das Heer herein.

Die Krieger behielten die Nerven und verteidigten sich mit Spieß und Speer. Hans stieß einem Ungeheuer das Schwert in den Bauch. Grünes Blut sprühte, als es in das Schilf stürzte. Ringsumher fielen Männer. Wesen der Wilden Jagd schlugen im Todeskampf mit den Flügeln. Die an der Fusel postierten Bogenschützen jagten Pfeil um Pfeil in den Schwarm, der auf dem anderen Flussufer steil in die Höhe schoss, einen weiten Bogen beschrieb und zum Hügel zurückflutete.

Dort grollten Trommeln. Der Eiserne König wich zurück, die Streitmacht rückte vor. Ihre Reihen erstreckten sich links und rechts des Hügels, so weit das Auge reichte. Die gepanzerten Karontiden, die in der Mitte marschierten und zugleich die Angriffsspitze bildeten, schlugen mit der Waffe gegen den Schild. Hans erschauderte. Der Beschuss und der Angriff der Wilden Jagd waren nur Vorgeplänkel gewesen. Nun folgte der Kampf Mann gegen Mann. Sein Atem ging schneller, als er sah, wie man Tote und Verwundete durch die Reihen nach hinten zog. Er hatte ein flaues Gefühl im Magen, zwang sich aber zur Ruhe und sah wieder zu den Karontiden, die mit Gebrüll vom Hügel stampften. Nichts schien sie aufhalten zu können.

Erst hatte man Grimms Helmzier ausgerissen und durch die Suppenkelle ersetzt, dann hatte man ihn in einen leeren, nach Lauch und Zwiebeln stinkenden Kessel geworfen. Als er mit seinen Panzerschuhen auf dem glitschigen Boden Halt zu finden versuchte, schwärmte die Wilde Jagd gerade zum Angriff aus. Und als er schließlich den Kopf aus dem Kessel hob, setzte sich die Streitmacht in Marsch. Sein Zorn über die Erniedrigung war groß, aber seine Wut auf Barbera, Blaubart und den Eisernen König war größer.

Das Feldlager war wie leergefegt. Einige Kultknechte waren zu seiner Bewachung zurückgeblieben, die Mannschaften der Katapulte hielten sich für den Notfall bereit, und westlich des Hügels lagerten Nachhut und Verstärkung. Grimm versuchte, die auf seinem Helm steckende Kelle abzuschütteln. Er riss an den Handfesseln, ließ die Fußketten klirren. Daraufhin schlug ihn ein Kultknecht so heftig gegen den Kopf, dass ihm Hören und Sehen vergingen.

Als er seine Sinne wieder beisammen hatte, fiel ihm auf, dass alles von Maulwurfshügeln übersät war. Sonderbar, denn hier gab es nur mageren Sand. Da schwankte der Boden und mit ihm der Kessel. Die Kultknechte tauschten irritierte Blicke. Der König, der den Vormarsch der Streitmacht beobachtete, fuhr im Sattel herum. Hinter seinem Schuppenpanzer lugte Barbera hervor und rümpfte die Nase, als hätte sie etwas Ekelhaftes gewittert. Der Boden bebte stärker. Zeltstangen klapperten, Katapulte knarrten, Ketten klirrten. Auf dem Hügelhang, wo die Streitmacht mit Gebrüll und Getrommel in die Schlacht zog, stieg Staub auf. Das blutrote Streitross des Königs scheute, und Barbera fiel aus dem Sattel. Grimm duckte sich tiefer in den Kessel. Ihm schwante Böses – was hier geschah, ging nicht mit rechten Dingen zu.

Der Sumpfboden des Unkengrunds erbebte unter den Tritten der Streitmacht. Ihr Lärm hallte bis in die Reihen des Heeres, aber Hans war nicht mehr von Angst, sondern von grimmiger Entschlossenheit erfüllt, und als er sich unter den Männern umsah, spürte er, dass es ihnen ebenso erging. Er packte das Flammenschwert fester und sah zur Streitmacht, die sich den Hügel hinunterwälzte wie eine weit ausschwingende, eiserne Flutwelle, in der das Heer der Gografen unterzugehen drohte. Die Wilde Jagd kreiste angriffsbereit am Himmel. Wo waren die Mücken? Wo die Ameisen? Was taten die Maulwürfe?

Im nächsten Moment stieg Staub über der Streitmacht auf, der nicht von den Kriegern aufgewirbelt wurde, sondern aus der Erde zu dringen schien. Die Wilde Jagd kreischte, als hätte sie etwas aufgescheucht, und geriet durcheinander. Hans zog seinen Nebenmann am Wams, um ihn auf die Unruhe hinzuweisen.

Helmdag erschien hinter ihm und zügelte sein schnaubendes Streitross. »Was geht da vor?«, rief er.

Auf der Hügelflanke stockte der Vormarsch der Streitmacht. Die Karontiden blieben stehen und blickten sich verunsichert um. Auf der Kuppe scheute das Ross des Eisernen Königs. Hans sah, dass die vor ihm sitzende Frau aus dem Sattel fiel.

»Was ist da los?«, wiederholte Helmdag, der sein Pferd nur mit Mühe im Zaum halten konnte. »Warum halten sie an?«

Der Hügel war staubverhüllt. Die Karontiden wankten, als würde die Erde beben, und ruderten mit den Armen, um nicht hinzufallen. Dann ertönte ein Grollen. Helmdags Pferd legte die Ohren an, blähte die Nüstern und wieherte erschrocken.

Grimm lugte über den Kesselrand. Die Kultknechte rannten wie aufgescheuchte Hühner hin und her, Barbera lag reglos am Boden, der Eiserne König kämpfte mit dem scheuenden Pferd. Über der Hügelflanke wölkte der Staub so dicht, dass man nichts mehr sah. Der Hügel bebte. Grimm kauerte sich wieder in den Kessel. Der Suppengestank war widerwärtig, das Metall vibrierte. Ihm wurde übel, und er dachte an Flucht, als plötzlich die Erde grollte, dumpf und bedrohlich, als wäre ein Reifriese erwacht und wollte sich erheben, um alles zu zerschmettern, was ihm in die Quere kam.

Grimm spürte einen heftigen Ruck. Der Kessel sauste in die Tiefe. Dreck und Erde schlugen über ihm zusammen.

Alles wurde schwarz.

Eine gewaltige Staubwolke wogte grollend in die Höhe, quoll nach allen Seiten und hüllte auch die nördlich und südlich des Hügels vorrückenden Flanken der Streitmacht ein.

»Die Maulwürfe!«, schrie Hans über die Schulter. »Sie haben den Hügel untergraben!«

Helmdag starrte ihn an. Er legte seinem Pferd eine Hand auf die Nüstern, klopfte ihm beruhigend auf den Hals.

Sein Zwillingsbruder ritt neben ihn. »Was ist das?«, fragte er und zeigte auf den Hügel.

»Wie es scheint«, erwiderte Helmdag, der seinen Helm in den Nacken schob, »macht Kleinvieh tatsächlich Mist.«

Alle sahen wie gebannt zu. Als nach einer Weile nur noch ein dünner Schleier über dem Hügel hing, ließ sich das Ausmaß der Verwüstung erahnen: Die Kuppe war ein Krater; auf der Hügelflanke klaffte eine breite Senke, in der Karontiden und Krieger auf die Beine zu kommen versuchten. Es herrschten Panik und Verwirrung.

Ein Jubel ging durch das Heer, doch Hilck von der Usse blieb stumm. »Sehr gut«, sagte er schließlich. »Aber das verschafft uns nur eine Atempause.« Er riss sein Streitross herum und befahl: »Bleibt in Stellung! Die Schlacht ist noch lange nicht geschlagen!« Dann ritt er davon, gefolgt von Helmdag.

»Brave Maulwürfe«, murmelte Hans.

Staub trieb über das abgebrannte Schilf und vermischte sich mit dem Qualm der schwelenden Brandherde.

Grimm hatte Sand im Mund. Er hatte Sand in den Augen. Er hatte Sand unter der Rüstung, und er hustete und spuckte und benutzte die gebundenen Hände, um sich freizuschaufeln. Als er wieder klar sehen konnte, stellte er fest, dass anstelle der Hügelkuppe ein weiter Krater gähnte. Umgekippte Katapulte lagen da, teils unter Dreck und Sand begraben. Eines war auf das Zelt des Eisernen Königs gestürzt. Kultknechte halfen einander auf die Beine, und aus dem Lager der Nachhut eilten Männer herbei. Niemand wagte zu brüllen oder zu rufen. Stattdessen herrschte Totenstille. Grimm nutzte die Gunst des Augenblicks. Er zerschnitt die Stricke an einer aus dem Sand ragenden Axt, griff nach der Waffe, spreizte seine Beine und durchtrennte die Kette mit mehreren Hieben. Die unter Schock stehenden Kultknechte wussten nicht, wie ihnen geschehen war. Sie würgten Sand aus und rieben ihre Augen, waren wie blind.

Als Grimm auf die Beine kam und die Streitaxt in den Gürtel schob, entdeckte er die reglos daliegende Barbera. Er jubelte innerlich und stapfte zu ihr, sah aus den Augenwinkeln, wie der Eiserne König sein Streitross auf der Ostseite aus dem Krater trieb. Grimm gluckste: Welch eine Verwirrung musste in der Streitmacht herrschen!

Barbera lag auf dem Rücken. Der Sand auf ihrem schwarzen Gewand erinnerte an Sterne und Galaxien. Sie wandte ihm die Gesichtshälfte mit den Striemen zu, und er bückte sich zu ihren vollen, halb offenen Lippen hinab – wie oft hatte er sie geküsst. Rachsucht und Begierde rangen miteinander. Grimm warf den Kopf in den Nacken, ballte die Fäuste und stöhnte.

Deshalb merkte er nicht, dass Barberas Augenlid langsam nach oben glitt. Die graue Iris erschien im Weiß, die Pupille erfasste den mit sich hadernden Grimm. Dann schloss sich das Lid wieder. Barbera krallte die Fingerspitzen in die Erde, und wie bei einer sich räkelnden Katze durchlief eine Welle ihren ganzen Körper.

Grimm suchte nach Stricken, denn er wollte Barbera fesseln und wegschaffen, bevor die Kultknechte ihn bemerkten. Auf der Ostseite des Hügels kollerten Trommelwirbel. Der Eiserne König und Blaubart schienen die Streitmacht neu zu ordnen. Grimm las ein Tau vom Boden auf, dann einen Bannerfetzen, den er als Knebel zu benutzen gedachte. Doch als er sich umdrehte, war Barbera schon auf den Beinen. Sie hatte das Gesicht zu einer Grimasse verzerrt, die eines Wesens der Wilden Jagd würdig gewesen wäre, ihre Finger glichen Krallen, und sie stand da, als wollte sie ihn anspringen. Grimm glaubte kurz, die Hexe vor sich zu haben, in die sie sich verwandeln konnte.

»Elender Untoter!«, zischte sie. »Du bist mein Geschöpf. Und du wagst es, dich gegen mich zu wenden?« Sie stieß einen so gellenden Schrei aus, dass sich alle Kultknechte und Krieger nach ihr umdrehten.

Grimm zog die Streitaxt und stürmte auf sie zu. Bevor er sie erreichte, wurde sie zum Nebelstreif, der für einen Atemzug in der Luft waberte und dann nach Westen sauste. Grimm blieb so ruckartig stehen, dass er fast gestolpert wäre. »Miststück!«, brüllte er. »Ich finde dich! Ich kriege dich! Ich töte dich!«

Ein feines Lachen hallte aus dem Nichts.

Grimms Blick zuckte hin und her, aber der Nebelstreif war verschwunden. Kultknechte kamen von allen Seiten auf ihn zu. Er nahm ein Schwert, das neben dem zerfetzten Zelt des Eisernen Königs lag, und schoss die andere Hand um die Streitaxt. Als der erste Kultknecht in Reichweite kam, trennte er ihm mit einem Hieb den Kopf von den Schultern.

Die Streitmacht setzte ihren Vormarsch fort. Karontiden und Krieger wateten durch Erde und Sand und erreichten den Fuß des Hügels. Ihre Tritte erstickten die letzten Schwelbrände im Schilf. Der Eiserne König übergab Blaubart die Führung und ließ sich zurückfallen.

Je näher der Feind kam, desto unübersehbarer wurden seine Horden. Trommeln rasselten, Karontiden schlugen mit Axt und Schwert gegen ihren Schild, Kultknechte brüllten. Die Streitmacht war eine Wand aus Rüstungen, Waffen und Lärm, die Hans an die unüberwindlichen Wälle Rottlands denken ließ. Aber der Schreck schien dem Feind noch in den Knochen zu stecken, denn die Gesänge klangen nicht mehr ganz so überheblich.

Hilck von der Usse stand an vorderster Front, das Schwert auf den Oberschenkeln, Hella und seinen Knappen neben sich. Die von Helmdag geführte Reiterei hielt sich bereit. An der Fusel legten die Bogenschützen einen Pfeil auf und behielten die Wilde Jagd im Auge, die sich wieder beruhigt hatte und hoch über dem Feind kreiste. Nicht mehr lange, dann wäre die Streitmacht in Schussweite. Hans wartete im Schilf, das Flammenschwert in der Hand, den Schild vor der Brust. Links und rechts hörte er den hastigen Atem von Kriegern, die sich auf den Kampf gefasst machten. Davon abgesehen herrschte Stille; nicht einmal die Pferde schnaubten.

Blaubart, der in schwarzer Rüstung zwischen den Karontiden ritt, drehte sich im Sattel um und hob eine Hand. Im nächsten Augenblick hagelte ein Pfeilschauer auf das Heer. Klackern und Prasseln erfüllten die Luft, als sich die Geschosse in Schilde und Harnische bohrten.

Die Bogenschützen der Gografen antworteten ihrerseits mit einem Pfeilhagel, aber der Feind marschierte unbeeindruckt weiter. Hans konnte schon die gelben Augen der Karontiden sehen. Matsch spritzte unter ihren Tritten. Die Kultknechte schlossen die Visiere und hoben den Klingenarm.

Plötzlich zuckten sie zusammen. Sie wanden sich, schlugen gegen den Harnisch, kratzten an Hose und Wams wie Grimm beim Wolfsfelsen. Hans ballte triumphierend die Fäuste – die Ameisen! Sie hatten dem Feind aufgelauert, krabbelten unter Rüstungen, zwickten und zwackten. Dann hörte Hans ein Dröhnen, und im nächsten Moment surrte ein gewaltiger Mückenschwarm über ihn hinweg und hüllte die Streitmacht ein. Blaubart fuchtelte mit den Händen, Karontiden sprangen brüllend hin und her, Krieger schlugen nach Insekten und kratzten sich am ganzen Körper. Der Vormarsch stockte ein zweites Mal.

Hilck von der Usse witterte Morgenluft. Er gab Helmdag ein Zeichen. Die Reiterei donnerte in Keilformation über das verbrannte Schilf und schlug in der Mitte der Streitmacht ein. »Zum Angriff!«, brüllte der Gograf und gab seinem Streitross die Sporen. Die ersten zwei Kampfreihen des Heeres sprangen auf und warfen sich in die Schlacht. Hans war bald mitten im Getümmel. Überall schwankten schwergerüstete Karontiden, die nach Mücken schlugen und sich Ameisen aus den Augen zu reiben versuchten. Sie hieben ziellos um sich und boten den Angreifern ihre verwundbaren Seiten dar. Der mit gelbem Blut bespritzte Hans schwang das Flammenschwert. Reiter donnerten links und rechts an ihm vorbei. Helmdag kämpfte sich auf Blaubart zu. Hilck von der Usse schlug mit seinem Knappen, Hella und der Leibgarde blutige Schneisen in die Reihen des Feindes. Dieser war auf einen raschen Sieg eingestellt, aber die Attacke der Ameisen und Mücken und der Sturmangriff des Heeres brachten ihn ins Wanken. Das Schlachtfeld war ein Chaos aus Geschrei, Gebrüll, Geklirre, Gestampfe. Ein Gestank von Blut, Matsch und Pferdeschweiß lag in der Luft.

Die Wesen der Wilden Jagd stürzten sich kreischend auf das Heer, und als Entsatz von den Flanken der Streitmacht nahte, ließ Hilck von der Usse zum Rückzug blasen. Helmdag, der nur zwei Pferdelängen von Blaubart entfernt war, riss sein Streitross herum. Hans eilte mit den anderen Kriegern zu den Stellungen. Um sie zu decken, ließen die Bogenschützen einen Pfeilhagel auf die Wilde Jagd niedergehen.

In der Ferne ertönte dumpfer Hörnerschall.

Grimm zerrte die Axtklinge aus der Brust eines Kultknechts. Vier oder fünf Männer lagen schon in ihrem Blut, die anderen wichen beim Anblick seiner lodernden Augen zurück. Statt der Helmzier trug er immer noch die Suppenkelle, aber den Kultknechten war nicht nach Lachen zumute. Sie wogen ab: Sollten sie diesen Verrückten bändigen oder ihren bedrängten Kameraden zu Hilfe eilen? Denn im Osten des eingesackten Hügels brodelte Kampflärm, und gerade ging die Wilde Jagd zum Angriff über.

Die Kultknechte entschieden sich für Letzteres. Grimm lachte, als sie die Flucht ergriffen, und stapfte in die entgegengesetzte Richtung. Die Mannschaften, die ihre Katapulte aufzurichten versuchten, beäugten ihn ängstlich, und als er den westlichen Hügelrand erreichte, wichen ihm auch die Männer von Tross und Nachhut aus, die das Trümmerfeld des Lagers sichteten. Manche grüßten ihren früheren Kommandanten mit geballter Faust.

»Männer«, schrie Grimm, »eure Treue soll belohnt werden!«

Im Lager der Nachhut holte er den Rappen aus dem Pferch. Dann ließ er sich sein Schwert aushändigen. »So ist es brav«, sagte er. »Aber was erzählt ihr euren Herren?«

Der Waffenmeister, ein ergrauter Kämpe, der sein Leben lang nur Tod und Blutvergießen gekannt hatte, verzog das narbige Gesicht zu einem Grinsen. »Dass Ihr im Tumult entkommen seid«, antwortete er. »Wisst Ihr, dass Maulwürfe den Hügel untergraben haben?« Er zeigte auf ein Tier mit schlaffen Grabschaufeln und blutiger Schnauze, das hinter ihm an einer Stange hing. »Es müssen Tausende gewesen sein. Angeblich kämpft die Streitmacht gegen Ameisen und Mücken.«

Grimm lachte ungläubig. »Guter Witz«, spottete er. »Warum nicht gleich gegen Flöhe?« Er schwang sich in den Sattel.

»Wohin wollt Ihr?«, fragte der Waffenmeister.

»Ich habe noch ein Hühnchen zu rupfen«, erwiderte Grimm.

»Und ich ahne auch, wo.« Er hieb dem Rappen die Sporen in die Flanken und ritt in die Richtung, aus der er gerade erst gekommen war.

Rumpenstünz und Sneewitt galoppierten ohne Rast über die Hohe Heide. Der Fuchs röchelte, als wäre er halbtot, und der hellwache Meister Grimbart hielt Ausschau nach Feinden.

»Wie kommen wir zum Heer?«, rief Sneewitt. »Im Westen versperrt uns die Streitmacht den Weg, im Osten die Fusel.«

»Kommt Zeit, kommt Rat«, schrie Rumpenstünz.

»Dann muss der Rat bald kommen, denn die Zeit wird knapp. Wenn wir so weiterreiten, erreichen wir den Unkengrund am Nachmittag.«

Gegen Mittag stießen sie auf Maulwürfe, deren Hügel sich auf allen Seiten erstreckten. Dort hielten sie kurz, um wieder die Pferde zu wechseln.

»Wir haben unsere Schuldigkeit getan«, sagte ein Maulwurf zu Sneewitt. »Viele von uns haben den Tod gefunden. Jetzt kehren wir heim.«

Die beiden Gefährten bedankten sich und ritten weiter. Bald darauf wogte ihnen eine Wolke von Mücken entgegen.

»Wir haben unsere Schuldigkeit getan«, surrte eine Mücke, die auf Rumpenstünz' Nase landete, »und viele Freunde verloren. Wir zischen jetzt ab.«

»Ja, ich bin pappsatt«, summte eine andere. »Karontidenblut schmeckt übrigens nach Quittengelee – gar nicht übel.«

Die Gefährten bedankten sich. Nach zwei Meilen trafen sie auf die Ameisen.

»Viele von uns sind zertrampelt worden«, sagte die Königin. »Wir haben unsere Schuldigkeit getan und wollen heim.«

»Vielen Dank«, erwiderte Sneewitt. »Habt ihr die Streitmacht des Eisernen Königs besiegt?«

»Oh, nein.« Auf dem winzigen Gesicht der Ameisenkönigin schien sich ein Schmunzeln auszubreiten, als sie hinzufügte: »Aber wir haben sie ordentlich gepiesackt.«

Ameisen fluteten an Rumpenstünz und Sneewitt vorbei. Sie warteten die Letzten ab, dann ritten sie weiter.

Am frühen Nachmittag begegneten sie Grimm. Er unterbrach das Räuberlied, das er sang, und rief: »Na, ihr beiden? Wohin des Weges?«

»Ich dachte, du wolltest kämpfen«, erwiderte Sneewitt.

»Oh, ich habe gekämpft«, sagte Grimm. »Nun muss ich noch eine offene Rechnung begleichen.«

»Wie steht es im Unkengrund?«, fragte Rumpenstünz.

»Der Eiserne König hat Flöhe«, antwortete Grimm. »Oder so ähnlich. Der Arme! Er schleppt doch schon genug Viehzeug mit sich herum. Die Streitmacht hat sich jedenfalls blamiert. Es wird eine Weile dauern, bis sie sich gesammelt hat.« Er schnalzte mit der Zunge, und sein Rappe trabte weiter.

Sneewitt sah ihm nach. »Warum hat er eine Suppenkelle auf dem Helm?«, fragte sie verblüfft.

Rumpenstünz zuckte nur mit den Schultern. »Ich frage mich«, murmelte er, »ob uns das Kleinvieh wirklich geholfen hat.«

Krähen und Raben kreisten über den Gefallenen, ließen sich auf den bogenförmigen Hornfortsätzen nieder, die Brust und Schritt der Karontiden entsprangen. Die Schreie Verwundeter hallten auf dem Schlachtfeld, und in der Ferne wieherte ein sterbendes Pferd.

»Das Kleinvieh ist weg«, sagte Hilck von der Usse. »Es hat uns geholfen, aber der Feind wird bald wieder angreifen. Und zwar mit geballter Macht.«

Wolken fluteten am Himmel dahin. Das Banner des Eisernen Königs flatterte im Wind. Die Streitmacht hatte sich auf den Hügel zurückgezogen. Karontiden standen bereit, um jeden Gegner, der sich auf das Schlachtfeld wagte, mit ihren Pfeilen niederzustrecken. Dann ertönten Hörner. Trommeln rasselten. Ein Ruf aus unzähligen Kehlen gellte zum Himmel, und auf dem Hügel erschien ein Reiter: Der Eiserne König. Er zügelte das Pferd, ließ den Blick über den Unkengrund bis zu den Reihen des Heeres gleiten. Er stand da, als könnte ihm nichts etwas anhaben.

»Er droht uns«, sagte der auf die Streitaxt gestützte Harlung.

Helmdag strich über seinen karottenroten Bart. »Ja«, sagte er. »Aber er wird uns zappeln lassen.«

Krähen und Raben mästeten sich an den Toten. Der Reiter stand weiter auf dem Hügel. Trommeln und Hörner grollten wie der Donner eines drohenden Gewitters.

Rumpenstünz und Sneewitt umgingen den Feind im Süden des Unkengrunds. Sie schlugen sich bis zur Fusel durch und folgten ihr nach Norden. Das Uferschilf war hoch, und alle paar Pferdelängen mussten sie abgebrochene Weidenäste umgehen. Der Dachs stellte beunruhigt fest, dass sie weder Wasservögel noch Bisamratten aufscheuchten. Alle Tiere waren fort. Im Westen sahen sie den Hügel. Ein einsamer Reiter stand auf der Kuppe.

»Der Eiserne König«, sagte Rumpenstünz.

Sneewitt tastete nach dem Eschenpflock.

»Wann sind wir endlich da?«, jammerte Reineke Fuchs.

Niemand antwortete. Schilf raschelte und knisterte unter den Hufen der Kaltblüter. Rechts von ihnen strudelten die braunen

Fluten der Fusel, schwemmten Zweige und Äste mit sich, die immer wieder gegen glatte, grauglänzende Felsen stießen. Nach dem Unwetter war der Wasserstand sehr hoch, und der Dachs fragte sich, warum die Felsen aus dem Wasser ragten. Dann stutzte er. War jener Fels dort überspült worden? Oder war er abgetaucht? Aber wie sollte das gehen? Er sah genauer hin und merkte, dass das, was er für Felsen hielt, tatsächlich dem Treibgut auswich, ja sogar flussaufwärts schwamm. Im nächsten Moment begriff er und rief: »Da sind die Welse!«

»Seid gegrüßt, Landratten! Wir ziehen in die Schlacht, denn ohne Welse geht die Welt zugrunde!«, rief der alte Waller.

Die Gefährten zügelten die Kaltblüter und sahen den Fischen nach, die mit kräftigen Schwanzflossenschlägen nach Norden schwammen. Die großen Tiere drückten sich, aber Mücken, Ameisen und Maulwürfe hatten ihnen geholfen, und auch die Welse ließen sie nicht im Stich. Rumpenstünz und Sneewitt schöpften wieder Mut.

Maleen wandelte währenddessen auf den Pfaden des Inneren. Diese Pfade waren finster. Wenn sie die Hände ausstreckte, spürte sie etwas, klebrig wie Blut, moderig wie der Tod. Sie stolperte über Kadaver. Sie wusste nicht, ob von Mensch oder Tier. Sie fürchtete sich. Ihre Brust war wie zugeschnürt, sie bekam kaum noch Luft. Grus und Asche umwirbelten sie. Es wurde immer dunkler.

Aber sie drang weiter vor.

35. Feuer aus der Asche

Die Freude über die Rückkehr der vier Gefährten ging im Jubel über die Ankunft der Welse unter. Die Krieger drängten sich am Ufer, um die heiligen Fische zu begrüßen, und die Gografen machten dem alten Waller ihre Aufwartung.

»Schon gut, Kinder«, blubberte er, als die Zwillingsbrüder auf ein Knie fielen und ehrfürchtig den Kopf neigten. »Ich bin ja nur ein Fisch.«

»Ganz meine Meinung«, knurrte Reineke Fuchs, der sich vom langen Ritt erholte. »Er ist nur ein glitschiger Fisch. Warum also dieser Trubel?«

»Eifersüchtig?«, fragte Sneewitt und tätschelte seinen Kopf.

Meister Grimbart lachte grunzend.

Nach der Begrüßung der Welse eilten die Gografen wieder zu ihren Männern. Sneewitt rannte hinterher und rief: »Ich habe einen Pflock! Aus dem Holz der Esche! Ich werde ihn dem König ins Herz rammen!«

Helmdag fuhr zu ihr herum. »Gib ihn mir«, sagte er. »Das ist meine Aufgabe.«

»Oh, nein«, entgegnete Sneewitt. »Ich werde es tun. Er soll durch meine Hand sterben.«

Sneewitt war sofort von allen Anführern des Heeres umringt.

»Gib ihn mir«, drängte Helmdag. »Du schaffst es nicht.«

»Und wieso nicht?«, zischte Sneewitt, die den Eschenpflock an ihren Busen drückte. »Weil ich eine Frau bin?«

»Und eine schöne noch dazu«, murmelte Harlung und senkte den Blick.

»Ich an deiner Stelle würde ihn weggeben«, riet Hella, die zwischen Hilck von der Usse und dessen Knappen stand. »Du könntest sterben.«

»*Ich* habe den Pflock gefunden«, stieß Sneewitt hervor. »Und *ich* werde ihn in der Brust des Eisernen Königs versenken.«

»Falsch«, sagte jemand zu ihren Füßen. Es war der Dachs. »*Ich* habe ihn entdeckt. Weißt du nicht mehr? Und ich meine, wir sollten ihn Helmdag geben.«

»Das ist … das ist nicht …« Sneewitt rang mit sich, stampfte mit einem Fuß auf und wollte den Pflock wegwerfen, besann sich aber anders. »Das ist ungerecht«, flüsterte sie.

»Gerecht ist, dass der Finder entscheidet. Und der Finder ist Meister Grimbart«, verkündete Hilck von der Usse.

Auf dem Hügel schwoll der Lärm der Trommeln und Hörner immer weiter an. Dann schob sich die Streitmacht des Königs über die Kuppe und wälzte sich ein zweites Mal blitzend und waffenstarrend den Hang hinunter.

»Da kommen sie!«, schrie Hans. »Sie wollen die Schlacht vor Einbruch der Dunkelheit ausfechten. Und dieses Mal wird sie nichts mehr aufhalten!«

Der Dachs sah zu Sneewitt auf. »Gib ihm den Pflock«, bat er. »Wir wissen, wie mutig du bist. Aber hier bedarf es größerer Kraft.«

Sneewitt verzog das Gesicht, um ihre Tränen zu verbergen. Dann bot sie Helmdag den Eschenpflock auf beiden Händen dar.

»Danke, tapfere Sneewitt«, sagte er.

Sie drehte sich um und stapfte mit bebenden Schultern davon.

»Diese Frau wäre es wahrlich wert, zu einer Königin gekrönt zu werden«, schwärmte Hilck von der Usse.

Hella runzelte die Stirn und sah ihn scharf an.

»Nun …«, stotterte er. »Prächtig, prächtig! Will sagen: Auf in den Kampf!«

Während die Wilde Jagd hinter der Streitmacht in die Höhe schoss, lief Helmdag mit dem Eschenpflock zur Reiterei. Alle anderen Anführer begaben sich rasch zu ihren Truppenteilen.

Rumpenstünz rannte geduckt zu Hans, der bei den Männern aus Flutwidde in vorderster Front stand. »Da bin ich, alter Halunke«, flüsterte er. »Ich habe Hardts Knüppel und Horns Ranzen dabei, und ich meine, wir sollten diesem Gogräflein zur Seite stehen, wenn es sich zum König durchkämpft.«

»Das meine ich auch«, sagte Sneewitt, die neben die beiden Gefährten huschte.

»Oh, nein!«, stöhnte Rumpenstünz.

»Oh, doch!«, fauchte Sneewitt. »Wenn jemand hierbleiben sollte, dann du. Immerhin bist du Vater.«

»Nimm wenigstens den Fellranzen«, bat er. »So kannst du zur Not ein paar Krieger herbeizaubern.«

Sneewitt schnaubte. Sie schnallte den Ranzen um und angelte einen Pfeil aus dem Köcher an ihrer Hüfte.

Die Streitmacht wälzte sich über den Unkengrund. Die durch Mückenstiche und Ameisenbisse bis auf das Blut gereizten Karontiden röhrten wütend. Hörner und Trommeln dröhnten so rachsüchtig, dass Reineke Fuchs, der am Ufer der Fusel bei den Welsen geblieben war, winselnd die Lunte einkniff. Auf Blaubarts Zeichen ging ein Gewitter aus langen, mit Widerhaken versehenen Pfeilen auf das Heer nieder.

Hilck von der Usse schloss das Visier. »Für Pinafor!«, rief er.

»Für Pinafor!«, gellte es aus allen Kehlen.

Hans-mein-Igel, der Knappe, sträubte die Stacheln. Hella, die trotz aller Einwände des Gografen unbedingt kämpfen wollte, hob den Schild und zog blank.

Da stürzten sich die Wesen der Wilden Jagd auf das Heer. Fast gleichzeitig stürmten Karontiden gegen die vorderste Verteidigungslinie an. Ächzen und Knirschen erfüllten die Luft – ein dumpfes Wogen, das klang, als wollte der Himmel bersten, und dann in ein metallisches Kreischen umschlug. Schreie von Kriegern und Kreischen der Wilden Jagd, Pferdegewieher und Karontidengebrüll verschmolzen zu einem gellenden Lärm, der Sneewitt an die sterbende Esche erinnerte. Aber sie hatte keine Zeit zum Grübeln, weil sie Pfeil um Pfeil auf die Karontiden abschoss. Rumpenstünz schwang den Zweihänder, um die geflügelten Ungeheuer abzuwehren, Hans focht gegen die anrennenden Kultknechte. Als die vorderste Linie zu wanken begann, führte Helmdag die Reiterei in die Schlacht. Er hielt Ausschau nach dem Eisernen König, den er auf dem Hügel erspähte – dort saß er auf dem blutroten Ross, umringt von seiner Leibgarde, und beobachtete die Schlacht.

Wie sollten sie an ihn herankommen?

In der Grotte im Greting sah Sanne nach Maleen. Aber diese war blind und taub für alles, was sie umgab. Sie hatte ihre Sinne auf die innere Welt gerichtet, in die sie immer tiefer eindrang. Ihre Furcht war groß, das Dunkel undurchdringlich. Wenn sie die Hände ausstreckte, spürte sie noch das klebrige Blut. Sie stolperte über namenlose Kadaver. Dann wurden Grus und Asche zu Mücken und Ameisen, und sie vernahm ein Flüstern: »Wir haben geholfen, aber wir konnten das Blatt nicht wenden, denn der Feind ist zu stark.« Bald darauf geriet Maleen in einen Schwarm pelziger Wesen. »Wir haben die Welt ins Wanken gebracht«, flüsterten die Maulwürfe, »aber wir konnten das Blatt nicht wenden, denn der Feind ist zu stark.« Dann riefen alle Tiere wie aus einem Mund: »Es gibt keine Wunder! Es gibt nur die Hand, und sie hat fünf Finger!« Das Geheul der sterbenden Esche erklang. Maleen begriff, dass niemand half. Und dass jene, die halfen, zu schwach waren. Die Menschen Pinafors waren auf sich allein gestellt. Maleen war von tiefer Trauer erfüllt. Das Dunkel, das sie umgab, war finster wie der Tod. Aber sie gab nicht auf. Sie musste diesen Weg zu Ende gehen, egal, worin das Ende bestand.

Helmdags Reiterei hatte die Karontiden nicht zurückwerfen, sondern nur aufhalten können, und dies unter schweren Verlusten. Pferde wälzten sich mit aufgeschlitzten Bäuchen am Boden, andere rasten panisch über das Schlachtfeld. Den Bogenschützen, die von der Fusel aus auf die Wilde Jagd schossen, gingen die Pfeile aus, und sie schickten verletzte Krieger los, damit diese die Geschosse wieder einsammelten. Der Kampflärm war ohrenbetäubend laut. Nach dem ersten dumpfen Zusammenprall der Gegner und dem Kreischen sich kreuzender Klingen hallte ein Jaulen wie das verlorener Seelen über den Unkengrund. Die Krieger waren bald taub dafür. Jeder kämpfte mit höchster Kraft und Konzentration und nahm nur noch wahr, was er vor sich sah. Überall lagen Sterbende und Gefallene, und manch einer fand den Tod, weil er über einen der vielen Erschlagenen stolperte und kurz unachtsam war.

Blaubart nutzte seine Überlegenheit, um den Gegner in die Zange zu nehmen. Während die Karontiden, unterstützt von den Kultknechten, wie rasend gegen die Mitte des Heeres anrannten, griffen auf den Flanken all jene Haderlumpen, Raubritter und Schurken an, die sich der Streitmacht aus Habsucht und Machtgier angeschlossen hatten. Wesen der Wilden Jagd fielen mit gebleckten Fängen vom Himmel. Die Front schrumpfte zusammen. Das Heer musste immer weiter zurückweichen und ließ dabei immer mehr Gefallene zurück. Bei Anbruch der Abenddämmerung formierte es sich vor der Fusel zum Halbkreis, um dem Ansturm des Feindes trotzen zu können.

»Wenn du den Eisernen König nicht bald erledigst, sind wir verloren!«, brüllte Hilck von der Usse im Getümmel.

Helmdag sah zum Hügel – dort saß der König reglos auf dem blutroten Streitross, umringt von seiner Leibgarde. Über ihm wehte das Banner mit Kreis, Quadrat und Dreieck. »Wie denn?«, schrie Helmdag und zeigte auf die von allen Seiten anrennenden Feinde.

Harlungs Streitaxt sauste unablässig durch die Luft. Sneewitt kämpfte mit dem Schwert neben Rumpenstünz und Hans. Inzwischen war so viel Blut vergossen worden, dass der über dem Unkengrund hängende Dunst rötlich schimmerte und der Boden glitschig war. Noch hielten die Männer aus Flutwidde, dem Lohwald und von der Hohen Heide stand. Am Ufer der Fusel kam der Fuchs aus der hohlen Weide, in der er sich versteckt hatte, und keckerte: »Was ist los mit euch, ihr Bartelmäuler? Seid ihr gekommen, um zu helfen oder faul im Fluss zu dümpeln? Merkt ihr nicht, wie es steht?«

Der alte Waller hob den Kopf aus dem Wasser und erwiderte: »Wir sind zahlreich, aber der Feind ist unzählbar. Sobald wir alle Kräfte gesammelt haben, helfen wir.«

Reineke Fuchs ließ den Blick über die dicht an dicht im Fluss liegenden Welse gleiten. Er schnaubte verärgert und schnürte zu Meister Grimbart, der einen Schnitt am linken Hinterlauf leckte. Aberdutzende von Verwundeten stöhnten und schrien oder dämmerten am Ufer dem Tod entgegen.

»Was hat die Macht, dass Hunderte oder gar Tausende dafür sterben müssen?«, seufzte der Fuchs.

»Wir kämpfen nicht um Macht, sondern für Freiheit von der Knechtschaft«, erwiderte der Dachs grimmig und humpelte wieder in die Schlacht.

»Gestorben wird trotzdem«, rief ihm der Fuchs nach.

Das Heer war zurückgewichen, aber seine Reihen waren noch geschlossen. Schließlich brachen erste Karontiden durch und wüteten unter den Kriegern, bis sie von den restlichen Reitern erschlagen wurden. Eine drang bis zum Ufer vor, wo sie von einer Lanze durchbohrt in den Fluss stürzte. Reineke Fuchs wich ihr quiekend aus.

Die schwergerüstete Karontide trieb kurz auf der Oberfläche; ihr Blut färbte das Wasser gelb. Dann sank sie blubbernd auf den Grund. Das schreckte die Welse auf. Sie sammelten sich vor dem Ufer. Das blaue Licht ergoss sich aus ihren Mäulern, wogte über das Heer, brandete gegen die Streitmacht an, ließ Karontiden und Kultknechte taumeln – seine Wirkung glich der eines heftigen Sturms. Helmdag nutzte die Gelegenheit und gab seinem Ross die Sporen, um zum Eisernen König durchzubrechen.

Das blaue Licht war in der Abenddämmerung so grell, dass die Feinde geblendet waren. Blaubart hob schützend beide Hände. Helmdag ließ sich nicht auf einen Zweikampf ein, sondern drang weiter vor. Er stieß erst tief in den Reihen der Streitmacht auf Widerstand. Pfeile trafen sein Ross in Flanke und Hals. Es brach unter ihm zusammen, und er flog aus dem Sattel, aber Rumpenstünz war zur Stelle, bevor die Feinde den Gografen in Stücke hacken konnten. »Kann man Euch keine Sekunde aus den Augen lassen?«, brüllte er, während sein Zweihänder Helme und Harnische spaltete. Da brandete eine zweite Welle des blauen Lichts an. Die Streitmacht erlitt in ihrer Verwirrung hohe Verluste. Hörner riefen Verstärkung herbei, und Hans und Sneewitt mussten sich gegen nach vorn drängende Krieger stemmen. Als Sneewitt zu Boden ging und erste Feinde über sie hinwegtrampelten, zog sie den Ranzen vom Rücken. Sie klopfte darauf. Sofort erschienen die sieben Recken in silberner Rüstung.

»Wen gilt es zu besiegen?«, riefen sie wie aus einem Mund.

»Seht euch doch um!«, schrie Sneewitt und zeigte auf die an ihnen vorbeistürmenden Krieger und Kultknechte.

Die Recken hoben die Schilde mit dem blitzenden Stern. Sie bildeten einen Kreis um Hans und Sneewitt und bahnten sich mit Streitaxt, Spieß und Schwert einen Weg zum jüngeren Gografen und zu Rumpenstünz.

»Wer sind diese Ritter?«, rief Helmdag, der aufstehen wollte, aber von der Rüstung behindert wurde.

Ein Recke packte ihn beim Arm und zog ihn auf die Beine.

»Das sind die Recken aus Horns Ranzen«, rief Sneewitt. »Sie haben uns auch damals in der Grotte beigestanden!«

Helmdag erstach sein leidendes Streitross. Dann sah er zum Hügel: Der Eiserne König stand noch da, umringt von seiner Leibgarde aus Karontiden, erhellt vom Licht der Welse. Als es erlosch, schlug die Dämmerung über dem Unkengrund zusammen. Das Tosen der Schlacht drang zu ihnen herüber. Helmdag zögerte – sollte er seinem Bruder helfen?

»Los!«, schrie Rumpenstünz. »Weiter! Dies ist unsere einzige Chance.« Er stieß den Gografen respektlos vorwärts.

Von den sieben Recken gedeckt, kämpften sie sich durch die nach vorn drängende Streitmacht. Krieger fluteten auf beiden Seiten an ihnen vorbei, geblendet von den blitzenden Sternen auf den Schilden und vom blauen Licht, das weiter hinten immer wieder aufflammte.

»Die Macht der Welse wird schwächer«, rief Hans.

Sneewitt sah über die Schulter. Es stimmte – das blaue Licht verlor an Kraft. Die gegen das Heer anrennenden Karontiden brüllten triumphierend, die Wilde Jagd kreischte lauter. Ein Dudelsack mischte sich in den Schlachtenlärm. Hans-mein-Igel, der Knappe, schien seine Kameraden mit Weisen aus Pinafor anspornen zu wollen, ein Zeichen für die Mobilisierung letzter Kräfte.

Feindliche Krieger versuchten immer wieder, die Gefährten und den Gografen aufzuhalten, fielen aber unter den Hieben der sieben Recken. Die meisten schienen es so eilig zu haben, sich in die Schlacht zu stürzen, dass sie den Trupp nicht beachteten. Nachdem die letzten Raubritter und Haderlumpen an ihnen vorbeigeströmt waren, hielt Helmdag inne. Östlich von ihnen tobte die Schlacht. Der Dudelsack kämpfte immer verzweifelter gegen Karontidengebrüll und das Kreischen der Wilden Jagd an – das Heer schien auf verlorenem Posten zu fechten, das Licht der Welse wurde immer fahler. Westlich von ihnen stand der Eiserne König auf dem Hügel. Sein Banner wehte im Wind, die Leibgarde umringte ihn wie eine lebendige Mauer. Er schien eine Finsternis zu verströmen, die ringsumher über das niedergebrannte Schilf kroch.

»Die Ragnarökk haben recht«, sagte Hans, der sich erschöpft auf das Flammenschwert stützte. »Es gibt keine Wunder.«

»Außer wir sorgen selbst für eines«, zischte Sneewitt durch zusammengebissene Zähne.

»Der König hat uns sicher bemerkt. Wir dürfen nicht zögern«, drängte Rumpenstünz. »Unsere einzige und letzte Chance liegt im Angriff.«

Helmdag schloss das Visier seines Helms. »Gut«, sagte er. »Wir greifen an.« Er griff nach dem Eschenpflock, den er auf die Schwertscheide gebunden hatte, damit er nicht zerbrach – und erstarrte.

Über dem Schlachtfeld schwenkten Wesen der Wilden Jagd ab und schossen auf die Gefährten zu.

Vier Frauen saßen reglos vor der Mulde, denn Sanne, Alwine und die Muhme hatten sich auch in sich selbst versenkt, um Maleen zu helfen. Die Eichhörnchendame war verzweifelt, und der Grottenolm zog unaufhörlich Kreise im Weiher, als wüsste er weder aus noch ein.

Maleen wandelte in tiefsten Tiefen. Die Bilder von Blut und Tod und der Wirbelwind aus Grus und Asche waren einer Stille und einer Leere gewichen, die unheimlicher waren als jeder Schrecken – die Leere der Hoffnungslosigkeit, die Stille stummen Entsetzens.

Das Nichts der Niederlage.

Maleen spürte, wie ihr Wille wankte. Sie wusste, dass die Angst sie in die Irre führen würde, wenn sie ihr nachgab. Sie fühlte sich winzig und hilflos. Ihr Inneres war ein schwarzes Loch, das sie zu verschlucken drohte. Sie wollte aufschreien, rang die Angst aber nieder und setzte zaghaft Fuß vor Fuß. Dann verdichtete sich das Dunkel zu einer zähen Masse, die sie umschloss, gegen sie anquoll, in Mund und Nase drang. Sie rang um Atem, merkte, wie ihre Konzentration nachließ, sah Bilder der Außenwelt vor sich: Die Mulde mit dem Trieb, die Eschenwurzeln, geborstene Äste. Sie würgte am Dunkel. Krümmte sich. War kurz davor, die Fassung zu verlieren.

Da griff man nach ihren Händen. Sie zuckte zusammen. Aber als sie merkte, wer ihr beistand, fasste sie Mut: Sanne und die Muhme waren es, die als blasse Schemen neben ihr liefen. Sie spürte auch Alwine, aber diese war nur ein Hauch, weil ihr die Kraft der zwei älteren Frauen fehlte. Das Dunkel wog nicht mehr ganz so schwer, und als sie mit ihren Gefährtinnen durch Stille und Leere vordrang, sah sie ihr Ziel kurz vor sich, erhellt wie von einem Blitz in der Nacht – ein feines, weißes Gespinst – die Wurzeln des rätselhaften Triebs, der an Stelle der Esche in der Mulde gesprossen war.

Sie hielt darauf zu.

»Weg? Was soll das heißen – *weg*?«, schrie Rumpenstünz.

»Weg heißt weg«, erwiderte Helmdag niedergeschlagen. »Ich muss den Eschenpflock beim Sturz vom Streitross verloren haben.«

Die sieben Recken hoben die Schilde zum Schutz vor der Wilden Jagd. Krallen knallten auf lederbespanntes Holz. Die Ungeheuer kreischten gellend laut.

»Dann müssen wir es so versuchen!«, rief Sneewitt, die aus der Deckung der Schilde auf die Angreifer schoss.

Der Eiserne König stand reglos auf dem Hügel. Er schien den Gografen und dessen Gefährten für harmlos zu halten. Vielleicht belächelte er sie sogar. Gut möglich, dass auch die über seinen Schuppenpanzer krabbelnden Spinnen und Asseln über sie lachten. Eine unerträgliche Vorstellung, wie Rumpenstünz fand. »Wir können nicht zurück«, sagte er und zeigte auf die Streitmacht, die das Heer immer weiter zur Fusel drängte. »Uns bleibt nur der Weg nach vorn.«

Beschirmt von den Recken und im ständigen Abwehrkampf gegen die Wesen der Wilden Jagd, bewegten sie sich langsam über das verbrannte Schilf auf den Hügel zu. Das blaue Licht der Welse wurde immer schwächer, das vom Eisernen König ausgehende Dunkel immer dichter. Auf dem Hügel erscholl Gelächter, laut und grölend, als wäre der Sieg gewiss, als könnten die anrückenden Gegner durch ein Fingerschnippen erledigt werden. Mehr und mehr Wesen der Wilden Jagd, die in der Schlacht überflüssig geworden waren, stürzten sich auf die Gefährten. Diese kamen kaum noch voran, waren verletzt und wurden von Kadavern behindert, deren Blut den Grund grün färbte. Sie wehrten sich mit schwindender Kraft gegen die ins Dunkel zurückgestürzten Geschwister der Ragnarökk, ertrugen den Anblick der Fratzen nicht mehr. Ihre Nerven lagen blank, und Sneewitt, die kaum noch Pfeile hatte, schrie: »Zicke und Zecke! Verflucht, verflixt, verdammt! Wir sitzen in der Falle!«

Als wäre dies ein Zauberspruch gewesen, huschte ein grauschwarzes, gedrungenes Tier auf sie zu, das die erschlagenen Ungeheuer als Deckung nutzte.

»Da kommt der Dachs!«, rief Hans.

Auf den letzten Metern wich Meister Grimbart einem Wesen der Wilden Jagd aus, das sich mit ausgefahrenen Krallen auf ihn stürzte. Es verfehlte ihn, prallte in das verbrannte Schilf, schüttelte die Schwingen aus und wollte sich aufrichten. Einen Atemzug später steckte ein Pfeil in seiner Brust. Sneewitt senkte den Bogen und sah zu, wie das tödlich getroffene Ungeheuer auf die Flanke fiel. Dann sah sie noch etwas – und legte sich eine Hand auf den Mund, um nicht laut aufzuschreien.

Meister Grimbart spuckte Helmdag den Eschenpflock vor die Füße, den er im Maul getragen hatte. »Jetzt habe ich dieses Ding zum zweiten Mal gefunden«, brummte er. »Beim dritten Mal verlange ich Finderlohn und lasse Euch obendrein den Hosenboden versohlen, weil Ihr so nachlässig seid.«

Der Gograf hob den Pflock auf. Er sah den Dachs dankbar an und wollte etwas erwidern, aber Rumpenstünz brüllte: »Wir haben keine Zeit für Komplimente. Wir müssen weiter!« Er sprang aus der Deckung der Schilde und führte wilde Streiche gegen die ringsumher angreifenden Ungeheuer. Die Recken folgten ihm, als er auf den zwei Steinwürfe entfernten Hügel zueilte. Der wiedergefundene Eschenpflock verlieh auch den anderen frischen Mut und neue Kraft. Hans schlang den Schild auf seinen Rücken, packte das Flammenschwert und rannte los. Sneewitt war ihm dicht auf den Fersen. Helmdag schrie: »Für Pinafor!«, und stürmte hinterher.

Die Wesen der Wilden Jagd umwogten sie kreischend. Der Eiserne König sah auf sie hinab. Die schwergerüsteten Karontiden seiner Leibgarde wuchteten sich zu ihnen herum und zogen blank. Schwerter, flammenförmig oder gezackt und lang wie ein Mann, blitzten auf, als die erschöpften Welse ihr blaues Licht ein letztes Mal in das Schlachtgetümmel spien. Der Dachs duckte sich unter eine Schwinge des toten Ungeheuers. Dieser Angriff war eine Verzweiflungstat. Er konnte nur mit einem Blutbad enden.

Kampfgebrüll und Schmerzensschreie hallten. Maleen sah ein von Toten übersätes Schlachtfeld. Feindeshorden bedrängten das Heer der Gografen. Große Fische trieben leblos im Fluss. Dann sah sie den Eisernen König auf einem Hügel, und sie erblickte das mutige, von der Wilden Jagd verfolgte Häuflein ihrer Gefährten, das den König angriff. Sie erschrak. Und spürte, wie Sanne und die Muhme ihre Hände fester drückten. Dann löste sich das Bild auf, der Lärm verstummte.

Maleen schluckte ihr Entsetzen hinunter und lief weiter. Sie wusste, dass sie eine Grenze erreichen würde, wenn sie tief genug in die von den Geistern ihrer eigenen Ängste beseelte Leere vordrang. Hinter dieser Grenze lag ein Bereich, der weder Innen noch Außen war, aber alles durchdrang und umgab, was ein pochendes

Herz besaß. Es war der Bereich der grünen Kraft, die durch den Verrat der weisen Weiber und das Erwachen des Eisernen Königs so stark geschwächt worden war, dass der frühe Herbst in einen endlosen Winter umzuschlagen drohte. Wenn es etwas gab, das Pinafor in dieser Stunde der Not helfen konnte, so war es dort zu finden. Maleen drang weiter vor, begleitet von Sanne und der Muhme, gefolgt von Alwine. Sie musste zu den Wurzeln, die sie kurz gesehen hatte.

Aber das Dunkel lichtete sich noch nicht.

Das hinter Bergen von Gefallenen verschanzte Heer der Gografen bildete einen Bogen vor der Fusel. Unterstützt vom blauen Licht hatten die Krieger Vorstöße unternehmen und dem geblendeten Feind hohe Verluste zufügen können, aber die Welse waren mit ihrer Kraft am Ende. Die Männer aus Flutwidde, dem Lohwald und von der Hohen Heide wussten um die Aussichtslosigkeit der Lage, kämpften aber in einem Zustand dumpfer Raserei weiter. Hilck von der Usse focht neben Hella und seinem Knappen. Harlung ließ die Streitaxt durch die Luft sausen. Die Bogenschützen hatten alle Pfeile verschossen und zum Schwert gegriffen.

Der Fuchs saß in der hohlen Weide. Er sah abwechselnd zu den matt im Fluss dümpelnden Welsen und zu den Kriegern, die ihr Äußerstes gaben, um den Feind abzuwehren. Immer wieder schleppten sich Verwundete zum Ufer, wo sie in das Röhricht sanken. Ein gespenstisches Stöhnen lag in der Luft. Wo, fragte sich der Fuchs, mochte Meister Grimbart stecken?

Der Dachs zitterte am ganzen Körper, während sich die Gefährten mit Unterstützung der sieben Recken zur Hügelkuppe hinaufkämpften. Inmitten der Wilden Jagd waren sie kaum zu sehen;

dass sie noch lebten, war nur an den Ungeheuern zu erkennen, die blutend und kreischend zu Boden gingen. Die Leibgarde des Eisernen Königs war kampfbereit, aber der König selbst würdigte die Gefährten keines Blickes, sondern behielt die Schlacht im Auge. Dann sah Meister Grimbart, wie Hans ausbrach und einer Karontide das Flammenschwert zwischen Helm und Halsberge stieß. Gebrüll erschallte, als sie zwischen ihre Artgenossen stürzte. Die Wilde Jagd stob irritiert auf und gab den Blick auf die restlichen Gefährten frei, die ihrerseits mit Gebrüll gegen die Leibgarde anrannten.

Meister Grimbart stockte der Atem: Zehn Männer und eine Frau gegen Dutzende von Karontiden – das war Selbstmord! Aber die Recken stritten mit unerwartet großer Wucht. Die Sterne auf ihren Schilden blendeten die Gegner, und sie schirmten die Gefährten auf beiden Seiten ab, so dass diese immer weiter vordringen konnten. Als sie bis auf Wurfweite an den König herangekommen waren, drehte sich dieser zu ihnen um, reckte einen Arm und spreizte die Finger.

Meister Grimbart meinte, einen Blitz zu sehen, genau war es nicht zu sagen. Schwarzer Rauch kräuselte sich auf der Hand des Eisernen Königs. Die sieben Recken erstarrten mitten im Hieb und regten sich nicht mehr. Die Karontiden röhrten.

Dann schlossen sie die Gefährten ein.

Der Dachs konnte sie nicht mehr sehen.

Als Maleen eine Gänsehaut bekam, wurde ihr bewusst, dass sie in die Sphäre der grünen Kraft eingetreten war. Wohlige Schauer liefen über ihren Körper. Sie krümmte sich stöhnend. Die Furcht fiel von ihr ab, und als sich die Finsternis zum silbrig-grünen Zwielicht aufhellte, konnte sie es sehen – das feine, in der Luft hängende Wurzelgespinst, das wie die drei blinden Feen im Wind flüsterte … »Oh-hoh-hoh«, murmelten die Wurzeln. »Zieh-hieh-hieh … Eh-beh-beh …«

Sanne und die Muhme fielen auf die Knie.

»Wer bist du?«, fragte Maleen, die demütig den Kopf senkte. Sie spürte die grüne Kraft, die wie ein Mückenschwarm in der Luft vibrierte, den Boden erbeben ließ, als würden Maulwürfe buddeln, auf ihrer Haut kribbelte wie Ameisen.

»Wir helfen nicht«, krächzte eine Stimme.

»Es gibt keine Wunder!«, rief eine zweite.

»Fünf Finger hat die Hand«, verkündete eine dritte.

»Wer spricht da?«, fragte die eingeschüchterte Maleen.

Wie als Antwort ertönte: »Oh-hoh! Zieh-hieh! Eh-beh!«

»Warum lacht ihr?«, fragte Maleen. »Wir brauchen die Hilfe der grünen Kraft. Sonst wird der Eiserne König siegen. Er hat es fast geschafft.«

Stille. Dann ein leises Schluchzen: »Moderbart, Ochsensaft, Eberblut, Ziegenmilch, Fuchsurin. Was habt ihr getan?«

»Krüppelbaum! Aus der Traum!«, jaulte eine andere Stimme, und ein klagendes Heulen erfüllte die silbrig-grüne Leere.

Maleen erschrak: Sie waren zu leichtfertig gewesen, als sie den Bart begraben hatten; sie hatten alles zunichte gemacht.

Sie wurde von tiefer Trauer erfüllt.

Der Unkengrund versank im Dunkel. Die Welse dümpelten matt im Fluss. Das Heer konnte sich der Feinde kaum noch erwehren. Hilck von der Usse kämpfte in vorderster Front. Er wollte die Schlacht noch nicht verloren geben, aber als Hella nach dem Hieb eines Kultknechts verwundet zu Boden ging, fasste er einen verzweifelten Beschluss. Auf seinen Befehl hin rannten Krieger zum

Ufer, um Fässer mit Pech von einem der Trosswagen zu holen. Sie schlugen die Deckel ein, kippten das Pech auf die Gefallenen, hinter denen sich das Heer verschanzt hatte, und setzten es in Brand. Es loderte sofort auf. Ein bogenförmiger Flammenwall trennte die Streitmacht vom Heer. Kultknechte fingen Feuer, torkelten als lebende Fackeln in die Klingen der Verteidiger. Karontiden wichen brüllend zurück. Die Bogenschützen nutzten die Atempause, um Pfeile aufzusammeln, und der Gograf trug Hella zum Ufer. Die auf den Bäumen sitzenden Raben und Krähen, die mitansehen mussten, wie das Aas, an dem sie sich laben wollten, in Flammen aufging, kreischten zornig.

»Tut mir leid«, blubberte der alte Waller, als er Hilck von der Usse erblickte. »Aber wir können nicht mehr.«

Der Gograf legte Hella behutsam auf den Boden. Er wischte sich mit seinem zerfetzten Waffenrock Blut aus dem Gesicht, ließ den Blick über die Sterbenden und Verwundeten gleiten. Dann nickte er dem Waller dankend zu und kehrte auf das Schlachtfeld zurück. Viele Krieger saßen erschöpft da, andere versorgten im Schein des Scheiterhaufens, in dem Freund und Feind verbrannten, ihre Wunden. Hilck von der Usse hielt vergeblich Ausschau nach seinem Bruder – der Qualm war so dicht, dass sich nicht einmal die Wilde Jagd hindurchwagte.

Harlung, der die Klingen seiner Streitaxt geschärft hatte, gab ihm den Wetzstein. »Die Hälfte meiner Brüder ist gefallen, viele sind verletzt«, brummte er und sah zur Flammenwand, hinter der die Feinde johlten und höhnten. »Die Schlacht ist verloren. Wir müssen uns auf den Tod gefasst machen.«

Die Asche der Gefallenen flockte auf sie herab und bedeckte den Unkengrund wie mit Schnee.

Die Recken standen da, die Waffe zum Schlag erhoben, und regten sich nicht mehr.

»Was ist das?«, stieß Hans hervor.

»Ein Zauber des Eisernen Königs«, knurrte Rumpenstünz. Er wollte zurückweichen, aber die Karontiden umschlossen sie wie eine Mauer, bleckten die Hauer, hoben die Schwerter und grollten bedrohlich. Sneewitt fühlte sich klein und hilflos, aber sie riss sich zusammen und sah den Monstern, die gleich über sie herfallen würden, trotzig ins Gesicht.

Da schlugen auf dem Schlachtfeld Flammen in die Höhe, ein Schrei gellte aus Tausenden von Kehlen, und die Streitmacht wankte. Wesen der Wilden Jagd flogen zum Hügel, um ihrem Herrn Bericht zu erstatten. Der brüllte wutschnaubend, ohne den Blick vom Feuer lösen zu können, hinter dem sich das gegnerische Heer verbarg. Er vergaß die Gefährten für einen Moment.

»Ich schaffe es nicht«, flüsterte Helmdag. »Nimm den Pflock und befestige ihn an einem Pfeil.«

Sneewitt starrte ihn an. Es dauerte eine Weile, bis sie begriff, was der Gograf meinte. Dann band sie den Eschenpflock im Schutz der Männer mit einem Lederband an ihren vorletzten Pfeil. Sie legte ihn auf und holte tief Luft, schätzte die Entfernung zum König ab – ein einziger Schuss; sie hatte nur diesen einen Schuss; er war ihre letzte Hoffnung. Als ihr die Verantwortung bewusst wurde, die sie auf sich lud, schien sie alle Kraft zu verlassen. Ihre Beine zitterten, ihr Atem ging hastig. Ringsumher knurrten Karontiden, stampften von einer Pranke auf die andere, warteten ungeduldig auf den Befehl zum Gemetzel.

Als sich eine Lücke zwischen den Ungeheuern auftat, vergaß Sneewitt alle Zweifel und jede Schwäche und riss den Bogen hoch.

Sie spannte die Sehne bis zum Äußersten.

Zielte kurz.

Und löste die Finger vom Pfeilschaft.

Maleen krümmte sich zusammen und versuchte, ihre Tränen zu unterdrücken. Neben ihr hockten die Schemen von Sanne und der Muhme, tief in Trauer versunken. Sie merkte weder, dass die drei Stimmen verstummt waren, noch, dass der aus dem Nichts kommende Wind aufgefrischt war, noch, dass ein Licht wie das einer schneehellen Nacht aufschien. Sie horchte erst auf, als eine Kinderstimme erklang.

»Moderbart, Ochsensaft, Eberblut, Ziegenmilch, Fuchsurin.«

Maleen hob den Kopf, sah zu den Wurzeln.

»Und Tränen«, ergänzte die helle Stimme.

Hinter dem Wurzelgespinst war eine Gestalt zu erkennen – ein buckeliges Kind mit einem Körper, sowohl jung als auch alt, sowohl der eines Mädchens als auch der eines Jungen.

»Wer bist du?«, fragte Maleen.

»Ihr habt mich erschaffen«, erwiderte das Kind. »Durch Bart, Säfte und Tränen. Ich bin, was ihr in eurem Innersten seid – aufrecht und verkrüppelt, hilflos und mächtig zugleich. Und der Baum, zu dem ich wachse, wird auch ein Krüppel sein. Ich bin das Kind von Scheitern und Gelingen, von Niederlage und Sieg, von Trauer und Freude, von Schmerz und Glück, Spross und Bild aller Widersprüche, die ihr in eurem Leben erdulden müsst.«

»Du bist ein neuer Baum«, flüsterte Maleen. »Ich werde deine Hüterin sein.«

»Ich bin nicht die mächtige Esche. Ich bin nicht die Säule der Welt. Ich bin nur ein Krückstock.«

»Du musst uns helfen«, bat Maleen.

Das Wurzelgespinst wehte im Wind der Leere.

»Hilf uns«, flehte Maleen. »Die Schlacht ist fast verloren. Der Eiserne König triumphiert. Bitte!«

Das Kind erblasste. Es lachte leise. Dann rief es: »Möge ihn der Schlag treffen! Fünf Finger hat die Hand!«

Maleen sank verzweifelt in sich zusammen.

Der von den Flammen abgelenkte Eiserne König ahnte nichts von der Gefahr, aber Asseln und Spinnen erstarrten.

Im nächsten Moment schlug der Pfeil ein.

Er bohrte sich durch einen Spalt zwischen zwei Schuppen, durchdrang Kettenhemd und Wams. Der König wurde nach hinten geworfen, der Zügel entglitt ihm. Dann fiel er wieder nach vorn. Sein Kinn sank auf die Brünne, und er starrte den in seiner Brust steckenden Pfeil an.

Die Karontiden drehten sich nach ihm um.

Die Gefährten hielten den Atem an.

Der Eiserne König japste. Er wandte den Gefährten langsam das Gesicht zu; seine Augen brannten wie eisige Feuer. Dann riss er den Pfeil ruckartig heraus; aus der Brustwunde wölkte schwarzer Rauch.

»Oh, nein«, flüsterte Sneewitt. »Wo ist der Eschenpflock? Ist er im Flug abgefallen?«

»Scheint so«, zischte Rumpenstünz. »Wir sind Schoßkinder des Glücks, wie?«

Sneewitt war so entsetzt, dass sie versehentlich ihren letzten Pfeil abschoss. Er sauste ziellos davon.

Reineke Fuchs hockte im hohlen Weidenstamm und flehte zu den Welsen – umsonst, denn sie konnten nicht mehr helfen. Sie lagen auf dem Grund des Flusses; ihre Kiemen flatterten, die Schwanzflossen schlugen matt hin und her. Ihre Kraft war restlos verbraucht.

Der bogenförmige Wall aus Gefallenen wurde von ersten Feinden überwunden, denn die Flammen schlugen nicht mehr so hoch. Das Heer wankte. Man focht in wilder Verwirrung. Überall entbrannten Zweikämpfe. Dann brachen Raubritter unter Blaubarts Führung durch und griffen von der Flanke her an. Hilck von der Usse stemmte sich ihnen mit seinen Rittern entgegen, obwohl er wusste, dass die Lage aussichtslos war.

»Oh, Jammer und Not«, winselte der Fuchs. Auf einer Seite tobte die Schlacht, auf der anderen stöhnten Verwundete und Sterbende. Ob Maulwürfe oder Ameisen, Mücken oder Welse – das unausweichliche Ende war immer nur hinausgeschoben worden. Der Fuchs ließ alle Hoffnung fahren. Er kauerte sich zusammen und verfiel in eine totenähnliche Starre.

Die Karontiden reckten die mächtigen Schwerter und beugten sich vor, als wollten sie die umzingelten Gefährten auf ihre Hornfortsätze spießen. Sie warteten nur auf den Befehl ihres Herrn.

Die sieben Recken standen wie versteinert da.

An der Fusel brandete wieder Kampflärm auf.

Der König warf den Pfeil weg und tastete stöhnend nach der Wunde. Der dunkle Dunst des Dornenhags quoll durch die Finger seiner Hand.

»Der Pflock ist nicht im Flug abgefallen!«, rief Sneewitt. »Er hat sich beim Herausziehen des Pfeils gelöst und steckt noch in der Brust!«

»Aber nicht tief genug«, sagte Hans, der kampfbereit neben ihr stand.

In die Augen des Eisernen Königs trat mörderischer Zorn. Er richtete sich ächzend auf, um den Befehl zum Niedermetzeln der Gefährten zu geben – da quoll plötzlich Schaum aus seinem Mund. Die auf der Brust liegende Hand verkrampfte sich, sein Gesicht verzerrte sich zur Grimasse. Er zuckte und zitterte, als wäre er von einem Blitz getroffen worden.

»Der Schlag hat ihn getroffen! Jetzt oder nie!«, schrie Rumpenstünz und stieß den Zweihänder in den Hals einer Karontide. Sie ging gurgelnd zu Boden, und die übrigen Ungeheuer, die weiter auf den Befehl ihres Herrn warteten, wichen zurück.

Dieser zuckte und röchelte, als würde er am eigenen Speichel ersticken. Dann kippte er auf den Nacken seines blutroten Streitrosses.

Je mehr sich der König verkrampfte, desto lebendiger wurden die sieben Recken. Sie begannen, sich zu regen, schüttelten Arme und Beine aus und griffen wieder an. Um ihren Herrn zu beschützen, gingen die Karontiden ihrerseits zum Angriff über. Klingen kreischten, und das scheuende Streitross warf den König ab; er stürzte in den Sand, wo er mit zuckenden Gliedern liegenblieb.

Während sich ihre Gefährten mit Unterstützung der Recken gegen die Angreifer wehrten, huschte Sneewitt kurzerhand zwischen zwei Karontiden durch. Einer weiteren entkam sie durch einen Satz zur Seite. Als sie über den Boden schlitterte, sah sie aus den Augenwinkeln, wie eine vierte das Schwert schwang. Sie riss sich herum. Die Klinge fuhr neben ihr in die Erde. Als die Karontide wieder ausholte, sprang sie auf und bohrte ihr den Dolch in das linke Auge. Das Ungeheuer brüllte, wankte geblendet hin und her und krachte dann in die eigenen Reihen. Sneewitt fiel auf die Beine wie eine Katze. Der Eiserne König lag im Sand des Kraterrands, wehrlos und von Krämpfen geschüttelt. Er hatte den Helm verloren, das Schwert hatte sich unter seinem Rücken verkeilt. Sneewitt rannte los – sie musste den Eschenpflock so tief wie möglich in seine Brust stoßen!

Die Schlacht tobte im flackernden Schein des Flammenwalls. Jede Ordnung war dahin; jeder kämpfte um sein Überleben; jeder kämpfte gegen jeden; der Unkengrund war eine Welt der Schmerzen und des Todes, des Heulens, des Gebrülls und des Geschreis. Schwer vorstellbar, dass die Rufe der Unken hier jemals wieder ertönen würden.

Der Gograf und seine Männer hatten die Raubritter bis an die Flammen zurückgedrängt. Er versuchte, Blaubart zu stellen, aber dieser wich wieselgleich aus.

»Feigling und Verräter!«, brüllte Hilck. »Tritt mir entgegen wie ein Mann! Oder kannst du nur Frauen quälen?«

»Gebt acht, edler Herr, sonst zwacken Euch die Karontiden in den Allerwertesten«, rief Blaubart, der sich hinter seinen Männern verbarg. Sein an Amselgesang erinnerndes Lachen klang so ungut wie Jubel bei einem Begräbnis.

Der Gograf fuhr herum und stellte fest, dass eine Horde von Karontiden und Kultknechten auf ihn zustürmte. In diesem Getümmel musste man Augen im Rücken haben! Da griffen die Reste der Reiterei an. Von Lanzen durchbohrte Feinde gingen zu Boden. Pferde überschlugen sich, Reiter stürzten oder wurden von Schwertern aus dem Sattel gefegt. Einige Männer fochten zu Fuß weiter, hatten den Karontiden aber wenig entgegenzusetzen. Die Flammen des Scheiterhaufens erlahmten; sie erhellten das Schlachtfeld nicht mehr, sondern tauchten es in ein Gewirr zuckender Schatten. Asche und Qualm hüllten die Kämpfenden ein. Das Heer wurde immer weiter zur Fusel zurückgedrängt.

»Wo ist Helmdag?«, dachte der Gograf. Dann stürzte er sich wieder ins Gefecht. In seiner Wut führte er das Schwert mit brutaler Wucht – er musste Blaubart zum Zweikampf stellen! Der schrille Kampflärm verwandelte sich in seinen Ohren in ein monotones Dröhnen, während er einen Feind nach dem anderen fällte, Seite an Seite mit seinem Knappen und seinen Rittern. Aber Blaubart wusste ihm stets auszuweichen. Wenn Hilck die Klinge auf ihn niedersausen ließ, hing nur noch das zwitschernde Lachen in der rauchgeschwängerten Luft.

Dann sah der Gograf etwas, das ihm das Blut in den Adern gefrieren ließ: Hella – seine Hella! – pirschte sich trotz ihrer Verwundung längs der Flammen an Blaubart an. Hilck rief ihr etwas zu, aber seine Worte gingen im Lärm unter. Er warf sich noch verzweifelter in den Kampf.

Der Eiserne König hatte die Hände vor der Brust verkrampft. Geifer quoll aus seinem Mund, troff über den Bart und von dort auf den Schuppenpanzer. Seine Zunge zuckte wie die einer Schlange, sein Körper wurde von Krämpfen geschüttelt, und er strampelte mit den Beinen, als wollte er unsichtbare Fesseln abschütteln.

Im nächsten Augenblick schlitterte die keuchende Sneewitt neben ihn. Als ihre Knie gegen den Schuppenpanzer stießen, rollten seine Pupillen unter den Lidern hervor, glitten hin und her; er würgte an Worten, die in seiner Kehle steckenblieben. Sneewitt verdrängte ihren Ekel und tastete auf der Brust nach dem Eschenpflock. Spinnen und Asseln sprangen sie an, krabbelten ihre Arme hinauf, wollten in Mund und Nase eindringen. Sie wischte sie weg, wobei sie den Geifer des Königs auf ihrem Gesicht verschmierte. Endlich ertastete sie den schräg zwischen den Panzerschuppen steckenden Pflock. »Jetzt wirst du sterben«, zischte sie. »Für immer und ewig!« Sie riss am Eschenpflock, bis er senkrecht stand. Die Beine des Eisernen Königs trommelten auf den Boden, seine Arme flogen zur Seite, die Finger krallten sich in den Sand. Sneewitt warf sich mit ihrem ganzen Gewicht auf den Pflock. Das feuerrote Haar fiel in ihr blasses Gesicht, ihre schwarzen Augen blitzten. Sie vergaß die Asseln und Spinnen, die über ihren Körper wimmelten.

Und sie vergaß jede Vorsicht.

Eine gezackte Klinge bohrte sich durch den Fellranzen in ihren Rücken, trat auf der rechten Brust wieder aus. Die Wucht des Stoßes riss sie nach vorn, bevor sie den Eschenpflock tief genug in die Brust des Königs gestoßen hatte. Ihr Blut färbte seinen Schuppenpanzer rot. Die Karontide drehte das Schwert in der Wunde um und zog es heraus. Sneewitt löste die Finger vom Pflock. Sie erstarrte und hörte einen Schrei. Es war nicht der ihre. Dann stürzte sie in einen Abgrund, finsterer als die finsterste Nacht.

Hella sah Hilck von der Usse. Er rief ihr etwas zu, das sie nicht verstand, und sie blieb stehen, übermannt von einer Gefühlsaufwallung: Würde er sie je zur Frau nehmen? Dann verschluckte ihn der Kampf, und sie schlich weiter. So dicht am Feuer war der Gestank unerträglich. Qualm hüllte sie ein, die Flammen schienen nach ihr greifen zu wollen. Sie behielt Blaubart im Auge. Er verbarg sich hinter seinen Kumpanen, rohen Gesellen, die nach allem grapschten, was weiblich war. Sie kannte einige von ihren früheren Besuchen auf Rottland, und sie verachtete sie. Aber ihr Hass galt Blaubart. Der Gedanke an das, was er den Frauen angetan hatte, trieb sie an. Wenn Hilck nicht an ihn herankam, würde sie ihn töten! Sie würde ihn hinterrücks erstechen, denn so etwas wie

Ehre war ihr fremd – das war ein Luxus hoher Herren. Sie spürte, wie sich ihre blonden Haare durch die Hitze auf der Schläfe kräuselten. Nur noch wenige Schritte, und sie würde Blaubart ihr Schwert in den Leib stoßen.

Rumpenstünz sah entsetzt, wie Sneewitt fiel. »Nein!«, brüllte er. »Nein! Nein! Nein!«

Der schwitzende, blutende Helmdag fuhr herum, Hans hielt mitten im Hieb inne. Die Kraft des Zorns erfüllte sie, als sie sich, gedeckt von den Recken, zu Sneewitt durchkämpften. Sie war über dem Eisernen König zusammengebrochen, der immer noch mit den Beinen zuckte, mit den Armen drosch, röchelnd um Atem rang. Asseln und Spinnen wimmelten auf seinem Schuppenpanzer, krochten über die leblose Sneewitt. Die Karontide, die ihr das Schwert in den Rücken gestoßen hatte, stellte sich schützend vor ihren Herrn. Sie riss das mit Hauern bewehrte Maul auf, brüllte, dass die Hornfortsätze von Schritt und Brust bebten, und hob das Schwert. Der Hieb, der auf Helmdags Schild donnerte, war so heftig, dass es ihn von den Beinen riss. Die Karontide holte sofort wieder aus. Ihr Schwert prallte von Hans' Helm ab, sank in seine Schulter und wurde mit einem schmatzenden Geräusch wieder herausgerissen. Rumpenstünz nutzte den Augenblick – ein Ausfallschritt, dann stieß er den Zweihänder in den Spalt zwischen Brustharnisch und Rückenpanzer. Die Karontide röhrte. Helmdag, der wieder aufgesprungen war, setzte nach. Seine Klinge schnitt durch die Brünne und schlug eine tiefe Wunde in den Hals des Ungeheuers, das blindwütig tobte und schließlich zusammenbrach.

Hans stand da, eine Hand auf seiner verwundeten Schulter. Rumpenstünz rollte die blutende Sneewitt behutsam vom Eisernen König. Erst schien es, als wollte er ihn mit dem Zweihänder durchbohren. Dann trat er mit dem Hacken auf den Eschenpflock, rammte ihn noch tiefer in die Brust. Der dunkle Dunst des Dornenhags entwich der Wunde und verflog im Wind. Der Eiserne König zappelte und zuckte wie ein Fisch an Land. Schaum brodelte über seine Lippen. Er versuchte vergeblich, etwas zu sagen. Asseln und Spinnen wogten so panisch auf seinem Schuppenpanzer, als wüssten sie nicht, wohin.

Hans' Schulter brannte. Er biss die Zähne zusammen, senkte den Blick auf die leblos am Boden liegende Sneewitt.

Sie schlug die schwarzen Augen auf und lächelte ihn an. Aus einem Mundwinkel lief Blut über die schneeweiße Wange und tropfte in ihr Haar.

»Sneewitt …«, flüsterte Hans verzweifelt.

Ihr Blick wurde starr, schien auf etwas gerichtet zu sein, das nur sie sehen konnte.

Dann sank ihr Kopf zur Seite.

Asseln und Spinnen gefroren. Die Karontiden, die die Recken bis dicht an die drei Gefährten gedrängt hatten, senkten die Schwerter. Stille hielt Einzug auf dem Hügel, während der dunkle Dunst des Dornenhags aus der Wunde quoll und das Leben des Eisernen Königs mit sich nahm.

Auf dem Unkengrund wurde weiter gekämpft. Bedrängt von Karontiden, Kultknechten, Raubrittern und dem schlimmsten Gesindel, das in Pinafor je sein Unwesen getrieben hatte, wehrte sich der Rest des Heeres mit letzter Kraft. Trotzdem erwog niemand, die Waffe zu strecken. Der Flammenwall brannte immer schwächer, das Dunkel der Nacht gewann die Oberhand. Der Fuchs lag wie tot in der Weide, die Welse ruhten auf dem Grund, umweht von Algen, umströmt vom Wasser. Im Uferschilf stöhnten Verwundete wie

Geister ihrer selbst, und die auf den Bäumen sitzenden Krähen und Raben krächzten frohlockend.

Hilck von der Usse, der mit seinen Rittern vom Heer getrennt worden war, sah aus den Augenwinkeln zu Hella, die sich an Blaubart anpirschte. Wegen dieser Unachtsamkeit gelang es einem Gegner, ihn am rechten Arm zu verwunden. Jubel erschallte unter den Raubrittern, und Blaubart schrie von hinten: »Die Schlacht ist verloren! Gebt auf!« Dann lachte er hämisch und melodisch zugleich.

Der Gograf ignorierte die Wunde und drängte die Raubritter mit seinen Männern immer weiter zum Flammenwall zurück. »Stell dich, Blaubart, du erbärmlicher Feigling!«, brüllte er. »Du kannst dich nicht für immer hinter deinen Männern verkriechen!«

»Hoh-hoh!«, schrie Blaubart. »Und du kannst nicht für immer leben. Du bist so gut wie tot. Schau dein Heer an. Es geht gleich unter. Du wirst in einem Meer von Leichen ersaufen!«

In die Augen des Gografen trat eine Wut, die seine Mitstreiter zurückzucken ließ. Er riss einem Ritter die Streitaxt aus dem Gürtel und warf sie mit all der Kraft, die seinem verwundeten Arm geblieben war. Sie wirbelte über die Köpfe der Feinde, ihre Klinge blitzte im Flammenschein.

»Ja-hah!«, kreischte Blaubart. »Schlechter Wurf, Gograf!« Er wich der Waffe so elegant aus wie ein Tänzer – und sprang direkt in Hellas Schwert.

»Oh«, stieß er hervor, und seine Zunge flatterte zwischen den schmalen Lippen.

»Das ist für alle Frauen und Mädchen, die du gequält hast, Bastard«, zischte Hella und zog das Schwert aus seinem Rücken.

Blaubart schwankte zu ihr herum. »Aber … ich habe ein Herz für Frauen«, hauchte er. »Ein großes, großes Herz.«

»Wenn dein Herz so groß ist, umso besser«, erwiderte Hella. »Dann kann ich es nicht verfehlen.« Und sie stieß ihm das Schwert in die Brust.

»Hah … Hahaha!«, lachte Blaubart. Dann gaben die Beine unter ihm nach, und er stürzte rückwärts in die Flammen.

Die Raubritter erstarrten vor Entsetzen, als ihr Anführer fiel. Hilck von der Usse und seine Männer schlugen sich zu Hella durch. Der Gograf betrachtete sie staunend und verneigte sich kurz, aber tief und achtungsvoll vor ihr. Dann brüllte er: »Wir müssen zurück zum Heer, Männer!« Sie ließen die Raubritter, die ihren Kampfgeist vorübergehend verloren hatten, neben dem brennenden Leichnam stehen und eilten über das von Toten bedeckte Schlachtfeld zur Fusel, wo das Heer weiter von der Streitmacht bedrängt wurde.

Als Hella sich im Laufen umdrehte, sah sie, dass die Wilde Jagd unschlüssig zwischen Fluss und Hügel wogte. Im nächsten Moment stob sie wie auf ein Zeichen in alle Himmelsrichtungen davon. Ihr Kreischen war so schrill und laut, dass es durch Mark und Bein ging. Karontiden und Kultknechte hielten mitten im Kampf inne und fuhren herum. Krähen und Raben flogen krächzend von den Bäumen am Ufer auf, als wollten sie fliehen. Der Lärm der Schlacht flaute ab, und wie auf dem Hügel trat auch im Unkengrund Stille ein – die bleierne Stille des Todes.

In der Grotte erwachte Maleen aus der Versenkung. Sie war so kummerschwer, weil sie nichts erreicht hatte, dass sie nur langsam in die Außenwelt zurückkehren konnte. Kurz bevor sie die Pfade des Inneren ganz verließ, spürte sie etwas, und als sie sich umdrehte, schien in der Finsternis ein moosgrünes Licht auf. In diesem Licht stand das buckelige Kind. Erst winkte es ihr, dann verneigte es sich so tief, dass seine Stirn den Boden zu berühren schien, und schließlich hüpfte es so ungestüm herum, als würde es einen Freudentanz aufführen. Maleen wurde trotz ihrer Betrübnis, ja gegen ihren Willen von Freude erfüllt. Sie musste lachen, als sie dem krummen, zwitterhaften Geschöpf zusah; es strotzte nur so von Kraft und Leben, obwohl alles verloren war. Das Kind hielt mit Tanzen inne, reckte beide Arme über den Kopf und spreizte die Finger. »Fünf Finger hat die Hand!«, rief es so hell und klar, dass seine Stimme durch die Leere bis zu ihr hallte. Es schlug einen Purzelbaum und war verschwunden.

Das moosgrüne Licht leuchtete weiter.

Maleen hatte es plötzlich eilig, die Welt zu erreichen. Als sie die Augen öffnete, blinzelte sie. Sobald sie wieder klar sehen konnte, stellte sie fest, dass der Trieb in der Mitte der Mulde gewachsen war: Blätter hatten sich an den Zweigen entfaltet, der Stamm war dicker geworden, seine Rinde war glatt und glänzend. Während Maleen ihn bestaunte, wurde ihr bewusst, dass etwas Entscheidendes passiert sein musste. Sie wusste nicht, was, aber das Dunkel hatte sich aufgehellt. Als sie sich nach den anderen Frauen umdrehte, stellte sie fest, dass auch sie den Trieb anstarrten. Nur Alwine schien noch nicht ganz bei sich zu sein.

»Habt ihr das Kind gesehen?«, fragte Maleen.

Die Muhme nickte benebelt. »Hässlich«, brummte sie. »Aber auch … ganz süß.«

»Die grüne Kraft erholt sich wieder«, sagte Sanne. »Sie kehrt zurück, und das Kind ist ihr Bote. Ich kann es spüren!«

Maleen streichelte die auf ihren Schultern sitzenden Vögel, dann durchquerte sie das Trümmerfeld des Labyrinths. Die Eichhörnchendame sprang von einer Wurzel auf ihren Kopf und piepste: »Es liegt Hoffnung in der Luft!«

Sie gingen zum Heiligen Weiher, wo der Grottenolm still im Wasser lag. Als Maleen näher kam, wandte er ihr das blinde Gesicht zu und verkündete: »Es liegt Hoffnung in der Luft!« Seine Kiemenbüschel flatterten.

Die Eichhörnchendame sah ihn pikiert an. »Das habe ich auch gerade gesagt«, erwiderte sie. Dann flüsterte sie Maleen ins Ohr: »*Sooo* klug ist er nun auch wieder nicht. Der Fuchs hat recht: Er ist nur eine Weißwurst mit Kiemen.«

Maleen überhörte sie und fragte: »Was ist geschehen?«

»Ich habe noch keine Nachricht«, antwortete der Grottenolm. »Aber die grüne Kraft regt sich – ein Zeichen dafür, dass der Eiserne König geschwächt worden ist.«

Maleen dachte an ihre Gefährten, und trotz der guten Kunde wurde ihr bang um das Herz.

Im Unkengrund war die Schlacht nach der kurzen Erstarrung neu entbrannt. Aber Karontiden und Kultknechte waren nicht mehr bei der Sache; sie sahen immer wieder zum Hügel, ihr Angriff verlor an Kraft, ja sie wichen sogar zurück, obwohl sie weit in der Überzahl waren.

In dieser Schwächephase gelang dem Gografen mit Hella und seinen Rittern der Durchbruch zum Heer. Der aus zahlreichen Wunden blutende Harlung, die Streitaxt in beiden Händen, rief ihm zu: »Wo ist die Wilde Jagd? Und warum greifen sie nicht mehr an? Sie haben es doch fast geschafft!« Er zeigte auf seine Männer, die aus geröteten Augen ins Leere starrten, erschöpft oder verwundet am Boden lagen.

Das Feuer des Scheiterhaufens, der sich im Bogen über das Schlachtfeld zog, flackerte nur noch stellenweise auf. Die Streitmacht des Eisernen Königs zauderte immer noch. Aus Tausenden von Kehlen drang ein Grollen, aber es war weder wütend noch blutrünstig, sondern eines, in dem die dumpfe Furcht eines von Jägern gestellten Wolfes lag. Karontiden hoben die Schwerter, als wollten sie böse Mächte abwehren, Kultknechte zögerten, erste Krieger ergriffen die Flucht. Die Gegner standen sich ratlos gegenüber: War die Schlacht geschlagen? Wer war der Sieger, wer der Verlierer?

Da ertönten hinten in der Streitmacht entsetzte Schreie und Rufe, die sich durch die Reihen fortpflanzten und schließlich auch in vorderster Front ertönten.

»Was ist da los?«, fragte Hans-mein-Igel, der Knappe.

»Wir sollten die Gelegenheit für einen Gegenschlag nutzen«, sagte Harlung. »Jetzt oder nie!«

»Ich weiß nicht«, murmelte Hilck von der Usse und ließ den Blick über seine abgekämpften Ritter gleiten. »Seltsam, dass eine Schlacht stockt.«

»Irgendjemand kommt von hinten durch die Streitmacht«, rief Hella.

Die Reihen des Feindes taten sich auf. Karontiden wichen zurück, warfen röhrend den Kopf in den Nacken. Kultknechte traten beiseite und schlugen mit ihrem Schwertarm auf den Brustpanzer.

Dann erschienen die Gefährten. Der Schein des erlöschenden Scheiterhaufens warf ihre Schatten über den Unkengrund. Rumpenstünz schritt mitten durch die Scharen der Feinde, Sneewitt in seinen Armen und gefolgt von Hans, der Helm und Schuppenpanzer des Eisernen Königs auf einer Lanze trug. Hinter ihm ging Helmdag, das Schwert des Königs in der Hand. Zuletzt kamen die sieben Recken, die nicht mehr im Fellranzen verschwinden konnten, weil er von der Klinge der Karontide durchbohrt worden war.

Die Feinde jammerten und klagten, ließen die Gefährten aber unbehelligt durch. Als diese das Leichenfeld überquerten, auf dem die Schlacht getobt hatte, kam ein verletztes Pferd angetrabt, rieb seine Nüstern an Sneewitts Wange und wieherte klagend. Das Heer tat sich ebenso vor ihnen auf wie die Streitmacht. Alle Krieger, die Anführer und Hilck von der Usse verneigten sich tief vor der toten Sneewitt.

Ein vielstimmiges Klirren ertönte, als Krieger und Kämpfer des Eisernen Königs die Waffen wegwarfen. Sie wälzten sich durch die ersterbenden Flammen und flohen in die Nacht, die alles in Dunkel und Stille tauchte.

36. Der Weg der Welse

Der Tag brach an, und er war heller als der vorhergehende. Grimm ritt durch in den Greting. Zwischen den kahlen, von Schimmel bedeckten Eichen zeigte sich ein Hirsch, der beim Anblick des Reiters die Flucht ergriff. Eine Wildschweinrotte lief in einiger Entferung vorbei, und in den Waldestiefen rief ein Vogel.

Grimm gab dem Rappen einen Klaps auf den Hals und sagte: »Das Leben regt sich wieder, Schwarzer. Es liegt Hoffnung in der Luft. Aber«, fügte er hinzu, »nicht für mich. Nein, nicht mehr für mich.«

Die auf seinem Helm befestigte Suppenkelle streifte Zweige, aber das kümmerte ihn nicht. Er kannte sein Ziel, und er hatte es nicht eilig. Er trabte durch den dichten Wald, schlängelte sich durch Klüfte, sprang über Abgründe, hielt Ausschau nach Landmarken, die er von früheren Ritten durch den Greting kannte. Als der Nachmittag anbrach, sah er die Hütte, die sich vor die Steilwand duckte. Er zügelte den Rappen und flüsterte: »Da sind wir, Schwarzer. Warte hier. Es wird nicht lange dauern.« Er band den Zügel an einen Ast. Nach einigen Schritten drehte er sich um. »Falls ich nicht zurückkehre«, sagte er, »mach es gut, alter Knabe.« Dann schlich er durch das Unterholz zur Hütte.

Alles war still. Rauch wölkte aus dem Schornstein, der sich über den bemoosten Dachschindeln erhob. Grimm kam aus der Deckung, zog das Schwert und ging mit langen Schritten zur Tür, stieß sie auf. Warme Luft schlug ihm entgegen. Die in den Becken glühenden Kohlen ließen die samtbespannten Wände rötlich schimmern. Barbera lag auf dem Lager. Bei Grimms Anblick wisperte sie lächelnd: »Mein Galan.« Ein weißer Arm lag auf den Fellen, mit denen sie bis zum Kinn zugedeckt war. Unter der Schulter war die Wunde zu sehen, die er ihr geschlagen hatte.

Ob sie fieberte? Als Grimm sich umschaute, erblickte er auf einem Stuhl das schwarze Gewand, das sie zuletzt getragen hatte. Die Haube mit dem Schleier lag auch da. Er schloss die Tür, rührte sich aber nicht vom Fleck.

»Komm zu mir«, hauchte Barbera.

Grimm kämpfte mit sich. Schließlich stieß er hervor: »Wir haben deine Schwestern erschlagen. Alle zwölf. Sie liegen tot im Gewölbe ihres niedergebrannten Hauses.«

»Komm her«, wiederholte Barbera. Als er sich nicht regte, schälte sie sich aus den Fellen und griff nach einer neben dem Lager stehenden, bauchigen Flasche. Sie setzte sie an die Lippen. »Leer …«, murmelte sie und sank wieder zurück. Dann sah sie Grimm aus glänzenden Augen an. »Du willst mich töten. Aber das wird dir nicht gelingen«, flüsterte sie. »Und warum solltest du es tun? Wir haben alles verloren. Der Eiserne König ist ein zweites Mal durch die Hand einer Frau gestorben. Sie hat ihm einen Eschenpflock ins Herz gestoßen. Der Dunst des Dornenhags ist ihm entwichen, und sein Leib hat sich in ein Gewimmel von Asseln und Spinnen aufgelöst. Er wird bis in alle Ewigkeit durch die Leere jenseits der Welt irren. Wir beide«, sagte sie mit schwacher Stimme, »haben nur noch einander.«

Grimm starrte sie an.

»Nur noch einander«, sagte sie wieder. »Komm zu mir, mein Galan.« Sie winkte ihm mit einem Finger.

Er betrachtete die Striemen auf ihrer Wange, das Schandmal auf ihrer Stirn, die Haare, die sich dunkel auf ihren Schultern ringelten. Dann ging er langsam zu ihr, richtete das Schwert auf sie. »Oh, doch!«, sagte er, und seine Rubinaugen loderten. »Ich werde dich töten. Denn du hast mich nur erweckt, um mich zu benutzen. Ich war dein Werkzeug und dein Diener. Du hast mich weder geachtet noch geliebt. Du hast nur Tod und Unheil gebracht. In deiner schönen Gestalt steckt ein Ungeheuer!« Er schob die Schwertspitze dicht an ihren Hals.

Barbera lachte leise. »Dummkopf«, flüsterte sie. »Ihr habt meine zwölf Schwestern getötet, aber mich kannst du nicht töten. Du wirst es nicht einmal wagen. Steck dein Schwert weg und leg dich zu mir.«

Grimm zog das Schwert zurück. Die Versuchung war groß, und er rang mit sich. Er streckte eine Hand aus, als wollte er Barberas Wange streicheln, holte rüttelnd Luft.

»Jaaa …«, seufzte sie. »Komm.«

Er zog das Schwert noch weiter zurück, ließ die Spitze auf die Felldecke sinken. Er keuchte. Der innere Kampf war ihm anzusehen; seine Gesichtsmuskeln zuckten, er mahlte mit den Kiefern, stampfte auf. Da sah er sie plötzlich vor sich – das Mädchen mit den grünen Augen und den beiden Vögeln auf den Schultern. Er riss sich zusammen, schrie auf und stieß mit dem Schwert zu.

Die Spitze bohrte sich durch die Felle in die Strohmatratze, denn Barbera war aufgesprungen. Sie stand mit grässlich verzerrtem Gesicht neben dem Lager und fauchte ihn an. Im nächsten Moment verwandelte sie sich in die Hexe, hackte mit ihren Krallen, spie ihm Gift und Galle ins Gesicht. Er taumelte zurück, fing sich wieder und führte einen Streich, der ihren Rumpf vom Oberkörper hätte trennen müssen, aber ins Leere ging. Die Klinge fuhr in einen Balken, und als er sie heraushebeln wollte, riss ihm Barbera den Helm ab und zerkratzte sein Gesicht mit den Fingernägeln. Grimm warf sie brüllend in eine Ecke, wuchtete eines der Becken hoch und kippte die glühenden Kohlen über ihr aus. Ihre Haare fingen Feuer, Qualm stieg von den Lumpen auf. Sie wand sich unter Schmerzen, kreischte und zeterte. Und als hätte Grimm ihren nächsten Schritt geahnt, griff er nach der bauchigen Flasche, schnappte sich den Korken und wirbelte herum. Barberas Hexengestalt zerfloss zum wabernden Nebelstreif. Grimm warf das Schwert weg, packte die Flasche mit beiden Händen und hielt sie dem Nebelstreif entgegen.

Er floss blindlings hinein.

Grimm stieß den Korken in den Flaschenhals, schlug mit der Faust darauf, bis er ganz festsaß. Dann sank er auf das Lager, die Flasche im Schoß. Hinter dem grünlichen Glas sauste der Nebelstreif hin und her. Barbera versuchte vergeblich, sich zurückzuverwandeln. Sie presste ihr Gesicht gegen das Glas, glotzte Grimm an. Hände formten sich, Arme und Beine, aber es gelang ihr trotz aller Anstrengungen nicht, ihre alte Gestalt wieder anzunehmen. Sie zeterte hohl und unverständlich.

Grimm sank über der Flasche zusammen, umschlang sie wie eine lange vermisste Geliebte. Schließlich erhob er sich, denn der Samt auf den Wänden war von den glühenden Kohlen in Brand gesetzt worden. Flammen leckten an der Decke, Rauch trübte die Sicht. Grimm packte die Flasche in eine Kiste, ließ die Riegel zuschnappen und verließ die brennende Hütte.

Draußen lud er die Kiste auf den Rappen. Dann ritt er davon, ohne sich noch einmal umzudrehen.

Noch bevor Grimm die Feste der Gografen erreichte, begann es zu schneien. Wie der Herbst setzte auch der Winter in diesem Jahr früh ein. Das geschundene Land lag bald unter einer dünnen, weißen Decke.

Grimm trabte gemächlich dahin. Auf dem Heerweg, der so lange verwaist gewesen war, kamen ihm Wandergesellen und Händler entgegen. Die meisten schlugen einen großen Bogen um den finsteren Reiter mit den rubinroten Augen. In den Herbergen, in denen vor nicht allzu langer Zeit Säufer und Prahlhänse das zu Gold gesponnene Stroh verprasst hatten, ging es wieder ruhiger zu. Grimm hielt sich nur kurz in den Schankstuben auf. Er setzte sich in eine Ecke, aß einen Happen und ging dann in den Stall, um nach der Kiste zu schauen: Die Flasche war heil, der Nebelstreif noch darin, und wenn Barberas flehende Augen hinter dem grünen Glas erschienen, schlug er die Kiste zu und schloss die Riegel.

Schließlich tauchte die Feste in der Ferne auf. Viele Mauern und Türme waren bei der Belagerung zerstört worden, aber das Banner mit Stern und Kornähren wehte auf dem Bergfried – die Gografen hatten ihre Feste wieder in Besitz genommen. Grimm ritt ebenso dreist auf den Werder, wie er kürzlich in das Feldlager des Eisernen Königs geritten war, und die Wächter ließen ihn genauso verblüfft durch. Als er zum Schloss trabte, stieß er auf Reineke Fuchs, der ein Huhn im Maul trug.

Grimm zügelte den Rappen. »Aha«, rief er. »Ertappt!«

Der Fuchs erstarrte, denn das Huhn war tatsächlich gestohlen. Er sah sich so hektisch um, dass der Hühnerkopf hin und her flog, und als er die Flucht ergriff, stoben Federn.

Grimm lachte wahrhaft grimmig in sich hinein. Dann gab er seinem Pferd einen Klaps auf die Kruppe und ritt weiter. Ein Pferdegespann, das einen Leiterwagen mit Verwundeten zog, rumpelte hinter ihm auf dem Schlossplatz. Überall standen Zelte für die Opfer der Schlacht. Ein Wundarzt putzte am Brunnen die Messer, in braune Kutten gehüllte Pflegerinnen eilten geschäftig hin und her. Grimm lenkte sein Pferd durch die Zeltstadt zur Freitreppe des halb zerstörten Schlosses. Die Gografen schienen auch gerade erst eingetroffen zu sein; ihre schweißtriefenden Streitrösser wurden in den Stall geführt. Er band den Rappen an den Ranunkelstrauch, den die Jungfrau bewundert hatte, bevor sie von dem Wesen der Wilden Jagd getötet worden war, nahm die Kiste und betrat das Schloss. In der Eingangshalle begegnete er Hans, der den linken Arm in einer Schlinge trug.

»Zum Gruß, Räuber«, rief Grimm. »Es hat lange gedauert, bis ich dich erkannt habe, aber es freut mich, dass wenigstens einer meiner Männer noch lebt. Ach, die gute, alte Zeit!«

»Mir kommt es vor, als wäre sie ewig her«, murmelte Hans.

Grimm nahm den Helm ab und starrte die Suppenkelle an, die immer noch darauf steckte. »Ja, es ist viel passiert«, erwiderte er. »Jetzt brechen neue Zeiten an, und das Räuberleben wird nicht mehr sein, was es einmal war.« Er stellte die Kiste ab, setzte einen Stiefel darauf und sagte: »Wie dem auch sei – ich bringe euch Barbera.«

»Wo ist sie?«, fragte Hans.

»Hier«, antwortete Grimm und ließ den Hacken auf die Kiste knallen.

Hans zog ungläubig die Augenbrauen hoch.

Die Gografen standen im Rittersaal. Hilck von der Usse hielt Hella im Arm und kratzte sich im Bart, der so struppig und zerzaust wie das Fell eines Wolfshundes war. »Die Decke ist unversehrt«, stellte er mit Blick auf die Malereien fest.

»Sie haben gehaust wie Vieh«, sagte Hella, die sich im Saal

umsah: Schimmelnde Essensreste und stinkende Bierlachen, umgekippte Tische und Bänke.

»Das ist guter Brauch bei Siegern«, sagte der auf einen Stock gestützte Helmdag.

»Sieger? Pah!«, spie Harlung aus.

Bei ihrer Ankunft war kein Besatzer mehr dagewesen. Die Nachricht vom Tod des Eisernen Königs schien sich rasch verbreitet zu haben, vielleicht durch die Wilde Jagd, die sich in alle vier Winde zerstreut hatte.

Da traten Hans und Grimm ein. Rumpenstünz, der an einem Fenster stand und den Schneehimmel betrachtete, drehte sich um und sagte: »Sieh an. Der Mann, der die Fronten häufiger wechselt als seine Unterwäsche.«

»Ich halte euch nicht lange auf«, erwiderte Grimm. »Hier ist Barbera.« Er stellte die Kiste auf einen Tisch, ließ die Riegel aufschnappen und holte die Flasche heraus.

»So klein und dick habe ich sie nicht in Erinnerung«, spottete Harlung.

Hilck von der Usse sah Grimm stirnrunzelnd an und ging zur Flasche: Der Nebelstreif waberte darin, ein Arm erschien, ein Schenkel, ein Bein. Dann drückte Barbera ihr Gesicht gegen das Glas. Der Gograf erschrak. »Sie ist es tatsächlich«, stieß er hervor. »Wie kommt sie in diese Flasche?«

»Das ist eine lange Geschichte«, sagte Grimm. »Seht lieber zu, dass sie nicht wieder herauskommt.« Er verneigte sich vor den zwei Gografen, machte auf dem Hacken kehrt und wollte gehen.

»Wohin willst du?«, fragte Hans.

»Nach Westen! Immer nach Westen!«, rief Grimm über die Schulter. »Ins Unbekannte. Hier ist kein Platz für Untote wie mich.«

»Bleib als Heerführer bei uns«, schlug Helmdag vor.

Grimm lachte auf. »Für mich gibt es keine Hoffnung mehr«, sagte er und schritt sporenklirrend aus dem Saal.

Das war das Letzte, was man je von ihm sah.

»Ich werde nicht schlau aus diesem Mann«, sagte Hilck von der Usse. »Auf wessen Seite hat er gestanden?«

Harlung lauschte Grimms verhallenden Schritten. »Auf seiner eigenen«, meinte er schließlich. »Grimm ist ein Wanderer zwischen den Welten. Und zwischen Leben und Tod.«

Die Flasche wackelte, als Barbera zeterte. Sie drückte ihr Gesicht gegen das grüne Glas, aber ihre Züge wurden immer verschwommener.

»Sie ist wütend«, sagte der grinsende Rumpenstünz.

»Wundert dich das?«, fragte Hans. »Kein Haus, keine Diener, keine Gelegenheit für Bösartigkeiten – das ist bitter.«

»Platz ist in der kleinsten Hütte«, brummte Harlung und tat die Flasche wieder in die Kiste.

»Wir werden sie für immer verbannen«, sagte Helmdag. »Ich weiß auch schon, wie!«

Die anderen sahen ihn neugierig an, aber er schwieg.

Drei Tage später trafen Alwine, Sanne und die Muhme in einem von den Welsen gezogenen Boot ein. Sie wurden von Meister Grimbart und Reineke Fuchs freudig begrüßt.

»Du bist ja richtig rund geworden«, sagte Sanne, die den Kopf des Fuchses tätschelte.

»Der Winter bricht an«, erwiderte er. »Da muss man sich eine Speckschicht anfressen.«

»Seine Speckschicht besteht aus geklauten Hühnern«, grunzte der Dachs.

»Besser Hühner im Bauch als Stroh im Kopf«, gab der Fuchs zurück.

»Besser Stroh im Kopf als gar nichts«, konterte der Dachs.

»Besser gar nichts als überhaupt nichts«, zischte der Fuchs.

Meister Grimbart sah ihn finster an. Dann fragte er: »Wo ist Maleen?«

»Sie bleibt als Hüterin bei dem jungen Baum«, antwortete die Muhme.

»Mit dem grottigen Olm und dem Nüsse nagenden, lebenden Staubwedel?«, hechelte der Fuchs. »Die Arme.«

»Seid endlich still, ihr beiden«, sagte Alwine. »Wir sollten froh sein, dass alle glimpflich davongekommen sind.«

»Nicht alle«, murmelte der Dachs. »Leider nicht alle …«

Bald darauf standen die drei Frauen am gläsernen Sarg, in dem Sneewitt im Rittersaal aufgebahrt worden war. Sanne brach in Tränen aus, und die Muhme rang um Fassung – sie stieß ihren Stock auf den Boden und schimpfte vor sich hin.

»Sie wollte dem Eisernen König den Eschenpflock ins Herz stoßen, und genau das hat sie getan«, erzählte Rumpenstünz, der seine Tochter an sich drückte.

»Vielleicht küsst ein Prinz sie wach«, flüsterte Alwine.

»Oh, nein. Das wäre nicht in ihrem Sinn. Sie hat mit Prinzen keine sehr guten Erfahrungen gemacht«, erwiderte Sanne, die trotz der Tränen lächeln musste.

»Die Prinzen hatten es sicher auch nicht ganz leicht mit ihr«, meinte Hans.

»Ja, sie konnte mit Worten wie mit Pfeilen schießen«, sagte die Muhme und rieb ihre Augen.

»Die Welt der Lebenden ruht auf den Gebeinen der Toten.«

Alle drehten sich nach dem Fuchs um. Er fügte hinzu: »Wir

können die Toten nur ehren, indem wir leben – und zwar so tapfer und anständig wie möglich.«

»*Das* sagt uns ein Hühnerdieb?«, grollte der Dachs.

»Das sagt euch ein *tapferer* Hühnerdieb«, entgegnete Reineke Fuchs hoch erhobenen Hauptes. »Trauert nicht um Sneewitt, sondern seid froh, dass sie gelebt hat.« Er sah die Gefährten der Reihe nach an, dann trollte er sich.

»Wohin des Weges, Quell der Weisheit?«, rief ihm der Dachs nach.

»Ich habe Hunger«, keckerte der Fuchs. »Denn ich bin noch am Leben.«

Gegen Mittag des nächsten Tages trafen Horn und Rapunzel zu Pferd aus Rottland ein. Horn verweilte lange an Sneewitts Sarg. Dann wurde er von den Gografen empfangen, die seine Ernennung zum Burgherrn von Rottland bestätigten. Hinter ihnen standen als Leibwächter die sieben Recken. Bei ihrem Anblick bekam Horn feuchte Augen; er schneuzte sich laut und seufzte: »Ach, meine Wanderjahre … Die Zeit der Abenteuer …«

»… ist vorbei!«, vervollständigte Rapunzel seinen Satz und trat ihm auf den Fuß.

Er faltete die Fettwülste seines Kinns ineinander. »Ja«, sagte er. »Vorbei, vorbei … Horn, Ranzen und Hut sind kaputt oder verschwunden. Ein Jammer.«

»Oh, ja. Wie schade, dass der Krieg vorbei ist«, erwiderte Rapunzel schnippisch. »Wie bedauerlich, dass wieder Friede herrscht. Ich würde so gern noch ein paar Kultknechte und Karontiden abschlachten, bevor Pinafor vom Eisernen König beherrscht, geknechtet und ausgeplündert wird. Und Blaubart vermisse ich so sehr, dass ich nachts in mein Kissen weine. Wirklich ein Jammer.«

Horn starrte sie an. Die Gografen grinsten. Hans kicherte in sich hinein, und die Muhme flüsterte Sanne ins Ohr: »Mir scheint, dass Sneewitt eine würdige Nachfolgerin gefunden hat, was ihr Mundwerk betrifft.«

Die Gografen wollten Sneewitt mit großem Gepränge und allen Ehren zu Grabe tragen, aber die Gefährten entschieden sich dagegen. Sie schulterten den gläsernen Sarg, trugen ihn aus dem Schloss und über den Hof, wo sich ein jeder vor der Toten verneigte. Sie trugen ihn bis in den Garten hinter den Pferdeställen, in dem die Gruft der Gografen lag. Obstbäume reckten ihre kahlen Äste in den Winterhimmel, und eine Trauerweide ließ ihre Zweige auf die Steinplatte hängen, auf der die Namen der Verstorbenen eingemeißelt waren. Ein kalter Ostwind blies, als die Gefährten den Sarg in die Gruft hinabließen. Sneewitt würde zwischen den toten Gografen und deren Gemahlinnen ruhen, als wäre sie eine der ihren. Alle standen stumm da, während Schneeflocken in die offene Gruft rieselten und den gläsernen Sarg wie mit einem Leichentuch aus eisigen Kristallen bedeckten.

»Wir sehen uns wieder«, flüsterte Hans, der an die tote Grete dachte.

»Aber nicht so bald, wenn ich bitten darf«, hechelte der neben ihm stehende Fuchs.

Dann wurde die Grabplatte zugeschoben. Sie glitt knirschend in die Fugen. In der Gruft herrschte wieder Dunkel.

Die Schar der Trauernden verließ den Obstgarten. Helmdag holte die bauchige Flasche, in der Barbera zuckte und zeterte, und sie gingen gemeinsam zum Welsfluss, wo die Welse dicht an dicht im Wasser lagen.

»Wir brechen auf«, rief ihnen der alte Waller entgegen. »Wir kehren zur Hohen See zurück, Kinder. Ich denke, ihr kommt jetzt ohne uns zurecht.«

Helmdag watete in das Wasser und hielt dem alten Waller die Flasche hin. »Nehmt sie bitte mit«, sagte er, »und lasst sie an der tiefsten Stelle auf den Meeresgrund sinken, damit sie uns nie mehr behelligt.«

Der Waller lachte blubbernd. »Barbera?«, fragte er. »Ja, das werde ich tun. Lebt wohl!« Er nahm die Flasche in sein Maul, wendete mit kräftigen Flossenschlägen und schwamm nach Norden, gefolgt von den anderen Welsen.

Gografen und Gefährten sahen ihnen lange nach.

Das geschundene Land war weiß, so weit das Auge reichte.

»Wenn Pinafor im Frühling aus dem Schnee auftaucht, wird die grüne Kraft erwachen«, sagte Alwine, die sich frierend an Rumpenstünz drückte. »Dann wird alles gut.«

»Bis dahin kann noch einiges passieren«, erwiderte Reineke Fuchs. »Ihr wisst doch: Man frisst die Taube erst, wenn der Spatz nicht mehr auf dem Dach sitzt. Freut euch also nicht zu früh.«

»Zicke und Zecke!«, grollte Meister Grimbart. »Muss dieser verfluchte, verflixte und verdammte Held von Fuchs denn immer das letzte Wort haben?«

»Ja, das muss ich«, keckerte Reineke Fuchs und schnürte zur Feste der Gografen, deren mit Schneekappen geschmückte Türme, Dächer und Wälle hoch über dem Werder aufragten. Aus den Schornsteinen wölkte Rauch in den Himmel.

Nach einer Weile folgten die Gefährten. Ihre Spuren waren bald zugeschneit. Hinter ihnen schloss sich ein Vorhang aus reinem, weißem Schnee.

Nachsatz (von Meister Grimbart)

Damit Reineke Fuchs nicht das allerletzte Wort hat, will ich den Werdegang meiner Freunde und einiger Feinde schildern.

Um mit MEINER WENIGKEIT zu beginnen: Es ist Sommer, und ich lasse im Kiefernwald die Sonne auf meine Schwarte scheinen. Den Frühjahrsputz habe ich in den Herbst verlegt; dann kommt nämlich der Fuchs zu Besuch, und er soll mir helfen, weil er mich damals von der Arbeit abgehalten hat. Ich bin inzwischen im sauer verdienten Ruhestand, und was das Trotteltier von FUCHS betrifft, so räubert er sich durch alle Hühnerhöfe Pinafors; ich fürchte, dass sein Pelz eines Tages den Hals einer schönen Frau schmücken wird.

HANS fühlte sich einsam, weil seine Gefährten die Familie für ihn gewesen waren, die er nie gehabt hatte. Er irrte durch Pinafor und strandete in der Herberge ›Zur munteren Matrone‹, wo seine Schwester GRETE gearbeitet hatte. Die Wirtin, die den Verlust ihres Goldes nicht verwinden konnte, schloss ihn in ihr Herz, setzte ihn als Erben ein und starb kurz darauf an einem Schluckauf. Heute ist Hans ein geachteter Wirt. Er kocht hervorragend (sein beliebtestes Fleischgericht heißt *Blutjungfer*) und brennt einen Schnaps namens *Hammerschlag*. (Ich habe davon gekostet und muss sagen, dass er seinem Namen alle Ehre macht.)

DIE MUHME lebt wieder in ihrer Kate und kümmert sich um Hollerbüsche und Katzen, die sich bei ihrer Rückkehr eifrig vermehrt hatten. Sie raucht immer noch rätselhafte Kräuter und namenlose Pilze und trinkt Holunderschnaps dazu, weil sie das angeblich jung erhält.

RUMPENSTÜNZ (alias Kunz) führt in Flutwidde den Hof eines im Kampf gefallenen Landmanns, wobei ihm ALWINE tatkräftig hilft. Zum Missvergnügen ihres Vaters wird sie von Jünglingen wild umschwärmt; aber er besitzt ja noch seinen Zweihänder.

SANNE ist in die Grotte zurückgekehrt, wo sie MALEEN als zweite Hüterin zur Seite steht. Der Baum ist gewachsen, wird aber nie so groß sein wie die Esche; er ist krumm und schief und absolut unbestimmbar. Mal sieht er aus wie eine Eiche, dann wie eine Buche oder wie ein Ahorn, dann wie ein Was-weiß-ich. Immerhin: Die GRÜNE KRAFT strömt und wirkt wieder, und in der Natur geht alles seinen Gang.

HORN ist Vater von Zwillingen geworden, die ihm angeblich die Haare vom Kopf fressen (er hat ja sowieso keine mehr). RAPUNZEL ist schon wieder schwanger und hofft auf ein weiteres Zwillingspaar; nur sollten es jetzt Mädchen sein.

HILCK VON DER USSE vermählte sich erwartungsgemäß mit Hella. Er regiert Pinafor gütig, aber gerecht oder wie das heißt; säumige Steuerzahler werden nicht mehr ausgepeitscht, sondern stehen nur ein paar Tage am Pranger. (Dachse zahlen zum Glück keine Steuern …)

HELMDAG VON DER USSE fühlte sich nach dem Krieg gegen den Eisernen König nutzlos und wurde schwermütig. Die Muhme half ihm mit geheimnisvollen Kräutern und noch geheimnisvolleren Zaubersprüchen. Er ist jetzt für Pinafors Verteidigung zuständig und baut eine neue Reiterei auf.

HARLUNG setzt mit den überlebenden Köhlern die Arbeit im Greting fort. Er trauert immer noch um SNEEWITT, die er heimlich geliebt hat. Ach, sie sollte wirklich noch leben!

Um bei den Toten zu bleiben: HARDTS Leichnam wurde zur Feste der Gografen überführt und neben Sneewitt beigesetzt.

GRIMM ist spurlos verschwunden. Ein Wanderer berichtete zwar, dass er tief im Westen einem in einer Höhle hausenden Einsiedler mit brandnarbigem Gesicht und rubinroten Augen begegnet sei, aber das kann unmöglich Grimm gewesen sein.

Die Flasche mit BARBERA liegt auf dem tiefsten Grund der Hohen See; das haben wir vom Grottenolm gehört, der es von einem Hecht wusste, der es von einem Karpfen erfuhr (den der Hecht gefressen hat), der es von einem Lachs vernahm, der es von einem Katzenhai hörte. Die WELSE sind nicht wieder nach Pinafor zurückgekehrt, werden aber weiter als heilige Fische verehrt; der alte Waller würde wohl blubbernd darüber lachen.

Der EISERNE KÖNIG und BLAUBART leben weiter, aber nur in Gruselgeschichten, die man Kindern am Feuer erzählt. Meine Güte, war das ein Kampf! Fünf Finger hat die Hand – das haben die unsichtbar unter uns lebenden RAGNARÖKK immer gesagt, die seitdem niemand mehr gesehen hat, und es stimmt: Man sollte nicht auf Wunder hoffen, sondern selbst zur Tat schreiten.

Tja – ich hoffe, niemanden vergessen zu haben. Wie heißt es so schön: »Nach der Schlacht herrscht König Alltag.« Lasst mich also in der Sonne dösen und träumen.

Wovon ich träume, wollt ihr wissen?

Natürlich von Kampf und Abenteuer.

In der geheimen Welt des verbotenen Wissens hat die Macht einen schrecklichen Preis

Quentin Coldwater steht kurz vor dem Abschluss der Highschool. Die Schule langweilt ihn – wie ihn eigentlich alles langweilt außer Fillory, das magische Land aus den phantastischen Büchern, die er liebt. Doch plötzlich findet sich Quentin, der gerade noch durch Brooklyn gelaufen ist, selbst in einer magischen Welt wieder, an einer geheimen Zauberschule: Brakebills College. Und auch Fillory gibt es wirklich. Aber es ist keine heile Welt, sondern ein düsterer Ort, von dem eine schreckliche Bedrohung ausgeht. Quentin und seine Freunde begeben sich auf eine gefährliche Reise – und müssen sich einem alles entscheidenden Kampf stellen …

Lev Grossman
Fillory – Die Zauberer
Roman
Aus dem Amerikanischen
von Stefanie Schäfer
618 Seiten, gebunden

FJB

fi 1-2100 / 2

Kalix MacRinnalch – die ungewöhnlichste Fantasy-Heldin Englands!

Kalix, die junge Werwölfin, wird gejagt. Ihre Verwandten und die Gilde der Werwolfjäger wollen sie tot sehen und das verstärkt ihre gewaltige Depression ziemlich. Diese mit Drogen zu bekämpfen, vereinfacht die Sache allerdings auch nicht gerade. Zum Glück hat Kalix ihre menschlichen Freunde Daniel und Moonglow, die ihr in London Unterschlupf bieten. Doch die beiden naiven Studenten sind keine wirkliche Unterstützung, wenn es um fiese Feuergeister und bösartige Gangster-Wölfe geht. Nur der hellseherisch begabte Werwolf Decembrius könnte Kalix helfen, doch er hat seine eigenen Gründe dafür …

Martin Millar
Kalix. Fluch der Werwölfe
Aus dem Englischen
von Eva Kemper
752 Seiten, gebunden

FJB

fi 1-2102 / 1

KÖNIGS-
KESSEL
GRETING
ROTTLAND
HIMMELSTOR
WELSFLUSS
HEERWEG
USSE
FESTE DER
GOGRAFEN
BEEKE
PINAFOR